TORSTEN STRÄTER, Jahrgang 1966, wohnt in Waltrop bei Dortmund, trägt seit 2008 auf Poetry Slams und in Solo-Shows selbst geschriebene Texte vor. Geringste Zuschauerzahl: 9. Höchste Zuschauerzahl: über 4000. Sein zuletzt bei Ullstein erschienenes Werk *Es ist nie zu spät, unpünktlich zu sein* stand mehrere Wochen in den Top 10 der *Spiegel*-Bestsellerliste.

Von Torsten Sträter sind in unserem Hause außerdem erschienen:
- *Der David ist dem Goliath sein Tod*
- *Selbstbeherrschung umständehalber abzugeben*
- *Als ich in meinem Alter war*
- *Es ist nie zu spät, unpünktlich zu sein*
- *Du kannst alles lassen, du musst es nur wollen*

Torsten Sträter

STRÄTERS GUTENACHTGESCHICHTEN

DIE GESAMMELTEN HORROR-STORYS

Ullstein

Besuchen Sie uns im Internet:
www.ullstein.de

Wir verpflichten uns zu Nachhaltigkeit

- Papiere aus nachhaltiger Waldwirtschaft und anderen kontrollierten Quellen
- Druckfarben auf pflanzlicher Basis
- ullstein.de/nachhaltigkeit

MIX
Papier
FSC FSC® C083411

Vollständig überarbeitete Lizenzausgabe im Ullstein Taschenbuch
1. Auflage April 2021
6. Auflage 2023
© Eldur Verlag 2004, 2005, 2006.
Die Texte dieses Bandes sind erstmals unter den Titeln *Postkarten aus der Dunkelheit* (2004), *Hämoglobin* (2005) und *Hit the road, Jack* (2006) im Eldur Verlag, Wuppertal erschienen.
Umschlaggestaltung: zero-media.net, München
Titelabbildung: Autorenfoto: © Hans Scherhaufer, Berlin
Satz: LVD GmbH, Berlin
Gesetzt aus der Quadraat Pro
Druck und Bindearbeiten: CPI books GmbH, Leck
ISBN 978-3-548-06454-3

Vorwort

Hallo und guten Abend ...

ja, okay, ist vielleicht gerade tagsüber, Sonne, Rotkehlchen fliegen herum, ist gut. »Guten Abend« kommt einfach besser als Begrüßung. So heimelig. Gemütlich. Oder? Na, lassen Sie mich einfach mal machen.
Vorneweg: Das Buch, das Sie in den Händen halten, ist neu. Die Geschichten darin nicht. Zwischen den Buchdeckeln findet sich im besten Sinne staubiges Zeug. Wie kommt's, werden Sie nun fragen. War RESTE-VERWERTUNGS-MAN wieder unterwegs? I wo. Ich fange mal vorne an.

1. WIE HAT DAS GANZE ANGEFANGEN?

Also: Ich war Anfang des Jahrtausends in der Familienspedition angestellt. Meine Mutter war mein Boss. Das war einerseits ganz lustig, andererseits hielt meine Mutter nicht viel vom Denver-Clan-Dynastie-Denken, sodass ich nicht als DER SOHN DER CHEFIN erst gegen Mittag im Büro aufkreuzen konnte. Sechs Uhr morgens lautete die Ansage. Der Tag begann damit, dass ich Labormaterial sortierte. Gegen sieben kreuzten die Fahrer auf, schnappten sich ihre Listen und Kühlkisten und machten sich auf den Weg, um bei Ärzten Blutproben einzusammeln. Meine Mutter, die zu diesem Zeitpunkt schon entspannte drei Stunden in der Firma war, musterte mich. Um sieben Uhr dreißig war ich mental bereits fertig mit dem Tag. Fahl und übermüdet kippte ich Kaffee um Kaffee in mich rein und ließ die Geschäftigkeit der Spedition an mir vorbeirauschen. Ich mochte diesen Job nicht, und ich bin mir sicher, der Job hatte auch nichts für mich übrig. *Das war's also*, dachte ich oft. Vom Herrenschneider über den Konfektionsverkäufer zum Berater für Mobiltelefone, dann ein, zwei Mal falsch abgebogen und mit Schmackes ins Speditionsgewerbe geballert. Treffer, versenkt.

Fairnesshalber muss man sagen, dass ich schon einen SOHN DER CHEFIN-Bonus hatte, denn ich war auf einem so atemberaubenden Niveau inkompetent, das jeden anderen Boss zügig bewogen hätte, mich mit einem nassen Handtuch aus dem Büro zu prügeln. Außer Papier am Faxgerät nachzufüllen und Telefondienst war mir nicht viel abzuverlangen. Gelegentlich stellte ich Ware bei Apotheken zu, wenn Not am Mann war, aber das musste dann schon allergrößte Not an einem maximal verzweifelten Mann sein. Der Verdienst war indes lächerlich – für das, was ich machte, aber angemessen. Am späten Nachmittag versah ich meist Telefondienst. Unsere Räume bestanden aus zusammengeschraubten Bürocontainern. Einen davon belegte ich. DIN-A4-großes Fenster, Heizkörper, Schreibtisch, fünf Jahre alter PC, Nadeldrucker. Im Sommer wurde es angenehm mummelig in der Blechkiste, so knapp 40 Grad, also hockte ich da, Füße in einem Wassereimer, und versuchte, ins Internet zu kommen. Wenn ich surfte, konnte aber keiner telefonieren, wir reden hier von der Eisenzeit der Anlagentechnik, also blieb mir meist nur die Zauberwelt von Windows 98. Sie wissen schon. Sprechende Büroklammer. Schlimm.

So begann ich zu schreiben. Aus Langeweile. Einige beginnen zu schreiben, weil in ihnen dieses Feuer brennt, dieses unbändige Talent zur Sprache, andere hingegen, weil es eine Geschichte zu erzählen gibt, ein Stück Erzählung für die Nachwelt. Ich schrieb, weil ich zu blöd für Minesweeper war.

Ich war schon immer ein Fan guter Horror-Storys. Speziell von Stephen King. Für Clive Barker, den ich heute mehr schätze als damals, war ich seinerzeit noch etwas zu dumm. Na ja, jedenfalls dachte ich, ich könnte ja mal versuchen, eine Gruselgeschichte zu schreiben.

Ich war ziemlich erstaunt, wie viel Spaß ich daran hatte. Also schrieb ich viele Geschichten. Die meisten waren ziemliche Scheiße, aber ein paar waren gar nicht so übel. Ich beschloss daraufhin, einen Schreibratgeber zu kaufen. War ein interessantes Buch, glaube ich. Habe wenig verstanden. Trotzdem hatte ich das ungute Gefühl, bei meinen Geschichten lediglich instinktiv was richtig zu machen, so ab und zu, und das fand ich selbst für einen, der seine Füße in einem Eimer hat, zu wenig.

Irgendwann stieß ich auf Stephen Kings DAS LEBEN UND DAS SCHREIBEN (ON WRITING). King erzählt darin aus seinem Leben, wie er zu schreiben begann, liefert überaus anschauliche Beispiele für den Entwurf von Texten, und er erklärt, was man beim Schreiben besser lassen sollte.

Das half mir. Speziell, was man lassen sollte. Dank Stephen King entfernte ich die meisten bescheuerten Metaphern aus meinen Geschichten, viel beknackte wörtliche Rede, haarsträubende Vergleiche – und vor allem für einen Ruhrgebietsfuzzi peinliche Klamotten wie »James Hancock ging die Interstate 34 in Illinois entlang«. Junge, Junge.

Irgendwann freundete ich mich mit Peter Dobrovka an, seines Zeichens Gehirnchirurg, der im Begriff war, einen kleinen Verlag zu gründen. Wir einigten uns darauf, drei schmale Bände rauszubringen, die wir JACKS GUTENACHTGESCHICHTEN nannten. Warum, ist mir entfallen. Sämtliche Cover gestaltete ich, so wahr mir Gott helfe, selbst. Nicht schön. Aber die Bände waren recht erfolgreich in »der Szene«.

Das alles ist fast zwanzig Jahre her.

2. JA, UND JETZT?
Mittlerweile bin ich eher für meine humoristischen Sachen bekannt. Humor fällt mir leicht. Vielleicht, weil es keine klaren Regeln dafür gibt, was lustig ist. Doch ab und zu dachte ich noch an die gute

alte brotlose Zeit der Horror-Storys, aber im Prinzip war ich durch damit.

Dann kam 2020, dieser strahlende Fixstern im bunten Reigen eindrucksvoller Scheißjahre. Bis dahin hatte ich mich von den Horrorgeschichten über Lesungen und Poetry-Slams in eine Nische der Halbprominenz emporgehampelt, die es mir ermöglichte, gut davon zu leben. Viel Fernsehen, eigene Show, große Hallen, der eine oder andere Preis. Dann, im März 2020, wurden wir alle ungefragt von einem Virus infiltriert. Die Umstände der Pandemie verdammten mich, wie viele andere auch, zur Untätigkeit. Das ging etwa vier Wochen gut, dann erfasste mich eine derartig elementare Unterforderung, dass ich begann, vor Autos aufzutreten. Oder vor zehn Menschen. Oder ohne Publikum, während ich in eine Kameralinse starrte. Ich nächtigte gelegentlich als einziger Gast in riesigen Hotels. Es war seltsam, so viel stillen Stein um sich herum zu haben. Mitunter ging ich an die Hotelbar, immer in der Hoffnung, einen Mitarbeiter zu treffen, der den Tresen abwischt und sagt:

»In der Tat, Mr. Torrance, ich bin mir nicht so sicher, ich habe meine Zweifel. Ich und auch andere neigen zu der Annahme, dass Sie nicht ganzen Herzens bei der Sache sind, dass es Ihnen an Begeisterung fehlt.«

Und dann bestelle ich Gin Tonic. Mir ist übrigens gerade wieder eingefallen, warum die Bände JACKS GUTENACHTGESCHICHTEN hießen.

Jedenfalls machte ich eine Menge komisches Zeug 2020. Und ich blickte zurück, denn selten war ein Rückblick so angebracht wie in jenem Jahr, das sowieso wirkte, als hätte Stephen King es geschrieben. Wenn du plötzlich in der Situation bist, deine kleine Karriere zu gestalten wie am Anfang, wenige Zuschauer, kaum Resonanz, dann stellst du deinen Blick nach hinten scharf und schaust noch weiter in die Vergangenheit. Mein altes Horrorzeugs fiel mir wieder ein. Stimmt, dachte ich, da war doch was, fragt sich nur, auf welcher Festplatte? Ich brauchte nur ein paar Minuten, dann fand ich, was ich suchte. Alle Geschichten in einem Ordner. Ich warf die Kaffeemaschine an, und im aufkommenden Geblubber des Geräts begann ich zu lesen, im Schlepptau die bange Frage: Taugt das noch was?

3. TAUGT DAS NOCH WAS?

Zugegeben, ich erwartete, beim Lesen ähnliche Empfindungen zu haben wie beim Betrachten von Fotos aus den Achtzigern. Das Gefühl lässt sich am besten mit »nachsichtiger Scham« umschreiben. Man kennt das: Du auf 'nem Foto. Blonde Strähnchen, Leopardenhose, rotes Netz-T-Shirt, fingerlose Billy-Idol-Handschuhe. Erster Gedanke: IM NAMEN JESU, WAR ICH EIN PILLEMANN! Zweiter Gedanke: Na ja, äh, so war das damals, ne? Aber zu meinem Erstaunen fand ich die Geschichten gar nicht schlecht. Gut gealtert, irgendwie. Also im Prinzip wie die ersten Jean-Claude-Van-Damme-Filme. Für fast zwanzig Jahre altes Material recht unterhaltsam. Einige Storys finde ich immer noch ziemlich gut, »Der Geruch von Blau« zum Beispiel oder »Voliere«. Oder »Post-it«. Andere sind etwas krude, aber ganz spaßig, und die richtig Üblen habe ich entfernt. Unterm Strich bin ich sehr zufrieden, aber Ihnen sollte klar sein, dass ich keine große Literatur produziere, okay? Ich fand einfach den Gedanken ansprechend, die ganzen alten Gruselsachen in einem vernünftigen Buch zusammenzufassen. Dafür habe ich ein bisschen hier gekürzt, da umformuliert, aber der leicht gestörte Geist der Originaltexte ist komplett erhalten geblieben.

Interessanterweise gibt es immer wiederkehrende Motive – meine Mutter oder dass jeder im Buch ausschließlich WDR 4 zu hören scheint. Ich musste auch ziemlich darüber wiehern, wie ich in »Unbekannter Teilnehmer« mal SO WAS VON NICHT das iPhone voraussehe und deswegen von supermodernen Nokia-Handys fabuliere. Auch dass ich dachte, der Gipfel des technisch Machbaren wäre ein Faxgerät im Auto (!), wollen wir nicht unter den Tisch fallen lassen, und an allen Ecken tauchen die Kreaturen auf, die dann und wann in eine Gruselgeschichte gehören. Das Gespenst. Der Werwolf. Der Vampir. Der Untote. Alles da.

Was soll ich Ihnen sagen? Ich hoffe einfach, Sie mögen die Geschichten. Sie kennen das vermutlich: Mag ja sein, dass Ihre Kinder totale Arschlöcher sind, frech, schlechte Manieren, zum Ausderhautfahren, absonderlich ... aber es sind immer noch Ihre Kinder. So geht's mir mit dieser Sammlung.

Also los. Genug gelabert. Fangen wir an.
Viel Spaß.

Torsten Sträter

Inhaltsverzeichnis

Jägerlatein 13
Hämoglobin 21
Der Geruch von Blau 30
Berechtigter Münzeinwurf 54
Der Mitbewohner 59
Nachtprogramm 79
Eine Frage der Form oder Vatertag in der Halle
der Dilettanten 87
Mr. Daniel und ich an der Tankstelle der lebenden Toten 133
Geisterbahn 176
Kopfsache 188
Voliere 197
In der Kurve 224
Bunker-Blues 228
Heiliger Krieg: Einer muss es ja machen 246
Strangers in the Night 271
Inspiration 282
Abwärts 299

Das Dessert	311
Zimt	317
Auftakt	329
Das Lächeln Asiens	336
Post-it	354
Wahrscheinlich gegen elf	372
Unbekannter Teilnehmer	392
Iyi geceler, Mr. Lewis	441
Schnickschnack	477
Hit the Road, Jack	501

Jägerlatein

Ich muss ihnen Einhalt gebieten.

Gestern waren wieder einige da.

Ich sah sie durch den Spalt meiner Bürotür – mindestens zwanzig, schätze ich.

Sie geben sich keine Mühe mehr, zu verbergen, was sie wollen.

Meinen ersten Löwenmenschen sah ich vor zwei Wochen, als ich gegen Mittag einen Kaffee im Bistro nebenan trank. Es war ein Weibchen; sie sprach mich direkt an, wobei sie mir einen dieser Blicke zuwarf, die mich seitdem nicht mehr haben schlafen lassen.

Ich erstarrte augenblicklich, unfähig, den Anblick zu verarbeiten. Sie plauderte irgendetwas, während ich ihren Schädel anstarrte. Seltsam kehlige Laute kamen aus ihrem Großkatzenmaul, während ihre leuchtenden, wilden Augen mich taxierten.

Ich antwortete ihr, ohne meine eigene Stimme zu hören; alles, was ich vernahm, waren ihre nassen Schnupperlaute zwischen den Sätzen.

Ich war der einzige Gast im Bistro, und die Bedienung nahm keine Notiz von den Vorgängen – ein Albtraum!

Die Löwin sprach weiter auf mich ein, ihre Schnurrhaare vibrierten dabei.

Ich starrte sie an, hoffend, dass sie nicht merkte, dass ich kapiert hatte, in welcher Gefahr ich schwebte. Ihr muskulöser Hals, über und über mit sandfarbenem Fell bewachsen, endete in einer weißen Baumwollbluse mit aufgestickten Röschen. Eine ihrer Tatzen schnitt scharf in meinen Arm, als sie ihn ergriff, und dann kam der erste verständliche Satz:

»Schauen Sie her!«

Ihr Maul öffnete sich, und ich sah sechs Zentimeter lange Reißzähne in erschreckend rosafarbenem Zahnfleisch; ihre Zunge war ein hellbrauner Lappen von der Größe eines Wiener Schnitzels, und als sie ihren Löwenkopf zu mir beugte, versagte mir die Blase.

Ich rannte auf die Straße. Sie folgte mir nicht.

Ich traue mich nicht, mit jemandem darüber zu sprechen.

Sie rufen jetzt schon nachts an.

Gestern klingelte das Telefon. Als ich es an mein Ohr hielt, erfüllte ein digitalisiertes Brüllen mein Schlafzimmer. Ich legte schreiend auf.

Es klingelte gegen vier Uhr morgens erneut, und diesmal klang es eher nach einem Schakal: Das Heulen hinterließ ein Rauschen in meinen Ohren, das bis zum Vormittag blieb. Aber mein Telefon wird nie wieder klingeln.

Mein guter alter Hammer hat es verstummen lassen.

Seit dieser Nacht sind es noch mehr geworden.

Noch drohen sie mir lediglich; sie bauen sich vor mir auf und fletschen die Zähne, nah genug, um mein Gesicht abzufressen wie das Innere einer Kokosnuss – aber sie tun es nicht!

Sie lassen mich in ihre Schlünde starren, während ihr nach Steppe und Fleisch stinkender Atem meine Brille beschlagen lässt.

Seit Kurzem nehme ich Amitrioxid. Nur kleine Dosen, um das nachhallende Rauschen in meinem Kopf zum Verstummen zu bringen. Es gibt mir eine gewisse Distanz zu den Dingen, ohne mich allzu sehr zu lähmen. Früher nahm ich verschiedene Bluthochdruckpräparate, und zwar stets mit dem nötigen Gefühl für gewissenhafte Medikation. Amitrioxid ist etwas ernster, aber es ist schließlich nur vorübergehend. Ich muss nur die Dosierung im Auge behalten. Amitrioxidtabletten sind keine Drops, und der Körper schreit schneller danach, als man denkt.

Trotzdem – es hilft. Ich stelle mir vor, dass die Angst schmilzt wie Softeis, während die Tablette zu wirken beginnt.

Gerade eben habe ich wieder eine geschluckt.

Ich spüle sie mit Wasser runter, hoffend, dass sie eher wirken, als das Telefon auf meinem Schreibtisch klingelt. Meistens funktioniert es.

Wenn die chemische Fee ihren zarten Schleier über mich senkt, dimmt sich jedes Löwengebrüll zu einem Miauen herunter.

An Arbeit ist nicht zu denken.

An zu Hause bleiben leider auch nicht, das wäre zu auffällig.

Meine Gedanken rasen durch meinen Kopf: Sie dürfen nicht merken, dass ich Angst habe. Sie dürfen nicht erkennen, dass ich sie erkannt habe. Ich muss mich tarnen, so wie sie es tun, wenn sie in freier Wildbahn auf Beutezug sind. Nur dass ihre Tarnung äußerlich ist, meine nicht.

Ich hocke in meinem Büro und ignoriere die krächzende Sprechanlage.

Ich habe vor einer Woche mit dem Amitrioxid angefangen, und mittlerweile ist aus der Fee eine Walküre geworden. Unter fünf Tabletten wird der Schleier über meiner Wahrnehmung in Fetzen gebrüllt.

Fluvoxamin?

Ich werde es testen.

Ich musste mich gerade heftig in das Waschbecken meines Büros erbrechen.

Meine Magensäure hat eine Qualität angenommen, die besser in einer Autobatterie zur Verwendung käme.

Trotz meiner strikten Anweisung, niemanden vorzulassen, hatte man mir eine Hyäne hereingeschickt.

Sie trug eine Montur von Levi's, und sosehr ich versuchte, mich auf den kleinen roten Wimpel an der Jeansjacke zu konzentrieren, scheiterte ich doch.

Der gedrungene Schädel der Bestie war so dicht vor meinem Gesicht wie kein anderer zuvor.

Ich sah einen Metallstift in der grauschwarzen Zunge des Tieres, der grünlich angelaufen war, aber der Atem war das Schlimmste.

Er stank nach Tod und Fäulnis. Hyänen sind Aasfresser. Dann sprach das Tier, vermutlich um mich zu quälen:

»Sehen Sie?«

Die Tiermenschen achten stets darauf, allein mit mir zu sein, wenn sie ihre Reißzähne blecken, um mir zu zeigen, was mich erwartet.

Wann wird das sein?

Wann wird der erste Tiger oder ein Puma-Mann meine Gesichtshaut mit seiner rauen Zunge berühren, Sekunden, bevor er sie abschält?

Wann wird mein Antlitz ausgelöscht?

Wann endet meine Identität im Magen einer Bestie?

Ich schrie das Monstrum an, fürchte ich. Alle Schutzmechanismen in meinem Bewusstsein schlugen ein »Entschuldigung, ich habe gerade zu tun« vor, aber der Teil, der für die Panik zuständig ist, formulierte einen hysterischen, speichelspritzenden Schrei.

Zwanzig Minuten später hatte ich mich zu Hause eingeschlossen.

Ich durchnässte weinend den Kragen meines Hemdes, während mein Hosenbein langsam trocknete.

Fluvoxamin löst Hitzeschübe aus.

Ich schwitze seit Stunden wie ein Schwein, während ich darüber nachdenke, was zu tun ist.

Wenn es so weitergeht, frisst die Angst mich schneller als irgendein Löwenmännchen oder -weibchen. Ich höre unablässig die Kaugeräusche der Angst, wie sie sich durch meinen gesunden Menschenverstand frisst: ein zähes Reißen, unterbrochen vom mahlenden Reiben stumpfer Zähne, an denen Fetzen meiner Selbstbeherrschung kleben.

Wie es wohl ist, tot zu sein?

Fluvoxamin hat noch eine interessante Nebenwirkung: Man sabbert, wenn die Einnahmeintervalle zu kurz sind.

Ständig läuft mir klarer Speichel aus den Mundwinkeln, sodass ich mich kaum traue zu sprechen.

Zwar versuche ich, mit niemandem zu reden, aber es ist nicht schön, seiner Haushaltshilfe mit dem Taschentuch vor dem Mund Anweisungen zu geben.

Wenn ich mich zurücklehne und die Augen schließe, ist es, als würde ich in einen Abgrund stürzen. Aber es fühlt sich gut an, und das macht mir Angst.

Bin seit achtundzwanzig Tagen unter Raubtieren.

Die Fee ist von der Walküre zu einer Furie mutiert: Clomipramin, Maprotilin, Morphin. Ich bin ständig auf Draht. Beruhigend, wenn man gute Kontakte hat.

Freunde – vor allem welche, die normale Gesichter haben – sind so wichtig.

Gestern Nacht habe ich festgestellt, dass ich mich nass gemacht habe, während ich schlief.

Ich habe von einer Dompteursnummer geträumt, die schrecklich schiefging.

Meine Augen haben Ringe – und unten auf der Straße warten die Bestien. Es ist alles zu viel.

Ich habe einen Entschluss gefasst: Wenn es schon unvermeidlich ist, Beute zu werden, werde ich diese Welt nicht allein verlassen. Ich werde ein paar Bestien mitnehmen – alle werde ich kaum schaffen.

Es sind unermesslich viele geworden.

Ich habe versucht, ein Gewehr zu kaufen, aber trotz meines erstklassigen Leumunds ist mir das nicht gelungen; ich benötige eine Waffenbesitzkarte. Die entschlossene, aber dezent gelangweilte Stimme des fetten Verkäufers führte dazu, dass ich mir den Kauf einer doppelläufigen Flinte augenblicklich aus dem Kopf schlug – aber nicht mal diesen stupsnasigen Trommelrevolver wollte er mir verkaufen.

Ich bot ihm tausend Euro, und ich war ziemlich hündisch dabei. Aber mit einem Blick auf mein schweißnasses Gesicht griff er zum Telefon, ohne die Banknoten anzusehen.

Wieder einmal Flucht.

Warum sind einige Leute völlig normal, andere Bestien?

Mein Bruder, der mich Sonntag besuchte, war wie immer nervig in seinem Bemühen, mich zu beleihen, aber definitiv menschlich.

Meine Zugehfrau ebenso: penibel, verwelkt, menschlich.

Mein Nachbar hingegen zeigte das struppige Haupt von etwas, das entfernt an einen feisten Jaguar erinnerte.

Ich sah ihn an der Grenze zu unserem Garten herumstromern, während ich mir am Küchentisch Morphin injizierte. Mit der Gruppe der Neuroleptika und Antidepressiva bin ich durch, nichts zu machen. Scheiß auf die Depotwirkung – ich brauche jetzt Hilfe, verflucht.

Als er mich sah, hob er seine Tatze.

In meinem Bemühen, das Fenster zu verdunkeln, riss ich die Jalousien von der Wand, die Kanüle noch im Arm.

Ich erwachte auf dem Fußboden, halb zugedeckt von zwei Meter Rattangeflecht.

Mein Kopf fühlte sich an, als sei er voller Scherben.

Das ist mein letzter Tag als Beute, schwor ich mir, und der Gedanke löste ein pochendes Echo aus.

Draußen scheinen Wölfe zu heulen – eine neue Spezies mit dem gleichen Ziel.

Sie sind nah.

Montagmorgen.

Eine letzte Injektion.

Ich weigere mich, »Schuss« zu sagen. Ich bin kein Junkie, sondern ein Mann in verzweifelter Lage.

Allerdings habe ich eine Lösung für mein Problem gefunden. Das Medikament beginnt zu wirken ... In Ordnung, das *Heroin* beginnt zu wirken.

Mein Schrank war leer, und es ist nur dieses eine Mal. Ich höre sie im Nachbarzimmer toben; noch zwei Minuten. Ich zwinge mich, Kaffee zu trinken. Starkes Zeug, das meine Haushaltsdame gebraut hat.

Bitter. Die Panik verblasst, aber ich habe keine Lust, langsam in die Knie zu gehen und das Bewusstsein zu verlieren.

Wie es wohl mit dem Heroin arbeitet? Koffein, meine ich.

Mein Herz pocht bereits, aber meine Finger sind ruhig, als ich das Messer aufklappe.

Ich war noch mal bei dem fetten Kerl, der keine tausend Euro braucht.

Für lediglich zweihundert Euro habe ich dieses kleine Meisterwerk erstanden: ein Messer mit zwölf Zentimeter langer, nie abstumpfender Keramikklinge, so scharf, dass die Nervenenden irritiert sind, wenn man sie durchtrennt. »Es soll nicht besonders schmerzen«, sagte der Mann.

»Wild«, meinte er, »hält fast still, wenn man ihm damit die Kehle durchschneidet.«

Genau, was ich brauche.

Ich drücke den Knopf der Sprechanlage. Mein Finger kommt mir zu lang vor, als ich es tue.

Merkwürdig.

Ich will gerade sprechen, als ich die Verkrustung auf der Klinge sehe. Der Verkäufer hatte einen Paviankopf. An Katzen bin ich fast gewöhnt, aber diese grell gezeichnete Fratze ließ etwas in mir zerbrechen. Was sollte ich tun?

Ich nehme einen sterilen Tupfer.

Ein bisschen Alkohol löst die Kruste und das Problem.

Ich räuspere mich.
»Der Nächste bitte.«
Ich höre meine eigene Stimme blechern widerhallen, ein Phänomen, das mir auch ohne Sprechanlage vertraut geworden ist. Die Tür geht auf.
Meine Stuhlassistenz hat frei. Was ich heute tue, tue ich allein.
Eine Gepardin in Loden kommt herein; sie hält ihr Junges auf dem Arm. Dann setzt sie es auf den Stuhl.
»Es scheint ein Backenzahn zu sein«, sagt sie.
Das Junge bleckt die Zähne, und ich ergreife die Sonde, schalte die Lampe ein.
Ich tue das mit links, denn den rechten Arm halte ich hinter dem Rücken.
»Mach Ah«, sage ich.

Das Junge tut es, aber nur kurz.

Hämoglobin

Knocke betrachtete die Donuts in der Auslage, auf deren Glasur sich Kondenswasser gebildet hatte. Der Kerl hinter der Kasse war dagegen pudertrocken, und er hasste ihn dafür.

Dieses Früchtchen in seinen zerfledderten Jeans durfte trotz aller offensichtlich inzestuös vererbter Idiotie den ganzen Tag in kühler Frische verbringen.

Knocke hingegen musste sich ohne Klimaanlage über die Straßen quälen; sein Fenster heruntergekurbelt, das des Beifahrers aber geschlossen, da sonst seine Listen flügge geworden wären.

So trocknete der Schweiß immer nur auf der dem offenen Fenster zugewandten Körperhälfte, und das brachte ihn dazu, sich wie ein Kräcker zu fühlen, den man halb in heiße Suppe getaucht hat.

Er schaute in die flirrende Hitze jenseits der Scheibe, rüber zu seinem Wagen und den gut sichtbaren Kühlboxen auf der Rückbank, welche die Blutproben fremder Menschen enthielten.

Dieses Blut irgendwelcher Leute, denen vermutlich gar nichts fehlte, ruhte im Dunkel inmitten eiskalter Kühlakkus, während er, der Chauffeur, langsam durchbriet.

Aber momentan war es besser für ihn, die Klappe zu halten.

Er hatte das Unmögliche vollbracht, den Fehler aller Fehler: Bei einem Arzt in Dortmund hatte er einen Beutel mit Blut abgeholt, einen blauen Beutel; darin waren extrem eilige Proben. Zeug, das so schnell es ging unters Mikroskop musste.

Er hatte, als er die Praxis verließ, die Bäckerei im selben Gebäude aufgesucht und Wasser, ein belegtes Brötchen und ein Pfund Kaffee gekauft.

Den blauen Beutel hatte er auf die Kühltruhe gelegt, in der die Getränke zur Selbstbedienung lagerten. Vierzig Kilometer und dreizehn Ärzte später lag er dort noch immer, und als Knocke gegen kurz vor sieben Uhr in den heiligen Hallen des Labors erschien, hatte sich das vergessene Blut im Angesicht putzender Bäckereifachverkäuferinnen in Schorf verwandelt.

Man hatte ihm absurderweise mit einer Klage wegen Körperverletzung gedroht; er sollte für Schmerzen büßen, die noch gar nicht verursacht waren, denn eine zweite Abzapfung war unerlässlich.

Die alte Dame, aus deren Adern das Bäckereiblut stammte, verzichtete allerdings darauf. Wie es schien, war ihr eine erneute Blutentnahme – und die daraus resultierende Aufmerksamkeit – eine willkommene Abwechslung. Knocke durchlitt zeitgleich seine fünfzehn Minuten Berühmtheit.

Heute war seine letzte Chance: Würde er noch mal erst gegen sieben Uhr im Labor aufkreuzen oder Proben verschludern, könnte er sich eine Rasierklinge besorgen und daheim mit seinem eigenen Blut Schindluder treiben, hatte sein Chef ihm flüsternd zu verstehen gegeben. Drecksakademiker. Hielt ihn für einen Bummler, egal, wie sehr er hetzte, wie oft er geblitzt wurde, wie stark er schwitzte. Die Hitze war in den letzten Wochen ständig angestiegen, und an manchen Tagen meinte Knocke, sein Hirn schwimme in zähem Gelee.

Es war einfach nicht fair.

»Die Sieben und eine Packung Luckys«, sagte er.

Der schockgefrostete Jeansboy schaute ihn verständnislos an.

»Lucky Strike. Zigaretten«, knarrte Knocke ungeduldig. »Nikotinhaltige, stark süchtig machende Tabakstäbchen mit Papierummantelung.«

»Ist mir klar. Aber soll das auch auf Ihre Firmenkarte?«
Gar nicht so dumm, der Vogel, dachte Knocke. Den üblichen »*Ich wollte sie ja bezahlen, aber der Dummkopf hinter der Kasse hat sie auf Karte gebucht*«-Trick konnte er diesmal abhaken.
»Natürlich nicht. Separat.«
Er hatte noch eine gute Stunde, wie immer zu wenig.

Als er die Tür nach draußen passierte, spürte er augenblicklich, wie der Schweiß aus seinen Poren schoss; zwanzig Grad Temperaturunterschied bescherten seinem Kreislauf eine Achterbahnfahrt.

Hinter seinem Wagen parkte ein Smart, schwarz-weiß wie ein Killerwal, zudem die Cabriovariante. Hinter dem Steuer saß ein junges Mädchen, die Sonnenbrille ins Haar gesteckt, mit schlanken, gebräunten Armen und dem Lächeln eines Menschen, dem Autofahren Spaß bereitete.

Ihr Blick blieb an seinem geröteten Altherrengesicht hängen; nur eine Sekunde, aber es reichte, um Knocke eines klarzumachen: Sie verachtete ihn wegen seines Alters, seines Schweißes, seines Lebens.

»Schickes Auto«, sagte er, keinen Zweifel daran lassend, wie er es wirklich meinte.

»Schön kühl. Ihres auch?«, erwiderte sie.

Ihr wissendes Lächeln biss schmerzhaft in seinen Stolz.

»Weißt du«, sagte er, wobei er sich etwas zu weit in den Wagen lehnte, »mein Caddy ist heiß. Jou. Aber es ist ein Wagen, immerhin.«

»Wie meinen Sie das?«

»Wenn so eine Karre«, er wies auf ihr Auto, »neben einem fährt – und das tut sie verdammt selten –, denke ich immer, da kann nur ein beschissenes Playmobil-Männchen drinsitzen.«

Er lachte heiser und schlug mit der Hand auf die Motorhaube des Smart, wobei er einen schmierigen Abdruck hinterließ.

Es war wirklich sehr heiß.

Er schaute auf die Uhr in den Armaturen.

Es war achtzehn Uhr zwölf, das Innenthermometer zeigte noch immer einunddreißig Grad, und WDR 4 ließ »karibische Träume« vom Stapel.

Die Musik wehte weitgehend ungehört zum Seitenfenster hinaus, denn Knocke stand unter Druck. Um achtzehn Uhr dreißig war Probenabgabe im Labor, und er hatte noch dreißig Kilometer vor sich. Ihm war übel von der BiFi, die er aus der Seitenablage gefischt hatte, und seine Füße produzierten jedes Mal ein nasses Quatschen in seinen Schuhen, wenn er die Pedale trat.

Das scharfe Fiepen des Radios riss ihn aus seiner triefenden Lethargie.

»Stauschau. A 42, zwischen Kreuz Castrop-Rauxel und Kreuz Recklinghausen, drei Kilometer ...«

»Hm«, grunzte er.

»... A 43, zwischen Bochum-Riemke und ...«

»Scheißdreck!« Das war seine Strecke.

Sein Finger schnellte nach vorn und brachte ihn zurück in die Karibik, weg von allen schlechten Nachrichten, weg von einer übellaunigen, gut bezahlten Laborleitung in kompetentem Weiß, deren Finger auf das Zifferblatt ihrer Uhr klopften.

Fürs Erste.

Sein Blick wanderte zum Spiegel, und was er darin sah, besserte seine Laune nicht.

Er kniff kurz die Augen zusammen, als Schweiß ihm hineinzulaufen drohte, und öffnete sie dann wieder.

Ein Smart, lackiert wie ein Killerwal, zog heran; er kam schnell näher, und Knocke war wahrhaftig nicht langsam; sein Tacho wies hundertsechzig Stundenkilometer auf.

Er spürte das Blut in seinen Ohren rauschen.

Der Smart benötigte nur zwanzig Sekunden, um zu Knocke aufzuschließen, weitere fünf, um ihn einen Blick ins Innere werfen zu lassen.

Es war derselbe Wagen, es war dieselbe Frau; ihre Knöchel traten weiß hervor, so fest umklammerte sie das Lenkrad.

Sie drehte ihm den Kopf zu.

Knockes schon seit Stunden hart ackerndes Herz schien kurz zu pausieren; es fühlte sich an wie eine Sturzfahrt – einen kochenden Wasserfall hinunter.

Ihr Gesicht war leer gefegt von allen Empfindungen, ihre Haut durchzogen von feinen Verästelungen blaugrauer Adern, was Knocke an die Muster alter Tapeten denken ließ, dann schrie er schockiert in den brausenden Fahrtwind.

Er sah, dass sie weinte: Milchig-zähe Tropfen einer toten Körperflüssigkeit rannen träge ihre Wangen hinab, dann öffnete sie den Mund und schrie ebenfalls.

Knocke fummelte fahrig am Radio herum, unfähig, klar zu denken.

Er schien nichts als ein überhitzter Resonanzkörper für sein wummerndes Herz zu sein, dessen Rhythmus er bis in die Zähne spürte.

Knocke versuchte erneut, die Augen zu Schlitzen zu verengen, aber diesmal führte das zu einem dröhnenden Schmerz hinter der Stirn.

Er musste den Ton abdrehen, Ruhe haben. Sein Herz schlug Kapriolen, und er vermutete, es unter der Haut pochen sehen zu können, wenn er sein Hemd aufriss.

Dann hörte er den Gesang.

Er war wunderschön, zugleich aber schneidend schmerzhaft im Ohr; eine sirenenartige Symphonie auf- und abschwellender Schluchzer. Trotzdem meinte Knocke, nach einigen Sekunden beklommenen Lauschens, darin eine unterschwellige Freude zu hören.

Er kam aus dem hinteren Teil des Autos, vom einzig kühlen Platz.

Er drehte das Radio wieder laut.

»Ich werde wahnsinnig«, sagte er in den Wind, dann etwas gefasster: »Es ist zu heiß.«

Hinter dem Cabrio der Frau fuhr nun ein weiteres Fahrzeug, bemerkte er aus den Augenwinkeln. Er ignorierte das Pulsen in seinem Kopf und schaute hin.

Ein japanischer Familienvan mit passender Füllung: Vorne saßen Mami und Papi, hinten zwei Kinder. Das Alter der Kleinen war schwer zu schätzen; sie waren völlig verkohlt, und ihre Augen schauten neugierig durch die geborstene Scheibe zu Knocke herüber – vier blutige Löcher, in denen babyblaue Pupillen schwammen.

»Gewichtsverlust durch Erhitzen«, kam es aus seinem Mund, und er spürte etwas, das er gern als Muskelkrampf im Hirn angesehen hätte, aber der unverkrampfte Teil seines Denkens sagte, dass es so etwas nicht gab. Der Verkehr war langsamer geworden. Er fühlte es mehr, als dass er es sah.

Knocke versuchte durchzuatmen, tief, um den Kopf zu klären, aber die Luft war wie Sirup.

Rex Gildos ungebrochen gut gelaunte Stimme begann durch die Fahrerkabine zu spuken, und Knocke stellte das Radio so hektisch ab, als wäre es ein Zeitzünder.

Auf beiden Seiten seines alten Caddys schoben sich nun Autos in sein Sichtfeld: ein SLK mit einer Gruppe lächelnder, zerfetzter Araber, deren Fahrer eine zerbrochene Ray-Ban trug und dessen Hemd wie ein Lätzchen mit braun-roten Klumpen beschmiert war; ein Transporter mit einer Eierlikör-Reklame auf der Seite, in dessen Innerem ein Mann hockte, etwas in der Hand, das wie ein geschmolzenes Handy aussah. Er schaute starr nach vorn und war fahl wie eine Made; dann ein Taxi, Typ und Farbe nach aus den Sechzigern. Hinter dem Steuer des Benz saß kein Mensch: Es war nur ein Gewimmel verrotteten Fleisches und emsiger Organismen, die ihre Arbeit schon aufgenommen haben mussten, als Ilja Richter noch DISCO moderiert hatte.

Das Ding hob eine Hand – einen moosbesetzten Stumpf, aus dem Fragmente bleichen Gebeins ragten – und winkte.

Und in der Finsternis der Kühlboxen sang das Blut.

Knocke zwang sich, wegzusehen.

Als er stattdessen an sich herabsah, blieb sein Blick an seinen Beinen hängen, die dürr aus den Shorts ragten. Sie waren käsig, aber mit ungesund aussehenden, rötlich blauen Quaddeln übersät.

»Scheiße«, flüsterte er. »Verdammte Scheiße.«

Er schaltete das Radio wieder ein, eine beruhigend normale Sache. Es musste doch möglich sein, klar zu werden. Bata Illic. Trotzdem, okay.

Seine Gedanken formten sich so stockend, als würde ein Fünfjähriger Schreibmaschine schreiben.

Knocke war nun sicher, einen Sonnenstich zu haben: Er musste an den Seitenstreifen, in den Schatten und etwas trinken. Er benötigte Flüssigkeit, sonst ging er vielleicht drauf.

Seine Hand fischte unter dem Sitz nach der Cola von gestern. Zuckerwasser wäre jetzt gut. So gut. Warm, die Brühe? Keine Kohlensäure?

»Scheiß der Hund drauf«, knurrte er, die eigene Panik, so gut es ging, ignorierend.

Das Singen schwoll an, als hätte seine kurzzeitig zurückgewonnene Entschlossenheit es dazu ermutigt. Knocke langte nach hinten und schlug seine triefende Faust auf den Deckel der Box, ein dumpfes Geräusch, das nichts bewirkte, außer ihm eines klarzumachen: Wenn er schon begann, auf Kühlboxen einzudreschen, war da auch was. Da war was.

Randstreifen.

Er schaltete den Warnblinker ein und sog heiße, abgasgeschwängerte Luft in seine Lungen.

Dann versuchte er auszusteigen; ohne den eigenen Fahrtwind war sein Caddy eine verdammte indianische Schwitzhütte – mit einem kleinen Fehler: Es erschienen nicht die Geister der Toten. Nicht im Inneren, zumindest. Knocke versuchte zu lachen, nur für sich, aber es kam nur ein staubiger Laut des Unbehagens.

Die Karawane der Leichen zog an ihm vorbei. Manche grüßten, andere schauten starr geradeaus, als hätten sie Angst, eine Ausfahrt zu verpassen.

Knocke sah im Rückspiegel, dass hinter ihm weitere Fahrzeuge herankamen.

Es waren Tausende.

Er fand keine Cola, aber das war auch nicht mehr sein vordringlichstes Problem.

Knocke hatte begonnen, sich benutzte Papiertaschentücher in die Ohren zu stopfen.

Er konnte nicht weiterfahren. Er wusste, was geschah, wenn er sich in die Karawane einfädelte. Aber der Gesang des Blutes war nicht länger zu ertragen.

Ein Mann muss tun, was er kann, also tat er es.

Das Summen hatte einen irgendwie höhnischen Tenor, der ihm zusetzte, aber er lauschte trotzdem.

Seine Uhr zeigte unglaubliche zwanzig Minuten nach sieben, als sein Blick zu den Armaturen schweifte, aber es erschien ihm nicht mehr wichtig.

Er hatte Durst.

Ein Lkw zog wie in Zeitlupe vorbei. Knocke konnte den Fahrer nicht sehen, aber der Kabine des Lasters entwich ein beißender Gestank von faulem Fleisch.

Um neunzehn Uhr zweiundvierzig wusste Knocke, dass er sterben würde, wenn er nichts unternahm. Der Gestank des Lkws, der sägende Klang der höllischen Arie aus den Boxen, die winkenden Kadaver: Es war genug!

Seine Beine waren nun geschwollen und purpurfarben, aber sie spielten mit, als er gegen zehn nach acht durch die Sitze nach hinten kroch.

Er riss den Deckel der ersten Box hoch und genoss für eine Sekunde den Eishauch, der ihr entwich.

Reiß dich zusammen, dachte er. *Du schaffst das.*
Knocke griff sich die ersten hauchzarten Plastikbeutel, entnahm die kleine gelbe Karteikarte und öffnete das Röhrchen, dessen Inhalt fast schwarz aussah.

Sein Herz hatte wieder begonnen, Rumba zu tanzen, heftige Ausfallschritte mit kleinen, tückischen Pausen dazwischen, aber trotz der beginnenden Unschärfe seiner Wahrnehmung wusste er, dass die Kälte das Blut flüssig gehalten hatte.

Flüssig genug.

Er schaffte achtundzwanzig Röhrchen, manche rein wie Morgentau, andere karzinogen, überfettet, verseucht.

Als sein Caddy gegen einundzwanzig Uhr von der Autobahnpolizei, Bereich Wuppertal, auf der A 2 geborgen wurde, fanden sie ihn wie einen Fötus zusammengekauert auf dem Rücksitz, das Gesicht völlig zugeschwollen, ein ausgefranstes Lächeln des Triumphs auf den blutigen Lippen.

Gegen dreiundzwanzig Uhr war Knocke dann doch noch im Labor.

Der Geruch von Blau

Auf Station Grün spielte der Oberst gegen sich selbst Karten. Er fixierte sein Blatt wie ein Adler, während er seine knochigen Fingerspitzen hoch konzentriert aneinanderrieb.

»Morgen!«, rief ich ins Zimmer hinein, und der Oberst drehte den Kopf. »Ich habe ein Paket für Sie.«

Er legte sein Blatt auf das glatte Weiß des Tisches, der inmitten eines ebenso weißen Zimmers stand – sah man von dem Kunstdruck ab, auf dem Rosina Wachtmeisters kubistische Katzen einen stummen Kampf gegen die Sterilität des Zimmers fochten.

»Stell es da ab«, sagte er. »Die Schwester gibt dir 'ne Unterschrift.«

»Geben Sie mir eine, bitte.«

»Kein Problem«, entgegnete er, runzelte aber die Stirn.

Seine Unterschrift war schwungvoll und sauber.

Mein Handkarren war an diesem Tag voll, und schon beim Beladen meines Transporters hatte ich beunruhigt die Unmengen an Flüssignahrung registriert.

Ich würde den Großteil meines Besuches auf Station Blau verbringen, Tür um Tür nach leisem Anklopfen öffnen, ohne je ein »Herein« zu hören, und leise meine Kartons abstellen, während mir der Geruch versagender Körper in die Nase steigen würde.

Die Klientel für meine Lieferung Flüssignahrung.

In ihren Zimmern hing ein saurer Geruch, und die LEDs der Überwachungskonsolen am Kopfende der Betten spiegelten sich in Flaschen, die tröpfchenweise sterile Flüssigkeit in uralte Adern abgaben.

Ich hasse diese Station. Die meisten Passagiere von Blau unterschrieben nicht, genauso wenig, wie sie sprachen, lachten oder sich bewegten. Sie waren wie ein Postkartengruß vom Tod: dicht beschriebenes Pergament des Verfalls mit einer Fußnote, die besagte, dass wir alle sterben – und je eher einem das klar würde, desto besser.

Die wenigen, die noch den Stolz und die Kraft besaßen, die Bestellungen der Stationsschwester, die in ihrem Namen aufgegeben worden waren, zu unterzeichnen, machten meistens einen nichtssagenden Kringel; zittrige Haken waren auch beliebt.

Ich bin kein Zyniker, aber meine Geduld mit den Herrschaften auf Station Blau wurde selten belohnt, und ich holte mir meistens eine weitere Unterschrift bei einer Schwester.

Da lobte ich mir den Oberst auf Station Grün.

Dem Rezeptionisten, einem graugesichtigen, kantigen Mann in knotiger Strickjacke, sah man an, dass er es nicht in ein Pflegeheim schaffen würde. Der Spaten zu seinem Grab war er selbst. Auch er roch nach Verwesung. Und einem grässlichen Aftershave, das diesen Geruch nur schwach überlagerte.

Er nahm extra seine filterlose Zigarette aus dem Mundwinkel, um durch die Zähne zu pfeifen.

»Viel heute«, sagte er.

»Kann man nicht anders sagen.«

Ich lächelte der alten Dame zu, die man sorgfältig frisiert, aber zahnlos durchs Parterre schlurfen ließ, und stellte weitere Pakete auf Grün zu, ergotherapeutisches Material vor allem.

Hier waren die Schwestern jung und nett. Ich hatte die Station das »Stockwerk der Puddingesser« getauft, weil immer irgendein rüstiger

Rentner an einem der Tische im Gang saß und bei einem Buch oder Kreuzworträtsel sein Dessert löffelte oder strickte.

Kam man auf Station Rot, war das Pflegepersonal noch immer freundlich, aber stets abgekämpft, denn dies war die anstrengendste Etage. Der Tod dieser Patienten war kaum mehr als ein Glühen am Horizont – das aber längst nicht so fern war, wie es einem vorkam. Diese Klientel war noch beweglich, und das bedeutete Stress.

Sehr weniges, aber gutes Personal arbeitete hier.

Ich belieferte Grün und Rot, und als ich mich mit meinem Kram für Blau zum Fahrstuhl begab, rann mir der Schweiß in den Kragen. Alte Leute frieren schnell; die Heizungen gluckerten in beinahe jedem Raum. Meine Finger hinterließen feuchte Abdrücke auf den Lieferscheinen, die sämtlich von Schwestern unterzeichnet worden waren, und mein Zeigefinger schmierte einen feuchten Film auf die blau leuchtende Taste für das Stockwerk der Hinfälligen. Dann ging es aufwärts.

Die Stahltür glitt zurück, und augenblicklich wehte mir der Geruch nach Urin und Verfall entgegen.

Die Lobby war leer. Das Aquarium blubberte, aber niemand hockte davor, um Schmerlen oder Goldfischen bei ihren Beschäftigungen zuzusehen.

Die Wände waren schlicht grau. Es lohnte wohl nicht, optimistische Farben an die Wände zu bringen, da nur ein Bruchteil der Patienten auf Station Blau in der Lage war, in der Lobby zu sitzen, um den Klängen von WDR 4 zu lauschen oder Stricknadeln klappern zu lassen.

Die Stille war bedrückend – selbst die Pumpe des Aquariums vermochte dieser Station kein Leben einzuhauchen; es war nur die Luftversorgung eines Gefängnisses, dessen Insassen Nahrung und Raum erhielten, ohne danach gefragt worden zu sein; keine angenehme Parallele zu Station Blau.

Ich klopfte gegen die Scheibe, aber die Fische nahmen keine Notiz von mir.

»Kopf hoch, Jungs«, versuchte ich, mich selbst aufzumuntern.

Dann sortierte ich meine Scheine.

»Guten Morgen«, kam es straff durch das Knistern des Papiers, und als ich aufblickte, sah ich ins Gesicht der Stationsschwester.

»Morgen«, erwiderte ich.

Sie musterte mich mit professionellem Blick. Die Tatsache, dass ich gesund und kein Patient war, vermochte nicht, diese gewisse Unbarmherzigkeit aus ihren grauen Augen zu vertreiben.

»Wenn Sie alles auf die Zimmer verbracht haben« – sie sagte wirklich *verbracht*, nicht zugestellt oder geliefert –, »kommen Sie zu mir. Ich unterschreibe Ihnen das dann. Seien Sie leise, wenn Sie in die Zimmer gehen.«

»Jawoll«, entgegnete ich zackig und begann, den Schläfern auf Blau ihren Kram zu bringen.

Das erste Zimmer brachte mich geistig zurück in den Sterberaum meiner Großmutter; der Geruch war ganz eigen: eine Ansammlung sich überdeckender Noten, die jede für sich vermutlich Brechreiz erzeugten, als Komposition jedoch eine unheimlich-würzige Blume aus Puder und etwas völlig Fremdem entfalteten.

»Guten Morgen«, sagte ich in ein eingefallenes Gesicht auf einem Schaumgummikissen.

Es war unmöglich, zu bestimmen, ob ich einen Mann oder eine Frau vor mir hatte.

Der Fernseher lieferte tonlos Bilder einer Sendung über Störche.

So betrat ich Zimmer für Zimmer, und in allen schlug mir dieser Geruch entgegen – der Duft der Reisefertigen.

Diesen Job konnte man nicht lieben.

Man konnte ihn nur machen.

Das letzte Zimmer: Ich war durch die Tür geschlüpft und hatte im Halbdunkel mein Paket abgestellt.

»Tag, junger Mann«, hörte ich eine kraftvolle Stimme und zuckte zusammen. Fast hätte mich der Schlag getroffen.

»Äh – ha!«, erwiderte ich atemlos.

»Ja, genau«, kicherte es aus dem Zwielicht. Dann wurde eine Nachttischlampe angeknipst.

Ich sah in die blauesten Augen, die ich je gesehen hatte; sie beherrschten das Gesicht des alten Mannes, eingebettet in ein filigranes Nest aus unermesslich vielen Falten. Um seinen Mund spielte ein kleines Lächeln.

»Haben Sie eine Mumie erwartet, junger Mann?«

»So in der Art«, entschlüpfte es mir, was den Mann dröhnend zum Lachen brachte.

»Keine schöne Arbeit, was?«, fragte er lächelnd.

»Es geht«, erwiderte ich.

»Sind ja nur noch ...« Er betrachtete mich abschätzend, aber mit seinem kleinen Lächeln. »... dreißig Jahre, hm? Dann hast du die Rente durch und kannst es langsamer angehen lassen.«

Ich war auf Station Blau in die Fänge eines Humoristen geraten, dachte ich, aber es war kein unangenehmes Gefühl. Besser als das seelenlose Blubbern der Aquariumpumpe.

»So in etwa«, sagte ich.

»Wenn du so alt wirst wie ich – und das wünsche ich dir eigentlich nicht, nimm es mir nicht übel –, wirst du viele Dinge anders sehen.«

»Was denn zum Beispiel?«

Er lachte erneut. »Dafür müsste ich wirklich weit ausholen.«

»Verstehe.«

»Hast du was zu rauchen, Junge?«, fragte er unvermittelt.

Mein erster Impuls war eine flapsige Bemerkung; dann reichte ich ihm mein Päckchen Marlboro. Zu meiner Verblüffung holte er einen Marmoraschenbecher und Zündhölzer aus dem kleinen Beistellschrank neben seinem Bett.

»Wenn du etwas Zeit hast, erzähl ich dir, was ich meine.«

Ich war – und auch das war kein unangenehmes Gefühl – gefesselt; die Augen des Alten blitzten unter der kleinen Schwefelexplosion des Zündholzes auf, und er lächelte mich mit gelben, aber echten Zähnen an.

»Aber es ist ein bisschen unglaubwürdig.«
Er zog an seiner Zigarette, und das Auflodern der Glut verlieh seinen Augen einen gierigen Glanz.
»Das ist das Schlimmste hier. Sie behandeln dich wie ein Baby. Keine Zigaretten, kein Schnaps, dafür Erbsen und Möhrchen. Ich finde nicht, dass es ein vollwertiger Ersatz ist, was?«
Ich finde nicht, dass du auf Blau gehörst, dachte ich, nickte aber nur.
»Ich erzähle es dir, wenn du es nicht als das Geschwätz eines alten Sacks abtust.«
Sein Grinsen war ansteckend, aber ich dachte: *Das musst du schon mir überlassen.*

»Ich komme aus dem Osten«, begann er.
Ich nickte.
»Wenn ich Osten sage, meine ich den Osten Deutschlands«, setzte er hinzu, »das andere klang jetzt etwas Omar-Sharif-mäßig, oder?«
Er lachte meckernd.
»Ich war ein junger Mann, als ich mich entschloss, zur See zu fahren. Es gab nicht viel Arbeit damals, kann man wirklich nicht sagen. Also heuerte ich gegen den Willen meines Vaters auf einem Schiff an, das auf den Handelsrouten nach Ungarn unterwegs war. Damals arbeitete man für Essen und einen Schlafplatz, und das war gar nicht mal schlecht, wenn man meinen Vater kannte.« Er zog wieder an der Zigarette.
»Wann war das?«
»Lass mich nicht lügen.« Er zog die Mundwinkel nach unten. »Neunzehnzwanzig etwa.« Er schüttelte langsam und belustigt den Kopf, dann fuhr er fort.
»Wir transportierten alles Mögliche: Kartoffeln, Kohle, Holz, selbst Passagiere. Und das war kein Zuckerschlecken für einen Gast auf unserem Schoner – alles schmutzig und enge Kajüten. Aber es war billig. Manchmal war es allerdings auch gefährlich.« Er drückte seine Zigarette aus, zog eine Augenbraue hoch und fischte eine neue Zigarette aus der Schachtel.

»Wir verluden mal ein Pferd, das irgendwo zu einem Stützpunkt eines Reiterregiments an der Moldau gebracht werden sollte. Hab vergessen, wo genau. Jedenfalls konnten wir das Tier nicht brav über die Planke führen, weil unser Kahn nicht dicht genug an die Kaimauer rankam, und so verzurrten wir es und hievten es über eine Winde aufs Schiff. Unser Steuermann schrie die ganze Zeit ›Pegasus! Pegasus!‹ und lachte sich halb tot. Er hatte schon morgens ziemlich geladen, wenn du verstehst.

Ohne es groß auszuschmücken:

Das Seil riss, und eine Tonne Pferdefleisch krachte auf unseren Steuermann. Aus mit Pegasus. Aus mit unserem Steuermann.

Er war nur noch ein unförmiger Klumpen auf dem Deck, aber das Pferd lebte noch. Es schrie – anders kann ich es nicht sagen.

Der Kapitän wies mich an, das Tier zu ›erlösen‹, aber ich denke, es hätte ihm gereicht, wenn ich es zum Schweigen gebracht hätte; ich schnitt dem Tier die Kehle durch. Wenn ich mich korrekt erinnere, hat der Kapitän mörderisch Zunder dafür bekommen, aber was hätte ich tun sollen?«

Er nickte versonnen, aber ich meinte, einen milden Schmerz um seine Mundwinkel zu erkennen.

»Wir schafften das Tier in den Laderaum und legten es auf Eis. Niemand wollte den Zossen – der Pferdehändler wurde richtig wütend. Ja. Richtig, richtig wütend, und so nahmen wir es mit. Dann schrubbten wir eilig das Deck, aber das Blut war schon in die Ritzen gesickert. Es begann unerträglich zu stinken, als wir einige Tage unterwegs waren.«

»Und dann?«, fragte ich.

»Und dann fuhren wir weiter nach Tulcea, einer rumänischen Stadt, in der wir Holz zu laden hatten. Der Hafen von Tulcea genügte in jeder Hinsicht den Ansprüchen von Matrosen, mein Junge«, sagte er ohne eine Spur von Anzüglichkeit. »Dort waren wunderschöne Frauen mit rabenschwarzem Haar. Wir freuten uns alle darauf. Auf die Fahrt übers Schwarze Meer allerdings weniger. Es war Winter, und das verwandelte die See in einen schwankenden Albtraum, mit einer Brise, die wie ein Rasiermesser schnitt.

Aber das war unser täglich Brot.«

Ich sank ein wenig in meinem Stuhl ein und fragte mich unbehaglich, ob ich gegen irgendeine Hausordnung verstieß.

»Kommt hier eigentlich niemand rein?«, fragte ich.

»Nee. Nur, wenn ich klingele. Und wenn ich das tue, bringen sie trotzdem weder Tabak noch Alkohol.« Diesmal lag bedeutend weniger Humor in seiner Stimme.

»Wir kamen vom Kurs ab – nicht viel«, begann er wieder, als wäre es ihm unangenehm, über sein Leben auf Station Blau zu plaudern.

»Es reichte, um uns statt nach Tulcea woandershin zu bringen, und da wollten wir wirklich nicht hin, aber ein Unwetter zwang uns, den Kurs zu ändern, wenn wir nicht mitsamt dem toten Zossen über Bord gehen wollten.

Der Kapitän, eigentlich ein Weichling, der brüllte, wenn sprechen reichte, wurde wortkarg, als wir ihn fragten, wann wir zu unserem Landgang kämen.

›Wir sehen, was wir machen können‹, erwiderte er nur. Ich schätze, die Seekarte sagte ihm gar nichts. Er las darin wie in Kaffeesatz.

Wir landeten in der Fremde.

Wir erreichten den Hafen am Spätabend des 11. November, das weiß ich noch. Und wie es da war, weiß ich auch noch: schwarzes Wasser, das gegen alte Hafenmauern schlug, die schrillen Schreie der Möwen und ein tiefroter Mond über irgendwie verwachsen aussehenden Häusern, in denen kein Licht brannte. Wir waren nicht das einzige Schiff, aber das einzige in gutem Zustand. Einige Schoner lagen im Hafen, aber sie erschienen mir verwittert und uralt, so, als hätten sie es nur mit letzter Kraft hierhin geschafft.«

»Moment«, warf ich ein. »1920?«

Mir war etwas eingefallen: Wenn ich davon ausging, dass man vielleicht mit vierzehn schon auf einem solchen Kahn anheuern konnte, dann war der Alte vielleicht 1906 oder 1907 geboren worden.

Demnach war er nun fast hundert Jahre alt.

»Ja«, erwiderte er mit einer wegwerfenden Geste, »so ungefähr Neunzehnzwanzig.«

Er griff sich eine weitere Marlboro und lächelte, als wollte er sagen, dass ein paar Kippen gegen seine Geschichte ein gutes Geschäft wären. Dann verdunkelte sich seine Miene, als wäre ihm etwas eingefallen.

»Ich wollte von Bord und fragen, wo wir hier gelandet waren. Aber niemand war zu sehen, weder am Pier noch auf den anderen Schiffen. Dann ...«, sagte er ernst, »... sah ich, dass ich jemanden übersehen hatte.

Eine einzige Gestalt stand am Kai. Ich werde diesen Anblick nie vergessen, und ich habe diesen Mann nur dreimal gesehen. Er war ... dünn. Ja, auf eine seltsam ausgezehrte Weise mager, und sein Gesicht schwebte über dem Schwarz seines Rocks wie ein eigener, blasser Mond. Er schritt langsam von Schiff zu Schiff, und als er zu unserem kam, blieb er stehen.«

Er atmete tief ein, und seine Oberlippe zitterte, unmerklich fast, aber sie tat es.

Diesmal war es an mir, ihn zu ermutigen. Mir kam es vor, als würde er seine Erzählung gern abbrechen.

»Er winkte mir. Der Kapitän war in seiner Kajüte und schrieb. Wir mussten ja noch ein Telegramm wegen des toten Pferdes schicken. Ich stand wie angewurzelt an Deck, über mir die Möwen, die in der Dunkelheit kreischten, und der Mann am Kai hob eine Hand, die ... zu lang war. Viel zu lang. Sie war wie ein Krähenfuß mit zu vielen Gliedern, und ich fühlte bei diesem Anblick etwas, das ich noch immer nicht beschreiben kann.«

Diese Marlboro hatte er schnell vernichtet. Weggehechelt, als würde er an einem Wettbewerb der Schnellraucher teilnehmen.

»Er kam nicht an Deck, und ich spazierte nicht runter. Aber er ging zum Bug und klopfte mit dieser grässlichen Hand ans Holz.«

Wir waren nichts als zwei glühende Punkte im Halbdunkel eines kahlen, sauberen Zimmers mit zugezogenen Vorhängen; die Stimme eines alten Mannes, der redete, während ich zuhörte; der Geruch verbrannten Tabaks und darunter der andere nach Putzmittel und Kunststoff. Und doch hatte ich das Gefühl, dass dieser Mann nicht einfach nur eine Geschichte zum Besten geben wollte: Er musste.

»Der Mann sprach mich an, und einen Moment glaubte ich, es wäre einfach nicht genug Luft da; als würde der Strom meines Atems zu diesem fahlen, spindeldürren Mann hinüberwehen, statt meine Lungen zu füllen«, fuhr er leise fort.

›Wohin fahrt ihr?‹, fragte er mich.

Seine Stimme klang, als zerriebe man Glas unter dem Absatz.

Meine Stimmbänder brannten, als ich antwortete, wir würden im Morgengrauen nach Wismar einschiffen, falls wir nicht den Weg nach Tulcea fänden. Wir hatten nur ein totes Pferd für Tulcea, aber wir nahmen unsere Aufträge ernst.

Er sah mich an. Seine Nasenflügel bebten unentwegt, während seine Lider starr waren; er blinzelte nicht, obwohl der Wind auch hier im Hafen eine tränentreibende Schärfe hatte.

›Fein‹, sagte er dann, wobei sein Lächeln furchtbar entglitt. Seine Lippen waren fleischlos und verzerrten sich, wie ich es noch niemals gesehen hatte; mir erschien es nicht freundlich, sondern vielmehr wie die geübte Mimik einer Kreatur, die gern unter Menschen wandeln möchte und deswegen einige Kunststücke lernen muss.

›Es ist nur eine einzelne Kiste‹, stieß er hervor. ›Nach Wismar ist sehr gut.‹

Ich nickte und taumelte unter Deck, wobei ich gegen den Kapitän prallte. Er fragte mich, was in mich gefahren sei, aber ich konnte nicht antworten.

›Sie sind ja weiß wie die verdammte Wand‹, knurrte er, und ich dachte dumpf, dass niemand so weiß sein konnte wie der Fremde, der in diesem düsteren Hafen gegen unser Bug gepocht hatte.

Der Morgen brachte ein trübes Licht und leichten Regen, der aber nicht in der Lage war, die Albträume der vergangenen Nacht aus meinen Poren zu waschen, obwohl er eisig war. Meine Träume waren vom Gestank untergehender Städte und einer Armee pelziger Leiber beherrscht worden – Millionen von ihnen.

Ich rauchte meine zweite Zigarette und starrte aufs Wasser, als mich jemand forsch ansprach.

Ich drehte mich um und blickte in das Gesicht eines Soldaten, sein Bart war steif und hochgezwirbelt, seine Haltung kerzengerade. Er lächelte und salutierte ironisch, als ich ihn ansah. Er fragte, wohin wir fahren würden.

›Nach Wismar‹, erwiderte ich. Der Kapitän hatte weder telegrafieren noch den Weg nach Tulcea herausfinden können.

›Immerhin, immerhin‹, antwortete er. ›Wenn's genehm ist, würde ich gern eine Passage buchen.‹

Jetzt musste ich lächeln. So, wie er das sagte, klang es, als wollte er auf der *Queen Victoria* reisen und nicht auf unserem öligen Transportkahn.

Der Kapitän trat neben mich.

›Sicher. Kommen Sie an Bord. Soldaten sind uns stets willkommen!‹

Ich denke, unser Kapitän wollte damit sagen: Leute, die Sold beziehen und zahlen können, sind uns stets willkommen.

Diesmal erntete der Kapitän diesen kleinen, ironischen Gruß, und dann pochten die genagelten Stiefel des Soldaten auf den Bohlen des Schiffs.

›Bin etwas unpässlich, deswegen geht's heim‹, sagte der Soldat und zeigte eine bandagierte Hand. ›Gestatten? Ernst Gollek, Leutnant der Reitergarde, viertes Regiment. Schönes Schiff.‹

Ich konnte nicht anders und brach in schallendes Gelächter aus.«

Mein Blick auf die Uhr zeigte, dass es auf Mittag zuging; Pflegeheim-Mittag; Püree-und-Erbsen-Mittag.

Aber der alte Mann winkte ab, als er meinen Ausdruck leichter Sorge sah. »Sie bringen mir mein Essen nur, wenn ich darum bitte. Außerdem bist du mein Gast. Ich bin kein gewöhnlicher Bewohner.«

Der Gedanke war mir auch schon gekommen.

Sieben Zigarettenstummel lagen nun in dem Gefäß aus grünem Marmor; trotzdem war es mir unmöglich, abzuschätzen, wie lange ich schon hier war.

»Ich müsste mal austreten«, sagte ich.

Er legte den Kopf schräg. »Aus der Kirche?«

Ich kicherte. »Weniger. Ich muss pinkeln.«

»Meine Toilette kannst du leider nicht benutzen, aber auf dem Gang ist eine. Die ist auch ziemlich sauber. Die wenigsten verlassen ihr Bett, um zum Klo zu gehen.«

»Nicht auf dieser Station«, sagte ich.

»Nicht auf dieser Station«, bestätigte er ernst.

Ich schlüpfte auf den Gang.

Von irgendwoher hörte ich das Klirren von Geschirr, aber ich sah keine Menschenseele.

Dann warf ich einen Blick auf das Namensschild vor dem Zimmer meines Gastgebers.

C 32: Victor Wallmann.

»Wallmann«, sagte ich laut in den leeren Flur.

Ich schüttelte den Kopf und ging rüber zu den Toiletten.

Der Alte hatte recht gehabt: Die Einrichtungen waren nicht nur sauber, sie wirkten wie ein sanitärer Showroom.

»Sie hatten recht. Extrem gepflegt.«

Er nickte.

»Hygiene ist wichtig, mein Junge. Man ahnt nicht, wie.«

Ich nickte einige Sekunden mit; dann sah ich, wie sich die Augen des Mannes verdunkelten.

»Wo waren wir?«
»Der Soldat«, sagte ich.

»Wenig später kam eine Kutsche. Sie rumpelte über das Kopfsteinpflaster des Hafens, und ich sah wilde Gesellen auf dem Bock: Zigeuner. Sie trugen Pluderhosen und bestickte Westen. Sie sprachen kein Wort, kamen einfach an Bord. Unser Kapitän trat auf sie zu, aber sehr vorsichtig; wir waren in einem fremden Hafen, und diese Leute schienen wirklich wild zu sein. Man sah es daran, wie sie ihre Pferde behandelten. Die Gäule vor der Kutsche waren schweißnass und ihre Mäuler mit Schaum bedeckt.

Einer der Männer, ein junger Kerl mit olivfarbener Haut und geflochtenen, langen Haaren, überreichte dem Kapitän ein Kuvert und einen kleinen, groben Wildlederbeutel.

Der Soldat war neben mich getreten. Seine unversehrte Hand ruhte auf dem Griff seines Säbels, er schwieg; genau wie ich wollte er wahrscheinlich keinen Keim für Aggression pflanzen, indem er etwas sagte, was die Zigeuner nicht verstanden.

Ich beobachtete, wie einige Männer eine große, längliche Kiste von der Kutsche hoben, während der Kapitän das Siegel des Kuverts brach und las.

Dann pfiff er leise durch die Zähne.

›Eine Kiste nach Hause‹, sagte er, ›wie passend.‹

Er öffnete den Beutel; einige Goldstücke fielen auf seine Handfläche.

›Sehr passend‹, fügte er hinzu, ›wirklich sehr, sehr passend.‹«

Noch zwei Zigaretten.
Er schaute mich mit einem Blick gespielten Bedauerns an.
»Könnte reichen.«

»In der Nacht begann es. Der Wellengang war mörderisch, mein Junge. Das Meer war schwarz wie die Nacht selbst und kein Stern am Himmel;

ich hatte Dienst an Deck, und stellenweise wusste ich nicht, was oben und was unten ist.

Dann hörte ich das Krachen.

Es klang, als würde Holz bersten – nein, nicht bersten: explodieren.

Ich würde gern sagen, dass ich mich wunderte, dass ich dachte, die Kiste wäre bei diesem schweren Seegang zerbrochen oder etwas wäre daraufgestürzt.

Nein.

Ich hörte Schritte aus dem Laderaum, Schritte, die lauter wurden.

Weil sie zu mir nach oben kamen.

Ich wusste, wer da zu mir hinaufkam; ich wusste es seit der Nacht davor.«

Er stöhnte leise auf, lächelte aber dabei.

»Schuld, mein Junge. Ist Schuld messbar?«

»Sicher«, sagte ich, »denke schon.«

»Aber kann man Schuld mit der Anzahl verstrichener Jahre dividieren?«

Ich hörte an seinem Tonfall, dass dies keine rhetorische Frage war. Wie oft hatte er sich das gefragt, während er in seinem Zimmer lag, das Kopfende elektronisch bequem eingestellt, und auf die Tapete starrte?

»Wie viel wiegt Schuld?«

Ich sah ihn ernst an. »Tonnen.«

»Er kam die Treppe hinauf und brachte den Gestank von totem Fleisch und Erde mit. Ich stand wie angeschraubt an der Reling und war unfähig, mich zu bewegen.

Er war nichts als ein schwarzer Schatten im Türrahmen, eine verwachsene, dürre Silhouette; und doch wusste ich, dass er mich betrachtete. Dann trat er ins Mondlicht.

Sein Mantel war voller Erde; er redete zu mir, und meine Blase versagte ihren Dienst. Ich hörte es trotz des tosenden Windes auf meine Schuhe plätschern, und über allem lag die Stimme des schwarzen Passagiers, kreischend, obwohl er leise sprach.

›Wie viele sind an Bord? Außer dir?‹

›Acht‹, schrie ich durch den Wind.

›Wie lange dauert die Überfahrt?‹

Ich sagte ihm, dass sie drei Tage dauern würde, vielleicht vier, wenn die See so blieb; ich brüllte die ganze Zeit, während seine Stimme meinen Kopf füllte wie finsterer Nebel.

Ich hätte ihm alles erzählt, was er wissen wollte, alles.

Er legte seinen schrecklichen, haarlosen Schädel schräg und fixierte mich mit Augen, in denen kleine Lichter zu tanzen schienen – Lichter, die eine Lebendigkeit vorgaukelten, die nicht existierte.

›Dann wirst du der Letzte sein. Mein Lohn für deine Freundlichkeit.‹

Das Lachen, das er dann anschlug, füllt in manchen Nächten noch immer meinen Schädel, auch jetzt, Jahrzehnte später.

Er drehte sich um und verschmolz mit der Dunkelheit.

Meine Starre löste sich, und ich floh unter Deck, riss dabei fast unseren Soldaten um, der in Leibwäsche und Drillichmantel gekleidet war, aber keine Spuren von Müdigkeit zeigte.

›Was war das für ein Getöse?‹, fragte er mich. Mir fiel ein, dass wir mit ihm, dem Soldaten, neun waren, aber jetzt war es zu spät, das zu berichtigen.

Ich griff ihn am Arm und zog ihn in seine Kajüte, einen Verschlag mit kleiner Koje unter der Treppe.

Dann erzählte ich ihm alles.

Ich tat es, um den giftigen Nebel in meinem Kopf loszuwerden.

Aber ich verschwieg ihm auch etwas.«

»Was verschwiegen Sie ihm?«, fragte ich und drückte meine Zigarette aus.

Zum ersten Mal sah der Mann wirklich alt aus; es schien, als würde er im Zeitraffer hinfällig, aber vielleicht hatte sich auch nur das Licht verändert.

»Ich sagte ihm nicht, dass ich gewusst hatte, was passieren würde, wenn wir die Kiste an Bord ließen. Ich hatte es gesehen, als der schwarze Mann das erste Mal mit mir gesprochen hatte: einen verzehrenden Schemen, der über nasse Bohlen wandelte und Seeleute mit sich in die Dunkelheit riss; ich sah Blut und Tod und faulige Erde, in der sich fahles Gewürm wand; ich sah das gierige Flackern in diesen Augen – über einer Nase, die das geronnene Blut eines toten Pferdes gerochen hatte. Deswegen hatte er unser Schiff gewählt, und ich hatte es gewusst, auch wenn mir dieses Wissen wie ein ungewolltes Kind untergeschoben worden war.«

Ich sah eine einzelne Träne, die sich ihren Weg über seine faltige Wange suchte.

»Der menschliche Geist ist schwach, sieht man von seinem Vorstellungsvermögen ab. Und von seiner Fähigkeit, Dinge zu konservieren und zu speichern.«

»Da haben Sie völlig recht«, bestätigte ich. Dann fragte ich behutsam: »Was geschah dann?«

»Er holte sie alle. Allein in der ersten Nacht drei unserer Männer.«

Er blickte sehnsüchtig zur zerknüllten Zigarettenpackung und fuhr fort:

»Gollek und ich hockten in der Kajüte und lauschten die ganze Nacht hindurch, aber wir hörten nichts. Ich erzählte diesem mir eigentlich Fremden wieder und wieder, was ich gesehen hatte, und er hörte mir zu, während er mit einem Lappen über die Klinge seines Säbels wischte; vermutlich war das für ihn so tröstend, wie ein Gebet es für mich war.

Wir schworen, uns gegenseitig zu beschützen, aber wir erwähnten mit keinem Wort die anderen, die allein und schutzlos von der Kreatur heimgesucht wurden, die wir auf das Schiff gelassen hatten. Einer würde immer in der Nähe des anderen sein.

Wir fanden keine Leichen, nur verwaiste Betten. Es herrschte keine Unordnung in den Kajüten, keine Spuren eines Kampfes, aber die Stille und die Leere der Behausungen brüllte uns an.

Der Kapitän wirkte angeschlagen; er stand am Ruder, und seine Augen waren schwarz umflort.

Als er mich ansah, wusste ich, dass er unseren unheimlichen Mitreisenden gesehen hatte; ich werde diesen Blick aus seinen fiebrigen Augen nie vergessen.

›Drei Mann fehlen‹, sagte er dumpf, und ich nickte, ohne ihn anzusehen.

Es wäre die letzte Gelegenheit gewesen, um Verzeihung zu bitten – ihn oder die anderen.

In der darauffolgenden Nacht holte der Unhold den Kapitän und noch einen, unseren Koch – und diesmal hörten wir es.

Meine Zähne schlugen aufeinander, als ich die Schreie hörte, und auch wenn Gollek sich völlig unbeteiligt gab, wusste ich, dass er es auch hören konnte. Es war ein Wimmern wie das eines Kindes – unschuldig, verstehst du? Der Kapitän war kein Unschuldslamm, aber unschuldig genug, um nicht von diesem ausgezehrten Albtraum geschlachtet zu werden. Oder was immer er tat.«

Der Alte weinte jetzt, er schien es nicht zu merken.

Es war mir ein wenig unangenehm, ich wollte auch nicht, dass er merkte, dass ich es merkte, aber es war zum Glück auch dunkel genug im Zimmer – ich brauchte nicht wegzusehen.

»Wir steuerten das Schiff eine Weile selbst, als wir am nächsten Tag die Brücke leer vorfanden.

Der Soldat stand einfach neben mir und sah auf die diesige See hinaus.

Zwei Matrosen waren übrig, ich mochte sie nicht besonders, sie waren Trinker, und dafür hatte ich nie etwas übrig, aber trotzdem konnte ich sie nicht ansehen.

Gollek und ich hatten einen Entschluss gefasst.

Am Abend wären wir nahe genug am Festland, um uns in einem der Beiboote davonzumachen. Wir wussten, dass wir es nicht aufhalten konnten, also ließen wir zwei Figuren im Spiel, während wir verschwinden würden.

Meine Scham darüber, zwei Menschen zu opfern, wurde von der Furcht überdeckt, selbst Opfer zu werden. Außerdem war ich als Letzter dran, oder? Also rettete ich dem Soldaten das Leben.«

»So kann man es sehen«, pflichtete ich ihm bei.

»Wir nahmen das Logbuch an uns. Der Kapitän hatte einige wirre Eintragungen gemacht, aber uns ging es um etwas anderes: Auf dem Einband waren die Namen aller Matrosen vermerkt, und wenn diese Bestie einen Brief schreiben konnte, war sie auch in der Lage, zu lesen. Wie sich herausstellte, konnte sie bedeutend mehr als das.«

Er senkte den Kopf, als würde ein großes Gewicht auf seinen Schultern lasten; als er ihn hob, war seine Miene angespannt.

»In der Dämmerung gingen wir von Bord. Den beiden anderen hatten wir gesagt, sie könnten sich hinlegen, da wir die Wachen neu einteilen müssten, und dass an Bord ein Fieber grassieren würde. Sie glaubten uns, dass der Kapitän und die anderen in ihren Kojen lagen. Wir hatten die Kajütentüren mit Keilen blockiert. Ist es nicht erstaunlich, wie dumm manche Leute sind?«

Er sagte das ohne Gehässigkeit, es klang nur traurig.

»Dann ließen wir das Boot zu Wasser. Die Sonne ging bereits unter, und wir brauchten ziemlich lange, weil wir nicht einfach die Vertäuung lösen und das Boot aufs Wasser klatschen lassen konnten. Als wir von Bord gingen, war es dunkel; ich hielt das Logbuch fest umklammert, während mein neuer Freund, der Soldat, wie der Teufel zu rudern begann.

Ich sah mich ein letztes Mal um. Ich wollte es nicht, aber warum sollte es mir anders gehen als dem biblischen Lot mit seinen Salzsäulen?

Die Umrisse der Gestalt waren von einem blutigroten Licht umgeben, als der Rest der Sonne verschwand, um der letzten Nacht der zurückgebliebenen Matrosen Platz zu schaffen.

Der unheimliche Mitreisende stand still da und betrachtete unsere Bemühungen, vom Schiff fortzukommen, dann hob er seinen Arm und schleuderte etwas nach uns.

Etwas, das wie ein Brummkreisel einen Stern sprühender Nässe verspritzte, während es in der Luft rotierte. Und dann schlug der Kopf des Kapitäns zwischen uns auf und besudelte uns mit schwarzem Blut, das nach verdorbenem Erdreich stank und nach Tod schmeckte.«

»Eine gute Geschichte«, sagte ich schlicht.
Das war sie wirklich: richtig gut. Sehr erhellend.
»Eine wahre Geschichte, Junge.«
»Was passierte dann? Sie kamen davon. Wie?«

»Wir wuschen hastig und unter spitzen Schreien unsere Gesichter und ruderten, ruderten. Ich fragte mich die ganze Zeit, während wir uns durch die dunklen Wasser quälten, ob der Unhold meinen Namen gelesen hatte.

Wir gingen in Langenwerder ans Ufer. Und versteckten uns.«

»Soso«, sagte ich.

»Die Zeitungen schrieben nichts. Auch am Tag darauf nicht, als wir uns in einer Kate nahe der Stadt versteckten. Aber am dritten Tag war zu lesen, dass unser Schiff in Wismar eingelaufen war. Das Gemetzel an Bord war unbeschreiblich. Wir hatten gedacht, alle Matrosen wären von Bord geschafft worden, aber das stimmte nicht. Er hatte sie an den Füßen aufgehängt und in einer dunklen Ecke des Laderaums ausbluten lassen. Der Kopf des Kapitäns fehlte, genauso wie das Logbuch, hieß es in der Zeitung. Unsere Souvenirs.

Den Kopf hatten wir über Bord gehen lassen, obwohl Gollek nach zwei Tagen auf See meinte, wir sollten versuchen, damit Aale zu fangen. Ich bin durchgedreht, und es wäre beinahe zu einem Unglück gekommen. Wir hatten genug von dem Kopf ... in der Tat.

›Schnappen wir uns den Mistkerl‹, hatte Gollek nach dem Studium der Schlagzeilen gebrüllt, aber das war gar nicht nötig gewesen. Denn der Reisende, diese wandelnde Pestilenz, hatte bereits begonnen, uns zu suchen.«

»So«, lächelte ich mit einem Blick auf die Uhr, »das glaub ich wohl.« Es ging auf den Nachmittag zu, in einer Stunde hatte ich Dienstschluss. Sah so aus, als würde ich mir heute etwas dazuverdienen.

»Er jagte uns, bis wir das Land verließen. Wohin wir auch kamen, blieben wir nur kurz. Er heuerte Schergen an, und in den Sechzigern hätten sie uns fast gekriegt. Das war im Schwarzwald. Ich erinnere mich, als wäre es gestern gewesen. In gewissem Sinn war es das auch. Die Zeit verrinnt langsamer seit der ... Sache auf dem Schiff. Sie kesselten uns ein, ein völlig enthemmter Mob, und zündeten uns die Hütte über dem Kopf an.

Wir rannten. Wir waren schon alt, aber wir rannten wie junge Hasen. Das war das Unheimlichste an der ganzen Sache: Wir alterten zu langsam – und waren damit kräftig genug, Verfolgern zu entkommen, die es überall zu geben schien. Überall. Schließlich landeten wir in Rom. Dort gab es Ruhe für uns. Bis seine Leute auch dort erschienen.«

»Ich denke, es lag an dem Blut«, sagte ich.

»Was lag an dem Blut? Welchem Blut?«

»Na«, sagte ich sanft, »das Blut vom Kopf des Kapitäns. Ihr Souvenir. Das Blut aus der Kehle des Toten. Das Blut, von dem Ihr Passagier gekostet hatte. Ich denke, Sie haben ein bisschen was davon in den Mund bekommen. Sie und Ihr Soldat. Deswegen leben Sie schon so lange.«

Er lachte bitter. »Meinst du, er hat uns zu Verdammten gemacht oder so etwas?«

»Nö«, erwiderte ich. »Ich denke, verdammt waren Sie schon vorher. Es war wohl so eine Art Werbegeschenk. Eine Warenprobe für ein ewiges Leben. Im Prinzip hatten Sie Glück.«

»Glück«, blaffte er. »Ich hatte nie eine Familie wegen dieser Sache. Glück!«

»Wo haben Sie das Logbuch?«, fragte ich.

Ich fand, es klang sehr freundlich, nicht wie die Stimme eines Mannes, der zweifelte.

»Versteckt. Wie wäre es, wenn wir nun zu deinen Geschäften zurückkämen?«

»Oh«, sagte ich, »stimmt. Wären Sie so reizend, mir meinen Beleg zu unterzeichnen?«

Offenbar war die Geschichte zu Ende.

Er kramte in der Schublade und fand einen Kugelschreiber.

Dann setzte er seinen Namen darunter, wobei er seine Zungenspitze aufblitzen ließ.

Wallmann. Ziemlich krakelig.

»Besten Dank. Kommen wir nun zurück zu den anderen Geschäften. Wo ist das Logbuch?«

Er schaute mich mit einer Mischung aus Belustigung und Verwirrung an.

»Glauben Sie mir etwa nicht?«

»Sicher glaube ich Ihnen, Herr Wallmann. Oder darf ich Sie Mauermann nennen; der Name, mit dem Sie geboren wurden? Victor Mauermann, nicht wahr? Ihren Namen während Ihres Aufenthaltes in Brighton derartig beknackt ins Englische zu übersetzen ... Mann!« Ich schüttelte den Kopf.

Er schüttelte seinen bedeutend schneller.

»Was ...?«

»Geld«, sagte ich. »Geld und das ewige Leben ist die Triebfeder der Häscher. Was außer Sex kann noch reizvoller sein?«

Die Pause, die eintrat, schien Jahre zu umspannen.

»Wie haben Sie mich gefunden?«, krächzte er, jetzt ganz Greis, und ich stellte amüsiert fest, dass manchmal nur der richtige Chef nötig war, sich Respekt zu verdienen.

»Wenn Sie vom Blut des Herrn gekostet haben, wird Ihre Nase besser. Bei mir war es so. Nicht nur, aber auch. Es riecht nach Tod in diesem Haus, überall. Hier, auf der schlimmsten Station, strömen Sie einen Duft aus, der beinahe hundert Jahre alt ist. Sie sollten hier nicht liegen – aber eine gute Tarnung war es schon. Wirklich gutes Versteck.«

Er zuckte mit den Achseln und blickte mich müde an.

»Wer würde einen Verdammten in einem Altersheim suchen?«

»Seniorenresidenz«, korrigierte ich ihn und spazierte in das Badezimmer seiner letzten Herberge in dieser Welt.

Das Logbuch war im Spülkasten der Toilette – deswegen hatte er mich zum Pinkeln auf den Gang geschickt. Er hatte es sorgfältig in Plastikfolie eingeschweißt.

»Wo ist er?«, fragte Mauermann aus dem Zimmer.

»Wer? Oh ... Er hat Wismar nie verlassen. Er liegt in den Katakomben einer denkmalgeschützten Kirche. Die haben eine Menge davon. Er kommt nur von Zeit zu Zeit hervor. Meistens schlecht gelaunt.«

Ich hörte sein Stöhnen und ging wieder rüber.

»Sie alter Fuchs. Clever.«

Ich öffnete die Styroporbox, die ich ihm geliefert hatte, und entfernte den Inhalt, ein Rheumahemdchen aus Kaninchenfell. Ich kicherte und betrachtete die Kiste.

Die Größe war gut.

»So. Dann wollen wir mal, hm?«

Er nickte, und ich ließ knackend die Klinge des Teppichmessers hervorschnellen.

»Vielleicht«, sagte ich und ging rüber zum Bett, »stimmt es Sie ja fröhlich, dass er heute Nacht bedeutend besser gelaunt sein wird.«
Er schüttelte den Kopf.
Er schüttelte ihn auch noch, als er das längst nicht mehr hätte tun sollen. Ich rutschte einige Male ab.

Meinen Karren ließ ich einfach auf der Station stehen.
Der Fahrstuhl brachte mich runter, und niemand behelligte mich. Warum auch? Stille war hier etwas völlig Normales.
Heute Nacht noch würde ich den Spätzug nach Wismar nehmen.

Auch wenn dieser Job nichts war, das man lieben konnte: Die Bezahlung war exorbitant, malte ich mir aus – und sah vor meinem geistigen Auge einen Beutel aus grobem Wildleder ... und ein Leben, länger als die Zeit, wie wir sie kennen.

Es dämmerte bereits, als ich durch die Glastür nach draußen trat.
Abendluft, Abendduft.
Was für eine schöne Geschichte. So pathetisch.

Wir schworen, uns gegenseitig zu beschützen, aber wir erwähnten mit keinem Wort die anderen, die allein und schutzlos von der Kreatur heimgesucht wurden, die wir auf das Schiff gelassen hatten. Einer würde immer in der Nähe des anderen sein.

Ich Trottel! Fast hätte ich es versaut! Manchmal konnte ich nur den Kopf über mich selbst schütteln.

Das Abendessen war durch, gerade schob eine der netten jungen Pflegerinnen eine Stahlkarre mit Geschirr davon.
Der Oberst spielte noch immer Karten gegen sich selbst, als ich eintrat und die Styroporbox schwenkte.
»Gollek, Sie alter Teufelskerl. Ich habe da gerade eine unglaubliche Geschichte gehört. Na? Haben Sie Ihren Säbel im Schrank? Alter Husar?«

Ich riss mich zusammen und kam zum Thema: »Sie erraten nie, was ich hier in der Box habe.«

Er blickte mich an, und in seinen Augen war keine Hoffnung.

Das mit dem Spätzug könnte knapp werden.

Berechtigter Münzeinwurf

Der Kaugummiautomat hat meine fünfzig Cent gern genommen, so viel steht fest. Seit meiner Kindheit haben sich diese Dinger nicht verändert: Du wirfst eine Münze ein und drehst den kleinen Hebel, dieser öffnet einen unsichtbaren Schacht, während er ein Geräusch produziert, das typisch für die Reibung von Metall auf Metall ist.

Manchmal klang es auch wie Metall auf Sand, dann hatte sich ein Kind mit schmutzigen Griffeln oder bösen Absichten an dem Automaten zu schaffen gemacht, aber wenn man kräftig war, bekam man trotzdem was für sein Geld.

Man musste nur etwas mehr dafür arbeiten.

Du bekommst auch nicht nur einen Kaugummi.

Eine Plastikkapsel begleitet die süße Kugel; sie rollt mir durch das Dunkel entgegen, stößt dann gegen die stählerne Zunge.

Klick – klick.

Und dann kommt der Zauber ans Licht; mal ein Ring – billiges Blech, aber eine Überraschung, keine Frage –, mal ein lauernder Plastikindianer oder ein kleiner bunter Kreisel.

Aber nicht für mich.

Als ich meinen Fünfziger einwarf, nahm der Automat ihn gern; reibungslos, beinahe gierig drehte sich der kleine Hebel; es kostete keine Anstrengung, ihn zu betätigen.

Dann hörte ich ein leises Pochen an der Innenseite der stählernen Zunge.

Was mir in die Handfläche fiel, war ein nasses, trübes Auge.

»Dein kindliches Gemüt bringt mich noch ins Grab«, hat meine Frau immer gesagt, wenn ich etwas tat, das man bei einem Mann meines Alters nicht erwartet. Aber ich mag einfach diese Automaten: bunte Bagger auf dem Jahrmarkt, die Plüschtiere aus einem Wust von ihresgleichen fischen, wenn man eine ruhige Hand hat; Flipper, die stählerne Kugeln durch ein kleines, blinkendes Universum schießen – diese Geräusche!; Zuckerwattemaschinen, die ein wildes Knäuel drehen, als wäre eine große, aber drollige Spinne am Werk, eifrig in ihrer Verrücktheit.

Verrückt.
Auch ein beliebtes Kleinod aus dem Wortschatz Antonias. Nur dass sie es nicht wirklich zärtlich benutzte. Wenn sie es sagte, spie sie es mir ins Gesicht.

Vielleicht liegen die Wurzeln meiner Begeisterung in meiner Kindheit. Meine Eltern hatten nicht viel Geld, und so waren Überraschungen selten.

Möglich, dass mich auch einfach nur die Technik, diese Mischung aus Mechanik und Aha-Effekt, hinreißt. Ich habe nie darüber nachgedacht. Antonia auch nicht.

Antonia.

Sie war eine Frau wie ein Herbststurm: Alles geriet in Bewegung, wenn sie einmal in Fahrt war, und dann war es am besten, in Deckung zu gehen.

Schwachkopf.
Kleinkind.
Trottel.
Zigmal am Tag, wieder und wieder.

Ich habe sie wirklich geliebt, aber manchmal war es einfach ein bisschen zu viel des Guten.

Seit sie weg ist – tot, nennen wir es einfach beim Namen –, ist es kalt um mich herum geworden; ein alter Körper scheint keine Wärme zu speichern, aber ich wüsste auch nicht, woher ich welche nehmen sollte.

Ich schnitt ihr an einem Sommerabend die Kehle durch.

Ich bin ein Mörder, sicher, aber letztlich ist es doch so: Wenn Ihr Verstand voll ist und Sie nur noch Schlechtes hören wie ein Echo, das nicht verklingen kann, weil es in Ihrem Kopf wie ein Querschläger von Wand zu Wand prallt –, was ist dann für diesen Verstand ein knapper Handstreich mit dem Kartoffelmesser? Ein sehr kurzer Weg durch Haut und Fleisch als Ausgang aus einem sehr langen Tal voller Worte, die genauso schneiden konnten.

Ich bezahle Tag für Tag dafür.

Seit sie fort ist, hat meine Neigung zu Automaten einen kritischen Punkt überschritten, fürchte ich.

Ein Kondomautomat – fünf Euro pro Packung! In den Sechzigern kosteten die Dinger vier Groschen – zieht mich an wie ein Magnet.

Die Lade für *Durex ungenoppt mit Reservoir* schnellt seltsam forsch hervor, so als wüsste sie, dass man im besten Sinn entschlossen ist.

In ihr liegt ein Finger, der Nagel unlackiert. Antonia machte sich wenig aus Kosmetik.

Er ist grau, die Ränder ausgefranst wie nasses Papier.

Ich war unfähig, mich zu bewegen, während Antonia über ihrem Strickzeug verblutete; ich sah einen dunkelroten Geysir, der durch die Hülse einer fahlen Frau im Hausanzug sprudelte.

Ich konnte das Blut einfach nicht mit Antonia in Verbindung bringen, obwohl es, von ihrem Kinn abfächernd, bis unter die Zimmerdecke schoss – anfangs zumindest.

Das menschliche Hirn trennt manche Eindrücke einfach, damit man nicht überschnappt.

Blut.
Meine Frau, die Finger um einen Lappen verketteter Wolle gekrampft.
Zwei Bilder, nicht eins.

Auf meiner Wanderung durch die Stadt sehe ich noch einen Automaten, der Handykarten ausspuckt. Fünfzehn Euro, und ich besitze gar kein Mobiltelefon.
Ein rechtschaffenes Surren, dann fällt ihre Zunge in den Ausgabeschacht, verfärbt und geschwollen.
Mir ist kalt.
Der Winter ist hart dieses Jahr; ich wusste es schon im vergangenen Sommer.
Ich nenne ihn den Sommer der Erlösung, aber als die ersten Herbststürme kamen, war mir klar, dass der Winter wirklich, wirklich hart werden würde.
Weiter geht's.

Mein Kopf fühlte sich an, als wäre er voller kalter Asche, als ich sie zerlegte.
Einen Mord zu vertuschen, kam mir eigentlich nicht in den Sinn. Ich wollte sie einfach nur nicht in der Küche haben.
Eine drollige Beobachtung: Der Mensch, die Krone der Schöpfung, Erbauer der Weltwunder und geschaffen, sich alles andere Leben untertan zu machen, passt im Prinzip in zwei Mayonnaise-Eimer.
Es war Sommer, und der Tank unseres Ölofens war leer.
Ich füllte ihn mit etwas, das keine Wärme zu erzeugen vermochte, noch nie.

Ein Plakat zeigt mir, dass sie das neue Shoppingcenter endlich eröffnet haben.
Fünf Minuten zu Fuß, und die Welt bekommt ein Dach.

Hier gibt es alles, und inmitten des Centers steht ein imposanter Brunnen, der den Winter in den Hintergrund plätschert.

Hier ist es warm, nicht wie zu Hause.

Ein neuer Automat saugt mich förmlich an, aber ich widersetze mich tapfer.

Er ist riesig, bunt und von innen her strahlend erleuchtet.

Nike Beachball Machine glimmt dort in schwarzen Lettern, darunter *Echt Leder, 14,99 €*.

Ich will keinen Ball, wirklich nicht, aber meine Hände tasten zitternd über die glänzende Fläche des Automaten.

Geldscheine bitte hier, darunter ein schwarzer Schlitz, in Stahl gefasst wie die Lippen der Menschmaschine in »Metropolis«.

Dumme, dumme Hand.

Sie meint tatsächlich, wer ein Messer schwingen kann, hat mit Papier erst recht kein Problem.

Oh ja, ich zahle noch immer dafür, und der Preis wird jedes Mal höher.

Der Ausgabeschacht hat die Größe eines Schuhkartons, mindestens.

Davor ist eine Abdeckung aus transparentem Plexiglas.

Ein bürokratisches Scharren in den Eingeweiden des Automaten, dann höre ich es rumpeln.

Etwas rollt heran.

Der Mitbewohner

1

Ich riss mir die dünne Plastikschürze vom Körper, als die Sirene ertönte. Schichtwechsel. Frank schlenderte durch die gekachelte Halle auf mich zu. Er trug bereits seine Mütze aus Zellstoff, die wir benutzen mussten, damit die Ladys nicht durch unsere Haare verunreinigt wurden.

»So, ihr Luder, heute besorg ich es euch wieder richtig«, knurrte er und blickte zum Ende des Bandes, wo sie tot und bluttriefend an ihren Stahlhaken hingen und sanft schwangen, als wären sie in freudiger Erwartung.

Frank studierte Religionswissenschaften, aber acht Euro Stundenlohn hatten ihn, genau wie mich, der ich rein gar nichts studierte, zu einem Söldner des Fleisches gemacht: einstempeln, das Hirn abschalten, im Akkord Rinder durch die Säge schicken, ausstempeln.

»Ihr Rinderlein, kommet! Und ob ich auch wandle im finsteren Tal, so fürchte ich kein Unheil, denn übermorgen ist Zahltag. Und das wird auch Zeit.«

»Amen, Mann«, erwiderte ich.

Irgendwie konnte ich mich nicht des Eindrucks erwehren, dass Frank dabei war, jede theologische Tendenz abzustreifen; auch wenn er stets meckerte und stöhnte, war ich mir sicher, dass er weit und breit der Einzige hier war, der diesen Job gern machte.

Frank drehte langsam seinen Kopf, und seine Wirbel knackten. Dann öffnete er die Schutzabdeckung der Kontrolleinheit und schaltete die Säge ein.

»Du«, brüllte Frank durch das Jaulen des Sägeblattes und wies auf den Rinderkadaver, »bist meine Ballkönigin. Komm her, Süße.«

Ich fragte mich, ob sich die Frau, die sich vielleicht morgen am Tiefkühlregal eines gewienerten Supermarktes eine Styroporschale mit Rindersteaks in Würzmarinade griff, ahnte, wie dieses Leckerchen für Grill und Pfanne zurechtgesägt worden war.

»Hau rein!«, brüllte ich.

»Rock 'n' Roll!«

Na sicher doch.

Ich verließ Halle Vier und schnappte mir mein Fahrrad. Ich hatte eine Annonce aufzugeben und nur noch fünfzehn Minuten bis Redaktionsschluss.

Der Kern der Anzeige war ziemlich klar formuliert:

Suche Mitbewohner, Dortmunder Norden, 80 qm, verwohnt, aber günstig.

Ich überflog das Ganze noch mal, bevor meine Mittagspause zu Ende war und ich mich wieder als Moses der heiligen Halle Vier betätigen musste, indem ich im Akkord Kühe zerteilte.

Am Text gab's nichts zu feilen: Die Wohnung war tatsächlich eine Bruchbude, aber sie war auch verdammt billig. – Für mich allerdings immer noch zu teuer.

Meine Mitbewohnerin war ausgezogen, nachdem wir eine kleine Diskussion gehabt hatten, in der es um Gefühle und Geld gegangen war.

Das Haus war vor dem Ersten Weltkrieg erbaut worden. Zustand und Optik der sanitären Anlagen sorgten dafür, dass, wenn ich mal Besuch bekam, dieser nie lange blieb. Niemand wollte in die Verlegenheit geraten, in dem fensterlosen, nach Schimmel riechenden Raum seinen körperlichen Bedürfnissen nachzukommen.

Nicht mal Studenten konnte ich anlocken, obwohl die eigentlich ein Faible für billigen Wohnraum mit hohen Decken und kafkaesken Treppenhäusern hatten.

Der Tag, an dem ich dann doch einen Mitbewohner bekam, war regnerisch und von verwaschenem Grau.

Er rief an, und wir verabredeten uns für neun Uhr.

Aufzuräumen kam mir nicht in den Sinn.

Die Wohnung war so gut wie unmöbliert, und es gab nichts zu beschönigen. Nur die bereits einsetzende Dunkelheit konnte hilfreich sein – zumindest im Treppenhaus, dessen Beleuchtung stets kaputt war.

Er erschien pünktlich; ein etwas schlampig aussehender Kerl um die zwanzig Jahre alt, mit langen, vom Regen biberartig durchnässten Haaren über einem sehr stoppeligen Gesicht.

Sein Aussehen zerstreute meine Bedenken, dass ihn der Zustand der Wohnung sonderlich stören könnte.

»Hallo«, lächelte ich. »Komm rein.«

»David«, sagte er, reichte seine nasse Hand rüber und ließ seinen Beutel aufs Parkett klatschen.

Ich bot ihm Filterkaffee an.

»Viel Platz hier«, sagte er, während er sich umsah. Es klang ernsthaft interessiert.

»Na ja ... Es ist nicht das Ritz. Hält aber den Regen ab.«

»Mir gefällt es. Was kostet der Spaß?«

Der Preis schien okay zu sein, er stimmte sofort zu. Ich zeigte ihm seinen Raum.

Er ging mit der Plastiktasse zum Fenster.

»Man kann den Mond sehen«, sagte er und wies auf die konturlose, käsige Scheibe am Himmel.

»Das ist der Vorteil des zweiten Stocks«, erwiderte ich. »Das, und dass man die ganzen Penner auf der Straße nicht sehen muss.«
Er lachte laut auf.
»Ist hier viel Kroppzeug?«
»Es geht«, sagte ich. »Viele Dealer. Und Obdachlose. Die sind allerdings harmlos.«
»Ich mag die Gegend schon jetzt«, strahlte er, und diesmal musste ich lachen.

2

Er zog am gleichen Abend ein. Er kehrte gegen zehn Uhr mit einer zusammengezurrten Matratze und einem Ledermantel über dem Arm zurück und haute sich unverzüglich aufs Ohr.

Ich sah seinen Teil der Miete für die nächsten drei Monate im Voraus auf dem Tisch liegen. Er hatte ohne jedes Zögern bar bezahlt. Das Licht des Mondes, das durch das Küchenfenster schien, gab den Scheinen eine silbrige Aura; ich selbst fühlte mich zum ersten Mal seit Monaten auf der sicheren Seite.

Es war immer noch eine Bruchbude, aber ich konnte sie bezahlen.

Obwohl dem Sprichwort nach ein gutes Gewissen das beste Ruhekissen ist, wachte ich mitten in der Nacht auf. Der Stundenzeiger des billigen Blechweckers glimmte auf der Vier, und ich hatte ein Geräusch gehört.

Es war leise und verstohlen gewesen, ein eiliges Scharren auf den alten Holzböden im Flur.

Ich hörte die Klinke quietschen, aber nicht das Zufallen der Tür.

»Das geht ja gut los«, flüsterte ich ins Dunkel. Aber wahrscheinlich wollte Dave nur Zigaretten holen oder so was. Ich musste daran denken, am nächsten Tag einen Schlüssel nachmachen zu lassen.

3

Ich traf ihn morgens in der Küche, sein Gesicht passte gut zum Wetter draußen.

Er machte einen müden, verquollenen Eindruck in seinem alten Frotteebademantel.

Sein Bartwuchs war noch üppiger geworden, wucherte ihm bis weit über die Wangen.

»Brauchst du einen Einwegrasierer?«, fragte ich. »Hab welche im Kulturbeutel. Der steht auf dem Wannenrand.«

»Nee, lass mal«, grunzte er und hockte sich an den Tisch.

Wir tranken Kaffee und unterhielten uns. Ich stellte fest, dass ich ihn mochte.

Trotz seines wilden Aussehens war er ein charmanter Kerl, und über einige seiner Äußerungen musste ich brüllend lachen.

Meine Timex piepte.

»Ich muss los. Der Job ruft. Ein neuer Tag in der Wunderwelt der fleischverarbeitenden Industrie.«

Er nickte müde und blieb hocken.

»Jobbst du nicht?«, fragte ich.

»Nicht wirklich. Verdiene mal hier, mal da was dazu. Bin quasi Unternehmer.«

Er sagte das in einem Ton, der kein Nachhaken gestattete.

Ich tippte auf Drogen. Wenn dem so war, schien er zumindest nicht besonders erfolgreich damit zu sein. Schließlich wohnte er bei mir.

»Ah«, sagte ich in Ermangelung irgendeiner vernünftigen Antwort.

»Dann bis heute Abend.«

4

Natürlich war mein Fahrrad wieder platt. Mit schöner Regelmäßigkeit kanalisierte jemand seinen Hass auf die Welt durch das Zerstechen meiner Reifen. Es war der übliche sichelförmige Schnitt. Merkwürdigerweise war der bis zur Unkenntlichkeit aufgemotzte Corsa unseres Siedlungsdealers wie immer völlig unversehrt. Der Typ wurde Belly genannt, die milde Slangform seines nahezu unaussprechlichen Namens, und er verdiente kein schlechtes Geld mit dem Elend anderer. Belly war die Sorte Mensch, die dich anrempelt, um dann mit dir Streit anzufangen – einfach nur aus Langeweile.

Das letzte Mal hatte er sich so dicht vor mir aufgebaut, dass sich unsere Nasenspitzen berührten. »Was glotzt du mich so an?«, hatte er gefragt. Die anschließende kleine Diskussion über Intimsphären und schwachsinnige Anpöbeleien hatte ich gewonnen, allerdings nur rhetorisch. Ein ziemlich billiger Triumph.

Ich zog es stets vor, die Straßenseite zu wechseln, wenn ich einen seiner schlabberigen, aber teuren Trainingsanzüge kommen sah, über dem sein zornig-arrogantes Gesicht schwebte.

Ich bin kein Feigling, aber ich spiele nicht Tennis mit jemandem, der auf die Regeln scheißt und mit einer Kalaschnikow auf den Platz kommt. Der Kerl war einfach unberechenbar.

5

Als ich gegen fünf Uhr die Wohnung betrat, hörte ich Dave singen und schreien.

Er war wohl doch nicht depressiv. Und wenn doch, dann hatte er gerade eine ausgesprochen manische Phase.

Er hatte meine Anlage aufgedreht und ließ die dröhnenden Bässe von AC/DCs *Highway to Hell* tief ins Mauerwerk eindringen. Die Tapete vibrierte, aber daran waren die feuchten Wände nicht ganz unschuldig. Das war der Vorteil, hier zu wohnen: Party wann, so oft, so laut man wollte.

Nur: Wenn man hier wohnte, wollte man meist nicht.

Dave sprang barfüßig herum, sang mit, johlte dann wieder, spielte Luftgitarre und amüsierte sich köstlich, wie es aussah.

Er hatte unförmige Füße, fiel mir dabei auf. Und seine Fußnägel waren so lang, dass er sich seine Schuhe eine Nummer kleiner hätte kaufen müssen, wenn er sie schnitte.

»Gut drauf?«, fragte ich.

»Ja, Mann!«, schrie er atemlos. »Absolut gut drauf. Suuuupergut! Fühle mich so was von geil! Hölle, Alter!«

»Schön«, sagte ich, »würdest du trotzdem Angus den Hahn abdrehen? Ein bisschen wenigstens?« Nach neun Stunden Beschallung durch eine Chromatex-Industrieknochensäge hatte ich kein Verlangen mehr nach Metal, weder heavy noch sirrend und sägend.

Außerdem erschien es mir angebracht, kurz eine kleine Hausordnung zu installieren: Seine Körperpflege war sein Problem, aber die Sache mit der Musik musste geklärt werden.

Wir klärten es.

Er wirkte nicht eingeschnappt, obwohl er sofort die Anlage ausschaltete und sich verzog.

Um elf Uhr klopfte ich an seine Tür. Ich hatte das Gefühl, ein bisschen zu hart gewesen zu sein.

Kein Geräusch herantappender Füße. Ich drückte die Klinke herunter.

Das Zimmer war leer. Und eiskalt. Das Fenster stand offen, und die frostige Nachtluft ließ den billigen Vorhang flattern. Wann war er gegangen? Ich marschierte zum Fenster und schloss es. Dann fiel mein Blick auf den Boden.

Ich kannte Dave seit vierundzwanzig Stunden, und in dieser Zeit hatte er entweder den Bademantel oder seine Lederhose und ein komisch gemustertes Batikhemd angehabt.

Diese Sachen lagen nun vor mir auf dem Boden.

Was immer er jetzt gerade tat, er machte es offensichtlich nackt.

6

Ich schreckte hoch, als ich das Klirren hörte.

Diesmal schenkte ich mir den Blick auf die Uhr, es schien mir angesichts eines Einbruchs völlig unwichtig. Während ich zitternd auf die Beine kam, fiel mir ein, dass ich – dass wir – im dritten Stock wohnten. Ich griff mir trotzdem den Minigolfschläger aus der Ecke, als ich leise durch mein Zimmer tappte.

Im Flur herrschten Stille und Dunkelheit. Unter Daves Tür brannte Licht.

Ich drückte die Klinke.

Diesmal war sie fest verschlossen.

Das war erstaunlich. Ich hatte nämlich noch nie einen Schlüssel besessen.

»Dave?«

Ich kann nicht sagen, dass ich rief. Ich wollte ihn nicht wecken, falls er schlief.

Also tat ich etwas völlig Absurdes: Ich flüsterte laut.

»Daaaavvve?«

Statt einer Antwort hörte ich, wie sich hinter der Tür etwas auf mich zubewegte und dabei ein unangenehm schabendes Geräusch verursachte.

Ein durchdringender Geruch drang unter dem Türspalt hervor, es roch absurd vertraut nach Ponyhof.

Dave – oder was immer er hinter der Tür hatte – kam näher.

Dann verdunkelte der Schatten von der anderen Seite den kompletten Spalt. Die Eingänge zu den Zimmern waren breit; alte Bauweise sozusagen. Aber das Licht unter der Tür erlosch einfach; verdrängt durch etwas, das breiter als der Rahmen war, während der Geruch zunahm.

Ich musste schlucken.

»David«, sagte ich halblaut. »Alles okay?«

Ich hörte ein verschnupftes, nasses Schnuppern.

Der Gestank nahm mir den Atem, und ich fühlte mich mit einem Mal sehr unwohl.

Hielt David sich ein Tier? Möglich, dass David völlig durchgedreht war und bekifft im Zoo ein Hängebauchschwein geklaut hatte. Verdammt! Wie war der Kerl drauf? Nach einem kleinen Intermezzo mit dem Rottweiler meiner Tante hatte sich jedes warme Gefühl für Köter aller Art in Luft aufgelöst. Damals war ich acht Jahre alt gewesen, und seitdem verbinde ich mit Hunden nur noch die Erinnerung an eine muffige Notaufnahme und die kalte Nadel einer Spritze, die mich schmerzhaft gegen irgendetwas Unaussprechliches impfte.

David, du verdammter Punk. Ich schlich auf Zehenspitzen zurück in mein Zimmer. Lange horchte ich auf ein Grunzen oder Bellen oder irgendetwas. Nichts.

Trotzdem fand ich lange keinen Schlaf. Das Gefühl, hintergangen worden zu sein, wurmte mich.

7

Lärm weckte mich, und das war auch gut so: Es war zehn nach neun, ich kam zu spät zur Arbeit.

Als ich an Davids Tür vorbeihastete, konnte ich sein Schnarchen hören.

Das würden wir am Abend klären, versicherte ich mir.

Der unheimliche Vorfall der letzten Nacht steckte mir buchstäblich noch in den Knochen.

Im Treppenhaus, wo ich seit Neuestem mein Fahrrad aufbewahrte, ohne das mit unserem cholerischen Hauswart abgeklärt zu haben, traf ich Frau Pe.

Frau Pe, deren richtigen Namen ich nicht kannte, da auf ihrem verwitterten Klingelschild außer diesen beiden Buchstaben nichts mehr lesbar war, blickte mich an.

»Morgen«, sagte ich etwas gehetzt und ohne sie weiter anzusehen. Mir fehlte der erforderliche Sinn für ihre üblichen Monologe über Alterskrankheiten und die Wichtigkeit, uralte Steintreppen nass »aufzuwischen«, als wären sie dann weg. Sie war eines dieser Originale, die jedes alte Haus mit mehreren Parteien beherbergte: der Liebling der Hausverwaltung, die Geißel aller Mitmieter unter fünfundsiebzig Jahren.

Sie überraschte mich allerdings.

»Haben Sie es schon gehört?«, fragte sie. Ihre alte Stimme klang hohl im Treppenhaus.

»Was?«, fragte ich, während ich das Rad durch den Flur bugsierte.

»Heute Morgen lag dieser afrikanische Junge zwischen den Garagen. Mausetot.«

Ich kannte keinen afrikanischen Jungen, darüber hinaus irritierte mich ihr Tonfall, der erschreckend amüsiert klang.

»Welcher Afrikaner?«

»Der mit dem Auto.«

Das war nicht einen Deut präziser, aber ich wusste plötzlich, wen sie meinte.

Den einzigen Kerl, den hier wirklich jeder kannte: Belly.

»Wie, tot?«

Mir wurde übel.

»Ermordet. Er lag zwischen den Garagen.«

Ich nickte, als hätte ich endlich verstanden, und wuchtete mein Rad wie betäubt durch die Tür.

Draußen sah ich dann, was mich geweckt hatte.

Zwei Polizeiwagen hatten sich in einer wichtig aussehenden V-Formation vor den Garagen platziert.

Schlecht gekleidete Männer, die aufgrund ihres Gehabes Zivilfahnder sein mussten, schlenderten herum, stellten Fragen und schrieben mit.

Die gesamte Nachbarschaft hatte sich vor dem Haus versammelt, zum Teil im Bademantel.

Jemand klopfte dem Leichenwagen polternd aufs Dach, und er fuhr ab.

Ich ging wie magnetisch angezogen zu der Stelle, die ich für den Tatort hielt.

Die Längsseite der Garagenwand war wild mit Blut bespritzt; vereinzelte Haarbüschel klebten an der getränkten Fassade. Es sah aus wie ein Rorschachtest aus der Hölle.

Ein junger Mann in einer Art Schutzanzug, wie ihn Lackierer tragen, machte Polaroids davon.

Ich konnte nichts wahrnehmen außer dieser Sinfonie aus Rauputz, Blut und dem summenden Auswurfgeräusch der Kamera.

Nach einer oder vielleicht auch zehn Minuten bestieg ich mein Rad; ein schrecklicher Gedanke hatte sich in meinem Kopf eingenistet.

Heute Nacht war nicht nur mir etwas sehr Beängstigendes widerfahren, auch draußen waren schlimme Dinge passiert.

Und es gab einen Zusammenhang.

Ganz sicher.

In Halle Vier – meinem Bereich, in dem die große Knochensäge Rinder teilt wie ein heißes Messer Butter – konnte ich trotz des anhaltenden Lärms meine Gedanken nicht abschütteln.

Unkonzentriertheit konnte man sich hier allerdings nicht erlauben.

Nicht, wenn man in Greifnähe rotierender, hirnloser Stahlzähne stand, die so ziemlich alles zerschneiden konnten, wenn man sie ließ.

Ich arbeitete seit sechs Monaten hier.

Tagaus, tagein bekam ich die Innenansicht von Rindern, große Container voller dampfender Innereien und den einen oder anderen Kopf zu sehen, dessen milchige Augen ins Walhalla für vierbeinige Säuger blickten.

Aber diese vielleicht fünf Liter mutwillig verspritzten Blutes, wenn auch aus den Adern eines Arschlochs, füllten meinen Kopf aus – zusammen mit einem nebulösen Schuldgefühl, das ich nicht einordnen konnte.

8

Als ich die Wohnungstür öffnete, schlug mir wieder der Gestank entgegen. Was gestern Nacht allerdings nicht mehr als eine lästige Wahrnehmung gewesen war, nahm jetzt eine unfassbare Dimension an.

Dave war in seinem Zimmer. Aber so vehement ich auch gegen seine Tür pochte, er dachte nicht daran, zu öffnen. Wahrscheinlich hörte er mich durch die brüllende Musik gar nicht.

Ich stellte fest, dass er meine Stereoanlage geklaut hatte.

Was vorher der Rest meines Bewohnerstolzes gewesen war, nämlich ein Sony-Block mit CD-Player und Plattenspieler, war nun ein ausgebleichter Fleck auf dem Parkett.

Scheinbar hatte Dave überhaupt keine moralischen Sperren; ein winziger, dunkler Teil in meinem Hirn wusste das allerdings schon länger.

Ich starrte auf das helle Viereck am Boden, während mir dieser überwältigende Gestank in die Nase stach, und überlegte, was ich tun sollte.

Ich versuchte, die Tür zu öffnen, aber David hatte offensichtlich wieder einen Keil oder so etwas daruntergeschoben.

»Dave!«, schrie ich. »DAVE! Mach die beschissene Tür auf!«

Ich pochte wie ein Wahnsinniger an seine Tür. Als meine Knöchel zu schmerzen begannen, trat ich dagegen.

»David! Kacke!« Ich wurde wirklich wütend.

Das ging mindestens eine Minute so, dann verstummte die Musik abrupt, und ich vernahm seine Stimme.

»Es wäre nicht gut, jetzt rauszukommen«, flüsterte er, »wirklich nicht.« Er schien dicht hinter der Tür zu stehen. Beim Klang seiner Stimme wurde mir anders, es war ein amüsiertes, fast gesungenes Raunen.

»Fühlst du dich nicht okay?«, fragte ich, wobei ich hoffte, meine Stimme würde wie die eines Hausherren klingen. Tat sie aber nicht. Ich bin sicher, sie klang ängstlich.

»Im Gegenteil«, gluckste er. »Hab mich selten besser gefühlt. Es wäre trotzdem nicht gut. Bin ein bisschen ... überdreht. Geht mir gut. Zuuuu guuuut.«

»Kann ich irgendetwas tun?« Ich versuchte, seine Betonung zu ignorieren, aber es ging nicht.

Er hatte zwischen den Sätzen zu hecheln begonnen.

Ich bin mir noch immer ziemlich sicher, dass er »Nein« sagen wollte; es klang allerdings eher wie Norrr. Dann hörte ich, wie er sich von der Tür wegbewegte.

Das Quietschen der Fensterscharniere war zu vernehmen, gefolgt vom knarrenden Protest der Fensterbank, auf die er stieg.

Eine Sekunde später war ich allein in der Wohnung.

Ich merkte es, weil der Geruch fast augenblicklich schwächer wurde.

Nur zu gern hätte ich mir eingebildet, dass es an dem geöffneten Fenster lag, das er natürlich von außen nicht schließen konnte, aber ich war mir sicher, dass er den Gestank mitnahm, wohin er auch ging.

In den paar Tagen, seit er eingezogen war, hatte ich mir nach den ersten Vorfällen angewöhnt, nicht zu weit zu denken. Ich wollte mich nicht eingehend mit den absurden Möglichkeiten beschäftigen, die mir als logischer Schluss blieben.

Nun, während ich langsam in die Hocke ging, ließen sich diese Gedanken nicht mehr bremsen; eine Folgerung reihte sich an die nächste, und in scheinbarer Schallgeschwindigkeit formte sich der Gesamteindruck zu einem finsteren Gemälde.

Ich konnte mir nicht länger vorgaukeln, das Opfer meiner durch Eimer voller Tiergedärm angeregten Fantasie zu sein.

Beim besten Willen nicht.

David war durchgedreht, na klar, ein Hardrock-Freak ohne Beispiel, ein Stereoanlagendieb und ungepflegter Sonderling. Aber er war noch mehr.

9

Ich gab ziemlich schnell auf, an Daves Tür zu klopfen. Morgens zog ich mich einfach an, ohne das anklagende, bleiche Quadrat auf dem Fußboden zu beachten, und zog die Tür hinter mir zu. Mit Bellys Tod hatte auch die Reifenschlitzerei aufgehört. Wenn ich genauer darüber nachdachte, gab es überhaupt keine Form des Vandalismus mehr. Mein Fahrrad stand wieder draußen. Jeden Morgen lehnte es unversehrt und prall an unseren Mülltonnen, aber es gelang mir nicht, mich deswegen gut zu fühlen.

Die Gegend war ruhiger geworden. Leerer.

Nirgendwo sah ich mehr jemanden herumlungern. Keine leeren Bierflaschen neben unseren Bänken am Spielplatz, keine Bettler, keinen noch so unwichtigen Dealer.

Abends, wenn ich unser Haus erreichte, verschwendete ich keinen Blick an Daves Fenster, das mit Teppichklebeband und etwas Plastikfolie repariert war, und in der Wohnung lauschte ich nicht auf Geräusche.

Ich hatte einige von diesen Duftbäumen aufgehängt; Zitrone, Kokosnuss, sogar *Weihnachtstraum*, aber sie überdeckten den Geruch nicht besonders überzeugend. Er war sogar noch schlimmer geworden.

Was anfangs noch wie ein Rudel ersoffener Bobtails geduftet hatte, war jetzt durch eine neue Komponente gesteigert worden, die mich stark an den süßlich-schweren Geruch meiner Arbeitsstelle erinnerte.

David selbst bekam ich nicht zu Gesicht: Ich war auch nicht scharf drauf.

Seit Kurzem konzentrierte ich meine Energie nur auf zwei Dinge:

Erstens: vom Fenster meines Zimmers aus den Hof, die Garagenanlage nebst Spielplatz und den Teil der Straße zu beobachten, der einzusehen war. Ich wollte wissen, wo all die Menschen waren, die hier stets herumgegangen hatten.

Abschaum, sicher. Aber dass sie weg waren, beunruhigte mich unglaublich. Ich war wie ein Klaustrophobiepatient auf Umkehrschub: Je leerer es wurde, umso nervöser wurde ich.

Zweitens: trotz meiner desolaten Finanzlage irgendetwas aufzutreiben, das scharfkantig war und aus massivem Silber bestand. Ich hatte viele Filme gesehen. Silber war gut.

10

Das Problem mit dem Silber löste sich sehr schnell: Ich fand im Keller einen antiquiert aussehenden Tortenheber. Er hatte eine Prägung, die auf das gewünschte Material schließen ließ, und ich schliff ihn auf der Arbeit scharf an.

Zu Hause hockte ich am Fenster, bis die Sonne unterging, betrachtete den Aufstieg des Mondes und tastete gelegentlich zur Gesäßtasche meiner Jeans, in der meine Waffe steckte.

Neben mir stand ein kleines, billiges Radio, das leise deutsche Schlager krächzte: WDR 4, mehr haute nicht hin.

Der Mond leuchtete fiebrig, aber fahl. Er war gigantisch, man konnte selbst Kraterlandschaften auf der toten Oberfläche erkennen, und sein Licht verlieh den nebligen Schwaden, die ihn umwölkten, einen leukämischen Heiligenschein.

Ein zerklüfteter Mond, der unsere Gezeiten steuerte und der Legende nach eine Mutation bei den Verdammten auslöste.

Irgendwann frühmorgens – der kleine Empfänger dudelte ein Lied, in dem sich Berlin auf Wien reimte – sah ich, was ich lange nicht hatte wahrhaben wollen ...

Es war zuerst nichts als ein geschmeidiger, massiger Schatten, der sich aus den Büschen löste, um dann ins Licht unserer Laterne zu springen.

Die Kreatur ging aufrecht, zumindest einigermaßen. Trotzdem machte sie nicht den Eindruck, dass sie das immer tat; ich nehme an, sie war dabei, sich unter dem erblassenden Mond zurückzuverwandeln.

Es war kein richtiger Wolf und auch keins von diesen stupsnasigen Lon-Chaney-Dingern in Drillichhose und geplatztem Hemd.

Ich sah eine nackte, muskulöse Bestie, die mit struppigem, wirbeligem Haar bewachsen war.

Der Kopf war entsetzlich deformiert, er erinnerte nur entfernt an ein Wolfsgesicht, eher an einen chinesischen Drachen, aber die spitzen, schartigen Ohren, die lang gezogene schwarzbraune Schnauze und die Oberschenkel, die kurz und knorrig wie die Läufe eines Hundes waren, ließen keinen anderen Schluss zu: Wenn man die Augen zusammenkniff, sah das Ding aus wie ein entstellter Wolf.

Das Tier hockte sich mitten ins trübe Licht und pinkelte auf den Beton.

Er schüttelte sein Fell; Blut spritzte aus dem Pelz und besprenkelte den Boden.

Der Wolf hatte vor dunkelroter Nässe getrieft, aber jetzt hatte sich seine Behaarung aufgerichtet. Vor unserem Haus saß ein Monster, halb Mensch, halb Wolf, besudelt vom Blut derer, die in der Nahrungskette unter ihm standen – und in unserer Siedlung war das so ziemlich jeder.

Ich habe einen Tortenheber, ging es durch mein taubes Hirn, als er plötzlich mit leuchtend gelben Augen zu mir hochstarrte.

Dann hob er den Kopf, legte die Ohren an und heulte.

Ich hörte die Tauben aus dem Zuchtstall in der Nachbarschaft panisch flattern, und auch meine Hände begannen unkontrolliert zu zittern.

David war nach Hause gekommen.

11

Ich hörte ihn aus meinem verrammelten Zimmer durchs Fenster klettern.

Ich hörte ihn scharren und jaulen, während er sich vermutlich weiter zurückverwandelte.

Als es hell wurde, klopfte ich an.

Den Tortenheber hatte ich auf die Fensterbank gelegt; ich glaubte nicht mehr, dass er mir von Nutzen sein würde.

»Komm rein«, rief er. Seine Stimme klang kehlig und verwaschen. Ich trat ein. Ein Blick reichte, um mir Magensäure die Kehle hochschießen zu lassen.

David sah mich an.

Das Zimmer existierte nicht mehr.

Der Raum, in dem Dave während dieser Mondphase gelebt hatte, war in der kurzen Zeit zu einer Höhle geworden, einer Vorratskammer voll tropfendem Fleisch. Überall waren schillernde Fliegen. Obwohl der Geruch bestialisch war, war das Summen der Insekten das Schlimmste.

Ich sah kein einziges Körperteil, das als solches zu erkennen gewesen wäre.

Nur nasse Brocken Gewebe, überall im Raum verteilt und von erschütternder Farbvielfalt.

Von Madenlarven durchzogenes, verrottendes Silbergrau, dunkles, frisches Rot, an vielen Stellen geschwollenes, aufgeplatztes Dunkelbraun – und Blut in allen Phasen der Gerinnung an den Wänden, auf dem Boden ...

Davids Augen glimmten noch immer gelb, wenn auch schwächer. Er war nackt.

»Dave. Mann ...«, sagte ich nur. Ich zitterte.

»Tut mir leid«, knurrte er mehr, als er sprach. Er wirkte nicht verlegen, eher benommen und verstört.

»Du bist ein Werwolf«, sagte ich leise. Ich sagte es, um zu hören, wie es klingen würde.

»Danke für den Hinweis. Ich wäre selbst nicht drauf gekommen.« Er ließ seine Hand, die noch immer sehr lang und haarig war, vielsagend durchs Zimmer schweifen.

Seine Stimme war voller Trauer.

»Dave.« Ich konnte nur seinen Namen wiederholen. »David.«

»Es ist nicht wie in Hollywood, weißt du. Es ist die Hölle. Du kannst nirgendwo bleiben, niemand akzeptiert dich. Aber du kannst auch nicht sterben.«

»*Das hier* soll ich akzeptieren?«, schrie ich.

Er machte einen Satz auf mich zu. Ich sah in seinen Augen etwas Wildes, als sein Gesicht dicht vor meinem war. Es sah fast wie das Gesicht des David aus, den ich kannte – nur grober, holzschnittartiger, als müsste die menschliche Haut erst in ihre alte Form zurückfinden.

»Du hast keine Ahnung. Es ist kein rumänischer Hokuspokus, keine Legende.«

Ich schüttelte den Kopf.

»Was ist es dann?«

»Eine Krankheit«, flüsterte er.

Das war schwer abzustreiten. Zu einer Bestie zu mutieren, die instinktgesteuert und mordlustig war, Menschen zu töten und ihr Fleisch hierhin zu verschleppen, schien jedenfalls nicht gesund zu sein. Ich hatte so eine Ahnung, dass ich nicht der Erste war, der diesen Vortrag hörte.

Trotzdem bemerkte ich verstört, dass ich eher Mitleid als Angst empfand.

»Du hast mein Vertrauen missbraucht«, sagte ich, überrascht, eine Art gerechten Zorn zu empfinden.

»Ich konnte nicht anders.« Seine Stimme wurde von Minute zu Minute normaler, menschlicher.

»Wieso um Himmels willen?«

Sein Blick nahm einen verträumten Ausdruck an.

»Der Geruch nach Blut. Ich wollte nur Hallo sagen, in dein Haus kommen, mir vielleicht im Keller einen Unterschlupf suchen. Aber alles hier riecht nach Blut. Die Wände, der Boden. Du. Ich war wie berauscht. Ich musste einfach bleiben.«

Ich sagte nichts. Wenn man wie ich in Halle Vier arbeitete, konnte man da wahrscheinlich schwer gegen argumentieren.

»Aber du hattest Geld. Warum wolltest du ursprünglich in den Keller?«

»In der Nacht, als du an meine Tür geklopft hast ...«, setzte er an. Dann schwieg er.

»Was? Was war da?« Aber ich wusste es schon.

»Wärst du eine Minute länger an der Tür geblieben, hätte ich dich gefressen.«

Es sagte das so schlicht, wie es ihm möglich war.

Trotzdem sah ich mich auf den Bohlen unseres Wohnungsflurs liegen, während mein Mitbewohner meine Därme aus mir herauszerrte – ein struppiges, stinkendes Ding, das in der Dunkelheit durch die Tür gebrochen war.

»Ich möchte, dass du ausziehst«, sagte ich. »Und nimm das alles hier mit.«

Ich weinte, wenn ich mich recht erinnere.

12

Eine Stunde später stand er in der Küche. Er sah nicht aus wie ein mordendes Tier. Er wirkte verletzlich und müde.

Seinen Beutel trug er über der Schulter; neben der Tür standen acht blaue Müllbeutel mit unaussprechlichem Inhalt. Er sah mich direkt an.

»Ich bin kein schlechter Mensch«, sagte er.

Ich erwiderte nichts.

»Ich suche mir nur Gegenden aus, in denen der Abschaum vegetiert. Verbrecher, Dealer. Niemand vermisst sie.«

Ich versuchte, die Freuden eines aufgepumpten Reifens gegen den blutigen Tod vieler Menschen abzuwägen, aber es gelang mir nicht.

Ich griff in die Schublade des alten Küchenschranks und zählte sein Geld ab.

Er war nur einige Tage geblieben. Alles zu behalten, hielt ich für unfair, Werwolf hin oder her.

»Das hier ...«, ich hielt einen Schein hoch, »ist für das Fenster.« Dann ging David.

Ich habe die Zeitung, die ich gelegentlich kaufte, nun abonniert. Ich gehe nicht mehr gern aus dem Haus, vor allem abends, wenn der Mond scheint. Außerdem lese ich von Zeit zu Zeit den Regionalteil. Eigentlich täglich. Ich halte nach besonderen Vorkommnissen Ausschau. Morgen werde ich eine neue Anzeige schalten; die Wohnung ist immer noch zu kostspielig. Ich musste den Text etwas modifizieren, aber es ist kaum teurer geworden.

Suche Mitbewohner, Dortmunder Norden, 80 qm, verwohnt, aber günstig.
Sehr ruhige Gegend.

Nachtprogramm

Beim ersten Mal, als sie ihren Mann nach seinem Tod wiedersah, spielte er Klarinette.

Obwohl sie wusste, dass er kein Instrument beherrschte, fügte sich sein Spiel vollkommen nahtlos in das des Orchesters ein; aber der Ton war ohnehin nicht überragend, wenn man die Erwartungen eines Hörers voraussetzte, der selbst simple Radiosendungen in digitaler Qualität serviert bekam.

Das war auch nicht der Punkt: Der Punkt war, dass er nicht aus den anderen Orchestermitgliedern hervorstach; seine Finger huschten über das Instrument, sein Blick war konzentriert, sein Haar nass zurückgekämmt; der Anzug, den er trug, wirkte steif, aber es schien ihm nichts auszumachen.

Dann trat Benny Goodman ins Bild, lächelte so strahlend, wie es eben in den Grauabstufungen einer vergangenen Epoche möglich war, und setzte seine Klarinette an die Lippen.

Let the good times roll.

Karl-Heinz war kurz vor Neujahr gestorben, und es hatte sich durch nichts abgezeichnet.

Elvira mochte nicht den Statistiken glauben, die mit der Erbarmungslosigkeit amtlicher Papiere besagten, dass Frauen nun mal älter werden als Männer – auch als ihre eigenen.

Er war so vital gewesen, obwohl sie dieses Wort nicht mochte. Vital: Warum kippten alle positiven Begriffe wie »fit«, »kernig« und »schwungvoll« ins Lateinische, sobald man alt wurde?

»Vital« war etwas, das auf einer Flasche mit Stärkungsmittel stehen sollte; es war nichts, dessen Beigeschmack nach Kampfer sie mit Karl-Heinz verbinden wollte.

Der Boden war gefroren gewesen, als sie ihn beerdigt hatten, aber sie glaubte nicht, dass ein Sommertag etwas geändert hätte. Zwitschernde Vögel und blühende Maiglöckchen im Park oder eben ein steinharter, ausgebaggerter Boden, der schmutzigen Schnee wie Schimmel trug: Karl-Heinz war tot.

Sie hatte sich selbst wie gefroren gefühlt, als sie nach Hause gekommen war.

Die alten Platten von Fred Astaire und Glenn Miller harrten brav in ihren Halterungen aus gebogenem Draht und furnierter Eiche, und ihr war klar, dass sie nie wieder eine von ihnen auflegen würde.

Furnierte Eiche.

Sie weinte wieder, und die Tränen bahnten sich ihren Weg ihre Wangen hinab, tropften auf die schwarze Bluse und ihre Hände. Hände, die nie wieder seine halten würden, wenn sie tanzten.

Dann weinte sie noch mehr.

Sie hatte bis tief in die Nacht am Küchentisch gesessen und das feine Muster auf der Platte beobachtet, bis sie darin versank. Die Uhr in der Diele schlug volltönend die Stunden.

»Man sollte nicht an Dingen wie diesen sparen«, hatte er gesagt und auf das massive Modell der Pendeluhr gepocht, die damals, 1962, ein kleines Vermögen gekostet hatte.

Jetzt wusste sie, warum: Die Uhr hatte immer geschlagen, immer, in guten wie in schlechten Tagen. Die guten waren nun vorüber, und mit der Unbestechlichkeit eines vertrockneten Bürokraten schlug sie nun Stunde um Stunde, zerteilte die Nacht und alle, die kommen mochten, in kleine, bittere Häppchen.

Sie schaltete den Fernseher ein, ein gutes Modell, groß, das Karl-Heinz wegen ihrer immer schlechter werdenden Augen angeschafft hatte.

Ein Sender zeigte Bilder der Erde, vom All aus gesehen. Demnach sah es nicht so aus, als ob es einen Himmel gab, und sie schaltete stumpf weiter, ohne die Fernbedienung zu benutzen.

»Wir haben die letzten dreißig Jahre einen Knopf am Gerät gedrückt. Ich sehe keinen Anlass, jetzt damit aufzuhören und auf diesem Ding hier herumzuspielen«, hatte sie gesagt und dröhnendes Gelächter von ihrem Mann geerntet, der ungläubig in der Bewegung des Flaschenöffnens erstarrt war und den Kopf geschüttelt hatte.

Noch ein weiterer Kanal.

»Diese Perlenkette von Diamonique ist derartig ...«

Noch ein weiterer Kanal.

Sie schaute in das Gesicht ihres Mannes, der, die Lippen geschürzt, Schulter an Schulter mit einem Flötisten im farblosen Strahlen einer Bühnenbeleuchtung stand und musizierte.

Sie rieb sich die Augen und stöhnte auf, der Verstand musste schwach sein, die Wahrnehmung ein Winzling gegen den schwarzen Goliath Trauer, und sie rieb und rieb, und dann kam Mr. Goodman.

In der darauffolgenden Nacht fand sie ihn nicht.

Einen Tag lang auf dem Sofa, ohne Essen und mit brennenden Augen, hatte sie versucht, klar zu denken, und gelegentlich hatte es funktioniert.

Sie wusste, dass er tot war, natürlich. Sie hatte die leberfleckigen Hände auf der Bettdecke gesehen, das behutsame Kopfschütteln des Notarztes, die Grube, den Kranz.

Trotzdem hatte er Klarinette gespielt. Dieser konzentrierte Ausdruck, den er nur hatte, wenn er sich in etwas verbiss – zum Beispiel, die Nadel an dem alten Dual-Plattenspieler auszutauschen; und der Ehering, den er an der falschen Hand trug, weil die Linke stets geschwollen war: Ihr verstorbener Gatte hatte in Goodmans Diensten aufgespielt.

Sollte sie sich irren – sollte ihr Geist sich vernebelt haben –, war das in Ordnung für sie, aber sie suchte ihn trotzdem jede Nacht.

Ihr war etwas aufgefallen, das ihr Hoffnung machte: Als Karl-Heinz verstorben war, hatte der Fernseher »In the Mood« gespielt, und obwohl das Bild vom Schlafzimmer aus nicht zu sehen gewesen war, musste es ein alter Film gewesen sein. Einer mit Glenn Miller.

Null Uhr zwanzig war er offiziell für tot erklärt worden.

Jetzt war es eins, und sie drückte und drückte.

»Schätze, du lässt die Lady jetzt in Ruhe«, blaffte John Wayne so plötzlich ins Wohnzimmer, dass sie zurückzuckte.

Dann raste seine Faust nach vorn und ins Gesicht eines unrasierten Kerls, der daraufhin durch die Pendeltüren des Saloons stürzte.

Sie starrte auf den Bildschirm, die Augen aufgerissen wie ein Uhu.

»Ich bin Ihnen sehr dankbar, Mister ...?«, sagte die schlanke Frau an Waynes Seite und lächelte scheu.

Und dann sah Elvira ihn.

Karl-Heinz trug keinen Hut, aber ein Halstuch; sein Hemd war bis zum letzten Knopf geschlossen, und er umklammerte ein leeres Glas. Eine unbeschriftete Flasche mit brauner Flüssigkeit rutschte über den Tresen, aber er ergriff sie nicht.

Er stand im Hintergrund, und niemand schien zu ihm zu gehören; seine Haltung glich der, die er einnahm, wenn er aus dem Garten kam: abgekämpft, aber entspannt.

Elvira schlug mit der flachen Hand auf den Bildschirm und wimmerte auf, es klang ein wenig wie ein sterbender Vogel.

Dann war das Bild fort und nahm ihren Mann mit sich in ein weißgraues Rauschen.

Sie wurde eine Expertin, was das laufende Fernsehprogramm anging; das Gedächtnis ist zu unglaublichen Dingen fähig, wenn man es nur hart genug fordert.

Sie lernte alle Sendungen der kommenden vier Wochen auswendig – nur die Spielfilme, nur nach Mitternacht. Sie hatte gedacht, das könne nicht allzu viel Arbeit sein, aber die Flut der Ausstrahlungen war überwältigend.

Einhundertzweiundsiebzig Filme, die meisten in den Jahren zwischen 1938 und 1955 entstanden – und achtundzwanzig davon wurden um genau null Uhr zwanzig ausgestrahlt. Sie gewöhnte sich an, tagsüber zu schlafen, und seitdem sie Karl-Heinz gesehen hatte, gelang es ihr sogar einigermaßen, auch wenn sie Medikamente dazu benötigte.

Sie sah ihn noch einige Male.

In einer Samstagnacht hatte er Edward G. Robinsons Wagen gelenkt, und obwohl sie nur seine Augen, eingebettet in das Nest kleiner Lachfältchen, im Rückspiegel der Limousine hatte sehen können, hatte sie aufgeschrien.

Dann, einige Nächte später, war er ein Partygast in DIE OBEREN ZEHNTAUSEND gewesen, und Sinatra hatte ihn am Ärmel seines Dinnerjacketts gestreift, als er zusammen mit Bing Crosby aus dem Bar-Room stolziert war, um zu singen. Karl-Heinz hatte seltsam angespannt gewirkt, so als wolle er nicht wirklich dort sein.

Aber was sie aus der Fassung gebracht hatte, war sein drittes Erscheinen gewesen:

Errol Flynn hatte ein Tau ergriffen, um sich in das pulverdampfgeschwängerte Schwarzgrau eines angreifenden Schiffes zu schwingen, den Säbel zwischen den Zähnen, und durch den Nebel des Kampfes war ihr Mann erschienen, ein Kopftuch und eine bestickte Weste am Leib.

Und diesmal, da war sie sicher, hatte er ihr direkt in die Augen geschaut und gelächelt.

Filterkaffee.

Am darauffolgenden Tag war an Schlaf nicht zu denken gewesen.

Wie eine Ätzung war sein Lächeln in ihr Hirn gedrungen. Schloss sie die Augen, sah sie ihn vor sich, grimmig lächelnd und bis in ihr Herz blickend, als wolle er sagen: Nimm's nicht so schwer, Liebling.

Er konnte sie sehen, das stand nun für sie fest.

Wenn sie nachdachte, hatte er sie immer angesehen, in jedem Film, schließlich blickte man in Filmen stets in die Kamera – aber in diesem Piratenfilm hatte er sie angesehen, nur sie, und nicht ein Publikum Popcorn essender Kinogänger der Vierzigerjahre.

Dieser Blick, dieses Lächeln ...

So hatte er gelächelt, als sie auf einem Ausflugsdampfer die Mosel hinuntergetuckert waren, sie ein geknotetes Taschentuch über dem Haar, er eine Zeitung über den Kopf haltend. Es war ein sehr heißer Tag gewesen. Er hatte gelächelt, ihr zugezwinkert und sie geküsst; da hatte sie gewusst, dass es ewige Liebe gibt und dass man diese nicht nur als Prinzessin erlebte, die von einem weißen Ritter erobert wurde, nein: Die wahre Liebe blühte auch auf einem Stahlbottich, der nach Diesel roch.

Sie blühte in einem.

Sie wusste, was zu tun war.

HEUT' GEHN WIR BUMMELN, Originaltitel ON THE TOWN, 1949. Der junge Frank Sinatra und der göttliche Gene Kelly legen als Matrosen im New York der Vierziger an, tanzen, singen und lieben sich durch die Stadt. Ein Meisterwerk des Musicals aus der Feder von Adolph Green mit oscarprämierter Musik. 00:20 Uhr.

Elvira nickte entschlossen.

Das war der richtige Film. Tanzen, tanzen bis zum Morgengrauen.

Sie würde mit Karl-Heinz durch die Straßen bummeln, den Broadway hinunter.

Sie fragte sich, ob man alles schwarz-weiß wahrnehmen und ob tatsächlich Amerikanisch gesprochen würde; sie glaubte es nicht.

Elvira war sicher, dass sie in eine Welt eintreten würde, die bunt schillerte und in der die Stimmen markant, aber unverkennbar deutsch waren. Wo würde sie landen?

Radio City Music Hall? Fifth Avenue?

Sie ging in die Küche, würdigte den Dreck und Staub, der überall zugegen war, keines Blickes und schaute noch einmal ins Programm, um sich den Sender einzuprägen.

Sie stellte den Hocker vor den Sessel und legte die Beine hoch – wie dünn sie geworden war!

Nun, sie würde wieder zu Kräften kommen.

Elvira achtete sorgsam darauf, das gute Taftkleid nicht zu zerknittern, als sie Platz nahm.

Kurz nach Mitternacht.

Sie betrachtete ihr sorgfältig geschminktes Gesicht im Handspiegel.

In Ordnung.

Sie war erstaunt, wie ruhig ihr Herz schlug, obwohl sie ihren Mann bald wieder in die Arme schließen würde.

Fünfzehn Minuten nach Mitternacht.

Sie öffnete das Röhrchen, das in absurdem Orange leuchtete, wohl, um den Inhalt vor der Sonne zu schützen. Dann ließ sie eine Handvoll weißer Tabletten auf ihre Handfläche fallen.

Der Alkohol stand neben ihr auf einem kleinen Beistelltisch. Moselwein, eisgekühlt.

Noch fünf Minuten.

Die Tabletten waren grässlich bitter, und sie spülte sie schnell mit einem Glas Wein herunter.

Mehr.

Noch mehr.

Ihr Körper fühlte sich bleischwer an; würde sie so tanzen können?

War das ein Fehler gewesen?

Als die Krämpfe einsetzten, benutzte sie zum ersten Mal die Fernbedienung, um den Sender einzustellen. Ein Spaziergang zum Fernseher wäre keine gute Idee gewesen.

Die Schmerzen wurden schlimmer; zu spät.

Zu spät, so wie alles zu spät war.

Zum Beispiel, frühzeitig den Sender zu wählen, denn statt einer Fanfare und dem brüllenden Kopf eines Löwen, der *Heut' gehn wir bummeln* ankündigte, erschien eine gut frisierte Dame auf dem Bildschirm. Diese Schmerzen; ihr Kopf füllte sich mit heißem Blei. Null Uhr zwanzig. »Sehr geehrte Damen und Herren. Anlässlich des Todes des Filmemachers George A. Romero entfällt der angekündigte Spielfilm. Stattdessen zeigen wir Ihnen Romeros Frühwerk im amerikanischen Original: *Night of the Living Dead*. Wir wünschen Ihnen spannende Unterhaltung.«

Eine Frage der Form
oder
Vatertag in der Halle der Dilettanten

1

Er wachte auf, als die Sonne bereits am Himmel stand. Sein Kopf schmerzte leicht, und der Geschmack in seinem Mund schien älter als die Welt zu sein, aber das war nichts Neues für ihn.

Er öffnete die Augen; dann schloss er sie wieder, um sich durch die Lider an das hereinfallende Sonnenlicht zu gewöhnen.

Heute war ein wichtiger Tag.

Gestern Nacht war das Fax gekommen. Es enthielt eine Liste von Menschen, die wie er einen Auftrag hatten. Er hatte lange auf dieses Stück Thermopapier gewartet.

Noch ahnte er nicht, wie viele außer ihm davon wussten – wenn man von den Leuten auf der Liste absah –, aber er war zuversichtlich, es heute Abend zu erfahren.

Er drehte sich noch einmal für eine einzige, wärmende Minute auf die Seite und versuchte, sich zu sammeln, bevor er der Welt, wie er sie kannte, zum letzten Mal gegenübertrat.

Keine Eile, sagte er sich, *der Tag hat vierundzwanzig Stunden.*

Alles würde werden, wie es sein sollte.

Der Mann erhob sich, ließ den Kopf kreisen und vernahm die üblichen Knirschlaute in seinem Nacken: die Quittung für seinen festen, bewegungslosen Schlaf.

Die vorprogrammierte Maschine nahm im Nebenraum die Arbeit auf und röchelte heißen, starken Kaffee in die Kanne, während er duschte.

Als er sich trocken rieb, ging die Stereoanlage in den Play-Modus, und Musik von Rachmaninow erklang. Die ebenfalls über Zeitschaltung gesteuerten Rollläden hoben sich summend und fluteten das Apartment mit Sonnenlicht.

Als der Mann mit feuchtem Haar, aber vollständig bekleidet, die Küche betrat, war sein Tag, elektronisch geregelt, bereits in vollem Gange.

Nachdem er gefrühstückt hatte, ging er am Spiegel vorbei, der kurz das Bild eines Mannes in den Vierzigern zeigte, der sich selbst rasch, aber kritisch musterte und der sehr elegant und vollständig in Schwarz gekleidet war.

Er war ein bisschen aufgeregt, wie er sich eingestand, aber warum auch nicht?

Der Mann streifte sich seinen Mantel über und verließ seine Wohnung.

Er ging der Sonne entgegen in der Hoffnung, es sei das allerletzte Mal.

Heute war der wichtigste Tag in der Geschichte der Menschheit.

Man hatte das Relikt entdeckt.

2

Zu dieser Zeit stand Herr Benning bereits in seiner Abteilung.

Sein Blick schweifte kritisch über die Bataillone wie absichtslos hängender und doch perfekt ausgerichteter Jacketts.

Dann inspizierte er die sogenannte Hosenwand, indem er an der langen Reihe aufgehängter Beinkleider vorbeischlenderte, um hier und da eine einzelne Hose zurück in Reih und Glied zu fingern. Die große Fläche edler Auslegeware war gesaugt, die Verkäufer an ihrem Platz nahe des Aufgangs, um Kunden zu empfangen; alles arrangiert und sauber.

Neun Uhr dreißig.

Seine untersetzte Gestalt straffte sich.

Auch heute würden die Umsätze stimmen; im Prinzip taten sie das immer.

Seine Verkäufer würden ausschwärmen, Kontakt aufnehmen, umgarnen und beraten.

Sie würden empfehlen, suggerieren und schlussendlich verkaufen, so wie immer.

Louis Vuitton, Armani, Gucci, René Lezard: Alles, was gut und teuer war, landete auf dem Edelholzverkaufstresen, durchlief dezent summend das Kassensystem und verschwand dann in eleganten Papiertüten.

Hunderte Männer, die gut, aber niemals gut genug gekleidet waren, würden Tausende Euro in diesem Tempel des guten Geschmacks lassen – bis zur nächsten Saison.

Dann kamen sie wieder, denn auch wenn sie edel und teuer gekleidet waren, haftete ihrer Garderobe doch schon bald der Makel der »letzten Saison« an; die Offensichtlichkeit, »alte« Kleidung zu tragen, würde sie hierher zurückführen.

Aber Benning, der schon oft über diesen Kreislauf nachgedacht und sich daran erfreut hatte, konnte sich heute nicht recht konzentrieren.

Irgendwann in den nächsten Stunden würde einer der Brüder erscheinen, um ihm die eine Frage zu stellen.

Benning würde ihm diese Frage beantworten, und der Mann würde wieder gehen – aber alles wäre danach anders.

Möglich, dass dies hier die letzte Saison war.

Er schritt zum Fenster und warf einen Blick hinunter auf die Einkaufsstraße.

Er hielt nach nichts Speziellem Ausschau, vor allem nicht nach dem Mann, auf dessen Ankunft er brannte, um seinen Teil des Plans zu erfüllen.

Er würde ihn erkennen, dachte er, so sicher wie das Amen ... Sein Gesicht verzog sich.

Benning betrachtete die Menschen fünfzehn Meter weiter unten, die durch die Gegend wuselten, ihren Geschäften nachgingen oder einkauften, ahnungslos und ohne Plan.

Er sah hinauf zur Sonne.

Er flog gern auf die Malediven, und er bräunte sich gern, aber er glaubte nicht, dass sie ihm fehlen würde.

So oder so, er würde seinen kleinen, aber wichtigen Teil zur Erfüllung des Plans erbringen.

Also blieb er an seinem Platz, beobachtete seine Berater und wartete.

3

»Die Sicherheitskräfte sollen vor allen Ausgängen präsent sein, aber ich will keinen von ihnen sehen. Und räumt die Stühle aus der Halle«, sagte Richthoven.

Sein Gesicht war nass geschwitzt.

»Und noch was«, fügte er an, »um zwanzig Uhr elf ist Sonnenuntergang. Um spätestens zwanzig Uhr dreißig sind alle drin. Früher wäre mir sogar noch lieber. Wer zu spät kommt, in den Gängen rumläuft oder pissen geht, hat Pech gehabt. Ist das angekommen? Und ich will keinen Stress. Diese Top-of-the-Pops-Geschichte läuft ganz easy in Halle Zwei, und Ende.«

»Ist angekommen, Chef«, sagte der dünne Mann, der wie ein Skater gekleidet war.

Er war bereits dreißig, aber er trug dieses Zeug, formlose Jeans und bizarr gemusterte Shirts, weil er dachte, dass »Kreative« so gekleidet sein müssen. Sein Haar lichtete sich, und Richthoven, der Chef der Dortmunder Westfalenhallen mit seinem opulenten Haarschopf, registrierte das täglich aufs Neue. Straelen, sein Eventmanager, war gut, schon, aber seine äußerliche Erscheinung war urbanes Flickwerk. Er fand, der Kerl sah aus, als hätte man den Kopf eines Bürokraten auf den Körper eines schreiend bunten Teenagers montiert.

Heute Abend würde das keine Rolle mehr spielen, befand Richthoven.

»Schade, dass es nur im Goldsaal stattfindet, Chef«, sagte der Eventmanager.

Er wusste zwar nicht genau, was für eine Veranstaltung das eigentlich werden sollte, so spät am Abend, aber wenn die Show wirklich so wichtig war, wäre die große Halle angebrachter gewesen. Richthoven hatte das verneint und darauf hingewiesen, dass die Veranstaltung – es schien eine Art Kongress zu sein – von einem elitären Kreis besucht werden würde: begütert, aber konservativ. Außerdem stünde es schon allein wegen der exzellenten Lichtverhältnisse im Goldsaal nicht zur Debatte, die Sache in der großen Halle zu veranstalten. Zu unpersönlich bei den paar Hundert Gästen und zu grell.

Der Goldsaal war individuell gestaltbar. Bankette, Podiumsdiskussionen, kleine Messen ... Alles ging auf diesen elitären vierhundertneunzig Quadratmetern. Aber die Gäste des heutigen Abends benötigten den Saal leer.

»Nein, das ist überhaupt nicht schade«, erwiderte der Chef der Halle. »Schade ist, dass Sie hier noch rumstehen, statt sich um das Entfernen der Bestuhlung zu kümmern. Schade ist auch, dass Sie meinen, für mich denken zu müssen. An die Arbeit.«

Gustav Straelen, seines Zeichens Eventmanager – eingestellt für Ausrichtung, Dekoration und Ablauf aller Festivitäten in den Hallen –, verließ Richthovens Büro, um sechshundert Stühle aus der kleinsten der vier Hallen entfernen zu lassen.

Er wusste nur noch nicht, wohin mit den Dingern.

4

Der Mann in Schwarz, dessen Haar nun getrocknet war, stieg aus dem Transporter und betrat die Räume von Dortmunds größtem Herrenausstatter.

Der Namenlose, der von der Bruderschaft nur »Das Talent« genannt wurde, passierte die Glastüren des Geschäfts, die so sauber und klar wie Bergluft waren.

Kaum dass seine Sohlen den Teppich berührt hatten, wurde er von einer Dame angesprochen.

»Guten Morgen. Was können wir für Sie tun?«

Der Mann sah sie an; eine gepflegte Frau mittleren Alters, die um diese Uhrzeit strahlte wie eine Besessene.

Er hatte keine Lust zu reden; er, der die meisten Sprachen beherrschte, darunter auch zwei tote Dialekte, musste sich zwingen, zu antworten.

»Sicher können Sie was für mich tun. Zu Herrn Benning, bitte.«

Ihr breites Lächeln ließ ein wenig nach, als ihr klar wurde, dass kein Umsatz zu machen war.

»Erste Etage.«

Er nickte und ging zu den Treppen, vorbei an weiteren Verkäufern, die wie Schachfiguren strategisch in allen Winkeln des Erdgeschosses platziert waren.

Benning bemerkte ihn sofort.

Er hatte kein Auge für all die exzellenten Exponate erstklassiger Schneiderkunst, und auch die lauernden Berater passierte er, als wären sie Luft.

Aber der klarste Grund, warum Benning sich sicher war, seiner Kontaktperson gegenüberzutreten, lag in der Ausstrahlung des Mannes.

Der unbekannte Besucher ging locker, fast beschwingt, als hätte er Spaß daran, sich zu bewegen, aber sein Blick war starr nach vorn gerichtet, ohne irgendetwas Spezielles zu mustern.

Außerdem war er sehr dünn, irgendwie vornehm abgezehrt, strahlte aber eine sonderbare, aggressive Kraft aus.

Der Herrenausstatter registrierte noch einiges: gut gekleidet, der Mann – wenn man davon absah, dass er lediglich einige Abstufungen von Schwarz variierte –, teure Schuhe, akkurater Haarschnitt, gerade Haltung.

Aber alle Unauffälligkeit in der Optik des Mannes entlarvte sich in Bennings Blick als Maskerade.

Sein Kontaktmann war gefährlich.

Der Mann in Schwarz trat auf Benning zu, wobei er beiläufig die Geste der Bruderschaft machte: Mittel- und Ringfinger locker in die Handfläche gelegt, Zeigefinger und kleiner Finger nach oben gestreckt.

Das Zeichen des Gehörnten.

»Guten Tag, Herr ...?«, sagte Benning.

»Wo ist das Relikt?«, fragte der Mann in Schwarz. Seine Stimme war leise und völlig emotionslos.

Sollte das Ganze so einfach sein?, fragte sich Benning, wobei er den Besucher sanft außer Hörweite zog.

Dann erzählte er mit knappen Worten, wo das Relikt zu finden war, und selbst, als er den Ort nannte, verzog der Mann keine Miene.

Er hörte nur zu, nickte dann einfach und drehte sich um.

»Bis heute Abend«, sagte Benning in einem Tonfall, der verschwörerisch klingen sollte, aber irgendwie etwas zu eifrig kam.

»Kaum. Ich werde ganz vorn stehen.«

»Natürlich. Daran hatte ich nicht gedacht. Wollen Sie sich noch etwas umsehen?«

»Nein. Ich lasse maßanfertigen«, sagte der Mann in Schwarz, ohne sich noch mal umzudrehen.

Benning wusste darauf nichts zu erwidern, also beobachtete er nur den wort- und grußlosen Abgang seines Besuchers.

5

»Verehrte Kunden. Beachten Sie bitte unsere Sonderflächen: Werkzeuge und verschiedenes Kleinmaterial für nur je neunundneunzig Cent!«

»Schrei doch noch lauter, du dumme Schlampe«, murmelte Röcken mit schmerzverzerrtem Gesicht und schaute in Richtung der versteckt angebrachten Lautsprecher. Er lehnte sich an einen Stapel Bauholz, wobei er versuchte, das Gleichgewicht zu halten.

Ihm war speiübel.

Heute war eigentlich sein freier Tag, aber er hatte einen Anruf aus der Zentrale erhalten.

»Sie haben eine Sonderabholung in der Gartenabteilung, Herr Röcken«, hatte der Mensch aus der Zentrale gesagt, »also seien Sie bitte vor Ort. Das Ganze ist wichtig.«

Was konnte an der Abholung eines beschissenen Gartenartikels so wichtig sein, dass man ihm das Wochenende versaute?

Röckens Wochenendplan sah meistens vor, sich samstags wie sonntags die Kante zu geben, immer schön weg vom Körper, kein Erbarmen, volles Programm.

Er hatte nicht vorgehabt, wegen eines spontan geplatzten freien Tages mit dieser Routine zu brechen, weswegen er sich jetzt – vorsichtig ausgedrückt – wie ausgekotzt fühlte.

Röcken war eine schwankende, saure Alkoholschwaden absondernde Travestie eines Baumarktverkäufers.

Aber er war da, immerhin.

Er musterte erneut das Ding, das irgendwann heute abgeholt werden sollte.

Irgendwie komisch war das Teil schon.

Es wirkte wuchtig und schwer, obwohl das kaum sein konnte: Dinge dieser Art waren immer aus hohlem Gussmaterial. Außerdem wirkte es auf nicht festzumachende, aber bestürzende Weise hässlich.

Was aber schlimmer war: Er erinnerte sich weder daran, diesen Artikel bestellt zu haben, noch wollte sich ein infrage kommender Hersteller abrufen lassen. Heute Morgen stand dieses potthässliche Teil einfach in der hintersten Ecke seiner Abteilung, und – eimerweise Jägermeister oder nicht – er konnte sich nicht entsinnen, schon mal damit zu tun gehabt zu haben. Hatte die Zentrale es Sonntag anliefern lassen? *Scheiß drauf*, dachte er, *sollen sie es holen, und dann klink ich mich hier aus.* Er schaute auf die Uhr. Elf Uhr zweiunddreißig. Er hätte jetzt gern was getrunken.

6

Der Goldsaal war leer; soeben arbeitete sich ein mit Wischmopp bewaffnetes Team Putzfrauen über das Parkett.

Straelen hatte sich vier Leute gekrallt und die gesamte Bestuhlung in einen angrenzenden Raum geschafft, der nun zum Bersten voll war; ein hartes Stück Arbeit.

Die Sache hatte nur einen Schönheitsfehler: Dieser Raum war eher eine Art Durchgang, der eigentlich dafür gedacht war, die Leute im Falle gewisser Probleme aus der Halle und auf die Parkplätze zu schaffen.

Der verdammte Notausgang war jetzt bis unter die Decke mit Stühlen zugestopft.

Obwohl sein Boss über diese Neuigkeit nicht besonders erfreut wirkte, notorischer Nörgler, der er war, hatte er doch eine seiner typischen »scheißegal«-Handbewegungen vollführt.

»Wenn's heute schiefgeht, sind Notausgänge unser kleinstes Problem. Wie sieht's denn mit den Sicherheitsleuten aus?«

»An jedem der drei Eingänge einer«, erwiderte Straelen, »gute Leute. Astreiner Leumund, brandneue Agentur, hoch motiviert.«

Richthoven zog die Brauen hoch.

»Neue Agentur?«

»Sie wollten doch Kerle wie Kleiderschränke. Die drei sind zwar verhältnismäßig alt – ich schätz mal um die fünfzig Jahre oder so –, aber clever. Und schweigsam«, fügte er hinzu.

Straelen erwiderte den abschätzenden Blick seines Chefs kühl.

»Wann kommen die Stars für Halle Zwei?«

Straelen blätterte in einem Ringordner.

»Gegen sechs Uhr. Die meisten steigen in der Innenstadt ab oder fliegen danach direkt wieder nach Hause. Es sind ... Moment ... genau einundzwanzig Künstler. Die Halle ...«

»... ist zu klein, das ist mir auch klar. Aber Halle Eins ist verdammt zu nah an unserer Veranstaltung heute«, ergänzte Richthoven nicht unfreundlich.

»Wir sind voll im Plan.«

»Na ja ... Ihr Wort in ... hm, Sie wissen schon«, murmelte Richthoven, wies dabei mit dem Zeigefinger in die Luft und brach dann die Geste ab.

»Wird alles glattgehen, Chef.«

»Das hoffe ich für Sie«, entgegnete Richthoven.

Und für mich auch, dachte er im Stillen.

Zwölf Uhr zehn.

Noch etwas weniger als neun Stunden.

7

»Das Talent« parkte den dunklen VW-Transporter auf dem Behindertenparkplatz.

Dann öffnete er das Handschuhfach und wühlte sich durch eine Kollektion von Presseausweisen, Reisepässen und Schildern, auf denen »Eilige Bluttransporte« oder »Catering« stand. In der hintersten Ecke sah er die Plastikkarte mit dem Piktogramm eines Rollstuhlfahrers, fischte sie heraus und legte sie aufs Armaturenbrett.

»Kosmos-Baumarkt« las er über dem Eingang seines Ziels. Darunter: »Nehmen Sie es selbst in die Hand!«

»Das werde ich. Aber sicher doch«, lächelte er.

Das Innere des Baumarkts war gigantisch, aber der Mann fühlte sich wie an einer Schnur in die korrekte Richtung gezogen. Er genoss diesen merkwürdigen Magnetismus. Also schritt er zielstrebig durch die langen Gänge mit ihren Hochregalen, filterte Fahrstuhlmusik und Durchsagen aus seinem Bewusstsein und konzentrierte sich völlig auf sein Ziel.

Er war der Empfänger des Relikts und nicht mehr willens, sich von Handlangern vollquatschen zu lassen oder sonst wie Zeit zu verschwenden.

Ärgerlicherweise war der Kerl, der ihm das Relikt übergeben sollte, keiner aus der Bruderschaft, was bedeutete, dass er gründlich sein musste.

Extrem gründlich.

Er erreichte die Gartenabteilung und sah sich einem verquollenen Mann um die vierzig gegenüber, der leicht schwankte. Das würde die Sache vielleicht vereinfachen.

»Tag«, zwang er sich zu Formalitäten, »ich habe hier einen Abholschein.«

Röcken war erfreut, während er auf seine Uhr schielte: kurz vor eins. Wenn das hier in diesem Tempo weiterging, wäre in ein paar Minuten Feierabend.

»Geben Sie her. Habe schon gewartet«, sagte er. »Und holen Sie sich am besten 'ne Karre. Das Ding ist schwer, würd ich mal sagen.«

Eine kleine Pause trat ein.

Der Mann in den dunklen Klamotten machte keine Anstalten, loszugehen, um sich eine Transportgelegenheit zu besorgen, registrierte Röcken verstimmt.

Stattdessen sagte er: »Sie gehen und holen eine – und bitte zügig. Ich bin zeitlich etwas angespannt. Wo ist das gute Stück? Ich möchte es sehen.«

Dann strich er Röcken überraschend über die Wange; eine zärtliche Geste, vollzogen von einer kalten Hand.

»Oh«, sagte Röcken und wich zurück.

Röcken war unangenehm berührt. Irgendetwas in ihm ließ spontan ein leichtes Schuldgefühl aufflammen. Er wusste nicht, woran er schuld sein sollte oder was er falsch gemacht hatte, aber das Gefühl war da. Es fühlte sich warm und traurig an, obwohl er es nicht schaffte, seine Gedanken zu ordnen, um dieses Empfinden zu katalogisieren.

Der Mann lächelte ihn an, und Röcken senkte den Blick.

»Hinten bei den anderen. Wenn Sie es nicht finden, warten Sie bitte. Bin gleich wieder da.«

»Ich bin mir ziemlich sicher, dass ich es finde«, erwiderte der Mann mit dem Abholschein.

Ohne eine Antwort abzuwarten, schlenderte er in den Außenbereich, schlängelte sich durch einige Paletten Keramikfiguren und sah sich um. Er registrierte chinesischen Terrakottakriegern nachempfundene Statuen, wasserspeiende Betongänse, Maschendrahtrollen.

Nicht, was er suchte. Er schloss die Augen, konzentrierte sich, öffnete sie.

Er erblickte das Relikt.

Vier Minuten vor eins.

8

Der Herrenausstatter hatte keine Mittagspause, niemals.

Aber es gab einige ruhige Stunden am Tag, die der Sichtung neuer Stücke und dem Papierkram vorbehalten waren.

Benning hängte seine Gabel in die Pasta, die einer seiner Auszubildenden wie üblich im Feinkostgeschäft um die Ecke geholt hatte.

Er stellte die fettige Plastikschale auf einen Stapel Personalunterlagen. Papierkram? Wozu? Was er heute tat, hatte morgen keinen Bestand mehr.

Er tastete über seine Brust, um sich zu vergewissern, dass seine Eintrittskarte noch an Ort und Stelle war: nachtschwarzes, starres Büttenpapier, nur mit seinem Namen und einer kleinen Grafik bedruckt, eingebettet in die Seide seiner Innentasche. Ein reichlich leichtsinniger Ort, wenn man bedachte, welche Tür einem das Billett öffnete. Dass nur sein Name darauf stand und nicht zusätzlich der seiner Kinder und seiner Frau, stimmte ihn trübsinnig. Aber es stand geschrieben, dass diese Traurigkeit mit einem Schlag verschwinden würde, und er glaubte diesen Worten. Sie waren vor langer Zeit geschrieben worden, vom Vater persönlich, und niemand hatte sie je widerlegt.

Er blickte hinter sich.

Der Anzug war natürlich noch da.

Ein aktuelles Armani-Modell, gefertigt in Genua, schwarz, Größe sechsundfünfzig.

Den würde er heute Abend tragen, mit schwarzem Hemd und passender Krawatte.

Wenn er schon nicht das Licht in den Augen des Vaters sehen konnte, wenn dieser kam, wollte er doch wenigstens der bestangezogene Konfirmand sein, egal, wie weit er hinten stand.

Er hatte noch Zeit, sich auf alles einzustimmen – falls das möglich war.

Wenn es so werden würde, wie es in den Überlieferungen stand, glaubte er das eher nicht.

Es würde ein atemberaubendes Spektakel werden, die überwältigende Geburt einer neuen Ära.

Benning hoffte trotzdem von ganzem Ausstatterherzen, dass der Anzug die Nacht der Wiederkehr überstehen würde.

Seine Hand wollte einem nicht klar gedachten Gedanken folgen und

den Hörer ergreifen, um seine Familie anzurufen. Er brach diesen Vorgang ab und stellte ärgerlich fest, dass ihm das sehr schwerfiel.
Die stählerne Uhr auf seinem Schreibtisch zeigte dreizehn Uhr sieben.

9

Röcken zog die Karre durch die Sanitärabteilung. Das war der längste Weg, den man nehmen konnte, wenn man zurück in den Außenbereich wollte, und der riskanteste obendrein. Tickte man mit einem Hubwagen gegen ein Waschbecken von Villeroy & Boch, konnte man die folgende Gehaltsabrechnung dazu benutzen, seinen Hamsterkäfig auszulegen.

Trotzdem hatte Röcken es nicht eilig, ganz und gar nicht. Er fühlte sich ausgelaugt und war sich selbst in den wenigen Minuten seines Spaziergangs Richtung Kassenbereich fremd geworden.

Sein Brummschädel war ebenso in den Hintergrund getreten wie seine gute Laune in Erwartung eines frühen Feierabends und hatte einer Art Instant-Depression Platz gemacht, die ihn langsam und traurig hatte werden lassen.

Er sah an sich herunter und bemerkte, dass er schlurfte.

Wenn das Leben so sein kann, dachte er, *möchte ich nichts damit zu tun haben.*

Der schwarze Mann hingegen hatte seine Sternstunde erlebt.

Als er in der Gartenabteilung wieder die Augen geöffnet hatte, hatte sich der Anblick des Relikts in sein Bewusstsein gebohrt, um es nie wieder zu verlassen.

Er war langsam hinübergegangen und hatte sich hingekniet, darauf achtend, dass es für andere Besucher des Geländes nicht allzu devot aussah.

Jetzt kniete er noch immer.

Das Relikt stand auf einem guten Quadratmeter quietschgrünen Kunstrasens.

Das Licht der Mittagssonne vermochte es nicht komplett auszuleuchten, zumal es entweder absichtlich oder instinktiv in eine schattige Ecke der Anlage gestellt worden war.

Es war ein steinerner Gartenspringbrunnen.

Er war fast mannshoch, tief schieferfarben und ruhte auf einer massiven Säule, die reliefartig mit Ornamenten verziert war. Aus der Mitte der Schale, die schwer auf dem Sockel ruhte, wanden sich vier stählerne Rohre, und an den Rändern des Beckens hockten versteinerte Abbildungen von Tieren, die Vögel sein mochten oder Fledermäuse – oder etwas ganz anderes.

Die echten Vögel allerdings, die – spatzenhirnig, wie sie waren – versucht hatten, in das Becken zu scheißen, lagen tot am Fuße des Sockels.

Obschon das Relikt erst seit kurzer Zeit dort stand, waren die Tiere beinahe vollständig verwest.

»Welch Geniestreich«, flüsterte der Mann.

Die Fertiger dieses Gefäßes hatten diesmal Weitsicht und Humor gezeigt.

Es war eine düstere Parodie des Heiligen Grals, ein Behältnis, das die Essenz des Vaters beherbergte, und der Vater war kein Freund gefiederter Wesen.

Der Mann, dessen auf dem Boden ruhende Mantelschöße ihm selbst den Anblick eines riesigen Raben verliehen, erinnerte sich: Das Relikt war vor zweitausend Jahren erschaffen worden und hatte seitdem alle paar hundert Jahre die Form gewechselt.

Das war erforderlich gewesen, weil die Jagd nach dem Relikt – einen anderen Begriff gab es aufgrund der gelegentlichen Formänderung nicht – erbarmungslos war, und sobald die Spione des Vatikans wussten, welche Form es hatte, wurde sie geändert.

Es war unter anderem ein Fabergé-Ei, eine japanische Schmuckschatulle und sogar für volle siebzig Jahre ein Waffenschrank im Besitz einer amerikanischen Familie gewesen.

Brüder rund um den Erdball waren mit nichts anderem beschäftigt, als zu recherchieren, Rituale durchzuführen und auf die Zeichen zu achten, aber es hatte immer nur zur Bestimmung der Form, nicht des Standortes gereicht.

Aber diesmal war die britische Bruderschaft der Endgültigen Kirche des Vaters schnell gewesen. Sie hatten die Form deuten und entschlüsseln können, dabei allerdings zuerst auf einen See getippt und dann auf einen gemauerten Brunnen. Was immer noch absurd genug war, denn das Relikt war stets transportabel.

Die endgültige Eingrenzung verdankten sie dann zu allem Übel nicht dem penibel durchgeführten Blutorakelritual, sondern einer ziemlich veralteten Verifizierungssoftware aus dem Internet.

Egal. Weder war der Weg das Ziel, noch stellte sich Form über Inhalt, wie den Satzungen der Bruderschaft zu entnehmen war. Sie hatten es geortet, und das reichte.

Der Mann erhob sich.

Es wurde Zeit, zusammenzupacken.

Er legte erneut seine Hand auf den Rand des Brunnens und spürte die Kälte.

Das Relikt hätte nicht eisiger sein können, wenn es im Weltraum gekreist hätte, statt in der Abteilung für Hobbygärtner eines Dortmunder Baumarkts in mildem Schatten zu stehen.

Er blickte auf seine Armbanduhr.

»Sie haben ihn gefunden«, hörte er die müde Stimme des Verkäufers hinter sich.

Er drehte sich um und sah in dessen Gesicht, dass der Keim seiner Berührung Früchte getragen hatte. Die ganze Körperhaltung des Mannes war schlaff und nichtssagend, seine Augen schimmerten feucht. Er wirkte todtraurig.

Der Verkäufer, der ein Rollbrett wie einen Hund an der Leine hinter sich hergezogen hatte, sah nicht nur einfach müde aus; er wirkte tot. Offenbar hatte ihn noch niemand darüber aufgeklärt, aber das konnte man nachholen.

»Sagen Sie«, flüsterte der Mann in Schwarz, wobei er Röcken seine eisige Hand in den Nacken legte, »haben Sie jemals über Selbstmord nachgedacht?«

Röcken fühlte eine schwarze Welle der Hoffnungslosigkeit über seinem Kopf zusammenschlagen. Eine einzelne Träne rann über seine aschgraue Wange.

»Nein«, sagte er.

Dann legte sich die andere Hand des Mannes auf seine Wange und wischte mit dem Daumen die salzige Feuchtigkeit fort. Sie sahen sich an. Diese Augen waren tief und kühl, und zugleich schien ein lustiges, unbeschwertes Feuer in ihnen zu brennen, meinte Röcken zu erkennen.

Die Brauen des Talentierten hoben sich.

»Nicht? Und? Wäre das nicht was für Sie?«

Der Mann zwinkerte Röcken zu und lächelte warm, aber sein Blick schielte zur Uhr.

Das Zifferblatt der Seamaster zeigte dreizehn Uhr zweiundvierzig.

10

Herr Benning hatte begonnen, sich mental auf das Ende der Welt, wie wir sie kennen, einzustellen. Das Jackett saß gut, aber die Hose war etwas zu lang. Sein Änderungsschneider würde das erledigen.

Er hatte doch noch seine Familie angerufen, war aber nicht in sentimentales Gesülze abgedriftet.

»Ich komme heute später, Liebling«, hatte er seiner Frau gesagt.

Im Hintergrund war ein elektrischer Mixer zu hören, als sie antwortete.

»Wann wird das denn sein? Um sieben ist das Essen fertig, und Blätterteig sackt immer so schnell zusammen.«

Gute Frage, hatte er gedacht.

»Es wird spät. Warte nicht auf mich. Küss die Kinder von mir.«

Dieser Wunsch war ungewöhnlich, wenn man Benning kannte, aber seine Frau schien sich eher auf das Zubereiten von Teigspezialitäten als auf das Heraushören von Zwischentönen zu verstehen.

Er legte den Hörer auf, drückte dann die Kurzwahltaste der Änderungsschneiderei und gab einige Anweisungen.

Alles lief nach Plan.

Das Relikt stand auf der Ladefläche des Transporters, festgezurrt wie eine Neutronenbombe.

Der Mann hatte den schwarzen Mantel auf den Beifahrersitz gelegt, und dünne Rinnsale von Schweiß liefen ihm durchs Gesicht. Seine Handflächen waren eiskalt, seine Oberarmmuskeln zitterten. Dies war der anstrengendste Teil gewesen; das Gefäß allein in den Wagen zu wuchten, war riskant und hart gewesen, aber niemand außer ihm durfte zur Stunde das Relikt berühren. Er warf den Behindertenausweis zurück ins Handschuhfach, startete den Wagen und drückte auf den On-Knopf des CD-Players.

Ein violinenschwangeres Werk von Antonio Vivaldi erklang.

Der Mann stellte es lauter; trotzdem übertönte die anschwellende Musik nicht die Sirene des Krankenwagens, der vor dem Baumarkt bremste und wie in einem Krimi aus den Siebzigern zwei hektisch agierende Männer ausspuckte.

Er fuhr langsam davon, die Sonne im Rücken, und lauschte der Musik.

Das Orchester gab sich alle Mühe – so wie er.

Alles lief nach Plan.

Richthoven sah sich um.

Die Beleuchtung des Goldsaals war bis in die Nähe absoluter Finsternis heruntergedimmt, das Parkett feucht glänzend, alle unwichtigen Türen fest verschlossen.

Vor einer halben Stunde hatten zwei junge Männer das Podest hereingetragen, welches nun auf der Bühne stand und soeben mit einem Staubfeudel abgepinselt wurde.

Die Wände waren mit Samt abgehängt, was der Halle das Aussehen eines großen, aber intimen Salons verlieh.

Er hatte nun keine Angst mehr davor, dass vierzig verwinkelte Meter weiter eine Hallentür war, die in wenigen Stunden geöffnet werden würde, um einige Tausend Jugendliche einzulassen. Er fürchtete nicht mehr den Umstand, das Aufnahmeritual der Bruderschaft durchstehen zu müssen oder das Angesicht des Vaters zu erblicken.

Er hatte den Goldsaal, der eigentlich Filmbörsen, Tagungen oder Bankette beherbergte, in eine gesicherte Festung verwandelt, ohne den feierlichen Charakter zu zerstören.

Niemand, der heute nicht hierhergehörte, würde eindringen können, und wenn der Vater erst da wäre, würde das auch kein Problem mehr darstellen.

Sein Eventmanager war noch in den Ruhestand zu versetzen, fiel ihm ein.

Das würde er selbst erledigen, als weiterer bescheidener Beitrag zur Ankunft des Vaters.

Am frühen Abend dann würde dieses Relikt geliefert werden, die Show würde beginnen, die Sonne erlöschen und eine neue Ordnung einkehren, in der er seinen festen Platz haben würde.

Alles lief nach Plan.

Straelen aß.

Der Saal war bereit, das Sicherheitspersonal würde bald eintreffen, es war sauber.

Das war es für mich, dachte er, *alles im Lack*.

Er würde noch ein wenig herumlungern, in seinem Büro ein, zwei Zigaretten vernichten, den Plan für morgen studieren, dann ausstempeln und rausspaz ...

Scheiße.

Es gab nur einen Ausgang für sämtliche Mitarbeiter der Halle. Der Boss wie auch der allerletzte Hilfsarbeiter würden den Personaleingang nehmen, der auf der Rückseite der Halle lag und zu den Parkplätzen führte.

Das Problem war nur, dass immer, wenn »Top of the Pops« oder ein anderes Popkonzert gastierte, der Parkplatz bereits um fünf Uhr von einer riesigen Horde kreischender Teenager belagert sein würde.

Es war stets das Gleiche, und es war meistens kein Problem, wenn man über den Umstand, dass am nächsten Tag überall leere Coladosen und Zigarettenkippen rumlagen, hinwegsehen konnte.

Diesmal allerdings würde er den Hinterausgang benötigen, um die Sicherheitsleute und diesen angekündigten Lieferanten reinzulassen.

Richthoven hatte sich ziemlich klar ausgedrückt, was das anging.

Das Personal zügig in den Saal schaffen und instruieren, den Lieferanten ausgesucht höflich behandeln – aber verdammt noch mal auf keinen Fall mit anpacken, so schwer die Lieferung auch aussieht! Und danach alle Türen verschließen.

So, wie es aussah, würden sich diese Leute mitsamt ihren Mitbringseln durch ein Heer von Pubertierenden pressen müssen, die »Sasha, ich will ein Kind von dir« schrien.

Ein klitzekleiner organisatorischer Fehler hatte sich eingeschlichen.

»So ein Dreck«, murmelte er, während sein Hirn die Arbeit aufnahm.

Er könnte Absperrungen aufbauen – aber dafür bräuchte er Leute, und die hatte er bereits in den Feierabend geschickt.

Er könnte gleich den ganzen Parkplatz sperren. Allerdings glaubte er nicht, dass zwanzig Meter Absperrband achthundert oder eher tausend Kids aufhalten konnten. Sie würden das Gelände stürmen wie die Hunnen.

Plötzlich klickte es vernehmlich in seinen Synapsen.

Er würde einfach einen der universellen Notausgänge öffnen, die y-förmig aus allen Hallen ins Freie führten. Diese lagen an der Rückseite, waren leider nur zweihundert Meter vom Parkplatz entfernt, aber dezenter ging's eben nicht.

Er hätte jetzt gut den Notausgang des Goldsaals gebrauchen können, aber der war bis zum Rand voller verdammter Stühle.

Na ja: Er würde die Leute persönlich empfangen und durch die verschlungenen Gänge in den vorbereiteten Saal lotsen, hinter sich abschließen und dann nach Hause gehen.

Problem erkannt, Problem gebannt, klopfte er sich im Geiste auf die kunterbunte Schulter.

Jetzt hat er wieder Interesse an seiner Mahlzeit.

Alles lief nach Plan.

11

Obwohl es ein Septembertag war und die Sonne nach wie vor am Himmel stand, begann die Atmosphäre gegen achtzehn Uhr zwielichtig und auf unbestimmte Weise düster zu werden.

Die Sonne strahlte nicht, sie war einfach nur da, eine blass-orangefarbene Scheibe ohne Intensität, und das reichte nicht aus, um einen normalen Tag im beginnenden Herbst zu simulieren.

Um genau diese Zeit öffnete der talentierte Mann in Schwarz die Schiebetür des Transporters.

Das Relikt war noch immer an seinem Platz, ohne einen Millimeter verrutscht zu sein.

Jetzt kam wieder der heikle Teil: herausheben, abstellen, sichern.

Er war im Schritttempo durch eine Traube Teenager gefahren, die sich die Nasen an seinen getönten Scheiben platt gedrückt hatten. Wahrscheinlich hatten sie gedacht, im Innern säße irgendein Star. Nun, sie waren so nah an der Wahrheit, wie es nur ging. Er hatte in sich hineingelächelt und war weitergefahren, denn dort hatte kaum der Eingang sein können.

Jetzt stand er vor einem braun gestrichenen Stahltor an der Längsseite der Halle, auf das jemand einen Zettel »Personal: heute hier« befestigt hatte.

Er klopfte.

Straelen befand sich zu dieser Zeit mitten in einer Recherche über das Nachtleben Dortmunds.

Dass er diese Arbeit sowohl im Sitzen als auch mit heruntergelassener Hose vornahm, war seiner Konzentration nicht abträglich. Im Gegenteil.

Er ruhte ganz in sich selbst, während er in der Zeitschrift blätterte und darauf wartete, dass sein Darm das eilig verzehrte Mittagessen in etwas völlig Neues verwandelte.

Die Tür der Waschräume ging auf.

Straelen, zu dessen Passionen außer Planung und Dekoration auch das ausgiebige Meditieren am stillsten Ort der Halle gehörte, nahm wahr, wie die Tür gegen den verchromten Abfalleimer tickte.

Da hat es aber einer eilig, dachte er.

»Herr Straelen?«

Das war Richthoven.

Unfassbar, dachte Straelen, *er stört mich beim Kacken.*

Dann durchflutete ihn ein ganz mieses Gefühl: Es musste Probleme gegeben haben, wenn der Boss ihm bis auf das Klo folgte.

»Jaaaa. Hier.«

Merkwürdigerweise sagte Richthoven jetzt nichts. Dafür klang es, als würde er schwer atmend vor seiner Kabinentür stehen.

»Herr Richthoven? Moment, ja … Eine Sekunde.«

Straelen richtete sich widerwillig auf, wobei er seine Jeans in Position zerrte.

Durch die Wucht des Tritts flog die Toilettentür nach innen, und vierzig Kilo weiß lackierte Spanplatte trafen auf Straelens Gesicht.

Er fiel nach hinten, wobei eine Blutfontäne aus seiner Nase sprudelte wie Sekt bei einer Schiffstaufe.

Richthoven stand vor ihm, registrierte er benommen durch eine Milliarde explodierender Miniatursonnen.

Diese Schmerzen!

»Verzeihung«, sagte Richthoven.

Seine linke Hand war zu einer Geste des Mitleids ausgestreckt, die rechte Hand allerdings hinter dem Rücken verborgen. Über dem sichtbaren Unterarm hing ein beiges Frotteehandtuch.

»Tut mir wirklich leid, Herr Straelen«, entschuldigte er sich wieder, und es klang aufrichtig beschämt.

»Was ...?«, setzte der Eventmanager an. Seine Stimme blubberte.

Dann warf Richthoven das Handtuch über den Kopf des Verletzten.

»Ich brauch noch eins«, röchelte Straelen, der blutete wie abgestochen, unter dem dämpfenden Frottee hervor, »das hier reicht nicht.« Es klang, als würde er weinen.

»Ja. Moment. Wird gleich besser«, sagte Richthoven mit bedrückter Stimme.

Dann ließ er den Hammer auf Straelens Schädel herabsausen.

Ich schlage einen Nagel in die Wand, dachte Richthofen. *Ich schlage nur einen Nagel in die Wand.*

»Nur einen Nagel«, hörte er sich sagen, »nur einen – und noch einen ...«

Er verrichtete so lange Zimmermannsarbeit, bis die kleine Kabine in Straelens Blut schwamm.

Das war nicht mehr aufzuräumen, befand er träumerisch, aber das Schlimmste war vorbei.

Er verließ den Raum mit unsicheren Schritten und stoppte abrupt.

Er taumelte zurück und verschloss die Waschraumtür mit seinem Universalschlüssel.

12

Wenige Minuten später trafen die Securityleute ein. Sie entstiegen einem braunen Passat-Kombi, streckten sich und drehten die Rümpfe. Es schien eine lange Fahrt gewesen zu sein.

Die Männer wirkten etwas steif, aber keineswegs müde. Die neugierigen Blicke der Jugendlichen, welche die Schneise säumten, die der Passat sanft durch die Massen geschnitten hatte, waren wie Koffein für ihre ohnehin geschärften Sinne gewesen. Das hintere Tor war vollkommen unerreichbar gewesen. Sie hatten es dann an der Längsseite versucht und waren auf die Tür mit der Notiz gestoßen.

Wachsam blickten sie sich um, lauschten auf den Lärm der Menschentraube in ihrer Nähe und begannen dann, den Wagen zu entladen. Mehrere schlanke Lederkoffer kamen zum Vorschein.

Einer der drei Männer, ein großer Kerl mit grauem Pferdeschwanz, der wie die anderen eine hochgeschlossene Nylonjacke mit dem Aufdruck »Midas Sicherheitsdienstleistungen« trug, sagte: »Wir sind nicht die Ersten« und wies auf den schwarzen Transporter.

»Hm, so wie es aussieht, hast du recht.«

Der Mann, der geantwortet hatte, legte leicht den Kopf schräg. Er betrachtete den Wagen so intensiv und eingehend, als wolle er ihn durch bloßes Starren in seine Einzelteile zerlegen.

»Das könnte er sein.«

Die anderen nickten.

»Das ist er. Und er ist schon drin. Es geht los.«

Der Pferdeschwanz zog die Brauen zusammen.

»Showtime.«

Dann pochten sie gegen die Tür.

13

Der Mann in Schwarz schob das Relikt durch den hohen, nach Bohnerwachs riechenden Gang.

Die Tür war offen gewesen. Offensichtlich hatte der Kerl, der das Schild angebracht hatte, vergessen, sie zu schließen. Die Rollen des Bretts, auf dem der Gartenbrunnen stand, quietschten erbärmlich, und der Mann verdrehte die Augen. Sein Tag war bisher buchstäblich voller Musik gewesen, und jetzt das. Er blickte nach unten und bemerkte gelbe Markierungen auf dem Betonboden, die ihn allerdings keinen Deut schlauer machten.

Er hätte sich für alle Fälle einen Plan dieser verdammten Hallen besorgen sollen.

Das wäre nicht mal schwierig gewesen; eine Minute im Internet hätte ausgereicht.

»Verdammte Scheiße.«

Er bog einige Male intuitiv links ab, einer alten Pfadfinderregel folgend, und traf auf neue Gänge, neue Abzweigungen. Er versuchte, sich an den Konzertplakaten, die alle paar Meter an die Wand geklebt waren, zu orientieren, aber schon nach zweimaligem Abbiegen wusste er nicht mehr, ob er bereits am pausbäckigen Gesicht der Callas oder einem schwarz-weißen Phil Collins vorbeigekommen war.

Plötzlich hielt er an.

Er hatte etwas gehört.

Es klang, als würde jemand japsen – oder schluchzen.

Er ließ das Relikt los und spähte um die Ecke.

An der Wand lehnte ein Mann.

Er trug einen grauen Anzug, der schlecht verbarg, wie korpulent er war. Sein Atem ging pfeifend, und er war blass.

»Das Talent« konnte sehen, dass sich seine Lippen bewegten, und er hielt irgendetwas in der Hand. Etwas Tiefrotes.

»Hallo«, rief der Mann in Schwarz. Seine Stimme hallte von den Wänden wider.

»Es war nur ein Nagel. Einer oder zwei. Mehr nicht«, sagte der Kerl im Anzug laut und scheinbar mehr zu sich selbst.

»Aber sicher«, entgegnete er ruhig, »nur ein paar Nägel. Wie komme ich in die Halle?«

Der Mann in Schwarz war auf ihn zugegangen; nun sah er, dass der Gegenstand in der fleischigen Hand ein Hammer war; er troff vor Blut.

»Wie komme ich in die verdammte Halle?«

Seine Stimme war nun schärfer. Wie die Dinge lagen, drängte die Zeit wohl ein wenig.

Sein Gegenüber war, wenn schon nicht total übergeschnappt, so doch sehr nahe an der Schwelle zum Irrsinn, und er konnte sich angesichts der neuen Situation nicht erlauben, über Hämmer oder Nägel zu plaudern. Er musste jetzt schnell in die Halle.

Er stand vor diesem brabbelnden Fleischberg, beugte sich vor und flüsterte:

»Ich bringe das Gefäß des Vaters, Idiot. Wie komme ich in die verfluchte Halle?«

Richthovens Lippen bewegten sich, aber es kamen keine Worte.

Der Mann, der nichts anderes im Sinn hatte, als den Vater zu befreien, fasste den Chef der Hallen am Kragen. Er war ganz entspannt, aber sein Blick fror fast am Zifferblatt seiner Uhr fest.

»Letzter Versuch, Kumpel. Mir läuft ein bisschen die Zeit davon. Das wird den Vater nicht begeistern, fürchte ich. Da du selbst kein Unschuldslamm bist und über kurz oder lang sowieso in seinem Königreich landest, wär's doch bestimmt nett, mit ihm im Reinen zu sein. Oder? Hm? Also: Wo ist die Halle?«

»Durch die Tür da«, flüsterte Richthoven.

»Schön. Es geht doch.«

Er tätschelte dem Hallenchef die feiste Wange, worauf dieser wimmernd versuchte, den Kopf wegzuziehen.

Der Talentierte holte das Rollbrett mit dem Relikt, und als er an Richthoven vorbeiquietschte, stoppte er noch einmal.

Er lächelte Richthoven an.

»Gibst du mir kurz deinen Hammer?«, fragte er.

Er wand ihn aus der klebrigen Faust des anderen, roch gespielt angewidert daran und sagte:

»Weißt du was? Da du so viel für den Vater getan hast, tue ich jetzt was für dich. Der Vater wird bald erscheinen, wenn wir alles richtig machen, und sein Königreich auf unsere Welt ausdehnen. Willst du am Thron des Vaters knien?«

Richthovens käsige Wangen schwabbelten, als er nickte.

»Sehr gut.« Der Mann in Schwarz hob lächelnd den Hammer.

»Schon bald kehrt der Vater in sein Reich zurück. Warte da schon mal auf ihn.«

Der Talentierte brauchte nur einen Schlag.

14

Die drei Männer von Midas hatten festgestellt, dass die Tür nur angelehnt war.

Einer von ihnen, der nur Benedikt genannt wurde, hatte schwarze Streifen auf dem Boden entdeckt.

»Gummirollen. Scheint eine Art Lieferanteneingang oder so was zu sein. Na ja, alle Wege führen nach Rom.«

Der Mann mit dem Pferdeschwanz lächelte düster.

»Wer wüsste das besser als wir?«

Der Dritte, der bisher geschwiegen hatte, ergriff das Wort.

»Wir folgen den schwarzen Spuren. Scheint mir das Beste zu sein. Warum ist hier keiner von der Halle? Diese Anlage ist aufgebaut wie die verdammte Pariser Oper. Gänge ohne Ende, Keller, Aufgänge ... oh, man. Wer immer hier was transportiert hat, kannte den Weg wahrscheinlich auch nicht.«

Die anderen grummelten zustimmend.

»Wir müssen in den Goldsaal, vergesst das nicht«, sagte er dann, »jeder andere Ort ist heute so unwichtig wie nur was.«

»Ist klar«, nickte der Langhaarige, dann wandte er sich an Benedikt. »Versiegele die Tür.«

Benedikt öffnete einen der Koffer, entnahm eine Bibel und den Stumpen einer Kerze und begann zu sprechen.

»Dieses ist nicht mehr Ein- noch Ausgang, sagt der Herr.«

Dann erwärmte er den Stumpen über der Flamme eines Zippo. Auf das Feuerzeug war ein Kruzifix eingraviert, unter dem INRI stand. Er ließ etwas Wachs auf die Schwelle tropfen, wartete einige Sekunden und presste dann das Siegel seines Rings hinein. Es hinterließ den Abdruck eines Kreuzes, durch das ein Schwert getrieben war.

»Ein bisschen zügiger«, sagte der Langhaarige, wofür er sich einen strafenden Blick einfing.

Benedikt legte die Bibel neben das Wachssiegel auf die Schwelle und erhob sich.

»Weiter geht's. Gott weiß, wie viele Türen noch kommen.«

15

Neunzehn Uhr.

Der Mann in Schwarz hatte die Halle gefunden. Ihm war es gelungen, das Relikt, das jetzt kälter denn je erschien, eine steile Rampe hinaufzuschieben.

Vor ihm ragte ein schwarzer Vorhang auf, der so hoch war, dass die Aufhängung vom Boden aus nicht zu sehen war. Alles lag im Dunkel. Als er den Stoff nach oben schob, sah er in ein schwarzes Nichts.

Er richtete das Relikt exakt in der Mitte der Bühne aus, verneigte sich davor und zog sich zurück. Noch eine Stunde, dann würde er seinen Platz in vorderster Reihe einnehmen und seine Belohnung empfangen.

Er rief sich den Ablauf des Rituals ins Gedächtnis.

Niemand durfte sitzen; man stand, bis man zum Knien aufgefordert wurde.

Der Ort durfte nicht heiliggesprochen oder geweiht sein. Je weltlicher, desto besser.

Die Schlüsselpole mussten bestimmte Personen sein, welche die unheilige Dreifaltigkeit repräsentierten: ein gefallener Priester in der Mitte der Halle, ein Wucherer am hintersten Ende und ein direkter Diener ganz vorn.

Das war er.

Keine Musik, keine Diskussionen.

Ein einziges Gebet, dessen Worte seit tausend Jahren festgelegt waren.

Er ließ den Kopf kreisen, was ein leises Knirschen erzeugte. Wenn es nach ihm ging, konnte es losgehen.

16

Die Midas-Männer, die noch gestern vom Papst persönlich gesegnet worden waren, um dann ihre Ausrüstung zu empfangen und einen Flieger zu besteigen, hatten den vollkommen dunklen Goldsaal betreten und begannen, sich vorzubereiten.

Ein geeigneter Winkel war schnell gefunden. Nahe dem Eingang gab es eine Treppe, deren steinerne Stufen auf eine Art Balkon führten, wo sich das Beleuchtungsmischpult befand.

Der Auftrag war klar: Die drei Schlüsselpersonen, Pole genannt, mussten getötet, das Relikt zerstört werden, und zwar exakt in dieser Reihenfolge. Würde es andersherum laufen, könnte der Bewohner des Relikts durch einen dieser Männer auferstehen.

Dann würde er diese Hülle benutzen, um zu entkommen.

Eine ewige Nacht würde sich über die Erde senken. Die ohnehin dünnen Membranen der vom parapsychologischen Institut des Vatikans als existent bestätigten Zwischenwelten würden reißen.

Von den unbekannten Querdimensionen gar nicht zu reden; vermutlich beherbergten diese nur die körperlose Essenz unnatürlich Verstorbener, vielleicht aber auch mehr als das. Benedikt kannte die einschlägigen Memos.

So weit wollte es der seit Jahren auf diesen Fall trainierte, christliche Stoßtrupp gar nicht erst kommen lassen.

Sie kauerten nahe der Bühne, die durch einen schwarzen Vorhang vom Rest der Halle abgetrennt war, und beteten.

Ein Auge allerdings hatten sie stets für Bewegungen innerhalb des Raums reserviert.

Nach einigen Minuten der Stille begann Benedikt damit, feine Streifen aus den Säumen der samtenen Wandbehänge zu schneiden.

Währenddessen suchten die anderen einen guten Platz zur Installation der beiden ausgesprochen weltlichen PSG-1-Scharfschützengewehre. Es waren zwei, nur für den Fall.

Die Samtstreifen sollten zur Tarnung ausreichen, wenn man die Gewehre damit umwickelte; schließlich war hier Licht ohnehin nicht der dominierende Faktor.

Zumindest bis jetzt.

17

Zwanzig Uhr.
Die Halle war voll.

Ein konstanter Bass von prähistorischer Wucht donnerte durch den gigantischen Saal, der mit einigen Tausend Menschen gefüllt war. Stroboskopblitze zuckten, Hände waren in die Höhe gereckt oder klatschten.

Durch den schwarzen Vorhang, der so hoch wie eine Staumauer schien, sah man das diffuse Licht pulsierender, farbiger Spots. Die Menge wurde aufgeheizt.

Hinter der Bühne war niemand. Die Künstler saßen noch in ihren Trailern im Backstagebereich und schlürften Kamillentee oder machten Dehnübungen, aber die computergesteuerte Stimmungsmaschinerie der Westfalenhalle Zwei lief auf vollen Touren.

18

Der Talentierte hatte sich in die Gänge zurückgezogen, um sich zu sammeln.

Er hatte versucht, sich diesmal den Weg zu merken, aber bei all diesen braunen Stahltüren und grauen Wänden war das nicht einfach.

Und diese ganzen Plakate.

Er hatte sich ein wenig hingehockt und eine kleine Pause eingelegt.

Einige Zeit später, als er sich etwas ruhiger fühlte, hatte er sich eine angesteckt.

Während er Zug um Zug die Länge seiner Davidoff reduzierte, betrachtete er versonnen ein schräg angeklebtes DJ-Bobo-Konzertplakat.

Farbige Dinge widerten ihn an.

Alles Licht zerfaserte in Spektralfarben, und das machte die Welt bonbonbunt, wie er wusste.

Und die Sonne war der stärkste uns bekannte Lichtgeber.

Er riss das Plakat mit dem braun gebrannten Kerl, der eine Art Pharaonenpyjama trug, von der Wand. Es war einfach alles zu bunt hier, und er war nervös.

Dann hörte er die Stimmen.

Er öffnete die Verbindungstür, die ihm am nächsten war, und trat in den Gang.

Eine Gruppe von etwa zweihundert Personen flanierte an ihm vorbei.

Die meisten trugen Schwarz.

Angeführt wurden sie von einem Mann, der zumindest von hinten wie der Bürgermeister aussah.

»Na bitte«, flüsterte er.

Er wartete auf das Ende der Gruppe und huschte dann auf weichen Sohlen hinterher.

19

Die Midas-Männer hatten Stellung an den drei Flügeltüren bezogen. Benedikt würde die Billetts in Empfang nehmen. Er war derjenige, der später schießen würde, deswegen musste er alle Gäste in Augenschein nehmen. Die Karten waren markiert. Sein einziger Anhaltspunkt, wer die Männer der Dreifaltigkeit sein würden.

Sie hörten Schritte, verursacht von zweihundert Paar hochwertiger Schuhe, und nahmen Haltung an. Benedikts Hand griff an den Kragen seines Blousons. Sein Kruzifix hing ihm schon wieder vor der Brust.

Er schüttelte den Kopf, als er dem giftigen Blick von Pferdeschwanz begegnete.

»Scheiße ... tut mir leid«, flüsterte Benedikt und zuckte mit den Achseln.

Dann sah er die ersten schwarzen Anzüge um die Ecke biegen.

Sie sahen alle gleich aus, wie er fand, nämlich beeindruckend wohlhabend und selbstgefällig.

Das würde nicht einfach werden.

Er beschloss, dass es Zeit für ein kleines Gebet wurde.

Das Konzert würde jetzt gleich beginnen.

Eine aufgezeichnete Stimme, die von wabernder, basslastiger Elektronikmusik unterlegt war, ertönte.

»*Ladies and Gentlemen. Boys and Girls*«, sagte sie, verstärkt über Hunderte Lautsprecher.

Dann begann sie, die einzelnen Acts aufzuzählen, und jeder Name wurde von infernalischem Applaus begleitet. Die Scheinwerfer begannen heller zu glühen, weitere Beats setzten ein.

Ein Raunen aus unzähligen Kehlen wurde von den Wänden zurückgeworfen, verstärkte sich, schwoll an und ab.

Es ging zur Sache.

20

Benedikt versuchte, nicht zu lange auf die Karten zu starren. Er hatte bereits den gefallenen Priester ausgemacht: Ein älterer, fetter Mann, der einen Smoking trug und auf dessen Karte ein zerbrochenes Kreuz abgebildet war.

Leicht zu merken, leicht zu treffen.

Seine Mitstreiter machten ernste, abweisende Gesichter – die für Ordnungskräfte typische Maske.

Wo war der Besondere, der eine Mann, der in erster Reihe stand? Er hätte längst eintreten müssen.

Irgendetwas lief hier nicht nach Plan.

Einige Minuten später kontrollierte er schweigend den Wucherer. Er trug einen ziemlich gut sitzenden und teuren Anzug. Auf seiner Karte war ein stilisiertes römisches Goldstück abgebildet.

Es würde schwer werden, die Richtigen zu treffen, wenn alle in schwarzen Anzügen erschienen. Sie würden im Zwielicht der Halle zu einer Masse verschmelzen.

Er warf kühle Blicke zu den anderen, die steif vor den verriegelten Türen standen, und sagte lautlos »Due«, zwei.

Wo war der Dritte?

Pferdeschwanz schüttelte kaum merkbar den Kopf.

Im Saal war bereits der größte Teil der Gäste. Langsam wurde es überschaubar.

Er ließ den Blick scheinbar absichtslos über die letzten Gäste schweifen, die noch eingelassen werden mussten.

Sein Blick traf ein graues Augenpaar, das ihn fixierte.
Sein Mann stand ganz am Ende der Schlange.
Die Letzten werden die Ersten sein, dachte Benedikt. *Wie lange sieht er mich schon an?*
Eine Minute später stand er vor ihm.
»Hier«, sagte der Mann der ersten Reihe unnötigerweise und streckte seine Karte vor.
Ein Ziegenschädel war darauf zu sehen, wie bei den anderen beiden in der Ecke links unten.
Benedikt senkte den Blick.
Er konnte den anderen buchstäblich lächeln hören.
Dann schloss er die Tür hinter sich.

21

Zwanzig Uhr neunundzwanzig.
Der Bürgermeister stand auf der Bühne des Goldsaals, den schweren Vorhang im Rücken.
Er strahlte die übliche bürokratische Verbindlichkeit aus, obwohl er nicht lächelte. Er sah in die Gruppe und entdeckte einige bekannte Gesichter; erstaunlicherweise hatte er sich mit dieser Veranstaltung zum Freund seines ärgsten politischen Widersachers gemacht, der ebenfalls in den Reihen der Bruderschaft stand.
»Brüder«, begann er zu sprechen, »ich danke für das vollzählige Erscheinen.«
Er zog ein Gesicht, als würde er Applaus erwarten, besann sich aber binnen Millisekunden. Diesmal war er nicht auf einer politischen Kundgebung.
»In dieser Halle«, er machte eine ausladende Handbewegung, »ist im Jahre 1962 der DFB gegründet worden. Viele Menschen tanzten, diskutierten und speisten hier. Wichtige Kongresse fanden statt, gekrönte

Häupter gastierten hier. Diese Bilder werden ab heute für immer verblassen: Wenn der Vater erscheint, um uns sein Wissen zu geben, seine Macht, wird es der Saal des Vaters sein.«

Er hob seine linke Hand und machte das Zeichen der Bruderschaft.

»Sind die Pole anwesend?«

Drei schwarze Jackettärmel ragten aus der Menge hervor.

Klasse, dachte Benedikt, der sich vor Ausgang eins aufgebaut hatte, *das hätte ich mir alles sparen können*.

Ihm ging's nicht besonders; der Mann der ersten Reihe hatte ihn kurz berührt, als er seine Karte abgab, und nun fühlte Benedikt sich merkwürdig ... traurig. Das hielt ihn nicht davon ab, zur Treppe zu gehen, seiner Bestimmung und dem PSG-1 entgegen. Er tat es sehr langsam.

»*Scientia est potentia*«, sagte der Bürgermeister feierlich, »Wissen ist Macht. Gleich werden wir nicht länger nur ahnen und vermuten. Verehrte Brüder: der Vater!«

Er trat einen Schritt vor und drückte einen Knopf am Podium. Dann ertönte ein leises Summen, der Vorhang teilte sich.

Die Augen aller Parteien starrten auf die kleine Bühne: Beim Bürgermeister hatte man den Eindruck, er versuche, durch sein stieläugiges Glotzen eine Erscheinung zu manifestieren.

Benedikt sah von oben durch das Zeiss-Objektiv des Scharfschützengewehrs, konnte allerdings nur eine konturenlose Schwärze ausmachen. Er schwenkte langsam den Lauf, aber es blieb das gleiche Bild.

»Das Talent« hatte sich gut im Griff: Er blickte auf die Bühne, schloss dann kurz die Augen und öffnete sie wieder. Der Anblick war derselbe. Also schloss er sie noch mal. Als er sie dann aufmachte, nahm er die kollektiv wahrgenommene Situation an: Egal, ob man es durch die Gleitsichtgläser des Bürgermeisters, ein vierfach vergrößerndes Suchfernrohr oder mit dem eigenen, scharfen Blick betrachtete: Die Bühne war leer.

22

In der Großen Halle flammten Hunderte Scheinwerfer auf, als der dröhnende Aufheizerbeat von den beginnenden Klängen des ersten Titels abgelöst wurde. Es war die Nummer eins der Charts, und vom Stehplatz vor der Bühne bis zum hintersten und obersten Rang, wo die sprichwörtlich billigen Plätze waren, geriet alles aus dem Häuschen. Die Lautstärke war enorm, und die Tatsache, dass das gesamte Konzert ohne Play-back durchgezogen wurde, tat dem keinen Abbruch. Im Gegenteil, die Künstler waren dann freier und gelöster, Patzer gab es nicht.

Der Mangel an authentisch agierenden Musikern wurde in der Regel durch größere Gruppen leicht bekleideter Tänzerinnen aufgefüllt, und die Leute liebten das.

Die schwarze, blickdichte Samtwand vor der Bühne, die durch das ganze farbige Licht wirkte, als würde sie in Flammen stehen, hob sich. Allerdings gab sie den Blick weder auf Girls in Hotpants noch auf den zu den Beats gehörenden glatzköpfigen Künstler frei.

Alles, was man sah, war ein wuchtiger Gartenspringbrunnen, der im Takt der Bässe ständig die Farbe wechselte.

Das Publikum hielt den Brunnen eine gewisse Zeit für einen Gag.

Dieser Eindruck verflüchtigte sich, als die erste Gruppe von Tänzerinnen zur neuen Nummer eins, der Clubversion von »Send me an Angel«, auf die Bühne sprang.

Sie trugen weiße Plüsch-Hotpants, Lackstiefel und flauschige weiße Engelsflügel.

Letztere waren der Grund, warum die Mädchen sofort nach Betreten der Bühne in Flammen aufgingen.

Selbst in den letzten Reihen war das zornige WUSCHHH zu hören, mit dem die Tänzerinnen sich in schreiendes, brennendes Fleisch verwandelten. Absurderweise führten einige der orangefarbenen Feuerbälle, von denen milchiges Fett auf den Boden tropfte, noch einige Tanzschritte aus, bevor sie zusammenbrachen.

Ein geringer und bekiffter Teil der anwesenden Besucher hielt das für eine ziemlich gute Performance, aber die meisten begannen zu schreien. Die Geräuschkulisse unterschied sich dabei nicht großartig von der für Konzerte üblichen, aber der Geruch, der durch die Halle zog, gab der Veranstaltung eine besondere Note bevorstehender Panik.

Sämtliche Bühnenspots brannten durch.

Die Musik begann zu leiern, verzerrte sich und verstummte dann.

Der Brunnen erbebte, wurde rissig und begann, sich zu verfärben. Er nahm den Farbton verdorbenen Fleisches an, ein widerliches Graubraun, und ein leises Summen war zu hören.

Die Teenager der ersten Reihen pressten ihre Körper im Versuch, aus der Halle zu kommen, nach hinten, wo sie auf anderes, flüchtendes Fleisch trafen. Die massive Dynamik der fliehenden Menschen hob sich gegenseitig auf, und viele stürzten.

Die Zerstörung der Halle und mit ihr die Verflüchtigung der Essenz des Vaters wären nur Formsache gewesen, wenn nicht zufällig die erforderlichen Gegebenheiten gestimmt hätten:

Auf den oberen Rängen saß ein Junge, der gebrannte Videospiele für zehn Euro das Stück an seine Freunde verkaufte, obwohl ihn die Herstellung nur wenige Cents kostete; der abgebrochene Student der Theologie, der trotz akademischen Abschlusses auf Chemie umgesattelt hatte, um tiefere Einsicht in die Herstellung gewisser synthetischer Genussmittel zu erlangen, wankte bedüselt und unbeteiligt in der Hallenmitte.

Der ganz besondere Mann – ein unmoralisches, aber cleveres Subjekt, wie es gefordert wurde – hatte sich überhaupt keine Eintrittskarte gekauft: Er hatte sie seiner Schwester gestohlen, dann aber verkauft, um sich durch den Backstagebereich Zugang zu verschaffen. Er hatte sich einen Pass am Computer gebastelt, ein sehr geglücktes Exemplar. Der Junge war fünfzehn Jahre alt, schwänzte zugunsten gewaltverherrlichender Playstation-Spiele den Kommunionsunterricht und trug stets Schwarz.

Die unheilige Dreifaltigkeit war anwesend.

Der Vater erschien.

23

»Wer hat das zu verantworten?«, brüllte der Bürgermeister. Er war aschfahl, was einen interessanten Kontrast zu seinem Smoking ergab.
»Das Talent« rieb sich die schmerzenden Schläfen. Was auch immer geschah: Das hier würde er nicht zugeben. Niemals.

Er hatte sich ein wenig mit der Halle vertan, was zur Folge hatte, dass der Brunnen jetzt als sinnlose Dekoration an einer hirnverbrannten Rambazamba-Veranstaltung teilnahm, aber da demzufolge auch der Vater nicht erschien, würde es keinen blinkenden Pfeil geben, der auf ihn wies.

Sein Schädel fühlte sich an, als hätte man eine Bohrmaschine an seinen Hinterkopf gesetzt.

Dann startete sein für derartige Fälle schlummerndes Notprogramm in seinem Hirn.

Der Mann in Schwarz betrat die Bühne.

»Kein Grund zur Beunruhigung«, lächelte er, »eine minimale Verzögerung. Lassen Sie mich Ihnen den Sachverhalt kurz erläutern. Dann werden Sie verstehen.« Er wirkte sehr gewinnend.

Aha, dachte Benedikt, während er den unheimlichen Lächler der ersten Reihe durch den Kreis seiner Zielerfassung fixierte. *Wie auf dem Präsentierteller! Genau so mag ich es.*

Trotz aller christlichen Tendenzen in ihm verblasste die Gravur »Du sollst nicht töten« in seinem Kopf, um der Direktive »Mach deinen Job ordentlich« Platz zu schaffen.

Er legte den Finger an den Abzug und suchte den Druckpunkt.

Der Bürgermeister hatte sich in Anwesenheit des schwarzen Mannes etwas entspannt und beinahe gar nicht mehr so aschfahl. Er hörte konzentriert zu, ließ aber durch seine Haltung keinen Zweifel aufkommen, wer Herr der Bühne war.

»Das Relikt befindet sich aus Sicherheitsgründen in einer anderen Halle. Es wird gleich geholt«, führte der Talentierte aus, »und dann beginnt alles planmäßig.«

Der Mann hatte den Satz nicht vollendet, als der Pferdeschwanz und sein Waffenbruder schon den Gang entlanghetzten.

»Welche Halle?«

»Hat er nicht gesagt«, kam es von Pferdeschwanz.

Die Frage beantwortete sich; nach wenigen Metern schlug ihnen der durchdringende Geruch von Rauch entgegen. Dann kam der Rauch selbst.

Durch eine aufgestoßene Stahltür trugen die tiefschwarzen Schwaden den Geruch von Tod, Grillgut und Schwefel zu ihnen. Sie rannten darauf zu, ohne zu zögern.

Dann hörten sie die Schritte.

Es klang, als würden große, raue und nackte Füße auf den Beton des Ganges vor ihnen aufsetzen.

Das Tempo war gemächlich, aber das Geräusch massiv. Wer oder was immer dort kam, war sehr groß.

Und sehr schwer.

»Zurück«, flüsterte Pferdeschwanz. »Jetzt. Sofort.«

Benning, der sich im Taxi zur Halle lang gestreckt hatte, um die Hosen des Anzugs nicht zu zerknittern, fühlte sich unwohl. Er wusste, dass er hierbei eine entscheidende Rolle spielte, aber dass er nicht wusste, welche, machte ihn nervös. Er stand so nah an der Tür, dass er wahrgenommen hatte, wie sie geöffnet wurde.

Das war gewesen, als der Mann, der ihn heute Morgen aufgesucht hatte, zu sprechen begonnen hatte.

Er hatte nicht gewagt, sich umzudrehen; als er dann hörte, wie sich eilige Schritte entfernten, war es zu spät.

Das allein war beunruhigend genug.

Der Geruch, der nun unter den vertäfelten Türen ins Innere des Goldsaals drang, war bedeutend mehr als das.

Es war der Gestank eines schweren Brandes.

Eines Brandes, der in vollem Gange war und neben den üblichen, beißenden Dämpfen verschmorten Plastiks und glühenden Stahls noch etwas anderes in sich trug.

Etwas, das wie brennendes Fleisch roch.

Die Flügeltür flog auf.

24

»Er kommt«, schrie Pferdeschwanz.

Er hatte einen kurzen Blick auf den Fuß der Kreatur erhascht, die durch den Rauch ging, und das hatte die religiöse Festung seiner Seele in etwas verwandelt, das Ähnlichkeit mit Wackelpudding hatte.

Der Fuß war riesig gewesen. Eine menschliche Schuhgröße war diesem Körperteil ebenso wenig zuzuordnen wie ein Rückschluss auf den Rest dieses Körpers.

Sie waren gerannt wie Kinder.

Benedikt sah das gottlose Entsetzen in den Gesichtern seiner Kameraden.

Zu *spät*, dachte er.

Dann drückte er den Zeigefinger durch.

Das gewinnende Lächeln des talentierten Mannes verschwand.

An seine Stelle trat ein blutig-fleischiges Puzzle ohne jeden menschlichen Ausdruck.

Pulverisierte Fragmente von Zähnen stoben in alle Richtungen, während ein feiner roter Nebel hinter dem Kopf des Mannes auftauchte. Dieser stand noch immer in formeller Rednerpose da.

Er war der zweite Mann an diesem Tag, der den Umstand seines eigenen Todes ignorierte, solange es ging.

Dem blutspritzenden Krater seines Gesichts entwich ein pfeifender Laut der Überraschung.

Dann knickten seine Beine weg.

Der Bürgermeister stand wie festgeschraubt da; mit den winzigen roten Sprenkeln in seinem Gesicht hatte sich ein neuer Kontrast gebildet.

»Was soll das denn?«, schrie er sinnentleert, wobei er an seiner Fliege herumfummelte.

Dann füllte Rauch den Goldsaal.

Zweihundert überwiegend licht behaarte Köpfe drehten sich zur Tür um, als sie das Stampfen vernahmen, das mit dem Qualm gekommen war.

Der Vater musste sich bücken, um in den Saal zu gelangen.

Er war vier Meter groß, mindestens, und vollkommen nackt. Der Vater verströmte einen starken Gestank nach verdorbenem Fleisch, den er durch die nebelige Luft vor sich hertrieb.

Seine Haut glänzte ölig über den unförmigen Muskelpaketen seines Oberkörpers, als er sich im Saal aufrichtete.

Der Vater war nicht Mephistopheles. Der Vater erinnerte weder an Klaus Maria Brandauer noch an Al Pacino.

Der Vater war ein Tier.

Oben auf der Balustrade bekreuzigte sich Benedikt, gleichzeitig lud er nach.

Der Kopf des Vaters war wie der eines Stiers und doch völlig anders. Seine irrlichternden schwarzen Augen blickten zornig durch den nebeligen Saal auf die Bruderschaft herab.

Die Bestie breitete die Arme aus. Die Schatten dieser monströsen Arme fielen auf die Gesichter der Brüder.

Er trat einen weiteren, donnernden Schritt vor.

Benning spürte heißen Urin in seinem Hosenbein.

Zumindest die Hose war hin; ob sein gesunder Menschenverstand besser abschnitt, war noch unklar.

Er wünschte sich, er wäre nach Hause gefahren; es gab gefüllte Blätterteigtaschen.

25

»Wer hat das getan?«, fragte der Vater.

Seine Stimme war wie ein apokalyptisches Nebelhorn, laut und hohl, dröhnend und alles verzehrend.

Niemand antwortete.

Benning, der neben der Tür stand und an dem der Vater vorbeigestapft war (*der Vater wäre vermutlich auch durch mich hindurchgegangen*, dachte er), taumelte auf den Gang hinaus. Sein letzter klarer Blick galt dem mächtigen Rücken der Kreatur, ein dunkelrotes, nasses V, bevor er auf dem Gang in die Knie ging.

Er kroch durch den Rauch, Meter um Meter, bis er eine Ecke fand.

Er richtete sich auf; seine Lunge brannte.

Benning taumelte weiter. Er wollte nur weg von hier.

Zu Hause wartete seine Familie. Und Blätterteigtaschen.

Irgendwann erreichte er eine Tür. Er fächerte den Qualm beiseite und las.

»Halle Zwei. Bühneneingang Süd.«

Als er sie aufstieß, fiel er erneut auf die Knie.

Das war gut; er wäre ohnehin zusammengeklappt wie ein Kartenhaus, wenn er gestanden hätte.

Zuerst sah er den Brunnen.

Er erkannte ihn nicht als das Relikt. Er hätte jetzt nur zwischen Armani-Anzügen und Blätterteigtaschen unterscheiden können. Als er sich daran hochzog, konnte er einen Blick in die Halle werfen. Unter der riesigen Kuppel war nichts als Rauch. Es sah aus wie ein schwarzer Himmel, der Schlimmeres als nur Regen in sich trug. Überall glommen rote Lichter; die Notbeleuchtung vermutlich. Der Innenraum, in dem sonst viele Tausend Menschen Platz fanden, hatte sich in einen Ascheplatz verwandelt.

Der graue, qualmende Staub von Gott weiß wie vielen Menschen, die nur Popmusik hatten hören wollen, aber das Antlitz des wütenden Wiederkehrers erblickt hatten, bedeckte den Boden.

Diese Stätte des Entertainments hatte sich in ein gigantisches Krematorium verwandelt. Asche war überall, und an vielen Stellen gab es Erhebungen, die wie die kauernden, versteinerten Fragmente von Pompeji aussahen.

Hinter der Absperrung zur Bühne sah er einen geschmolzenen Klumpen liegen, auf dem seltsam verzerrt der geschwungene Bogen von Nike zu sehen war. Die Halle war zum Inneren eines verfluchten Vulkans geworden, der bei seinem Ausbruch alles in klumpiges Geröll und grauen Staub verwandelt hatte.

Bennings Fingerknöchel traten weiß hervor, als er sich am Brunnenrand festklammerte und sich in dessen Schale übergab.

26

Benedikt hörte das blecherne Aufschlagen der ausgeworfenen Geschosshülse, nicht aber den dumpfen Knall.

Die Frage des Vaters klang noch immer wie ein infernalisches Glockenspiel im Gehör aller Anwesenden nach, und obwohl es in der Halle totenstill war, herrschte bei allen eine schmerzhafte Taubheit vor.

Der gefallene Priester fiel noch einmal, während sein Hinterkopf sich wie ein bizarrer Fächer aufzurichten schien, um dann seinen Inhalt auf den Nebenmann klatschen zu lassen.

Der Vater brüllte auf; einige der Brüder fielen in Ohnmacht, anderen schoss Blut aus den Nasenlöchern.

Dann krümmten sich die Berge dunkelroter, stinkender Muskulatur, und die samtenen Vorhänge begannen zu schwelen, um eine Sekunde später in grellroten Flammen aufzugehen. Der Boden wurde heiß, Benedikt spürte selbst oben an seinem Geschütz, dass der Belag unter seinen Stiefeln klebrig wurde.

Irgendetwas war elementar schiefgelaufen.

Diese Erkenntnis – und der schwer zu ignorierende Temperaturanstieg – riss die Bruderschaft aus ihrer Starre:

Sie begannen, planlos umherzurennen, in alle Richtungen – außer in die Nähe des Vaters, dessen Haut nun fast schwarz war und beißende Rauchschwaden absonderte.

Benedikt und seine Waffenbrüder ergriffen die Flucht. Die Gewehre ließen sie da.

Später sollten sie für ihre Verdienste geehrt werden; heute gaben sie sich nur mit ihrem Leben zufrieden.

»Der Notausgang. Da!«, brüllte der Bürgermeister, der trotz des kleinen Abstechers durch die Hölle noch immer wie aus dem Ei gepellt aussah.

Das änderte sich schlagartig, die hirnlose Masse Flüchtender überrannte ihn einfach. Das politische Oberhaupt der Stadt blieb als lebloses, blutendes Bündel zurück, als die panischen Brüder in den Gang der Notschleuse strömten.

Die erste Reihe der Flüchtenden starb sofort, als sie von ihren hundertneunzig Hintermännern in die verchromten Endstücke der Stühle getrieben wurden.

Der Gang war versperrt. Wie der Eingang zum Dornröschenschloss ragte eine schroffe und unüberwindbare Mauer aus Metall, Schaumstoff und blutenden Leibern vor ihnen auf.

Das Letzte, was sie zu sehen bekamen, war eine Feuerwalze, die aus den Augen des Vaters auffächerte und zu einer lodernden, alles verzehrenden Wand wurde.

Zweiundzwanzig Uhr zwei.

Asche zu Asche.

Epilog

Ein Jahr später.

Benning stand in seiner Abteilung, steifer als je zuvor.

Er erfreute sich am Schimmern der neuen Lederkollektion.

Das Licht war gut für die Präsentation.

Er hatte die Fenster vergrößern lassen. Das Sonnenlicht durchflutete geradezu die Verkaufsräume.

Sein strahlend weißes Lächeln harmonierte gut mit seinem dunkelbraunen Teint, der ihn fast wie einen Italiener aussehen ließ. Nur die helle Sichel der Narbe in seinem Gesicht, die er sich zugezogen hatte, als der Brunnen explodiert war, störte das Bild etwas.

Aber das waren nur Äußerlichkeiten. Er war als Einziger entkommen, und die Erinnerung daran verblasste Tag um Tag mehr. Schon jetzt waren ihm Details entfallen. Alles verblasste.

Er liebte seine Frau und seine Kinder. Er liebte seinen Beruf.

Und er war unbehelligt geblieben; niemand hatte ihn aufgesucht, um Fragen zu stellen – das alles machte ihn zu einem glücklichen Mann.

Einer seiner Mitarbeiter eilte auf ihn zu.

Guter Mann, dachte Benning wohlwollend. *Schlank, charmant und engagiert.* Er mochte ihn.

Was er wusste, hatte er von Benning gelernt, was diesen aber nicht daran hinderte, ein wenig auf seine stromlinienförmige Gestalt neidisch zu sein; sein Problem waren Gerichte mit Blätterteig.

Er wusste nicht mehr genau, warum, aber das Zeug war in jeder Variation zu seiner Leibspeise geworden.

»Herr Benning. Ein Anruf auf der Sechs.«

»Meine Frau?«, fragte er lächelnd.

»Nein. Hat seinen Namen nicht gesagt.«

Er hob ab.

»Benning.«

»Das haben Sie gut gemacht«, kam es aus dem Hörer, »Sie sind talentiert. Außer Ihnen hat niemand überlebt.«

»Wer spricht?«, fragte Benning mit gefrierendem Lächeln.

Die Stimme sprach mit französischem Akzent und schien von weit her zu kommen.

»Das müssen Sie nicht wissen. Nicht wichtig. Wichtig sind nur zwei Dinge: Sie sind aufgrund Ihrer Fähigkeiten der einzige Überlebende – und ...«

»Und?« Sein Ohr fühlte sich taub an.

»Wir haben das Relikt gefunden«, flüsterte die Stimme.

Mr. Daniel und ich an der Tankstelle der lebenden Toten

Sie war weg.

Ich war am Boden zerstört. Innerlich zerrissen, filetiert, meines Herzens beraubt und betrogen.

Die ganze Palette unangenehmer Gefühle eben, wenn die Liebe deines Lebens inklusive *Buena-Vista-Social-Club*-CDs und köstlicher Unterwäsche die Wohnung verlässt, und zwar mit dem Vorsatz, »Abstand zu gewinnen«.

Noch Fragen?

Es war wie in diesem Lied der Fantastischen Vier, nur ohne Stüssy-Pullis und ironische Betrachtungsweise.

Ich habe keine Probleme damit, zu irgendetwas »Abstand zu gewinnen«, weiß Gott nicht.

Aber wozu benötigen Frauen dann den ganzen Krempel, mit dem sie erst deine Wohnung vollstopfen, um sie »weiblicher« zu machen, inklusive Diddl-Mäusen aus Plüsch und Lebkuchenherzen, auf denen »Küss mich!« steht?

Sie hatte alles mitgenommen.

Meine Wohnung – zwei Zimmer, Badewanne, kein Balkon – wirkte nach ihrem Auszug, als wäre ein Feng-Shui-Berater aus der Hölle zu Gast gewesen. Mir fehlten die Diddl-Mäuse, und sie fehlte mir auch.

Abstand. Ein nettes Wort. Sie wollte Abstand und verschwand. Warum?
Meine Fragen verhallten. Niemand wollte oder konnte sie beantworten.
Selbst Martin hatte am Telefon gemeint, ich solle »die Schlampe einfach ziehen lassen«, was ziemlich genau reflektierte, warum er Single war. Und der Rest meiner Freunde kam mir mit der Litanei von Reisenden, die man nicht aufhalten solle, und anderen Müttern, die auch schöne Töchter hätten.

Die Zeit heilt alle Wunden. Schon mal gehört? Ich verfiel in Stillstand, während ich den Heilprozess abwartete – und litt.

Aber ich fand einen Freund, der mir das alles erträglich machte, in der Übergangszeit, sollte diese jemals enden. Sein Name ist griffig, sein Trost ausgesprochen konkret, seine Kompetenz kaum anzuzweifeln.

Mein Freund Jack Daniel's.

Ich wusste, wenn ich zu oft seinen Trost in Anspruch nahm, würde sich irgendwann auch noch mein Freund Harvey, das Riesenkaninchen, dazugesellen, aber ich konnte nicht aufhören.

Den brennenden Schmerz in meinem Inneren verwandelte er in etwas wohltuend Waberndes, für das ich am nächsten Tag natürlich bitter bezahlte, aber das war es mir wert.

Mein Leben hatte sich gehäutet wie eine Schlange, und was darunter zum Vorschein kam, war nicht einmal so wertvoll wie das Innere eines Überraschungseis.

Ich verkehrte durch meinen neuen Lebensstil Tag und Nacht. Schlief bis abends und begann dann unverzüglich, mich selbst zu quälen. Ich war noch einigermaßen jung damals, neunundzwanzig Jahre, und eigentlich passabel auf dem Fleischmarkt der Singles der Großstadt zu verwerten, aber meine Interessenverlagerung in Richtung Sinatras *One* for My Baby And One More for the Road ließ mir seinerzeit keine andere Perspektive, als allein zu sein, nehme ich an.

Der Tag, an dem mein Leben dann in die Waagschale geworfen und der Restwert meiner Existenz bestimmt wurde, begann für mich gegen sechzehn Uhr, als mich Jacks böser Bruder, dieser Mr. Hyde mit seiner Vorliebe für Erbrechen und mahlende Schädelschmerzen, erwachen ließ.

Ich trat auf mein Telefon, als ich das Bett verließ, um mich zu erleichtern. Ich hatte es aus der Wand gerissen, weil ich nicht ertragen konnte, dass es nicht klingelte. Ich trug noch immer das T-Shirt, das ich einige Tage zuvor als angemessen für ein Besäufnis gewählt hatte. Es war kochecht, was meiner Vorliebe fürs Kotzen zu vorgerückter Stunde sehr entgegenkam. Es wurde langsam Zeit, es tatsächlich mal zu waschen, so wie ich roch. Sehen konnte ich die Ursache des Gestanks nicht, da offensichtlich eine rostige Stahlschraube von der Kinnseite her durch meinen Kopf getrieben worden war, während ich geschlafen hatte. Meine Augen konnten verschwommen geradeaus sehen, das war's.

Ich dümpelte einige Stunden herum, bis ich Hunger bekam, und zwar auf Toast mit Nutella, den ich zentimeterdick bestrich.

Sie hatte das gehasst.

Ich war nach dem Essen nicht überrascht, dass Sodbrennen meine Kollektion erbärmlicher Leiden komplettierte, gegen das sich der Film »Flammendes Inferno« wie eine Schachtel Grillanzünder ausnahm.

Der Fernseher lieferte die üblichen Bilder des Schreckens, was mich nicht verwunderte oder störte, aber »Nur die Liebe zählt« gab mir an diesem Abend den Rest.

Demnach musste es ein Samstag gewesen sein, oder?

Ja.

Dieser Moderator mit dem Obstnamen führte Pärchen zusammen, von denen einer wahrscheinlich die Zahnpastatube nicht zugeschraubt hatte, und ich saß da und hörte in meinem Kopf meine persönliche

Sinfonie des Grauens. Eine gerappte Endlosschleife von *Warum ist sie einfach abgehauen*, mit musikalischer Untermalung von *Are you lonesome tonight* in einer Marilyn-Manson-Version.

Erwähnte ich, dass ich keinen Job hatte? Sie hatte es immer verurteilt, mich auf der Couch sitzen zu sehen, wenn sie nach Hause kam. Ich war immer da.

»Such dir 'nen verdammten Job!«, hatte sie immer gesagt.

»Das hier ist mein verdammter Job«, hatte ich stets erwidert. »Hast mir gefehlt, Prinzessin, wie war dein Tag?«

Das hatte meistens geholfen.

Ich bin nicht für jede x-beliebige Sorte von Arbeit geschaffen, wie Sie meinen geschliffenen Formulierungen sicher entnehmen können, hm?

Ich saß noch einige Stunden gelähmt herum, bis mich diese mitternächtliche Unruhe erfasste; das war die Zeit, in der ich sie am meisten vermisste.

Ich brauchte entweder sofort, auf der Stelle, einen Job im Vorstand eines großen Herrenmagazins oder so was – oder eine Flasche Jack.

Ich war mir ziemlich sicher, meine Barschaft in den Taschen einer meiner schmutzigen Hosen zu finden, und da ich mein Geld immer mit mir herumtrug, musste ich nur die Jeans finden, die noch den Gürtel durch die Schlaufen gezogen hatten.

Es war da, und es reichte. Es würde sogar ausreichen, um mir noch eine Tüte Chips zu kaufen.

Das tat ich immer, um mir selbst und den Leuten am Kiosk vorzugaukeln, ich würde mir einen gemütlichen Abend machen. Vielleicht säße finanziell sogar noch die Samstagsausgabe des Reviermarkts drin. Nach einem Job zu suchen, erschien mir gerade passend und nicht ganz so abwegig, da ich meine Verzweiflung in irgendeinen kreativen Kanal lenken wollte. Mir war klar: Würde ich angetrunken ein passendes Inserat finden, wäre die Motivation, anzurufen, bis

Montagmorgen wieder verpufft – ausgeschwitzt mit den üblichen alkoholischen Rückständen. Aber an diesem Abend erschien es mir wie eine gute Idee.

Dann fiel mir ein, dass es Samstagabend war und ich meinen Freund Jack an einer Tankstelle abholen musste. Das ließ kein Budget für Chips zu. Tankstellen waren nichts weiter als in Kunstlicht getauchte Preisverdoppelungsinstitute.

Wenn Tankstellen die Preise für Zigaretten bestimmen könnten, wäre selbst Lungenkrebs eine Erfahrung, die nur die oberen Zehntausend machen würden. So oder so, ich hatte kaum eine Wahl.

Jack wartete.

Ich schlüpfte in meine Boots, trat auf die Straße und atmete tief ein.

Die Luft war lau; nicht unbedingt aromatisch, obwohl der Fredenbaumpark in Rufnähe lag, aber gut zu atmen und auf nostalgische Art erfrischend. Sie erinnerte mich an abendliche Nachhausewege, als ich noch ein Kind war.

Zur Tankstelle war es nicht wirklich weit, wie ich wusste, obwohl ich kein Auto fuhr und deswegen noch niemals das Gelände der Tanke betreten hatte. Für mich war sie immer nur ein greller Fleck im Augenwinkel gewesen, wenn wir aus dem Kino kamen. Ich war längst durch den Sumpf des Selbstmitleids gewatet, und es war ein beschwerlicher Weg gewesen, aber die kühle analytische Qualität des Verlustgefühls in diesem Moment traf mich hart.

Ich passierte die Schaufensterscheibe einer Änderungsschneiderei und sah kurz mein eigenes Spiegelbild.

»Sehe ich gut aus?«, hatte ich die Liebe meines Lebens gelegentlich gefragt, meistens, bevor wir auf irgendeinen Geburtstag oder eine Party gegangen waren.

Sie hatte dann immer den Kopf schief gelegt und gelächelt, hinreißend, wie sie war.

»Gut genug, mein Lieber.«

Ich fand mich in diesem Moment nicht sonderlich gut aussehend, nicht mal »gut genug«.

Ich nehme an, Minderwertigkeitskomplexe gesellen sich immer zu den üblichen Liebesleiden, aber ich musste mir selbst eingestehen, dass ich wahrhaft beschissen aussah. Mein Gesicht war von einer Blässe, die mich fast durchsichtig erscheinen ließ, und ich hatte Tränensäcke von dämonischen Ausmaßen, auf die ich noch treten würde, wenn ich nicht achtgab.

Als ich die Straßenbahnschienen an der Mallinckrodtstraße überquerte, sah ich die Tankstelle das erste Mal ganz bewusst: Ein gleißendes Ding, das wie ein gelandetes Ufo in eine dunkel asphaltierte Nische nahe der Straße gekauert war. Alles erstrahlte in viel zu hellem, schreiendem Licht; die Zapfsäulen waren verwaist und aufgereiht wie Soldaten in Bereitschaft, was der Tankstelle eine besondere Aura der Verlassenheit verlieh. Sie erinnerte mich an irgendetwas – ich kam momentan aber nicht drauf.

Kein Auto, kein Kunde war zu sehen, aber die Tankstelle strahlte zuversichtliche Rund-um-die-Uhr-Bereitschaft aus.

Sie wirkte geradezu einschüchternd modern. Die vorherrschenden Farben waren Blau und Gelb, und ein riesiges Leuchtschild wies diesen Ort als TREMONIA-Tankstelle aus.

Ich betrat das Gelände, nahm den schwachen Benzingeruch wahr und registrierte die vielen Leuchttafeln, die so ziemlich alles zeigten, was es zu kaufen gab: Windjacken, Radiowecker, Mobiltelefone, Rasierschaum ... Tankstellenübliche Dienstleistungen hingegen, wie Ölwechsel oder Motorwäschen, wurden merkwürdigerweise nur sehr subtil über handgeschriebene Tafeln angeboten. – Weil man diese Dinge tun muss, fiel mir ein. Natürlich.

Eine Motorwäsche oder ein Ölwechsel sind irgendwann zwingend erforderlich, was man von Kaminholz, den Beutel zu neun Euro fünfzig, nicht behaupten konnte. Neben dem strahlenden Hauptgebäude stand ein weiterer Komplex, der völlig im Dunkeln lag: Die Autowaschanlage, die zur Vermeidung irgendwelcher Missverständnisse mit riesigen Symbolen von Autos, Schraubenschlüsseln und Waschbürsten versehen war – es könnte ja jemand denken, es handle sich um das örtliche Krematorium.

Ich ging zum Nachtschalter in der Gewissheit, mit einem unmotivierten Mitarbeiter des TREMONIA-Imperiums über eine knarzige Gegensprechanlage kommunizieren zu müssen, fand die Eingangstür aber geöffnet vor.

Der Laden war von innen viel größer, als er von außen wirkte, was vermutlich an den nach neuesten kaufmännischen Regeln positionierten Regalen lag.

Auch hier war das Licht der vorherrschende Faktor: Die Truhen mit den Tiefkühlgerichten glühten geradezu, alles war in fast schmerzendes, aber optimistisches Licht getaucht.

Ich marschierte durch die leere Tanke, wobei mich ein gewisses Gefühl von Deplatziertheit umfing, und griff mir eine unverschämt teure, aber ziemlich gut präsentierte Flasche Jack Daniel's aus einem der Spirituosenregale. Ich gebe zu, dass mich die ganze Aufmachung der Tankstelle ziemlich beeindruckte. Alles wirkte sauber, schmackhaft und funktionell cool. Ich fühlte mich animiert, einige Barren Marzipan und eine robuste Stablampe zu kaufen, aber ich hatte nicht genügend Geld. Das hier war für mich so irritierend wie ein Einkauf im Duty-free-Shop am Flughafen, weil man einfach in ungewohnter Gegend mit Waren konfrontiert wurde, die man gern besitzen würde, hier aber niemals vermutet hätte.

Ich klemmte mir die Flasche unter den Arm und ging zur Kasse.

Im Kassenbereich, hinter der üblichen, mit Süßigkeiten zudekorierten Absperrung, stand ein fleischiger junger Typ, das monströse Zigarettenregal im Rücken.

Der Kassierer sah mich schweigend an.

Über seiner Schulter konnte ich die Videomonitore sehen, die in ständig wechselnder Perspektive Film-noir-Bilder des Außengeländes zeigten, welches so betrachtet sehr viel unwirtlicher wirkte.

»Abend«, sagte ich.

Keine Antwort.
Ich blickte auf.
Der pummelige junge Mann sah mir ins Gesicht, ohne mich wirklich anzuschauen. Seine gesamte Ausstrahlung hatte die Lebendigkeit eines Pappkameraden, jener zweidimensionalen, lebensgroßen Aufstellpolizisten, die platziert wurden, wenn ein Straßenschild nicht penetrant genug war.

»Einmal Jack Daniel's.« Ich stellte die Flasche vorsichtig vor ihn hin.

Die Augen des Kerls bewegten sich langsam Richtung Flasche und fixierten sie.

Seine Lippen bewegten sich, und ich konnte Zahnpastareste in seinen Mundwinkeln ausmachen, aber es kam kein Wort. Auf dem Schild an seinem blau-gelben Poloshirt stand »Frank P.«, und es war ein bisschen sehr schräg angesteckt, sodass ich den Kopf leicht drehen musste, um es lesen zu können.

Er starrte einfach ins Leere, ohne dabei irgendetwas Spezielles zu fixieren, und sagte nichts. Sein Blick war auf Weitwinkel gestellt. Wenn er etwas sah, war's nicht in dieser Dimension.

»Äh ... Frank, hör mal!«, setzte ich an. »Hier. Nur die Flasche.«

Ich kam mir etwas komisch vor, ihn mit dem Vornamen anzusprechen, aber vielleicht half es, und ich konnte schlecht Herr P. sagen, oder? Außerdem war er recht jung.

Er hob in Zeitlupe den Kopf und sah mich an. Ich konnte sehen, dass seine Zunge im Mund arbeitete.

Weggetreten, der Kerl, dachte ich.

Diese Studenten. Kommen zur Nachtschicht, schmeißen was ein und stehen dann wie die Ölgötzen hinterm Tresen. Erde an Kassierer ... kommen!

Das Komische war nur, dass er nicht aussah wie einer dieser kiffenden, Acid einwerfenden oder koksenden BAföG-Rentner, die meistens an guten Manieren, verwegenem Aussehen und beträchtlicher Intelligenz zu erkennen waren – von den üblichen, leicht speckigen Jeansklamotten ganz zu schweigen. Das waren zumindest meine Erfahrungswerte, die ich aus einigen Dortmunder FZW- oder Unipartys mitgenommen hatte.

Der pummelige Typ sah aus wie frisch geduscht, frisch *geschrubbt* und von Mutti prima zurechtgemacht. Der Scheitel superkorrekt, das Hemd noch mit den scharfen Falten eines brandneuen Kleidungsstücks, die Finger sauber.

Er wirkte nur träge – mehr als das.

Genau genommen wirkte er schwer betäubt.

Er stand noch immer da, und wenn man ihn genau betrachtete, bemerkte man, dass er leicht schwankte. Nur ein wenig.

Ich stellte es fest, weil er alle paar Sekunden einen kleinen Teil einer Camel-Reklame hinter seiner bulligen Schulter verdeckte, um sie dann wieder sichtbar zu machen. Er rührte sich noch immer nicht oder machte Anstalten, allmählich mal einen Kassiervorgang einzuleiten. Vielmehr vermittelte er mir den Eindruck, ich sei schlicht nicht da.

Ich lächelte ihn aufmunternd an. »Huhu ...?«

Die Sekunden verstrichen.

Plötzlich schnellte seine fleischige, blitzsaubere Hand vor und stieß die Flasche um. Ich war zwar durchaus nicht der Frischeste, weiß Gott nicht, aber ich schnappte sie, bevor sie zu Boden stürzen konnte.

»Nicht gut drauf, oder was?« Mein Herz pochte; ich war ziemlich kurz davor, sauer zu werden. Aber vielleicht war er krank?

Er öffnete den Mund.

»Eaan«, sagte er. Es klang vollkommen emotionslos.

»Hä?«, sagte ich.

Seine Stimme hob sich zu einem Heulen.

»EEEAAAAANNN!«

Ich konnte ihn nur baff anglotzen: Er stand steif vor mir, die Hand in der Bewegung eingefroren, und jaulte dieses Wort ohne Sinn.

»Er möchte den EAN-Code, Kumpel«, hörte ich eine Stimme neben mir.

Hinter dem Tresen stand plötzlich ein älterer Mann im gleichen

Poloshirt, das auch Frank P. trug, und grinste mich an. Ich hatte ihn nicht kommen hören.

»Du weißt schon, dieser Balkencode auf der Pulle – wegen des Preises.«

Er klopfte dem dicklichen Kassierer auf die Schulter und zog entschuldigend eine Augenbraue hoch.

Er stand da, ein etwa fünfzig Jahre alter Herr, die Haare grau und kurz geschnitten, das Gesicht sonnengebräunt. Er sah aus wie ein zufriedener Mann, der fünf gerade sein lassen konnte. Dabei besaß er diese leichte Seriosität, die locker wirkt statt spießig. Man hatte das Gefühl eines freundschaftlichen Déjà-vu, das sich einstellt, wenn man jemanden kennenlernt, der so ähnlich ist wie ein bereits bekannter Mensch, den man mag – aber trotzdem, dachte ich, trotzdem ...

»Du musst schon entschuldigen«, sagte er, »aber unserm Freund hier geht's noch nicht so gut von der Hand. Ist seine erste Schicht.«

»Hallo«, nickte ich zurück, »ist der krank, oder was? Wirkt nicht besonders fit.«

»Im Gegenteil. Ich nehme an, er hat sich nie besser gefühlt«, erwiderte der Mann.

Ich senkte meine Stimme. »Ist er ... nun ... ähm ... behindert?«

»Ja, gewissermaßen. Ein bisschen außer Rand und Band. Ein bisschen müde. Aber fit genug – stimmt's, Frank?«

Frank reagierte überhaupt nicht. Er sah mich nur an. Ich weiß es nicht mehr genau, aber ich meinte, damals eine gewisse Feuchtigkeit in seinen Augen gesehen zu haben. Es hätten Tränen sein können oder auch nur irgendeine medizinische Kuriosität oder Augentropfen. Oder ich hab's mir schlicht eingebildet.

»FRANK?«, brüllte der Mann.

Der Kassierer drehte sich ruckartig um und starrte den Grauhaarigen an.

»Geh jetzt besser nach hinten, wir reden später«, sagte der Mann mit einer Stimme, die so gar nicht zu seinem Gebrüll passte.

»Das wird schon.« Er knuffte den Pummeligen. Eine sehr lebendige

Geste, aber für mich sah es aus, als würde ein Erwachsener seiner Tochter zuliebe mit ihrem Teddy reden und spielen.

Er sah mich wieder mit einem kleinen Lächeln an.

»Er ist 'n bisschen schwer von Begriff, aber wie gesagt, er macht seinen Job schon, denk ich mal.« Er sagte das im Tonfall des großen Gönners, Freund aller Menschen, gestört oder nicht.

Der pummelige Junge stakste durch eine Tür, die neben den Kühlschränken für die Softdrinks offen stand und durch die wahrscheinlich auch der ältere Mann hereingekommen war. Er brauchte ewig dafür, und ich sah ihm mit einem schwummerigen Gefühl im Bauch nach. *Er weiß nicht, wo er ist*, dachte ich. Man konnte glauben, dass der Junge behindert war, sicher, aber was für eine Art Behinderung sollte das sein? Für das Downsyndrom sah er zu gewöhnlich aus, und ich glaubte echt nicht, dass er ein Autist war wie Dustin Hoffman in *Rainman*. Mich erinnerte er eher an eine Madame-Tussauds-Wachsfigur, die gerne ein Mensch sein wollte, es aber nicht besonders überzeugend hinbekam.

»Ja, okay«, sagte der Mann und nahm die Flasche in die Hand. Dann ließ er den Handscanner über das Etikett gleiten, was ein leises *Schnieeek!* zur Folge hatte.

»Einmal Jack Daniel's. Guter Geschmack.«

Er verzog das Gesicht zu einem Ausdruck, den man als Kennermiene, aber auch als gespielten Ekel interpretieren konnte.

»Macht vierzehn Euro neunundneunzig.«

Ich stand wie versteinert vor ihm, bis sein Gesicht einen leicht fordernden Ausdruck annahm – die mimische Version einer aufgehaltenen Hand.

»Vierzehn Euro neunundneunzig«, wiederholte er etwas lauter.

»Ach so«, sagte ich und knallte mein Geld auf die kleine Ablage. Der Mann war offensichtlich fertig mit mir. Als ich die Tankstelle verließ, drehte ich mich noch mal um.

Er stand noch immer da, die Hände auf die Kasse gestützt, und lächelte mich durch die Scheibe an, ohne mich aus den Augen zu lassen.

An diesem Abend betrank ich mich ziemlich schnell. Während ich ein Glas nach dem anderen leerte (ich war noch nicht so weit runter, die nackte Flasche an den Hals zu setzen), dachte ich an den pummeligen Kerl, seinen leeren Blick und wie gut es mir doch im Prinzip ging.

In der Nacht schlief ich nicht besonders, ich träumte von dem rundlichen Gesicht hinter der Kasse und den trockenen Zahncremeresten in seinen Mundwinkeln.

Ich erwachte am nächsten Tag gegen elf Uhr morgens und fühlte mich gar nicht mal so übel. Der Kopf brummte ein bisschen, und ich hatte Sodbrennen, aber auch Appetit, und mir war nach Duschen zumute. Mein Unterbewusstsein schien mein Treffen mit der hölzernen Kassenkraft verdaut zu haben, denn ich erinnere mich, den ganzen Tag, den ich lesend verbrachte, nicht an den merkwürdigen Jungen gedacht zu haben.

Ich wurde geistig sogar geradezu rege und begann »Moby Dick« zu lesen, obwohl ich das Buch als etwas anstrengend empfand – aber ich wollte mich selbst fordern.

Die Flasche Jack vom Vorabend war zu zwei Dritteln geleert. Ich konnte sie auf meinem Regal stehen sehen: die freakige Version eines Pokals für besondere Verdienste um die Alkoholindustrie.

In meinem Buch war Käpt'n Ahab gerade damit beschäftigt, eine Münze an den Mast zu nageln, als der Gedanke, mich mit Jack zu versorgen, die Oberhand gewann. Alle paar Zeilen blickte ich verstohlen zur Flasche, und mein Hirn war nicht mehr bereit, diesen Umstand unter den Teppich zu kehren. Nicht dass ich groß mit mir gerungen hätte, ob ich trinken sollte oder nicht. Der Gedanke war die ganze Zeit da gewesen, aber je näher der Abend rückte, desto mehr bangte ich, ob der Rest von Mr. Daniel mich rein mengenmäßig durch die Nacht bringen würde.

Abends besuchte mich Martin.

»Deine Bude stinkt wie ein Raubtierkäfig, Alter«, bemerkte er beiläufig und sank in einen meiner Sessel. Ich murmelte, die Putzfrau hätte frei und James würde seinen Dienst im Südflügel des Gebäudes verrichten, Silber abstauben oder so, es täte mir leid.

»Geht's dir immer noch nicht besser wegen der alten Schlampe?«, fragte er.

Seine Fürsorge hätte mich noch etwas mehr gerührt, wenn er nicht mit seinem typischen, dreckigen Grinsen gefragt hätte. Seine Wortwahl verstimmte mich zusätzlich.

»Sie ist keine alte Schlampe, Mann. Ich mag's nicht, wenn du so von ihr redest.«

»Ist klar. Die liebe Kleine kommt bestimmt in Kürze zurück«, lächelte er. »Hast du was zu rauchen?«

Ich konnte mir meine Freunde eben nicht aussuchen.

Billard? Klar!

Ein paar Bier trinken gehen, einen draufmachen, Kino?

Martin war dein Mann.

Mit ihm über ernste Probleme reden – speziell, wenn's um Frauen ging? *No way*. Wenn er in diesem Fall bei dir klingelt, gibt's nur zwei Vorgehensweisen:

A) Dreh die Sicherungen raus, öffne nicht die Tür, leg dich flach auf den Teppich und tu so, als wärst du tot.

B) Lass ihn rein und stirb wirklich.

Ich schaffte es, das Thema Liebe weiträumig zu umsegeln, wir begannen von früher zu reden, und irgendwann ging er los, um eine Flasche Rotwein (besser als nichts) zu holen, und wir begaben uns in die tröstlichen Gefilde gemeinsamer Trunkenheit.

Gute Nacht, John-Boy.

Dienstagmorgen kam mein Scheck.

Gegen Mitternacht dieses Tages wurde ich wach; ich hatte von ihr geträumt. Ich wuchtete mich im Dunkeln hoch, orientierungslos und ziemlich verwirrt.

Ich brauchte was zu trinken.

Ich stand auf, griff mir Geld und machte mich auf den Weg, um eine Audienz beim bernsteinfarbenen König Jack dem X-ten zu bekommen.

Ich wusste natürlich, wohin ich musste, und steckte mir diesmal mehr Geld ein.

Wieder schritt ich durch die Nacht, während die Tränen trockneten, das Gefühl, ihr nah gewesen zu sein blieb, und ich erreichte wenig später die Tankstelle.

Natürlich war sie wieder geöffnet; es schien ein ungeschriebenes Gesetz zu sein: »Wanderer, der du hier einkehrst, nimm eine Flasche Jack Daniel's mit, oder zwei, man weiß ja nie. Rund um die Uhr für Sie da.«

Das Gelände war wie erwartet hell erleuchtet und menschenleer, als würde gerade ein Raketenstart vorbereitet. Jetzt fiel mir ein, woran mich die Tankstelle das letzte Mal erinnert hatte: an eine Klinik, so gleißend hell, steril und geordnet ...

Warum auch nicht? Ich war hier, weil ich spät in der Nacht Hilfe benötigte. Die Assoziation kam mir tröstlich vor.

Ich trat durch die Glastür und sah sofort, dass jemand anders hinter der Kasse stand. Ebenfalls ein Mann, aber weder der pummelige Zahnpastajunge noch der Boss des Ganzen.

Ich griff mir etwas tröstliches Marzipan, meine Flasche und einen Beutel fettreduzierter Chips und ging zur Kasse.

Dahinter stand ein schlaksiger, pickeliger Typ mit Dreadlocks, die unter eine Baseballkappe gezwängt waren, soweit ich das aus den Augenwinkeln sehen konnte. Natürlich trug er das bekannte Shirt, aber ich las sein Namensschild nicht.

Diesmal nicht, schwor ich mir.

Ich wollte nur zahlen und zurück ins Bett mit einem sauberen Glas und meiner Traurigkeit, also nickte ich ihm zu, stellte mein Zeug vor ihm hin und sah ihn an.

Seine Haare waren nass.

Sie sahen aus wie zottelige, dicke Teppichfransen, an denen Wasser hinabtropfte und den Kragen seines Shirts durchnässte.

Hatte es geregnet?, dachte ich. *Hatte es?*
Hatte es nicht.
Er sagte keinen Ton, nur die Kühltruhen summten.
Das Wasser lief ihm auch von der Stirn ins Gesicht; er sah aus, als würde er sich zu Tode schwitzen, ansonsten stand er einfach nur da.
»Hallo. Haare gewaschen?«, fragte ich und versuchte zu lächeln.
Es interessierte mich wirklich. Der Besitzer dieser Bude hier schien nicht ganz sauber im Schädel zu sein, nach allem, was sein Personal so ausstrahlte.
»Haare«, sagte der Kassierer.
»Ja. Haare gewaschen? Hm?«
»Haaaaaareeee«, wiederholte er mit weit aufgerissenen Augen, während sich seine Hände langsam meinen Einkäufen näherten.
Ich bekam Angst, oh Mann, und was für welche.
»Scheiße. Was geht hier ab?«, sagte ich reichlich laut, während ich zurückwich – und dann hörte ich hinter mir Schritte.
»Es ist seine erste Schicht hier, Verzeihung, Sie müssen ...«
Ich drehte mich um. Vor mir stand der Chef, jovial wie immer.
»Oh. Du bist es.« Sein Gesicht strahlte eine leicht unbehagliche Verwunderung aus.
»Abend. Ja.«
»Junge, du bist ja weiß wie die Wand!« Er lächelte, aber es wirkte antrainiert.
»Können Sie mir mal erklären, was hier stattfindet? Was zur Hölle ist mit Ihren Leuten los? WAS?«
Ich verlor ein bisschen die Beherrschung – ein bisschen sehr sogar.
»Komm mit. Ich lade dich auf einen Drink ein«, sagte der Chef. Er benahm sich wie mein bester Kumpel, aber er machte einen alarmierten Eindruck. Nichts gegen das einnehmende Wesen mancher Zeitgenossen, es irritierte mich nur etwas. Mich irritierte hier einiges.
Er machte ein sorgenvolles Gesicht, für mich sah auch das so aus, als schauspielerte er nur.

»Ich will keinen Drink. Danke. Was ist das hier?«, sagte ich und wies auf den Dreadman.

»Komm mit ins Büro. Ich erkläre es dir. Komm! Geht aufs Haus. Oder hast du die Flasche schon bezahlt?«

Hatte ich natürlich nicht. Wie denn auch? Der klatschnasse Kollege hinterm Tresen war gerade erst dabei, die Waren zu betasten, als wäre er nicht ganz bei Trost.

Der Chef wand dem Rastamann meine Flasche aus der Hand und versetzte ihm eine schallende Ohrfeige.

»Sind Sie bescheuert?«, fragte ich schockiert. Dann: »Es wird Zeit, dass wir hier mal was klären!«

Ich fuchtelte mit den Armen und wollte dem Besitzer der Tanke meinen Zeigefinger vor die Brust rammen, aber ich schrak doch davor zurück. Sein Blick hatte etwas, das mir sagte, es wäre keine gute Idee.

Der Grauhaarige ignorierte meine Bestürzung völlig. Es schien für ihn das Normalste der Welt zu sein, seinen Angestellten eine runterzuhauen. Er zuckte einfach mit den Schultern.

»Beruhig dich. Alles ist völlig in Ordnung. Wir trinken was, und ich erkläre dir alles. Okay?«

»Da bin ich aber echt gespannt!«

Er machte eine wegwerfende Handbewegung.

»Für Außenstehende muss das ein bisschen befremdlich wirken, das ... äh ...«

»Das was?«

»Das alles«, erwiderte er. »Ich schlage vor, wir trinken einen Schluck, und ich setze dich ins Bild.«

Drei Dinge passierten: Erstens, ich konnte mir nicht vorstellen, dass er mich irgendwie ins Bild setzen konnte. Zweitens war mir das seit einigen Sekunden ein bisschen egal, weil er in der ersten Satzhälfte die Zauberworte gesagt hatte. Drittens war mir augenblicklich klar, dass er das erkannt hatte.

»Hier lang bitte.«

Ich folgte ihm durch die Tür in einen dunklen Raum, der vage nach Putzmittel roch. Er lächelte entschuldigend, öffnete im Halbdunkel eine weitere Tür und dirigierte mich in sein Büro.

Dieser Raum war eng, aber gemütlich und anscheinend in Erwartung endloser Nächte mit elektronischen Geräten vollgestellt. Ich sah einen Farbfernseher, einen DVD-Player, eine ziemlich teure Hi-Fi-Anlage und einen Beistelltisch voller DVDs, überwiegend Pornos und Wesley-Snipes-Filme. In der Ecke des Zimmers war eine Art amputierter Küchenzeile zu sehen: unmittelbar hinter der Arbeitsplatte abgesägt, um in einer winzigen Nische Platz zu finden.

Dreckiges Geschirr und die Styroporschalen vieler Mikrowellenmahlzeiten türmten sich in der Spüle.

Außerdem war da ein Videomonitor, auf dem der starr stehende Rastakassierer in grobkörnigem Schwarzgrau zu sehen war.

»Mein Reich. Setz dich«, sagte der Chef mit ausladender Geste und wies auf einen Stuhl. »Ich hol eben Gläser. Mach's dir gemütlich, ja?«

Ich hockte mich hin. *Vielleicht kommt jetzt die Kundenverwöhnnummer, oder er will mir erzählen, dass seine missratenen Söhne immer mit Drogen vollgepumpt zur Arbeit kommen,* dachte ich. Ich war mir auf jeden Fall sicher, dass es vielleicht keine waschechte Lüge werden würde, aber die entschärfte Version irgendeiner absurden Wahrheit. Ich war gespannt.

Mehr noch aber wollte ich was trinken.

»Also«, sagte er, als er die Gläser abgestellt hatte, »die Firma TREMONIA entschuldigt sich in aller Form.«

Wann machte der Kerl die Flasche auf?

Er schien meine Gedanken erraten zu haben, löste mit leichtem Knacken den Verschluss der Flasche und goss mir ein, und das nicht zu knapp. Er grinste mir dabei kumpanenhaft zu. In diesem Moment, als er mein Glas fast bis zum Rand füllte, spürte ich, dass mir das alles entschieden zu kumpelig war. Alkohol oder nicht, ich kannte den Mann nicht, und er schüttete mein Glas voll, als wären wir auf einem Nordstadtstraßenfest. Ich trank natürlich trotzdem, und Jack half beinahe sofort.

Ich wurde ruhig, während der Whiskey in meinem Magen explodierte wie ein warmes Feuerwerk, und lehnte mich zurück. Der grauhaarige Mann goss auf der Stelle nach.

»Weißt du«, sagte er, »mit gutem Personal ist das so eine Sache.«

»Ist mir schon klar«, sagte ich.

Mr. Daniel hatte mir eine gewisse Distanz verschafft. Ich war ganz Ohr.

»Ich hab's mit Studenten versucht, aber die fressen einem die Haare vom Kopf.« Er rieb Daumen und Zeigefinger aneinander, um mir den Sinn seiner Worte zu verdeutlichen.

»Dann versuchte ich es mit etwas heiklen Leuten, aber selbst nachts war das so eine Sache«, sagte er. »Die Polizei tankt hier nämlich auch ab und zu.«

Ups, dachte ich. *Jetzt lehnt er sich aber mächtig aus dem Fenster.*

»Sie meinen Illegale?«

»Ja. In der Art. Ohne Steuerkarte und so.«

Ich nickte.

»Aber wo liegt denn das Problem?« *Und warum erzählst du mir das?*, dachte ich.

Ich schüttete mir nochmals ein und bemerkte dabei, dass sein Glas noch immer leer war.

»Weil ich entweder die Wahl habe, teure Leute einzustellen, die in der Nacht eh nur zwei, drei Kunden bedienen müssen, während sie sämtliche Zeitschriften zerfleddern, oder ich nehme günstige Kräfte. Zufriedene, günstige Kräfte.«

Klar. Zufriedene, günstige Kräfte, die sich benehmen wie Frankensteins Monster, nur ohne dessen Agilität.

»Ich verstehe nicht ganz. Warum waren Ihre beiden Arbeiter denn so komisch?«, fragte ich.

Der Grauhaarige verzog das Gesicht.

»Die beiden müssen Medikamente nehmen, aber mir ist gesagt worden, das würde für diese Art der Tätigkeit keine Rolle spielen. Ist ja nicht sehr anspruchsvoll, der Job hier – zumindest nachts.«

Ach ja? Stimmt: Man kann gut darüber hinwegsehen, dass deine Kassenkräfte wie angewurzelt herumstehen, um sich dann wie Figuren aus einer Geisterbahn zu gebärden, falls man lange genug in ihrem Sichtfeld herumtanzte.

»Was für Medikamente müssen die denn nehmen?«, hakte ich nach. »Schließlich sind das zwei völlig verschiedene Leute. Oder sind die zwei verwandt?«

Er hörte meinen ungläubigen Unterton heraus; ihm war anzusehen, dass er intensiv darüber nachdachte.

»Nein. Sind sie nicht. Keine Brüder oder so was. Das Medikament ist ziemlich ... exotisch. Zufall, nehme ich an.«

Mir wollte nicht klar werden, was er mir hier vortrug. Er hatte mich in sein Büro bugsiert, mir ziemlich teures Zeug zu trinken spendiert und die Kumpelschiene gefahren.

Warum also betrieb er diesen Aufwand, wenn ich ihm jetzt alles aus der Nase ziehen musste?

Er schenkte nach.

Mein viertes Glas. Ich spürte dieses angenehme Wummern im Kopf, und wenn ich ihn bewegte, wurde das Bild leicht unscharf, aber ich konnte meiner eigenen Einschätzung nach besser denken denn je.

»Wissen Sie was: Alles, was Sie mir hier erzählen, ist total unlogisch«, sagte ich lächelnd.

»Nein. Ist es nicht. Es ist nur 'n bisschen kompliziert.« Er zuckte mit den Schultern.

»Leute wie dich bekomme ich ja nicht für diese Arbeit. Also gibt's nur solche«, sagte er und wies mit dem Daumen über seine Schulter Richtung Verkaufsraum.

»Und Sie werden es wohl kaum machen, oder?«, fragte er. Es klang witzig, wie er das sagte, aber ich meinte, etwas Lauerndes herauszuhören.

»Klaro. Ich suche Arbeit, also kein Problem. Ich mach das. Im Ernst. Was gibt's denn dafür?«

Das interessierte mich. Was zum Teufel zahlte er dafür, mir ab und an eins in die Fresse zu hauen? Zudem war ich angeschickert genug, diese Jobofferte wenigstens in Erwägung zu ziehen, obwohl mir schleierhaft war, wen er mit »Leuten wie mich« meinte. Vielleicht wollte ich auch nur weitere Details seiner Geschichte hören.

»Was meinen Sie eigentlich mit *Leuten wie mich*?«, fragte ich.

»Fitte Burschen, die 'nen wachen Geist haben und sich selbst beschäftigen können. Burschen mit Freizeit in der Nacht. Keine Kids, die zu Hause unterm Pantoffel stehen.«

Das klang nach mir. Freizeit war nicht wirklich mein Problem. Ich hatte zu viel davon.

Aber wie er sich abrupt auf mich als seinen neuen Nachtkassierer eingeschossen hatte, bereitete mir Unbehagen. Er formulierte es, als würde er mich für eine Drückerkolonne rekrutieren, hektisch und zielorientiert. Klar, ich hatte ein gewisses Interesse bekundet, aber er stürzte sich auf mich wie ein Geier, und ich glaubte im Übrigen nicht, dass ich einen wachen Geist zur Schau stellte. Genau darauf zielte er ab: Er wollte mir schmeicheln, und das tat er sehr nachlässig.

»Können wir ja noch drüber reden«, sagte ich.

»Können wir doch auch jetzt.«

»Können wir, aber ich fürchte, Sie haben mich etwas zu reichlich bewirtet.«

»Sie vertragen doch einiges!« Er schlug mir auf die Schulter. »Also ... haben Sie Lust?«

Er verbiss sich in mich wie ein Terrier – ich hatte ihn unterschätzt, wie ich mir eingestehen musste. Außerdem stellte ich durch den angenehmen Schleier, den Mr. Daniel über mich gesenkt hatte, fest, dass er irgendwann angefangen hatte, mich zu siezen.

»Ich überlege es mir«, sagte ich lahm.

Er spürte meine Schwäche und setzte nach.

»Kommen Sie schon – die paar Stunden in der Nacht.«

Der Mann, Chef des Hauses, Pornofan und Bewacher der zuckenden Schaufensterpuppenleute, beugte sich zu mir herüber.

»Sie kriegen einen ordentlichen Vertrag. Von zweiundzwanzig bis fünf Uhr.«

Unsere Nasenspitzen berührten sich fast. Ich versuchte vergebens, meinen Blick scharf zu stellen, erkannte seine Nase aber nur als fahlen Hügel, der mir die Sicht nahm.

»Nee«, sagte ich.

»Kommen Sie«, presste er hervor, »das wäre doch was für Sie. Mensch!«

Ich fragte mich unbehaglich, wann er mir sagen würde, warum das was für mich war.

Er hatte mächtig Tempo zugelegt – zu viel für mich. Ich konnte meine Abneigung nicht mehr ignorieren.

»Kein Interesse. Ich muss jetzt auch los.« Ich versuchte aufzustehen, aber der Grauhaarige wich keinen Millimeter zurück. Hätte ich mich mit Gewalt erhoben, hätte ich in seinen Armen gelegen oder ihn umgestoßen.

»Ich sehe doch, was mit Ihnen los ist«, sagte er hart.

»Was ist denn mit mir los?«, fragte ich.

»Kommen hier rein mitten in der Nacht, sehen aus wie ausgespuckt, holen sich was zu trinken. Ist doch klar: Sie haben Probleme.«

»Das sind meine Probleme. Die gehen Sie kaum was an!«

»Außerdem riechen Sie nach ... nun: Kotze, Sportsfreund. Ich kann Ihnen ein Polohemd geben.«

Wer war der Typ, mir das zu sagen? Ich bemerkte, dass ich zornig wurde, aber das schien ihn nicht zu beeindrucken.

»Brauche ich nicht. Schönen Abend noch, *Sportsfreund*.«

»Hey«, sagte er, »ganz ruhig. Der Vorschlag wird Ihnen sicher helfen. Arbeit ohne Stress. Kann sofort losgehen, wenn's nach uns geht! Zu Hause wartet doch eh keiner – oder?«

Ich presste ihn zur Seite, stand auf und blaffte ihn an.

»Vergessen Sie es, Mann. Ich werde nicht für Sie arbeiten. Null. Nada.«

Der Chef des Hauses verstummte abrupt.

Er sah mich mit einem harten Blick an, der es mir kalt den Rücken herunterlaufen ließ, aber er sagte nichts mehr. Ich ging zur Tür, ohne mich umzusehen, und hörte seine Stimme, die jetzt eisig und kein bisschen launig mehr war, in meinem Rücken:

»Überleg's dir. Oder komm nicht wieder her.«

Das war sowieso nicht meine Absicht, aber der Klang seiner Stimme war mir zu ruhig, zu beherrscht, und ich zog es augenblicklich vor, die Klappe zu halten. Ich war wackelig auf den Beinen, tatsächlich hatte ich nicht schlecht getankt.

»Okay«, sagte ich.

Ich trat hastig in den dunklen, nach Meister Proper riechenden Zwischengang. Die Tür zum Verkaufsraum musste zugefallen oder geschlossen worden sein. Einen Moment tastete ich hölzern herum und stieß einen Schrubber samt Eimer um. Scheiße.

Ich verlor derartig die Orientierung, dass ich nicht einmal ungefähr die korrekte Richtung schätzen konnte. Ich erwischte in der Finsternis einen Türgriff und öffnete die Tür.

Der Raum war so falsch, wie er nur sein konnte. Von allen Entscheidungen, die mein benebeltes Gehirn hätte treffen können, traf ich eine, die mich in einen Albtraum katapultierte, gegen den meine üblichen schlechten Nächte wie eine Reise nach Phantasialand aussahen.

Der Raum war eigentlich keiner, sondern eine heftig nach Öl riechende, diffuse Passage, die zu einer Stahltür führte. Der Boden war mit Gitterplatten bedeckt, wohl um rutschfest zu sein. Ich durchschritt den Gang so sicher und geräuschlos wie möglich. Ich drückte die Klinke, presste mich gegen das stählerne Türblatt, das hart über den Boden kratzte, und schlüpfte durch. Helles Neonlicht umfing mich, und ich kniff die Augen zusammen. Ich befand mich in der Autowaschanlage und wäre fast über die Führungsschienen gestürzt, welche den riesigen Reinigungsbürsten den Weg vorgaben. Das hätte mich garantiert meine Schneidezähne gekostet.

»Scheiße! Scheiße! SCHEISSE!«

Das hatte ich wieder gut hingekriegt. Ich musste umdrehen und wieder am Büro von Mister Kommschon! vorbei. Ich blickte mich um: Die Halle maß vielleicht dreißig Quadratmeter und links von den Schienen der Waschstraße waren eine kleine Hebebühne, eine Werkbank und ein Stapel alter Autoreifen. *Hier scheint nicht oft ein Fahrzeug hereinzufahren*, dachte ich. Es war ziemlich schmutzig.

Dann sah ich, dass ich nicht allein war.

Falsch: Dann sah ich, dass ich zwar allein war, aber außer mir noch andere Körper diesen Raum füllten.

An der Wand links vom Eingang der Halle standen vier junge Männer. Sie waren bis auf ihre Unterhosen nackt und regten sich nicht. Ihre Augen waren geöffnet, und obwohl wir Sommer hatten, wirkte ihre Nacktheit seltsam barbarisch; es war, als würde ich eine absurde künstlerische Performance beobachten.

Einer von ihnen, ein vielleicht zwanzig Jahre alter, magerer Mann mit einer Oberarmtätowierung, stand mit dem linken Fuß in einer Öllache, aber es schien ihm nichts auszumachen; seine Zehen hatten sich in der Pfütze aufgeweicht und schimmerten bläulich. Dann fiel mir etwas noch Merkwürdigeres auf: Sie lehnten nicht an den Wänden, als würden sie auf den Bus warten, sondern als wären sie einfach da abgestellt worden – wie Sonnenschirme, die ein Cafébesitzer eilig hereinholt, wenn Regen droht.

Ein anderer Mann schien sich offensichtlich vollgepinkelt zu haben. Die vier befanden sich in verschiedenen Stadien einer gewissen Benommenheit, die an Lethargie grenzte, aber sie lebten, da war ich sicher. Sie sahen einfach lebendig aus.

Ich stand vielleicht acht Meter von ihnen entfernt, als das Rolltor, welches das Außengelände von der Waschstraße trennte, laut erbebte.

Ich fuhr zusammen. Das Tor hob sich kreischend, und dunkelbraune Beine, die in weißen Badeschlappen steckten, kamen zum Vorschein. Mich überkam sofort das übermächtige Verlangen, mich zu verstecken;

ich stellte mich hinter eine der großen Bürsten. Das musste reichen, um unentdeckt zu bleiben.

Die Bilder, die ich zu sehen bekam, verfolgen mich bis heute.

Das Tor hob sich.

Ich hatte mich hinter die riesige, flauschige Rolle gepresst und sah nicht, wie es sich nach oben bewegte, aber irgendwann rastete es unter dem Hallendach ein. Ich spähte aus meinem Versteck hervor und sah, wen die Nacht von den Straßen der Nordstadt in die Halle gespuckt hatte.

Der Mann war exotischer Herkunft – genauer war es nicht zu bestimmen –, trug abgeschnittene Jeansshorts und ein T-Shirt mit »Warsteiner«-Aufdruck.

Er hatte die Lässigkeit Bob Marleys, aber grobe, dunkle Gesichtszüge. Und er trug Dreadlocks, die schwer und medusenartig bis zu seinen Schultern reichten – die Frisur des triefenden Kassierers. In seiner Hand hatte er eine schlichte weiße Plastiktüte.

Er bemerkte die Jungs an den Wänden. Sein Blick verfinsterte sich.

»Oha – Scheiße, Alter. Noch vier Kaputte. Scheiße. Scheiße, Alter.« Er sprach *Scheiße* wie *Scheyse* aus.

Er drehte sich um, hieb auf einen großen roten Knopf und das Rolltor senkte sich wieder rumpelnd. Die Straße verschwand.

Der Mann schlappte langsam auf die Männer an der Wand zu, wobei er den Kopf schüttelte.

»Verdammter Dreck«, sagte er, als er sich vor den vier Nackten aufgebaut hatte.

Verdammter Dreck, genau! Wie kam ich jetzt wieder hier raus?

Dass etwas im Gange war, mit dem ich nichts zu tun haben wollte, war mir da schon klar. Ich *durfte* nichts damit zu tun haben. Ich war betrunken und gehörte nicht hierher.

»Ihr seid schöne Exemplare, echt.« Er kniff dem Jungen, der in der

Ölpfütze stand, hart in die Wange und blinzelte ihm zu. Die anderen Männer musterte er eingehender – einem schob er sogar das Augenlid nach oben, um in seine Pupille zu starren. Er hob den linken Arm des vollgepinkelten Unglücklichen an. Der Arm sackte in absoluter Zeitlupe nach unten.

»Fuck«, murmelte der Mann. »Warum funktioniert ihr nicht?« Er schüttelte erneut den Kopf, wobei seine fetten Locken träge und schwer um seinen Kopf schwangen; ich musste bei dem Anblick an einen Löwen denken. Dann öffnete er die Plastiktüte und holte etwas ans Licht, das Ähnlichkeit mit einer Stricknadel hatte. Sie war etwa dreißig Zentimeter lang, sehr dünn und blitzte im Licht der Deckenleuchten auf. Statt der üblichen Holz- oder Kunststoffkugel am Ende hatte diese Nadel allerdings eine feine schwarze Schnitzerei in Form einer Schlange als Abschluss.

»Wollen doch mal sehen, was der Doktor für euch tun kann, hm?«

Ich ging in die Hocke, um mich noch unsichtbarer zu machen. Meine Bedenken, ertappt zu werden, waren einer massiven Angst gewichen. Ich wusste sofort: Würde der Kerl mich entdecken, hätte ich ein großes, böses Problem. Aber als er die fremdartige Nadel aus dem Beutel geholt hatte, hatte sich die Unbehaglichkeit, ein Beobachter wider Willen zu sein, zu einem Gefühl des Ausgeliefertseins ausgewachsen.

Ich hatte richtig Schiss.

Der dunkle Mann begann zu summen. Ich konnte die Melodie nicht genau erkennen, zumal er zwischendurch kehlige Geräusche von sich gab; es klang entfernt nach »Nikita« von Elton John.

»Sooo!«, sagte er. »Schön stillhalten.«

Dann stach er die blitzende Nadel in den Oberschenkel des ihm am nächsten stehenden Mannes.

Akupunktur?

Dr. Dread stach die Nadel bis zum Anschlag in das Bein seines Patienten und summte. Ich verwarf meine Theorie augenblicklich.

Der Mann an der Wand rührte sich nicht; der Kerl mit den Dreads drehte den Schlangenkopf zwischen den Fingern und damit die Nadel im Oberschenkel. Keine Reaktion.

»Hmmm ... *fuck*!« Er zog die Nadel aus dem Bein, hielt sie gegen das Licht und betrachtete sie. Es sah aus, als würde er den Ölstand bei seinem Auto messen.

Er wischte die Nadel allerdings nicht ab, sondern warf sie einfach wieder in die Plastiktüte.

Aus der Wunde kam kein Blut.

Wenn der Kerl mit Bob Marleys Frisur ein Arzt war, ging er ziemlich rüde zur Sache. Und Ärzte trugen ihre medizinischen Utensilien nicht in Plastikbeuteln mit sich herum, oder? Und Nadeln mit Schnitzereien? Was war damit? *Was war mit dieser Nadel?*

Die Tür links von mir kreischte protestierend, als sie über den asphaltierten Boden kratzte, und mein Herz setzte fast aus.

Der Chef der Tankstelle trat in die Halle. Ich presste mich mit klopfendem Herzen in die Reinigungsbürste. Das hatte mir jetzt gerade noch gefehlt!

Ich hörte ihn schwer atmen. Das bedeutete, dass er sehr, sehr nah bei mir war. Ich lauschte auf seine Atemzüge, während mich das durch meinen Körper jagende Adrenalin zittern ließ. Ich war auf einmal völlig klar; das Gefühl, betrunken zu sein, hatte sich verflüchtigt.

Dann entfernten sich seine Schritte. Ich spähte durch das grüne Gewusel der Bürste. Weniger, um ihn zu beobachten, als um festzustellen, ob er weit genug weg war. Der Grauhaarige hatte die Stahltür offen gelassen ... Mit viel Glück konnte ich es schaffen ...

Wenige Sekunden später sah ich ihn wieder: Der Chef des Hauses schlenderte auf den Mann mit der Nadel zu.

Er hielt eine Flasche Desperados in der Hand und machte einen entspannten Eindruck.

»Ah. Du bist ja schon da.« Er wies mit der Bierflasche auf die Jungs an der Wand. »Die sind alle nicht zu gebrauchen.«

»Kann ich was dafür, hm?«, fragte der Kerl mit den Rastas, ohne ihn anzusehen.

»Wer ist denn hier der Mann fürs Spezielle? Ich oder du?«

»Die sind irgendwie nicht in Ordnung. Der hier«, der dunkle Mann wies auf den Jungen mit dem punktierten Bein, »macht's nicht mehr allzu lang. Er ist vielleicht bei fünfzehn, zwanzig Schlägen in der Minute. Der kackt dir ab. Überleg dir schon mal was.«

»Hör mal, Sportsfreund. Ich kann nicht noch einen wegschaffen.« Der Chef wirkte verärgert. »Das ist nicht mein Problem. Ich besorge die Arbeiter, hast du gesagt. Mach du, dass sie ruhig sind, hast du gesagt. Und? Sind sie, oder?«

»Ja, allerdings«, sagte der Grauhaarige. »Vielleicht etwas zu ruhig, was?«

Der Rastamann grunzte.

»Die Mischung ist vielleicht zu hoch. Die Typen, die du auftreibst, sind alle zu mager oder Junkies oder Alkis. Wie soll ich mit so 'ner Scheiße arbeiten?«, fragte er.

»Soll ich Hochschulabsolventen nehmen, oder was? Ich nehme, was ich kriege: Stricher, Penner, Ausreißer. Punkt. Habe keine Lust, dass mir die Kripo hier reinspaziert, Franco. Und verdammt: Dann ändere die Mischung, okay?«

Der Chef war es offensichtlich schon lange nicht mehr gewohnt, kritisiert zu werden. Sein Gesicht war rot angelaufen.

»Das geht nicht so einfach. Der Trank muss für jeden neu gemischt werden.«

»Ich habe dir doch gesagt, du sollst diesen Fernsteuerungsmist durchziehen. Dann hätten wir jetzt nicht den Laden voller Kaputter.«

»Was du meinst«, sagte Franco, »sind Quangas. Puppenrituale.«

Diese Männer waren keine Freunde, das konnte man sehen. Vielleicht waren sie es mal gewesen, aber jetzt verbanden sie Dinge, die ihrer Freundschaft nicht besonders guttaten.

Ich fragte mich, was die beiden da besprachen. War das eine Art Code oder so?

»Puppenrituale – toll. Interessiert mich nicht! Von mir aus kannst du die ganze Muppet Show mobilisieren, wenn es hier weiterhilft!«, erwiderte der Graue.

Franco blickte auf.

»Entweder machen wir es auf meine Art, oder wir lassen es. Quangas würden nicht funktionieren.«

»Wir können es nicht mehr lassen, Kumpel«, sagte der Chef mit einer Geste auf die Weggetretenen, »und ich bezahle dich ordentlich, oder?«

»Es geht nicht um das Geld«, sagte Franco. »Das weißt du.«

Ich lauschte angespannt. Je mehr sie redeten, umso weniger kapierte ich. Während ich hinter meiner Flauschrolle kauerte, redeten diese Männer abstruses Zeug. Ich wollte wirklich verschwinden, aber die Gefahr, von ihnen dabei entdeckt zu werden, war zu groß.

Würde ich es trotzdem schaffen, bis zur Tür zu kommen, musste ich immer noch durch den schmalen, düsteren Gang. Auf den Gitterplatten am Boden lautlos zu gehen, war schlecht möglich. Nicht, wenn man wie ich angetrunken, nervös und müde war. Es gab nur einen Weg: Warten, bis die Männer gingen, zum Rolltor schleichen, es einen Spalt öffnen – und weg.

Dummerweise redeten die beiden, als hätten sie alle Zeit der Welt. Der Grauhaarige hatte einen Fuß auf ein schmieriges Dampfstrahlgerät gesetzt; der Mann mit der Nadel lehnte mittlerweile neben einem der Erstarrten an der Wand. Das konnte noch Stunden dauern.

Ich für meinen Teil wünschte mir zu diesem Zeitpunkt schon, ich hätte diesen Ort nie betreten. Es war ein klassischer Fall von »völlig falscher Kerl zu völlig falscher Zeit am verdammt noch mal völlig falschen Platz«. Mir kam es nicht recht vor, diese Männer zu belauschen – nicht aus Höflichkeit, sondern zum Selbstschutz.

Selbst aus den wenigen Sätzen der beiden war hervorgegangen, dass man nichts mit den Geschehnissen in dieser Tankstelle zu tun haben sollte. Warten war sicher meine Stärke gewesen – zumindest zu jener Zeit –, aber ich bezweifelte, dass ich die restliche Nacht überstehen würde, verborgen hinter einem Ding, das aussah wie ein gigantischer Pfeifenreiniger, während ich ein merkwürdiges Gespräch merkwürdiger Männer belauschte.

Ich fragte mich, was passieren würde, wenn ich pinkeln musste. Das würde sicher sehr interessant werden. Oh ja.

»Du hast uns in die Scheiße reingeritten. Du holst uns wieder raus. Und glaub ja nicht, ich würde noch einen von denen zersägen, in Mülltüten verpacken und verbuddeln. – Wenn die Figuren hier weder sprechen noch vernünftig laufen können, bezahle ich sie dir ab jetzt nicht mehr. Das siehst du sicher ein, oder?«

Der dunkle Mann erhob sich. Er sah dem Boss der Tankstelle direkt ins Gesicht, wobei er ruhig und gelassen wirkte, aber seine Stimme verriet Härte, als er sprach.

»Ich diene niemandem außer Papa Legba«, sagte er, »nicht deinem Gott, nicht dir.«

»Fang nicht wieder damit an«, erwiderte der Graue und nahm einen Schluck aus seiner Flasche. »Wenn wir hier am laufenden Meter irgendwelche Leichen produzieren, wird uns Papa Dingenskirchen bestimmt nicht rausreißen. Ich hab ja nichts gegen deine Götter, aber so geht's kaum weiter!«

»Ich bin Priester, kein Bestatter«, sagte Franco. »Du brauchst gesunde Menschen.«

Er blickte zu den offensichtlich nicht ganz so gesunden Männern an der Wand, dann drehte er sich plötzlich um, als wäre ihm noch etwas eingefallen.

»Wenn du noch einmal meinen Gott beleidigst«, sagte er, »töte ich dich.«

»Nicht aufregen«, sagte der Boss. »Es geht hier nur ums Geschäft. Ich werde jemanden finden. Ich weiß auch schon, wen.«

Dann kehrte Schweigen ein.

Ich presse mich fest in meine Deckung und lauschte angestrengt, ohne etwas sehen zu können, konnte aber nur das Gluckern eines weiteren Schlucks aus der Bierflasche hören. Dann fiel mir etwas auf: Ich hatte, als ich den Chef beobachtete, nie irgendwelche Schluckgeräusche vernommen, wenn er die Flasche an den Hals gesetzt hatte. Weil er zu weit weg gewesen war ...

»Buh!«, sagte er in mein linkes Ohr.

Ich roch den Alkohol in seinem Atem, als ich den Kopf drehte, um ihm ins Gesicht zu sehen, das sehr dicht vor meinem war und grinste.

Mir wurde heiß vor Panik, und dieses kindische Gefühl des »Erwischtwerdens« schwappte über mir zusammen – allerdings mit dem kalten Beigeschmack echter Gefahr.

»Wusste ich es doch.«

»Ja«, erwiderte ich geistreich.

Der Tankstellenmann ergriff meinen Arm und krallte seine Finger hinein.

»Auf dem Monitor warst du nicht. Da blieb nicht viel übrig, oder?«

Er zerrte mich in die Mitte der Halle; Franco sah mich, verzog aber keine Miene.

»Der hier«, sagte der Grauhaarige und stieß mir den Hals der Flasche ins Kreuz, »ist geeignet. Und du wolltest doch so gern für mich arbeiten – oder?«

Kein Stück, du Arschloch!, wollte ich sagen, beschränkte mich aber darauf, ihn anzusehen, ohne, wie ich hoffte, allzu ängstlich zu wirken.

Aber ich *war* ängstlich.

»Der ist betrunken«, sagte Franco ohne die Spur eines Vorwurfs. Es war eine Feststellung.

»Weißt du was? So bringt das nichts«, sagte der Grauhaarige, der hinter mich getreten war.

Ich wollte soeben zustimmen, als mich ein harter Schlag traf, der mich heftig auf meine Zunge beißen und Tausende flirrender und explodierender Sonnensysteme erscheinen ließ.

Dann gingen bei mir die Lichter aus.

Ich erwachte, bekam aber die Augen nicht auf.

Dieses Phänomen war mir natürlich bekannt, aber der Schlag, den ich erhalten hatte, war in der Lage gewesen, meinem Kopfschmerz eine völlig neue Qualität zu verleihen. Es war nicht ganz wie sonst. Keine zudringlichen Avancen eines Jack-Daniel's-Katers; ich hatte eher das Gefühl, in einer Betonmischmaschine übernachtet zu haben.

»Wie fühlst du dich?«

Das war Doktor Franco.

Ich öffnete die Augen zu schmalen Schlitzen, und das Licht der Halle schoss wie bösartiger Laser in mein Hirn.

»Wie die Fußmatte in einem Taxi«, antwortete ich.

»Oh. Wie nett. Er ist wach«, vernahm ich die kratzige Stimme, die nun wieder klang, als würde sie Fahrchips an der Raupe einer Kirmes verscheuern.

Mr. Tankstellenboss.

Die nächste Fahrt geht wieder rückwärts, dachte ich benommen.

Ich bewegte den Kopf, meine Halswirbel protestierten.

Man hatte mich auf einem Bürostuhl festgebunden, den ich vorher in der Halle nicht gesehen hatte. Wenn einer der beiden ihn geholt hatte, um mich dann zu verzurren, war ich auf jeden Fall einige Minuten bewusstlos gewesen.

»Was passiert jetzt?«, fragte ich.

»Franco wird dich jetzt zu einem vorbildlichen Mitarbeiter machen.«

Mir dämmerte, dass damit kein Kurs in Rhetorik und Warenkunde gemeint war.

»Besser, wir machen erst mal die anderen reisefertig«, sagte Franco. »Er läuft uns nicht weg.«

Er spazierte zum Dampfstrahler und schaltete ihn ein. Sofort füllte das Brummen des Kompressors den Raum. Dann ergriff er die Sprühvorrichtung, die so lang und bedrohlich wie ein Gewehr war, und presste spielerisch den Abzug. Ein drachenartiges Fauchen entwich der

Spitze des Gerätes, und ich spürte selbst auf fünf Meter Entfernung einen feinen Wassernebel in meinem Gesicht.

»Mehr Druck, Franco«, sagte der Chef.

Ein weiterer Hebel wurde umgelegt, und das Brummen schwoll an. Dann richtete Franco ungerührt den scharfen, gefächerten Strahl auf die an der Wand stehenden Männer.

Deren Fleisch dellte sich ein, sobald das Wasser mit ihrer Haut in Berührung kam. Der Druck musste mörderisch sein. Als er das Gesicht des Mannes ganz links streifte, war ein Knacken zu hören, als zerbräche man einen Bleistift, und seine Nase verformte sich absurd. Aber es kam kein Blut.

Wenige Minuten später war Franco fertig. Die Männer standen regungslos an den Wänden, tropfnass, die Haut krankhaft vom Druck des Dampfstrahlers gerötet. Ich hatte noch nie etwas derartig Brutales gesehen. Franco, der merkwürdige Priester, hatte die starr verharrenden, ehemaligen – oder für nicht geeignet befundenen – Mitarbeiter der Tankstelle gereinigt wie Gartenmöbel.

Er hatte dabei gelächelt.

Der Chef hatte sich zwischenzeitlich Arbeitshandschuhe übergezogen. Unter seinem Arm klemmte eine Rolle schwarzer Mülltüten.

Er riss methodisch einige Säcke von der Rolle und begann, sie den gewaschenen Nackten über die Köpfe zu ziehen. Die Säcke sahen sehr strapazierfähig aus, und reichten bis zu den Schienbeinen. Es wirkte auf mich, als würde ein Dekorateur seine Schaufensterpuppen einkellern oder winterfest machen.

Dann wandte er sich mir zu. Diesen Augenblick hatte ich in den letzten, vom infernalischen Brummen des Kompressors untermalten Minuten mehr gefürchtet als jemals irgendetwas zuvor in meinem Leben.

»Franco?« Die Stimme des Tankstellenchefs hatte eine unterschwellige Schärfe angenommen, so als müsste Franco zu dem, was jetzt zu tun war, besonders ermahnt werden.

»Leg los. Ich bin vorne, wenn was ist«, sagte er mit leicht angewidertem Unterton, drehte auf dem Absatz um und verließ die Halle. Ich hörte seine Schritte auf dem Gitterboden des Gangs verhallen.

Franco ging vor mir in die Hocke. Er zog eines meiner Lider nach oben und schaute mir prüfend ins Auge.

»Was wird das jetzt, Mann?«, fragte ich mit zitternder Stimme. Es war wie beim Zahnarzt, nur ohne nette Helferin – und ohne die Gewähr, jemals wieder aus eigener Kraft von diesem Stuhl aufzustehen. Daran war nur Jack schuld. Daran war nur SIE schuld.

Franco richtete sich schweigend auf, öffnete dann die Plastiktüte und entnahm einige Gegenstände. Er entfaltete ein wild gefärbtes Tuch auf dem Boden, dann stellte er einige Flaschen und Phiolen darauf. Er sah mich nicht an.

»Hallo ...?«, sagte ich, aber er schien mich nicht zu hören, so konzentriert, wie er war.

Er griff erneut in den Beutel. Ich glaubte zu wissen, was nun kam. Die Nadel.

Jetzt kam die Nadel ...

Stattdessen legte er etwas auf das Tuch, was ich vorher noch nie leibhaftig gesehen hatte, aber von Bildern japanischer Nobelrestaurants kannte: einen Kugelfisch.

Das Tier lag schillernd, rundum stachelbewehrt und fraglos tot auf der Seite.

Dann, als wolle Franco ein bizarres Menü kreieren, legte er einen Beutel Gummibärchen, einige Schokoriegel und einen Barren Marzipan, der mir ein schauerliches Déjà-vu bescherte, daneben.

Dann erst kam die Nadel.

Er entnahm der Tasche seiner Jeansshorts ein kleines Taschenmesser, klappte es auf und stach in die Unterseite des Fisches. Zum ersten Mal an diesem Abend bekam ich Blut zu sehen. Ich bezweifelte, dass es das letzte Mal war.

Dem Blut des Tieres folgte ein wenig klare Flüssigkeit, die er geschickt in einer braunen Phiole auffing.

»Wie viel wiegst du?«
»Warum?«
Er stand blitzschnell auf und schlug mir ins Gesicht. Sofort lief es aus meiner Nase, als hätte jemand einen Wasserhahn aufgedreht. Der erdige Geschmack meines eigenen Blutes füllte meinen Mund, als ich antwortete.
»Fünfundachtzig.«
Er nickte, als hätte er das sowieso geschätzt.
»Wie viel hast du getrunken?«
»Ein Glas oder so«, beeilte ich mich, zu antworten. Panik überkam mich. Bis jetzt war mir bis auf den Schlag ins Gesicht nichts passiert, aber meine Sterne standen unfassbar mies, so wie es aussah.

Franco musterte mich scharf, als würde er über meine Aussage nachdenken. Dann drehte er sich um, ging in die Hocke und begann zu arbeiten. Er vermischte den Inhalt verschiedener Fläschchen, schüttelte mal, schwenkte dann nur, stellte eins weg, holte ein anderes hervor und schien nach einigen Minuten hochzufrieden.

Er riss die Packungen der Süßigkeiten auf, legte sie im Halbkreis zu meinen Füßen auf den Boden und ergriff das Fläschchen, das er neben dem Fisch abgelegt hatte. Er hatte von Zeit zu Zeit hingeschaut, um sich zu vergewissern, dass es nicht umgekippt war.

»Du trinkst das jetzt. Es ist bitter, aber du wirst nicht sterben oder so.«

Er hielt die Flasche dicht vor meinen Mund. Durch den Geruch meines Blutes nahm ich noch etwas anderes wahr: den Gestank toter Pflanzen, tranigen Fischgeruch und einen Duft, der so fremd war, dass mir leicht schwindelig wurde.

»Du kannst mich mal!«

Erstaunlich, wie groß meine Klappe war; war es doch der einzige Körperteil, den ich bewegen konnte.

Er ergriff wortlos meinen Kiefer, umschloss ihn mit seiner warmen, nach Gewürzen riechenden Hand und presste meine untere Gesichtshälfte zusammen, wobei er das kleine Fläschchen geschickt zwischen dem kleinen Finger und dem Ringfinger hielt. Es tat verdammt weh, aber ich war zäh, obwohl mir die Tränen kamen. Mit der anderen Hand hielt er mir plötzlich und schmerzhaft die Nase zu. Keine Luft mehr. Spiel, Satz und Sieg: Ich öffnete den Mund.

Er schüttete mit einer flinken Bewegung den Inhalt der Flasche in mich hinein, hielt mir sofort darauf den Mund zu und lächelte.

»Schluck!«

Meine Zunge wurde augenblicklich taub. Dann spürte ich Kälte in meinem Rachen, als würde ich versuchen, einen Eiszapfen runterzuwürgen, gefolgt von einer Taubheit, welche noch umfassender war.

Schließlich fühlte ich die Kälte in meinem Kopf, sie füllte ihn aus wie ein Schneegestöber.

Ich konnte Franco nur noch wie in einem absurden Film wahrnehmen, fokussiert auf wenige Zentimeter vor meinem Gesicht und doch merkwürdig fern und verwaschen.

Mein Körper fühlte sich bleiern an, tonnenschwer.

»So«, nickte Franco, während er mich prüfend beobachtete. Dann kniete er sich mit dem Rücken zu mir auf den Boden und begann zu beten. »Dir, Papa Legba, widme ich diese Gaben. Dir, Damballah, diesen Leib.«

Danach wurde er zu leise. Ich schnappte noch einige merkwürdige Worte wie »Ghedes«, »Zobob« und immer wieder »Papa Legba« und »Damballah« auf, aber mein Denken konnte diese Begriffe weder ordnen noch deuten. Seine Worte durchdrangen mich. Ich war erstaunt, ihn hören zu können, obwohl es mich große Mühe kostete, mich zu konzentrieren. Meine Sicht war eingeschränkt, als hätte man mir Salbe in die Augen geschmiert, aber es war nicht unangenehm. Keine Ahnung, ob die Zeit raste oder kroch. Ich fühlte mich wohl, wenn ich mich recht erinnere.

Irgendwann allerdings fühlte ich plötzlich einen mir bekannten Schmerz in meinem Inneren: Sodbrennen, das sich wie ein Reptil durch meine Speiseröhre nach oben wand. Meine Sicht verbesserte sich und der Sog der Worte, die der kniende Priester sprach, ließ nach.

Mehr und mehr.

Meine Magensäure versus Francos Trank, wie es aussah.

Was immer er mir verabreicht hatte, schien nicht zu wirken. Zumindest nicht so, wie es sollte.

Bewegen konnte ich mich allerdings nicht. Ich kam auch nicht auf den Gedanken, es zu versuchen. Meine Empfindungen waren auf wenige, primitive Funktionen eingeschränkt.

Franco erhob sich irgendwann und nahm die Nadel. Ohne ein Wort stieß er sie tief in mein Bein.

Der Schmerz war erstaunlich! Nie hätte ich gedacht, dass Schmerzen dieses Umfangs, dieser absoluten Empfindungsfülle, existieren.

Ich wollte schreien, aber mein Körper nicht.

Die Nadel mit dem Schlangenhaupt steckte in meinem Bein. Geschmiedeter Stahl, dreißig Zentimeter, die mir vorkamen wie ein Zaunpfahl.

Ich werde diesen Schmerz nie mehr vergessen.

Aber ich konnte denken.

Ich konnte fühlen.

»Gut«, befand Franco, wohl zufrieden über meine Reaktion, die keine war.

Zu keiner Bewegung fähig, betrachtete ich den stählernen Fremdkörper, der aus meinem Oberschenkel ragte.

Er zog die Nadel heraus. Sie war blutig.

Franco runzelte die Stirn.

Meine Beine begannen zu kribbeln.

Meine Finger wurden warm, als würde man einen Föhn auf sie richten. Dann spürte ich, wie die Taubheit meiner Zunge nachließ, und schrie vor Schmerz.

Franco schaute schockiert in der Sekunde auf, bevor mein massiver Biker-Stiefel ihn im Gesicht traf und ein Geräusch produzierte, als würde man in einen Eimer LEGO-Steine treten. Mein Bein zuckte nach.

Ich erinnere mich nicht an eine bewusste Bewegung, aber es sichelte wie ferngesteuert in Francos Richtung und traf ihn mehrmals. So viel Blut.

Adrenalin durchraste mich, was ein leichtes Schwindelgefühl und starkes Herzklopfen auslöste, aber lebendiger hatte ich mich nie gefühlt.

Franco stürzte nach hinten und begrub den Kugelfisch unter sich. Ich trat nochmals gegen seinen Kopf.

Mein Atem ging pfeifend, als wäre nie und nimmer genug Luft im Raum. Ich richtete mich auf, spürte ein rasendes Kribbeln im ganzen Körper.

Francos Atem platzte in blutigen Bläschen vor seinen Lippen, dann lag er still. Seine Nase war deformiert, als wäre sie aus Knetgummi. Ich hatte große Teile seines Gesichts mit meinem metallbeschlagenen Stiefel in Ödland verwandelt: Franco sah aus wie eine Requisite aus einem Frühwerk von Peter Jackson.

Ich beugte mich über ihn und stand schwankend da. Den Stuhl wie bei einem bizarren Partyspiel mit Klebeband an meinem Rücken befestigt, buckelte ich über Francos zerstörtem Gesicht und versuchte, Luft einzusaugen, die für ein ganzes Leben reichen musste – ich hyperventilierte.

Ich zwang mich, kontrolliert zu atmen. Ein und aus, schön langsam. Es dauerte einige Minuten, bis meine Lungen begannen, so normal zu arbeiten, wie es als auferstandener Beinahezombie mit am Hintern festgeklebtem Bürostuhl möglich war.

Den Stuhl scheuerte ich mir in Rekordzeit vom Rücken; eine gemauerte Ecke in der Nähe der Waschbürsten war rau genug, das Klebeband zu durchtrennen – und ich war fleißig, was das anging!

Der Boss konnte zurückkommen.

Mein linker Oberschenkel brannte; unter dem Loch in meinen Jeans, wo Franco seine Nadel in mich gestochen hatte, war ein dunkler Fleck. Das musste bis später warten.

Ich blickte mich in der Halle um.
Dann fand ich etwas, das ich gebrauchen konnte.

Als ich an der Tür des kleinen Raumes lauschte, der eigentlich das private Videozimmer der Geschäftsleitung einer todbringenden Firma war, hörte ich ein leises, aber konstantes Schnarchen.

Ich war unentschlossen, ob ich lautlos die Klinke drücken oder brachial den Raum stürmen sollte.

Ich entschied mich für Variante eins.

Meine Hand zitterte, als ich die Tür vorsichtig Millimeter um Millimeter öffnete.

Der Grauhaarige war eingenickt; auf dem Tischchen links von ihm hatte sich ein stattliches Bataillon von Desperados-Flaschen angesammelt. Leergut.

Ich musste an die unglücklichen, dampfgestrahlten Leute in der Halle denken: buchstäblich bis zur Neige verbraucht und einfach abgestellt.

Der Mann hing in einer derart unbequemen Position in seinem Stuhl, dass er sehr müde – oder sehr betrunken – gewesen sein musste, um so einzuschlafen.

Mein Mitbringsel aus der Halle der Untoten hielt ich noch immer in der Faust: eine Rolle schieferfarbenes, reißfestes Textilklebeband.

Ich hatte ihn ziemlich schnell mit dem Stuhl verklebt, allerdings war Durchscheuern diesmal nicht möglich, denn ich hatte die vollständige Rolle verbraucht, ohne dass der Mann erwacht war.

Das hatte ihm sogar einen besseren Halt auf dem Stuhl verschafft, obwohl ich bezweifelte, dass er das zu schätzen wissen würde, wenn er erwachte.

Er sah aus, wie sich ein IKEA-Designer wahrscheinlich den Minotaurus, den mystischen Mix aus Mensch und Stier, vorstellen würde, wenn er zu viel getrunken hätte: Mr. TREMONIA, der unheimliche Stuhlmann.

Ich weckte ihn.

Es dauerte eine Weile, bis er bemerkte, wo er war, wer da vor ihm stand – und vor allem, was Sache war.

»Na?«, sagte ich. Wir hatten alle Zeit der Welt. Die Nacht war mein Kumpel.

Er versuchte aufzustehen, und einen schrecklichen Moment lang dachte ich, er würde das Panzerband einfach absprengen wie der unfassbare Hulk – aber es hielt natürlich.

Sein Gesicht war dunkelrot.

»Du hast 'ne Menge Probleme, Freundchen«, sagte er, bemüht, noch immer den Boss rauszukehren.

Es war eine harte Nacht für mich gewesen, turbulent und schmerzhaft, also gönnte ich mir was: Ich schlug ihm ins Gesicht.

Sein Kopf flog nicht zur Seite wie in einem Film mit John Wayne; das war schlecht möglich, da auch sein Hals an der Kopfstütze fixiert war.

»So. Zeit für Small Talk«, sinnierte ich, wobei ich zur Küchenzeile schlenderte.

»Du wirst dir wünschen, meine Tankstelle nie betreten zu haben«, blaffte er, während er versuchte, den Kopf zu drehen, um mir mit seinem Blick zu folgen. Es schien ihn ausgesprochen nervös zu machen, mich nicht sehen zu können.

»Es tut mir jetzt schon leid«, sagte ich, »aber das werden wir jetzt alles wieder geraderücken. Alles wird gut.« Ich musste kichern.

Ich zog eine der Schubladen auf und fand, was ich suchte. Der Griff war vierfach genietet, die Klinge leicht gebogen, an der Schneide schillernd. *Made in Solingen* stand darauf.

Wer hätte gedacht, dass in diesem Loch ein derartig gutes Messer zu finden war?

»Ich werde dir Leute auf den Hals hetzen, die dich foltern, du kleine Ratte. Die quälen dich für 'nen Zwanziger! Für 'nen ZEHNER!«

»Na klar doch.«

Ich hockte mich vor ihm hin. Seine Hände lagen auf den Knien. Er konnte die Finger bewegen, mehr nicht.

Gib der Tante die gute Hand, hatte meine Mutter immer gesagt.

Die gute Hand war rechts, oder?

Seine Augen weiteten sich, als sich die Klinge seinem Daumen näherte.

»Wissen Sie was?«, sagte ich. »Jack Daniel's ist bei Ihnen viel zu teuer.«

Dann schnitt ich.

Der Grauhaarige produzierte ein schrilles Geräusch. Kein Schrei, kein Winseln, eher ein scharfes, wimmerndes Ausatmen. Das Blut aus der langen Wunde, die wie die aufgeplatzte Haut einer Bratwurst aussah, lief auf seine Jeans. Es war erstaunlich viel, wenn man bedachte, dass es nur aus dem Daumen kam.

Der Stuhlmann stöhnte. Seine Gesichtsfarbe spielte nun ins Blässliche.

Ich lächelte.

»Wer ist Franco?« Mich interessierte, wie viel Schaden ich angerichtet hatte, falls er tot war.

»Leck mich am Arsch!«

»Später vielleicht.«

Sein Zeigefinger erschien mir zu ernst. Ich verpasste ihm einen lachenden roten Mund.

»Ein Priester oder so was. Spezialisiert auf diesen Voodoo-Mist.«

»Und woher kommt er?«

Der Mann sah mir direkt in die Augen. Er machte einen sehr kooperativen Eindruck.

»Er ist vor einiger Zeit nachts hier aufgekreuzt. Hat Süßigkeiten gekauft. So kamen wir ins Gespräch.«

»Könnte sein, dass er tot ist«, sagte ich.

Ich meinte, zusammen mit dem Geruch seines Blutes, eine stinkende Woge hündischen Respekts zu erschnuppern. Es roch wie Urin.

»Wie viele von den Jungs haben Sie beide verheizt?«

Ich wollte nicht getötet sagen – streng genommen lebte man ja nach der Prozedur Francos noch, mehr oder weniger. Aber andererseits war auch von einem Jungen die Rede gewesen, der zerkleinert worden war.

»Hast du doch gesehen«, sagte er leise.
»Noch mal«, sagte ich, »wie viele?«
Er presste die Lippen aufeinander.
Die Solinger Klinge fand im Ringfinger des Gefesselten noch mehr Blut, das ganz offensichtlich an die Luft wollte. Es machte verdammte Freudensprünge.
»Fünfzig ... hundert oder so«, schrie er.
Mir wurde schwindelig. Hundert? Wo waren die alle geblieben? Vergraben? Verkauft? Verbrannt? So viele Leiber, so viele Leben ... Verschleuderte Existenzen – nicht ganz wie mein Leben, aber fast.

Hergelockt mit dem Versprechen von Geld oder schlimmer: einem Versprechen zu arbeiten, akzeptiert zu werden und nützlich zu sein –, um dann abzubrennen wie Wunderkerzen.

War das Letzte, was sie im verwaschenen Tunnelblick ihres schwindenden Lebens gesehen hatten, die gläserne Kleingeldschale dieser Tankstelle gewesen, wenn sie hinter dem Tresen gestanden hatten, während die Stunden der Nacht versickerten?

Oder hatten sie ihre eigene Demontage erlebt, aber nicht gespürt?
War der letzte Vorhang aus dunkler Plastikfolie gewesen?
Es war genug.
Der Chef des Hauses weinte jetzt. Es war erbärmlich.
»Unter der Spüle ist Geld«, sagte er, Rotze hochziehend.
»Ich gehe jetzt«, sagte ich.
»Ich verblute hier!«
»Soll ich die Bullen rufen? Die bringen sicher Pflaster mit.«
Er schwieg.

Als ich erneut die Halle betrat, stellte ich fest, dass Francos Körper fort war.

Die Männer in den Plastikbeuteln waren auch weg und das Rolltor stand offen.

Ich sah die Blutspuren des Priesters, wo ich ihn niedergetreten hatte

– chaotisch mit Süßigkeiten dekoriert –, aber kein Blut, das eine Fährte zum Rolltor gelegt hätte.

Keine Beweise, nirgendwo.

Nur eine Wunde im Bein, Marzipan und Gummibärchen am Boden, ein blutender Mann auf einem Stuhl und Geld.

Ich ging zurück und holte es.

Das alles ist jetzt sieben Jahre her.

Wir sind wieder zusammen, seit sechs Jahren.

Sie kam im darauffolgenden Sommer zurück. Martin hatte ihr erzählt, ich wäre umgezogen, und sie spürte mich in meinem Stadtapartment auf. Vier Zimmer, Badewanne, Balkon.

Ich gebe zu, dass ich hocherfreut war. Mehr als das. Wenn ich nun aus dem Fenster schaue, während ich dies hier schreibe, kann ich das Stadttheater sehen – aber ich muss dafür die gigantische Diddl-Maus ein Stück zur Seite schieben.

Ab und zu denke ich darüber nach, ob ich alles richtig gemacht habe.

Wenn sie von hinten ihre Arme um mich legt, würde ich das bejahen, aber jetzt gerade lautet die Antwort: keine Ahnung.

Ich erspare Ihnen Details, nur so viel: Das Geld reichte.

Es reicht noch immer.

Warum ich das alles aufschreibe? Nun, gestern waren wir im Kino.

Als wir zurückfuhren, passierten wir die Tankstelle, obwohl ich das in den letzten Jahren bewusst vermieden habe, zumal mein täglicher Weg ohnehin nicht daran vorbeiführt.

Meine Freundin kennt die Geschichte nicht. Nach der Herkunft des Geldes fragte sie nie, und das ist gut so.

Ich nahm das Gelände nur als den üblichen, flüchtigen, dunklen Fleck wahr. Die Tankstelle hatte damals noch im selben Jahr der Vorfälle geschlossen, und eine andere, weit bekanntere Marke hatte das Ruder übernommen.

Diese schloss bereits um zweiundzwanzig Uhr, wie alle Filialen dieser Kette, und ich habe nie wieder dort eingekauft.

Im Auto war es warm – Klimaanlage, Stufe drei –, und der CD-Player beackerte die x-te Version eines Kuschelrock-Aufgusses. Als ich aus dem Fenster blickte, sah ich die Tankstelle. Sie war völlig dunkel. Aber in der Waschanlage brannte Licht. Ich schaute auf die Uhr: halb zwei. Durch die großen Bullaugen des modernen Rolltores sah ich Schatten, die offenbar Menschen gehörten. Aber nur einer bewegte sich. Ich stellte die Klimaanlage eine Stufe höher.

Geisterbahn

Der Wagen glitt rumpelnd über die flache Betonschwelle. Er kam kurz vor der Schranke zum Stillstand, ruckte wieder an und fuhr ein, exakt in dem Moment, als Marek den Rauch aus seinen Lungen entließ.

Anfangs hatte er noch jedem gewunken, der hereinfuhr, aber als auch nach dem zwanzigsten Mal jede Reaktion ausblieb, blickte er nicht mal mehr auf.

Drei Tage war er nun hier, und seine Sucht nach filterlosen Camels hatte die Atmosphäre in seinem Glaskasten nicht unbedingt verbessert. Er fächerte mit seiner Zeitschrift den Rauch zur Tür.

Sein Chef ließ sich nicht blicken. Er konnte rauchen und – wenn er wollte – fernsehen. Aber der Empfang war schlecht und außerdem hatte er alle Hände voll zu tun.

Marek war ein beschäftigter Mann. Er hatte gelernt, die Verantwortung zu tragen und auf eigene Faust zu wirken.

»Sie müssen nichts weiter tun, als die Wagen im Auge zu behalten, ab und zu die Anlage checken. Aber Sie sehen ja das meiste auf dem Monitor. Verzögerungen gilt es zu vermeiden. Klar, oder?«

Der Chef hatte den Kopf schief gelegt. »Im Prinzip könnte das meine Oma.«

Marek hatte den Witz nicht verstanden, und als sein Gesprächspartner dies bemerkte, hatte er noch gesagt: »Vom Arbeitsaufwand, mein ich.«

Marek hatte nur genickt.

Von Zeit zu Zeit wanderte er durch das Dunkel und kontrollierte die Anlage.

Das war vielleicht einmal am Tag nötig, aber er tat es beinahe stündlich, denn nicht immer unternahmen die Leute eine Fahrt, und Marek nutzte die Zeit.

Erst seit heute Morgen funktionierte alles so, wie er wollte.

Die Lichter in den normalen Gängen waren aus, an den Biegungen und den »Schockerstellen« – jenen ganz speziellen, besonders gruseligen Punkten – jedoch auf verschiedene Grade der Helligkeit eingestellt.

Die künstlichen Spinnweben vor der Ventilation wehten nicht mehr so hektisch, seitdem er die Anlage um zwei Stufen gedrosselt hatte.

Die blutroten Glühbirnen in den rostigen Käfigen glommen direkt über der ersten Biegung. So wie es am besten aussah.

Gegen zehn Uhr hatte er die Beschallung eingestellt. Durch die Lautsprecher ließ er »Halloween Sounds« dröhnen, eine stimmige Folge von Flattern, Schreien und tiefen Orgelklängen auf CD. Besser als der andere Kram. Bedeutend gruseliger.

Wenn sein Chef, der nette Herr Gawollek, feststellte, dass sein neuer Mann 120 Prozent gab, würde er sicher sehr, sehr zufrieden sein.

»Höllische Akustik«, hatte er entzückt gemurmelt, als er das erste Mal durch die Geisterbahn gewandert war.

Er musste den Buhmann an Punkt vier neu ausrichten, zeigte ihm der Videomonitor.

Und das Gekreische hinten am Wendepunkt schien nicht in Ordnung zu sein.

Wenn die letzten Wagen durch waren, beschloss er im Stillen. Vorher nicht. Er wollte die Magie der Bahn nicht durch seinen Auftritt mit Draht und Schraubenzieher vernichten.

Das Telefon blinkte. Wegen der CD war der Ton stumm geschaltet.
»Herr Marek, wie schaut's aus?«

»Ich komm zurecht, danke. Ist nicht viel los heute. Zahlende Gäste, mein ich.«
»Deswegen rufe ich nicht an«, sagte sein Chef. Seine Stimme klang recht launig. Dann wurde er formeller.
»Ich benötige noch immer Ihren Sozialversicherungsausweis.«
»Bring ich morgen zur Post, wenn das okay ist, Chef.«
»Nicht nötig. Ich schaue morgen wegen der Automaten vorbei. Um elf Uhr kommt auch ein Techniker. Wegen des Lichts.«

Marek legte auf. Ein strahlendes Lächeln hatte sich auf seinem Gesicht ausgebreitet. Er mochte seinen Boss. Gawollek war ein netter Mann. Und ums Licht, jaha, ums Licht hatte er sich schon gekümmert.

Marek öffnete die obere Schublade des Schreibtischs.

Unter den Pornos seines Vorgängers lag das Werkzeug, verstaut in einer abgewetzten Kunstledertasche.

Er fummelte die Rolle mit dem Blumendraht, den Seitenschneider und etwas Isolierband, wie es zum Abdichten von Kupferrohren benutzt wird, heraus.

Dann griff er sich sein Frühstück, zwei Schinkenbrote und eine Dose Cola, und machte sich auf den Weg.

Er warf einen Blick auf die selbst gemachte Bleistiftzeichnung, die alle Teilabschnitte darstellte.

Marek rümpfte die Nase. Dieser Geruch!

Dieser Gestank nach Schmiere und heißem Gummi harmonierte nicht im Geringsten mit dem gruseligen Ambiente. Es war schwer zu ignorieren, Gruselkabinett hin oder her, aber so lief es nun mal. Keine echte Magie, nur Technik.

Das hohe Kreischen hallte von den Wänden wider, aber es klang schon wieder abgehackt.

Stimmte was mit der CD nicht? Er hätte sich vor dem Einlegen die Pfoten waschen sollen.

Marek verdrehte die Augen und fischte nach der Taschenlampe an seinem Gürtel.

Er schritt durch die Gänge und prüfte hier und da die Dekoration. Das metallische Knacken seines Dosenverschlusses, gefolgt vom leisen Zischen entweichender Kohlensäure, hallte überraschend laut von den Wänden wider.

Marek erschrak, lächelte dann mild, nur um eine Sekunde später noch mehr zu erschrecken.

»Halloooo!«, kreischte es aus der Finsternis.

Mareks Augen weiteten sich, und die Härchen auf seinen Armen richteten sich auf.

Gawollek schaute sich nochmals die Bewerbung an.

»Meinen Sie, der Mann kriegt das hin?«, fragte er.

»Sie haben ihn eingestellt, und ich denke nicht, dass wir für diese Arbeit einen Atomphysiker brauchen. Sie?« Der Hausadvokat, Gawolleks Mann für alles, war so trocken wie stets.

Gawollek hatte nichts anderes erwartet. Er bekam stets eine Antwort, die jede rhetorische Komponente in seinen Fragen ignorierte.

»Immerhin hat er Erfahrung damit ...«, der Anwalt blätterte desinteressiert in einem Leitz-Ordner, »... Überwachungsaufgaben zu übernehmen.«

Gawollek sah auf.

»Ich finde ihn merkwürdig, aber eifrig. Anders kann ich es nicht sagen. Sein Zeugnis ...« Er schnickte mit dem Zeigefinger gegen die Ecke des Blattes, »ist irgendwie ...«

»Schmuddelig«, sagte der Anwalt.

»... rührend! Etwas in der Art. Besser kann ich es nicht ausdrücken.«

Gawollek versuchte, sich eine kleine Portion Absolution abzuholen, stellte der Anwalt fest.

Genau wie das letzte Mal beim Perser. Entweder hatte Gawollek eine Schwäche für Leute, denen der Hauch des Außenseiters anhaftete, oder er dachte, nur Loser würden diesen Job annehmen. Der Anwalt vermutete, dass beides richtig war.

Es spielte auch keine Rolle. Vor drei Tagen war der Perser abgehauen.

Er hatte ein-, aber nicht ausgestempelt. Seine Thermoskanne hatte noch auf dem Tisch gestanden. Aus den Augen, aus dem Sinn. Wandervögel.

Am selben Nachmittag war dann dieser Kerl im Betrieb erschienen und hatte sich beworben. Gawollek hatte ihn innerhalb von vier Minuten eingestellt. Ein sehr legeres Gespräch; durchgezogen, nur, um schnell wieder zurück in sein Stadtbüro zu kommen, zu seinen Zeitungen und in die Nähe des Kontoauszugdruckers der Bank.

Dieser Marek kostete neunhundert Euro pro Monat, der Anwalt zweiundneunzig Euro pro Stunde.

Wegen dieser zweiundneunzig Euro erlaubte er sich den Luxus, Marek auf der Stelle aus seinen Gedanken zu verbannen, um sich gewisser steuerlicher Unbill anzunehmen.

Gawollek hatte ihn gebeten, nochmals einen Blick auf Mareks Unterlagen zu werfen. Das konnte warten, bis Kaffeezeit war. Keine Minute vorher.

»Er scheint eine lange Zeit nichts getan zu haben«, las Gawollek ab. Er beschäftigte sich schon länger mit Mareks Sammelsurium aus Zeugnissen, Bewertungen und dieser irgendwie anrührenden handschriftlichen Bewerbung. Im Moment las er den Lebenslauf. Das alles war normalerweise nicht interessant für ihn. Aber diese Sammlung von Schriftstücken war, als hätte man entdeckt, dass sich unter den Kontoauszügen vergangener Monate ein handsignierter Karl May befindet.

Oder ein Lovecraft.

»Hier ist 'ne achtjährige Lücke. Er scheint von siebenundneunzig bis ... na ja, bis jetzt nichts getan zu haben.«

»Er wird trotzdem seine Arbeit machen«, erwiderte der Anwalt und klappte einen neuen Ordner auf.

Marek ließ den Strahl der MAG-LITE über den Boden huschen, als er in die Sackgasse einbog.

Gut, er konnte es sich eingestehen: Ihm war unbehaglich zumute. Nicht, weil er sich definitiv in einer – in seiner – Geisterbahn befand, das wäre albern gewesen, sondern weil hier irgendetwas schrecklich im Argen war.

Und zwar an seinem dritten Tag und dem Anschein nach durch sein Verschulden.

Die Verantwortung war ein zweischneidiges Schwert. Es war nicht alles nur Spaß. Die ganze Leichtigkeit der Illusionen erforderte harte Arbeit, Marek war mittendrin, und morgen kam der Chef! Er knabberte an seiner Unterlippe, während er nachdachte.

»Ach, Scheiße.«

Der Buhmann an Punkt vier. Marek drehte auf dem Absatz um und marschierte rasch zum Kreuzgang.

Der Buhmann war furchterregend.

Marek fand, er war noch unheimlicher als am Vortag. Trotzdem hing er schief.

Er fummelte etwas Blumendraht ab, wickelte ihn über die Stirn des Schädels und verzwirbelte die Enden direkt unterhalb des schaurigen Haaransatzes. Die Augen leuchteten nicht mehr, aber das hatte Zeit bis später.

»Hallo!«, kam es wieder aus der Sackgasse. Es war ein Schrei, der nur rein zufällig ein klar artikuliertes Wort in sich zu tragen schien; die Stimme eines Affen, der einen Glückstreffer gelandet hatte.

»Herrgott!«, schrie Marek.

Dann ging er zum Ende der Sackgasse.

Die Frau lebte noch. Marek entwich ein Laut der Verblüffung.

Sie war noch immer an ihrem Platz und alles an und in ihr ebenfalls, soweit er sehen konnte.

Er musste ein Stück um den Wagen herumgehen, um zu ihr zu gelangen. Auch darum musste er sich später kümmern.

Er beugte sich zu ihr hinunter und stellte fest, dass er sich geirrt hatte, was die Perfektion seiner Dekoration anging.

»Sieht so aus, als hätte ich das nicht so gut gemacht«, sagte er mehr zu sich selbst.

Er schüttelte den Kopf.

Sie trug einen beigefarbenen Mantel, der so nass von ihrem Blut war, dass er seltsam romantische Falten warf, fast wie ein barockes Kostüm. Aus ihrem schneeweißen, mütterlichen Allerweltsgesicht kamen Rotz und gutturale Laute, als sie Marek erblickte.

Er fasste behutsam eine der roten Partybirnen an der Spitze und drückte sie zurück in ihre Augenhöhle.

Sie gab ein pfeifendes Geräusch von sich, das Marek sowohl ulkig als auch gruselig fand.

Da, wo der Draht ihre Finger nicht an den Stuhl gefesselt hatte, flatterten sie wie ein sterbender Spatz, als er die Birne weiter hineindrehte. Etwas klare Flüssigkeit rann aus ihrem Augenwinkel.

Er runzelte die Stirn. Es wurde Zeit für einen ausgedehnten Rundgang.

Gawollek erhob sich.

»Ich mache jetzt Feierabend«, sagte er und ergriff sein Jackett.

Der Anwalt nickte nur, ohne von seiner Lektüre aufzusehen.

»Ich schau noch mal beim Neuen rein. Mal sehen, ob das alles geklappt hat bei unserem Freund.«

Der Anwalt hatte bei genauer Durchsicht von Mareks Unterlagen festgestellt, dass er offensichtlich niemals in Mathematik unterrichtet worden war. Das hatte Gawollek schon etwas beunruhigt.

Zwar fand er es generell seltsam, dass ein Bewerber sämtliche Unterlagen inklusive der Schulzeugnisse aus den Sechzigern einreichte, aber so waren seine Pappenheimer.

Dieser Pappenheimer allerdings hatte im Feld »Rechnen« – nicht Mathematik, nein, *Rechnen* – nur Gedankenstriche statt Zensuren, verfasst mit der verblassten Tinte eines toten Jahrzehnts.

Hatte er einen mathematischen Rohrkrepierer ins Aquarium gesetzt?

In der Tiefgarage stand sein Vectra.

Er ließ sich in die Polster fallen und startete den Motor. Es war schwer, um diese Uhrzeit einen Parkplatz in der Nähe seines Ziels zu bekommen, aber er war zuversichtlich. Er würde ganz sicher einen finden, keine Frage, das war nicht das Problem.

Das Problem war, dass sein neuer Mann im Glaskasten offenbar gerade mal bis zehn zählen konnte.

Gawollek fuhr los, um Marek einen Besuch abzustatten.

Marek ging den Weg ins erhellte Areal.

Die Leute, deren Wagen er mit den Nagelbrettern in die weiträumige Nische nahe der Stahltüren gelotst hatte, waren prima dekoriert. Dies war die letzte Station der Fahrzeuge, das Glanzlicht.

An diesem Punkt gab es buchstäblich kein Zurück.

Es war so simpel gewesen.

Man konnte den Leuten schon mit einem absoluten Minimum an Kreativität echten Thrill vermitteln.

Er hatte die meisten von ihnen auf Stangen gezogen. Als ihm die spitzen Eisen ausgegangen waren, hatte er begonnen, seine Arbeit mit Klebeband zu vollenden. Das war ungleich mühseliger gewesen, aber der Anblick versöhnte ihn jedes Mal.

Eine Nacht harter Arbeit hatte nicht weniger als die Verquickung von Entertainment und Kunst zur Folge gehabt.

Die Männer hatte er so positioniert, dass sie trotz der aufgerissenen Münder vage an die Aufstellung antiker Terrakottakrieger erinnerten.

Alles war voller Fliegen, aber wenn man vorbeifuhr, störten sie kaum, und wenn man ausstieg, um Teil des Ganzen zu werden, war es nur natürlich, die Fliegen zu empfangen.

Er wischte den Schraubenzieher, den er benutzt hatte, um die Frau mit den Birnen auszuknipsen, an seiner Hose ab und steckte ihn weg.

Dann suchte er das Mobile des Persers auf. Die Fliegen begannen bereits, Larven abzulegen, aber er würde sich noch einige Zeit halten.

Der einzige Hund der letzten Tage, ein Cockerspaniel, schwebte ausgeweidet an Blumendraht von der Decke. Eine abgetrennte Kinderhand, an deren Gelenk eine Swatch baumelte, war in sein Maul gesteckt, und er sah aus, als wollte er spielen. Seine Därme hingen aus ihm heraus wie blaugrüne, nasse Taue, und Marek beschloss, später eine Lichterkette daran zu befestigen.

Gawollek kam schon einige Hundert Meter vor dem Ziel zum Stehen. Er hatte mehr als eine Stunde im Stau gestanden, aber das war er gewohnt und nahm es mit der Gelassenheit eines Mannes, der sowohl eine Klimaanlage als auch Pink Floyds Gesamtwerk im Fahrzeug zur Verfügung hatte. Im Stau zu stehen, entspannte ihn beinahe.

Dann wurde »Dark Side of the Moon« vom blechernen Piepen seiner Freisprechanlage übertönt.

»Ich habe ein wenig recherchiert«, ertönte die Stimme seines Anwalts. Er hörte sich an, als wäre es ihm peinlich, Gawollek zu belästigen. Gleichzeitig klang seine Stimme sehr gehetzt.

»Und?«

»Er war lange in einem Heim in der Nähe von Krakau. Vollwaise.«

»Tragisch«, sagte Gawollek. Er sah nicht ganz ein, warum das wichtig war.

»Ja. Enorm tragisch. Das hat mich neugierig gemacht. Habe dann diesen Kerl auf dem Zeugnis angerufen. Die Nummer stand nicht drauf, aber den Betrieb gibt es noch.«

Gawollek wusste, wen er meinte: Das Papier war von einem Schausteller aus Bremen; irgendeinem Mann, dessen Name beinahe unaussprechlich war und an dessen Schreibmaschine das Farbband so fadenscheinig sein musste wie Mareks Lebenslauf. Es war mehr der Geist eines Zeugnisses gewesen. Das blasse Phantom eines Schriftstücks, das besagte, dass Marek fleißig und »motivirt« war.

»Er hat ihn damals rausgeworfen. War schwierig rauszufinden in dem Gespräch. Der Mann hört schlecht. Hat was an den Ohren.«

Gawolleks Hals fühlte sich plötzlich trocken an.

»Weswegen?«

»Er hat sich gewisse ... Eigenmächtigkeiten erlaubt.« Der Anwalt klang, als würde er sich nicht wohlfühlen. »Mit der Dekoration der Bahn.«

Gawollek wartete, was nun kam. Das konnte nicht alles gewesen sein. Er sagte nichts, lauschte auf den Atem des Anwalts und wartete ab.

»Eines Morgens kam der Besitzer der Bahn, dieser ... Sie wissen schon, oder? Jedenfalls wollte er die Kasse eröffnen und erwischte Marek dabei, wie er an der Außenfassade herumfummelte.«

»Was tat er?«, fragte Gawollek.

Der Anwalt sagte es ihm.

Marek ging durch sein weitläufiges Schreckenskabinett zurück in sein gläsernes Büro.

Er wusch den Schraubenzieher unter dem Wasserhahn ab, schrubbte seine Hände und setzte sich.

Dann zündete er sich eine Camel an.

An der Fassade draußen sprang die Anzeige von »besetzt« auf »frei«.

Der nächste Wagen fuhr zur Schranke. Eine ältere Dame saß darin. Marek konnte sie ziemlich gut gebrauchen; sie würde sich fabelhaft als Wegweiser machen, wenn er es schaffte, ihren Arm zu fixieren. Er grinste tadelnd sein Spiegelbild in der Glasscheibe an:

Hände umsonst gewaschen.

»Er hat Vögel und anderes Getier an der Fassade befestigt. Spatzen, Eichhörnchen, Mäuse.«

Die Stimme des Anwalts war zu einem Raunen geworden. »Die meisten Tiere haben noch gelebt. Er hat eine Heißklebepistole benutzt und sie einfach angeklebt. Der Mann von der Geisterbahn hat gesagt, die Vögel hätten gekreischt. Nicht gepiept oder so was, richtig gekreischt.«

Eine kurze Pause entstand.

»Das Zeugnis? Woher hat er das dann?«

»Er hat seinen Chef gezwungen. Er sagte, er könne alles dekorieren, wenn er wolle. Es wäre eine Frage des Werkzeugs. Er hat versucht, ihm heißen Kleber in die Ohren zu spritzen, und teilweise ist ihm das auch geglückt. Dann kam die Polizei und er wanderte in die forensische Psychiatrie in ...« Gawollek hörte Papier rascheln. »... Rostock. Da blieb er. Wurde als debil diagnostiziert. Lese- und Schreibschwäche, aber gut bei handwerklichen Übungen.«

»Wann ist er entlassen worden?«, hauchte Gawollek, während sein Ziel in Sicht kam.

Er traute seinen Augen nicht, als er die Lichttafel über der Einfahrt sah. Sie war soeben von »besetzt« auf »frei«, dann wieder auf »besetzt« gesprungen.

»Letzten Montag«, sagte der Anwalt, aber Gawollek hörte es nicht.

Eine lange Schlange hatte sich vor der Einfahrt gebildet; er glaubte nicht, dass es gut wäre, zu warten, bis er an der Reihe war, also sprang er aus dem Wagen und lief die Einfahrt hinunter.

Irgendetwas war ganz entsetzlich schiefgelaufen, und als er die Schranke passierte, roch er es bereits, bevor er es sah. Die Luft war voller Auspuffgase, und mit dem Licht stimmte etwas nicht – aber der Geruch war schlimmer. Unter dem Gestank verbrannten Kraftstoffs lag noch ein anderer, speziellerer Duft. Er hörte ein Klopfen auf Glas und sah zum Büro rüber.

Mareks fahles Gesicht hinter der Scheibe wirkte auf Gawollek wie eine dieser Sankt-Martins-Laternen.

Marek lachte auf die gleiche rührende Art, die auch sein Lebenslauf vermittelt hatte, fand er.

Er hatte sich getäuscht, was seinen neuen Pappenheimer anging, bitter, bitter getäuscht.

Er ging an Marek vorbei, die Einfahrt hinunter ins Dunkel. Gawollek wusste, dass es nicht so dunkel bleiben würde. Er konnte blinkende Lichter in der Finsternis ausmachen ...

... und noch andere Dinge.

Er war in einer Geisterbahn, die organisch gewachsen war. Schon nach dreißig Schritten war das nicht mehr zu ignorieren. Sein neuer Pappenheimer war handwerklich sehr begabt, durchaus.

Später, als er bei den Frauenparkplätzen tief im Inneren des Parkhauses Mareks Atem im Nacken spürte, stellte er fest, dass dieser auch deutlich weiter als bis zehn zählen konnte.

Kopfsache

Der Mann am Telefon gähnte.

Er hatte bereits zweiundachtzig Anrufe entgegengenommen, eine Kanne Tee seinem Blutkreislauf überantwortet und zwölf Marlboro geraucht, aber war noch immer müde.

Es summte wieder leise, unterstützt vom hektischen Blinken eines Lämpchens im Gehäuse des Telefons, das sich nicht abschalten ließ.

»Institut der ultimativen Wahrheit, Meier.« Das »Meier« fiel aufgrund eines kleinen, tückischen Gähnens etwas gedehnt aus.

»Ich will wissen, ob meine Frau mich betrügt«, sagte eine dumpfe Stimme. Die Sprachqualität litt etwas unter den zweihundert Metern Stahlbeton über ihm.

»Ja«, sagte der Mann – der nicht Meier hieß, was aber ohnehin niemanden interessierte – träge.

Der Anrufer knallte den Hörer auf.

Weitere neunundvierzig Euro neunundneunzig rasselten in ein digitales Countersystem.

Meier war ein Prägkognitiver der alten Schule, nicht besonders weise, nicht besonders diplomatisch.

In den acht Jahren, die er nun in der Telefonfirma im Bunker unter der Hauptstadt arbeitete, hatte er immer die gleichen Leute mit immer den gleichen Problemen verarztet.

Betrügt mich meine Frau?
Werde ich erben?

Werde ich verlieren?

Werde ich ...?

Meier beantwortete – wie seine Kollegen – alle Anfragen nur mit Ja oder Nein. Ein Gespräch dauerte durchschnittlich acht Sekunden, und geschlossene Fragen waren für den Anrufer Pflicht. Ja oder nein. Andernfalls wurde die Verbindung getrennt, das Gespräch aber berechnet.

Manchmal konnte Meier sich nicht sofort in die Stimme des Anrufers einfühlen, um zu lesen, und dann konnte es auch mal zwanzig Sekunden dauern, aber das war selten.

Er blickte zur Trennwand: Sein Kollege trug die Haare wie üblich ungekämmt, mehr war von ihm nicht zu sehen. Meier klopfte gegen die Barriere aus Milchglas.

»Wieder viel heute, was?«

»Das wissen Sie doch«, erwiderte sein Kollege. An seinem Hinterkopf wippte eine Strähne strohblonden Haares.

Natürlich, dachte Meier.

Er wusste, dass ihm noch exakt zweihundertsiebenundfünfzig Anrufe bis zum Ende seiner Schicht bevorstanden, und er wusste nicht, woher er das wusste; trotzdem hätte er es nett gefunden, etwas Small Talk zu betreiben. Nichts Großartiges, einfach nur Plauderei.

Der Kollege nebenan machte ihn neugierig, er antwortete stets sehr laut, fast euphorisch, obwohl die Statuten besagten, dass absolute Emotionslosigkeit geboten war. Er knallte regelmäßig seine Kaffeetasse auf den Tisch, dass es schepperte, nieste brachial und lachte gelegentlich sogar.

Kaffee: nicht gut. Die Wirkung auf das Hirn war trügerisch. Wähnte man Koffein noch Ende des Jahrtausends als den Heilsbringer der Synapsen, wusste man nun, dass es der besonderen Tätigkeit des Hellsehens nicht gerade zuträglich war, aber Kollege Nebenan schien das schnuppe zu sein. Der würzige Duft wehte permanent herüber. Ein komischer Vogel, der nicht recht ins Team passte, wenn man davon absah, dass man das Team eigentlich gar nicht kannte.

»Ich werd dann mal wieder«, sagte Meier.

»Klar.«

Er spürte die Kopfschmerzen schon eine Sekunde, bevor sie aufflammten, um ihre Stampede durch die Hirnrinde ins Zentrum zu beginnen.

Meier schloss die Augen und kniff sich hart in die Nasenwurzel. Die Schmerzen waren erstaunlich. Ein dominantes, scharfes Flackern, das seine Sehschärfe benebelte und seinen Mund austrocknen ließ.

In letzter Zeit kamen sie immer häufiger.

War der Schmerz früher ein seltener Gast gewesen, der ungelegen zu Besuch kam, tobte er mittlerweile täglich durch seinen Kopf wie ein Hausbesetzer in klingenbewehrtem Kettenhemd.

»Gott!«

»Hm?« Der Kabinennachbar reckte sich fragend und Meier erhaschte zum ersten Mal etwas mehr vom Gesicht seines Kollegen.

»Nichts. Kopfschmerzen.«

Der andere nickte. Dann huschte der rote Schein seines stumm blinkenden Telefons über sein Gesicht, und er nahm ab und vergaß Meier.

Meier kämpfte sich durch weitere Telefonate; ja und nein, ja, ja, nein, nein, nein, ja, nein.

Erstaunlich viele Anrufer kannten die Antwort ohnehin, stellte er immer wieder fest, während er sich im Timbre ihrer Stimme festsaugte.

Noch zweiundneunzig Anrufe.

Er schaltete die Schleife ein, um die ankommenden Anrufe auf die anderen Schichtdienstler umzuleiten. Natürlich war niemand erbaut davon, eine Anfrage zu beantworten, die buchstäblich nicht für ihn bestimmt war, aber Meier brauchte ziemlich dringend einen Spaziergang.

Er schloss den Gazevorhang seiner Kabine hinter sich, tappte auf seine Brust, erfühlte die Marlboros und verließ das Callcenter.

Meier hatte sich auch nach all den Jahren, die er unter dem Zentrum Berlins verbracht hatte, nicht an den Bunker gewöhnen können. Das menschliche Auge war nicht dafür konzipiert, eine so unfassbare Fülle an Grautönen zu verarbeiten.

Der Bunker war so hoch, dass es nicht möglich war, seine Decke zu erspähen. Hunderte von Neonröhren an den Wänden spendeten Licht, aber keine Wärme, und die fünf asphaltfarbenen Stahltore trugen keine Beschriftung. Das war auch nicht nötig, denn ins Freie führten sie ohnehin nicht. Nur in die Quartiere, zur Krankenstation oder zu den Kalkgruben, der letzten Station im Leben eines Prägkognitiven.

Er spazierte durch den Bunker, der jetzt, gegen sechzehn Uhr, menschenleer war, und widerstand dem Drang, sich umzusehen. Was er gesehen hätte, wäre nur Begrenzung gewesen, nicht Geborgenheit, obwohl ihm genau das versprochen worden war.

»Sie werden abgeschirmt sein«, hatte der Rekrutierungswissenschaftler damals gesagt, »und nicht mehr diesen Schwall ertragen müssen. Ein Leben voller Klarheit.«

Nein, dachte Meier. Dieser Schwall von ungefilterten Gedanken seiner Mitmenschen, die seinen Kopf füllten, bis er sich nach wenigen Minuten anfühlte wie ein überkochender Kessel, war nicht mehr zu befürchten, denn hier waren keine Mitmenschen mehr. Nur das endlose Grau von Betonquadern, die zu einem künstlich begrenzten Himmel emporreichten, der trotzdem nicht zu sehen war. Nur die Nischen industriellen Steins, die nicht von den Röhren ausgeleuchtet wurden und die letzten Bastionen absoluter Finsternis in diesem kalt illuminierten Kaufhaus der Wahrheit waren.

Er zog seine Zigarettenschachtel hervor und betrachtete sie.

Der Vorgang des Rauchens war nur das Tüpfelchen auf dem i. Er kaufte sie vor allem, um sich im Rot der Verpackung zu verlieren, einem grellen Rot, das lebendig erschien und ihm die Blumen aus der Zeit seines oberirdischen Lebens ersetzte.

Mit dem Rot des Lämpchens an seinem Telefon war das anders: Man erfreut sich auch nicht am Glitzern des polierten Stahls eines Skalpells, wenn es anschließend ins eigene Fleisch schneidet. Man hieß Nikotin gut, weil es zwar tötete, aber der Konzentration half.

Sein Kopf begann wieder zu schmerzen; eine leichte Übelkeit kündigte sich an, und dann, wusste er, würde es sich anfühlen, als trüge er einen Helm, der wie eine Eiserne Jungfrau funktionierte. Die rostigen Nägel würden sich in die Klarheit seiner Gedanken versenken und seismische Strömungen bohrender Qualen durch seinen Schädel pulsen lassen.

Seine Finger zitterten, als er sich eine Marlboro zwischen die Lippen steckte.

Er musste hier raus.

Er machte sich nichts aus der Welt oben oder deren Bewohnern. Wer unablässig erfährt, was die eigene Frau, die eigenen Kinder tatsächlich von einem denken ... Aber Leben war doch etwas anderes. Er hatte Tausende solcher Momente des Zweifels durchlebt, während die Zigarette qualmte und sein Blick im Grau versank. Nur in seinen Rauchpausen kam er sich selbst wie ein Mensch vor. Ihm lag viel daran, sich wie einer zu fühlen. Ein weiterer Zug, Rauch, der in seine Lungen einfiel, dort spukte wie ein zärtliches Gespenst und dann mit seinem Atem im Bunker verschwand.

In diesem Moment kündigte er seinen Pakt mit der modernen Wissenschaft, die aus Gründen der Kosteneffizienz mit einer großen Telefongesellschaft arbeitete und deren Mitarbeiter in der Regel bis zu ihrem Tode vor den Telefonen hockten.

Kost, Logis und geistige Ruhe gegen ein Leben in einer schreienden, aber bunten Welt; er hatte sich soeben neu festgelegt, und die Schmerzen waren ein wichtiger Faktor gewesen.

Es war sozusagen eine reine Kopfentscheidung.

Meier fand sich in der Krankenstation ein. Einige an Beton gedübelte Chromschränke, viel steriles Plastik, ein Tomograf, Röntgeneinheiten, drei Stahlliegen im Zentrum des Raumes.

»Es sind diese Kopfschmerzen«, erwiderte Meier auf die Frage des Arztes, was ihm fehle, »sie machen mir Angst.«

»Ich werde mal schauen«, sagte der Arzt, ein Ziviler, der täglich nach unten gebracht wurde.

»Das wird nicht nötig sein«, flüsterte Meier, die Ahnungslosigkeit des Arztes gierig aufnehmend, und riss den schweren Schwenkarm der Röntgenstation heran.

Bei der Konfrontation Mensch gegen Maschine versagte der Schädel des Mediziners im großen Stil.

Als er den Doktor unter die mittlere Liege verfrachtet hatte, riss er die Verpackung eines sterilen Einwegskalpells auf, das er in einer stählernen Nierenschale gefunden hatte; die Kevlarschnüre, an deren Ende die Codekarten hingen, waren in sich verdreht und unzerreißbar. Sie zu durchtrennen war auch mit einem scharfen Messer Fleißarbeit, aber Meier war sehr motiviert.

Als er fertig war, krempelte er die Taschen des Toten um und fand eine Kreditkarte.

Er nahm sie an sich.

Als er zum Fahrstuhl trat, galt seine Hoffnung der Langeweile des Sicherheitsmannes, einem bulligen Kerl, der sich nicht gegen die Bezeichnung »Liftboy« wehrte, wenn man sie nicht gerade in seiner Anwesenheit benutzte.

Gegen die Eintönigkeit seines Jobs setzte er Pornos. Die Farbe prallen Fleisches gegen hunderttausend Quadratmeter starren grauen Betons – das klang selbst für Meier einleuchtend. Und deswegen hoffte er, der Liftboy würde nicht auf den viel zu weiten Arztkittel der Charité achten und auch nicht darauf, dass ein täglicher Heimschläfer nicht die Gesichtsfarbe eines Prägkognitiven hatte, dessen Pigmente so unterbeschäftigt waren wie der Liftboy selbst und ihm den Hautton verdorbenen Käses gaben.

»'n Abend, Doc«, sagte der Liftboy, ohne aufzusehen. »Nach oben?«

Das Krächzen, das Meier von sich gab, war einem »Ja« ähnlich genug, aber seine Nervosität wurde von der Wahrnehmung absoluten Desinteresses in der Stimme des Liftboys nicht gemildert. Ein kurzes Tasten ergab jedoch, dass der Geist des Liftboys auf Autopilot geschaltet war. Nur ein waberndes »Mimis Supertitten sind ...« schwappte kurz hervor.

Im Innern der Kabine waren Sitze an den Wänden befestigt, und er klappte einen herunter. Eine Konsole in der Fahrstuhlwand reagierte auf den Chip der Codekarte, und eine digitale Glocke schlug kurz an.

Dann ruckte es, und der Aufzug begann seine Fahrt dem Licht entgegen.

Während Meier den sanften Sog der Auffahrt in seinen Eingeweiden spürte, dachte er über seine Schmerzen nach; sie hatten vor ziemlich genau sechs Monaten begonnen, erst mild und mit dem Beigeschmack einer Bagatelle, dann immer forscher. Vor vier Wochen war es das erste Mal unerträglich geworden, nicht lästig oder auch nur schwer zu ignorieren, sondern in der Tat unerträglich: ein brüllender Schneesturm voller Nägel.

Er weigerte sich, an das *eine* Wort zu denken, das mit starken, nicht abklingenden Schmerzen einherging. Auf keinen Fall würde er es aussprechen oder mehr als den Schemen dieses Wortes in seinen Gedanken dulden, niemals, nie und nimmer.

Keine Zugeständnisse an Begriffe, die zu mächtig waren. Zu dominant, um ein normales Leben zu ermöglichen.

Keine Abstriche ans Leben, keine Todesurteile, die nur aus fünf Buchstaben bestanden.

Er wünschte sich trotzdem, seine eigene Zukunft, sein eigenes Los heraustasten zu können, würde er jetzt einen Monolog an die stählernen Wände der hinaufgleitenden Kabine schmettern.

Er hatte den Arzt getötet, und er fühlte sich nicht gut deswegen, aber er war auch sicher, dass der Arzt, hätte er auf dem Monitor seiner cleveren Maschinen etwas sehen können, ihn getötet hätte. Langsam und in bester Absicht, aber unaufhaltsam. Mit aggressiven Medikamenten, Strahlen und Injektionen.

Die Kabine ruckte erneut, rastete an einem unsichtbaren Punkt über seinem Kopf ein.

Dann öffnete sich die Tür, und ungefilterte Luft strömte in seine Lungen.

Berlin war verkommen, seit er das letzte Mal hier gewesen war. Obwohl ... er korrigierte sich: Er war ja immer hier gewesen. Nur nicht an der Oberfläche.

Als das Holztor, das im Hinterhof eines ehemaligen Supermarkts den Weg in den Untergrund verbarg, Meier ausgespuckt hatte, war es absolut still gewesen.

Nun, nachdem er auf die Straße gelangt war, prasselten die Stimmen murmelnder, schreiender und lachender Menschen auf ihn ein und mit ihnen ihre Fragen. Berlin: Genauso grau wie der Bunker waren die einzigen Farbtupfer brüllende Großdisplays an den Wänden der Häuser, die ultrapolyfone Klingeltöne zum Download, Guerilla-Porno-DVDs und Teaser amerikanischer Krawallfilme offerierten.

Berlin biss zu.

Sein Kopf reagierte mit einem Schmerzhurrikan, und Meier registrierte Blut, das aus seiner Nase auf das Kopfsteinpflaster tropfte, während mehr und noch mehr Fragen – einige klar formuliert, andere nur nebulöse Fragmente – durch sein Denken rasten. Meier taumelte durch die Stadt ohne Antworten.

Ob sie mich ...?
Wird er ...?
Haben wir ...?
Wie wird ...?
Warum ...?
Wer ...?
...?

Meier brach zusammen.

Er erwachte in einer Gasse.

Sein Kittel war durchnässt, der Regen trommelte auf eine Mülltonne links von ihm, und seine Kopfschmerzen nahmen den Takt der Tropfen beinahe augenblicklich auf.

Er hörte ein leises, hirnloses Wispern in seinem Kopf, keine Frage, aber ein definitives Eindringen in sein Bewusstsein.

Dann sah er die Ratte.

Sie hockte einfach da, ein kleiner, nasser Schatten mit rötlichen Augen, und betrachtete ihn.

»Nein. Ich bin noch nicht tot. Falls das eine Frage gewesen sein sollte«, knurrte Meier.

Er hatte davon gehört, dass bei manchen Prägkognitiven die Fähigkeiten mit zunehmenden Kontakten anstiegen, aber ob er diese Ratte tatsächlich gehört hatte oder ob sein Kopf begann, ein krankes Eigenleben zu führen, blieb ihm rätselhaft.

Er raffte sich auf und verließ die Gasse, um die wirklich einzige ultimative Wahrheit zu erfahren.

»Kann ich Ihr Telefon benutzen?«

Der Anblick des Mannes im Kittel war selbst für Kreuzberger Verhältnisse ungewöhnlich, befand die ausgezehrte Bardame im Stillen, nickte dann aber.

»Wenn Sie eine Karte haben.«

Meier fischte die Kreditkarte ans Licht, schob sie in den Schlitz des Fernsprechers und wählte.

Statt eines Freizeichens hörte er ein dumpfes Sausen, als der digitale Counter das Geld verbuchte und ihn dann durch die Schleife in den Bunker durchstellte.

Sein Kopf fühlte sich an, als wäre er von innen mit Aceton abgerieben worden; er wusste nicht, ob es von zu vielen »Nein« oder »Ja« in seinem Leben kam, aber er wusste auf jeden Fall, was er nicht hören wollte, wenn er gleich seine Frage stellte.

»Institut der ultimativen Wahrheit, *Bob Hope*.«

»Ist es ... Krebs?«

Während er auf die Antwort wartete, hörte er eine Tasse wuchtig auf eine Tischplatte schlagen.

Möglicherweise war Kaffee darin, aber von hier oben konnte man das nicht sagen.

Voliere

1

Der Regen prasselte gegen Steves Visier, während er spürte, dass der vom Hinterrad hochgeschleuderte Dreckwassercocktail die Schlacht gegen seine Wachsjacke gewann und ihn allmählich hinterrücks durchweichte.

»Scheiße«, blaffte er ins dumpfe Vakuum seines Helms.

Die Tasche mit den Briefen hatte er sich vor die Brust gezogen, und der Umstand, dass sein Chef eine erstklassige Entzündung einer ebenso erstklassigen Kurierniere in Kauf nahm, solange nur die Post trocken blieb, war für ein weiteres »Scheiße« gut.

Auf den Werbeprospekten des privaten Briefdienstes, bei dem Steve angeheuert hatte, waren Models zu sehen, die mit gebleichtem Lächeln in Barbies Vorgarten standen, eine milde Werbeagentursonne über allem, und leuchtend weiße Kuverts schwenkten; genau diese Werbenutten hockten vermutlich gerade auf Barbados und tranken einheimische Wischiwaschi-Drinks, während Steve von der Realität die Sicht genommen wurde.

Es wurde Zeit für ein drittes, herzhaftes »Scheiße, verdammt!«.

Sein nächster Anlaufpunkt war das Haus nahe dem Dortmunder Stadtkern; Prospekte, vollmundige Ankündigungen über Milliongewinne aus dem Abort der privaten Lotterieanbieter und als immer wiederkehrende Krönung des Ganzen Versandhauskataloge, jeder so wuchtig wie eine Gehsteigplatte.

Mehr aber kotzte es Steve an, dass der Kerl, der das Haus bewohnte, genug Geld für abartige Fassadenfarbe, aber nicht für eine schlichte, anschraubbare Hausnummer zu haben schien, von einem Klingelschild ganz zu schweigen. Beim ersten Mal hatte er wie Ali Baba an den Türen der Straße geklingelt, bis er den nummernlosen Bau des Typen entdeckt hatte.

»Bist spät«, sagte der Mann, der den Umschlägen nach Antonius Scheiße-wer-soll-das-denn-aussprechen hieß, und Steve war kurz davor, ihn zu bitten, er möge seine Fresse nur noch zum Essen, aber am allerbesten niemals nicht zum Bestellen von Prospekten in Betrieb nehmen.

»Es regnet etwas«, sagte er stattdessen und biss die Zähne zusammen.

Der Unaussprechliche lehnte sich vor, wenige Zentimeter nur, aber in Anbetracht seines seltsam ziegenartig riechenden Aftershave um einiges zu weit, wie Steve fand.

Das bis zum letzten Knopf geschlossene elfenbeinfarbene Hemd, die Hosenträger, das wie aufgemalt aussehende gescheitelte Haar ... Steve war dem Mann nie begegnet, aber diese Insignien trostloser Bürgerlichkeit machten ihm klar, dass er trotz Regen, nassen Hinterns und wenig Knete ganz gut dran war. Er war zumindest cool.

Trotzdem wäre es ihm lieber gewesen, er hätte die Post durch den verwitterten Briefschlitz schieben können. Wenn nur dieser Pottwal von einem Katalog nicht gewesen wäre.

»Ich sehe das schon«, sagte der Mann, und sein Blick glitt über Steves durchnässte Gestalt. »Nichts für ungut. Komm rein. Ich gebe dir 'n Handtuch.«

»Ist nicht nötig«, erwiderte Steve und trat einen Schritt zurück. Er kannte die Storys seiner Kollegen auswendig: schwule Typen, die einen erst hereinbaten und dann anfingen, von Taschengeld und Versteck-die-Wurst zu schwafeln.

»Du bist völlig durchnässt«, erwiderte der Mann ruhig. »Du wirst dir den Tod holen.« Er lächelte dünn. »Es gibt schon dumme Redensarten.«

Der Mann schüttelte versonnen den Kopf, und eine zarte Strähne pomadigen Haares fiel in seine Stirn.

Steve stellte sich vor, wie er ein verwaschenes, bretthartes Frotteetuch aus den Händen des Mannes in Empfang nahm, und spürte einen unbestimmten Widerwillen. Andererseits wirkte der Kerl eher wirsch, weniger schwul.

Ein schlaksiger Rentner, sicher nervig, ein brettharter Kleingeldabzähler an der Aldi-Kasse – aber keiner, dessen täglich Brot sexuelle Offerten waren. Nee.

Steve dachte an die klamme Rollersitzbank und an die B1, die er gleich zu nehmen hätte: nur er, Hunderte rücksichtsloser Pendlerautos und seine in Regenwasser eingelegten Nierchen. Ein Handtuch, Vorkriegsmodell oder nicht, wäre gut. Scheiß drauf, selbst Schmirgelpapier wäre gut, Hauptsache trocken.

»Ich hab noch 'ne halbe Kanne Tee«, punktete der Mann erneut. Steve trat sich die Füße ab und ging mit ins Haus.

Im Inneren war es diffus und warm; der Mann schien überdies ein Anhänger bayerischer oder österreichischer Wohnkultur zu sein.

Überall waren Zwiebelmuster und Blumengedöns auf Schränke und Regale gepinselt, das filigrane Geweih irgendeines Rotwilds hing über der Tür zum Wohnzimmer, die Teppiche im Flur waren zerschlissen, aber offenbar teuer. Über allem lag ein Flirren von Staub, sichtbar gemacht durch das Licht, das durch die angelehnten Fensterläden fiel. Es roch nach Putzmittel und Zigarettenrauch, und von irgendwoher wehte Unterhaltungsmusik – WDR-4-Spam fürs Ohr, der sich mit allzu flottem Hoppla-jetzt-komm-ich-Tempo um jede Seriosität brachte.

»Hagebutte«, sagte der Mann und reichte Steve eine angeschlagene Tasse, deren Aufschrift behauptete, sie stamme aus dem Erzgebirge. Über seiner Schulter hing ein Handtuch, und er legte es über die Lehne der Eckbank, auf der Steve Platz genommen hatte.

»Vielen Dank.«

Der Tee schmeckte weniger nach Hagebutte als nach Toilettenstein, aber er war heiß, und das Frotteetuch bot eine weitere Überraschung: heizungswarm, kuschelig, strahlend weiß.

»Leg die Jacke ab. Kannst sie einen Moment am Ofen trocknen. Bringt vielleicht nicht viel, aber man ist ja für jedes bisschen Wärme dankbar.«

Schön gesagt, dachte Steve und sah sich um. Interesse zu zeigen, war sicher genau das, was Herr Kauderwelsch gut fand.

Das Haus, von außen nur ein leberwurstfarbener Sandsteinkasten vom Format einer Doppelhaushälfte, schien innen größer. Bedeutend größer.

Steve trank seinen Tee und kniff die Augen zusammen.

Er konnte die geschnitzten Geländer mehrerer nach oben und unten führender Wendeltreppen im Dämmerlicht ausmachen, weitere Türen dahinter, und wenn er etwas den Kopf verrenkte, noch weitere. Und er sah Lautsprecherboxen über den Türen; ulkige kleine Kisten in Eichendekor. Die Flippers schienen hier durch jeden Raum jodeln zu dürfen. Junge, Junge.

»Geräumig hier«, nickte Steve, und das schien ihn irgendwie anzuregen.

Er spürte sein Herz pochen.

»Ja. Wir haben nach hinten angebaut und dann noch unterkellert. Hatte 'ne gute Substanz, das Haus. Nach hinten raus war ein Fitnessstudio, aber die haben den Löffel abgegeben. Gehört jetzt alles zum Grundstück. Aber man renoviert sich um den Verstand. Keine Ahnung, ob wir je fertig werden.«

Steve fragte sich, wo des Unaussprechlichen Frau wohl war, jene Dame, die nur mit »wir« gemeint sein konnte.

Welche Frau nahm ein derartiges Scheiß-Rasierwasser in Kauf, mein lieber Scholli, und überhaupt – wow! – war er mit einem Mal aufgedreht. Hoho. Er spürte sein Herz schlagen, nicht zu schnell, aber irgendwie machtvoll, Pa-Tumb, Pa-Tumb, mein lieber Herr Gesangsverein. *Was so ein bisschen Aufwärmen doch brachte*, dachte Steve, *da läuft der Kreislauf gleich wieder wie ein Ferrari.*

»Fühlst du dich schon besser?«, fragte der Mann.

»Joup. Danke«, entgegnete Steve und setzte zu einem hysterischen Wiehern an, das er in letzter Sekunde abwürgen konnte.

Sein Gastgeber verschränkte die Arme und fixierte Steve; der fand es gar nicht mal unangenehm. Sonderbar.

»Ah, wart mal eben.«

Der Mann schlurfte in seinen Pantoffeln in ein anderes Zimmer, und Steve sah ihm nach.

Diese Schlappen waren ja die Hölle! Steve spürte, wie er ein bisschen die Fassung verlor.

Braune Cordpantoffeln mit Bommeln. Die Teile an den Füßen des Typen sahen aus wie zwei mies gehäkelte Dackel aus einer Muppet Show für Volltrottel.

»Moment«, kam es aus dem Nebenraum. Steve wartete und ließ die Fußspitzen wippen, während er erneut den Blick schweifen ließ. Großes Haus, keine Frage. Scheiß viele Treppen.

Der Mann kam zurück; er hielt eine blaue Kunststoffbox von der Größe einer Zigarrenkiste.

Steve fragte sich, ob das die Quittung für den Tee und das Handtuch war. Musste er nun für den Kerl was zustellen? Es gab im Leben nichts umsonst. Andererseits: Er fühlte sich, als könnte er Bäume ausreißen. Wen juckte es, ob er für den Knacker was mitnehmen sollte? Steve kam sich vor wie der Sechs-Millionen-Dollar-Mann, und wenn er seinem Roller die Sporen gab ...

»Ist das eigentlich ein Job fürs Leben? Postfahrer?«

Der Mann stellte die Frage ernst, sein Blick war wach und aufmerksam. Es schien ihn wirklich zu interessieren.

»Einer muss es ja machen«, erwiderte Steve, dessen Herz inzwischen wummerte wie eine Dampfmaschine. »Ist nicht gerade der finanzielle Bringer, aber besser als andere Sachen. Ich hab 'n Freund, der arbeitet nachts an 'ner Tankstelle. Das ist wirklich übel! Definitiv ein Job für Zombies. – Und Sie? Was tun Sie so?«

Steve quatschte hektisch drauflos, entgegen seiner Art, Fremde auszufragen, aber es fühlte sich nicht übel an.

Der Mann nickte.

»Ich bin in Rente, sozusagen. War städtischer Angestellter. Seit dem großen Brand in der Westfalenhalle sitze ich zu Hause. Vorruhestand. Aber wir haben genug zu tun.«

»Schön. Toll. Soll ich das für Sie mitnehmen?« Steve wies mit dem Kinn auf den blauen Behälter. »Wohin muss das Ding?«

Sein Gastgeber legte den Kopf schräg, und zum ersten Mal, seit er hereingebeten worden war, nahm Steve durch das mittlerweile unmöglich zu ignorierende Pochen seiner Pumpe wahr, dass Aussehen und Gesten des Mannes nicht die Bohne zusammenpassten.

Diese Scheiß-Pantoffeln, das Hemd, bis oben hin zu, die altmodischen, unbequem aussehenden Gummiflitschen von Hosenträgern – und vor allem dieses nass links gescheitelte Allerweltsgesicht, das nun seinen Kopf onkelhaft schräg legte. Irgendwie war der Typ ... unecht. So als wäre diese blasse Bürgernummer nur ein Späßchen. Unterm Strich wirkte der Typ deutlich fitter, als er sich gab.

»Nirgendwohin. Bleibt hier im Haus.«

Der Mann strahlte, und Steve spürte nun auch ein Klopfen in der Halsschlagader. Nie hatte er sich so auf Draht gefühlt; eine Stubenfliege surrte durchs Zimmer, und Steve nahm sie als unerträglich laut wahr. Er fixierte die Tapete, ihr braunes, feines Rautenmuster, und dachte: Zeiss! *Meine Augen sind von Zeiss, Brennweite unendlich, mein Hirn läuft auf Windows XP 2007, Update von Gott, besten Dank, Mann. Meine Nerven sind Fell einer Wikingertrommel in Walhalla, sie klingen wie ... FUCK!*

»Das liegt am Tee«, sagte der Mann und stand auf.

»Bitte was? Am Tee? Was am Tee?«

»Wart mal eben fünf Minuten.«

»nee, nee, nee, nee!«, sagte Steve. »Was ist mit dem Tee, Mann?«

»Fünf Minuten.« Der Mann hob die Hand und latschte aus dem Zimmer, was für Steve wie eine tranige Zeitlupennummer daherkam.

Steve hob seinerseits die Hand, öffnete den Mund – und ließ ihn offen stehen. Seine Hand ... flirrte.
Die feinen Verästelungen auf der Handfläche waren wie ...
»Die Seidenstraße. Coole Handelsroute«, murmelte er versuchsweise.
Noch mal.
»Das Telefonnetz der Telekom.«
Noch mal.
»Spaghetti Diavolo ohne Schafskäse?«
Steve brüllte vor Lachen.
Er hatte mit einem Mal große Lust, mit der flachen Hand Löcher in die Wände zu dreschen.
Steve war sicher, dass es funktionieren würde. Steveman: Roter Umhang, blauer Strampler, darüber 'ne rote Unterhose, aber das Beste, das Allerbeste – das fette S auf der Brust konnte so bleiben.
Ist es ein Vogel? Ein Flugzeug? Ein pladdernasser Typ auf 'nem Motorroller? Nein! Supersteveman!
»Was hast du heute gegessen?«, fragte der Herr des Hauses, und Steve blaffte augenblicklich zurück.
»Halbe Kanne Kaffee, Nutella-Brötchen, Chef!«
Sekunde mal.

Selbst Steve, Teenage Mutant Hero Steve, eben noch ein popeliger Postpupser, jetzt Großwesir des Universums, fiel eine Kleinigkeit auf:
Der Mann war gar nicht zurückgekommen.
»Kaffee, verstehe«, kam es aus dem drolligen Lautsprecher über der Tür, »das erklärt einiges. Der Durchschnittsmensch konsumiert deutlich weniger als eine halbe Kanne, was etwa 500 Millilitern entspricht. Du scheinst aber kein Durchschnitt zu sein. Gut so. Dummerweise schlägt aber deswegen der Upper etwas radikaler an.«
»Upper? Upper West Side? Upper am Abend, da singt der Zigeuner?«
Steve kam richtig in Fahrt.

»Das Zeug nennt sich Pherapynohl oder auch, was mir bedeutend besser gefällt, Lemurenspeichel«, kam es aus der Box, »drollig, nicht wahr? Eine Kombination extrem stimulierender Substanzen. Kokain, Ketamin, diverse Vitamine, Amphetamin. Schärft die Sinne, dämpft das subjektive Schmerzempfinden, macht hellwach. Aber man mixt es besser nicht mit Kaffee. Nicht mit einer halben Kanne, mein Freund. Aber ich habe vorgesorgt: die blaue Plastikdose. Mach sie auf.«

Steve krümmte sich vor Lachen. Wie geil war das denn?

»Junge?« Die Stimme nahm eine Spur an Schärfe zu. »Mach sie auf.«

Steves Finger waren wie flatterige Spatzen, als er die Dose aufschnalzen ließ.

Schokolade?

Steve blickte hinein, und was seine Nase ihm bereits Sekunden vorher mitgeteilt hatte, bestätigte sich.

Der blaue Behälter enthielt neben einer Folienpackung irgendwelcher Pillen und etwas eingewickeltem Schinken Bruchschokolade, die Sorte, die man früher stückweise am Kiosk kaufen konnte.

»Proviant«, sagte der Lautsprecher. Ein leises Knacken ertönte, und Stille setzte ein – dann hörte er die Schritte.

Die Kuckucksuhr ertönte. Der Holzvogel schnellte aus seinem Verschlag und bewegte pantomimisch den Schnabel dazu: Punkt zehn Uhr morgens.

Steve versuchte, diesen Umstand ganz in sich aufzunehmen; er brauchte etwas, das er dagegenhalten konnte, dringend, denn etwas stand nun mitten im Wohnzimmer.

Steve mühte sich redlich um einen Abgleich mit der Gestalt im Zimmer; geschnitzter Vogel ... gut. Das ... was war das?

Es war beim fünften »Kuckuck« einmarschiert, und jetzt, beim zehnten, legte es seine Arme in militärischer Manier auf dem Rücken zusammen. Ein Gestank nach feuchten Lumpen erfüllte den Raum.

Alles Bürgerliche war ausgelöscht worden.

Die Gestalt war gefiedert, tatsächlich. Dichte schwarze Federn überall. Der Kopf ein schwarzer Helm, dem ein Schnabel aus Stahl entwuchs, und statt eines Visiers nur Löcher, durch welche rollende, blutunterlaufene Augen mit stecknadelkopfgroßen Pupillen in eine Welt starrten, in der Steve nur zu Gast war.

Er glotzte den Krähenmann nur an, und ein zuckerwürfelgroßer Teil seines allmächtigen XP-Hirns registrierte dumpf, dass die Füße des Vogeldings in engen, glänzend schwarzen Gummistiefeln mit Profilsohle steckten.

»Falsch«, sagte der Mann durch den Lautsprecher, »das bin nicht ich. Es gibt dir eine volle Minute Vorsprung, Junge. Das ist fair. Du bist gedopt. Schneller, leistungsfähiger, kräftiger. Nutze das. Achte auf deinen Zuckerspiegel.«

Das Krähending verlagerte sein Gewicht, und Steve glaubte, Leder quietschen zu hören.

»Noch was: Türen, die abgeschlossen sind, dürfen nicht geöffnet werden. Das wäre nicht fair. Es wird in diesem Hause sportlich zugehen, oder du wirst bereuen, teilgenommen zu haben.«

Steve lachte kreischend auf. Was? Bereuen?

»Es geht nicht darum, zu gewinnen. Es geht um Fairness.«

Ein metallisches Schleifen erklang; Steve, der den Lautsprecher betrachtet hatte, wandte sich um. Die Krähe hielt zwei Sicheln in den Lederfäusten, auf deren Schneiden sich das Licht eines Dortmunder Draußens brach, das Steve jetzt begehrte wie nichts anderes.

Hier lief was schief.

Er hörte den Regen an die Scheiben prasseln, er war stärker geworden; er lauschte auf die Panik in seinem Inneren, dem Brüllen eines um ein Vielfaches potenzierten Angstmolochs, das noch lauter war als jeder Regen und jede Lautsprecherdurchsage. Der Sack hatte ihn unter Drogen gesetzt und veranstaltete jetzt die Vogelhochzeit in seiner Scheißhütte.

Ein kurzer Versuch mit brüchiger Stimme:

»Das ist doch albern.«

Der Lautsprecher knackte.
Das Federvieh trat einen Schritt vor.

2

Die Wendeltreppe hoch, durch einen Flur, der nach Mottenkugeln stank. Bestickte Teppiche mit Jagdmotiven.
Sackgasse.
Lauf!, hatte sein Verstand krakeelt, *lauf, Arschloch*, und Steve war gelaufen. Er konnte nicht anders.
Dieser Schwachsinn hier war eine Sache, aber dass die Klinge dicht an seiner Wange vorbeigezischt war, eine ganz andere! Sein Herz pumpte, sein Verstand raste, und Steve hatte sich entschlossen, mitzurasen, um nicht buchstäblich sein Gesicht zu verlieren.
»Noch dreißig Sekunden, Junge.«
Eine weitere Durchsage, sehr nah, irgendwo im Dunkel.
Steve hörte sein Blut in den Ohren rauschen, drehte willkürlich einen Türknauf – offen!
Er fiel in das kleine Zimmer; die Vorhänge waren zugezogen, sodass das Bett im Zwielicht lag; ins Kopfteil war ein Herz gesägt. Steve war mit zwei Schritten beim Fenster, riss die Stoffbahnen beiseite und starrte hinaus.
Ein Ascheplatz. Und am Rand, mindestens fünfzig Meter entfernt, hohe Umzäunungen.
Er versuchte wahnhaft, die Scheibe einzuschlagen, aber vor dem Fenster waren Verstrebungen aus Hartholz, und dann, ging es Steve auf, waren mindestens fünfundzwanzig Sekunden vergangen.
Ein Kreischen aus dem Erdgeschoss, siegessicher und spitz.
Er stürzte auf den Gang, und während seine Beine in dem Bemühen, einen drei Meter breiten Flur mit nur einem Schritt zu durchqueren, auseinandergrätschten, ruckte sein Kopf Richtung Treppe, und seine Zeiss-Augen erhaschten einen Blick auf ein Stück Helm.

Auch die gegenüberliegende Tür war unverschlossen und brachte ihn in einen Raum, der einen so harten Kontrast zum vorherigen darstellte, dass Steve aufschrie. – Und dann kam auch schon das Würgen.

Nicht jetzt, flehte Steve sich an, erst die verfluchte Tür.

Er riss an dem Bauernschrank, einem mannshohen Holzmonster mit den allgegenwärtigen Malereien, und wuchtete ihn mit einer einzigen, brachialen Bewegung vor die Tür.

JA!

Dann lehnte er sich dagegen, stemmte die Füße in die nasse Wolle des Teppichs und schloss die Augen. Die Dunkelheit hinter seinen Lidern war nicht tröstlich, sie war mit den Bildern gefüllt, die er beim Eintreten gesehen hatte, nur eine Sekunde, aber damit eine zu lang.

Die Schwärme waren das eine.

Myriaden schillernder Fliegen, die Wolken bildeten, während sie über den ...

Ja. Das war das andere.

Mehr als ein Mensch hat hier geblutet, sagte der Teppich; von einer Lache zu reden, wäre lächerlich gewesen. Der gesamte Bodenbelag schmatzte, wenn man den Fuß aufsetzte, und das scheuchte die Schwärme auf, die nicht an Besuch gewöhnt waren, hier, in ihrem Universum nie versiegender Emsigkeit.

Ein Finger auf einer Anrichte mit verkrusteten Füßen; Haar an der Heizung, büschelweise; eine Kemenate zersichelten Lebens, die Stube der Verlierer, das Zimmer der Idioten, die ...

Ein Rütteln an der Tür.

... so dämlich gewesen waren, hier hinein zu fliehen.

»Immerhin motiviert es, oder?«

Der Lautsprecher war über der Gardinenstange festgedübelt.

»Motivation zum Ende hin ist Blödsinn. Ein Ansporn am Anfang macht mehr Sinn. Es klärt den Geist und stimmt die körperlichen Reserven ein. Am Ende ist man vielleicht zu fahrig, um noch so etwas wie Motivation zu empfinden. Also, Junge, wenn du hier Wurzeln schlagen willst, sage ich dir schon mal, dass das eine ganz schlechte Idee ist. Unternimm was.«

Knacken. Stille.

Holz krachte, aber es war nicht die Zimmertür.

Steve sah an sich herab und registrierte, dass er so stark mit den Handflächen gegen den Schrank gepresst hatte, dass die Tür aus den Scharnieren brach. Ihm fiel auf, dass er seit einigen Minuten nicht mehr auf das Wummern seines Herzens geachtet hatte, aber es war noch immer da. Er wollte, dass es weiterschlug, doch als er die Fingernagelspuren in der Tapete sah, änderte seine Pumpe kurzfristig ihre Pläne und stoppte.

Ein Sausen in den Ohren, das Würgen.

Steve erbrach sich, und als sein Mageninhalt auf den Teppich klatschte, Nass auf Nass, erbrach er sich erneut, und das machte ihn mit dem nächsten Klatschen zu einem Perpetuum mobile des Kotzens.

Diese Nagelspuren ...

Womit musste ein Mensch konfrontiert werden, um den Versuch zu unternehmen, sich mit den Händen durch eine Zimmerwand zu pflügen?

Sein Verstand war auf Zack wie nie; *den muffigen Geruch schwarzer Federn in der Nase, wenn dir ein kaltes Lachen aus geschliffenem Stahl ins Genick rast – das dürfte doch ausreichen, oder, Steveman, Kumpel?*

Halt!

Da, wo eine fremde Hand das Gefecht gegen den Putz verloren hatte, schimmerte die Tapete anders. Es war selbst durch die herabhängenden Fetzen zu sehen. Steve konzentrierte sich auf diesen Abschnitt der Wand, versuchte, den Geschmack nach Galle und Tee auszublenden. Da war was.

Er könnte mit einem Satz dort sein, quatsch-quatsch über den Teppich, aber wenn da nichts war, keine dünne Stelle in der Wand, dann hätte er den Schrank hinter sich allein gelassen, und dann käme das Federding herein, ganz sicher.

Dann würden noch mehr Fliegen noch mehr Eier legen, weitere Fliegen hervorbringen, noch mehr ...

Der Sieg des Körpers über den Geist war in diesem Falle eher eine Partnerschaft zwischen beiden; eine Wahrscheinlichkeit der Flucht, wenn auch im Null-Komma-Bereich, genügte den adrenalingefluteten Muskeln: Der Teppich quatschte nur einmal; Steve flog eine halbe Sekunde, knallte gegen die Wand ... und mit ihr in einen neuen Raum.

Rigips, papierdünn. Die kratzenden Hände konnten nicht mehr viel Kraft gehabt haben.

Steve brüllte triumphierend, dann hörte er den Schrank im Schlachtraum fallen, mit einem satten Geräusch auf den Teppich schlagen und den pfeifenden Atem seines Jägers.

Auf die Beine!

Ein hektischer Blick zeigte ihm einen kahlen Raum, die Wände komplett mit Gipsplatten verkleidet, und drei Türen, alle brandneu. Er sprintete rüber. Die erste Tür war abgeschlossen. Als er die Klinke der zweiten ergriff, fiel ein großer Schatten in den Raum. Abgeschlossen.

Wäre die dritte Tür nicht verriegelt gewesen: sieben Zentimeter.

Aber Steve katapultierte sich praktisch in ein neues Zimmer, und die Sichel verfehlte seine Leber nur um ebendiese sieben Zentimeter, erzeugte dabei ein scharfes Zischen und drang tief in die Türfüllung ein.

Er knallte die Tür hinter sich zu, dabei trafen sich ihre Blicke. Die Augen des Vogeldings tränten und rollten in den Höhlen. In der halben Sekunde, die er in diese Augen starrte, sah er eine alles umfassende, bestürzende Leere.

Steve wurde erneut von einer sauren Welle der Panik erfasst. Sosehr ihn dieses Zeug im Tee auch gepusht hatte, so extrem steigerte es jetzt seine Todesangst. Hatte er sich noch auf der Eckbank göttlich gefühlt, so als könne er jede Frage beantworten, noch bevor sie gestellt wurde, durchrasten ihn nun Visionen seines eigenen Todes. Allein diese tief im Holz steckende Klinge brachte ihn um den Verstand. Er zwang sich, kontrolliert zu atmen, lauschte auf sein randalierendes Herz und verschwendete kostbare Sekunden.

Er zerrte an der Klinke. Eher würde das Ding abbrechen, als dass der Vogelmann die Tür von der anderen Seite öffnen konnte, das spürte er und sah sich hektisch um.

Ein neues Zimmer.

Aquarien bis unter die Decke auf Tischen und Regalen aufgebockt. Alle Becken enthielten Aale, die sich in trägen Achten durch ihre schmucklosen Glashäuser schlängelten.

»Du hast es ins Entspannungszimmer geschafft, Steve«, ließ die Eichenbox unter der Decke verlauten.

Steve verstärkte seine Bemühungen an der Klinke, während er sich rasend vor Angst fragte, woher dieses perverse Arschloch seinen Namen kannte.

»Ich kann mir denken, was du dich fragst. Du hast deine Jacke über den Stuhl gehängt. Handy und Führerschein waren drin. Du bist übrigens der Zweite mit einem englischen Vornamen.«

Steve wurde von einer Welle der Hoffnungslosigkeit überrollt: das Handy. Er hatte nicht mal dran gedacht.

»Vor einem Jahr hatte ich einen Dave hier. Schlug sich nicht schlecht, obwohl der Tee überhaupt nicht wirkte«, fuhr die Lautsprecherstimme fort, »aber jetzt mal ehrlich – Steve, Dave. Welcher Blödmann denkt sich solche Namen aus? Wir sind in Dortmund, Herrgott. Iss etwas Schokolade. Es gilt, deinen Zuckerspiegel zu halten.«

Dann knarzte die Box, und die Stimme war fort.

»WÜRDE ICH JA«, schrie Steve, »ABER ICH HAB GERADE KEINE HAND FREI!«

Er hatte keine Ahnung, ob der Federkerl an der anderen Seite zerrte oder längst verschwunden war, um etwas anderes zu probieren, aber er hatte vor, die Klinke festzuhalten, bis er einschlief oder ohnmächtig wurde oder starb.

3

Seit mindestens einer Stunde herrschte nun Ruhe: keine zynischen Durchsagen, keine Versuche des Eindringens. Steve hing inzwischen mehr an der Türklinke, als dass er zog, lauschte dem Blubbern der Aquarienpumpen und weinte. Die Tränen waren einfach so gekommen, und sie hatten etwas Reinigendes. Es störte ihn nicht, es schien die Aale nicht zu stören – und sie hielten ihn davon ab, über den Tod nachzudenken. Trauer war irgendwie anders gelagert als Angst, sie machte ihn ruhiger, auch wenn die Tränen seinen unbestechlichen Zeiss-Blick verschleiert hatten.

Er hängte sich noch etwas mehr rein, volles Körpergewicht, und ließ dabei den Kopf kreisen.

Weitere zehn Minuten später verspürte er Übelkeit, vielleicht hervorgerufen durch den Upper, möglicherweise durch was anderes. Der Geschmack seines Mageninhalts ... Allein daran zu denken war so schlimm wie der Geschmack an sich. Steve würgte verhalten.

Dann, ganz langsam, löste er eine Hand von der Klinke, verstärkte aber den Zug der anderen.

Wie in Zeitlupe griff er nach der Tupperdose in seinem Hosenbund; Wahnsinn, dass er überhaupt nach ihr gegriffen hatte, als es, nun ... als es losgegangen war. Steve weinte wieder etwas mehr, aber er schaffte es trotzdem, die Dose aufschnalzen zu lassen. Er tauchte mit dem Gesicht in den Behälter und brachte es fertig, mit den Zähnen etwas Schinken zu erwischen. Er schmeckte grandios, und er spürte eine unbestimmte, ekelhafte Dankbarkeit. Der Gedanke, das Fleisch könnte ebenso mit Drogen versetzt sein wie der Tee, beschäftigte ihn nicht weiter. Es konnte kaum schlimmer werden.

Steve gestand sich ein, nicht ganz bei sich zu sein.

»Ach, Kacke!«

Die Dose eierte kurz in seiner Handfläche, als diese sich unmerklich verlagert hatte, und stürzte dann zu Boden.

Er bückte sich hastig, hob sie auf und nahm den restlichen Schinken

heraus. Der erste Bissen hatte ihn geradezu heißhungrig gemacht und er schlang die Reste herunter. Es war, als hätte er gekifft – er kam, wie man in seinen Kreisen gern sagte, »auf den Abfresser«, und das konnte am Tee liegen oder an irgendeinem Urinstinkt, der die Nahrungsaufnahme dem drohenden Tod entgegensetzte; er wusste es nicht, es war ihm auch absolut schnuppe. Steve fischte fiebrig nach der Schokolade, griff mit beiden Händen in die Box, stopfte sich den Mund voll (es schmeckte leicht nach Kokos – der Geschmack nach Kokosnüssen im Zimmer der sich windenden Aale machte ihn seltsam euphorisch), und dann kam ihm die Erleuchtung, die allerdings eher einer Verdunklung glich, denn sie senkte ein schwarzes Tuch der Todesangst über ihn:
Er hatte die Klinke losgelassen.

Zwei Sekunden, die ein Zeitalter maßen, schwebten seine Hände zwischen Dose und Tür.

Sein Blick saugte sich an der Klinke fest: Starr und chromblitzend und unbeweglich verhielt sie sich wie ein schlichter Türöffner; keine rasende Abwärtsbewegung, die den Schlächter brachte.

Kein gefiederter Psychopath kam wie der Schneider mit der Schere in der Geschichte des Daumenlutschers aus Struwwelpeter durch die Tür, kein Lautsprecher begann zu höhnen.

Nichts. Unfassbarerweise nichts.

Aber Steve spürte, dass für diese Situation das Etikett »Trügerische Ruhe« erfunden worden war. Er war nicht dumm.

Nie und nimmer war es Zweck dieses Albtraums, ihn für immer unbehelligt im Raum der Aale zu belassen. Er war gedopt, er war müde, er hatte Angst zu sterben, und wenn er an sich heruntersah, konnte er einen nassen Fleck in seinem Schritt ausmachen – ein Punkt, mit dem er sich später hatte beschäftigen wollen, wenn Scham wieder irgendeine Geige spielte. Ja.

All das traf zu, aber er war nicht dumm.

Die Taubheit, die sich über ihn senkte, war gefährlich, das wusste er. Sein Hirn, überdreht wie ein kaputter Tacho, wollte Ruhe vermelden, das Adrenalin drosseln, die große Pause einläuten, aber Steve wusste, dass jede Sekunde, die er mit schokoladebeschmierten Fingern verstreichen ließ, den Vogelmann und seine Sicheln näher brachte.

Er wusste aber ebenfalls, dass, wenn er die Klinke wieder ergreifen würde, er sie vermutlich nie wieder losließ. Er würde an der Tür ziehend einschlafen. Und das klang nach der angenehmsten Variante. Wahrscheinlicher war, dass sein Herz aussetzte, wenn er in vielen Stunden, nach Einbruch der Nacht, auf ein Schaben von Klingen auf der anderen Seite der Tür horchte; es fühlte sich jetzt schon an, als machte es bald schlapp. Noch wahrscheinlicher, keifte die Logik, diese Nutte, würden seine Finger taub, und dann könnte sogar ein Kind die Klinke drücken, hereinkommen und ...

Er sah nach oben, und seine Nackenwirbel knirschten.

Gab es einen Himmel?

Oder war der Tod die ultimative Ereignislosigkeit – gepflegtes Verrotten ohne irgendwas?

Würde es wehtun?

Während er hinaufschaute, um durch den Deckenputz Ausschau nach dem Paradies zu halten, fiel ihm die Klappe ins Auge. Sie war groß, mindestens wie eine Tischplatte, aus groben Bohlen gezimmert, und sie führte möglicherweise in ein höheres Geschoss.

Nein.

Doch.

Sie war da.

JAAAAAAA, schrie sein Verstand, RAUF DA, SO MACHEN WIR ES!

Eine Minute ohne Klinke – in dieser Zeit hätte er längst oben sein können!

Aber:

Das erforderte Mut. Mehr als Steve zur Verfügung stand. Wäre sein Gehirn ein Computer – mittlerweile kamen ihm seine XP-Anwandlungen wie ein stumpfsinniges Implantat vor –, befand sich die Datei »Tollkühnheit« gerade auf einem Laufwerk, für das er keine Administratorrechte hatte. Steve konnte lediglich auf Tausende kleiner Blut- und Panikordner zugreifen, und er tat es unentwegt.

Seine Hände griffen die Klinke, verschmierten Schokolade, zerrten und molken.

Sein Atem kam ihm heiß vor, seine Augen unnatürlich trocken, obwohl er geweint hatte.

Steve zwang sich, nachzudenken.

Keine Leiter.

Er müsste die Aquarien erklimmen. Sie standen günstig, waren aber aus Glas, natürlich.

Steve, eher hager als schlank, wog etwa hundertvierzig Pfund.

Er schätzte die Distanz zum Becken, das schräg unter der Klappe stand und damit infrage kam, auf knapp zwei Meter. Er würde sich aufstützen müssen, um sich hochzustemmen.

Glas, aufstützen. Klang nicht gut.

Aber zu sehen, wie sich ein stählerner Halbmond in seine Eingeweide versenkte, klang auch nicht gut, nein, nein.

Wenn das Glas brach, war er tot: der Lärm, das Wasser. Was auch immer das Vogelmonster oder der Psycho am Mikro planten (aushungern, in den Wahnsinn treiben), eine Sturzflut würde ihre Pläne ändern. Seine auch.

Wieder übernahm sein Überlebenswille das Ruder, schaltete Relais in seinem Kopf, von denen er nichts wusste, schickte Strom durch seine Muskulatur.

Steve ...

... ließ die Klinke los, langsam, träumerisch, und seine Hände schwebten über ihr, als wäre er im Begriff, einen Zaubertrick vorzuführen.

Sein Herz pumpte und pochte wie wahnsinnig, aber es kam ihm nicht mehr unnatürlich vor: Er starb schließlich fast vor Angst, und das Adrenalin machte ihn etwas benommen; sein Körper ruckte kurz spastisch, ein unbewusstes Aufbäumen, und dann setzte Steve zum längsten und bittersten Marsch seines Lebens an, volle zwei Meter über gekehrtem Estrich.

Ein Schritt.

Zwei Schritte.

Der Aal nahm keine Notiz von ihm.

Steve fragte sich, ob das Glas von innen verspiegelt war, wies sich aber sofort zurecht: Dieser Gedanke war überflüssiger Scheißdreck.

Wichtig war nicht, ob es verspiegelt war, sondern die Dicke der Platten. Einen Moment lang knetete er seine Hände, um das Gefühl der Taubheit zu vertreiben.

Er legte sie auf die Abdeckung des Glaskastens und presste leicht. Kein Geräusch, kein Nachgeben des Materials, der Aal ging unbeirrt seinem Tagesgeschäft nach: Achten.

Sein Körper wollte nicht; Steve spürte den Widerwillen abzufedern in jeder Faser.

Hopp.

Komm schon, du erbärmliches Arschloch.

Hopp.

Ein Zittern durchlief ihn.

Ein Satz, erstaunlich geschmeidig, völlig unerwartet, und Steve kniete auf der Abdeckung des Aquariums.

Das Zittern geriet außer Kontrolle, und fast wäre er wieder nach hinten gestürzt.

Steve perlte ein dünnes Wimmern von den Lippen. Er schloss die Augen und betete.

Er sprach nicht zu Gott; vielmehr wandte er sich an den Materialprüfer, der die Endkontrolle für Aquariendeckel durchführte. Steve sah das Gesicht des Mannes, ein faltiges Gemälde der Weisheit und Sachkenntnis.

»Da könnte man 'n Amboss drauf abstellen, kein Thema. Gute deutsche Wertarbeit. Nächstes Teil.«

Seine Knie knackten, als Steve sich aufrichtete. Er tat es sehr, sehr sachte.

Die Abdeckung knirschte leise.

Sein Arm schien sich zu dehnen, berührte das ungehobelte Holz der Klappe.

Die Platte gab nach oben nach und entblößte einen schmalen Spalt Finsternis, als Steve alle Kraft in seinen Fingern bündelte, die schon so viel mitgemacht hatten, und zu pressen begann.

Vier Zentimeter? Genug für eine Hand.

Die Abdeckung unter ihm protestierte knackend.

Seine Handflächen drückten Zentimeter um Zentimeter, und es ging leichter, als Steve sich erträumt hatte; an der Klappe schien ein entlastender Federmechanismus zu sein, der das Öffnen begünstigte.

Sie schwang nach oben, und tatsächlich – ein leises, metallenes Mahlen war zu hören. Federn.

Steve sah grobe Balken in der Dunkelheit, blanke Schindeln: der Dachboden!

Nur noch so ein kurzes Stück – dann war er an einem Ort, den er verteidigen konnte, wenn es keine anderen Türen gab, aber damit wollte er sich noch nicht befassen. Als er absprang, um sich an der Kante hochzuziehen, brach der Deckel des Aquariums. Offenbar war dieser letzte Absprung zu viel gewesen.

Die Abdeckung explodierte schier, bildete schwarze Scherben, und nun, über dem Becken baumelnd, sah Steve den Aal wieder, und der Aal rastete aus, als die gezackten Kunststoffteile in seine Welt eindrangen.

»Das Zimmer im Dachstuhl, richtig?«

Die Stimme aus dem Lautsprecher klang, als lächelte sie.

Klimmzüge, Alter, wie früher in der Schule.

Steve hebelte sich zentimeterweise nach oben, wobei er versuchte, das Geschwätz des Mannes zu verbannen.

»Du bist nicht übel, Steve, wirklich. Sehr motiviert. Ich nehme an, du hast gegessen? Besser wäre es. Wenn du Durst hast – und du bekommst welchen –, gibt es hier in der Voliere genug Wasserstellen. Du befindest dich gerade bei einer. Das Entspannungszimmer enthält viertausend Liter Wasser, wenn dich der Beigeschmack nicht stört ...«

Steves Kinn war nun fast am Rand der Klappe; seine Oberarme

schienen zu brennen. *Voliere*, dachte er, *wie passend. Willkommen im Vogelhaus.*

»... und ich sage dir das, weil Fairness eine wichtige Sache ist. Damals, als diese Idioten die Westfalenhalle abfackelten, hatte ich nichts damit zu tun. Sie haben mich trotzdem gefeuert, weil sonst keiner zur Verfügung stand. Der Chef der Hallen, Richthoven, dieser Kretin, war während des Brandes umgekommen. So viele Tote, die keine Chance hatten, und kein Sündenbock. Sie nahmen mich. Bot sich ja an: Ich war alt, ich war noch am Leben. WAR DAS ETWA FAIR?«

Der Mann schrie jetzt, und eine schmerzhafte Rückkopplung erfüllte das Reich der Aale.

Steve war das egal; sein Kinn ruhte auf dem Rand der Luke, und er spähte ins Halbdunkel; da war was ...

»Deswegen bekommst du alle Chancen, Steve. Das Leben an sich ist sinnlos. Aber du hast alles in der Hand. Je kreativer du bist, umso würdiger wird es. Du bekommst die Chancen, die ich nie hatte.«

Steves Augen gewöhnten sich an die Dunkelheit, während seine Zähne durch den Druck seines Kiefers zu schmerzen begannen. Er musste jetzt wirklich hoch.

»Der Dachboden ist übrigens eine Sackgasse. Siehst du, wie fair ich bin?«

Steve sah.

In der Düsternis des Dachzimmers hockte eine Gestalt.

Sie war trocken, ihr Gesicht zerknittert wie eine weggeworfene Sankt-Martins-Laterne.

Vor ihr stand eine Milchflasche, und auf der trübgelben Flüssigkeit darin schwamm Schimmel.

Sackgasse.

Zuletzt erhaschte Steve einen Blick auf den geöffneten Hosenschlitz des kauernden Toten und erkannte, dass hier ein weiteres Perpetuum mobile der Körperflüssigkeiten zu betrachten war.

Dann fiel er.

Eine schreckliche Sekunde lang hing er in der Luft, das Bild des Leichnams auf der Netzhaut.

Als er dann ins Aquarium krachte, dachte er gar nichts, aber ein verschütteter Teil seines Glaubens kündigte dem Materialprüfer fristlos, und dann kam der Schmerz.

Als das Blut ins geborstene Becken strömte, erstarrte der Aal kurz. Dann wurden seine Bewegungen hektischer.

Sonnenlicht wie Laserstrahlen.
Schmerzen.
Schlaf.
Schmerzen.
Stimmen.

4

Steve öffnete die Augen.
Kopfschmerzen.
Trockene Lippen.
»Na, wunderbar. Da sind Sie.«
Die Frau war attraktiv, mehr noch: engelsgleich.
Steve kniff die Augen zusammen, öffnete sie wieder.
»Wie geht es Ihnen heute? Besser?«
Sie trug einen weißen Kittel, der noch die Falten der Verpackung aufwies oder aus der Wäscherei des Himmels kam.

Steve konnte nur krächzen, aber die Frau verstand augenblicklich; ein Trinkbecher glitt in Steves Gesichtsfeld. Er schnackte mit pelziger Zunge an den Halm und trank.

Wasser, kühl und ruhig, floss seine Kehle hinunter, und dann erinnerte sich Steve.

Die Frau im Kittel deutete auch diesmal alles richtig.
»Es geht Ihnen wieder besser. Machen Sie sich keine Sorgen.«

Oh, mein Gott, dachte Steve, aber es fiel ihm schwer, seine Gedanken beisammenzuhalten – sie schienen aus seinem Kopf zu glitschen wie nasse Spaghetti.

»Es ist alles gut. Sie werden wieder laufen können«, lächelte sie, aber dann zog sie kurz die Stirn in Falten.

»Auch, wenn es zuerst nicht so aussah.«

Steve richtete sich halb auf, und ein übler Stich jagte vom Rückgrat in seinen Nacken.

»Ihr Bein sah nicht gut aus. Einige Arterien waren verletzt, aber die OP hat es wieder gerichtet.«

OP?

Operation?

Warum ...?

Das Aquarium. Der Aal. Der Vogelmann.

Steve biss sich auf die Faust. Fühlte sich fremd an. Alles fühlte sich fremd an.

Er blickte sich um.

»An was erinnern Sie sich?«, fragte die hübsche Schwester. Sie stand nah am Bett, aber nicht nah genug, dass Steve ihr Namensschild lesen konnte. Sie hatte bei der Frage die Lippen geschürzt. Steve fand verschwommen, dass das süß war, und er verliebte sich ein bisschen in sie.

Er war sich allerdings unschlüssig, ob er mit der Geschichte über perverse Pantinenträger und Sicheln rausrücken sollte.

Steve schlug die dünne reinweiße Decke zurück und stellte fest, dass er ein sonderbares kittelartiges Ding trug, das knapp über seinen Oberschenkeln aufhörte.

»Sie können jetzt nicht aufstehen«, sagte sie, aber Steve hörte es nur durch einen Schleier des Entsetzens.

Die Narbe war Ehrfurcht gebietend in ihrer Hässlichkeit.

Steve glotzte auf die grobe, wulstige Naht, die sich von seiner Schamgegend bis zum Schienbein zog.

Sie war gut verheilt, aber mit abscheulich großen Stichen vernäht worden, so viel konnte selbst er erkennen, und das ...

Gut verheilt?

»Sie sind seit acht Wochen hier. Sie lagen im künstlichen Koma. Der Doktor war der Auffassung, dass es die einzige Möglichkeit in Ihrem Fall war, das Bein ruhig zu halten. Sie haben in den ersten Tagen fantasiert.«

Ihre Stimme war mitfühlend, und wieder schürzte sie die Lippen. Süß, noch immer, aber Steve dachte nur: *Acht Wochen?*

»Meine Mutter?«, murmelte er und spürte ein Sausen im Kopf. Wie kam er jetzt auf seine Mutter? Gott.

»Sie war schon oft hier. Bringt Ihnen immer Brote, aber die haben wir weggelegt.«

Sie grinste mädchenhaft und produzierte erneut einen kleinen Kussmund.

Der Gedanke an seine Mama wärmte ihn auf eine sonderbar wehmütige Art; *Mutti*, dachte er und fand, an sie zu denken, war wie ein Frotteebademantel: kuschelig und warm.

Die Assoziation mit dem Bademantel brachte eine weitaus unerfreulichere, und Steve stöhnte auf.

»Das ist völlig normal«, sagte die Schwester und beugte sich vor.

Schwester Ivana, las Steve.

Sie duftete nach Rosenwasser.

»Machen Sie sich keine Sorgen. Eine längere Ruhephase lässt Ihre Gedanken Purzelbäume schlagen. Das kommt wieder ins Lot. Es braucht einfach ein bisschen Zeit. Aufregung ist jetzt Gift für Sie.« Sie schürzte abermals ihre Lippen, und diesmal, fand Steve, wirkte es beinahe zwanghaft.

»Wann war meine Mutter hier? Heute?«

Steve war eine Kleinigkeit eingefallen; sein Kopf fühlte sich noch immer an, als sei er mit alkoholgetränkter Watte gefüllt, aber allmählich begann er wieder zu arbeiten. Das beruhigte Steve allerdings nicht im Mindesten.

»Der Doktor sieht später nach Ihnen. Jetzt schlafen Sie erst mal ein wenig.«

»Wann«, beharrte Steve, wobei er sich redlich mühte, beiläufig zu klingen, »war meine Mutter da? Sagte sie, wann sie wiederkommt?«

»Morgen sicher.« Kussmund. Sie stand einfach nur da.

»Ich bin ziemlich müde«, sagte er und spannte unter dem Laken die Muskeln des verletzten Beins an – des beinahe abgeheilten Beins. Es zog etwas, war aber längst nicht so schlimm, wie er erwartet hatte.

Er ließ den Kopf kreisen, und ein kleiner Schmerzblitz durchzuckte ihn.

Sein Blick schweifte durch den Raum; Steve achtete darauf, nur die Augen, nicht aber den Kopf zu bewegen.

Ein Druck von Monet an der Wand.

Links in der Ecke ein stählerner Galgen, von dem ein Beutel mit klarer Flüssigkeit baumelte.

Der Beistelltisch neben seinem Bett war typisch Krankenhaus: beiges Plastik, Schubladen, eine Schnabeltasse, eine schmucklose Vase mit frischen Schnittblumen.

Die Angst kam zurück; hatte sie sich schon vorher die ganze Zeit in seinem Verstand gelümmelt wie ein Penner, der stets da war, den man aber einfach so hinnahm, weil man sich nicht mit jedem Scheiß beschäftigen konnte, war sie nun wach und kräftig – mehr als das: Es lag nicht am Ambiente, diesem beunruhigenden Hospitalgeruch, denn der herrschte gar nicht vor. Es lag nicht an der Narbe, diesem blass-wulstigen, abstoßenden Fluss auf der Landkarte seines Körpers.

»Klingeln Sie, wenn etwas ist«, sagte Schwester Ivana, verzog ein letztes Mal drollig die Lippen und ging zur Tür.

Steve unterdrückte den Schrei.

Stattdessen entwich ihm ein Winseln, und als Schwester Ivana sich umdrehte, quietschten ihre schwarzen Gummistiefel.

»Kopfschmerzen«, strahlte Steve, während seine Beine begonnen hatten, unkontrolliert zu zittern.

Als sie gegangen war, wartete Steve vier Minuten; er beobachtete die

Zeiger der schlichten Uhr an der Tür und zählte mit, aber ab und an glitt sein Blick zwanghaft zum Farbeimer in der Ecke.
Der Deckel wies Spuren ausgehärteter weißer Abtönfarbe auf.
Steve schwang sich aus dem Bett und wäre beinahe hingefallen – seine Beine waren Pudding.
Er wartete weitere Minuten, während er seine Muskulatur knetete; er wimmerte dabei, merkte es aber nicht.
Dann öffnete er die Tür, sah hinaus und nickte.
Natürlich.
Steve fiel es nicht leicht, aber er setzte seine nackten Füße voreinander, zwei Schritte, die ihn vom glänzenden Linoleum seines Krankenzimmers auf gefegten Estrich und zurück in den Raum der Aale brachten.

»In diesem Fall bist du selbst schuld«, sagte die Stimme aus dem Lautsprecher, und Steve erkannte, dass es Schwester Ivana war, »als du dich verletzt hast, haben wir alles getan, um dich wieder fit zu bekommen. Eine Frage der Fairness, Steve. Es wäre leicht gewesen, aber wir wählten den schweren Weg und pflegten dich gesund, damit die Sache ausgewogen bleibt. Warum verlässt du in deinem Zustand das Bett?«
Steve begann, leise zu weinen.
»Meine Mutter ist seit acht Jahren tot. Das wusstet ihr nicht, stimmt's?«
Sein tränenverschleierter Blick blieb an einer Karte an der Wand hängen.
Sie musste neu angebracht worden sein, Steve erinnerte sich nicht daran, sie damals gesehen zu haben.
Das gesamte Haus war darauf zu sehen, und der Zeichner besaß definitiv mehr Kenntnisse im Fertigen von Karten als über Wundversorgung.
Viele, viele Zimmer in mehreren Etagen, Gängen, Sackgassen. Er konnte den Ascheplatz als schraffiertes Viereck ausmachen. Steve war damals ganz am Anfang gewesen.

»Das mit deiner Mutter war dumm, ja. Aber niemand ist perfekt. Das macht es schließlich so menschlich.«
Die Tür des Zimmers flog auf, und der Vogelmann trat ein.
»Mama«, flüsterte Steve.

Er konnte die Sicheln nicht ansehen – der Anblick war unerträglich –, deswegen konzentrierte er sich ganz auf die braunen Cordpantoffeln mit den dämlichen Bommeln.

In der Kurve

Ich sehe sie vorbeirasen, angefeuert durch dröhnendes Hupen.
Sie sind nichts als Gesichter mit offenen Mündern und wehenden Haaren, ihre Züge verwischt, als würde man mit feuchtem Daumen über eine Bleistiftzeichnung reiben.
Ich kann nicht wegsehen, es wäre sinnlos. Hier gibt es nichts zu betrachten als Gesichter.

Ich sehe Jean-Paul Belmondo und René Weller, zwei agile Europäer in ausgelutschten Farben, ihre Zähne nichts als weiße Balken, die Muskeln dilettantisch geädert – frühe Airbrush-Werke eines Unbekannten –, und vorbeihuschende Gesichter: Männer, Frauen, Kinder.
Und diese Musik.
Sie spielen heute sehr oft Techno. Eine mathematische Ansammlung elektronischer Geräusche, und sie tun es wieder und wieder.

Ich bewege mich auf sieben Metern Stahl durchs Dunkel, höre die Musik und schreie, aber niemand hört mich.
Erst wenn sie zugeben, was passiert ist, kann ich nach Hause.
Aber das werden sie nicht tun.
Ich bin ein Gefangener der Zwischenzeit.

Ich trage eine Vanilia-Hose, am Schlag ganz eng, und ein Hemd in Westernmanier, seitlich geknöpft.
Meine Frisur ist stachelig, blondiert und unter achtzehn Jahre altem Gel erstarrt.

Am Morgen des Tages, an dem passierte, wollte ich sein wie Limahl, aber am Abend dieses Tages wollte ich nur noch ins Licht. Ich erinnere mich gut an diesen Tag; selbstverständlich tue ich das. Woran sonst? Ich bestieg dieses Monstrum mit einer Tüte gebrannter Mandeln, aber ohne jedes gemischte Gefühl herannahenden Unheils.

Siebzig Stundenkilometer in einer stählernen Schlange, die sich selbst in den Schwanz beißt; mein Tod kostete zwei Mark, obschon ich noch immer dafür bezahle.

Sie spielten »Send Me An Angel«, als mein Genick brach. Ich erinnere mich an einen starken Sog, der sich von meinem Rückgrat in meinen Kopf fortpflanzte. Ein scharfes Knacken, das mein Gehör eine halbe Sekunde, bevor die Dunkelheit mich schluckte, erreichte.

Der Bügel, der mich eigentlich in den Sitz pressen sollte, hatte sich gelöst, klappte mit mir nach vorn, dann zurück – und mein Hals schlug wuchtig gegen die Lehne, ein halbherzig mit Schaumgummi bezogenes Blech. Sie pflegen dieses Ding nicht, der Betreiber ist ein grober Nomade, dem sämtliche Feinheiten für Fahrgeschäfte abgehen. Aber er liest, immerhin. Kontoauszüge vor allem. Ich beobachte ihn gelegentlich dabei.

Das Verdeck der Raupe, wie dieses Fahrgeschäft sich nennt, obwohl Zentrifuge besser passt, öffnete sich wie die ledrigen Blüten einer gigantischen Pflanze, aber kaum jemand nahm Notiz von meinem toten Körper, der wie eine Marionette mit durchtrennten Fäden auf den Kunstlederpolstern lag.

Die Raupe rollte aus, und meine sterbliche Hülle kam im Dunkel der Kurve zum Stillstand. Die Ecke der bösen Buben, die in der Finsternis rauchen und mit ihren Mädchen knutschen, der düstere Winkel der mitreisenden Entwurzelten in ihren dreckigen Jeans, die gelegentlich auf dem Trittbrett die Fahrt begleiteten, scheinbar der Schwerkraft trotzend, und dort absprangen.

Ich sah, dass mich zwei Männer in Orange bargen. Sie schleppten mich auf einer Trage und schienen keine Eile zu haben.

Die Raupe pausierte volle sechs Stunden, während Männer in Lederjacken meinen Todesort vermaßen, unbeteiligte Gesichter zur Schau trugen und rauchten.

»Ein Unfall«, sagten sie. »Der Junge muss den Bügel geöffnet haben. Idiot.« Einer lachte gequält.

Gerade rollte sie wieder aus. Ich sah mein graues Gesicht in der verspiegelten Brille eines lässigen Jungen, oder was er für lässig hält. Das ist alles, was von mir übrig ist: Die Reflexion eines Typen, der eine Zukunft hatte, bis er zum Schatten des Winkels wurde.

Ich bin kalte Luft knapp über dem Gefrierpunkt.

Die speckigen Leute, die ständig auf- und abspringen, sehen mich genauso wenig, aber sie scheinen etwas zu spüren.

Würde nur einer von ihnen stürzen, wäre ich nicht mehr allein.

Ich bin mittlerweile nicht mehr wählerisch, was Gesellschaft angeht.

Die Ratten huschen übers Blech, verursachen aber kein Geräusch dabei: Sie sind Schemen wie ich, wurden zerquetscht, als ein Bodenblech absackte, zermahlen zwischen den Waggons in einer schmutzigen Stadt. Wir ignorieren uns, so gut es geht.

Die Menschen halten sich fern von der schwarzen Passage, in der ich wandle.

Die Kurve im Schatten der Raupe ist mein Vakuum, die dichteste Dunkelheit, die man sich vorstellen kann, und jeder, der sie betrat, verschwand, so schnell er konnte, hoffend, nicht allzu ängstlich zu wirken.

Trotzdem bin ich guter Dinge.

Ich habe etwas an Wagen 17 entdeckt.

Gesichter interessieren mich nicht mehr. Nicht, seit ich den feinen Riss in der Halterung des Bügels an der 17 gesehen habe. Er ist kaum breiter als eine Kugelschreibermine, aber immer, wenn der Waggon in

meinem Winkel hält, starre ich den Riss an ... und sehe Rost in der stählernen Wunde.
Ich altere nicht – Metall schon.
Wie lange mag es dauern?
Ein Jahr?
Zehn?
Der Wagen mit der 17 hält oft in meiner Finsternis, als wüsste er, dass er eines Tages meine Einsamkeit beenden wird, wenn niemand den Riss bemerkt.
Ich glaube daran. Zeit ist nicht mein Problem. Nicht mehr.
Vielleicht gibt er mir ein Mädchen?
Das wäre schön.
Ich werde warten.
Die nächste Fahrt geht wieder rückwärts.

Bunker-Blues

Trotz seiner Neigung zu Filmen wie *Training Day* widerstand Niedermann der Versuchung, seine Dienstpistole in Desperadomanier waagerecht zu halten, während er zielte.

Aber verbal machte er nicht die geringsten Zugeständnisse an das Handbuch für Kriminalbeamte.

»Hör mal, Sportsfreund«, sagte er ruhig zu dem Kerl, der sich mit einem Revolver in der Damentoilette verschanzt hatte, »wir machen das jetzt so: Du kommst raus, und alles ist im Lack.«

Er produzierte eine Pause, die Zentner wog.

»Es wäre mir natürlich lieber, wenn du drinbleibst. Klar, oder?«

Er wusste, dass die Waffe in der Hand des Diebes hinter der Resopaltür nur eine Gasknarre war – er hatte es auf den ersten Blick am vertikalen Stift im Lauf erkannt –, aber das tat seinem Enthusiasmus keinen Abbruch.

Er pochte mit der Schuhspitze gegen die Tür.

»Klar, warum ich das besser fände?«

Statt einer Antwort war nur das Hecheln eines Mannes zu hören, der einige Hundert Meter vor einem Streifenwagen durch diese Dortmunder Regennacht gerannt war.

»Weil«, sagte Niedermann versonnen, »ich dir dann ins Bein schießen werde. Wusstest du, dass der Oberschenkel die meisten Blutreserven enthält? Wenn du Pech hast, bekommst du einen erstklassigen Wundschock und reist auf diesen hässlichen Fliesen ins Walhalla der

Diebe ab. Und das Beste daran: Ich habe vorschriftsmäßig gehandelt. Na? Wie klingt das für dich?«

»Findest du nicht, du bringst das ein bisschen zu krass?«, fragte Böhler.

Böhler: Er fuhr den Wagen, er bediente den Funk, er bestellte am Drive-in-Schalter. Er war frisch wie der Morgentau, gerade vier Monate beim Verein, seine Augenbraue zeigte noch die feinen Löcher eines entfernten Piercings.

»Danke, Böhler.« Niedermann bedachte ihn mit einem schrägen Blick und räusperte sich. »Lieber Verdächtiger, verlassen Sie bitte mit erhobenen Händen das Pissoir, damit wir erkennungsdienstliche Maßnahmen einleiten können.«

Böhler zog ein Gesicht, als hätte er Sodbrennen.

»Komm raus jetzt«, fuhr Niedermann fort, »ich weiß ja, dass du nur einen Pumpzerstäuber hast und keine Waffe, mit der wir das hier wie Männer klären könnten. – Ich zähle jetzt bis fünf.«

Sie hatten einen Funkspruch erhalten, dass es einen Einbruch bei einem Juwelier in einem ziemlich miesen Viertel gegeben habe, der Verdächtige aber offensichtlich zu Fuß und außerdem recht langsam unterwegs sei.

Vier Minuten. Länger hatten sie nicht gebraucht, obwohl sie das Viertel einmal schnell durchkreuzt hatten, um den Einbrecher auf seiner Fluchtroute abzupassen. Sie hatten nicht damit gerechnet, ihn zu finden. Der Verdächtige hätte einfach nur ein Treppenhaus betreten müssen, schon wäre er weg gewesen. Die meisten Häuser in dieser Gegend hatten Hinterhöfe voller Sperrmüll, vor allem aber flache Mauern, die zu weiteren Hinterhöfen führten.

Ihr Mann war einfach die Straße entlangspaziert, vor sich hin singend, bis Niedermann die Pistole aus dem Fenster gehalten und »Na? So spät noch unterwegs?« gerufen hatte.

Der Mann – er hatte einen kleinen Beutel vor sein Gesicht gehalten und hineingestarrt, als fände eine abstruse Variante weihnachtlicher Bescherung statt – hatte aufgeblickt, in seine Tasche gegriffen und eine Waffe gezogen. Eine Sekunde lang hatte er auf Niedermann gezielt, aber als er das Klicken der Sicherung von dessen Waffe gehört hatte, hatte er zu rennen begonnen. Und er rannte schnell! Sein einziger Fehler war gewesen, in einen chinesischen Imbiss zu flüchten.

Die Tür öffnete sich bei zwei.

Böhler beulte mit der Zunge seine Wange aus, ein untrügliches Zeichen dafür, dass er unter Stress stand.

»So ist es brav, Sportsfreund«, lächelte Niedermann.

Der Mann trug Schichten graubrauner Wolle, ehedem vielleicht zwei oder drei Mäntel oder Jacken, jetzt Lumpen, welche die Farbe der Straße und des Regens angenommen hatten und in Auflösung begriffen waren.

Sein Gesicht wies mehr als nur oberflächlichen Schmutz auf: Die Ablagerungen langer Nächte im Freien einer Industriestadt hatten seine Poren mit Schwärze verstopft, und über einem wilden Gewächs schmutziggrauer Barthaare fixierten wässrige Augen den Lauf von Niedermanns Pistole, das stählerne Symbol dafür, dass das Spiel beendet war.

»Was hast du dir eigentlich dabei gedacht?«, fragte Niedermann, ohne seine komfortable Sitzhaltung zu verändern oder auch nur den Kopf zu drehen. Außer dem regelmäßigen Flappen der Scheibenwischer und rauschenden, leisen Stimmen aus dem Funkgerät hatte es in den letzten Minuten ihrer Fahrt keine Geräusche gegeben.

Grund hierfür war die Nasenbeinfraktur des Lumpenmannes, die er sich, würde man zukünftige Berichte zitieren, bei »heftiger Gegenwehr während der Festnahme« zugezogen hatte.

Inoffiziell war es ein von einem ironischen »Ups« aus Niedermanns Kehle begleiteter Hieb mit der Taschenlampe gewesen, aber was das anging, war Böhler fortgeschritten; er hatte die Fabel von den Krähen, die sich gegenseitig kein Auge aushackten, auswendig gelernt, auch wenn Niedermann ihn noch immer eher als die einzige Friedenstaube in einer Stadt mit tausend kleinen Kriegen sah. Böhler schwieg und schaute nach vorn. Und Niedermann hatte keine Lust, die Loyalität seines Kollegen mit kumpeliger Konversation zu prüfen.

»Sie machen einen Fehler«, sagte der Mann auf dem Rücksitz, dessen Stimme man anmerkte, dass er zurzeit keine Luft durch die Nase holen konnte.

»Ach?«, erwiderte Niedermann, »welcher Art denn, Sportsfreund?«

Als der Verhaftete antwortete, zeigten sich feine Risse in dem halb geronnenen Blut auf seinen Lippen. »Ich habe etwas zu erledigen. Und wenn Sie mich daran hindern, passiert etwas Furchtbares.«

Böhler lauschte, sagte aber nichts.

Niedermann schlug eine dröhnende Lache an. »So? Was denn?«

»Was wissen Sie über die Hölle?«, fragte der Penner.

Niedermann fixierte den Mann im Rückspiegel.

»Einiges. Fünfundzwanzig Euro Eintritt, Fraß, dass es Gott erbarme, und tausend Seelen auf der Suche nach Erlösung und hirnloser Zerstreuung. Moment: Ich glaub, das war der Moviepark in Bottrop.«

»Die Hölle hat einen Eingang. Dieser Eingang öffnet sich alle sechshundertsechsundsechzig Jahre. Dieser Tag ist morgen. Präziser, ab null Uhr eins. Das sagt wohl alles! Wir müssen handeln!«

Der Kerl ist geisteskrank, entschied Niedermann, und das freute ihn. Ein weiterer Punktabzug auf der Glaubwürdigkeitsskala dieses Vogels. Er gab sich jedoch ein bisschen verstimmt, dass der Penner seine Auffassung über die Hölle ignoriert hatte.

»Zeig mal den Beutel her.«

Über dem ganzen Rambazamba und der Sache mit der MAG-LITE hatte Niedermann völlig vergessen, die Beute sicherzustellen.

»Die Augen des Uneingeweihten sollten den Opal nicht betrachten«, erwiderte der Penner ruhig.

»Kein Thema. Du hast zehn Sekunden Zeit, mich ...«, er warf einen Blick zu Böhler hinüber, »uns einzuweihen. Leg los.«

»Das wäre nicht gut.«

»Das hier«, Niedermann hob die mattschwarze Stablampe, »wäre auch nicht gut.«

Der Mann auf der Rückbank zuckte zusammen und gab dem Beamten seinen Beutel. Ein Sack aus schwarzem Samt, darin ein schäbiges Ding von der Größe eines Hühnereis. Es sah in Niedermanns Augen nicht gerade wie ein Edelstein aus.

»Der Opal ist völlig wertlos ohne die Fassung.«

»Logisch. Deswegen lag er ja auch beim Juwelier, hm?«

»Der Opal muss in eine Fassung eingesetzt werden. Diese Fassung befindet sich unter der Stadt. Wir müssen dort hin!«

Niedermann nickte wie ein Mann, der in Ruhe über einige Fakten nachdenkt. »Wohin denn genau?«

Er warf seinem Partner einen tiefen Blick zu. Böhler nickte unmerklich und verzog den Mund.

Plemplem.

»In die Bunker. Aber ohne mich finden Sie das ohnehin nicht.«

»Schön. Dann machen wir uns mal auf den Weg.«

»Sekunde mal«, schaltete Böhler sich ein, »sollten wir nicht ...?«

»Nein. Sollten wir nicht!«, unterbrach ihn sein Kollege. »Was wir sollten, ist diesen Ort aufsuchen.« Er wandte sich an den Mann. »Du lebst dort unten, nicht wahr?«

Der verwahrloste Kerl nickte langsam, und Niedermann stimmte grinsend ein.

»Hab ich mir gedacht.« Er hielt die Gaspistole, die sie bei ihrem Lumpenmann sichergestellt hatten, in die Höhe. »Auf der Straße hättest du das Ding nämlich nicht lange gehabt.«

»Trotzdem bin ich der Auffassung ...«, setzte Böhler erneut an, um einen neutralen Tonfall bemüht.

»Nicht Auffassung, Kollege! Fassung! Wir fahren zur Fassung!«

Und zum Quartier dieses Penners, das sicher voller schöner, glänzender Sachen ist, fügte er in Gedanken hinzu. Das hier konnte nicht schiefgehen. Je mehr geklautes Zeug sie im Lager des Kerls fanden, umso besser.

»Du, sag mal was Genaues. Wohin jetzt?«

Das Kopfsteinpflaster vor dem Theater glänzte nass unter einem Leuchtschild, das *Der Widerspenstigen Zähmung* in Aussicht stellte – wenn man nicht gerade nachts um elf mit einem Streifenwagen vorfuhr.

»Wo ist der Einstieg? Zeig uns den mal.« Niedermann hielt dem Zerlumpten die Wagentür auf.

»Sicher eine gute Idee«, murmelte der Mann und ging vor.

»Aber ja. Das ist eine erstklassige Idee!« Niedermann zog den Reißverschluss seiner Lederjacke hoch. »Wir stellen deinen Wohnort fest und verhindern, dass das Tor zur Hölle geöffnet wird. Mehr kann man an einem Donnerstag wohl kaum erreichen.«

Jetzt musste auch Böhler grinsen.

Der Eingang für die Angestellten des Theaters lag auf der Rückseite und wurde von dichten Sträuchern eingerahmt; die Schneise im Laub war kaum zu erkennen, sofern man nicht wusste, dass sie da war.

Niedermann knipste seine Lampe an.

»Nach dir«, sagte er, den Mann nach vorn schubsend.

Der Dieb ging in die Hocke, was ihm in Böhlers Augen das Aussehen einer großen Eule verlieh. Er hob ein Gitter aus dem Boden, das einen scharrenden Laut von sich gab und einige Sekunden später auf dem nassen Rasen landete.

Niedermann leuchtete in den Schacht, aus dem ein Geruch nach Moder und nasser Pappe stieg. Eine verrostete Leiter führte nach unten und endete auf rissigem Beton, der im Lichtkegel wie die Haut einer sehr alten Frau aussah.

»Wer hat denn Flurwoche?«, fragte Niedermann, aber Böhler lachte nicht. Er mochte keine Räume ohne Fenster oder Leitern ins Dunkel.

Der Lumpenmann begann, die Sprossen hinabzuklettern. »Nicht abhauen, Sportsfreund!«

Die Leiter quietschte, aber sie hielt sowohl Böhler als auch den für seine 42 Jahre etwas zu korpulenten Klaus Niedermann, der sich die Jacke mit dem Rost des Gestänges beschmutzte. Sich dreckig zu machen, hatte ihn allerdings noch nie gestört. Nicht, wenn am Ende des Regenbogens ein Topf voll Gold wartete.

»Wie groß ist das hier?«, fragte Böhler und erschauerte leicht über das Echo seiner Stimme. »Und gibt's hier Ratten?«

Der Lumpenmann war nur ein Schatten in der Dunkelheit, als er antwortete. »Es gibt. Viele davon. Deswegen sind feste Schuhe angeraten. Aber im Allgemeinen flüchten sie, vor allem bei Licht.«

»Die Bunker entsprechen in ihrer Ausdehnung fast dem gesamten Stadtzentrum«, fuhr er fort, »und unterteilen sich in sehr viele kleine Räume. Es gibt auch große – fast Hallen –, aber die sind meistens mit Stahltüren gesichert, die schwere Hebel haben. Keine Schlösser, und manche sind zugeschweißt.«

Die beiden Fahnder staunten nicht schlecht, auch wenn man es Böhler deutlicher ansah als Niedermann, dem eine glimmende Zigarette im Gesicht steckte.

Der Kerl redet wie ein Fremdenführer, dachte Niedermann. Es war sein Areal hier unten, aber der Unterschied zwischen den abgehackten, schlichten Sätzen während der Fahrt und diesem Vortrag im Dunkel des Bunkers war auffällig.

»Hier«, sagte der Lumpenmann schlicht und holte ein zerknittertes Blatt aus der Innentasche seines Mantels.

»Führ uns einfach zu deinem Schlafplatz, Sportsfreund.«

Niedermann hob ungeduldig die Hand. Er wollte endlich die Behausung seines Diebes besichtigen; jede Wette, der hortete eine Menge Zeug, das man beschlagnahmen konnte. Niedermann wusste, wie es ging.

Es hatte bei Dealern funktioniert und bei Kinder-Nazis. Man beschlagnahmte Waffen, Koks und Bargeld. Bares und Drogen, die so gut waren wie Bargeld, landeten in der Asservatenkammer des Präsidiums – aber nicht nach den Vorschriften der Polizei, sondern denen der

Gebrüder Grimm: die Guten ins Töpfchen, die Schlechten ins Kröpfchen. Niedermann lächelte in sich hinein.

»Diese Karte ist wichtig. Ich habe sie selbst angefertigt«, verteidigte sich der Bewohner des Bunkers. »Die baulichen Gegebenheiten hier sind ... unübersichtlich.«

»Ist klar«, schaltete sich Böhler ein, »reicht jetzt.«

Er riss dem Lumpenmann die Karte aus der Hand und stellte überrascht fest, dass er einen Bogen Backpapier vor sich hatte. Der komplette Bunker war wie feines Äderwerk mit Kugelschreiber eingezeichnet.

Böhler warf einen langen Blick darauf.

»Gehen wir«, sagte er dann und drehte ironisch die Hand. »Nach Ihnen, bitte.«

Die Männer drangen in den Bauch der Stadt vor, der für Böhler allerdings wie der Darm der Stadt roch.

Gang folgte auf Gang, Kreuzung auf Kreuzung, Raum auf Raum.

Sie marschierten durch dunkle Kammern, in denen es nach jahrzehntealter Nässe roch. In den Winkeln vieler Räume arbeiteten farblose Spinnen an Fallen, die zur Jagd auf ebenso blasse Beute warteten; sie durchquerten tunnelartige Betonschläuche, in denen der Kot der Nager – die nie zu sehen, aber permanent zu hören waren – in den Augen brannte.

»Hier links«, sagte der Lumpenmann, dessen Rücken von Böhler beleuchtet wurde, und drehte sich um. Sein Gesicht war selbst in diesem Gedärm aus Stahl und Stein und trotz des Schorfs in seinem Gesicht nur als selig zu bezeichnen. Niedermann spürte einen Anflug von Ekel.

Nach weiteren zehn Minuten sagte der Zerlumpte:

»Wir sind in der Nähe. Nicht mehr allzu weit.«

»Hier? Warum pennst du hier? Du könntest dir was am Eingang suchen. Das ist ja wohl nur noch übel.« Böhler schüttelte sich.

Der Kopf des Lumpenkerls schien im Lichtkegel der Stablampe zu schweben.

»Ich schlafe ja auch im vorderen Bereich. Sektor B 2, um präzise zu sein.«

Böhlers glatt rasierte Kinnlade rutschte nach unten. Sie waren die ganze Zeit in die Irre geführt worden.

»Wir müssen den Opal einsetzen, meine Herren. Sie erinnern sich? Es ist jetzt ...« Er blickte nervös auf seine Armbanduhr, »23 Uhr 38. Es wird wirklich Zeit!«

Niedermanns Augen quollen über. Was da unter dem zerschlissenen Ärmel des Mantels hervorgeschaut hatte, als der Lumpentyp sein Gelenk gedreht hatte, war eine *Omega Seamaster* gewesen; er hatte es selbst im anstrengenden Zwielicht der Katakomben erkennen können. Geschätzte zweitausend Euro am Arm dieses Penners!

Nachdem sich seine Sinnesorgane wieder eingepegelt hatten, blühte vor Niedermann folgendes kleine Ärgernis auf: Sie marschierten hier durch fünfzig Jahre alte Rattenscheiße, weil der Uhrenfreund wie selbstverständlich auf dem Weg zu einem Rendezvous mit einer »Fassung« war, die seinen wirren Ausführungen nach das Tor dicht hielt. Sein Lager jedoch lag am Eingang, geschätzte fünfzig Abzweigungen hinter ihnen, abgelatscht in einem unentwirrbaren Knäuel aus Dunkelheit, Beton und Dreck.

Da musste jetzt mal was passieren, fand Niedermann, während er spürte, wie sich die flammend roten Knospen seiner Wut öffneten.

Er riss seine Waffe aus dem Sicherheitsholster.

Knospen? Seine Wut war eine verdammte, lichterloh brennende Yucca-Palme.

»HÖR MAL! Ich hätte jetzt gerne sofort dein Scheiß-Versteck gesehen. JETZT!«

Der Lumpenmann, der den maßlosen Zorn des Polizisten ebenso wahrnehmen konnte wie das Ballistol-Waffenöl auf dem Lauf der Dienstpistole vor seinem Gesicht, schaute nochmals auf die Uhr.

»Noch acht Minuten.«

»Falsch«, entgegnete Niedermann, ohne auf den Arm Böhlers zu achten, der auf seiner Schulter ruhte, »noch dreißig Sekunden, Sportsfreund. Dann mache ich dir ein prima Loch in deinen Schädel, und du kannst den Opal verwenden, um mit dem Sensenmann um Sonderkonditionen zu knickern. Wo ist dein Versteck? Und wo ist deine Beute?«

Der Dieb lächelte dünn.

»Welche Beute? Ich besitze das, was ich am Leibe trage, und eine Matratze.«

»Und eine ziemlich ordentliche Uhr. Und die Fähigkeit, mir den letzten Nerv zu töten, womit wir wieder beim Thema wären. Wo?«

Der Lumpenmann hob die Hände. »Wenn wir jetzt umdrehen, schaffen wir es nicht rechtzeitig. Ein Vorschlag: Lassen Sie uns den Stein einsetzen, das dauert nicht lange, und dann können Sie tun, was Sie für richtig halten.«

»Ich tue schon die ganze Zeit, was ich für richtig halte«, entgegnete Niedermann, senkte aber die Waffe.

Dann seufzte er gespielt, aber das tat er nur für Böhler, der schon einige Minuten hektisch in seinen Nacken atmete. *Frischlinge!* Er konnte den Lumpenmann nicht laufen lassen, aber er konnte ihn auch schlecht abknallen. Dieser Bericht würde sich entschieden zu seltsam lesen.

»Gut. Wo ist die Fassung?«

Ihre Schritte wurden schneller; sieben Minuten vor zwölf.

Noch mehr verdreckte Passagen, niedrige Räume und Durchgänge wie steinerne Rohre; ihr Atem kam schnell und prallte auf Luft, die während des letzten Weltkriegs frisch, inzwischen aber ein ungenießbares Gespenst aus Nässe und Fäulnis war.

Böhler sprach in diesen Minuten gar nicht mehr.

Niedermann fluchte gelegentlich leise, hatte seine Waffe aber weggesteckt.

Sie sprangen über Pfützen und schlängelten sich durch das zerschlagene Holz durchweichter Büromöbel. Links. Rechts.

Dann, eine weitere Biegung später, ein Glimmen im Dunkeln, das zum Rechteck eines Durchgangs wurde.

Da.

»Leck mich einer am Arsch«, sagte Niedermann.

Dieser Raum war nicht niedrig wie die anderen. Er war auch nicht schmutzig, sondern besenrein.

Er hatte die Ausmaße einer kleinen Halle, und Niedermann fragte sich, wozu so ein Raum in Kriegszeiten gebraucht wurde. Als Lazarett? Als Kino?

»Hier wurden die Toten aufgebahrt«, beantwortete der Lumpenmann die stumme Frage.

»Moment«, sagte Niedermann, dessen Hand unbewusst wieder zur Waffe gewandert war. »Was wird hier gespielt?«

An diesem Gewölbe war nichts, das sich wie ein Puzzleteilchen in Niedermanns reichen Erfahrungsschatz hätte einfügen lassen. Der Raum war einigermaßen hell, aber es war keine Lichtquelle auszumachen. Der Durchgang, durch den sie getreten waren – der eigentlich nicht auf einen Raum dieser Größe schließen ließ –, war eher kleiner als alle anderen gewesen, aber das da an der vermutlich fünfzehn Meter entfernten Wand war im Prinzip gar keine Tür: Es war eine Wand für sich.

Ein Portal, groß wie ein Scheunentor.

Der Penner hatte nicht gelogen, wie es aussah.

Niedermann konnte diesen Gedanken nicht weiterspinnen. Würde er das tun, könnte sein Intellekt zu dem Ergebnis kommen, dass auch die Geschichte mit dem Opal (und der ganze Rest) stimmte, und das wäre schlecht, weil es unmöglich war.

Unmöglich, weil die Hölle für ihn ein Junkie mit einem Messer war oder ein Anruf seiner Bank, ein Jucken am Unterleib, wenn er wieder Naturalrabatte im Bordell eingefordert hatte, oder ein Tütchen Koks, das unbeaufsichtigt im Mannschaftsraum in seiner Jacke steckte, wartend, von einem Kollegen entdeckt zu werden.

Das war die Hölle, das konnte sie sein – aber nicht ein fiktiver Ort hinter einem riesigen Tor unter der Stadt.

»Es ist jetzt keine Zeit für Erklärungen. Geben Sie mir bitte den Beutel.«

Niedermanns innere Waage pendelte kurz zwischen Neugier und einer dumpfen Furcht, dann kippte sie sanft, und sein Interesse an dieser absurden Untergrund-Operette gewann. Er übergab dem Lumpenmann den schwarzen Samtsack.

»Danke.« Ein Anflug leiser Ironie hatte sich in die Stimme ihres Führers geschlichen, und das irritierte Niedermann.

»Was ist das hier für ein Bunker?«, hakte er nach.

»Noch eine Sekunde.«

Der Lumpenmann fischte den Opal aus dem Beutel.

»Endlich!«

Er marschierte zügig zum Tor hinüber, und die Beamten folgten ihm. Böhler empfand es, als würde er durch knietiefes Wasser waten. Ein unsichtbarer Widerstand erschwerte ihm das Fortkommen, aber ein Blick auf Niedermann zeigte ihm, dass dieser sich schnell und geschmeidig bewegte.

Das Tor schien aus Metall zu sein, und es war schmutzig schwarz; Ruß, erkannte Niedermann, zentimeterdick.

In der Mitte saß die Fassung, einem stählernen Eierbecher nicht unähnlich. Darüber hinaus waren weder Fugen noch Spalten zu erkennen, nur eine schwarze Fläche von der Decke bis zum Boden. Direkt vor dem Tor stehend wirkte der Lumpenmann in seinen graubraunen Fetzen wie ein Farbklecks.

Das Klicken des Schlagbolzens, den Niedermanns Daumen nach hinten gezogen hatte, hallte durch das Gewölbe.

»Mir reicht es. Ich werde diesem Käse nicht weiter beiwohnen. Das ist doch alles Hokuspokus hier. Ich möchte auf der Stelle hier raus! Scheiß auf dein Lager, scheiß auf das Tor. Sofort her mit der Karte, Böhler.«

Dann fügte Niedermann absurderweise hinzu: »In sechs Stunden ist Dienstschluss.«

Böhlers Hand zitterte, als er auf die Karte starrte, denn während er das Schaben vernahm, als der Lumpenmann den Opal in die Fassung einsetzte, veränderten sich die feinen Linien auf dem Papier; es war, als würde man einem Schiebepuzzle zusehen, das von unsichtbaren Fingern bewegt wurde. Neue Linien entstanden, andere verblassten, und nun konnte er auch sehen, wo sie waren: im Kern der Anlage. Der große Raum, in dem sie standen, war nicht zu übersehen, und das Tor bildete die einzige schwarze Linie auf diesem Wirrwarr aus blauer Tinte.

Und jenseits des vollgezeichneten Backpapiers, in der Realität des düsteren Bunkers und all seiner Gänge, begann das Tor zu erbeben.

Der Schuss klang wie ein Peitschenhieb.

Das Projektil prallte vom Tor ab und trat einen jaulenden Flug durch das Gewölbe an, traf aber niemanden.

Niedermanns Nerven waren wie die weiß glühenden Saiten eines Klaviers, auf dem sein logisches Denken eine irrsinnige Kakofonie mit Tränen treibenden Läufen spielte.

»Weg vom Tor!«, schrie er Speichel spritzend.

Der Lumpenmann drehte sich langsam um.

»Warum so aufgeregt?«, fragte er ruhig.

Böhler stand einfach nur so da, während seine Hand die Karte knisternd knetete; auch sein Speichel floss, allerdings sein Kinn herab. Er schien es nicht zu bemerken.

»Weil das alles Blödsinn ist! Dieses Tor zur Hölle gibt es nicht! Also werden Sie es auch nicht verschließen können!«

»Ach«, erwiderte der Mann, »wer redet denn davon?«

Niedermann legte den Kopf schräg, eine unbewusste Geste, die seit seiner Kindheit verschüttet gewesen war, und starrte den Lumpenmann an.

»Wie ... bitte?«

»Ich habe nie gesagt, dass ich das Tor verschließen möchte. Jemandem mit Ihrer Fähigkeit, Fragen zu stellen und Sachverhalte zu klären, sollte das aufgefallen sein.« Hinter Niedermann pitschte Böhlers Speichel auf den gefegten Beton.

»Weil«, sagte der Lumpenmann, »ich es nämlich öffnen werde. Und dann gehe ich hinein.«

Eine Pause entstand, in der der Lumpenmann seinerseits den Kopf schräg legte.

»Sehen Sie: Kein einziger Teufel wird seine Hufe – oder was auch immer – auf diesen Boden hier setzen. Kann ich mir nicht vorstellen. Sie etwa?«

Niedermann schüttelte den Kopf, aber es sah eher aus, als wollte er etwas abschütteln.

»Eben«, bestätigte der Mann. »Es geht hier nicht um Gehörnte oder Kochtöpfe, in denen arme Sünder braten.« Sein schmutziger Daumen rieb sein Kinn. »Glaube ich zumindest. Alle Fakten sprechen dagegen.«

»Sondern?«, hauchte Niedermann, unfähig zu schießen, unfähig, die Waffe wegzustecken, unfähig, klar zu denken.

»Schauen Sie mal: Ich bin kein Penner. Und ich bin kein Dieb.«

Das Tor erbebte nun stärker; Niedermann spürte die Erschütterungen tief in seiner Brust.

»Das Buch sagt: Finde den tiefsten Punkt, gehe in Sack und Asche, bringe Opfer, wähle dein Patenkind – und dir wird geöffnet werden. Nun, auf Aramäisch liest sich das eine Nuance gestelzter, aber darauf läuft es hinaus.«

Böhler gab ein hirnloses Jaulen von sich.

»Das geht vorbei«, sagte der Lumpenmann zu Böhler, der ihn aber nicht zu hören schien. »Laut dem Buch ist die Seele wie ein Strumpf. Dehnbar, aber nur bis zu einem gewissen Grad. Kommt ein zu großer Fuß, beult er sich über Gebühr, und hier versucht gerade der Fuß eines Riesen, in eine Kindersocke zu schlüpfen, fürchte ich.«

Niedermann hatte begonnen, mit den Zähnen zu knirschen. Sein

Hirn arbeitete zäh, als würden alle Impulse durch dunkle Watte gefiltert, die seinen Kopf auszufüllen schien.

Aber er hielt seine Waffe tapfer hoch.

Den Lumpenmann schien das nicht zu stören. Er begann zu referieren, und die Aufnahmefähigkeit seines Publikums schien ihm ebenfalls völlig gleichgültig zu sein.

»Der tiefste Punkt, das ist hier. Sicher, ich hätte es im Bergbau versuchen können, unter Tage, aber dann hätte ich Punkt zwei nicht geschafft: die Opfer. Das entsprach zwar nicht meinen Neigungen, aber ich finde, der Preis war einigermaßen angemessen.«

Er drehte die Handflächen entschuldigend nach außen.

»Es waren ohnehin nur Penner. Da musste ich dann wirklich hart sein. Und es waren nur zwei, die ich hier herunterschaffte. Beim Zweiten erschien dann auch schon das Tor auf der Karte. Ich sage das nicht gern, aber das war der leichteste Teil, und ich fühle mich schlecht deswegen, aber die Wissenschaft fordert nun mal Opfer. Und wenn die beiden keine waren, weiß ich es auch nicht. Ohne die Ratten würden Sie noch was riechen.«

Er lächelte freudlos.

»Hiermit ... verhafte ich Sie ... wegen Mordes!«, bellte Niedermann heiser.

Seine kriminalistischen Reflexe sprangen hervor wie ein Kastenteufel, nach wie vor funktionierend, weil auswendig gelernt, wenn auch sein geistiges Fassungsvermögen erreicht war.

»Blödsinn«, wischte der Lumpenmann Niedermanns Ausruf fort. »Haben Sie in der Schule nie einen Frosch geöffnet, um sich die Innereien anzusehen? Glauben Sie mir, das ist das Gleiche. In meinem Falle liegt es natürlich einige Potenzen höher, aber dafür wird auch das Resultat entsprechend ausfallen.«

»Mordes!«, kreischte Niedermann, der nun von den dröhnenden Vibrationen des Tores erfasst wurde und leicht zu wippen begann.

»Wo waren wir? Ah: Sack und Asche, mein Guter. Punkt drei. Das Zeug hier hatte ich von einer meiner Opfergaben.«

Der Lumpenmann warf seine Kleidungsschichten von sich; ein schwarzer Neoprenanzug kam zum Vorschein, an dessen Gürtel einige Taschen baumelten.

Niedermann sah mit dumpfem Blick, dass eine Taschenlampe am Gürtel hing, kleiner als seine, aber vermutlich ebenso leistungsfähig.

»Ich habe meine Demut vor dem Thron lange genug gezeigt«, sinnierte der neugeborene Gummimann, »das Zeug stank nämlich erbärmlich.«

Dann griff er sich an den Gürtel, hakte ein mattschwarzes Gerät von der Größe eines Kartenspiels aus und sprach hinein. Hinter ihm begann das Tor sich lautlos zu öffnen, und ein schwarzer Nebel strömte ins Gewölbe.

»Hier Doktor Weiss, Universität Dortmund. Sämtliche Auflagen des Buches wurden erfolgreich abgearbeitet.«

Er drehte sich um und warf einen kurzen Blick auf den ständig größer werdenden Spalt.

»Das Portal ist nun offen. Es ist ...«, er warf einen weiteren Blick auf seine Uhr, »sechs nach null Uhr am Morgen des 23. Dezember 2005. Die Vorräte reichen für einen Tag, das Wasser für vier. Es werden fünfundzwanzig Mignon-Zellen mitgeführt, ein Gesangbuch, Ohrenstopfen und ein Messer.«

Er blickte Niedermann an und betätigte den Pausenknopf.

»Was ich zu erwähnen vergaß«, sagte er, »ist, warum ich kein Dieb bin. Den Opal habe ich nicht aus dem Juwelierladen gestohlen. Im Gegenteil, ich habe ihn selbst angefertigt. Das Ding ist aus Holz. Es geht dem Portal und seinen Mächten nur darum, die Ernsthaftigkeit zu testen. Ich musste den Opal fünf Mal runterbringen, um ihn anzupassen; es handelt sich um einen schlichten Mechanismus, der das Tor öffnet. Der Zeitpunkt ist selbstverständlich wichtiger. Verdammt, ich hätte das Tor mit einem Kugelschreiber öffnen können! Für einen wirklich Reisewilligen ist das Tor leichter zu entriegeln als die eigene Garage.«

Er schritt auf Niedermann zu, und sein Anzug verursachte leise, schabende Geräusche.

»Schwierig ist nur der letzte Punkt.«

Er nahm Niedermann sanft die Pistole aus der Hand.

»Denn ich muss von jemandem begleitet werden. Das Buch nennt diese Person Patenkind, aber letztlich ist sie nichts weiter als Fliegenpapier. Das Patenkind zieht die Störenfriede an, und man selbst bleibt gewissermaßen unbehelligt, wenn man zum Thronsaal reist. Es ist ein festes Gesetz, daran gibt es nichts zu rütteln. Tut mir leid. Übrigens bin ich mir der Theorie, was die Sache mit dem Durchschlüpfen diverser... na ja, Sie wissen schon. Ich bin nicht hundertprozentig sicher. Ich bitte um Verzeihung. Halten Sie die Augen auf. Sie sind schließlich Polizist.«

Das Tor war nun offen; der schwarze Rauch waberte kniehoch über den Boden, und hinter dem Portal war eine Treppe aus grobem Gestein zu sehen, die nach unten führte.

»Deswegen sind Sie ja hier. Wer sonst würde einen Penner des Nachts in einen Bunker unter der Erde begleiten? Erkennungsdienstliche Maßnahmen, hm? Ich schlug eine Scheibe ein, und schon waren Sie da«, schloss der Doktor lächelnd.

»Ich werde nicht mitgehen«, flüsterte Niedermann. »Ich werde niemals mitgehen.«

Er spürte einen Sog, der an ihm zerrte; es fühlte sich nicht unangenehm an.

»An Sie hatte ich auch gar nicht gedacht«, entgegnete der Doktor und ergriff behutsam Böhlers Arm. »Schon als Ihnen die Taschenlampe ausrutschte, war mir klar, dass ich mit Ihnen als Patenkind nicht weit komme. Es ist ein langer Weg bis zum Thronsaal, und Sie wären schon lange vorher verbraucht.«

Er zog Böhler hinter sich her, und dieser trottete mit; seine Spucke war am Kinn kristallisiert, sein Blick leer und stumpf. Niedermann sah einen dunklen Fleck im Schritt von Böhlers Jeans.

»Komm, mein Junge«, sagte der Doktor wie zu einem Kind, »die Reise beginnt jetzt. Wenn du Angst bekommst, mach einfach die Augen zu.«

»Ich habe nun das Patenkind«, sagte der Doktor in das Mikrofon seines Diktiergerätes.

Dann traten die beiden ins Dunkel hinter dem Portal; der Doktor mit den festen Schritten eines beherzten Forschers, Böhler schwankend, wie es einem schlecht getöpferten Gefäß zu eigen ist.
»Nur Mut, Junge. Du stehst das schon durch. Erst kommen die Vorhöllen. Sieben Kreise in einer Spirale, wenn man den alten Schriften glauben darf. Aber wir machen uns ein eigenes Bild.« Der Doktor tätschelte Böhler die Wange, worauf dieser winselte wie ein Hund.
Dann schaltete er seine Lampe ein und zerrte sein Patenkind sanft die Stufen hinunter.
»Ach ja ...«
Doktor Weiss drehte sich noch einmal um, und sein Neoprenanzug quietschte leise.
»Soll ich irgendwen von Ihnen grüßen?«

Niedermann hockte in der Finsternis.

Das Tor hatte sich wieder geschlossen, und der Rauch hatte sich zurückgezogen, als hätte ein gieriger Schlund hinter dem Portal scharf eingeatmet.

Sein Oberkörper ruckte vor und zurück, während sich Gesichter in der Finsternis zu formen schienen, die kicherten und flüsterten.

Niedermann dachte bruchstückhaft an die Seminare, die im Präsidium für Eigenheimbesitzer veranstaltet wurden und zum Inhalt hatten, dass Wachsamkeit und gute Absicherung das A und O waren.

Man weiß nie, wer alles hineinschlüpft, wenn man die Tür zu lange offen lässt.

Die Karte zu seinen Füßen wies wieder ein Labyrinth aus Gängen und Räumen auf, aber Niedermann glaubte nicht, dass er den Marsch in Gesellschaft der Stimmen schaffen würde.

Hätte Niedermann eine Neigung zu Filmen wie Stallones *Daylight* gehabt, hätte er es vielleicht versucht, aber ihm lagen eher Streifen, die dem Kaliber .45 huldigten.

Also steckte er sich den Lauf seiner Waffe in den Mund und drückte ab.

Heiliger Krieg:
Einer muss es ja machen

Seit einer Stunde starrte ich auf die Säume meiner Jeans, konzentriert auf das grobe gelbe Garn, das sie in festen Schlaufen durchzog. Ich hatte das Herrenmagazin so oft durchgelesen, dass es mittlerweile eher abgegriffenem, verblasstem Pergament glich.

Mein Job ist nervenaufreibend. Nicht, weil er besonders anstrengend wäre, sondern wegen der zermürbenden Langeweile. Ich komme morgens spät in mein Büro, und ich verschwinde aus dem fensterlosen Raum, so früh es geht, aber für meine Arbeitstage existieren einfach nicht genug Tittenheftchen auf diesem Planeten.

Ich hasse meinen Job.

Das war mal anders.

Während ich meinen Blick durch das Büro trödeln lasse und wie immer das gleiche Bild zu sehen bekomme – ein Dunlop-Kalender von 1998, ein Aktenschrank, etwas weißes Resopal in Regalform –, überkommt mich die Erinnerung.

Heute bekomme ich nur alle paar Tage was zu tun. Kleinkram meistens. Der Job ist längst nicht mehr so interessant wie früher.

1999 hatte ich meine Ausbildung abgeschlossen. Gas, Wasser, Scheiße, mit Auszeichnung. Wenige Monate später wurde ich arbeitslos.

2006 verdunkelte sich erstmals der Himmel über ganz Europa. Es war helllichter Tag, und die Finsternis blieb beinahe zwei Stunden.

Meteorologen fanden keine Erklärung, Kachelmann zuckte stellvertretend für Deutschland mit den Schultern, Wahrsager in aller Welt faselten vom Weltuntergang. Niemand kam dahinter.

Ein schlechter Komödiant meinte Monate später in seiner Show, im Ozonloch wären die Glühbirnen durchgebrannt.

Weitere sechs Monate später ließ der Vatikan verlauten, der Papst hätte eine extrem beunruhigende Vision gehabt – genau genommen hätte sich diese Vision brutal aufgedrängt –, eine Art plastischer Diashow aus der Hölle: In Persien und anderen Gefilden des Orients würde sich eine dämonische Armee formieren, um das Abendland zu verschlingen.

Ernsthaft. Er hatte keine blumige Metapher für gewisse, konkurrierende Religionen benutzt, er sagte das wörtlich!

Die Comedyleute setzten noch ein paar drauf, aber viele gute Christen konnten nicht darüber lachen. Offensichtlich war der Papst zu einer Art Gegensprechanlage in eine gottlose Dunkelheit geworden, und auch wenn es etwas dauerte: Er behielt recht.

Im Jahre des Herrn 2007, das eigentlich keineswegs sein Jahr war, begannen die Angriffe.

Es fing in Rom an. Die Mitarbeiter der *Specola Vaticana* in Castel Gandolfo sahen beunruhigende Gestirnsverschiebungen – aber nur kurz.

Dann schwappte die Welle der Dämonen über alle anderen europäischen Metropolen.

Sämtliche Armeen waren machtlos. Die Fernsehbilder fingen nichts ein als hungrige Dunkelheit und Todesschreie in variierenden Landessprachen, aber die Überlebenden hatten sie gesehen: fleischige, farblose Bestien wie aus einem Gemälde von Hieronymus Bosch.

Die Regierungen kamen schnell überein, dass normale Armeen nicht viel ausrichten konnten.

Es mussten buchstäblich Unschuldige in den Krieg ziehen; Männer, die sich noch nicht im Kampf gegen andere versündigt hatten.

Der Papst hatte seine große Stunde. Vor den Augen aller mutierte er zum kriegerischen Visionär, wurde der Heerführer der Ahnungslosen.

Eine respektable Leistung, wenn man bedachte, dass er dafür nicht ein einziges Mal Rom verließ.

Der Vatikan bildete eigene Einheiten. Junge Männer mit erstklassigen Führungszeugnissen wurden zu Hunderttausenden rekrutiert. Von einer freien Wahl konnte keine Rede sein; wenn du den Umschlag mit dem Siegel des Vatikans im Kasten hattest, gehörte dein Hintern der Kirche.

Es meldeten sich natürlich auch Freiwillige, aber ein bestürzend hoher Prozentsatz konnte gleich wieder nach Hause gehen. Sie wollten gefirmte oder wenigstens konfirmierte Leute, ein Theologiestudium sicherte dir sogar einen Offiziersposten.

Ich war konfirmiert.

Hätte ich damals geahnt, dass mich mein frommer Auftritt in blauem Samtanzug direkt vor die Tore der Hölle führen würde ...

Aber ich war damals jung und brauchte das Geld, sozusagen.

Sie karrten uns in Bussen nach Rom.

Beim Gottesdienst, der auf dem Petersplatz durchgeführt wurde, konnte ich den Heiligen Vater nur als weißen Punkt mit wehendem Talar erkennen. Alles wirkte ausgesprochen improvisiert. Wir waren Tausende, und die Zeit drängte.

Der abschließende Segensspruch war mit einer Weihung mit heiligem Wasser verbunden. Man besprühte uns vom Hubschrauber aus, was der Zeremonie einiges von ihrer Feierlichkeit nahm.

Dann empfingen wir aus den Händen der Schweizergarde unsere Ausrüstung.

Nun waren wir Soldaten Gottes. *Arrivederci Roma*. Herzlichen Dank auch.

Ich schlug einige Schlachten, meist in der Nähe der holländischen Grenze. In Holland waren zwar enorm viele Katholiken, aber durch die Sache mit den Coffeeshops waren Soldaten rar. Die Kirche hatte kein Verständnis für Jungs, die links einen Joint und rechts ihre Waffe hielten. Außerdem scheint der Niederländer an sich recht pazifistisch zu sein, Dämonen hin oder her.

Ich war in das Gefecht bei Schiphol ebenso verwickelt wie in den größten Massenexorzismus, der jemals durchgeführt wurde. Der Bischof von Amsterdam sprach von einer »kollektiven Austreibung«, die von ihm durchgeführt und von meiner Einheit in Schach gehalten worden war. Es hatte ein ganzes Hotel erwischt, bezeichnenderweise im Strandbereich der Stadt Monster. Der Begriff des Obergeistlichen war ganz okay, aber »kollektive Kotzerei« traf es besser. Da passierten keine halben Sachen, es ging konsequent zur Sache, alle exorzierten Personen starben, während konturlose, stinkende Schwaden durch sämtliche Körperöffnungen entwichen.

Wir nannten die Dämonen »das Pack«, weil sie immer in Rotten zuschlugen.

Ihre Strategie wechselte ständig. Mal erschienen sie als verstorbene Familienmitglieder, mal in ihrer Urform, dann wieder als beißender Nebel.

Ich hatte mehrmals Feindkontakt. Sie schlugen stets in ihrer mitgebrachten Finsternis und zusätzlich mit der Hilfe der Nacht zu. Ich sah nie viel, Gott sei Dank.

Nur klobige Schatten, entweichende Schemen aus milchigen Leibern und verblutende Männer, die den Fehler gemacht hatten, zum Briefkasten zu gehen.

Nach der Sache in Monster passierte monatelang nichts. Wir verfolgten angespannt die martialischen Schattenspiele im TV, lernten unsere Verse und trainierten. Jeder für sich. Die Einheiten wurden stets spontan gebildet; man kannte ein, zwei Mitstreiter, aber im Prinzip wechselten die Gesichter immer. Die Züge wurden aufgestellt, um nach dem

Einsatz wieder aufgelöst zu werden – wenn das nicht schon passiert war.

Dann kam mein großer Tag.

Mein Mobiltelefon brummte.

Der für mein Bundesland zuständige Krisenbischof war dran. Das erstaunte mich; bisher war ich immer von einem Zugführer angerufen worden. Irgendetwas war passiert.

»Ja?«

»Guten Morgen. Wir haben eine Manifestationsfront im Kern von Düsseldorf.«

Die Kirche hatte sich komischerweise von den unheilschwangeren, nostalgischen Begriffen der Bibel verabschiedet; je kritischer es wurde, desto technischer wurden ihre Bezeichnungen für das Unfassbare.

»Wann geht es los, Hochwürden?«, fragte ich nur, noch immer verwundert über den Anruf.

»Heute noch. Ich schätze in zwei Stunden. Ich werde auch vor Ort sein. Sie sind der Älteste der Einheit, die wir dort einsetzen. Sie agieren ganz vorn.«

Wo war »ganz vorn« in zu erwartender, totaler Finsternis?

»Ich werde sofort packen.«

»Braver Mann«, sagte er feierlich, als hätte ich eine Wahl.

Seine Stimme war wohltemperiert wie warmer Honig.

»Es ist das erste Mal tagsüber«, erwähnte ich in der Hoffnung, eine befriedigende Antwort zu erhalten, warum dem so war.

»Ja«, erwiderte der Geistliche nur.

Dann schwieg er. Ich hörte ihn lediglich atmen.

»Wiederhören.«

»Gottes Segen, mein Sohn.« Dann war die Leitung tot.

Ich legte mein Testament auf den Küchentisch. Es war vorgefertigt und Teil der Ausrüstung. Es beinhaltete, dass ich ein christliches Begräbnis wünschte und irgendeine speziell für mich gelesene Messe, deren Kosten zu zwei Dritteln von der Kirche getragen wurden.

Man vermutete wohl, ich würde mich andernfalls im Rahmen eines heidnischen Druidenrituals verscharren lassen.
Bis jetzt war ich noch immer zurückgekehrt.
Ich zog mich an.

Düsseldorf. Man hatte den Innenstadtbereich vollständig evakuiert, obwohl sich die Schwärze nur über dem Hofgarten gebildet hatte, einem weitläufigen Park in der Nähe des Stadtkerns.
Noch gestern war dies ein grüner Fleck der Erholung gewesen. Bänke, Wiesen, Frauen mit Kinderwagen, Hunde. Schwer vorstellbar. An den Bäumen waren Natriumdampflampen befestigt worden; trotzdem war das Licht eher diffus.
Man hatte die riesige Grünfläche weiträumig mit Fahrzeugen umstellt, deren Tanks allerdings leer waren. Man fürchtete Explosionen – alles konnte passieren.
Fetzen fast körperlicher Dunkelheit waberten durch die Baumspitzen. Die Finsternis schwoll an und ab, pulsierte und verdichtete sich, um dann wieder für einige Sekunden zu verblassen.
Die geharkten Gehwege waren nur lichte Schemen, die Parkbänke wie Schatten alter Dinosaurierknochen. Es roch künstlich und steinalt hier, als enthielte diese schwarze Manifestation lebendiger Nacht über dem Park die verbrauchte Luft eines anderen Zeitalters.
Kein Windhauch ging.
Aber die Stille war das Schlimmste.

Mein Zug, eine zusammengewürfelte Gruppe von zwölf Mann, hatte sich an einer alten Esche versammelt.
Wir alle trugen die gleiche Kluft: feste schwarze Hosen, Panzerwesten mit verstärktem Kragen und ziemlich schwere Rucksäcke. Die Dinger wurden von unten geöffnet, denn die wichtigsten Dinge waren am Boden des Sacks. Unsere Stiefel waren von Caterpillar, die römischen Kollarhemden unter den Panzern aus einer italienischen Schneiderei.

Unsere Feuerwaffen waren israelische Uzis. Eine Waffe für Idioten, gänzlich ohne Rückstoß. Wer als Kind mit Spielzeugpistolen geschossen hatte, konnte auch diese kantigen Maschinenpistolen bedienen, obwohl sie geladen über dreieinhalb Kilo wogen. Die wahre Kunst war, im Dunkeln keine Mitstreiter abzuknallen. Das Handbuch sagte, man solle nur schießen, wenn man den Atem des Feindes roch.

Falls dieser atmete.

Ich schaute mich um, konnte aber keine anderen Einheiten entdecken.

»Was jetzt?«, fragte mich ein rauchender Neuling. Er wirkte nervös, obwohl er sich völlig unbeteiligt gab.

»Wir kriegen einen Anruf. Dann passiert irgendetwas. Oder andersrum.« Ich konnte es nicht genauer sagen, also behalf ich mir mit einem steinernen Gesicht.

»Na ... Wenn irgendwas passiert, ist es ja gut«, meinte Manfred.

Wir kannten uns von einigen Einsätzen. Manfred war ein drahtiger Kerl um die vierzig Jahre, mit einem bewegungslosen Nussknackergesicht, das eine zusätzliche Strenge durch einen akkurat rasierten, bleistiftdünnen Kinnbart erhielt.

Ich nannte ihn gelegentlich Tierfred; er hatte eine fatale Neigung, auszuflippen, wenn irgendwelche Dinge passierten, die seinen Horizont überschritten, und das war so ziemlich alles in jenen Tagen.

Ansonsten waren mir die Gesichter fremd. Es war, als würde man sich auf dem Gang einer Behörde treffen: Alle hatten das gleiche Ziel, keiner kannte sich.

»Wird es Manifestationen geben?«, fragte ein anderer. Er hatte sich sein schwammiges Gesicht tarnfarben bemalt, als ob es was helfen würde.

»Weiß nicht. Schätze schon«, erwiderte ich.

Tierfred grunzte.

»Bin gespannt, was das werden soll.«

»Hört mal«, hob ich die Stimme, »eine Manifestation kann alles sein. Ich habe von Gefechten gehört, bei denen die Einheiten von ihren eigenen Müttern angegriffen wurden. Soll eine klassische Vorgehensweise des Packs sein. Nicht nervös werden, falls das passiert. Wessen Eltern sind hier tot?«
Einige Arme gingen in die Höhe.
»Es muss nicht so weit kommen. Wenn es so sein sollte, cool bleiben. Nützt alles nichts.«
Ich sah sie nicken, wusste es aber besser.
Wenn irgendjemand aus deiner Familie mit gefletschten Zähnen auf dich zugerannt kommt, erstarrst du. Deine Wahrnehmung meldet zuerst einfach keine Gefahr. Déjà-vus planieren alles.

Wenn man allerdings in früher Jugend ständig von seiner Mutter beim Onanieren gestört wurde − oder grüne Cordhosen tragen musste −, drückt man den Abzug wie auf der Kirmes.

So würde es mir gehen. Ich war nicht besonders gut mit meiner Mutter ausgekommen.

Ich lud durch.

»Schön locker bleiben«, sagte ich. »Wird schon schiefgehen.«

»Schätz ich auch«, meinte Tierfred.

Es war unheimlich, fremd und kalt, aber irgendwann stumpfte die totale Ereignislosigkeit uns ab. Wir begannen, uns Witze zu erzählen, spendierten uns Zigaretten und pfiffen blöde Liedchen.

Nach etwa einer Stunde sah ich sogar die Schemen einiger menschlicher Köpfe: Wir waren also doch nicht der einzige Zug. Denen ging es nicht anders als uns; als ihnen zu langweilig wurde, spazierten sie ein wenig herum. Ich hörte gedämpftes Gelächter.

Mein Handy brummte nur einmal. Ich fummelte es aus der Oberschenkeltasche meiner Kampfhose.

Kein Empfang.

Wer immer auch versucht hatte, mich anzurufen, war nicht weit gekommen; möglich, dass es an dieser verdammten Kuppel der Finsternis über uns lag. Jedenfalls waren wir von der christlichen Welt isoliert, wie es aussah.

»Herrschaften! Formieren!«, bellte ich sofort. »Und Ruhe ab jetzt.«

»Was ist denn los?«, fragte der Bemalte.

Tierfred hatte sofort eins und eins zusammengezählt. Er hockte bereits und zielte in den schwarzen Himmel über uns.

»Ich hab kein Netz mehr.«

»Ja, und?«

Tierfred ließ die dunkle Wand über uns nicht aus den Augen, als er für mich antwortete: »Kein Netz bedeutet: kein Kontakt nach draußen, Frischling. Das bedeutet wiederum: keine Aufklärung. Und das bedeutet, wir sind am Arsch.«

Plötzlich lag ein Summen in der Luft.

Ich schmeckte etwas Bitteres, Pelziges auf der Zunge und verzog das Gesicht. Die Luft veränderte sich, wurde schwer und knisternd.

Es begann.

Ich fühlte wieder, dass man sich darauf nicht vorbereiten konnte. Die Angst kam einfach, und ich ließ sie zu.

Zehn Meter entfernt flog mit einem sirrenden Geräusch ein Gullydeckel in den Himmel.

Es war ein mindestens siebzig Kilo schweres Stück, das eine Gravur der Stadtwerke trug, aber es schoss in die Höhe wie ein Pappendeckel. Ich lauschte einige Sekunden, aber er schlug nirgendwo auf. Aus dem Loch im Beton stieg fahler Dampf auf.

»Es geht los«, brüllte ich.

»Sag bloß, Schlauberger«, knurrte Tierfred hinter mir.

Vor uns bildeten sich kokelnde Kreise im Rasen, die schnell größer wurden. Es war, als würde jemand mit einer Lötlampe den Boden bearbeiten.

Die Halme schwelten, verglühten dann, und die Erde sackte an diesen Stellen einige Zentimeter ein. Ich sah es überall sanft glühen. Es war ein fast romantischer Anblick.

Aber ich hatte das schon mal gesehen, in einem Waldstück bei Scheveningen, und von Romantik konnte kaum die Rede sein.

»Das sind die Passagen. Aus diesen Löchern werden sie kommen«, sagte ich so sachlich wie möglich.

Einer von uns gab einen Schuss ab. Er schrie dabei irgendetwas.

»Gut gemacht. Der Rasen ist tot«, bemerkte Tierfred.

»Ruhe bewahren«, sagte ich. »Noch ist nichts passiert.«

Als hätte man einen Rasenmäher ohne Auffangkorb eingeschaltet, stoben Erde und Gras in die Höhe. Irgendetwas schaufelte sich rasend schnell aus dem Erdreich.

Der Erste kam.

»Noch nicht«, rief ich. Meine Stimme hörte sich brüchig an.

Dann sprang etwas von der Farbe einer Made aus dem Loch. Etwas, das plump und wuchtig und sauer war.

Wir begannen zu schreien – alle. Auch ich.

Das menschliche Hirn ist eben nicht auf alles vorbereitet.

Es war groß, und es roch nach Scheiße.

Ich sah nicht richtig hin – ich wollte einfach nicht –, aber das Ding sah am ehesten aus wie eine aufrecht gehende, verwachsene Kuh.

Zwei schmutzig braune Hufe stapften einen Schritt auf uns zu.

»Feuer!«

Ich schloss die Augen und zog den Abzug durch, wie auch die anderen. Eine überraschend leise Sinfonie trockener Tacks erklang, als wir loslegten. Der Dämon verwandelte sich in Fetzen. Es zerriss ihn buchstäblich.

Das war die beste Technik, wenn man einen einzelnen Gegner, aber viel Munition hatte. Der Nachteil war nur, dass dies der erste Dämon von wer weiß wie vielen war. Diese Taktik war zwar gut für die Motivation, aber nicht, um durchzuhalten, wenn man nicht kistenweise Geschosse hatte – und Dämonen, die sich hintereinander aufstellten.

Wir starrten auf die blutlosen Brocken fahlen Fleisches, aus denen ein einzelnes schwarzes Horn ragte. Der Gestank von Kot und Pulverdampf war überwältigend.

»Nummer eins«, sagte ich. Der Kadaver begann bereits, sich zu verflüssigen.

»Das steh ich nicht durch«, jaulte der Geschminkte. Sein Gesicht war selbst durch sein kriegerisches Make-up nur als käsig zu bezeichnen.

»Ist klar. Geh doch einfach nach Hause«, grinste Tierfred. »Das Problem ist nur, dass alles, was jetzt das Gelände verlässt, abgeknallt wird.«

Ich nickte bestimmend. »So sieht's aus.«

Irgendwo im Park hörte ich das Zischen der Leuchtrakete, die den Beginn des Angriffs ankündigte. Das bedeutete, die anderen hatten ebenfalls Feindkontakt.

Jetzt kamen wir wirklich nicht mehr raus.

Und die Erde öffnete sich nun überall.

Alle paar Meter stob nun Erdreich empor; farblose, schartige Klauen kamen zum Vorschein.

Manche Dämonen wurden einfach ausgespuckt, landeten aber stets auf ihren Hufen, andere quälten sich wie bei einer Geburt aus dem Boden, aber keiner gab ein Geräusch von sich. Man konnte nun das planlose Gestampfe vieler Kampfstiefel hören, die durchs Zwielicht rannten – und etwas, das nach Befehlen klang, aber zu schrill und panisch war.

Wir bildeten eine tapfere V-Formation, aber ich glaubte nicht, dass wir sie lange halten würden. Ich stand an der Spitze, meine Hände zitterten unkontrolliert, und ich hatte Angst.

Das alles passierte zu schnell.

Diejenigen meines Zuges, die das hier für ein okkultes Picknick gehalten hatten, wurden nun eines Besseren belehrt. Ich hoffte nur, es würde nicht in einer Schlachtplatte enden.

»Munitionsansage«, schrie ich und horchte sofort auf die Stimmlagen meiner Leute.

»Zwei Magazine, vier Granaten«, hörte ich, und: »Sechs Magazine! Keine Granaten!«

Keine Panik, wie es schien. Noch nicht.

Eine Kette ist nur so stark wie ihr schwächstes Glied.

Noch standen wir wie ein Mann – eine Gruppe angespannter Kerle in starren Monturen. Dann hörten wir das Stampfen vieler Hufe durchs Unterholz preschen; sie kamen schnell näher, und nun hoben sie auch zu ihren Schlachtrufen an. Es war ein nasses Blöken, das in einem bestürzenden Knurren endete.

Einige Sekunden später sahen wir eine Front Leiber auf uns zurasen. Es waren Soldaten, keine Dämonen.

Die Männer rannten panisch auf uns zu, sahen unsere Waffen, die wir im Anschlag hatten, und stoben auseinander. Sie waren vielleicht noch fünfzig Meter entfernt; ich konnte leere, blasse Gesichter sehen, aus denen jede Vernunft gewichen war.

»Nicht rausrennen«, schrie ich, »draußen werdet ihr erledigt!«

Man würde sie für Manifestationen halten und durchsieben, aber sie darüber in Kenntnis zu setzen, schien völlig sinnlos. Sie versprengten sich schreiend im Halbdunkel des Geländes.

Hinter ihnen folgten die Angreifer, noch immer nicht mehr als wildes Hufgetrampel, aber ich zählte leise einen Countdown, bis sie in Sicht kamen.

Und sie kamen:

Zehn oder elf Dämonen bildeten die Vorhut. Sie waren allesamt wuchtiger und größer als unsere erste Kuh.

Ihre Augen waren nichts als tiefschwarze, glänzende Löcher unter gewundenen Hörnern, die aus klobigen Schädeln wuchsen. Auch sie gingen aufrecht, wobei sie sich mit ihren Armen am Boden abstützten wie Gorillas. Fetzen irgendeiner Bekleidung schwangen an ihren wulstigen Körpern; Menschenhaut, erkannte ich einige Momente später.

Die Bestien steuerten auf uns zu wie eine gottlose Stampede wahnsinniger Rinder – verdammt, sie *waren* eine Stampede gottloser Rinder – und sie bewegten sich erstaunlich schnell.

Uns trennten noch dreißig Meter von diesen Dingern.

Nur noch dieses eine Mal, schwor ich mir.

»Schießt auf alles, was Hörner hat«, brüllte ich, so laut ich konnte, und die Männer schossen.

Tierfred brüllte etwas wie »Achtung, Ananas« und warf eine Granate in die Mauer heranstürmenden Fleisches. Ich bin mir sicher, dass er lachte.

Der Knall ließ meine Ohren klingeln, aber vier Rinderfressen lösten sich in einer Mischung aus Scheiße, Gedärm und Knochen auf.

Hinter mir schrie jemand, und ich wirbelte herum.

Den Geschminkten hatte es erwischt.

Zwei weitere Löcher hatten sich hinter uns aufgetan; einer der Dämonen stand keine zwei Meter hinter mir; ich konnte mein verzerrtes Gesicht in seinen Augen sehen; das Vieh *hatte* Augen, flackernde Pupillen von schmutzig silberner Farbe, so tief in den Höhlen, dass sie auf Distanz nicht wahrzunehmen waren, und das war kein Verlust. Er bewegte sich nicht. Nur seine schartigen Nüstern sogen zitternd die stinkende Parkluft ein, wobei eine klare Flüssigkeit heraustropfte.

Der andere musste direkt auf meinen Kameraden mit der Camouflage-Bemalung losgegangen sein: Eines der Hörner hatte von hinten seinen Kopf durchbohrt wie ein Küchenmesser eine Pellkartoffel. Mit dem Horn, das anstelle der Nase aus seinem Gesicht ragte, sah er auf bizarre Weise wie ein exotischer Vogel aus, und seine bluttriefende Brust verstärkte diesen Eindruck nur.

Der Dämon versuchte, den Toten abzuschütteln wie eine Stoffpuppe, um sein Horn frei zu bekommen, und Ströme von Blut sprudelten aus dem Gesicht des Toten.

Armes Rotkehlchen, dachte ich zusammenhanglos und riss meinen Dolch aus dem Stiefel.

Tierfred hatte keine Zeit verloren – er leerte ein komplettes Magazin in das Ding, während ich den anderen starr dastehenden Stierkopf ansprang. Ich hörte das kehlige Blöken und sah aus den Augenwinkeln, dass es den Leib des Geschminkten, dessen Namen ich nie erfahren hatte, zerriss. Dann erreichten die Kugeln die Bestie. Ein Schrapnell aus Hornsplittern prasselte an meinen Kevlar-Panzer, während ich betete, dass Tierfred ebenso zielsicher wie sarkastisch war.

Ich hielt ein Horn meines Gegners fest und stieß mein Messer in die sehnige Kehle der Bestie, während sie meine Brust umklammerte, als sie mich auffing wie bei einem Spiel.

Ich wünschte, ich könnte sagen, es schnitt wie ein heißes Messer durch Butter, aber die Haut des Gehörnten war wie Leder.

Ich riss die Klinge scharf nach rechts und hörte ein nasses Geräusch, während mein Atem knapper wurde. Eine schwarze, übel riechende Flüssigkeit ergoss sich eiskalt über meine Unterarme. Aber das Biest fiel nicht und lockerte auch nicht seinen Griff.

War das mein Ende? Ich dachte es.

Der Dämon öffnete seine Schnauze; dicht vor mir sah ich eine Reihe zersplitterter Mahlzähne, zwischen denen verrottetes Gewebe hing. Ich war noch einen Augenschlag vom Paradies der Frömmler oder einem schlichten Tod ohne Empfindungen entfernt.

Ich hörte, wie mein Rucksack geöffnet wurde, dann Tierfreds Stimme hinter mir.

»Hier.« Seine blutbesudelte Hand kam in mein Sichtfeld.

Ich griff zu, stopfte wie wahnsinnig meinen Arm in das Maul des Stierkopfs und spürte die ekelhafte Nässe seiner schwarzen Zunge. Das *Kling!* des abspringenden Rings war kaum zu hören. Ich schloss die Augen und dachte: *Wenn, dann wir beide.* Ich sah die Granate kurz durch den Schnitt in der Kehle der Bestie auf ihrem Weg nach unten.

Viereinhalb Sekunden.

Der Rumpf des Dämons explodierte.

Die Detonation bespritzte mich mit stinkendem, totem Brei, riss mir ein Ohrläppchen ab und beraubte mich meiner Augenbrauen und Wimpern.

Ich stürzte vorübergehend taub zu Boden und erbrach mich. Schlimmer als das war allerdings die Erkenntnis, die ich eine halbe Sekunde vor der Detonation gewonnen hatte: *Kein Himmelstor, wenn ich jetzt sterbe. Nur ereignislose, ewige Schwärze.*

Ich hatte überlebt – für den Augenblick. Aber ich hatte auch etwas in den Augen der Bestie gesehen, bevor diese in einer schwarzgrauen Fontäne verschwanden: Ich glaubte, eine öde, gigantische Wüste zu sehen, ohne Schatten, unter einer blutigroten, alles verbrennenden Sonne, die niemals unterging. Ich sah Kannibalismus, Sodomie und einen Glauben, der stärker als meiner zu sein schien.

Ich hoffe noch immer, dass es nur Einbildung war.

Ich sah das Gemetzel um mich herum ohne Ton, als würde ich einen gewalttätigen Stummfilm in Technicolor sehen, während ich halb lag, halb kniete.

Ein abgerissener Körperteil flog mir vor die Füße; keine Ahnung, ob es ein Arm oder ein Bein war, aber es war menschliches Fleisch. Es war blutig.

Mein Kopf war noch immer mit dem Geräusch der Explosion gefüllt; ich konnte ihn kaum bewegen. Als ich an mir heruntersah, bemerkte ich, dass meine Weste zwar in Fetzen hing, mir aber das Leben gerettet hatte. Das Dämonenfleisch darauf hatte sich beinahe vollständig zersetzt. Ich schloss die Augen und wartete auf meinen Tod – oder darauf, dass der Boden zu beben aufhörte.

Ein Schatten über meinem Gesicht.

Tierfred beugte sich zu mir herunter. Seine Lippen formten Worte, die ich nicht hören konnte.

Er fasste sich an den Kopf, griff dann in seine Tasche und tippte einen Text in sein Handy:

Sorry. Hatte keine Granaten mehr. Schlimm, dass ich eine von dir genommen habe?

»Nein, Arschloch!«, schrie ich.

Unsere Reihen lichteten sich.

Unser Zug war fast vollständig ausgelöscht – geschlachtet – worden. Ich rappelte mich auf; Tierfred stützte mich. Einige Minuten später konnte ich wieder etwas hören, nicht viel, aber es ging.

»Wie viele?«, fragte ich viel zu laut.

»Alle, mein Lieber«, erwiderte Tierfred. »Das Problem ist aber ein anderes.«

»Was denn wohl?« Mir war alles egal. Wir waren die Einzigen, die noch lebten, zumindest aus unserem Zug. Aber ich sah auch niemanden sonst: keine Soldaten, keine Dämonen.

Tierfred machte ein ernstes Gesicht. »Im Süden des Parks ist ein Heerführer. Ein Berserker, wie es aussieht.«

»Unmöglich!«, blaffte ich. »Die gibt es nicht. Das sind nur Figuren auf Wandteppichen und Steintafeln. Gäbe es die, wären wir schon tot.«

Es existierten Berichte über diese legendären Führer der Dämonenheere, aber gesehen hatte noch niemand einen. Und die Schilderungen erschienen unglaubwürdig. Muskelberge, Fleischfresser, dazu baumlang, geboren, um zu kämpfen. Sie erschienen zu *physisch*, um zu existieren.

»Wenn wir uns nicht endlich bewegen, sind wir das auch. Außerdem gibt's ja wohl auch die anderen«, sagte er ungerührt und ließ seine Hand über die Leichen schweifen, als wären wir in einer Commercial-TV-Show. Das alles schien ihm wenig auszumachen.

»Ich für meinen Teil werde den Kollegen jetzt mal suchen. Ich verrecke lieber hier als am Randstreifen von diesem beschissenen Park, wenn's recht ist. Obwohl ich lieber am Randstreifen krepier als zu Hause.«

»Ich sterbe lieber irgendwann bei mir im Bett, entschuldige bitte«, sagte ich.

Er lachte meckernd.

»Irgendwann wäre echt gut. Ich habe Krebs«, lächelte er. »Bauchspeicheldrüse. Mein *irgendwann* ist demnächst. Da mische ich doch lieber ein paar von dem Pack auf und gebe dabei den Löffel ab. Eine Frage des Stils, oder?«

Ich hatte ihn für jemanden gehalten, der die Ironie in Clint-Eastwood-Streifen nicht verstand und deswegen immer an vorderster Front war. Ich hatte mich geirrt. Er trug seinen eigenen Dämonen in sich.

»Den Berserker kriegen wir nicht mit unseren Waffen«, sagte ich, »da müssen wir mit dem sakralen Hokuspokus loslegen. Immer vorausgesetzt, es gibt ihn.«

»Jap. Immer vorausgesetzt.«

Wir entleerten unsere Rucksäcke auf den Rasen.

»Hostien«, murmelte Tierfred verstimmt. »Ob der Berserker auch 'n Tässchen Kaffee dazu will?«

»Stimmt. Bringt nichts. Hier!« Ich hatte das gute Zeug entdeckt. Sacrapacs.

Ich hatte die Dinger noch nie ausprobiert; bisher war stets überlegene Feuerkraft Trumpf gewesen – oder ein handfester Exorzismus, den ich jedoch nicht beherrschte.

Sacrapacs waren unter Druck stehende, innen beschichtete Leinenbeutel, die mit einer kleinen Reißleine versehen waren. Im Inneren waren angeblich Splitter vom Kreuze Jesu, Ascheteilchen des Leibes Franz von Assisis sowie verschiedene Gewürze und geweihte Edelholzspäne. Fest stand: So ein Pac war teuer wie die Sünde, und wir wussten nicht, ob es was brachte. Eine Frage des Glaubens, mit dem es bei mir nicht mehr zum Besten stand.

»Mir wäre es am liebsten, hiermit zu arbeiten«, sagte er und klopfte auf den kantigen nachtschwarzen Korpus seiner Uzi.

»Hast du überhaupt noch Munition?«

Er fabrizierte wieder sein typisches Lächeln und zog mehrere Magazine aus den Taschen.

»Spare in der Zeit, dann hast du in der Not.«

»Trotzdem: Wir brauchen mehr Sacrapacs«, sagte ich.
Ein Sperrfeuer brachte uns vielleicht etwas Zeit; retten würde es uns kaum.
Wir plünderten die Rucksäcke der Toten.
Dann begaben wir uns in den gefährlichsten Teil der Düsternis.

Unser Kompass wies uns den Weg nach Süden.
Der Park war nicht wirklich riesig, aber wir hatten nichts über ihn recherchieren können, und das wabernde Zwielicht ließ keinerlei Einschätzungen zu. Ich wünschte, ich hätte rasch ins Internet geschaut. Jede Baumgruppe sah gleich aus, bei keiner Parkbank konnte man sicher sein, sie nicht schon passiert zu haben. Aber trotzdem: Wir waren auf dem richtigen Weg. Ich *glaubte* es.

Tierfred pfiff. Wie üblich schien ihn das alles nicht im Geringsten zu stören.

Ich hingegen spürte meinen eigenen inneren Kompass. Eine schwer fassbare Panik potenzierte sich Schritt um Schritt, während wir uns weiter durch die Grünanlagen arbeiteten.

»Halt!«, sagte mein Mitstreiter. »Hörst du das?«
Schüsse.
»Wir müssen fast da sein.«
Ich vernahm ein lautes, splitterndes Knacken, gefolgt von einem berstenden Rascheln protestierenden Laubs.

Aus einer Baumkrone etwa dreißig Meter voraus kam plötzlich etwas auf uns zugeschossen.

Tierfred zauberte sofort seine Uzi ans Licht, riss sie nach oben ...

... aber was da mit dem Geräusch einer platzenden Melone vor uns aufschlug, war keine Gefahr. Nicht mehr, und für uns nie gewesen.

Ein toter Soldat. Irgendetwas hatte ihn vom Schlüsselbein bis zu den Hoden auseinandergerissen wie ein Brathähnchen, und alles schussfeste Material und aller Glauben hatten ihn nicht davor bewahren können. Seine linke Körperhälfte war bizarr abgespalten, und seine Därme hingen an ihm wie nachlässig angelegte Hosenträger. Wenig Blut. Er musste viel von sich in den starren Ästen der Baumkrone gelassen haben.

Was auch immer das gewesen war, hatte die Kraft, einen Menschen in Kampfausrüstung wie einen Hummer zu knacken und durch die Luft zu schleudern wie ein Spielzeug.

Wir waren da.

Er stand in der Mitte einer diesigen Lichtung.

Das Loch, das ihm den Weg nach oben bereitet hatte, war gigantisch; es war ein Krater, groß genug, darauf ein Haus zu bauen. Die Erde wies verschiedene Stufen der Verbrennung auf; wo er stand, war sie dampfend schwarz, am äußeren Rand glomm sie noch.

Seine rauchschwarze Haut war über und über mit Narben bedeckt.

Die Nackenmuskulatur arbeitete; ich konnte nicht erkennen, warum, denn sein Rücken war uns halb zugedreht, aber ich sah die rollenden Bewegungen unter dem Zopf krauser schwarzer Haare.

Er existierte.

Ein Berg von Fleisch, geboren, um Dämonen in die Schlacht zu führen.

Zähne und Muskeln. Zähne und Muskeln. Etwas anderes konnte ich nicht denken.

Ein Berserker.

Er musste sich nicht wie ein Primat mit den Außenflächen der Hände am Boden abstützen; er schien proportioniert wie ein übermäßig muskulöser Mensch, wenn man von seiner Furcht einflößenden Größe absah.

»Acht Meter, schätz ich«, flüsterte Tierfred, und zum ersten Mal glaubte ich, so etwas wie Angst in seiner Stimme zu hören.

Ich wollte etwas sagen, doch meiner Lunge entwich nur ein schwaches Pfeifen. Meine Panik lähmte mich. Dann drehte der Berserker seinen Oberkörper; sehr unelegant, aber das unglaubliche Muskelspiel ließ mich zittern. Ich wollte nicht hinsehen, konnte jedoch nicht anders.

Der Berserker fraß die Überreste der Soldaten; seine Augen leuchteten rot wie die Positionslichter einer Landebahn, nur dass sie nicht in die Sicherheit festen Bodens wiesen: Sie führten direkt in echtes Verderben, wenn man zu lange hinsah.

Wenn er abgebissen hatte, warf er die Körper über die Schulter fort. Eine weitere Leiche krachte durch das Laub eines Baumes.

Tierfred eröffnete wortlos das Feuer. Gras spritzte hoch, und der Berserker drehte den Kopf zu uns.

Wir sahen in das entstellte, schuppige Gesicht eines uralten Kriegers, ein Antlitz, frei von jedem Zweifel, jeder Glaubensfrage.

So viele Zähne.

Ich wuchtete mich hoch und rannte auf die Lichtung zu.

Der Dämon zuckte nicht mal, als ihn die Garben trafen. Er würgte nur ein Grollen aus der Kehle hoch, wobei Fasern menschlichen Fleisches vor seinen Lefzen wehten wie Flaggen.

Tierfred überholte mich und lud währenddessen seine Maschinenpistole nach. Sein Blick war entrückt; er war seinem Ziel sehr nah.

Ich schwöre, dass der Berserker lächelte, als er sich mit einem donnernden Satz auf Tierfred zubewegte. Mein Kamerad schoss erneut. Eine abgehackte Folge donnernder Laute aus der Kehle des Monsters war die Folge.

Dieser schwarze Albtraum lachte – es klang wie ein herannahendes Gewitter –, und Tierfred stimmte ein. Er lachte leiser, aber das änderte nichts daran, dass *sein* Lachen mich mehr ängstigte.

Das belustigte Gekreische meines Kameraden verstummte abrupt, als eine Klaue von der Größe einer Schubkarre die Luft zerschnitt und Tierfred den Kopf vom Rumpf riss.

Er stand noch eine Sekunde regungslos da.

Dann fiel er einfach um.

Ich riss ein Sacrapac auf, und ein Duft aus Weihrauch und Blüten erfüllte die Luft.

Es roch ein wenig wie Weihnachten, nur strenger.

Der Dämon schluckte Tierfreds Kopf wie eine Beere; ich hörte ein Knacken, als er daraufbiss.

Ich schleuderte das Pac gegen den Berserker, es machte großartig PUFF, als es auftraf und platzte.

Flirrender Staub, ein ziemlich angenehmer Duft, das war's.

Nichts passierte.

Glühende Wut in seinen Augen, als er sich auf mich zubewegte, wobei seine hässlichen Füße Löcher von beträchtlicher Größe hinterließen.

Ich betete still. Das Ende war nah.

Ich war an den Postkasten gegangen, wie alle, die nun hier im Park verwesten. Jetzt bekam ich meine Quittung. Keine Ahnung, ob ich der letzte Überlebende war, aber wenn, war es nicht tröstlich.

Die Pranke des Dämons kam näher, bis sie vor mir schwebte wie eine faltige Wand; ich sah die gelben, scharfkantigen Fingernägel und nahm einen Geruch nach Fäulnis und Erde wahr.

Ich schloss die Augen.

Das Nächste, was ich hörte, war ein kreischendes Geräusch, gefolgt von einem jaulenden Zischen. Ich glaubte, vertrauten Pulverdampf zu riechen.

Dann löste sich die lederne Klaue vor mir in schwarzen Fleischnebel auf.

Hinter mir brach ein Jeep durchs Unterholz; der Bischof hielt ein Megafon in der einen Hand, während er sich mit der anderen am Überrollbügel festklammerte. Sein Fahrer, ein dünner Mann in der Kleidung eines gemeinen Pfarrers, sah nicht sehr glücklich aus.

»*Deum Creatorem, venite adoremus!*«, hörte ich die blecherne, aber feierliche Stimme des Bischofs.

Seine Soutane wehte, als ein zweites Geschoss die Panzerfaust des Soldaten verließ. Er lag verzurrt auf der Motorhaube und wirkte hoch konzentriert.

Der Kopf des Berserkers, keine fünf Meter von meinem eigenen entfernt, zerbarst in überirdisch orangefarbenem Feuer. Ich schrie wie am Spieß, als die Bestie vor mir zusammenbrach. Wäre sie nach vorn gekippt, hätte sie mich begraben. So aber konnte ich noch einen Blick auf ein Stück gesplitterten Rückgrats erhaschen, das fahl aus dem Halsstumpf ragte wie ein verkrüppelter Baum. Der Boden erbebte, als der getötete Berserker aufschlug.

»Du lebst, mein Sohn!«, rief der Bischof.

Er stieg vom Jeep und legte mir seinen Arm über die Schulter.

Ich roch Alkohol in seinem Atem.

»Mein Akku war leer. Ein Problem irdischer Technik«, sagte er onkelhaft.

Das also war der Grund gewesen, warum mein Handy nur einmal gebrummt hatte.

Das war der Grund, warum wir von den Dämonen überrannt wurden, ohne vorher gewarnt worden zu sein. Eine Sekunde lang stellte ich mir vor, was meine Faust gegen dieses überkronte, fromme Lächeln unternehmen konnte.

»Dein Ohr sieht gar nicht gut aus«, erwähnte er beiläufig, »aber wir haben das Böse besiegt. An vielen Orten befinden sich die Dämonen auf dem Rückzug.«

Ich sah zum Kadaver des Berserkers hinüber.

»Geweihte Geschosse«, erriet der Geistliche meinen Gedanken, »und zwar vom Heiligen Vater persönlich. Die Projektile mussten speziell graviert und gesegnet werden. Ein Hubschrauber hat sie erst vor einer Stunde gebracht.«

Ich schaute auf die Uhr.

Seit dem Beginn der Angriffe waren sechsundvierzig Minuten vergangen.

Tatsächlich kam es nicht mehr zu Übergriffen oder Invasionen. Die Dämonen verschwanden, aber es gab noch immer Vorfälle verschiedenster Art. Erscheinungen und gewisse Phänomene, die beunruhigend, aber nicht lebensbedrohlich waren. Die Menschen nahmen sie hin und behandelten sie wie Nachbeben: unheimlich, aber definitiv als abklingend zu betrachten.

Wie Zahnschmerzen, die pochend, aber nicht so schlimm wie vor der Behandlung waren.

Nach und nach würde das alles verschwinden.

Der Bischof wurde zum Papst bestellt. Sowohl der Orden, den er verliehen bekam, als auch die live im Fernsehen übertragene Zeremonie hatten etwas erstaunlich Militärisches.

Ich gab meine Ausrüstung zurück. Man verpflanzte mir etwas Gewebe vom Hintern an mein zerfleddertes Ohr und wies mich nachdrücklich darauf hin, dass es in meinem Falle keine Exkommunion geben würde. Ich war ein Diener Gottes bis zum Ende meines Lebens und hatte das Recht, wie ein Priester bezahlt zu werden, beschied man eilig. Der Preis hierfür, wenn man davon absah, dass ich sowieso keine Wahl hatte, war meine Bereitschaft, für Ordnung zu sorgen. Stimmt, sie kauften mich.

Ich war von Gottes Kanonenfutter zu einer Art Putzfrau des Okkulten geworden.

Für immer.

Das gelbe Garn verschwamm allmählich vor meinen Augen, und ich gönnte mir etwas Ruhe, indem ich einnickte.

Der Tag war fast gelaufen, als ich für eine Sekunde die Silhouette des Pfarrers hinter Milchglas sah, bevor er ohne anzuklopfen eintrat.

»Ich hab was für Sie«, lächelte er.

Mein Blick zur Wanduhr entging ihm nicht, aber er ignorierte ihn.

»Wo?«

»Möbelhaus«, sagte er.

»Und was?« Ich war mäßig beeindruckt.

Er legte den Kopf schräg. Wenn er belustigt war, hatte er sich gut im Griff.

»Eine kleine, aber lästige Manifestation. Nichts Bedrohliches, aber ernst genug für den Geschäftsführer des Ladens.«

Komiker.

Ich öffnete meinen Schreibtisch und entnahm ihm meine Ausrüstung. Eine Gaspistole, ein Kruzifix, eine Art Sprüchebuch, das ich Best of Bibel nenne, und ein Sacrapac, die große Wundertüte für Jungs.

Mein Volvo hatte einen guten Tag. Er sprang an. Lobet den Herrn.

Es war bereits dunkel, als ich den Wagen auf den Parkplatz des Möbelgiganten lenkte.

Ich griff mir den Schlüssel, den man mir gegen eine Unsumme von Unterschriften überlassen hatte, und entriegelte die Tür des Personaleingangs. Es roch nach Holz, Putzmittel und kaltem Kaffee.

Ich durchschritt langsam den schmalen Gang, vorbei an den Werbepostern, und spähte kurz in den Personalraum.

Ich mag diese Szene-Möbelbuden nicht besonders; wer einem eckigen Stück Holz, das zur Zerteilung von Fleisch vorgesehen ist, einen anderen Namen gibt als »Hackbrett«, hat für mich ein Problem mit der Wahrheitsfindung.

Im Halbdunkel des Aufgangs, der neben der Stempeluhr nach oben führte, sah ich mich um.

Ich spürte allmählich, dass mein Biorhythmus auf Feierabend pochte, und gähnte herzhaft.

Der Parcours begann. Die übliche inquisitorische Einbahnstraße, die mich zwang, auf vorbestimmtem Weg durchs komplette Gebäude zu latschen.

Welcher Typ war dafür zur Rechenschaft zu ziehen, dass ich bunte Plüschschlangen namens »Snögg« passieren musste, ohne es zu wollen? Das hier war buchstäblich eine Geisterbahnfahrt durch eine Welt voller Pressspan und unaussprechlicher Namen.

Ich knipste meine Taschenlampe an – die gute alte MAG-LITE warf einen grellen Kegel über meinen Weg, aber das machte es nicht aufregender.

Schweigen in der Bettenabteilung.

Büromöbel: Nada.
Pflanzenwelt? Kein Bild, kein Ton.
Dann roch ich es. So unerheblich die hier hausende Manifestation auch sein mochte: Der Geruch machte mir Angst. Es war ein ranziger, alter Gestank; nicht so krass wie damals im Park, aber stark genug, um mich schaudern zu lassen.
Denn eine Komponente dieses Gestanks kam mir bekannt vor.

Hinter mir polterte etwas zu Boden.

Ich wirbelte herum, während ich mein Kruzifix aus meinem Jeanshemd wurschtelte, kam zu Fall und riss dabei eine Anrichte »Guddföllöt« um, wie das vorbeisegelnde Schild mir verriet.

Da!

Eine fahle, übel riechende Gestalt stieg vor mir auf, ich richtete meine Lampe darauf wie eine Waffe.

Die Manifestation schwebte über mir.

Es war das personifizierte Böse.

Ich konnte keine Gnade erwarten, aber das tat ich nie.

Die MAG-LITE zeigte mir die Details nur zu genau: den starren, bösen Blick, die lackierten Fußnägel, das Frotteekleid mit den Seerosen, den abgenutzten Schrubber.

Es war meine Mutter.

»WEICHE!«, schrie ich, und sie lachte hohl.

Ich hasse diesen Job wirklich.

Strangers in the Night

Der Mann im schwarzen Sweatshirt war schon lange unterwegs. Er hätte die Autobahn nehmen können, aber das widersprach seinen Prinzipien: Ein Mann sollte entspannt reisen, mit annehmbarer Geräuschkulisse und abwechslungsreicher Umgebung.

Obwohl sein Arbeitstag noch nicht zu Ende war, lächelte er. Er liebte seinen Job, auch wenn er den Terminus »Job« für seine Tätigkeit mindestens so banal fand, als würde man Picasso einen Anstreicher nennen.

Es rumpelte wieder, diesmal unterm rechten Vorderrad. Der CD-Player war gut; trotz der Erschütterung sang Sinatra unbeirrt weiter.

Dennoch verdrehte der Mann die Augen. Dieses ständige Gerumpel lenkte ihn einfach ab.

Frank Sinatra war der Gott der *Crooner*: Ein Sänger, der vierzig Jahre sein Publikum hatte bedienen können, wenn man von dem kleinen Absacker Mitte der Fünfzigerjahre absah.

Sinatra war einer der wenigen Künstler – der wenigen Menschen überhaupt –, für die er sich erwärmen konnte.

Er war auch der einzige Sänger, bei dem es wenig Sinn machte, im Auto mitzusingen. Man kam sich einfach unzulänglich vor, wenn man versuchte, bei *Ol' Man River* mitzuhalten.

Was er im Alter an Höhen verloren hatte, war ihm an Tiefen zugefallen, und selbst in seinen Sechzigern war Frank Sinatra brillant

gewesen, weil er sein Repertoire diesen Veränderungen angepasst hatte.
Ja. So war er gewesen. Gut bis zum Schluss.
Was den Spaß minderte, waren die üblichen Erschütterungen, die alle paar Kilometer durch den Wagen fuhren; daran war allerdings nichts zu machen.

Wieder einmal registrierte der Mann befriedigt, dass der Wagen nach all den Jahren noch immer mild nach Leder roch.
Manche Dinge werden einfach nicht alt, dachte er lächelnd.
»Letztendlich bleibt alles gleich«, murmelte er.
Die anbrechende Dämmerung tauchte die Landschaft in ein milchiges Orange, und die Welt erschien ihm perfekt, obwohl er wusste, dass dem keineswegs so war.
Trotzdem konnte er sich immer wieder für den Anblick des vergehenden Tages begeistern; es war ein fließender, harmonischer Vorgang, den niemand außer ihm zu würdigen schien.
Nicht, dass er erwartete, in der FAZ: »Exklusiv: Heute wieder Sonnenuntergang!« zu lesen, aber es war doch ein beruhigendes und imposantes Beispiel dafür, wie gut der Kreislauf der Dinge funktionierte.
Ihm lag viel daran.

Das Summen des kleinen Faxgerätes fiel in den Instrumentalteil von *Fly me to the Moon*, aber das war nicht weiter tragisch, denn es bedeutete Arbeit.
Es folgte das gleitende Geräusch des kleinen, emsigen Messers, welches das Blatt von der versteckten Rolle trennte.
Man hatte wieder was für ihn; er wusste nicht, wie oft er schon Arbeit mit nach Hause genommen hatte, und es war ihm egal.
Er machte seine Sache schon so lange, dass es sowieso kaum eine Trennung zwischen Arbeit und Vergnügen gab: ein fließender Übergang wie das anbrechende Zwielicht draußen.

Er stand an der Spitze seines Berufsfeldes. Nein, er *war* die Spitze! Der König der Außendienstler. Die grüne Diode am Faxgerät, das dezent in die hölzernen Armaturen eingelassen war, erlosch. Der Mann nahm den Streifen und las. Draußen begann es, sachte zu regnen.

Diesmal erwischte es den linken Vorderreifen. Es war, als würde man über einen kleinen Karton fahren, der mit Steinen gefüllt war. Er zerknüllte das Papier, ließ die Seitenscheibe heruntersurren, und die knitterige Kugel wehte in die anbrechende Nacht.

»Thermopapier«, sagte er. Thermopapier vergilbte schnell, wenn die Sonne darauffiel. Die Schrift verblasste; alles, was blieb, war das Papier selbst; was es wichtig machte, verschwand.

Er warf einen Blick auf den kleinen Monitor über dem CD-Spieler.

Nach einiger Zeit tauchte im Dunkeln ein Warndreieck auf.

Einige Hundert Meter weiter sah er einen Wagen, die Warnblinklichter eingeschaltet, was dem Schauplatz der Panne das Aussehen einer nächtlichen Miniaturkirmes gab.

Der Mann drosselte Sinatras Stimme etwas, schaltete herunter und näherte sich langsam. Am Heck des Autos war die gebeugte Silhouette eines kleinen Mannes zu erkennen, der sich abstützen musste.

Der Wagen selbst ragte in einem flachen Winkel aus dem Graben, als wolle das Fahrzeug ins Erdreich abtauchen. Ein Hinterrad drehte sich träge – der Unfall war soeben erst passiert.

Als er den herannahenden Wagen entdeckte, riss der Mann am Heck den Arm hoch. Die schwarze Limousine verlangsamte und stoppte.

Eigenartig, dachte der kleine, durchnässte Mann. Er hatte die Marke des herannahenden Fahrzeugs nicht erkennen können und es auf den Regen geschoben, der diesem Abend eine zusätzliche Komponente der erschwerten Wahrnehmung beschert hatte.

Aber jetzt, als der Wagen stand, war noch immer kein Typ auszumachen. Mercedes?

Die Länge der Karosserie sprach dafür: Was er sah, waren mindestens sechs Meter tiefschwarzes Metall, aber der übliche Stern war nirgends zu entdecken.

Im Inneren der Limousine verstummte Frank. »Mach's gut, alter Knabe«, grinste der Mann den CD-Spieler an und stieg aus.

Er ging direkt auf den nassen Mann zu; sein Lächeln eilte ihm voraus. »Guten Abend. Sie haben ein Problem, hm?«, sagte er mit einer kleinen Geste auf das verunfallte Fahrzeug.

»Danke, dass Sie angehalten haben. Das passiert nicht oft. Ich muss die Karre wohl rausziehen lassen – und dafür brauche ich ein Telefon. Irgendwie hab ich nicht das Gefühl, dass an dieser Straße irgendwo Notruftelefone stehen.« Sein Mantel hing an ihm herab wie eine nasse Zeltplane. Er zog eine freudlose Grimasse, sein Gesicht gekalktes Pergament unter teuren Brillengläsern.

»Dieses Gefühl trügt Sie nicht«, sagte der Mann im Sweater, während er den Reißverschluss hochzog.

»Diese Straße ist sehr lang und sehr ... einsam.«

»Mir ist schlecht geworden«, sagte der nasse Mantel und streckte seine Hand vor. »Koch. Knut Koch.«

»Hocherfreut«, erwiderte der Mann im Sweater schlicht und ergriff die kalte Hand.

»Sie haben nicht zufällig ein Handy dabei, Herr ...?«

»Nein. Bedaure. Aber ich kann Sie mitnehmen.« Sein Blick fiel auf das vermeintlich abtauchende Auto. »Genau genommen muss ich sogar. Ich kann Sie schlecht hier stehen lassen, was?«

Koch blickte sehnsüchtig in den Innenraum der schwarzen Limousine, der von einem diffusen Leuchten erfüllt war.

»Das wäre fantastisch.«

»Und absolut erforderlich«, nickte der andere ernst.

Das Leuchten im Innenraum der Limousine rührte von einer großen Anzahl technischer Geräte her, stellte Koch fest. Er sah eine ziemlich gute Musikanlage, eine Menge glimmender Knöpfe und Monitore, die wie Navigationssysteme aussahen.

Alles war geschmackvoll in die Armaturen integriert; zum Fahrer des Autos passte es dadurch allerdings nicht besonders.

Sein Retter war ein Mann unbestimmbaren Alters, mit einem Gesicht, das wie dafür geschaffen schien, unverzüglich wieder in Vergessenheit zu geraten.

»Wow! Das nenne ich Komfort. Sind Sie Vertreter oder so was?«

»Nein«, lächelte der Fahrer, drückte einen der glimmenden Knöpfe und fragte dann: »Mögen Sie Sinatra?«

Koch wollte nicht unhöflich sein; er wählte die freundliche Variante von Ehrlichkeit.

»Ich mag Country. Aber meine Frau ist ein Fan von Frankieboy. Sie hört immer My Way, wenn sie näht.«

Das Gesicht des Mannes am Lenker verzog sich fast unmerklich – aber eben nur fast.

»Sinatra hat das Stück gehasst. Er fand es zu schwülstig und aufgesetzt. Außerdem besingt er damit quasi seinen eigenen Tod.« Er schüttelte leicht den Kopf und sah Koch direkt an. »Und er hat garantiert nicht solche pathetischen Verse von sich gegeben, als er starb.«

»Wohl kaum«, nickte Koch unbehaglich. *Wahrscheinlich hatte er auch nicht New York, New York beim Scheißen gesungen*, dachte er trotzig, aber war das ein Grund, sich angegriffen zu fühlen? Er hatte es hier weniger mit einem Fan als mit einem Fetischisten zu tun, ging ihm auf.

Die Limousine rollte an. Es war kein Motorengeräusch zu hören. Das war auch nicht zu erwarten gewesen; der Wagen musste sündteuer gewesen sein; die Fahrerkabine hatte eher etwas von einer eleganten Lounge.

»Na ja«, meinte der Fahrer, jetzt wieder ganz der gute Gastgeber,

»wenn's für Sie in Ordnung ist, lassen wir Mister Sinatra für sich selbst sprechen.«

Während er dies sagte, hatte die Musik bereits eingesetzt; von *wenn's für Sie in Ordnung ist* konnte also kaum die Rede sein – aber Knut Koch war dankbar, im Warmen zu sitzen, egal ob ein Liebhaber antiquierter Swingrelikte den Wagen lenkte oder nicht.

Koch fühlte sich nicht besonders. Das war auch der Grund, warum sein Auto nun eine Rampe für reisewillige Kröten geworden war, statt mittlerweile in der Garage zu stehen, während der Motor knackend auskühlte. Ihm war grottenschlecht geworden, dann schwarz vor Augen.

»Könnten Sie mir sagen, wie spät es ist? Meine Frau macht sich bestimmt Sorgen.«

Der Mann in der Kapuzenjacke berührte kurz den kleinen Monitor über dem CD-Schacht, und eine erdrückende Kolonne kobaltblauer Ziffern erschien.

»Alles noch im Rahmen.«

Koch stellte irritiert fest, dass das Display eine Menge Zahlen anzeigte. Er konnte allerdings nicht ausmachen, wie spät es denn nun war.

»Interessante Uhr. Funkgesteuert?«, fragte Koch.

»Ja. Ein unerlässliches Arbeitsmittel.«

Koch wunderte sich: ein Auto voller Hightech-Schnickschnack, aber kein Telefon? Und die effektive Uhrzeit? Mit dem Kerl zu reden war, als würde man einen Pudding an die Wand nageln.

Eine Zeit lang glitten sie einfach nur so dahin; Koch war nicht in der Lage, festzustellen, wohin sie fuhren.

Oder wo sie waren.

Irgendwo an der Front des Fahrzeugs rumpelte es.

Kochs Zähne schlugen durch die Erschütterung leise klickend aufeinander.

»Oho«, sagte er, »Schlagloch.«
Der Fahrer hatte den Blick starr auf die Straße gerichtet, die dunkel vor ihnen lag, als er antwortete.
»Ein Hase.«
Koch lachte nervös meckernd auf. »Unsinn.«
»Es war ein Hase. Das passiert andauernd.«
Die Stimme des merkwürdigen Fahrers war tonlos, fast gelangweilt; trotzdem – oder gerade deswegen – glaubte Koch ihm.
Die Bestätigung dafür bekam er durch den entspannten Blick des Fahrers, den dieser ihm nun zuwarf.
Koch hatte darüber hinaus noch etwas festgestellt: Er konnte sich das Gesicht des Mannes mit dem Kapuzensweater nicht einprägen, sosehr er es auch versuchte.
Er sah ihn an, betrachtete das glatte, nichtssagende Gesicht des Mannes, sah das dunkle, kurze Haar und fast schwarze Augen – und wenn er wieder aus dem Fenster blickte, erlosch das Bild sofort. Übrig blieb ein wabernder schwarzer Fleck über einer Baumwolljacke mit Kapuze, aus der zwei Kordeln baumelten.
Irgendetwas war nicht in Ordnung. Ganz und gar nicht. Und es hatte nichts damit zu tun, dass Sinatra *My Way* verabscheut hatte. Es hatte vielmehr mit toten Hasen, verblassenden Gesichtern und blinkenden Uhrzeiten zu tun. Uhrzeiten aus vielleicht allen Zonen der Welt, von denen Knut Koch sich nicht vorstellen konnte, welchen Nutzen sie auf einer dunklen, sich scheinbar nicht verändernden Landstraße boten.
»Machen Sie sich mal keine Sorgen«, unterbrach der andere seinen Gedankenstrang, »wir sind bald da.«
Erneutes Poltern.
Sinatra intonierte *One for my Baby*, der Mittelstreifen der nächtlichen Fahrbahn tauchte auf, verschwand unter dem Fahrzeug, erschien wieder, verschwand ...
»Noch einer. Hasen sind verhältnismäßig dumm«, sagte der Fahrer.
Koch schwieg. Er vermied es, rüberzusehen. Er vermied es auch, Fragen zu stellen. Er wollte keine Antworten.

»Sie können es nicht abwarten. Ein Tier differenziert nicht zwischen müssen und können. Optionen scheinen völlig an ihnen vorbeizuziehen. Wirklich, Herr Koch: Die Biester peilen es nicht. Menschen schon. Ist auch gut so. Was wäre es sonst für ein Tohuwabohu, oder?«

Koch nickte zum Fenster hinaus. Es war immer noch die gleiche Straße, gesäumt von den vorbeihuschenden Schemen irgendwelcher Bäume.

So fuhren sie weiter und weiter.

Gelegentlich war ein dumpfes, kurzes Knacken zu hören, wenn wieder ein Tier unter die Räder geraten war, aber ansonsten war nichts zu vernehmen als Frank Sinatras Stimme.

Die Straße veränderte sich nicht, solange sie lautlos durch die Nacht glitten.

»Meine Frau wird mich suchen. Sie hat sicher schon die Polizei angerufen«, sagte Koch irgendwann. Seine Stimme gab dabei nicht vor, trotzig oder wütend zu sein. Sie klang einfach nur müde.

»Machen Sie sich keine Gedanken wegen Ihrer Frau. Sie ist im Bilde. Das Schlimmste ist vorbei.«

In der Ferne war ein gleißender Punkt zu erkennen. Es war unmöglich, zu schätzen, ob es ein Stern oder ein entgegenkommendes Fahrzeug war.

Nur: Für einen Stern war es entschieden zu nah an der Straße, und Autos waren ihnen schon lange keine mehr entgegengekommen.

Genau genommen überhaupt nicht.

»Was passiert mit mir?« Über Kochs Denken hatte sich eine dunkle Schablone der Hoffnungslosigkeit gelegt; er wusste es.

Die eine Frage, die man niemals – und niemandem – stellt, wird letztendlich doch immer beantwortet.

»Die Frage sollte lauten: Was ist mit Ihnen passiert? Die Vergangenheitsform erscheint angebracht.«

»Ich hatte einen Unfall. Eine absoluteBagatelle.«

Warum fahren wir hier stundenlang diese Straße entlang? Ich benötige ein Telefon, keine Belehrungen über verbale Spitzfindigkeiten, oder nicht?« Koch rieb sich die Augen und fügte dann sinnlos hinzu: »Ich bin im ADAC.«

Der helle Punkt war etwas größer geworden; er strahlte in den Nachthimmel, glaubte Koch zu beobachten.

»Wir sind gleich da«, erwiderte der Mann, dessen Gesicht nun auch waberte, wenn man genau hinsah. Im Rückspiegel reflektierte dieses Wabern, bemerkte Koch, und in der verschwimmenden Schwärze spiegelte sich der gleißende Punkt, der nun zu einem winzigen Viereck angewachsen war.

»Zu Ihrer zweiten Frage: Wir sind nicht stundenlang unterwegs. Aber das ist auch schwer einzuschätzen, wenn man Landstraßen befährt, oder?«

Koch hatte zu weinen begonnen. Nicht dass er traurig gewesen wäre, zumindest nicht um seiner selbst willen. Er war verzweifelt, weil andere seinetwegen hatten wehklagen müssen. Die Tränen flossen seine Wangen hinab, salziges Sekret auf pergamentener Haut. Haut, die keine Sonne mehr kannte, seit ... Wie lange?

»Vier Monate«, kam es aus der Schwärze über der Kapuzenjacke.

Der Wagen verlangsamte sich.

Das Viereck, sah Knut Koch nun, war eines von zwei hohen Toren.

Während das Rechte so hell war, dass man nicht hineinsehen konnte, lag das andere im Dunkel.

Vor dem hellen der beiden Portale sah er Gewusel. Ein Marschieren vieler kleiner Beine.

Ganze Scharen von Kaninchen, Igeln und Fasanen bewegten sich auf das strahlende Portal zu.

Hier und da war auch die buschige Rute eines Fuchses zu erkennen, der unsicher auf die Öffnung zutapste.

»Fabeln. Der totale Blödsinn. So clever sind Füchse nun auch wieder nicht«, kam es trocken aus dem Wabern.

Der Player spielte Angel Eyes, Franks große Abschiedsnummer.
Das Tor ins Licht verschluckte die Tiere gruppenweise, sah Koch. Gerade noch waren sie da, dann verschwanden sie einfach. Die verbleibenden Tiere rückten eifrig nach. Koch schätzte sie auf einige Hundert.

»Angel Eyes, genau. Nicht My Way. Angel Eyes hat Sinatra echt geliebt«, sagte Kochs Chauffeur.

»Was war es?«, fragte Koch. Er konnte nicht anders.

Dem fahrenden Mann war klar, dass er nicht den Song meinte.

»Ein Blutgerinnsel. Es hat klick gemacht. Als würde man das Licht ausschalten.«

Koch entstieg dem Wagen.

Es war sehr kalt, selbst in der Nähe des Tores.

Er ging darauf zu; dann vernahm er das Geräusch eines elektrisch heruntergleitenden Fensters.

»Koch!«

Er drehte sich um.

»Sie waren nicht übel. Nicht so wie Sinatra, aber nicht schlecht. Gefasst. Nehmen Sie das rechte Tor. Immer schön ins Licht, okay?«

Er blickte an den Toren hoch. Dreißig Meter, oder? Ja. Mindestens.

Aber die Tiere waren zuerst dran.

Vor dem dunklen der beiden Portale sah er etwas, das wie Reisig aussah; es waren ganze Hügel.

Als er näher hinsah, erkannte er, was es war.

Zierliche, spitze Schädelchen ragten aus bleichen Röhrchen blanken Gebeins heraus. Eine fast körperliche Finsternis hüllte das riesige Quadrat des anderen Durchgangs ein, und weil es nicht einladend oder anziehend wirkte, nahm es offensichtlich alles, was es kriegen konnte.

Es war das falsche Tor. Wirklich sehr falsch.

Das Portal des großen Spielers.

Manche Tiere waren tatsächlich dümmer, als man glaubte.

Er hoffte, dass seine Frau nicht Trost im Kauf eines Haustieres suchte.
Er wandte sich ein letztes Mal um. Der Wagen war noch immer da.
»Was hat Sinatra gesagt?«
Der Mann im schwarzen Kapuzensweater legte den Kopf schief. Er hielt ein Stück Papier in den Händen. Er murmelte einen Namen, zerknüllte das Blatt und warf es aus dem Fenster. Dann sah er auf.
»Er war schon sehr entspannt. Sie waren auch nicht übel, aber Sinatra ...«
Koch spürte nun den Sog des Portals. Es wurde Zeit.
»Was denn?«, rief er.
»Mach's gut, alter Knabe.«
»Das hat er gesagt?«
»Das hat er gesagt.«
Dann fuhr das Fenster hoch.

Inspiration

Lasst, die ihr eingeht, alle Hoffnung fahren.
In dunkler Farbe sah ich diese Zeilen
Als einer Pforte Inschrift. Drum begann ich:
O teurer Meister, düster ist ihr Sinn mir. -
Er aber sprach, das Rechte wohl erfassend:
Absagen musst du jeglichem Bedenken
Und jeden Kleinmut hier in dir ertöten.

Dante Alighieri, Die göttliche Komödie

Der Doktor schloss die Tür auf, trat sich den Schnee von den Stiefeln und hängte seinen Mantel an den Haken. Der Dezember 1844 war frostiger als der Dezember im Jahr davor.

»Kalt«, sagte er mehr zu sich selbst und rieb sich die Hände. Ein langer Tag lag hinter ihm.

Die Silhouette seiner Frau erschien hinter dem bunten Glas der Salontür.

»Guten Abend, mein Lieber«, sagte sie und küsste ihn auf die Wange, wobei sie den Schal von seinen Schultern zog.

»Guten Abend.«

»Hattest du einen guten Tag?«

Er schüttelte den Kopf, eine Geste, der durch das Eis in seinem Bart und den Brauen eine gewisse Ruppigkeit verliehen wurde.

»Heute nicht. Könntest du mir das Kaminzimmer vorbereiten? Schläft unser Sohn?«

Sie nickte. »Tief und fest, schon seit sieben Uhr.«

Sie sah ihm in die Augen. »So schlimm?«, fragte sie dann, erhielt aber keine Antwort.

Der Doktor winkte ab, als seine Frau ihn fragte, ob er noch etwas zu essen wünsche. »Ich kriege heute nichts runter. Sieh noch einmal nach dem Jungen.«

Seit er in der Heilanstalt arbeitete, hatte er abgenommen, fand seine Gattin, hatte jedoch bei der Erwähnung dieses Umstandes stets nur eine unwirsche Bemerkung geerntet.

Er sah krank aus, als würde ein dünner, fiebriger Derwisch in seinem Inneren tanzen und toben. Seine Augen glänzten feucht, und trotz aller Fülle schien sein Gesicht eingefallen.

Auch erzählte er nie von seiner Arbeit in den Mauern der Anstalt. Keine Krankengeschichten, keine kleinen Anekdoten. Selbst damals, als er für die Stadt Leichen begutachtet hatte, war er zugänglicher und gesprächiger gewesen. Jetzt kehrte er erst spät am Abend heim, und je länger er dort arbeitete, desto verschlossener wurde er.

»Likör?«

»Ja, bitte. Und meine Pfeife.«

»Darf ich?« Die Frau des Doktors griff nach der braunen Ledertasche, die der Arzt noch immer in der Hand hielt.

»Nein. Ich brauche sie noch. Nur den Likör bitte.«

An der Schwelle zum Kaminzimmer drehte er sich noch einmal um.

»Ach, Liebes: Papier. Ich benötige eine Feder und einen Stapel Papier, bitte.«

Der Doktor legte sich die karierte Decke über die Knie, schwenkte den Alkohol im Glas und starrte in den Kamin. Von Zeit zu Zeit nahm er seine Pfeife, um daran zu ziehen.

Er drehte die Gaslampe etwas herunter, und der eben noch recht hell erleuchtete Raum verschwamm in mildem Zwielicht; die Schatten wurden weicher. Er griff zur Karaffe und schenkte sich nach.

Der Sieg des Geistes über den Körper, dachte er, konnte aber noch immer nicht das Zittern seiner Hände abstellen.

Es hatte schon am zweiten Tag nach Antritt seines Dienstes in der Anstalt begonnen: zuerst ein unbewusstes, nervöses Vibrieren in den Fingern, das er auf die Aufregung seiner neuen Aufgabe schob, dann ein klares, unverschämtes Zittern, das er nicht mehr ignorieren konnte.

Er schloss halb die Augen, um die Ruhe einzulassen, aber statt des Friedens kam nur die Erinnerung, der ungebetene Gast.

Seinen ersten Gang durch das Gebäude musste er nicht allein antreten. Professor Schnittler begleitete ihn über die geschrubbten Flure und referierte kurz vor jeder der Türen.

Der Doktor lugte durch die erste Klappe.

»Katatonisch«, sagte der Professor gelangweilt, wissend, dass sein neuer Doktor, angestellt zur rein physischen Untersuchung seiner Geisteskranken, nichts weiter erblickte als eine reglose Gestalt in festem Leinen, die Arme am Körper verzurrt.

»Die Schwestern kümmern sich um ihn. Der ist kaum was für Sie, wenn er nicht gerade schreit. Aber auch dann regelt das Personal fast alles.«

Sie gingen weiter, vorbei an kräftigen Pflegern mit Wischeimern und Schwestern in gestärkten, aber angeschmutzten Uniformen.

Ab und an hielt der Professor an einer der verriegelten Türen, ließ den Doktor einen Blick hineinwerfen und gab eine knappe Beurteilung ab.

»Ein schöner Trubel hier«, sagte der Doktor, der es bisher nur mit Toten oder Kranken, nicht aber mit Wahnsinnigen zu tun gehabt hatte. Er wollte abgebrüht wirken, so unbeteiligt, wie es in einem Komplex, der von dem Jammern und dem Schreien verlorener Seelen erfüllt wurde, möglich war.

»Ja, allerdings«, erhielt er zur Antwort.

»Ein schöner Trubel«, murmelte der Doktor und griff erneut zur Karaffe, die nun beinahe halb geleert war.

Ein schöner Trubel, hatte er dann festgestellt, war so wenig auf dieses Asyl zutreffend, wie es als Titel für ein Bild von Hieronymus Bosch zu gebrauchen war.

Er leerte sein Glas zu schnell; ein Hustenanfall schüttelte ihn durch, aber den war er bereit, hinzunehmen. Das Wichtigste war, schnell zu trinken.

Er hatte am selben Tag begonnen, die Ärmel hochzukrempeln. Fieberanfälle auf der Station der Harmlosen, jener armen Teufel, die sich nur weinend im Kreis drehten. Einige Durchfälle bei den Gefesselten, ein echtes Problem, weil Ruhigstellung und Hygiene nicht immer in Einklang zu bringen waren.

Er eilte von Etage zu Etage, seine Tasche stets dabei, verabreichte Digitalin, maß Fieber und hörte die überwiegend gesunden Herzen von Menschen mit kranken Hirnen ab.

»Herr Doktor! Herr Kollege!«

Die Stimme hallte schneidend über den Flur.

Der Doktor drehte sich um und sah am Ende des Ganges die hagere Gestalt des Professors, der Kittel blütensauber, den Arm schwenkend.

»Ein Problem?«

Der Professor schnaufte, kniff kurz und eigentümlich die Augen zusammen und sagte dann:

»Es tut mir leid. Wir müssen in den Keller.«

Der Doktor runzelte lächelnd die Stirn. »Was bitte tut Ihnen leid daran?«

»Es ist unser Patient dort. Er verlangt nach einem Arzt.«

»Verstehe. Aber im Keller? Ich wusste nicht, dass wir dort einen Kranken haben. Gehen wir.« Der Doktor griff seine Tasche fester, lächelte mild und schritt voraus, hoffend, dass der Professor ihn überholte, denn trotz aller Entschlossenheit, die zu demonstrieren er bereit war, kannte er doch nicht den Weg nach unten.

Nach einigen Schritten merkte er, dass ihm sein Oberarzt nicht folgte.

»Es ist nicht so leicht, wie Sie denken, lieber Kollege«, flüsterte der Professor.

»Nun, wenn ihm was fehlt, werden wir es sicher finden. Obwohl mir eine Unterbringung Kranker im Tiefgeschoss wirklich neu ist.«

»Das Problem ...« Der Professor holte Luft, »das Problem ist nicht, dass der Mann nach einem Arzt verlangt. Wir haben hier einige, wie Sie wissen. Er verlangt nach Ihnen.«

Der Doktor schraubte die Lampe noch etwas herunter.

Diesmal ging es ihm nicht um Heimeligkeit, sondern um die Droschken, die durch den Schnee auf Frankfurts Straßen zur Langsamkeit gezwungen waren.

Ein Passagier könnte durchs Fenster schauen.

Er entriegelte seine Tasche, ließ sie aufgähnen wie das Maul eines seltsamen Fisches und griff in ihr ledernes Dunkel. Ein Fläschchen kam ans Licht, gefolgt von einer stählernen Kolbenspritze.

Als er die Nadel durch die dünne Haut auf dem Fläschchen stach, fiel sein Blick auf den Stapel Papier.

Likör, eine Karaffe. Die schwarze Fee in der Spritze.

Und Papier, eine Feder.

Mancher Mensch würde denken, er steigerte sich vom Zerstörerischen ins Harmlose.

Der Doktor musste das anders sehen; das Schlimmste kam erst noch.

Sie marschierten mit festen Schritten die Treppe ins Halbdunkel des Kellers hinab, und der Doktor konnte nur unbehaglich staunen.

Wo in den oberen Etagen gelber Putz an den Wänden war, sah er hier nur nacktes Gestein.

Der Boden war nass; auf den Stufen war ihnen ein bulliger Mann entgegengekommen, der einen Schlauch aus stabilem Leinen hinter sich herzerrte wie eine widerspenstige Schlange.

Wo oben massive, wenn auch hölzerne Türen waren, glänzte hier blanker Stahl in Form von Gittern vor dunklen Räumen und Körben, die an der Decke festgezurrt waren.

Der Gestank war eine machtvolle Symphonie aus Urin, Kot und dem verschwitzten Elend der Trostlosen.

»Wie viele haben wir hier?«

»Nur einen«, flüsterte der Professor, was nicht recht zu seinem sonst so forschen Auftreten passen wollte. »Er ist hier.«

Er holte einen schweren Schlüssel hervor, entriegelte das Schloss und stieß die Tür mit einem Ruck auf.

Merkwürdig, dachte der Doktor noch, *er hat nicht durch die Luke geschaut, warum hat er nicht* ...

Dann traten sie ins Innere des Raumes, der sich als Kerker erwies. Es roch wie in einem Grab. Schaben huschten über den Boden der Zelle, die hell erleuchtet war, und in der Mitte stand, einem Thron gleich, ein schwerer Holzstuhl.

Die massiven Beine des Stuhls standen in einer Lache sauren Urins, wie der Doktor sofort mit geschultem Blick erkannte. In der Pfütze spielten die nackten, schorfigen Füße einer Gestalt, die auf dem hölzernen Thron festgekettet und verzurrt war.

»Mein Gott«, murmelte der Doktor, der schon Leichen und Choleraкranke inspiziert hatte; der amputierte, ohne zu zögern; schnitt, ohne zu zweifeln.

»Guten Abend, die Herren.«

Die Stimme des Gefesselten klang wie brechendes Holz.

Der Professor hatte eine Eisenstange, an deren Ende eine Art U geschweißt war, ergriffen.

»Guten Abend«, sagte der Doktor mit tauber Zunge, wobei seine Höflichkeit den Schock dessen, was er sah, übersprang wie ein Pferd eine brennende Hürde.

Die Kreatur auf dem Stuhl war weiß wie ein Fischbauch; unmöglich zu sagen, ob durch den Mangel an Tageslicht oder von der Natur gegeben. Langes, struppiges Haar hing verfilzt über die Schultern, stand irrwitzig in die Luft und wirr von den Seiten des Kopfes ab. Unmengen von Haaren in der Farbe toten Seetangs. Seine Augen leuchteten fiebrig.

Der Gefangene bewegte seine Finger unter geschmiedeten Ketten, und der Doktor sah, dass beide Daumen fehlten; die Wunden nässten und schienen frisch.

»Was fehlt ... Ihnen?«, fragte der Doktor atemlos und ohne die Gestalt zu genau zu betrachten. Er wusste nicht, ob er bereit für noch mehr Entdeckungen war.

Ein glucksendes Lachen entwich der Kehle des Gefangenen, und unregelmäßige, aber kräftige Zähne kamen zum Vorschein.

»Ich fürchte, ich habe mir den Magen verdorben, Doktor«, sagte das bleiche Ding auf dem Stuhl. »Das Essen hier ist nicht allzu gut.«

Er wandte sich dem Professor zu und bemerkte, dass dieser zitterte; Schweiß lief in dünnen Rinnsalen über sein Gesicht.

»Professor?«

Statt einer Antwort preschte Schnittler vor und drückte die stählerne Gabel gegen den Hals des Gefangenen.

»Du verdammte Bestie!«, schrie er, und seine Knöchel traten weiß hervor, als er die Stange noch fester umklammerte.

Der Gefesselte stieß einen Laut aus, der Schmerz, aber auch Belustigung bedeuten konnte: ein kehliges, ansteigendes Hecheln, während er den Professor aus flackernden Augen fixierte.

Schnittler war von Sinnen vor Hass, erkannte der Doktor schockiert. Hass, und wie es schien, auch Angst, die nicht in der Lage war, diesen Hass zu verdünnen.

»Lassen Sie ab, Herr Professor! Sie bringen ihn ja um!«

»Und?«, keuchte dieser, »wäre es ein solcher Verlust? Dieses Vieh zu töten?«

Es war eine Sache, einen schwer Geisteskranken – und das musste der Gefesselte sein, sonst wäre er kaum hier – zu verhöhnen, bedenklich, aber im Angesicht aller Mühen verständlich. Ihn zu ermorden, war eine andere Sache, und der Doktor war hier, um eine Krankheit zu behandeln, nicht, um seinem kopflosen Mentor bei einem Verbrechen zuzusehen. Er ergriff seinerseits die Stange und versuchte, sie dem Professor aus den Fäusten zu winden.

»Lassen Sie los, verdammt!«, flüsterte er.

Sie rangen, wobei sie einen ungelenken Tanz auf dem glitschigen Boden vollführten. Der Doktor war kräftiger. Zwar entriss er Schnittler nicht die Stange, konnte ihn aber bis zur Tür zerren, hinaus auf den Gang.

Kaum auf dem Flur des Kellers und außer Sichtweite des Gefangenen, ließ der Professor die Stange los, und sie fiel klirrend zu Boden. Er atmete schwer.

Aus der Zelle erklang die Stimme, diesmal schrill wie Glas, das man über eine Tafel zieht:

»Denken Sie an mich, Doktor. Mein Mageeeeen!«

»Was ist mit seinem Magen? Und warum hat er mich gerufen? Er kann mich nicht kennen. Ich zumindest kenne ihn ganz sicher nicht!«

Der Professor blickte nicht auf, als er antwortete.

»Ich weiß es nicht. Aber gerufen hat er Sie nicht wegen seines Magens, nicht direkt zumindest. Sie müssen verzeihen, aber aus Gründen, die Sie noch verstehen werden, kann ich nicht an mich halten, bei Gott. Ich kann es einfach nicht.«

»Weswegen rief er dann? Was geht hier vor sich? Was hat er getan, dass Sie ihn derart verabscheuen?«

»Dazu komme ich noch. Aber zuerst: Wir haben ihn erst heute Morgen in Ketten legen lassen. Vorher trug er nur Handfesseln und Leibriemen. Es ist wegen seiner Daumen.«

»Was meinen Sie?«

Der Professor hatte eine Wandlung vom Arzt zum Derwisch durchgemacht, ohne dass der Gefangene einen Anlass dazu gegeben hätte, sah man von seiner reinen, verstörenden Existenz ab, und das verstörte den Doktor mehr als der lachende Nachtmahr.

»Was ist mit seinen Daumen, Professor?«

»Er hat sie sich heute Morgen abgebissen.«

Die Augen des Doktors weiteten sich. Was waren das für Schmerzen gewesen? Wie unfassbar weh musste das getan haben? Konnte sich ein Mann überhaupt die Finger durchbeißen, oder würde der Beißreflex im Kiefer versagen, einfach nicht gehorchen? Wie viel reine Willenskraft war erforderlich?

»Warum hat er das getan?«, fragte der Doktor, obgleich er wusste, dass diese Frage bei einem Geisteskranken sinnlos war. Eine Antwort erhielt er dennoch:

»Nachdem seine Daumen abgetrennt waren, hat er sie geschluckt.«

Seine Hände waren kräftig, und so wie er vor einigen Tagen die Stahlstange ergriffen hatte, schloss er nun seine Faust um seinen eigenen Arm, dicht über dem Ellenbogen.

Die Vene trat hervor.

Der Doktor schlüpfte mit seinen Fingern durch die Ringe der Spritze, dann drückte er etwas Flüssigkeit heraus, um Lufteinschlüsse zu vermeiden. Im Kaminzimmer war es fast dunkel, als er die Nadel in seinen Arm stach.

Die Karaffe enthielt nunmehr nur noch genug Likör für ein letztes Glas. Mehr würde er nicht brauchen, denn die Arbeit, die vor ihm lag, erlaubte keine Pause, keine Erfrischung.

Er spürte das Morphium durch seine Adern schleichen, und mit diesem Gefühl stellte sich auch die Erkenntnis ein, dass er die Schatten genug würde zügeln können, um seine Arbeit zu verrichten.

Er griff zum Papier. Seine Hände zitterten nur noch ein wenig.

Der Professor hatte in seinem Büro, einem kalten Raum voller anatomischer Schautafeln, seine alte Beherrschtheit zurückerlangt.

»Ich nehme an, er hört uns durch die Abluftgitter in den Zimmern«, sagte Schnittler und wies auf eine Öffnung an der Wand.

»Daher kennt er Ihren Namen. Ich versuche seit einigen Jahren, ihn zu studieren, aber es ist schwierig. Er verhält sich an manchen Tagen fast liebenswürdig, aber an anderen ...«

Er bewegte sachte die Hand.

»Warum bringt er Sie so aus der Fassung?« Das war eine heikle Frage, wusste der Doktor: Seinen Mentor und Brötchengeber analysierte man nicht, und für Schnittler schien dies doppelt zu gelten.

»Es sind seine Taten. Wissen Sie, wer er ist?«

»Offen gestanden«, entgegnete der Doktor, wobei er seinen Blick durchs Zimmer schweifen ließ, »wusste ich nicht mal, dass so jemand existiert ... hier.«

Professor Schnittler faltete seine Hände auf dem Tisch und sah den Doktor direkt an.

»Erinnern Sie sich an die Vorfälle einundvierzig, hier in Frankfurt? Die verschwundenen Kinder?«

»Sicher«, antwortete der Doktor mit hochgezogenen Brauen, »der Fall Petermann. Ehemaliger Priester, hat fast vierzig Kinder aus Betten, Kliniken und Kinderheimen entführt und sie dann getötet. Vermutet man. Endete zweiundvierzig auf dem Schafott. Wer kennt diese Geschichte nicht? Hat unser Patient etwas damit zu tun?«

»Hat er. Er ist Petermann.«

»Unmöglich«, erwiderte der Doktor, der einen erneuten Ausbruch Schnittlers befürchtete, denn dieser war, während er sprach, aufgestanden, und sein Gesicht hatte sich gerötet.

»Das war nur für die Öffentlichkeit. Oder haben Sie auch nur ein einziges Bild gesehen, einen einzigen Bericht von der Hinrichtung in die Finger bekommen?«

»Nein. Aber ich habe die Sache auch nicht im Detail verfolgt. Denn ...«

»Sie sind gegen den Tod durch staatliche Hand. Ich weiß. Und das ist gut.«

»Ich verstehe kein Wort, Herr Professor.«

Der Professor nickte.

Eine lange Pause trat ein.

»Natürlich nicht«, fuhr er fort. »Die Frankfurter wollten Petermanns Kopf in einem Weidenkorb sehen, aber das Gericht ordnete an, dass er unter Ausschluss der Öffentlichkeit gerichtet wird. Trotzdem gibt es meistens irgendwelche Augenzeugen, die bereit sind, gegen eine Handvoll Münzen zu erzählen, wie es war. Diesmal gab es keine.«

Der Doktor hörte nur zu, nickte nicht, sagte nichts.

Eine unbestimmte, schwer greifbare Angst hatte ihn beschlichen.

»Es gab keine«, fuhr Schnittler fort, »weil Petermann nicht gerichtet wurde. Denn es gab ein Problem.«

Als der Doktor noch immer schwieg, sprach Schnittler weiter.

»Neununddreißig Kinder, das jüngste zwei, das älteste acht Jahre alt. Keines ist jemals wieder aufgetaucht, nicht tot, nicht lebendig. Sie verhörten ihn, und wenn man es glauben kann, folterten sie ihn auch. Sie gaben ihm nichts zu essen. Schlugen ihn. Stachen ihn mit Nadeln.«

»Warum die Mühe?«, fragte der Doktor endlich.

»Eines der Kinder war die Tochter des Henkers, und der erklärte, dass Petermanns Kopf nicht rollen würde, ehe er nicht wüsste, wo sein Kind liegt. Ein Henker weiß, wie es um den Tod steht; er ging nicht davon aus, dass sie noch lebt. Aber er wollte wissen, wo ihre Leiche war. Der Henker – wie Sie natürlich wissen, kannte man die Identität des Scharfrichters nicht, zumindest als normaler Bürger – war ein recht einflussreicher Mann, und die Richter wussten das. Sie befragten Petermann fast ein Jahr.«

»Und dann?«

»Dann brachten sie ihn her. Ich protestierte heftig, aber vergebens. Ein französischer Nervenarzt wurde geholt, um Petermann zu befragen, ein britischer Detektiv ebenfalls.

Der Detektiv war definitiv besser.«

»Was hat er herausgefunden?«, fragte der Doktor, dessen Angst nun stärker geworden war. Diese Sache war ... nervenaufreibend. Ungesund.

»Nichts. Aber er lebt zumindest noch, wenn er auch, wie ich hörte, seitdem ein Sklave des Morphiums geworden ist. Der Nervenarzt schnitt sich im Frankfurter Hof, wo man ihn untergebracht hatte, mit einer Spiegelscherbe die Kehle durch.«

»Was habe ich mit diesem Wahnsinn zu tun?«, fragte der Doktor.

»Warum erzählen Sie mir das alles?«

»Nun, Sie haben gefragt, aber das ist nicht alles. Als ich Ihnen sagte, dass er nach Ihnen verlangt hat, war das nicht ganz richtig. Das mit den Lüftungsschächten ebenfalls nicht. Entschuldigen Sie. Dieses Subjekt macht mich krank.« Der Professor wirkte verlegen, war sich aber nach wie vor über seine Stellung und die Macht, die er über den Doktor hatte, bewusst.

»Sie haben mich angelogen?«

»Ja. Ich wollte, dass Sie ihn sehen, deswegen log ich. Man muss ihn das erste Mal einfach unvermittelt betrachten – als das, was er ist: ein Tier. Ich kann mich nicht beherrschen, wenn ich unten bin. Sie schon! Ich habe nur aus einem Grund gelogen: Ich möchte, dass Sie herausfinden, wo die Kinder sind.«

Er sagte nicht Leichen, so als würden sie noch leben, stellte der Doktor beunruhigt fest.

»Warum ich? Ich bin kein Psychiater. Ich bin nicht ausgebildet dafür!«

Schnittlers Gesicht zeigte Bedauern, aber dem Doktor schien es, als lauerte eine fremde Gier darunter.

»Herr Doktor, bitte. Er verlangt nur jemanden zum Reden, eine Weile nur. Dann will er sagen, wo die Kinder sind. Die Bedingungen stimmen, wie Sie wissen. Und Sie wissen auch, dass ein Arzt, gut ausgebildet oder nicht, schwer eine gute Stelle bekommt, wenn er sich nicht in der Lage sieht, eine eigene Praxis zu eröffnen. Und das möchten Sie vielleicht irgendwann tun, nicht wahr? Oder?«

Der Doktor konnte nicht glauben, was er hörte: Professor Schnittler schmeichelte ihm, drohte dann, nur um ihm anschließend eine Karriere auf eigenen Beinen in Aussicht zu stellen. Das war unerhört; und doch war seine Stimme weich gewesen, sein Tonfall beinahe winselnd.

Ein Gespräch mit Petermann, das war alles. Sonst nichts.

Eine Unterhaltung mit dem schlimmsten Kindermörder, den Deutschland je erlebt hatte, einem festgeketteten Albtraum, die in einer Zelle ohne Fenster stattfand. Das Gespräch mit der Bestie.

Aber sein Sohn brauchte Nahrung, seine Familie ein Dach über dem Kopf. Der Doktor zweifelte nicht an der Ernsthaftigkeit von Schnittlers Drohung, so subtil sie auch geschlichen kam. Er hatte die Arbeit in den Hallen des Gesundheitsamtes mit Freuden gekündigt, um in Schnittlers Anstalt zu wirken; nun war er hier und nicht bereit, wieder zu gehen. Er hatte eine Familie, zu der er zurückkehren konnte, wenn er diese Arbeit erledigt hatte.

»Was passiert, wenn wir es wissen?«

Im Gesicht des Professors blühte das Licht echten Glücks auf, einen Moment nur; dann fiel seine Mimik zurück in den wertfreien Ausdruck des förmlichen Mediziners.

»Dann«, sagte Schnittler beiläufig, »werde ich ihn persönlich umbringen. Ich bin befugt dazu.«

Der Doktor entriegelte die schwere Tür zur Zelle Petermanns und trat ein.

»Herr Doktor. Immer hereinspaziert. Willkommen.«

Der Gestank nach Kot nahm ihm den Atem, aber er wusste, dass er sich schnell daran gewöhnen würde.

Der Doktor stellte den mitgebrachten Schemel nahe an die Tür, setzte sich aber nicht.

Die Ketten klirrten, als Petermann versuchte, sich vorzubeugen; seine Füße planschten im eigenen Urin. Der Doktor hielt dies für unbewusstes Verhalten, aber trotzdem widerte es ihn an.

»Ich möchte Ihnen eine Geschichte erzählen. Sie erfüllen die Voraussetzungen, nehme ich an?« Petermanns Tonfall war nur als höflich zu bezeichnen, ein bizarrer Kontrast zu seiner monströsen Erscheinung.

»Ja«, sagte der Doktor widerwillig. »Ich bin Mediziner – und ich habe Kinder. Einen Sohn. Lassen Sie uns zur Sache kommen.«

Petermann spielte weiter selbstvergessen in den eigenen Ausscheidungen.

Plitsch, platsch.

»Wissen Sie, wie das Fleisch der eigenen Rasse schmeckt?«, fragte er dann.
»Wie ich hörte, gibt es nicht viele von Ihrer Rasse. Sie stehen ziemlich allein da«, antwortete der Doktor.

Petermann begann zu lachen, ein rachitisches Geräusch voller Nässe.

»Allein? Ich bin *niemals* allein.« Petermann schien angespannt, er ruckte auf seinem besudelten Thron herum. Es mochte Nervosität sein, aber der Doktor glaubte nicht recht daran.

Der Doktor stellte die Frage, deretwegen er hier war: »Was ist mit all den Kindern geschehen?«

Petermanns Augen begannen zu leuchten. »Guuuuute Frage!«

Dann stellte er entsetzt fest, dass Petermann *genau* das bezweckt hatte: Er wollte diese Frage hören, und zwar von einem Familienvater. Es genügte ihm nicht, einfach eine Antwort an irgendwen zu geben, und alles wäre dann zu Ende. Es war nicht Nervosität, die ihn hin und her hatte wippen lassen, es war Vorfreude.

Er starrte Petermann an und sah zum ersten Mal, dass sein Haar von Läusen wimmelte; überall auf seinem Kopf war Bewegung, ein Krabbeln und Springen. Meinte er das damit, als er sagte, er sei niemals allein?

»Kinder sterben nicht wirklich, Doktor«, sagte Petermann. »Sie verschwinden, natürlich, egal, ob man sie verbrennt, verhungern lässt, zerschneidet oder ertränkt. Man kann sie in der Pisse der Gosse oder der Tinte der Gelehrten ersäufen«, er zwinkerte dem Doktor zu, »man kann sie in Brunnen werfen, wenn man möchte. Aber sie sind immer da. Immer! Selbst wenn sie tot sind, verschwinden sie nicht. Sie bleiben bei dir.«

Der Doktor hatte begonnen zu zittern; eine innere, primitive Qual ließ ihn bis ins Gedärm vibrieren, und er war unfähig, es abzustellen.

»Wissen Sie, Doktor«, lächelte Petermann und zeigte wieder diese kantigen, irgendwie klobig aussehenden Zähne, »ich habe viele Kinder,

und ich sorge mich um sie. Sie als Vater werden das sicher verstehen.«
Petermann nickte sanft. »Ganz sicher.«

Der Doktor schloss die Augen und sah ein Heer kleiner Menschen, eine Armee von Kindern biblischer Unschuld, die eines nach dem anderen in dieser Zelle Gestalt annahmen.

»Doktor? Sind Sie noch da?«

Die Frage ließ ihn die Augen öffnen; er sah die lächelnden schneeweißen Lippen Petermanns, eine fahle Zunge, die kurz hervorhuschte – und schloss die Augen erneut. Die Kinder waren fort.

Die Ketten klimperten.

»Wo sind die Kinder, Petermann?«

»Die einzige Möglichkeit, auf meine Kinder achtzugeben, ist Unsterblichkeit, Doktor. Nur wenn sie immer wissen, dass ich da bin, geht es ihnen gut. Die Hülle ist nicht alles, wissen Sie? Das bisschen Fleisch und Knochen, oder? Unsterblichkeit, über den Tod hinaus – *das* ist erstrebenswert. Mir ist es egal, ob ich in einem Erdloch verfalle«, er rasselte ironisch mit den Ketten, »solange man sich meiner erinnert. Sie sind ein Vater und ein gebildeter Mann. Beherrscht dazu; nicht wie Schnittler, dieses Nervenbündel. Sorgen Sie dafür, dass ich nicht einfach verschwinde. Ich will nicht leben, wozu auch? Mich auf den Steinboden hier zu erleichtern, hat einiges an Reiz verloren, und mir gehen die Ideen aus, wie ich mich beschäftigen könnte.«

»Wo sind die Kinder, Petermann?«, kreischte der Doktor.

»Ich habe sie gegessen. Alle.«

Die Luft entwich pfeifend aus den Lungen des Doktors.

Dann verschwamm die Welt um ihn, und alle Gerüche und Schemen wanden sich in einer schwarzen Spirale hinunter in die Tiefen seiner Seele, fluteten seinen Verstand mit Dunkelheit und schlechten, fauligen Gedanken und den Bildern von elenden Varianten der Pein, den vielfältigen Toden unschuldiger Kinder.

»Deswegen aß ich meine Daumen«, raunte Petermann. »Von diesem Geschmack kommt man schwer wieder los, Doktor. Ich werde es wohl niemals können.«

Der Doktor sackte von seinem Schemel, und sein Gesicht wurde nass, als es auf den brackigen Kerkerboden traf. Dann Dunkelheit, gnädig, kühl.

»Kommen Sie zu sich«, hörte er die Stimme Schnittlers.

Der Doktor öffnete die Augen und fächelte mit tauber Hand vor seiner Nase herum, um den stechenden Geruch zu vertreiben. Seine Zunge schmeckte pelzig; durch die schmalen Schlitze seiner pochenden Augen sah er die vertrauten Schautafeln in Schnittlers Büro.

»Petermann«, stieß er hervor, als die Erinnerung ihn überkam.

Der Professor sah ihm tief in die Augen.

»Tot. Tot und bereits fortgeschafft.«

»Wir müssen die Öffentlichkeit informieren«, sagte der Doktor, während er sich aufrappelte.

»Über den Tod Petermanns? Er ist für die Öffentlichkeit bereits tot, wie Sie wissen!«

»Nein! Über die Kinder! Was mit ihnen geschah!«

»Das wird nicht gehen«, sagte Schnittler leise, »denn wir haben keinen Ort, wo sie zu finden sind. Ich habe die zuständigen Stellen informiert, dass Petermann verstorben ist. Sie wissen nichts. Und sie *dürfen* es nicht erfahren, Doktor ...« Er ergriff seine Schultern, »hören Sie?«.

Der Doktor nickte.

Dann ging er nach Hause; die Schemen nahm er mit sich.

Eine angenehme Taubheit hatte sich über sein Denken gelegt. Der Doktor ergriff die Feder, die ihm merkwürdig verzerrt vorkam, und begann zu schreiben.

Wenn er niemandem erzählen durfte, was den Kindern widerfahren war, musste er sie wenigstens warnen, und wenn nicht vor einem neuen Petermann, der in den nächtlichen Straßen Frankfurts auf der Jagd nach Kinderfleisch war, so doch vor allem anderen.

Er musste die Kinder beschützen.

Er musste seinen Sohn beschützen.

»Keine falsche Zurückhaltung«, sagte er mit unsicherer Stimme ins Zwielicht des kalten Kaminzimmers.
Die Tinte war schwarz. Er würde Farbe brauchen, aber nicht heute.
Dann begann er, seine Albträume, die er tags wie nachts mit sich trug, zu Papier zu bringen. Er zeichnete den Schrecken, den er gesehen hatte, die Angst, die ihn beherrschte; die Feder glitt wie von selbst übers Papier.
Ja. Furcht einflößend genug, selbst wenn noch Farbe mit ins Spiel kam.
Er legte das erste Blatt seines Albtraums zur Seite und begann ein neues. Nur diese Nacht im Dienste der Unsterblichkeit; das würde ein dünnes Werk werden.
Seine Hand zitterte nur leicht, als er das erste Blatt betrachtete.

DER STRUWWELPETER

Abwärts

Dexter und ich zogen eine Linie. Wir unterbrachen nur, um uns ein Sandwich oder eine Cola einzuverleiben.

Es war heiß, etwa vierunddreißig Grad, und die Suppe lief uns nur so am Rücken herunter und in unsere Unterhosen, wo es dann, nach drei oder vier Stunden unablässigen Schwitzens, zu jucken und brennen begann.

Gegen zwei Uhr öffnete Dexter seine Lunchbox. Der einzig schattige Platz war unter der Nordtribüne, und wir hockten uns einfach auf das schmale Rasenstück.

»Dafür habe ich eigentlich nicht angefangen, Wirtschaftswissenschaften zu studieren, Alter«, sagte er und trat gegen das Kreidemonster. »Die Knete stimmt«, erwiderte ich, aber er hatte recht. Es war sehr heiß, und die sechs Dollar, die sie uns in der Stunde zahlten, schienen die Hitze auch nicht gut zu verkraften. Die Summe schrumpfte irgendwie vor meinem geistigen Auge. Hitzebedingte Inflation, könnte man sagen.

Das Kreidemonster, ein sperriger Handwagen mit einem Kanister Industriekreide, der diese über einen speziellen Stutzen auf die Bahn brachte, war heute irgendwie inkontinent, und wir hatten eine Stunde damit verbracht, überschüssige Kreide zu entfernen, die es verlor, wo wir standen und gingen. Eigentlich wurde die Markierung erst gezogen, wenn man eine Art Handbremse löste, aber unser Monster kannte heute kein Halten.

Der Witz an der Sache war, dass dieses Ding so oft rebellierte, dass sich der Oberplatzwart – unser momentaner Boss – entschieden hatte, uns besser nach Stunden und nicht nach fertigen Metern zu bezahlen, wie es ursprünglich vorgesehen war. Wir hatten ihm subtil zu verstehen gegeben, dass wir die Scheiße sonst hinwerfen würden, und nächste Woche war Saisonbeginn. Gutes Timing.

Dexter biss verzagt in eine Scheibe Hackbraten und betrachtete die verbleibenden, von uns fleißigen Bienchen noch nicht bestäubten Meter entlang des Spielfelds. Ich schätzte sie auf mindestens achtzig. Ich rauchte eine.

»Packen wir das bis zum Abend?«, fragte er zwischen zwei Bissen.

»Im Leben nicht, wenn R2D2 hier so weitermacht.« Ein Tritt meinerseits ließ wieder ein halbes Pfund Kreide aus dem Monster rieseln.

Nach zwanzig Minuten machten wir weiter.

Die Karre zu ziehen – wie man es machen sollte, um sich nicht die Schuhe zu pudern –, hatte sich als schlechtes System erwiesen. Wir merkten nicht, wenn die Kreide verklumpte oder gleich kiloweise zu Boden klatschte. Also schoben wir das Teil, wobei wir uns leicht seitlich positionierten.

Plötzlich fuhr ein harter Ruck durch das Monster, und wir wären beinahe gestürzt, weil unsere müden, dampfenden Füße einfach weitergingen.

»Scheiße!«, stöhnte Dexter.

Der Kanister entleerte sich, aber wir sahen keine Kreide auf den Boden rieseln. Zuerst sackte das linke Rad der Karre ab, dann sackte alles, wurde schwer in unseren Händen und verschwand.

Der Boden hatte unser Kreidemonster verschluckt.

»Fuck you, Alter!«, schrie Dex.

Auch ich konnte nur pfeifend ausatmen, als ich nach unten blickte. Zu unseren Füßen hatte sich ein Loch aufgetan. Ein Abgrund.

Das Loch maß etwa einen Meter vierzig im Durchmesser, schätzte ich, und es führte in eine Dunkelheit, die mir schwärzer vorkam als alles, was ich bisher gesehen hatte.

Wir starrten dumm hinein; die Kappen von Dexters Turnschuhen ragten etwa einen Zentimeter über den Rand, und ich machte einen kleinen Schritt zurück, unfähig, den Blick von der Dunkelheit unter uns zu wenden. Was ging? Ein gähnender Abgrund zu deinen Füßen im Riker Memorial Stadion, der ältesten Arena für Sport und Spiel im Staate New York? *Heavy.* Vor allem, wenn es sich gerade einfach so aufgetan hat.

»Die Karre ist weg«, sagte Dexter ungläubig.

»Du könntest weg sein, Dex«, erwiderte ich. »Oder wir beide.«

Dexter ließ sich auf den Hosenboden fallen und atmete hörbar aus. Ich hob den Zeigefinger, um meine Worte zu untermauern; er zitterte wie ein Strohhalm im Sturm, also nahm ich ihn schnell wieder runter.

»Die machen uns die Hölle heiß wegen des Dings«, jammerte Dex, und ich fragte mich, wie man deswegen so aus dem Häuschen geraten konnte. Wir wären vermutlich tot, wenn wir die Karre vorschriftsmäßig gezogen hätten. Scheiß auf das Monster! Wir würden Simmons, den Oberplatzhirschen, am Arm nehmen und zum Loch führen, ihn einen Blick riskieren lassen und dann nach einer Gefahrenzulage fragen.

Aber Dexter – der gute alte Dex, der rot anlief, wenn ihm jemand eine ruppige Antwort gab (und das konnte schon ein Fünfjähriger sein) – war nicht zu beruhigen. Er wollte seine Jobs einfach so gut und reibungslos wie möglich hinkriegen, aber das möchte ich auch, und wenn es geht, anschließend noch lebendig genug für ein Bier oder zwei sein.

»Wir hätten diesen Job nie annehmen sollen«, murmelte er, ganz fertig wegen etwas Aluminium und Kreide im Wert von vielleicht zweihundert Dollar.

»Hör mal«, sagte ich, das Loch noch immer nicht aus den Augen lassend, »ich hol die Lampe aus dem Wagen. Wir sehen uns das an.«

»Aber was ist das für ein Loch?«

»Ich nehme an, das Stadion ist unterkellert oder so was. Oder es sind Abwasserkanäle, keinen Schimmer.«

In Dexters Dodge hatten wir noch immer die Ausrüstung von unserem Camping-Trip: Luftmatratzen, ein paar Decken, ein Bataillon leerer Dosen Schlitz Light und eine Stablampe.

Ich sprintete zurück; Dex hockte auf allen vieren vor dem Loch und ließ Spucke hineinfallen.

»Ich höre nicht, wie sie aufschlägt«, sagte er, ohne aufzuschauen.

»Erwarte nicht, dass dein Rotz wie ein Essensgong klingt«, entgegnete ich und knipste die Lampe ein.

Der Lichtstrahl beleuchtete einen Teil der Wände unseres Lochs: etwa dreißig Zentimeter Erde, glatt und braun nach unten führend. Das, was wir von der Wand unseres Abgrunds sehen konnten, endete in tiefer Schwärze. Der Lichtkegel der Lampe verreckte unter uns in dieser Schwärze, aber es war wie auf See: Wenn du keinen Punkt hast, an dem du dich orientieren kannst, ist es unmöglich, abzuschätzen, wie weit entfernt etwas ist.

Wir konnten nicht sagen, wie tief die Lampe leuchtete; möglich, dass die Batterien schwach waren, aber mir kam etwas anderes in den Sinn. Es sah aus, als würde die Dunkelheit das Licht fressen.

Dex betastete die Wände des Lochs. »Kalt«, sagte er dann.

»Ich hole Simmons«, entgegnete ich. Sich mit diesem Loch zu beschäftigen, kam mir mit einem Mal ungesund vor. Schwer zu beschreiben, aber im Prinzip war es ähnlich, als würde man einen schwarzen Fleck in seiner Achselhöhle entdecken. Es ist mein Körper, meine Haut, aber *das hier* sollte sich verdammt noch mal jemand anders ansehen!

»Halt dich von dem Ding fern«, sagte ich.

Ich schätze, diese seltsame Schwärze hatte ein kleines Mosaiksteinchen aus dem Konstrukt meiner studentischen Logik getreten. Auch das war – wie vieles an diesem Tag – schwer einzuschätzen, aber es fühlte sich so an. Und wenn ein Steinchen fällt, passiert es leicht, dass sich weitere Steine lösen und dann prasselt es nur noch.

»Bis gleich«, sagte Dex und zog wieder etwas Spucke hoch. Das war nicht leicht an einem Tag wie diesem.

Simmons' Büro war unbesetzt, sah ich durch das kleine Fenster; unter dem Wimpel der Mets, der über seinem Schreibtisch hing, stand nur sein leerer Sessel, und sein PC-Monitor war schwarz.

Wäre er auf dem Gelände gewesen, um irgendetwas anzuschrauben oder um die Flutlichtanlage zu checken, hätten wir ihn gesehen.

Ich hinterließ einen Zettel mit meiner Pagernummer, ohne genauer zu schreiben, worum es ging.

Als ich das Blatt in den Spalt zwischen Tür und Rahmen schieben wollte, öffnete sie sich.

Simmons war der Typ Mann, der so lange an seinen Schnürsenkeln arbeitet, bis er eine Schleife produziert, die ins Museum of Modern Art gehört. Er schien nie zu schwitzen, seine Hemden waren stets weiß und wiesen immer scharfe Bügelfalten an den Ärmeln auf.

Er war nicht von der Sorte Mensch, die sich ins Wochenende verabschiedete und dabei vergaß, seine Stalltür abzuschließen.

»Mister Simmons? Sir?«

Keine Antwort, nur Schweigen, das nach Orangenreiniger und Lufterfrischer roch.

Ich trat ein. An der Wand hing eine Karte des Stadions, versehen mit Längenangaben in Metern und Fuß. Eine Sekunde lang suchte ich unser Loch auf dem Poster.

Ich ging zu seinem Schreibtisch; vielleicht lag sein Schlüssel irgendwo, dann würde ich ihn an mich nehmen. Ihn zu verwahren, konnte Punkte machen.

Das Loch neben seinem Sessel hatte die Form eines Ovals; der Rand des Teppichbodens sah aus, als hätte ein Raumausstatter ihn geschnitten: sauber und fachmännisch.

Ich starrte hinein, während mein Herz in meinem Hals wummerte. Schwarz.

An den Rändern des Lochs klebte etwas, das Haare sein konnten.
Ich spurtete so schnell und kopflos aus dem Büro, als ginge es um mein Leben.

Ich hockte mich hechelnd ins Gras, und mein Herz überschlug sich. Das Loch, das unser Kreidemonster geschluckt hatte, gähnte schwarz und tief und gleichgültig im sonnenbeschienenen Rasen.
Dexter war verschwunden.
Ich hatte das erwartet. Etwas anderes zu behaupten, würde keinen Sinn machen.

Nachdem ich das Loch in Simmons' Büro gesehen hatte – sauber ausgeschnittener Teppichboden, darunter ein paar Zentimeter Beton, und darunter weiß Gott was –, hatte etwas in mir angeschlagen wie eine Alarmglocke; ich wusste es, als ich vom Bürogebäude um die Ecke bog und die Asche des Platzes unter meinen Füßen knirschte. Noch bevor ich freie Sicht auf das Areal hatte, auf dem unser Kreidemonster verschluckt worden war. Mein Unterbewusstsein hatte schlicht nicht erwartet, Dexter spuckend am Rand zu treffen.

Was sollte ich seiner Mutter sagen?

Was passierte, wenn ich mit seinem Wagen bei ihm zu Hause vorfuhr, mit einem Kopf, der vor wilden Gedanken rauschen würde – und einem kalten, leeren Beifahrersitz?

Ja, also, Miss Mullrouney, das war quasi so: Wir zerrten dieses Drecksding über den Rasen, wissen Sie, und dann machte es ... Na ja, es kam kein Geräusch, aber der Boden öffnete sich und fraß unsere Karre, man kann's nicht anders sagen.

An anderer Stelle einverleibte sich ein anderes Loch dann den Oberhirschen, und als ich zurückkam, war Ihr Sohn, mein guter alter Kumpel Dex, vom Erdboden ... weggelutscht oder so. Jedenfalls nicht mehr da.

Fragen?

Nein, ich möchte keine selbst gemachte Limonade.

Ich hörte mein Blut in den Ohren rauschen, während ich nachdachte.

Simmons war weg, durch den Teppich geglitten, wenn man so wollte, Dexter war weg.

Ich hätte zum Auto rennen und Hilfe holen können, aber was sollte ich sagen? Dass der Erdboden sich aufgetan hatte, um die beiden zu verschlingen? Konnte ich tun, und ich war nah dran, aber etwas sagte mir, dass ich diese Nummer allein durchstehen musste. Etwas wisperte in meinem Kopf, dass es sonst noch schlimmer werden würde. Vor allem aber wollte ich nicht weg vom Loch, weg von Dex. Ich konnte es nicht. Falls Dexter schreien oder um Hilfe rufen würde, wollte ich da sein.

Wenn es eine völlig natürliche Erklärung gab, würde ich sie herausfinden, und meine streng anerzogene Logik bettelte um diese Erklärung wie ein hungriger Köter.

Das meiste, was ich zur Durchführung meines Experiments benötigte, fand ich im Wagen.

Den Rest entlieh ich aus Simmons' Büroschublade.

Angelschnur, ein Schreibblock für Notizen, Werkzeug.

Ich verteilte den ganzen Krempel auf der Wiese und begann dann, ihn zu sortieren, hoffend, dass diese Form der Ordnung auch meinem Kopf etwas Gutes tun würde.

Das Abschleppseil legte ich fünf Meter weit weg; es war der letzte Gegenstand, den ich brauchen würde.

Ich legte mich flach auf den Bauch.

»Erster Versuch«, sagte ich, als spräche ich in ein Diktiergerät.

Ich knotete einen Schraubenschlüssel an das Ende der Rolle Angelschnur, die wir zum Potomac River mitgenommen, aber nie benutzt hatten, und begann sie abzurollen.

Ich ließ Leine und Leine und Leine. Die Angelsehne war für die Hochseefischerei ausgelegt. Etwas dicker als ein Schnürsenkel, sollte angeblich einen wütenden Marlin halten können.

Wie viel Schnur war auf einer solchen Rolle? Hundert? Zweihundertfünfzig?

Es war, als ließe ich meine Hoffnung durch meine Hände und hinunter in einen Schlund gleiten. Wenn die Rolle leer war, würde auch mein Bangen um eine Erklärung, die gut, amerikanisch und vernünftig war, ein Ende finden.

Meter um Meter verschwanden in der Dunkelheit. Ohne etwas dagegen unternehmen zu können, stellte ich mir vor, wie die Finsternis unter mir den transparenten Perlonfaden einfärbte. Wenn ich ihn wieder hochzog, würde er von ekelhafter, glitschiger Schwärze sein, und wo er die Kunststoffrolle berührte, würde feiner Rauch aufsteigen, der von einem leisen Zischen begleitet wurde, als wäre man auf eine kleine, aber tödliche nackte schwarze Schlange getreten.

Ein Ruck durchfuhr die Schnur, dann stoppte sie.

Ich produzierte eine Schlaufe, als ich weitere Zentimeter hinabgleiten ließ; dann spannte sich die Schnur, wurde wieder gelockert, spannte sich erneut.

Ich hörte einfach auf zu atmen, glaube ich.

Mein Hirn schlug Kapriolen.

Ich war auf dem Grund angekommen, ich war ...

Und wieder ruckte die Schnur.

Ich war gar nichts.

Irgendjemand zerrte an der Schnur – jemand, der in absoluter Dunkelheit den Schlüssel in die Hände bekommen hatte und nun versuchte, das Werkzeug an sich zu nehmen, indem er fest genug riss und zog.

Ich saß an der falschen Seite der Angel, fühlte mich aber nicht stark genug, einfach loszulassen. Ich glaube, ich schrie. Jeder Ruck ließ mich zittern, und mein Atem ging stoßweise.

Dann hörte es auf.

Ich ruhte zehn Minuten aus – sechshundert Sekunden, in denen ich weinte. Ich weinte, weil ich wusste, dass Dex dort unten war, tot oder lebendig, und ein barmherziger Teil meines Verstandes betete wie ein kleines Kind, dass er tot war. Damit ich nicht dort runtermusste, um ihn zu suchen. Es war so tief.

Was ich dann tat, war ein Fehler, aber ich konnte nicht anders.

Mir war klar geworden, dass tief dort unten keine Unterkellerung war, kein Abwasserkanal, keine natürliche Höhle, die durch Faulgase oder aggressive Mineralien oder marodierende Erdmännchen entstanden war: Es konnte die Hölle sein, Dantes Inferno, oder etwas ganz anderes.

Keine Ahnung, woher ich es wusste, aber ich bin mir sicher, dass dieses wilde Zerren an der Angelschnur einer der Auslöser war.

Ich nahm das Ringbuch – ich hatte auch einen kleinen Block mit gelben Post-it-Zetteln, aber die waren zu leicht – und holte die Schnur ein.

Sie war eiskalt, aber nicht schwarz.

Der Schraubenschlüssel tauchte aus der Tiefe auf, und mein Herz setzte einen Schlag aus.

Als ich ihn abgesenkt hatte, war er glänzend und von einer leichten Fettschicht überzogen gewesen; wir hatten ihn nie gebraucht, um einen Reifen zu wechseln.

Was jetzt aus der Dunkelheit ans Licht kam, glich einer obszönen Antiquität.

Dass der Schlüssel verbogen war, trifft es nicht ganz.

Er sah vergewaltigt aus: deformiert, als hätte etwas mit genügend Wut und Kraft seinen Hass gegen dieses hirnlose Stück Metall gelenkt.

Etwas, das Bissspuren sein konnten – und mein Hirn winselte bei dieser Assoziation auf –, hatte tiefe, schartige Abdrücke hinterlassen.

Was mich vollends die Fassung verlieren ließ, waren aber nicht die Spuren roher Gewalt, sondern dass der Schlüssel mit Rost bedeckt war.

Wie lange brauchte Stahl, um so zu rosten?

Feuchtigkeit und Luft, oder? So entstand Korrosion, und es dauerte lange.

Das Werkzeug war richtig zerfressen; fünfzehn Minuten in der Tiefe, und es bekam die Optik eines Gegenstands, den man am Meer vergraben hatte, als Nixon noch Präsident war.

Lieber Gott.
Ich schnitt den Schlüssel ab und ließ ihn auf die Wiese fallen. Ihn zu berühren machte mir Angst.

Die Schnur wies keine Alterserscheinungen auf, das überraschte mich nicht. Perlon braucht vermutlich tausend Jahre, um zu verrotten.

Ich führte das eiskalte Ende durch die Ringe des Schreibblocks, klippte einen Kugelschreiber daran und senkte ihn mit einem Gefühl seltsam tauber Faszination hinab.

Es ist nach Mitternacht, und ich muss trotz allem lächeln.

Der Hudson River liegt ruhig, und das hilft mir, denn ich bin nicht besonders gut im Steuern von Booten, auch wenn das hier nur ein aufblasbares ist. Dexters Schlauchboot mit den absurden Hörnern am Heck, die er mal bei eBay ersteigert hat.

Die nächtliche Skyline von Manhattan berührt mich noch immer; es ist wie der Anblick eines Vergnügungsparks, den man selten besucht, und jedes Mal, wenn man hinfährt, freut sich der kindliche Teil des Herzens und schlägt Purzelbäume.

Ich lächele wegen des dummen Gedankens an Dexters Mom: Wie ich mir zurechtlege, was passiert ist, und wie ich dem Unglaublichen eine gefällige Form gebe, während wir in der Küche sitzen und darüber reden. Ich hatte es mir hart vorgestellt.

Keine Ahnung, ob mein gesunder Menschenverstand das hätte bewerkstelligen können. Ich hätte ihn verbiegen müssen wie den Schraubschlüssel, aber da ich den Block hinunterließ, weiß ich nun, dass ich mir das schenken kann.

Armer, armer Dex.

Minuten nachdem ich den Block der Schwärze überantwortet hatte, begann das Rucken.

Es war zaghaft, zumindest am Anfang.

Ich saß sehr weit weg vom Loch, aber irgendwann spürte ich, dass ich die Schnur einholen konnte, und tat es.

Ich hörte in meinem Kopf diese asexuelle AOL-Stimme, als ich den

Block zurück über den Rand zerrte: Sie haben Post. Ich lachte so schrill, dass ich mich zwang, mir den Mund zuzuhalten.

Das Papier war völlig vergilbt, natürlich, und wellte sich an den Rändern wie sehr alter Scheibenkäse. Es hatte auch einen Geruch angenommen, aber ich kann nicht darüber sprechen, wirklich. Papier ist geduldig, sagt man, oder?

Dexter lebte. Er hatte geschrieben.

Die Schrift – nur ein Satz – verlief kreuz und quer übers Papier. An manchen Stellen war das Schriftbild nur ein Gespenst, an anderen hatte er den Block fast zerfetzt; ich stellte mir vor, wie er in absoluter Dunkelheit versucht hatte, mir einen Brief zu schreiben, während er das Papier betastete und sich ans Licht zu erinnern versuchte.

Oder an irgendetwas von der Welt hier oben.

Komm nicht runter, es bricht

Und noch zwei Worte, ein Name, so brutal gekritzelt, dass er sich durch den halben Block gedrückt hat.

Ich weinte, und wo meine Tränen das Papier trafen, löste es sich auf.

Eine kleine Welle lässt das Boot ein bisschen schlingern.

Wenn Amerika das übersteht, übersteht es alles, oder nicht?

Ich bin kein Patriot, wirklich nicht – ich begnüge mich damit, es Dexters Mutter nicht erklären zu müssen; wird echt nicht nötig sein.

Gut, dass Wasser keine Löcher bildet. Ist doch so, oder? ODER?

Wenn ich Dexters Nachricht richtig verstanden habe, dauert es nicht mehr lange.

Ich hätte jetzt gerne was zu rauchen, aber ich habe meine Zigaretten im Auto vergessen. Von hier aus kann ich den Dodge nicht sehen, und das kann alles Mögliche bedeuten.

Wenn Manhattan irgendwann diese Nacht absackt, vollständig und mit Sack und Pack und Stumpf und Stiel, Hunden und Katzen, und wenn mein Lieblingscomicladen und Pizza Hut und das Pornokino Ecke Fünfte und der Central Park dem hungrigen Abgrund entgegenrasen, wenn die Menschen aus ihren Betten stürzen, um dann weiter und weiter zu fallen, und wenn ihre Hirne unterwegs alles bis auf ein paar besonders starke Fragmente löschen, wenn das, was Amerika groß gemacht hat, von Zähnen zerkleinert wird, die sich auch für einen 12,95-Dollar-Schraubschlüssel nicht zu schade sind, dann würde ich mir echt gern eine anstecken, denn wenn es jemals eine Rechtfertigung für die Zigarette danach gab, dann diese.

Diese blöde Geschichte, dass das Böse auf die Erde zurückkehrt: Bullshit.

Wir kehren zurück.

Ich falte den Block behutsam zu Papierschiffchen und lasse sie in die Nacht davongleiten.

Die letzten beiden Worte schaukeln in die Dunkelheit, schlingern ein bisschen und gehen dann unter.

New York

Hat das Empire State Building gewackelt?

Hat es?

Eine Zigarette würde mich jetzt echt nach vorn bringen.

Aber bevor es nach vorn geht, geht's erst mal lange nach unten.

Das Dessert

»Wie ist die Ente?«
Der Mann, dessen Namen ich in meiner Eigenschaft als Koch nicht kenne, nickt.
»Die beste Ente meines Lebens.«
Musik in meinen Ohren! Ich frage meine Gäste stets, wie es mundet, auch wenn es ungewöhnlich erscheint. – Ich bestehe darauf! Trotz der immer schneller wachsenden Ansprüche der Menschen dieses neuen, schnellen Jahrtausends und immer ausgefeilteren und absurderen Zerstreuungen ist mein Handwerk seit den Anfängen der Zeit gleich beliebt, gleich bewundert geblieben.

Seit Menschen das erste Mal rohes Fleisch ins Feuer warfen, ist der Beruf des Kochs vom Garer zum echten Künstler gereift. Wer sonst könnte aus etwas Fleisch, einer Handvoll Gewürzen und ein wenig Hitze etwas erschaffen, was den Gaumen vibrieren lässt?

Von allen Köchen Dortmunds bin ich der meistbeschäftigte. Wahrscheinlich gibt es in jeder Stadt jemanden wie mich, der die bekannten Menschen unserer Gesellschaft verwöhnt. Einen, der in der Gunst der »Großen« ganz oben steht.

Ich koche, was immer Ihr Herz begehrt. Wenn Sie kommen, tun Sie es immerhin auf ausdrücklichen Wunsch des Kanzlers. Nennen Sie mir Ihren Wunsch, ich werde ihn erfüllen können, sofern Sie vom Genuss des Fleisches bedrohter Arten Abstand nehmen.

Ich blicke meinen Gast an – für mich gibt es immer nur den einen bevorzugten Gast, der für alle hingerissenen und zufriedenen Gäste steht – und frage, ob ich noch etwas tun kann.

»Noch ein wenig Wasser.«

»Gern«, sage ich, obwohl Getränke nicht in mein Ressort fallen, und entferne mich, um die Entkapselung einer weiteren wohltemperierten Flasche Perrier zu veranlassen. Selbstverständlich ohne vulgäre Kohlensäure, die das Dessert verderben würde.

Während ich meinen Assistenten mit dem Tablett, auf dem die Königin allen Wassers thront, auf den Gast zueilen sehe, betrachte ich den Speisenden, wie viele Hundert zuvor, als das, was er ist: ein verhalten kauendes Gesamtkunstwerk, von innen erstrahlt durch die Fulminanz der Mahlzeit, die er an dem reinweiß gedeckten Tisch in sich aufnimmt.

Ein erhabenes Bild, aber: Der Mann sieht nicht glücklich aus, finde ich.

Als sich unsere Blicke treffen, meine ich, das Phantom eines ungewissen Schmerzes in seinem Gesicht zu sehen, und das widerspricht entschieden meiner Vorstellung eines zufriedenen Gastes. Natürlich geht mich das wenig an. Solange er mit der Kunstfertigkeit meiner Speisen einverstanden ist, soll es mir egal sein.

Liegt es an der Aussicht? Die rauchenden Schlote vor dem Fenster, die wie steinerne, dunkle Finger in den verhangenen Himmel ragen, tragen vermutlich nicht zur Erbauung bei.

Nun, das Dessert wird ihn wieder zum Strahlen bringen. Eine unfassbar raffinierte Süßspeise, deren profane Inhaltsstoffe – Karamell, Milch, eine Auswahl exotischer Nüsse und eine von mir persönlich verfeinerte Eissorte – in keinem Verhältnis zum Ergebnis stehen: eine Mousse für Könige, so subtil in ihrer geschmacklichen Nuancierung, dass seine Zunge irritiert erzittern wird. Der Begriff Oralerotik passt auf nichts besser als auf meine Kreation dieses schwülen Gaumentraums, wenn Sie mir diese etwas anrüchige Bemerkung gestatten. Überflüssig zu erwähnen, dass es den Magen nicht belastet.

Der dort sitzende Mann – noch ahnungslos über seiner zweifellos brillanten Mahlzeit sinnierend – wird wie vom Schlag gerührt sein, wenn er den Löffel mit dem Dessert zum Mund geführt hat.

Ich habe mich mit dem eigenwilligen Charme des Etablissements, in dem ich diene, arrangiert. Der Mangel an Bildern, Blumen und die äußerst begrenzte Anzahl an Tischen erscheint meiner Legendenbildung eher zuträglich; meine Chefs wollten speziell mich für diese neue Art der Bewirtung, die mir künstlerisch vollkommen freie Hand lässt. Der Gastraum ist auf ein dekoratives Minimum reduziert: Nichts bis auf die etwas morbide Aussicht lenkt vom Wesentlichen ab. Das Ambiente hemmt nicht meine Kreativität, wie ich zuerst dachte. Museen verstopfen ihre Ausstellungsräume schließlich auch nicht mit opulenten Blumenarrangements und dergleichen. Die Essenz – das Mahl – zählt.

Nur der zeitweilig auftretende, unwürdige Zeitdruck betrübt mich mitunter. Nun, der Punkt mit den begrenzten Mitteln wäre noch anzuführen: Ich kann nicht aus dem Vollen schöpfen, was die Zutaten betrifft. Geld ist knapp, überall. Aber ich bin erfinderisch. Trotz kann auch ein Motor sein. Und mein Trotz sorgt dafür, dass jeder – ich wiederhole, jeder! – in den Genuss der besten Speisen kommt, die zu erschaffen ich imstande bin.

Ich bin seit dreißig Jahren Koch. 1998 machte ich meinen Abschluss, um dann große Teile Europas zur Perfektionierung meiner Fertigkeiten zu bereisen. Die Zeiten sind seitdem härter geworden, die Währung weicher, aber die Leute geben nach wie vor große Summen für kulinarische Genüsse aus, und so soll es sein.

Andere kommen sogar umsonst in den Genuss, wenn das Schicksal es will. Diese vom Schicksal Begünstigten sind mir die liebsten.

Seit ich meine Berufung erkannt habe, war ich immer bestrebt, die Menschen im Rahmen meiner Mittel glücklich zu machen. Jeder meiner Gäste, Männer wie Frauen, ist auf seine Weise mit Problemen behaftet, aber für die Momentaufnahme eines Lächelns koche ich wie

Gott für sie. Meine Gäste sind dankbar, immer, ganz gleich, wie angespannt sie sind.
Je länger ich für sie wirke, desto seltsamer, charmant verwirrter werden sie. Das rührt mich stets, wohl wissend, dass sie es trotzdem mehr als verdient haben, die Nutznießer meiner Profession zu sein.

Da: Ich sehe, wie er die damastene Serviette faltet, das Besteck präzise auf dem Teller ausgerichtet.
Er hat sehr langsam gespeist. Wirklich sehr, sehr langsam.
Der Hauptgang ist beendet. Es wird Zeit.
Mein Gast schaut auf: In seinem Blick liegt eine gewisse Befriedigung, der Anflug eines Lächelns. Er, der Selige, ahnt ja nicht, was ihm noch bevorsteht; meine kulinarische Verbeugung vor da Vincis Mona Lisa: perfekt und betörend. Der Glanz und die Erhabenheit von Michelangelos Sixtinischer Kapelle, wiedergeboren in einer Creme, welche die Sinne verzaubert.
Sein Fuß hat die Schwelle zum Paradies berührt, aber seine Zunge wird ihm hinüberhelfen.
»Jetzt kommt das Dessert«, sage ich.
Eine Handbewegung reicht aus, meinen Assistenten zu mobilisieren. Er verschwindet, um der Kühlkammer meines Reichs aus Chrom und Walnussholz den ultimativen Genuss zu entnehmen, während ich mich meinem Gast erneut nähere. Ich lächele ihm ins Gesicht. Ich kann nicht anders. Das Dessert ist erst vor sechs Minuten geeist worden. Perfekt.
Er sieht mich an, sein Blick scheint zu flackern.
»Dessert? Nachtisch? Jetzt schon?«, fragt er.
Dieses erwartungsvolle Gesicht, wie ein Kind am Weihnachtsabend ... Es ist schwer, den Mann nicht zu mögen. Zwar entsprechen seine Kleidung und Frisur nicht dem, was ich mir unter einem dem Anlass angemessenen Äußeren vorstelle, aber sein Gesichtsausdruck lässt mich wohlwollend darüber hinwegsehen.
Mein Assistent gleitet heran, eine Schale erlesenen Kristalls auf einem Silbertablett in den Händen. Sein Gesicht ist – wie stets – von

formeller Leere; weiß er doch, dass jede mimische Akrobatik gegen die Reinheit dieses Desserts verblassen muss.

Dessert – mir widerstrebt dieser ordinäre Begriff ein wenig. Als würde man das Chrysler Building Hütte nennen.

»Eine kleine Aufmerksamkeit des Hauses«, sage ich mit leichter Verbeugung. »Sie werden es lieben. Es ist der vermutlich reinste Genuss der Welt.«

Der Mann ergreift den filigranen, vorgewärmten Löffel und versenkt ihn langsam in der perfekten Schaumigkeit; bereit für den Genuss ... aber ausgestattet mit zu wenig Zeit, fürchte ich.

Ich blicke auf die Uhr, die an der Wand in grellroten, beschämend schreienden Ziffern rückwärts zählt.

In der Tat.

»Mon Dieu«, murmele ich. Er schaufelt es nur so in sich hinein.

»Langsam, guter Freund. Langsam!«

Er scheint mich nicht zu hören; Herr, nun leckt er die Schale aus. Ich wende mich ab.

Vier.

Drei.

Zwei.

Die Tür öffnet sich mit dem üblichen, atonalen Piepen, das so gar nicht mit der Feierlichkeit des Augenblicks harmoniert, und die Männer treten ein.

»Es geht los«, sagt einer von ihnen.

Der andere greift meinen Gast hart bei der Schulter.

»Aufstehen«, sagt er mit leerem Gesicht, und mein Gast erhebt sich.

Ich sehe, dass er weint. Das berührt mich jedes Mal.

Die Männer führen ihn fort, durch die Schleusentür, den unbeleuchteten Gang entlang zu ihrem Arbeitsplatz, der meinem so ähnlich und doch so anders ist.

Zu den Öfen.

Sie werden ihm vorher den Magen öffnen. Ich benötige das Dessert zurück, denn der Tag ist noch lang nicht zu Ende.

Mein Assistent eilt den Männern durch den Gang nach, ausgerüstet mit einer frischen Schale und dem sterilen Schöpflöffel. Er ist ein Genie, wenn es darum geht, Entenfleisch von Wundern zu trennen.

Ich bin der meistbeschäftigte Koch Dortmunds.

Die eine Sache, die mich betrübt, ist, wie ich schon sagte, der Zeitdruck in Verbindung mit zu geringen Mitteln.

Die andere, dass niemand mich weiterempfiehlt.

Zimt

»FBI«, blaffte Feil. Ein zorniges Gesicht schaute ihm direkt in die Augen, zu allem entschlossen.

»Sie haben das Recht, die Aussage zu verw...«

Herwig betrat den Waschraum, und in seiner Eigenschaft als ziemlich erfolgreicher Fahnder begriff er die Situation augenblicklich.

»Feil! Mann! Nichts gegen die gute alte Jerry-Cotton-Nummer, aber das ist wohl nur peinlich, oder?«

Feil löste sich von seinem Spiegelbild und ließ die kleine Mappe mit seinem Dienstausweis zuschnappen.

»Fantasie, Kollege. Ein bisschen lupenreine Imagination, okay?«

Feil fischte seinen Blouson vom Waschbeckenrand und grinste, aber er wirkte trotzdem ertappt.

»Ist klar«, erwiderte Herwig. »Bist du bereits aufnahmefähig für weltliche Arbeit, oder jagst du noch Dr. No auf dem Scheißhaus? Wir haben was.«

Feil fuhr.

Kein Funk zur Stunde, wenige Leute auf den Straßen.

Das metallische Aufschnappen eines Zippo zerschnitt die Stille: Herwig entzündete seine Marlboro. Auf Feil wirkte es affektiert. Dieses betont lässige Hantieren mit dem Feuerzeug – nichts als die Kasperei eines Idioten, der sich für den Flipperkönig hält. Wer war Klaus Herwig schon, dass er ihm im Waschraum in die Parade pfuschte?

Ein kleiner Wichser mit Mickey-Rourke-Attitüde: klick-klack und nichts dahinter.

»Mal langsamer werden«, murmelte Herwig, wobei er den Rauch aus den Lungen entließ.

»Wo?«

»Ja, hier. Wo FLEUR draufsteht. Park mal.«

»Kannst du mir mal sagen, was hier los ist?«

»Nichts.« Herwig aschte durch den Fensterspalt.

Sicher, Mickey, dachte Feil, be cool. Arschloch. Feil blickte aus dem Fenster.

»Brauchst du ein neues Rasierwasser?«

Herwig ließ sein Feuerzeug zuschnappen, warf Feil einen müden Blick zu und stieg aus. Feil folgte ihm.

»Kripo Dortmund, Herwig. Morgen.«

Die Angestellte war ein billiger Traum in Türkis, an ihrem Revers prangte ein Schwan aus Strass; ihr Lächeln war zu rot, um echt zu sein, und sie duftete nach künstlichem Provence-Frühling.

Es war kurz vor acht Uhr. In einer Stunde würde der Laden öffnen.

Feil ließ rasch den Blick schweifen: übergroße Flakons, die Gallonen von Parfum hätten fassen können, wären sie nicht nur brüllende Dekoration gewesen; Chromregale voller Packungen mit Düften, die Sex, Männlichkeit, Abenteuer und die unerschwingliche Leichtigkeit des Seins anpriesen.

»Der Hausmeister ... er ist im Pausenraum.« Die Verkäuferin flüsterte, als spräche sie über Familienschande. »Meine Kollegin hat ihn gesehen und ist sofort wieder abgehauen.«

Abgehauen, registrierte Feil lächelnd. Er mochte es, wenn bei gut maskierten Menschen die Fassade verrutschte und etwas Dortmunder Hinterhof hervorblitzte.

»Ja«, erwiderte Herwig, »bringen Sie uns hin.«

Vorbei an hölzern starrenden Damen mit ähnlichen Strasstieren am Kostüm, spürte Feil, wie die Sohlen seiner billigen Sneaker sich am Teppich statisch aufluden.

Er fragte sich, was es hier zu klären gab.

Sie erreichten eine Stahltür, von Acrylglasregalen flankiert. Halbherzig rot gestrichen, um nicht zu hart zu wirken.

»Danke. Den Rest schaffen wir allein«, sagte Herwig, und die Verkäuferin schien dankbar dafür, auch wenn ihr Lächeln etwas zittrig geriet.

Herwig brachte diesmal nicht seinen alten Gag. Normalerweise, wenn es die Wohnungen von Dealern oder anderen kriminellen Idioten zu betreten galt, lehnte er sich direkt an die Tür, vollführte eine kleine, listige Drehung und flüsterte: »Nach Ihnen, Feil. Die Entbehrlichen immer zuerst.« Beim ersten Mal war Feil die Kinnlade nach unten gerutscht.

»Keine Sorge. Wir sind Kollegen. Wenn dich einer abknallt, werde ich einen besonders garstigen Bericht schreiben«, hatte Herwig hinzugefügt, und da war Feil aufgegangen, mit welcher Spezies er es zu tun hatte. Herwig war kein Mann mit vielen Facetten, kein vielschichtiger Charakter, kein ruppiger Bulle mit einem Herz aus Gold.

Er war ein Arschloch erster Güte.

Herwig drückte die Stahltür auf und ging vor. Es war wie hinter den Kulissen eines Vergnügungsparks: Die Außenhaut war zwar glänzend und flimmernd, das Innere allerdings kellerhaft kalt.

Eine Neonröhre für fünfzehn Meter kahlen Ganges, an dessen Wänden Plakate hingen, die darauf hinwiesen, dass »Personaldiebstahl eine sofortige Entlassung aus dem FLEUR-Team« zur Folge hatte. *Wie furchterregend*, dachte Feil. *Gibt es ein Leben nach FLEUR?*

»Aufenthaltsraum«, sagte Herwig, wies mit seiner haarigen Hand auf eine weitere Stahltür, dunkelbraun, und stellte sich davor.

»Feil?«, sagte Herwig, und dieser verdrehte die Augen. »Jaja. Erspar es mir.«

»Nein: Riechst du das?«

Feil roch es: Ein Gemisch aus beißenden Putzmitteln hatte mittlerweile die Düfte der Parfümerie verdrängt. – Aber halt, da war noch

etwas anderes: dieser salzige, feuchte, irgendwie an Weihnachten erinnernde Geruch ...
Weihnachten?
Herwig öffnete forsch die Tür, und eine Welle dieses Gestanks brandete ihnen entgegen. Feil glaubte für einen Moment, sich übergeben zu müssen.
Dann traten sie ein, zögerlich zwar, aber sie taten es.

Schwülwarme verbrauchte Luft; ein Cola-Automat, ein Tisch, von unbequem aussehenden billigen Stühlen umstellt, das Poster einer Kampagne von Calvin Klein, auf dem sich ausgezehrte Gestalten umschlungen hielten, und auf dem Fußboden ein gusseiserner Tischaschenbecher. Er war nach unten gestellt worden, um dem Fleischding Platz zu machen, das auf dem Tisch lag, Blasen warf, stank und wimmerte.

Fleisch und Kleidung des Hausmeisters bildeten eine rücksichtslose Allianz schwärender Nässe; der Mann schwamm im eigenen Saft, einer trübrosa Flüssigkeit, die ihm aus Hose und Hemd und überall aus dem Körper troff, Pfützen bildete, die überliefen und zu Boden pitschten.

»Großer Gott, der Kerl stirbt!«, rief Feil. Es war so offensichtlich für alle Anwesenden, dass ihm nicht in den Sinn kam, leise zu sprechen.

»Kein schöner Anblick«, sagte Herwig nur.

»Wo zum Teufel sind die anderen? Der Krankenwagen, die Feuerwehr, die Spurensicherung, meinetwegen der Bürgermeister und die Küstenwache! Scheiße! Was sollen wir hier?« Er griff in seine Innentasche und holte sein Nokia hervor.

Herwig umfasste blitzartig sein Handgelenk. »Lass es.«

»Ja, wie, lass es? Was heißt das denn?« Feils Stimme offenbarte eine leise Panik. »Sollen wir ... Wir müssen doch was tun!«

»Die Toxikologie-Boys schlagen in Bälde auf«, erwiderte Herwig. »Die regeln das.« Er ließ Stahl aufblitzen, in einer flüssigen Bewegung voller Beiläufigkeit, und dann ertönte das übliche, von Feil so verhasste Scharren, als der Deckel des Zippos aufklappte; Benzingeruch, Reibung, die Flamme.

»Muss das jetzt sein?«
»Willst du 'n kurzen Exkurs über Nikotinsucht, Cotton? Wir haben alle unsere Laster. Ich ballere mir gern Gift durch den Leib, du wärst gern beim FBI ... Bleib mal lässig. Wenn wir das hier glattkriegen, bekommst du vielleicht 'n Geschenk vom Dezernat.«

Die Spitze der Zigarette glomm dicht vor Feils Gesicht auf, und er spürte eine ungute Lust, seine Karriere mit einem Schlag in dieses selbstgefällige, überkronte Maul zu beenden.

»Mann, ist das scheißwarm hier drin!« Herwig zog seinen langen Mantel aus und hängte ihn an einen Haken, der neben der Tür aus der Wand ragte.

Feil setzte zu einer bissigen Bemerkung an, kam jedoch nicht mehr dazu. Der Schrei des Hausmeisters war clownesk; er startete blubbernd, steigerte sich auf Teekesselschrille und verebbte in einem nassen Rasseln. Feil vergaß augenblicklich und für immer, was er hatte sagen wollen.

Er ging einige Schritte auf den Fleischberg zu, überlegte es sich dann aber anders. *Das konnte ansteckend sein. Ein Virus. Wundbrand! Nein, Wundbrand war anders.*

Als er sich wieder umdrehte, hielt Herwig einen Mundschutz aus Gaze und dünne Gummihandschuhe in der Hand.

»Du willst den doch nicht anfassen?«

»Nein«, sagte Herwig grinsend und hielt ihm die Utensilien hin.

»Die Entbehrlichen immer zuerst. Kennst das ja.«

»Nee, ne? Was willst du überhaupt von ihm?«

»Wir müssen die Personalien checken. Du siehst ein, dass das unserem Jobprofil entspricht, oder? Kollege?« Herwig blickte rasch auf seine Uhr. Dann zertrat er die Kippe unter dem Absatz.

Feil behagte die Betonung des Wortes *Kollege* ebenso wenig wie die Aussicht, dem verfaulenden Mann zu nahe zu kommen. Der Sterbende hatte keine Taschen mehr, die nicht auch Haut und Fleisch waren, keinen Kittel, der vom Leib des Mannes zu trennen gewesen wäre. Man hätte ein Skalpell benötigt, um an die Innentasche zu kommen.

»Vergiss es, ich fass den nicht an. – Warum fragen wir nicht vorne nach seiner Personalakte?«

Eine Pause entstand, in der nur das nasse Blubbern des Hausmeisters zu hören war.

Herwig begann zu nicken.

»Okay, so machen wir es. Ich geh die Tussi fragen. Du wartest hier so lange.«

»Warum?«

»Warum? Sieh dir den Kerl an, wir können den doch nicht einfach hier alleine lassen! – Ich bin in einer Minute wieder da. Okay?«

Er wartete Feils Antwort nicht ab und ging hinaus. Er schloss die Tür hinter sich und ließ Feil mit dem Mann allein. Feil trat unwohl von einem Bein auf das andere.

Der Hausmeister schnaufte. *Er klingt wie eine Dampfmaschine*, dachte Feil.

Dann fiel ihm ein, woran ihn der Geruch erinnerte: Zimt! Es war wie Zimtsterne, Zimttee, Milchreis mit Zimt ...

Nein. Eigentlich roch es hier wie Scheiße mit Zimt. Tod mit Zimt.

Die Lache unter dem Tisch war größer geworden. Feil hatte sich mit dem Gedanken vertraut gemacht, dem Hausmeister beim Verenden zuzusehen, als er das Geräusch aus dem Flur vernahm: Ein schweres, schabendes Poltern, dann erzitterte die Tür.

Was war da los?

Feil marschierte zum Ausgang, den mittlerweile zu einem Hecheln angeschwollenen Atem des Mannes auf dem Tisch, so gut es ging, ausblendend. Die Klinke ließ sich herunterdrücken, aber die Tür ging nicht auf.

Was zum Teufel ...?

Drei Sekunden später klingelte das Handy.

»Ja? Feil?«

»Lebt er noch?«, fragte Herwig. Er klang blechern und echohaft.

»Ja, er lebt noch. Und die verdammte Tür geht nicht auf!«

»Ich weiß. Hab ein Regal davorgeschoben. So ein Stahlbiest von Versace. Aber jetzt sind wir ungestört. Die Verbindungstür zum Laden ist ebenfalls dicht.«

»Du hast ... WAS?«

»Hör zu, ich weiß nicht, wie viel Zeit wir noch haben. Such eine kleine blaue Flasche. Sieht aus wie ein Parfumflakon. Eddy muss ihn bei sich haben.«

Feil versuchte, seine Gedanken zu ordnen.

»Ach, so läuft das. Jetzt kapier ich. Das nennt man Nötigung, mein Lieber! Ich fass den Mann nicht an!«

Er hat ihn Eddy genannt ...

»So einfach ist das alles nicht«, hörte er Herwig sagen. »Wenn Carolo nicht in einer Stunde die Flasche bekommt, gibt es mächtigen Ärger.«

Jetzt war Feil wirklich schockiert. »Was ... hast du mit Carolo zu schaffen?«

Was hatte überhaupt *irgendwer* mit Carolo zu schaffen? Er war der Unberührbare. Albaner, Millionär, die Nummer eins des verrotteten Teils dieser Stadt. Autoschiebereien, Drogen, Nutten, Mord.

Kein charismatischer Mann, nicht wie Marsellus Wallace oder Christopher Walken in *King of New York*. Er fraß wie ein Schwein, kettete Babyhuren an die Heizung und kaufte sich langsam, aber sicher die Innenstadt zusammen.

»Wir sind Geschäftsfreunde«, sagte Herwig.

»Ich leg jetzt auf.«

»Würde ich nicht tun, Feil, Kollege.«

Der Hausmeister hinter ihm erzeugte ein heiseres Bellen. Feil fuhr herum.

Der Kerl, das verdorbene Fleisch, hatte sich aufgerichtet! Wo der Körper belastet wurde, platzte die Haut ab wie Blätterteig, und blutiger Schaum quoll hervor.

»Geht es los?«, erkundigte sich Herwig.

Als Feil nicht antwortete, fuhr er fort: »Judas Acht. So heißt das Zeug. Carolo wartet seit sechs Wochen auf eine Probe.«

Das Aufsetzen nackter Füße in eine Pfütze.

»Bloß keinen Hautkontakt und nicht in die Atemwege kommen lassen. Am besten nicht mal schräg ansehen. Du siehst ja, was es aus Eddy, dem Besenschwinger, gemacht hat.«

»Oh Gott«, flüsterte Feil.

»Man sollte wichtige Lieferungen einfach keinen Idioten anvertrauen. Eddy hat schon immer geklaut. Alle waren sich einig, dass er es zu nichts bringen wird. Das hat er nun davon. Es beginnt mit Blindheit. Als hätte man den Schalter umgelegt. Klack. Die Organe beginnen, sich zu verflüssigen, aber das dauert. Erst die Haut, die Muskeln, das ganze Drumherum, mal so unter Nichtmedizinern gesagt.«

Feil zog seine Dienstpistole. Entsichern. Herwig hörte es.

»Lass stecken. Ein Schuss, und Eddy platzt. Mir stank es ja schon, einen Meter ranzugehen ...«

»Scheiße! Ich lege jetzt auf und rufe Verstärkung.«

»Bis die kommt, bist du tot. – Deal? Du besorgst mir die Probe, und ich lass dich raus. Dann stelle ich dich Carolo vor. Wer weiß, vielleicht schaffst du es doch noch nach Amerika. Es muss ja nicht gleich das FBI sein.«

Erneutes Plitschen. Feils Augen weiteten sich.

Eddy lebte. Eddys Fleisch lebte.

Es wimmelte.

Seine toten Augen rollten in den Höhlen, und als er in die Finsternis lächelte, fielen leise klickend seine Schneidezähne zu Boden.

»Noch da? Das wird dich vielleicht interessieren: Tests mit Hunden haben ergeben, dass ... wie soll ich sagen? Man ist ganz allgemein der Ansicht, dass von Judas' Acht Befallene, na ja, Sex wollen. Haha! Keine Ahnung, ob das stimmt. – Besorg mir die Probe. Komm schon, wir kriegen das hin! Kleines Fläschchen, blaue Flüssigkeit, Plastikverschluss. Sieht aus wie ein Parfumflakon.«

Feil legte auf. *Nachdenken!*

Er wählte die Nummer des Präsidiums. Seine Finger flatterten.

0231...

Der Hausmeister knurrte wie ein tollwütiger Köter, bewegte sich aber nicht.

9 2 0 ...

Der Hausmeister machte einen Schritt vor, und etwas splitterte in Höhe seines Schienbeins.

1 ...

Wird er es bis zu mir schaffen? Wird er? Oder bricht er vorher zusammen wie ein verrotteter Campingstuhl?

Feils Unterlippe begann, unkontrolliert zu zittern. Er legte auf. Es klingelte augenblicklich. Herwig seufzte. »Bist du schon weiter? Er muss den Flakon bei sich haben. Oder er ist irgendwo im Raum. Also was nun?«

»Das kostet dich den Kopf«, wimmerte Feil.

»Der Flakon, Junge! Und versuch nicht, Eddy ein Gespräch aufzuzwingen. Da kannst du dich besser deinen Schuhen zuwenden. Sind übrigens grässliche Dinger. Salamander?«

»Ich bring dich um!«, schrie Feil.

»Jetzt mach!« Herwig legte auf.

Die Waffe oder das Handy. Waffe oder Handy?

Eddy stand wie ein Baum aus schwammigem Gewebe. Es fiel brockenweise von ihm ab. Er lachte lautlos. Seine Erektion unter dem Haut-Kleidungspudding war beachtlich.

Feil tappte traumwandlerisch einige Schritte zur Tür. Das war alles nicht wahr. *Unmöglich.*

»Bleib stehen«, sagte er. Dann war seine Beherrschung aufgebraucht. »GEH WEG VON MIR!«

Feil griff sich Herwigs Mantel vom Haken und hielt ihn schützend vor sich hoch. Er hörte gedämpftes Lachen hinter der Tür und entsicherte die Pistole. Wäre er doch nur öfter zum Schießtraining gegangen ...

Würde Eddy wirklich platzen? Würde sein malträtierter Leib bersten wie eine faule Melone, wenn das Projektil ihn erreichte? Er spähte über den Kragen des Mantels ...

... und blickte direkt in die Augen des Hausmeisters. Sie waren wie gekochte Eier, glänzend und feucht.

»DU!«, schrie Feil, ohne zu wissen, warum.

Dann schoss er. Der Knall war ohrenbetäubend.

Der Mantel blähte sich kurz, dann hing ein Geruch von verkohlter Wolle in der Luft.

Eddy barst nicht. Stattdessen riss seine schwammige Hand den Mantel herunter.

Feil blickte nur ganz kurz auf das Loch in Eddies Bauch. Die Därme schillerten nass-rosa, die Erektion zwanzig Zentimeter tiefer war noch um einiges leuchtender. Sie war nun durch das schwärende Hautgemisch nach außen gedrungen.

Feil schoss erneut, dann noch mal. Und noch mal. Er war nicht mehr er selbst, und das freute ihn auf eine stumpfe Weise. *Kistenweise Magazine*, dachte er. Feil hätte gefeuert und gefeuert, bis der Raum in Pulverdampf und Vergessen gelegen hätte.

Eddy lachte erneut lautlos, seinen Oberkörper unbewusst abtastend, der aussah, als hätte der böse Gott der Dentisten einige Backenzähne aus dem Leib des Hausmeisters gezogen.

Feil torkelte mit klingelnden Ohren durch den Aufenthaltsraum.

Als er in die Ecke neben dem Cola-Automaten sackte, sah er den blauen Flakon. Er war winzig, passte genau zwischen Wand und Automat.

Er fischte die Flasche hervor. Das Etikett sah aus, als wäre es dafür gedacht, Gefrierbeutel damit zu bekleben. Es war mit roter Tinte von Hand beschriftet:

J8

Feils Welt schrumpfte auf einen Quadratmeter zusammen, auf einen metallisch roten Horizont, Linoleum unter ihm, eine weiße Wand in seinem Rücken.

Nicht so, dachte er, wissend, dass er buchstäblich all sein Pulver verschossen hatte.

Als Eddy, der jetzt ein triefender Casanova war, ein steinharter, schäumender Liebhaber, ins Sichtfeld kam, zerrte Feil sich Herwigs Mantel um die Schultern. Er steckte die Hände in dessen Taschen, den Flakon umklammernd, und schloss die Augen. Er wusste, dass er sie nicht mehr öffnen würde.

Er ertastete etwas in der Manteltasche.

Casanova war da.

Ich möchte tot sein, dachte Feil, und als Eddy sich über ihn hermachte, schaltete Feil alles in sich aus.

Der Hausmeister war lieblos.

Feil fiel das Handy zweimal aus der Hand, aber er fand es wieder und tippte blind weiter.

Als Eddy sich entleerte, wurden alle Lichter gelöscht.

Carolo regelte das.

»Keine Aufregung, meine Damen«, sagte er und hob beschwichtigend die Hände, was eine Uhr von TAG Heuer an seinem haarigen Unterarm zutage förderte. »Alles wird, wie es war.«

Die Putzkolonne trug Schutzanzüge, und es tauchte keine Polizei auf. Carolo hatte wirklich alles geregelt.

»Mein Mann in Dortmund«, lächelte er, als Herwig wenig später in den Fond des Phaeton stieg.

Carolo gab ihm eine spielerische Ohrfeige.

»Du bist ein richtiger Fuchs.«

»Danke schön. Ich hoffe, Ihr Team hat sauber gearbeitet.«

Das war schon fast eine Unverschämtheit, aber Herwig wusste, dass er im Moment was riskieren konnte.

Carolo sah erwartungsgemäß darüber hinweg.

»Alles beseitigt. Deinen Freund brauchen wir noch im Labor, aber Eddy ist bereits auf dem Weg. Wir können es nicht riskieren, ihn zu verbrennen, aber in Hannover gibt es eine Kalkgrube. Hier ist dein Mantel.«

»Ist er sauber?«, fragte Herwig.

»Wie die Jungfrau Maria. Sonst hättest du ihn jetzt nicht.«

»Danke.«
»Wofür? Er ist billig. Magst du Armani? Komm heute Nachmittag zu mir. Du brauchst was Italienisches. Hast es dir verdient. Vielleicht lass ich dazu was springen, das Si, Si! stöhnen kann.«

Carolo ließ ein Fach in der Lehne aufschnappen und reichte Herwig eine Zigarre. Dieser griff zu und lehnte sich zurück. Er war jetzt auf dem Weg nach oben.

Sein Handy störte am Gürtel, also hakte er es aus und legte es auf die Konsole aus Walnussholz.

Er griff in seinen Mantel. Das Zippo war noch da. Er ließ es aufschnacken, und die Flamme tanzte, als er die Zigarrenspitze hineinhielt.

Er zog. Kalter Rauch.

Sein Handy zeigte, dass er eine Nachricht erhalten hatte. Er löste die Tastensperre und las:

> wenn du das lesen kannst, habe ich was falsch gemacht
> Abs. Feil, 09:02 Uhr

Er stutzte und glotzte sein Zippo an. Im Deckel klebte ein Etikett, wie man es für Tiefkühlbeutel benutzte.

... schmeckt wie ... der Rauch schmeckt wie ...
Zimt!

»Ey! Pass auf mit der Glut, du Idiot!«

Gern hätte Herwig das getan. Aber als Carolo dies sagte, war er bereits blind.

Auftakt

Lieber Freund!
Es gibt nur wenige Dinge, die mir mehr Freude machen, als zu schreiben, obwohl ich hier ziellos herumtippe – noch.
Denn ich möchte Sie um etwas bitten.
Hier. Jetzt.
Früher war es ein weißes Blatt Papier; ein klassischer Schreibblock, dazu ein sanft rollender Tintenschreiber. Ich konnte schreiben, wo ich wollte.
Mein Lieblingsplatz war der Garten.
Ich atmete den Duft all dieser Pflanzen, die mein Vater pflegte, wenn er nach Hause kam, und schrieb mit dem Block auf den Knien meine Geschichten.
Seit dem Tod meiner Mutter haben wir dieses Haus für uns allein; Vater hat es in den Sechzigern gekauft, und wir haben es von der Küche bis zum Schlafzimmer gelassen, wie es war, was den Garten mit einschließt.
Wir reden hier nicht von einem teppichgroßen Stück Wiese und einer Handvoll Blumen! Der Garten erstreckt sich u-förmig ums Haus, mit einer riesigen, bewachsenen Fläche voller Kirschbäume und Sträucher und kleiner Beete; mit Wegen, groß genug für einen Kleinwagen.
Aber ich darf nicht mehr in den Garten.

Vater hat mir letztes Jahr einen Computer gekauft. Das war, bevor die Probleme mit ihm begannen, aber etwa zu der Zeit, als dieser Verlag anklopfte.

Der Computer läuft den ganzen Tag. Ich komme gut mit ihm zurecht. Okay, der Monitor ist keiner dieser fingerdicken Apparate, sondern ein graues, brummendes Monster, aber was macht das schon? Wichtig ist nur, dass Worte entstehen. Wichtig ist, dass Sie das hier lesen.

Ich habe seitdem kein Papier mehr angefasst. Wozu auch? Sie können es schließlich lesen. Moderne Technik macht es möglich.

Das gefällt mir so an Büchern: Egal, wer ich bin, du nimmst das gelesene Wort, ohne einen Gedanken daran zu verschwenden, was für ein Mensch der Verfasser ist.

Ich bin von der einsamen Sorte. Und mein Verleger liest das hier sowieso nicht.

Das wissen wir doch beide.

Na ja.

Der Mann von der Telekom, der die alten Bakelitdinger gegen neue ISDN-Dosen getauscht hat, war der erste Besuch seit Mutters Tod vor vierzehn Jahren.

Ich sehne mich danach, mit einem Freund – oder einer Freundin – im Garten zu sitzen und zu reden oder zu grillen.

Dieses Haus hier macht mich krank. Der Garten macht mich krank.

Als Mutter starb, war ich sechsundzwanzig. Mein Vater ist ein sehniger Mann, der zupacken kann, aber er zerbrach daran. Das hat er mich allerdings nie spüren lassen.

Als Mutter noch lebte, ging es uns gut. Vater und sie kamen gut miteinander zurecht, obwohl er etwas wortkarg und grob ist; er hat sie nie geschlagen, aber er hat eine Seite, die ihn einfach hart wirken lässt.

Sie war die sparsamste Frau der Welt, sagte mein Vater immer, aber egal, was sie kochte, wir wurden immer satt.

Mutter konnte aus etwas Gemüse und ein wenig Fleisch etwas Besonderes zaubern; ich erinnere mich, als wäre es gestern gewesen. Der Duft von gekochtem Schweinefleisch ist noch immer in meiner Nase.

Das konnte sie wirklich: Teile eines toten, schmutzigen Tieres nehmen und daraus etwas zustande bringen, was für mich zum Symbol eines warmen Heims wurde.

Der Duft fehlt mir auch. *Vor allem* der Duft.

Mutter sorgte für mich; und dafür, dass ich mich sicher fühlte und geliebt.

Dann betrat die Krankheit unser Haus.

Mutter konnte nicht mehr für uns kochen; sie wurde schnell müde, brauchte viele Pausen und Unmengen weißer Tabletten aus getönten Fläschchen.

Einige Monate später ließ ihre Krankheit dann richtig die Muskeln spielen. Meine Mutter magerte in einer Art hungrigem Zeitraffer auf das Gewicht eines Kindes herunter, und dann, eine weitere Woche später, kam der schwarze Torero und stieß ihr den Degen ins Genick.

Können Sie sich vorstellen, was es heißt, keine Freunde zu haben?

Chatrooms sind da wirklich kein echter Ersatz. Du sprichst mit Leuten, die auch einsam sind, okay – aber die haben auch alle 'ne Macke.

Ihr seid nett, wenn ich mir Geschichten für euch aus den Fingern sauge, aber nicht da, wenn ich euch brauche, oder?

Es ist einfach nicht das Gleiche.

Vater kocht neuerdings vor allem Gemüse. Er faselt stets von »gesundem Geist, gesundem Körper«, wenn wir sprechen. Aber das tun wir nicht oft.

Nach Mutters Tod bemühte er sich, ihre Künste am Leben zu erhalten, doch die Erfolge waren eher bescheiden. Meistens ruft er von unten an, um mir zu sagen, das Essen sei fertig. Wenn ich dann meine Zimmertür öffne, höre ich die Tür seines Raumes zuschlagen und das Drehen eines Schlüssels. Immer der gleiche Teller, immer der gleiche Platz: auf der ersten Stufe der Treppe, die nach unten führt.

Heute gab es Erbsen und Kartoffeln, wobei die Kartoffeln nur unwesentlich größer waren als die Hülsenfrüchte.
Er meint es wohl gut, aber mich ödet es an.
Mit Erbsen, Kartoffeln und dem anderen Kaninchenzeug ist es kein Heim, oder?
Bin ich Popeye, verdammt? Fragen über Fragen.
Apropos:
Wozu braucht ein Telekom-Mann einen Hammer?
Ich schrieb gerade ›Der Mitbewohner‹, als er in den Garten kam. Das musste er auch; sein Wagen parkte vorm Gartentor. Dass der Weg ums Haus breit genug ist, um einen Kleinwagen darauf fahren zu lassen, heißt nicht, dass Vater es erlaubt hätte.
Ich weiß noch, was der Mann sagte:
»Hab alle Dosen angebracht. Kannst du mir das hier unterschreiben?«
»Wozu braucht ein Telekom-Mann einen Hammer?«, fragte ich.
Er trug so einen komischen Gürtel mit Schraubenziehern, einer Zange – und eben diesem Ding: eine Seite gummiert, die andere blanker Stahl.
»Installationen. Kann immer mal was sein.« Er schaute auf die Uhr, trug dann eine Zwölf ein und reichte mir seinen Kugelschreiber.
»Ist schon wieder Mittag. Zeit zu futtern. Hier, wo das Kreuz ist.«
Hier, wo das Kreuz ist. Ein Hammer.
»Meine Mutter würde jetzt kochen«, sagte ich. Ich weiß nicht, warum: Es rutschte mir einfach so raus.
»Ja. Kenn ich«, meinte er, »hat meine Mutter auch immer gemacht. Leider tot. Aber so ist das, irgendwann geht jeder.«
Ich nickte.
Dann sagte er etwas, das mir den Glauben an ein richtiges Heim wiedergab. Es traf mich wie ein Schlag.
»Der Herr hat sie zu sich genommen.«
Er legte nachdenklich den Kopf schräg.
»Stand damals in der Anzeige. Geht mir nicht aus dem Kopf. Bekloppter Spruch, oder?«

»Nein«, sagte ich, dann: »Danke.«
Der Hammer hing nur in einer losen Schlaufe. Ich griff einfach zu. Es war ganz leicht.

Als mein Vater nach Hause kam, duftete es das erste Mal nach zwölf Jahren wieder wie damals. Ich würde gern sagen, dass er sich freute. Aber wie ich schon erwähnte: Mein Vater hat etwas Hartes an sich. Er schlug mich windelweich. Trotzdem weinte er dabei.

Vater ist nicht mehr wie früher, alle Strenge ist verflogen. Ich konnte sie aus seinem Gesicht entweichen sehen, als er mich fragte, was ich da angerichtet hatte.

»Essen«, sagte ich, während ich blutend auf dem Linoleum kauerte, »riech einfach. Riech, wie es duftet.«

Ich hab das unterschriebene Formular an die Telekom geschickt. Der Anschluss funktioniert noch. Demnach ist es wohl angekommen.

Er hielt sich noch einige Tage ganz gut, mein alter Herr.

Erst als er mich dabei erwischte, wie ich mit einem Spaten in den Garten ging, um mir aus dem flachen Hügel frischer Erde Nachschlag zu holen, rastete er völlig aus. Ich bin noch immer bestürzt darüber, wie wenig ihm ein echtes Heim bedeutet.

Er geht nicht mehr zur Arbeit, seine Freunde scheinen ihm nichts mehr zu bedeuten. Mir bedeuten Freunde alles. Ich wünschte, Sie würden mich besuchen kommen.

Moment: Telefon.

Ha! Vater hat gesagt, morgen gebe es Kohlrabi. Er klang betrunken, wie so häufig in letzter Zeit.

Ich hasse Kohlrabi.

Ich bin wieder zurück.
Eigentlich wollte ich nur mit ihm reden.

Ich ging die knarrende Treppe runter, die Vater längst hatte renovieren wollen.

Dann klopfte ich an seine Tür.

»Papa«, sagte ich laut, »mach mal auf.«

Er öffnete nicht, stattdessen begann er, mich lallend zu beleidigen.

Das war nicht so schlimm, wenn ich nun darüber nachdenke.

Auch nicht, als er auf meine Frage zum Zustand der Treppe antwortete, ihm wäre lieber, wenn sie knarre.

Das Schlimme ist, dass ich vor zehn Minuten allen Respekt vor ihm verloren habe.

Ich trat gegen die Tür, einmal, zweimal. Dann war ich drin.

Vater lag auf seinem Bett. Er war stark gealtert, fiel mir auf. Sechzig Kilo resigniertes Feinripp und ein graues Gesicht. Ein Jahr, und aus einem Mann wird nichts als ein blasses Bündel Knochen.

Als er den Gürtel sah, begann er zu schreien.

»Ich hasse Kohlrabi«, sagte ich.

Er erwiderte wütend, er wüsste ja, was ich mag.

Der alte Trottel.

Jetzt bin ich der Herr im Haus.

Aber zurück zu meinem Anliegen: Haben Sie nicht Lust, heute zu kommen? Wir könnten grillen!

Wir grillen, reden über den Kreislauf der Dinge, über die Kraft des Fleisches und des Geistes – und wie es ist, ein Heim zu haben, wenn man es nur wirklich will.

Haben Sie Lust? Kommen Sie schon – das wird lustig.

Es ist ganz leicht zu finden. Waltrop, ein Vorort Dortmunds. Schau auf die Karte! Altes Haus, graue Fassade, ein hohes Eisentor, völlig frei stehend. Das mit dem großen Grundstück, das von einem u-förmigen Stück Grün umgeben ist, breit genug, um einen Kleinwagen darauf fahren zu lassen.

Bitte.

Wäre 'ne tolle Gelegenheit!
Ist schon wieder Mittag. Zeit zu futtern. Hier, wo das Kreuz ist.

Der Herr hat ihn noch nicht zu sich genommen.

Das Lächeln Asiens

Frau Schneider wischte gedankenverloren mit einem Tuch durch die Kleingeldablage ihres Schalters, als der Mann die Bank betrat. Zwischen all dem Cord und den dunklen Kaufhausanzügen wirkte er wie ein Prinz.

Sein Anzug war dreiteilig, grau schimmernd und von atemberaubender Passform. Selbst Frau Schneider, die bei C&A alles fand, was sie brauchte, war klar, dass die Kleidung des Mannes auf Maß gefertigt worden war. Sein Haar war auf unwiderstehliche Weise grau und aus der Stirn gekämmt. Sie war sich sicher, dass es ihm wie in alten Filmen ins Gesicht fallen würde, wenn er sich hektisch bewegte, und es würde sehr verwegen aussehen. Aber das tat er nicht. Stattdessen trat er an ihren Schalter und lächelte.

»Guten Morgen. Mein Name ist Jason Carr.«

»Guten Morgen«, erwiderte sie strahlend.

Er fing dieses Strahlen mit seinen Augen ein und senkte leicht den Kopf. Frau Schneider errötete, aber unter der massiven Schicht getönter Tagescreme war davon nichts zu sehen.

»Ich habe einen Termin mit Herrn Kuntze.« Sein Blick streifte das Ziffernblatt seiner flachen Uhr nur. »Um neun, also genau jetzt.«

Frau Schneider schluckte ihre übliche, für Bittsteller mittlerer Kredite konzipierte Formel herunter: *Ich schau mal, ob er Zeit für Sie hat*. Dieses *Schauen* war sonst nie mehr als der Druck auf eine Zielwahltaste, welchem in der Regel ein kaltes *Herr Kuntze, ein Herr ...* folgte.

Diesmal verließ sie ihren Schalter, wies gastfreundlich auf die vertäfelte Tür Kuntzes und folgte Jason Carr mit glühendem Gesicht.

»Kultur«, sagte Kuntze. Er betonte es nicht besonders. Nicht wie »Geld« oder »Urlaub«, was klare Assoziationen in ihm auslöste.
»Richtig«, sagte Carr über die Kaffeekanne hinweg.
»Eine Diashow?«
Carr lachte hell auf. »Ein bisschen stark vereinfacht, würde ich sagen, aber grundsätzlich: ja!«
»Rentiert sich das?«, fragte Kuntze.
»Unbedingt. Eine andere Sichtweise, der Hauch des Fremden ... So etwas lohnt sich immer, finden Sie nicht?«
»Finanziell?« Kuntze öffnete im Geiste die Schublade BEGRIFFSSTUTZIG, um Carr zu einigen Angestellten zu sortieren.
»Natürlich. Der Eintrittspreis ist moderat, obwohl unsere Technik ...«, Carr legte den Kopf schräg, als überlege er, »*State of the Art* ist. Unser Equipment ist auf jede Räumlichkeit anzupassen, problemlos. Apropos. Dürfte ich den Raum sehen?«

Kuntze erhob sich, strich seine Krawatte glatt und schnappte sich den Schlüsselbund.

»Warum haben Sie nicht im Kulturzentrum nachgefragt? Nur interessehalber?«

»Eine Bank ist so schön sicher«, sagte Carr und lachte dann, um Kuntze zu signalisieren, dass dies ein Scherz sein könnte.

»Reizend«, sagte Carr wenig später.

Der Raum bot Platz für mindestens sechs Sitzreihen. Unter der Decke dominierten Neonröhren in Alukäfigen, die Fenster an der Südwand zeigten den Angestelltenparkplatz. Gerahmte Plakate mit Motivationsparolen: *Erfolgreich ist, wer andere erfolgreich macht. Wenn kein Wind weht, rudere.*

»Haben Sie die Maße im Kopf? So zwölf mal zwanzig?«
»Ungefähr.«

»Samstag dann?«, fragte Carr.
»Samstag.«
»Dann hole ich rasch das Plakat.«

Das Poster war mattschwarz, die Schrift klar und ohne jede Schnörkel. In der Mitte ein Farbfoto, das den Ausschnitt eines Gesichts zeigte: asiatisch, weiblich, wunderschön, obwohl es nur die mandelförmigen Augen und den Ansatz der Nase zeigte. In den dunklen Pupillen spiegelte sich etwas, das nicht genau auszumachen war, aber wie ein Würfel aus weißem Marmor wirkte.

DAS LÄCHELN ASIENS
Eine multipräsente Show der Exotik
Erleben Sie einen Abend voller Düfte,
Bilder und Empfindungen!
Samstag, 4. Juni, 20:00 Uhr
Eintritt 10 €
Kein Vorverkauf

»Hübsch«, sagte Frau Schneider, und Angela nickte.
»Ja. Irgendwie sexy, obwohl man nicht viel sieht.«
»Sexy ist jetzt übertrieben. Aber ansprechend. Gut fotografiert.«
»Gehen Sie auch hin?«, fragte Angela, die im Angesicht fernöstlicher Schönheit begonnen hatte, unbewusst an ihrem Mohairpullover zu zupfen.
»Sicher. Und du auch. Alle gehen hin. Herr Kuntze hat kein Interesse an einer kulturellen Veranstaltung in den Räumen der Bank, wenn keine Zuschauer kommen.«

Dafür hat er Interesse an anderen Dingen, dachte Angela angewidert und ließ ihren Pullover los.
»Also ist das Arbeitszeit?«
»Nein. Das ist Kultur. Tut dir sicher gut. Und jetzt kümmere dich bitte um die Scheckeinreicher.«

Angela, Auszubildende im zweiten Lehrjahr und unfreiwilliges Lustobjekt im ersten, schaute auf die Uhr über dem Kontoauszugsdrucker. Noch drei Stunden.

Der Rest ihres Tages lag bereits klar vor ihr: Straßenbahn, *Gute Zeiten, Schlechte Zeiten*. Duschen. Schlafen. Vielleicht noch einen von den Briefen schreiben.

Samstagvormittag

Jason Carr winkte den Lkw heran.

»Vorsichtig!«, rief er. Carrs Garderobe ließ ihn tatkräftig erscheinen, obwohl er nichts machte, außer einweisend mit der Hand zu wedeln. Die Lederjacke war abgewetzt, die schweren Stiefel ließen an Wanderungen durch Hochmoore denken.

Die Hebebühne senkte sich herab, und zwei Asiaten sprangen geschickt von der Ladefläche.

Sie trugen Tuchhosen und weiße Unterhemden, die trotz der Wärme dieses Junitages und des nicht eben sauberen Leihwagens blütenrein waren.

Der Projektor war in einer stahlbeschlagenen Transportkiste verwahrt, und nachdem die Asiaten diese abgeladen hatten, öffnete Carr umgehend die Schnappschlösser.

»Sehr gut«, sagte er und strich über den Aluminiumkorpus, der in passgenauem Schaumgummi ruhte.

Dann kamen die Sessel; es wurde eine Heidenarbeit, und Carr packte mit an. Er pfiff dabei.

Kuntze schloss wenig später auf. Die Filiale an einem Samstag zu betreten, hatte etwas von einer Perversion. Diese Türen hatten sich vermutlich noch nie an einem Wochenendtag geöffnet.

Obwohl er selbst das Erscheinen aller Mitarbeiter zu diesem Kulturabend angeordnet hatte, kam er sich jetzt, in den dunklen Jeans, in seiner eigenen Bank deplatziert vor. Er sollte im Garten sitzen, aber das hier war kein Altenheim, sondern eine Bank. Eine mit einer Zukunft.

Durch die Glastür des Vorraums sah er diesen Carr, der auf einer schweren Kiste saß und rauchte.

Ihre Blicke trafen sich, Carr winkte knapp.

Samstagnachmittag

Angela öffnete die Pappschachtel.
Sie blickte hinein und fühlte eine Mischung aus Angst und Hoffnung.
Mach es, du Huhn.
Ihre Kündigungen lagen darin. Sie schätzte, dass etwa vierzig Varianten existierten.
Kuntze, du Schwein ... Stenoblock.
Sehr geehrte Damen und Herren ... Briefpapier.
Ich komme nicht mehr ... ein Blatt mit Diddl-Motiv.
Fristlos, Kuntze, du Grapscher ... liniertes Papier.
Sie schrieb eine Neue auf ein Stück Tonpappe, das etwa Postkartenformat hatte.
Liebe Frau Kuntze, ich habe eine Information für Sie und eine für den Bock, mit dem Sie verheiratet sind ...
Was damals mit einer schlüpfrigen Bemerkung über den kleinen tätowierten Drachen in ihrem Nacken begonnen hatte, war später im Kopierraum zu einer Offensive verschwitzter Hände angewachsen. Und mehr. Noch mehr ...
Dieses Mal steckte sie das Schreiben ein.

Frau Schneider machte sich hübsch. Das war längst nicht mehr so simpel wie vor zehn Jahren. Sie fuhr schwere Geschütze auf. Etwas in ihr sagte ihr, dass sie mithalten musste. Dieser Carr war attraktiv, und das

Poster hatte sie auf eine sonderbare Weise berührt. Der Würfel aus Marmor in den Augen der unbekannten östlichen Schönheit hatte etwas in ihr gelöst. Der Ausschnitt ihres Shirts war nahezu perfekt. Er war nicht zu tief für eine Dreiundvierzigjährige, aber tief genug. Ein Mann mit dem richtigen Blick konnte darin versinken. Sie vermied schreiende Töne in der weiteren Wahl ihrer Waffen. Frau Schneider wollte Samthaut in der Dunkelheit sein.

Carr war sehr beschäftigt.

Samstagabend

Frau Schmock von der Giroabteilung kassierte. *Ungewöhnlich viele Chinesen*, dachte sie. *Klar: das Lächeln Asiens, trotzdem.*

Die Schneider zahlte artig ihre zehn Euro, aufgetakelt wie ein Pfingstochse.

Kuntze ging mal wieder etwas zu dicht hinter Angela, diesem Luder, obwohl genug Platz war.

Und die üblichen Herrschaften: Dienstag brauchten sie eine Erhöhung ihres Dispos, Mittwoch versuchten sie es mit dem Wohlfühlkredit, und samstags, siehe da, waren sie schon wieder hier. Und alle aus der Bank. Kultur, was? Manchen musste sehr langweilig sein.

Sie sah viele bekannte Gesichter, und es waren nicht wenige Schufa-Leichen dabei. Einige Leute hatten überhaupt keine Sperren.

Die Zuschauer betraten den Raum, und ein leises Raunen ging durch die Menge.

Die Wand wurde von einer silbernen Folie bedeckt. Links davon war ein Stuhl positioniert, der diesen Namen kaum verdiente: ein Thron. Elfenbeinfarbene Intarsien, Brokat, geschwungene Linien. Das Möbelstück sah aus, als würde es eine Tonne wiegen. Überhaupt suchte die Bestuhlung ihresgleichen. Asiatisch anmutende, feingliedrige Sessel mit hohen Lehnen. Dunkles Holz, geschnitzte Drachen, jeder Stuhl perfekt ausgerichtet. Und es gab nur eine Reihe. Angela zählte rasch und kam auf dreiundzwanzig Sitze. *Sonderbar*, dachte sie. *Aber vermutlich würde eine Performance oder so etwas stattfinden, und der Platz vor der Reihe wurde gebraucht.*

Der Projektor hing über dem Eingang und sirrte leise, warf aber kein Bild. Ein Duft von Aprikosen hing in der Luft.

»Sehr geehrte Damen und Herren, nehmen Sie bitte Platz.«

Die Stimme Jason Carrs, mikrofonverstärkt, aber butterweich.

Ein weiteres leises Raunen unter den Zuschauern.

»Übergeben Sie Ihre Garderobe bitte meinem Assistenten im Vorraum. Er wird sie für Sie verwahren. Wir beginnen in wenigen Minuten.«

Kuntze stand noch immer im Raum, unentschlossen, ob er jetzt den Hausherren geben oder sich einfach setzen sollte.

Dann erlosch das Licht, und das allgemeine Murmeln verstummte.

Jason Carr trat in den schwachen Lichtkegel des Projektors, und sanfte asiatische Musik begann zu plätschern. Es klang, als würden Geigen weinen. Er trug einen weichen schwarzen Anzug und einen dünnen Rollkragenpullover. Das Mikrofon war kabellos und wirkte in seinen Händen wie ein Zauberstab.

»Nochmals guten Abend, sehr verehrte Damen und Herren. Mein Name ist Jason Carr. Willkommen zu einer Reise ins Herz Asiens. Sie werden sehen. Sie werden spüren. Sie werden riechen. Jeder Ihrer Sinne wird berührt werden. Mehr als das. Begleiten Sie mich nun. Entspannen Sie sich ... jetzt.«

Er lächelte. Dann ertönte ein warmer Gong, und die Show begann.

Das erste Bild: Das Mädchen war von unglaublicher Schönheit; ihr Haar ein schwarzer Seidenvorhang, und ihr Lächeln brachte die Leinwand zum Glühen.

Nächstes Bild: Das gleiche Mädchen in vergrößertem Ausschnitt; die totale Abwesenheit kleiner Fältchen zeigte, dass sie sehr jung sein musste. In ihren Augen reflektierte der strahlend weiße Würfel.

Nächstes Bild, sanft überblendet: Der Mann hatte die Zähne gefletscht, und sein Gesicht war von Falten geprägt; er wirkte indes weniger alt als vielmehr wie ein ausdrucksstarkes, organisches Relief der Vitalität.

Seine Miene war kaum zu deuten: Freude, Beherrschung, Anspannung – alles und nichts. Undeutbar.

Ja, dachte Angela. *Irgendwie ...*

Nächstes Bild, gleiches Antlitz, Zoom.

... dachte ich eher an Bilder der Chinesischen Mauer oder so.

Das Abbild des Würfels in seinen Pupillen wirkte magisch, wie eine geschickte Fotomontage.

In der letzten Reihe streckte sich jemand.

So schritt der wortlose Vortrag über die Menschen chinesischer Provinzen fort. Die Musik wimmerte, Bild folgte auf Bild: Frauen, Kinder, Alte.

Die ersten Gäste wurden nach dreißig Minuten unruhig.

Carr fuhr unbeirrt fort, zu projizieren.

Moment! – Dieses Bild kannte sie bereits. Der Kerl schien von vorn zu beginnen. Und da war noch etwas ...

Angela fühlte es eher, als dass sie es sah: Das ohnehin schon sehr subtile Licht des Raumes hatte sich noch mehr verdunkelt.

Die nächste Empfindung war viel deutlicher: Hände auf ihren Schultern.

»Liebe Freunde«, sagte Carr, »lassen Sie uns nun in die nächste Ebene vordringen.«

Die Hände begannen, sanft zu reiben. Angela drehte leicht den Kopf – eine zu ruckartige Bewegung kam ihr deplatziert vor – und lugte zu ihren Sitznachbarn.

Hinter jedem Besucher standen nun Asiaten, sämtlich lächelnd und sehr gepflegt. Sie trugen dunkle, hochgeschlossene Gewänder traditionellen Schnitts; ihre Haare waren lang, glänzend und zu kunstvollen Zöpfen geflochten.

Schweigen senkte sich wie ein Tuch über die Besucher.

Es dauerte einen Moment, bis Angela feststellte, dass die Hände, diese warmen, sanften Hände nicht mehr auf ihren Schultern lagen. Sie tasteten ihren Nacken ab, zärtlich und vage. Aber Angela, die wusste, was Hände tun konnten, die Sanftheit vorgaben, erschauerte.

Diese Stille ...

Sie blickte die Reihe entlang und sah Gesichter voller Behagen, wobei sie sich fragte, wieso niemand protestierte. Immerhin handelte es sich um die Pfoten völlig Fremder. Und diese Kerle fummelten auch an ihr herum, rumorte es in ihrem Bewusstsein.

Nahm das nie ein Ende? Die Welt war voll von ihnen: Grapscher. Du arbeitest für mich? Dann gehörst du mir. Du kommst in meine Show? Mach dich schon mal frei. Verdammt!

Ein Ruck ging durch die Reihe. Was kam als Nächstes, *verflucht*?

»Lassen Sie das«, zischte sie, und als sie den Kopf drehte, sah sie es, noch bevor Carr seine schmeichelnde Stimme benutzte:

Allen, wirklich allen, außer ihr ... ragte etwas aus dem Nacken. »Verehrte Damen und Herren, es ist beinahe so weit. Der letzte Punkt, bevor Sie wirklich reisen werden. Ich weiß, es hat ein wenig gepikst, nicht wahr?«

Haarnadeln? Nein. Nadeln, ja. Sie ragten aus den Nacken der Leute um sie herum und schienen tief im Fleisch zu sitzen.

»Bedaure. Aber der Punkt des Singenden Fisches, wie er genannt wird, ist mit feinerem Gerät nicht zu erreichen. Er liegt unterhalb des Hirns, und Sie dürfen getrost darauf vertrauen, dass meine Mitarbeiter den Weg kennen. Also sorgen Sie sich nicht.«

Angela wollte hochfahren, aber die Hände spürten den Reflex und erwiderten mit Gegendruck.

»Verdammt, lassen Sie das!«

Carr, gerade im Begriff, weitere beruhigende Worte von sich zu geben, runzelte die Stirn.

Dann sagte er etwas, das für Angela wie Chinesisch klang.

Carr heftete seinen Blick auf Angela, während er zuhörte, wie ein Asiate nach dem anderen antwortete. Es waren immer die gleichen Worte – bis die Reihe an Angelas Hintermann war, dessen Hände nun fahrig ihren Nacken betasteten.

Seine Worte waren weitschweifiger, und eine gewisse Ungehaltenheit war herauszuhören. Um dies zu erkennen, musste man des Chinesischen nicht mächtig sein.

Carr hörte zu und legte dann den Kopf schräg.

»Meine Liebe«, sagte er, »mein Assistent sagt, Sie hätten eine Tätowierung?«

»Sagen Sie dem Schlitzauge, er soll seine Griffel von mir lassen! Was ziehen Sie hier überhaupt ab? Von Akupunktur war auf Ihrem Scheißplakat nie die Rede!«

Carr legte das Mikrofon auf die Lehne seines Throns, was eine leise Rückkopplung auslöste. Dieses eine kreischende Geräusch machte Angela deutlicher als alles andere klar, dass hier etwas schieflief.

Carr ging zu ihrem Stuhl, lächelte sie an und warf einen Blick auf ihren Nacken.

»Ein chinesischer Glücksdrache. Wie köstlich.«

»Ja, ein echter Brüller«, erwiderte sie zornig, wobei sie zu ihrem Nachbarn sah. Sie kannte den Mann nicht, aber der klare Speichelfaden, der sein Kinn hinablief, stellte klar, dass es auch keine Rolle spielte. Sein Blick war auf die Leinwand gerichtet, seine Hände ruhten entspannt auf der Lehne, und aus seinem Nacken ragte diese Nadel.

»Ey!«, sagte sie und stieß ihren Nachbarn mit dem Ellenbogen an. Nichts.

»Er hört Sie«, sagte Carr und strich ihr durchs Haar, »aber das wäre es auch schon. Das ist ganz normal.« Er ließ etwas auf Chinesisch folgen, und die Hände auf Angelas Nacken verschwanden.

»Der Drache«, fuhr Jason Carr fort, »ist indes ein Problem, fürchte ich. Er irritiert.«

»Ich möchte gehen«, sagte Angela leise. »Bitte.«

»Nope«, sagte Carr, »kann ich nicht machen. Nope! Unglaublich, oder? Sagte mal ein Texaner, als wir eine Show in Tucson, Arizona machten. Nope! Bäuerlich, aber nett. So ein Nope lässt doch keine Fragen offen. Zurück zum Thema, Gnädigste: Aufgrund Ihrer reizenden, aber leider störenden Neigung zu Fabeltieren gelingt es meinem Mitarbeiter leider nicht, den Punkt zu finden, der die Pforte für die Nadel darstellt.«

Angela spürte Kälte an ihren Handgelenken.

»Nehmen Sie bitte meine Entschuldigung wegen der folgenden Unannehmlichkeiten an. Sie kommt von Herzen.«

Angela ruckte nach vorn, als ihr aufging, was hinter ihr passierte, aber da klickte es bereits. Die Handfesseln schnitten in ihre Haut, und eine Kette klirrte gegen Holz.

»Machen Sie mich los, Sie Schwein!«

»Entschuldigen Sie mich«, entgegnete Carr, als hätte er sie nicht gehört. »Mir läuft die Zeit davon.«

Für eine Sekunde beherrschte absolute Dunkelheit den Raum.

Dann erschien ein neues Bild auf der Leinwand. Angela sah mit wachsendem Entsetzen, dass nichts Statisches in ihm war.

Es zeigte den Raum, in dem sie saß, den Raum und mehr als starre Körper, die mit durchgedrückten Rücken auf ihren Stühlen saßen. Sie erkannte sich selbst als einzigen Menschen, der sich bewegte, weil sie an ihren Fesseln zerrte. Gleichzeitig war ihr Gesicht der einzig fahle Fleck in einer Reihe absurd rosiger Gesichter.

Carr hatte wieder das Mikro ergriffen.

»Sehr geehrte Damen und Herren. Ich nehme an, Ihre ungeteilte Aufmerksamkeit ist mir gewiss? Ja. Sie werden den ungewöhnlichen Weg verzeihen, den ich gewählt habe, um Sie ganz auf die kommenden Ereignisse zu fixieren.«

Angela zerrte mit unverminderter Aggression an ihren Fesseln. Carr warf ihr einen Blick zu, der tadelnd und amüsiert zugleich schien. Dann sah er in die Augen jedes Einzelnen.

»Ich weiß, was Sie gern fragen würden: Die Lähmung ist keinesfalls von Dauer, verehrte Damen und Herren. Und lediglich ein halbes Prozent der ganzen Nadel, die in Ihren Nacken steckt, hat eine Funktion; nämlich die eines Relais, das einige Ihrer motorischen Nervenfasern überbrückt. Vereinfacht ausgedrückt. Es liegt mir fern, Sie zu langweilen. Natürlich ist klar, dass Ihnen dieses filigrane Werkzeug aus japanischem Stahl wie ein Schlagbaum erscheint, der sich von hinten in Ihren Schädel bohrt, aber das vergeht. Vertrauen Sie mir.«

Angelas Gedanken rasten. Warum hatte er sie verschont? Natürlich: Weil sein Chinamann den Punkt nicht fand, da sie sich vor Jahren hatte tätowieren lassen, klar. Gut so. Aber er hätte es trotzdem versuchen können? Egal! Er hatte es nicht getan, und nur das zählte im Moment. Das, und dass sie sich bewegen konnte. Ein wenig.

Sie spürte, dass der Chinese noch immer hinter ihr stand, aber er griff nicht ein, sosehr sie auch an ihren Fesseln zerrte und sich wand.

Carr zog eine verborgene Schublade am Fuße des Throns auf und holte etwas hervor, das am ehesten einer Badekappe geähnelt hätte, wäre nicht die mattschwarze Apparatur darauf gewesen. Sein Lächeln war das eines Gewinners, als er sich das Haar zurückstrich, die Kappe aufsetzte und vortrat.

»Der Höhepunkt, liebe Freunde. Es die *vierte Dimension* zu nennen, wäre eine grässliche Untertreibung. Es ist ein Wunder, und Sie haben daran teil. Sie *sind* das Wunder.«

Jason Carr zog sein Jackett aus und legte es sorgfältig über die Lehne des Throns. Dann fasste er sich an die Stirn, ein Handgriff voller Routine, und zog die Ränder der Kappe herab.

»Der Ton dürfte nun etwas leiden. Abermals Pardon.«

Er entrollte den weichen Rand weiter und weiter. Die Kappe wurde zu einer Maske mit Augenschlitzen, die keine Öffnung für den Mund aufwies. Carr legte seine Hände auf dem Rücken zusammen; nun war er ganz vogelhafte, geschmeidige Silhouette. Angela starrte auf die Leinwand, wo noch immer das Bild des Raumes zu sehen war. Optisch war Carr verschwunden.

Sie vernahm das Rascheln von Stoff, und eine hektische Kopfbewegung offenbarte, dass die Asiaten Carrs Beispiel folgten.

Nach weniger als dreißig Sekunden waren die Männer mit den sanften Händen nur mehr schwarze Schatten.

»Die Handschuhe«, sagte Carr. Erneutes, leises Rascheln. Die Hände waren erneut auf ihren Schultern, nun aber samtschwarz.

»Meine lieben Freunde. Nachdem Sie gesehen haben, wie exotisch das Fremde ist, gebe ich Ihnen selbst die Gelegenheit, Exoten zu werden. Sie werden mich begleiten, um Teil einer Kunst zu sein, die größer als wir alle ist.«

Angela renkte sich fast die Nackenwirbel aus, als sie Carrs gemessenen Schritten folgte. Ein Blick auf die Leinwand zeigte ihr jedoch, dass dies unnötig war. Sie sah alles aus Carrs Blickwinkel, wenn auch aus einer leicht erhöhten Perspektive. Offenbar war das Ding auf seinem Kopf eine Kamera, die nun Bilder des Raumes lieferte. Die Hände auf ihren Schultern zogen sich zurück. Ihr persönlicher Schattenmann verschwand, kehrte aber einige Sekunden später zurück und platzierte sich hinter Carr, der seinerseits am äußersten linken Ende der Reihe angekommen war.

Er sagte erneut etwas auf Chinesisch.

Angela registrierte Bewegung neben sich.

Die Asiaten schnippten mit den Fingern gegen die Nadelköpfe in den Nacken der Besucher, und diese begannen auf der Stelle, die Mienen zu verziehen; Mundwinkel gingen nach oben, sonderbar künstliches Lächeln erblühte auf den Gesichtern.

»Das Lächeln Asiens«, sagte Carr, Stolz ließ seine Stimme vibrieren.

Gott, dachte Angela. Ihre Gedanken rasten ziellos, hinterließen Kondensstreifen der Panik in ihrem Kopf, prallten gegen die Mauer ihrer Beherrschung, die sich als furchtbar dünn erwies und zu bröckeln begann.

Ein feines Klirren.

Ein Blick zur Leinwand offenbarte Neues: Die vermummten Chinesen hatten den Besuchern glitzernde Kettchen umgelegt, die wie flüssiges Silber die Hälse der Besucher umschmeichelten.

Angela versank in diesem Anblick. Ihre Zunge war wie kalte Leber, und sie litt Schmerzen; obwohl unversehrt, beinahe ignoriert, traf ihre Gefangennahme sie in diesem nach Obst duftenden Raum der Lächler wie ein Axthieb. Sie spürte, während echte, sorgfältig gefütterte Angst ihre Verwunderung zersetzte, dass sie durchdrehen würde. Jetzt.

Die Musik schwoll an, begann zu wimmern, zu jaulen, zu kreischen. Sie war nun nicht mehr wie beiläufiges Geplätscher zur Untermalung von Ente süßsauer. Angela dachte, dass so das Geigenspiel eines Mannes klingen musste, der sich nass machte, während er spielte. Und der vielleicht um sein Leben bettelte.

Ein Schemen neben ihr. Sie sah, dass er einen mattschwarzen Teewagen hinter sich herzog, auf dem etwas zu stehen schien, das aber mit einem Laken aus schwarzem Tuch bedeckt war. Angelas Hirn war nicht auf diese massive Manifestation von Schwärze gefasst gewesen, als sie vor einer Stunde den Raum betreten hatte, und sie stellte beinahe kalt fest, dass dies das Schlimmste war: schwarze Männer, schwarze Hände. Und die sanfte Stimme Carrs. Zu viele Hände, zu viele ruhige Worte.

»Lassen Sie mich auf der Stelle frei, Sie Arschloch!«, bellte Angela auf; niemand war darüber erstaunter als sie selbst.

Carr war mit wenigen, schnellen Schritten da und ging vor ihr in die Hocke. Sie stellte mit einem Gefühl unbestimmten Entsetzens fest, dass er schwarze Samtpantoffeln trug.

»Halt jetzt den Mund! Oder möchtest du außen rechts sitzen? Pute? Es gibt keinen schlechteren Platz. Glaub mir das. Schweig jetzt.«

Angela presste die Lippen aufeinander, bis ihre Kiefer schmerzten.

»Geht doch«, flüsterte Carr. Seine Augen hinter der Maske waren klar und hell. Über seiner Stirn glomm die LED der Kamera. Carr hob seinen schwarzen Zeigefinger und legte ihn auf Angelas Nasenspitze.

»Leise«, sagte er.

»Liebe Freunde«, sagte Carr in die Reihe starrer Gesichter, »es ist so weit.«

Angela glotzte auf die Leinwand, sah, was Carr sah: Sein digitales Auge verweilte auf jedem Einzelnen von ihnen. Die Schneider, eingeschminkt bis zum Brustbein, ihr Lächeln eine Fratze aus Rouge und Zahnbleiche; ein älterer Herr, dessen angelegtes Kettchen einen Zentimeter über dem steifen Hemdkragen ruhte; Frau Schmock, aufrecht und in ihrer pelzverbrämten Kostümjacke seltsam hyänenhaft; sie grinste wie eine Karnevalsmaske; weitere Gesichter, sämtlich gepflegt, gescheitelt, gepudert. Ein buntes Plakat hatte sie aus ihren Häusern gelockt; zwei Quadratmeter bedrucktes Papier, das Exotik und Zerstreuung versprach. Die Verheißung eines Abends mit den Bildern fremder Landstriche hatte sie von ihren Sofas geholt, weg vom Fernseher und den Illustrierten. Und nun waren sie selbst so still und bewegungslos wie ihr Interieur, lächelten mit der gleichen Künstlichkeit wie die Gesichter in den Zeitschriften, die auf den gekachelten Beistelltischen ihrer Wohnzimmer lagen. Sie wollten das Fremde, aber sie hatten nicht daran gedacht, dass das Fremde möglicherweise ähnliche Begierden hatte.

»Folgen Sie mir ... jetzt!«

Was dann passierte, dauerte insgesamt nicht einmal eine Minute.

Carr trat erneut vor den Lächler an der linken Außenseite, zeigte sein Bild an der Wand. Der Mann kam Angela vage bekannt vor. Ein Schalterkunde vermutlich; einer jener Herren, die etwa zweimal im Monat erschienen; sie benutzten nie den Automaten, und sie füllten Überweisungen immer erst am Schalter aus. Rentner, denen sich die bürokratische Sorgfalt eines verstrichenen Lebens ins Verhalten graviert hatte. Sein Lachen war ein misslungenes Stillleben. Die Prothese ragte eine Idee zu weit aus dem Mund, was ihm das Gesicht eines ledrigen Nussknackers verlieh.

Die Kamera auf Carrs verhülltem Kopf zoomte heran. Der Kopf füllte nun die Leinwand aus, aber die Kamera zoomte weiter, weiter. Die Augen. Sie waren wässrig, starr und doch funkelnd. Was immer dieser Mann sagen oder schreien wollte, hatte kein Ventil in diesem willenlosen Leib und tobte in den Augen wie ein Flaschengeist.

Einen magischen Moment lang wurde der Raum durch nichts als diese großen, feuchten Augen erfüllt. Dann zoomte Carr ein wenig zurück. »Reisender, bist du bereit?«

Die Halskette an der Kehle des alten Herrn begann zu tanzen. Hurtig und silbrig und elegant.

Im darauffolgenden Moment erkannte Angela, dass es sich bei der Kette um eine ... Das Blut begann zu laufen, zaghaft.

... Säge handelte. Sie nahm, geführt von fachkundiger asiatischer Hand, Fahrt auf, und die Erkenntnis in den alten Augen war eine Religion für sich.

Ein silbernes – nein rotes, triefend rotes – rasendes Band durchtrennte Haut, Kehlkopf, Speiseröhre, Stimmbänder, Wirbel, Fleisch.

So wie man weiß, wann der Zeitpunkt des Kippens für eine taumelnde Vase gekommen ist, erahnte Carr den Durchbruch der Silberkette und griff hinter sich zum Teewagen.

Als er sich wieder umdrehte, zoomte die Kamera an die Augen des Alten. Alles war in ihnen, aber das Erstaunen überstrahlte jede Furcht, alle unbewussten Reflexe zertrennten Gewebes, und dann erschien der weiße Würfel in seiner Pupille. Er tanzte leicht in der Dunkelheit, offenbarte Angelas wundem Geist die Geometrie der Seele, die doch nicht formlos und nebulös, sondern statisch und klar schien.

Carr hielt die Kühlbox aus Styropor direkt unter den Adamsapfel, und wie durch ein stilles Einvernehmen schien der Alte nicken zu wollen. Dann polterte sein Kopf in den Behälter.

»Willkommen«, flüsterte Carr, bevor er behutsam den Deckel auflegte.

Er sagte es noch einundzwanzig Mal.

Epilog

»Du wirst das alles schaffen«, sagte Carr und zog an der Davidoff. Angela sagte nichts. Sie war entmutigt; Carr erkannte dies und strich ihr übers Haar.

»Du warst gut fürs erste Mal. Wirklich.«

»War ich nicht«, sagte sie, »und das weißt du.«

Als Carr ihr die Wahl gelassen hatte, war es schwer gewesen. *Möchtest du, dass der Punkt im Drachen gesucht wird? Wenn nicht, such dir einen aus. Irgendeinen. Na?*

Carr hatte ihr bei Kuntze assistiert, aber es war, als hätte jemand mit einem spastischen Anfall zu töpfern versucht.

»Was passiert mit den Körpern?«

Carr blickte durch den Rauch seiner Zigarette.

»Werden verkauft. Ich habe Kontakte zu Leuten, die Kunstwerke daraus machen: Schachspieler und dergleichen. Große Show, wenn auch ohne Sinn und Seele.«

»Tust du es deswegen?«

»Unsinn. Das ist nur ein Abfallprodukt. Separatorenfleisch. Ich tue es, weil es mir Freude bereitet. Weil ich gut bin. Du siehst die Welt, lernst Leute kennen. Natürlich, zuerst stand ich in Maos Diensten. Ein Halsabschneider. Seine Leute konnten nichts. Als er mich engagierte, ging es aufwärts, und als er starb, war ich längst im Geschäft.«

Angela blickte aus dem Fenster des Fliegers. Die Dämmerung schattierte fremde Hügelkuppen, kroch wie etwas Lebendiges über die gigantische Steppe, säte Zwielicht.

»Warum?«, fragte sie. Sie schwor sich, nur dieses eine Mal zu fragen.

»Eine Bank sollte sich vergewissern, ob sie Feinde hat, bevor sie an die Börse geht«, sagte Carr.

Angela pinnte das Plakat fest, während Carr ihren Nacken streichelte. Er liebte den Drachen, und sie liebte ihn, weil er bei ihr gestanden hatte, als sie Kuntzes verblüfften Kopf und die Kündigung vergraben hatte. Er hatte bereits zu riechen begonnen.

Das Fenster der Bank war bestürzend sauber, und sie wischte ihre Fingerabdrücke weg.

»Nur die eine Filiale?«

»Natürlich. Immer nur eine. Bin ich der Holocaust auf Beinen? Eine reicht. Immer.«

Das Plakat war auf Japanisch beschriftet, aber Angela kannte den Text:

DAS LÄCHELN DEUTSCHLANDS

Frau Schneider lächelte, als hätte sie nie etwas anderes getan.

Post-it

Mein Kühlschrank ist ein amerikanisches Modell: aluminiumfarbene Front, eins neunzig hoch, Eiszerkleinerer und genug Platz, um einen kompletten Hirsch aufzunehmen.

Ich habe ihn im größten digitalen Auktionshaus der Welt ersteigert, und das hat ihn nicht billiger gemacht, aber die Dinger sind immerhin selten, zumindest hier in Deutschland.

Er frisst so viel Energie, dass die Stromuhr rotiert wie eine verrückte Jahrmarktattraktion, aber er kühlt – auf Teufel komm raus.

UPS lieferte ihn, und die Jungs karrten ihn sogar in die vorgesehene Nische meiner Küche.

Wie ein Sarkophag steht er da, bereit, tote Dinge aufzunehmen und zu bewahren, bis ich die Tür öffne. Oder Lebende, bis ich die Tür öffne.

Er funktioniert in dieser Hinsicht einwandfrei.

Ich habe Hunger.

Sie lieferten ihn an einem Dienstag.

Die Bedienungsanleitung empfahl dringend, den Kühlschrank 24 Stunden stromlos stehen zu lassen, damit sich gewisse Flüssigkeiten setzen können. An diesem Abend gab es eine Mikrowellenmahlzeit, eine von der Sorte, bei der man nicht weiß, wo das Essen aufhört und die Styroporschale beginnt; wieder mal beglückwünschte ich mich zum Kauf des Kühlschranks.

Und dann, am nächsten Morgen, klebte da dieser Zettel.

Ich betrat die Küche, noch etwas verschleimt von einer beinahe traumlosen Nacht in viel zu warmen Daunendecken, aber fit genug, das Projekt *Genießbarer Filterkaffee* in Angriff zu nehmen. Der Kalender zeigte Unerfreuliches: wieder ein Jahr dahin. Wenigstens turnte niemand um mich herum, der eine Torte mit zig Kerzen schwenkte.

Das erste Licht des Tages fiel durchs Küchenfenster; es war die Art früher Sonnenschein, die einem klarmacht, dass die Existenz Gottes vielleicht nicht ganz so weit hergeholt ist: milchige Strahlen mit winzigen, flirrenden Partikeln von Staub versetzt, die meine Küche aussehen ließen wie die Bühne zu einem Theaterstück, in dessen Titel die Worte »Ruhe« und »Glück« vorkamen.

Dann sah ich den Fremdkörper. Seltsam, dass das menschliche Auge die Trauer in den Gesichtern anderer und die eigenen kleinen Nachlässigkeiten geradezu perfekt filtern kann, aber selbst minimalste Veränderungen im eigenen Lebensraum niemals übersieht.

An der Tür des Kühlschranks klebte ein kleiner Zettel. Kanariengelb und quadratisch brüllte er mir vom sanften Mattsilber der hohen Tür entgegen.

Mein Hirn erzeugte keinerlei Erinnerungen daran, dass ich etwas an meinen neuen Kühlschrank geklebt hatte. Magneten, Einkaufslisten, Stundenpläne: Mit all diesen Dingen hatte ich nichts am Hut. Keine Kinder, keine Frau, keine Großeinkäufe bei Walmart.

Keine Erinnerung.

Auf dem Zettel stand:

Guten Morgen. Bitte jetzt Strom.

Und darunter:

Es geht immer noch kälter, Paps!

Sofort begann ich, die Tür nach einem verborgenen Schlitz abzusuchen. Möglich, dass eine interaktive Bedienungsanleitung integriert war, ähnlich wie bei einem Faxgerät, das sich selbst Diagnosen erstellt.

Es war, als würde man bei den blutenden Händen einer Madonnenstatue nach versteckten Schläuchen und Pumpen suchen: Wenn man völlig ratlos ist, flüchtet man sich sofort in die Wunderwelt von Technik und Tricks.

Die Fläche der Kühlschranktür war glatt, kühl, unversehrt, plan. Ich riss den Zettel ab. Es war eines dieser Post-it-Notizblättchen mit Kleberand.

Ich zerknüllte ihn und kontrollierte meine Haustür. Von innen verriegelt. Eine Inspektion der Fenster brachte das gleiche Ergebnis. Hatte einer der UPS-Boten den Zettel angebracht, kurz bevor sie gegangen waren? Und was war das für ein beknackter Spruch? *Paps?* Ich war kein Paps, kein Opa, kein Onkel.

Ich schloss den Kühlschrank an, vernahm ein leises Brummen und war zufrieden. Natürlich war es einer der Boten gewesen! Je länger ich darüber nachdachte, umso plausibler erschien es mir, zumal ich sie nicht bei der Arbeit beobachtet hatte.

Am Nachmittag öffnete ich den Kühlschrank, und eine saubere Kälte schlug mir entgegen.

So viel Platz ... Ich würde einkaufen müssen.

Das war der wahre Luxus: ein Wohnwagen von einem Kühlschrank für ein paar Joghurt, etwas Fleisch, Milch und Bier.

Das Innere des Schranks war, selbst von der Warte des nüchternen Einsiedlers betrachtet (und ich betrachte mich als solchen), wunderschön. Ein Licht, weißer, als die Natur es hervorbringt, tauchte die Glasablagen und die mit kleinen Chromrahmen verzierten Schubladen in ein magisches Licht; ein stählernes Gitter glitzerte am Eis-Cruncher, und ich musste an den Lüftungsschacht denken, auf dem die Monroe versucht hatte, ihren Chiffonrock nach unten zu drücken, damit nicht alle Welt ihren Slip sah.

Der Kühlschrank roch sauber und neu.

Ich schloss die Tür, und mit einem satten, leisen Schmatzen saugten sich die Dichtungen aneinander. Es klang wie ein schneller Kuss.

Den Rest des Tages verbrachte ich in meinem Hobbykeller und bearbeitete eine Schnitzerei.

Die Arbeit lenkte mich von dem Gedanken ab, dass mir dieser Kühlschrank sonderbar und wundervoll erschien. Er sprach mich auf einer verschütteten emotionalen Ebene an. Dieses Gefühl war beunruhigend und süß zugleich.

Ein neuer Morgen.

Seit der Kühlschrank da ist, scheinen alle anderen Möbel meiner Küche zu verblassen; das Gerät ist der Mittelpunkt dieses Raumes, ein grauer, starrer König in einem kleinen Reich aus gedrechseltem Holz. Und auf seiner Tür haftete ein gelber Zettel.

Ich hatte das Gefühl, alle Zeit der Welt zu haben, als ich auf ihn zuging; die Theorie, dass die Packer den Letzten angeklebt hatten, war nicht mehr. Das Gefühl, allein zu sein, war nicht mehr.

Meine Hand zuckte vor und riss den Zettel ab. Ich roch daran: Schmalz?

Dann las ich.

Guten Morgen, Paps. Geht's einigermaßen?
Zieh dir Schlappen an und komm rein.
G

»Komm rein«, sagte ich laut, nur um zu hören, wie es klang. Es klang dämlich.

Meine Hand strich scheinbar absichtslos über die Tür des Kühlschranks, so wie es die Hand eines Mannes tut, der im Dunkel des Kinos nach dem Knie seiner Freundin sucht, ohne die Leinwand aus den Augen zu lassen.

Sie war eiskalt.

Ich riss die Tür auf, und eine Welle arktischer Luft schlug in mein Gesicht.

Ich musste gelächelt haben. Ich merkte es daran, dass meine Mundwinkel spannten, während sie gefroren.

»*Buon giorno*, Paps! Alles easy? Das wird sicher ein netter Tag«, sagte der kleine Mann, der in meinem Kühlschrank saß. Er nickte bedächtig, was die kleinen Schellen an seiner ledernen Kappe zum Klingeln brachte.

Ich entließ kalte Luft aus meinen Lungen, die ratlosen Nebel, aber keine Antwort brachte.

Die Hand des Kerls in meinem Kühlschrank war verwachsen, haarig und mit schorfigen, ungepflegten Nägeln bestückt; er streckte sie mir entgegen, und es klingelte und klimperte erneut.

»Wer ...?«, keuchte ich.

»Giacomo. Was ist denn nun?«

»Wenn das ein Witz sein soll«, brüllte ich, »ist er verdammt nicht lustig, Freundchen!«

Die UPS-Typen hatten meinen Schlüssel gestohlen und terrorisierten mich nun! Zettelchen? Okay, Freunde. Aber in meinem Fridgemaster 18944 B hockte ein verwachsener Zwerg, der wie ein Hofnarr gekleidet war – und mich Paps nannte.

Niemand nannte mich Paps, und niemand hing ungestraft in meiner Wohnung herum – von meinem Kühlschrank ganz zu schweigen.

»Hey, hey, hey, Paps! Locker dich, ja? Frieden.«

Der Zwerg ergriff meine Hand und zog sich selbst aus dem Fridgemaster.

Dann schüttelte er sich und entfachte eine seltsame, leise Melodie, die von allen Zipfeln seiner Kleidung kam.

Seltsamerweise war ich nicht ängstlich. Ein Zwerg in idiotischer Aufmachung – *pah!*

»In Ordnung, Kumpel«, sagte ich und griff mir den Eindringling; ich packte ihn am Wams und riss ihn zu mir. Sein Atem stank nach altem Kohl.

»Was wird das hier, du Partyschreck? Wie bist du in meinen Kühlschrank gekommen?«

Ein Loch in der Rückwand?

Einige Sekunden lang gab es für mich nichts – nur dieses Problem: Wie zum Henker war der Zwerg in meinen Kühlschrank gekommen?

Der Schmerz war, als wären meine Finger Drähte, die jemand zum Glühen gebracht hatte: Meine Hand schien zu explodieren, sich zusammenzuziehen, erneut zu explodieren.

Mein Kopf ruckte herum, und ich schrie dabei.

»Danke für deine Aufmerksamkeit, Paps.«

Der verkleidete Gnom hielt ein Rasiermesser in der Hand, ein altmodisches Ding mit Zwiebelmuster auf dem Griff – und damit hatte er mir tiefe Rauten in die Hand geschnitten. Ich blutete wie ein Schwein.

Er polterte zu Boden, als ich ihn losließ und die Hand nach oben riss – es tat unglaublich weh.

»Schmerzt, nicht wahr? Das kommt, weil ich gaaaanz langsam geschnitten habe. Der Aua-Aua-Bummelzug.« Tränen schossen in meine Augen, als ich nach dem Zwerg trat; er wich beinahe nachlässig aus und gluckste dabei.

»War nur Spaß, Paps. Können wir jetzt reden?«

Meine Knie wurden weich. Mein Blut tropfte unablässig auf das Linoleum, meine Ohren sausten. Was war das für ein Albtraum? Wer fantasierte von hässlichen Narren in seinem Kühlschrank? Narren, die Klingen schwangen?

Ich nickte, während kleine Lichtpunkte vor meinen Augen zerstoben.

»Wie heiße ich?«, fragte der Narr, wobei er seinen Kopf schräg legte und die Unterlippe vorschob.

»Keine Ahnung, verflucht!«

Die Klinge blitzte auf, und ich spürte erneut Hitze, diesmal auf der Handinnenfläche.

Ich sprang zurück wie ein Irrwisch, riss meinen Küchenstuhl um und stürzte.

Der Zwerg ragte über mir auf, und ich dachte: *Ein Riesengnom ... ein gigantischer Zwerg.*

»Giacomo, okay? Ja? Giacomo. Und du bist Fred.« Er klang wie ein geduldiger Lehrer.

Ich bin Fred, dachte ich. Prima. Fred. Um meinetwillen auch die Königin von Saba, wenn er das Messer verschwinden ließ.

»Und was denkst du, verschafft dir die Ehre meiner Anwesenheit, Fred, altes Bastelgenie? Was meinst du, warum ich hier in deiner«, er blickte sich rasch um, »geradezu bestürzend spießigen Küche stehe und dich pikse? Na ja ... mehr als pikse, hm?« Er lachte, ein Geräusch, als würde man Kreide unter dem Absatz zerreiben.

»Ich habe einen Hirntumor«, erwiderte ich – und glaubte es. Es klang gut, fantastisch plausibel. Ein Tumor hinter dem Schläfenlappen, der Trugbilder von gut gelaunten Hofnarren hervorrief. Ich war geradezu erleichtert.

Dann blickte ich auf die Schnitte an meiner Hand: Sie bluteten die Wahrheit aus. Die Realität tropfte unablässig auf den Kunststoffbelag, der wie Marmor aussehen sollte. Jetzt, mit meinem Blut besprungen, sah er zumindest nicht mehr spießig aus. Eher wie der Boden eines Raumes, in dem geschlachtet wurde.

Ich war Fred.

Und dieses schellenbehangene Ding war nicht das Resultat einer aggressiven Wucherung in meinem Schädel.

»Giacomo«, flüsterte ich.

»Das gibt ein Sternchen ins Fleißheft, Paps.«

Die Klinge verschwand in ihrer altmodischen Verschalung. Für mich war es, als würde ich den schönsten Sonnenuntergang beobachten. Weiche von mir, scharfer Mond.

»Fassen wir zusammen, Freddy-Baby ... Du und ich sind real. Wenn zwei so klar und glücklich zusammenfinden, was tun sie dann?«

Mir war nach Kreischen. Er hatte eine Frage gestellt; eine falsche Antwort konnte den Mond aufgehen lassen, keine Antwort ebenso.

»Schon gut, Paps. Kannst du nicht wissen. Natürlich machen wir einen Spaziergang. Was denn sonst?«

»Was, wenn ich nicht spazieren gehen will?«, fragte ich. Mit dem Mut ist das schon seltsam: Er kommt, wenn man ihn am wenigsten erwartet, und nie, wenn man ihn braucht. Und meistens hat er die nackte Angst im Schlepptau.

»Dann demonstriere ich dir, wie unfassbar besser ich schnitze als du. Wo ich herkomme, bin ich der Narr unter Königen, aber der König unter den Schnitzern.«

Er öffnete die Kühlschranktür.

»Komm jetzt. Ich muss dich jemandem vorstellen.«

»Ich möchte nicht«, flüsterte ich. Meine Hand pochte. Er sprang heran und kniff mir schmerzhaft in die Nase, seltsamerweise war das schlimmer als die Schnitte. Demütigender.

»Mein Lieber, vertrau mir mal ein bisschen. Ich will nur dein Bestes. Mein Job ist es, dich abzuholen. Mein Vorgesetzter wird sauer auf mich, wenn ich es nicht hinkriege. Vor allem aber wird er sauer auf dich, und das wäre dann wirklich *vööööööööllig* daneben. Komm jetzt. Du brauchst keine belegten Brote oder so was. Einfach husch, husch hier hinein.«

»Ich möchte ...«

Giacomo ließ seinen Finger vor meinen Augen hin und her schwanken wie einen kleinen, fleischigen Betrunkenen.

»Pass auf. Du kannst mich begleiten, und alles wird gut. Jetzt. Ich kann dir auch die Kehle durchschneiden wie einem Quieke-Schweinchen, und du kommst trotzdem mit mir. Wo wir hingehen, spielt das keine Geige, Paps.«

Eine Pyjamahose, mein Nike-Sweatshirt, Socken: So krabbelte ich mit Giacomo, dem Narren, in meinen Kühlschrank.

Ich musste mich ducken, als ich dem Zwerg folgte.

»Schließ die Augen, Paps.«

Ich hörte, als Giacomo die Tür schloss, und dachte: *Wann hat ein Mensch das je erlebt? Wir waren auf dem Mond, wir reisen in Stunden um die Erde, aber wann hat jemals ein erwachsener Mann die Kühlschranktür von innen zugemacht?*

Für einen Moment nahm ich nur den Gestank Giacomos wahr; eine Komposition aus Scheiße, Schlamm und Schweineschmalz, wie es schien.

Eine Sekunde lang ahnte ich, wie es sein musste, tot zu sein: kaltes Dunkel, schlechte Gerüche, eingeengt. Wenn ich stürbe, würde ich nichts davon merken, hoffte ich – aber in diesem Moment betete ich zur verschütteten Christusfigur meiner Messdienerzeit, ich möge leben.

Dann begann der Horizont zu klaffen; er brachte einen schneidenden Streifen Licht, der sich auffächerte, und dann kam der Sog: Ich stürzte aus dem Kühlschrank, landete aber weich.

Grelles Licht und der Duft von Gras.

»Willkommen zu Hause, Paps.«

Ich blickte mich um.

Eine hügelige, üppig bewachsene Landschaft breitete sich vor mir aus; das Gras war von fast schmerzhaftem Grün, der Himmel sattblau und wolkenschwanger, als hätte ein manischer Caspar David Friedrich ihn gemalt.

Ich riss die Augen auf, erschüttert über so viel schreiend bunte Natur. Die Bilder schienen nicht in meinen Kopf zu passen.

»Wo ... sind wir?«

»Das hier ...«, seine schorfige Hand vollführte eine kleine Geste, »hat keinen Namen. Nur einen Überbegriff ohne jede genauere Bezeichnung. Das ist die Gegend.«

Ich renne durch die Gegend. Das hier ist also die berühmte Gegend. Meine Hand wummerte wie eine kleine Dampfmaschine.

Kein Mensch – und kein Zwerg – weit und breit. Und wenn es etwas war, dann das: eine Weite und Breite in den wahnwitzigen Farbtönen alter DEFA-Filme.

»Komm.«

»Wohin gehen wir?«

»Ein Stück durch die Gegend. Ich bringe dich zu ... Ich muss dir was zeigen. Punkt. Los.«

Wir marschierten los.

Die Klarheit der Luft hatte mich schwindelig gemacht; nach ein paar Kilometern Marsch über legosteingrüne Auen schienen meine Lungen bersten zu wollen, obwohl sich die Luft fast schon zu mühelos atmen ließ.

»Mach nicht schlapp, Paps. Ist noch ein Stück.«

Die Sonne kribbelte auf der Haut wie Brausepulver; kein Brennen, nur sanftes, warmes Licht, obwohl mir die gleißende Scheibe am Himmel gigantisch erschien.

Trotzdem: Du bist nicht freiwillig hier, beschwor ich mich, ohne in Details zu gehen. Mein Kopf war gefüllt bis an den Rand, aber instabil wie ein alter Bauernschrank: Ich war nicht freiwillig hier. Ein im Wesentlichen nach Scheiße stinkender Kasper hatte mich entführt. Er hatte dazu ein Rasiermesser benutzt. Wir waren, und jetzt kommt's, durch meinen Kühlschrank in eine Welt gekrochen, die aussah wie der Fehldruck einer Fototapete aus dem Harz. – Jetzt nur nicht alle Schubladen vollstopfen, sonst geht der Schrank den Bach runter.

Wir marschierten weiter unter diesem Wattehimmel dem Ziel entgegen – was oder wer auch immer es war.

Nach einer Weile erreichten wir einen Hügelkamm.

»Sind fast da, Paps. Wir müssen nur noch durchs Dorf.«

»Reizend«, erwiderte ich. Meine Hand sah mittlerweile aus wie gekochte Blutwurst, und jedes Gefühl der Surrealität hatte sich verflüchtigt, um dem nachhaltigen Empfinden Platz zu schaffen, dass ich dringend einen Arzt benötigte.

»Wir marschieren direkt durch, ja? Und wir reagieren weder, wenn wir angesprochen werden, noch, wenn jemand uns anfasst. Na ja: Hauptsächlich gilt das eigentlich für dich.«

Wir blickten auf eine Ansammlung verschrobener Hütten, die um einen Platz gruppiert waren, in dessen Zentrum offenbar eine Versammlung im Gange war; ich konnte das Gewusel vieler kleiner Gestalten ausmachen.

»Was ist das für ein Dorf?«

»Das Dorf eben«, sagte er, als spräche er mit einem Kleinkind, »hier haben nicht viele Dinge Namen.«

»Meine Hand tut ziemlich weh. Vermutlich hole ich mir eine Blutvergiftung.«

»Stimmt. Vermutlich. Aber wenn wir gut durchkommen, bist du schnell wieder zu Hause und kannst 'nen Medizinmann aufsuchen, der dir den Huf zusammentackert, Paps. Liegt nur an dir. Also nicht vergessen: kein Small Talk im Dorf, kein Tänzchen mit den Einheimischen.«

Ich hatte mich genug an meinen Führer gewöhnt, um genervt aufzustöhnen.

»Ich habe es verstanden, Mann.«

Der Narr vollführte einen Taschenspielertrick: Eben noch war seine Hand leer, eine halbe Sekunde später schimmerte Stahl im Licht der fremden Sonne, und ich erkannte völlig klar, dass mein Begleiter nur darauf lauerte, sein Messer zu benutzen. Er lebte dafür: Schneiden, Schreie, Blut.

»Giacomo. Entschuldigung. Bitte.«

»Angenommen«, knurrte Giacomo verstimmt.

Je näher wir den Hütten kamen, desto heftiger wurde der Geruch.

»Was ist das für ein Gestank?« Ich hatte unwillkürlich geflüstert.

Auch Giacomo sprach etwas leiser.

»Wenn du wirklich sachlich schnupperst, Paps, stinkt es eigentlich nicht. Es riecht gut, aber fremd.«

Ich fand, es stank zum Erbrechen, aber fremd. Ich wollte ihm sagen, dass er wirklich falschlag, sich böse verschätzte, keinen Schimmer hatte, aber plötzlich bogen wir um eine Ecke und betraten den Marktplatz.

Meine Augen weiteten sich, sie wollten aus den Höhlen kullern.

Die Bewohner des Dorfes waren Kinder, und sie waren nicht gesund. Keines von ihnen.

Ich starrte auf nackte Säuglinge, krebsrot und schorfig, auf lidlose Augen, kleine, blutige Patschefüßchen. Es waren viele, und keines dieser Kinder berührte ein anderes. Ich gaffte einem Baby direkt ins Gesicht, es blickte sanft zurück, hob seine kleine Hand und legte einen ebenso winzigen Zeigefinger an seine Lippen. *Ruhe.*

»Giac...«

Ich spürte den Atem des Narren an meinem Ohr.

»Halt jetzt mal für drei Minuten das Maul.«

Etwas schob sich vor die Sonne.

Es wurde nicht dunkler, und irgendetwas sagte mir, dass es das in diesem Dorf niemals tat, aber das Licht veränderte sich, wurde diffus und schwer. Höhlenlicht, dachte ich. *Das Licht, das Sporen erzeugen, die an Stalagmiten haften.*

Ein Spalt erschien über uns, von Schwärze durchflutet, eine Ellipse, die nur aus Nacht zu bestehen schien, und sie öffnete sich, wurde weiter, begann zu klaffen, und ich spürte einen milden Schmerz in mir. Ein Raunen aus vielen kleinen Kehlen füllte die Luft, warmes, dummes Erstaunen, das mir Schauer über den Rücken jagte und meine Hoden zum Schmerzen brachte.

Dann stürzte etwas auf den gestampften Sandboden des Platzes.

»Das Wunder der Dorfgeburt. Immer wieder nett. Weg hier, Paps.«

Ich war wie festgeschraubt.

Ein Kind, fast.

Ein nacktes, kaulquappenartiges Ding mit zusammengewachsenen Füßen und Augen wie Eidottern wand sich im Sand.

»Komm jetzt«, sagte der Narr und zerrte an mir, »oder möchtest du dir hier 'n Zimmer nehmen?«

Giacomo zerrte mich fort, aber er tat es nicht heftig genug. Ich konnte noch sehen, wie sich die anderen Babys auf den Neuankömmling stürzten. Dann fraßen sie ihn.

»Mach dir nichts draus. So läuft das eben. Natürliche Auslese.«

»Was habe ich da gesehen, Giacomo?« Ich fühlte mich krank und alt.

»Nichts von Bedeutung, zumindest nicht für dich. Das war die Landung eines Filterkindes, wie wir es nennen. Hak es ab.«

Ich öffnete den Mund, um etwas zu sagen ... oder um zu schreien?

»Hör mal, mach jetzt keine Quizshow daraus. Wir hätten auch die Route durch den Karmesinwald nehmen können. Dann kämst du jetzt aus dem Faseln gar nicht mehr raus.«

Ich sehnte mich nach meiner Küche, nach meinem Keller, meinem Leben. Ich wollte nur am Tisch sitzen, Figuren schnitzen und rauchen, bis ich spürte, dass ich alt war, und dann sterben. Der Gedanke, langsam in meinem Hobbyraum zu verwesen, war in Ordnung. Der Tod war in Ordnung. Alles würde gut werden, wenn das Ende auch die Bilder kleiner, nackter Kannibalen auslöschte, die schmatzten und raunten.

»Du bist ganz prima aus der Sache rausgekommen, wirklich. Die Kleinen können nämlich nicht zwischen frischem und altem Fleisch unterscheiden. Gutes Timing.«

»Wohin gehen wir jetzt?«

»Zum Bürgermeister persönlich. Schau.«

Am Horizont sah ich ein Gebäude, das entfernt an eine auf den Kopf gestellte Tuba erinnerte.

Es schien aus Metall zu bestehen, denn seine Außenhaut flirrte in der Sonne und warf mit dem Treiben der Wolken gelegentliche Reflexe auf die Wälder, die es umgaben. Und es schien gigantisch zu sein.

»In einer Stunde werden wir dort sein, Paps. Dann könnt ihr ein paar Dinge klären, und ich darf zurück auf die Fleischweide.«

Wir marschierten entschlossen, und ich wünschte, meine Aufzeichnungen würden nun hier enden, meine Erinnerung versiegen, einfach so. Aber schon damals, als ich auf dieser Hügelkuppe diesen Turm erblickte, spürte ich, wie sich etwas in mich verbiss. Es war ein Empfinden jenseits profaner Angst, selbst von nackter Panik weit entfernt: Ich würde es als ein Erlöschen bezeichnen. Alles in mir hatte sich verdunkelt, und es fühlte sich an, als würde ich bleischwere Schatten in mich selbst werfen.

Der Schweiß rann mir in brennenden Bächen übers Gesicht, aber wir kamen schnell voran. Zeitweise hatte ich den Eindruck, die riesige Tuba würde uns entgegengleiten, einfach Tonnen von Erdreich aufwühlen und verdrängen, um die Distanz gierig schmelzen zu lassen.

Selbst Giacomo sprach nicht mehr. Er beschränkte sich darauf, von

Zeit zu Zeit stehen zu bleiben, sich hinzuhocken und seinen beängstigenden Messertrick zu vollführen, indem er fremdartig aussehenden Pflanzen die Köpfe von den Stängeln schnitt.

Ich blieb stehen.

»Ich will jetzt wissen, wohin wir gehen!«

»Na, zum Haus meines Herrn«, sagte Giacomo gefährlich leise, »und ich würde sagen, du legst lieber noch einen Zahn zu. Wenn er etwas hasst, ist es Unpünktlichkeit.«

»Dein Messer ist mir mittlerweile scheißegal. Zerschneid mich von mir aus, wenn du willst.«

Giacomo sagte nichts.

»Aber das kannst du nicht, stimmt's? Ein bisschen Schnippeln vielleicht, aber mir ernsthaften Schaden zuzufügen ist dir verboten.«

»Können wir jetzt weitergehen, Paps?«

Ich habe nie deutlicher Hass gespürt: Seine Gier, mich aufzuschlitzen, hing in der Luft wie ein billiges Parfum. Aber der Narr sah mich nur an, und seine geäderte Unterlippe zitterte ein wenig.

»Nein. Ich bleibe hier.«

Giacomo reagierte nicht sofort, er starrte mich ein, zwei Sekunden lang an. Dann schloss er die Augen, hockte sich auf den Boden und warf den Kopf zurück, um einen widerspenstigen Zipfel seiner Kappe aus dem Gesichtsfeld zu bekommen.

Ich stand wie angewurzelt da und glotzte auf die verwachsene Kreatur und das Gras, das mehr denn je wie Kunstrasen aussah.

Ich hatte recht gehabt, der Zwerg hatte geblufft. Allerdings ziemlich gut, wenn ich meine Hand betrachtete, die seit Stunden pochte wie ein fauler Zahn.

Der Zwerg öffnete die Augen.

»Ich habe mit meinem Herrn gesprochen, und wir haben uns geeinigt.«

»Ach? Worauf denn?«

Giacomo lächelte, und da es bis zu seinen Augen reichte, schien es echt zu sein.

»Ich darf dir einen Finger oder Zeh abschneiden, wenn du mir nicht folgst. Nichts im Gesicht, nichts am Unterleib, bedauerlicherweise, Paps. Aber 'n Finger? Welchen kannst du entbehren?«

»Das soll ich dir glauben, du kleiner Krüppel? Du lügst, wenn du dein hässliches Maul aufmachst. Das hier ist nicht real! Das alles hier gibt es nicht! Ich bin krank! Vermutlich liege ich ohnmächtig in meiner Küche, weil ich mich an irgendetwas geschnitten habe!«

Giacomo sprang erschreckend schnell vor und ergriff meine verletzte Hand.

»Neee. Glaub's mir bitte nicht! Sag, dass ich lüge.«

Die Klinge schwebte einen Millimeter über meinem straff nach hinten gebogenen Daumen.

Wir waren da.

Der Turm schien aus poliertem Stahl zu bestehen, und er reichte bis in die Wolken.

Ein letztes Mal drehte ich mich um. Sattes Grün, so weit das Auge reichte, ein blendend blauer Himmel, Wälder, die so ...

Jetzt endlich erkannte ich, was nicht mit der Gegend stimmte: Die endlosen Wiesen waren nicht changierend, mal heller, mal dunkler, je nachdem, wie Wind und Sonne mit ihren Halmen spielten. Sie waren einheitlich kräftig grün. Der Himmel blau, als wäre ein Lackierer am Werk gewesen. Keine Zwischentöne, keine Abmilderungen.

Hier, an diesem Ort, schien Gott ein Dilettant zu sein.

Als ich mich wieder dem Tor des Turms zuwandte, war Giacomo verschwunden.

Das Portal hatte sich geöffnet. Ein seltsamer Sog erfasste mich, der an meinen Kleidern zerrte, meine Hose zum Flattern brachte und diese unbestimmte Angst mit sich führte, von der ich in der letzten Stunde unseres Marsches nichts bemerkt hatte.

Ich trat durch das dunkle Rechteck des Tores, und Stille umfing mich. Hier, im Inneren meines Ziels, gab es keine klaren Farben mehr, nur Licht und Schatten in allen Spielarten, höhlenartig und fremd.

Keine Stockwerke, keine räumliche Aufteilung. Ich legte den Kopf in den Nacken und versuchte, die Spitze des Inneren zu erkennen, aber irgendwo weit über mir verlor sich mein Blick in Schwärze.

»KOMM HERAUF!«

Die Stimme wirkte direkt auf meinen Unterleib. Ich pinkelte mir in die Hose. Der Bass! Der Bass brachte meine Hoden zum Vibrieren, und ich klapperte mit den Zähnen. Als ich in die Hocke ging, sah ich die Leiter, eingelassen in die aufragende Wand, stählern.

Der Aufstieg war mühsam; Kindersprossen wie von einem Klettergerät auf einem Spielplatz, und ich hatte das Gefühl, dass sie sich nach oben hin verjüngten – nicht perspektivisch, sondern tatsächlich. Es war ein weiter Weg, aber die Stimme sprach wenigstens nicht mehr. Sonst hätte ich vermutlich einfach losgelassen.

Als ich den Rand sehen konnte, waren die Sprossen gerade noch handbreit.

Dann lag ich flach am Abgrund, schweißnass und halb tot. Ich hatte Angst: Diese sonderbare, kalte Kathedrale machte mich krank, und ich hatte mich noch nie so allein gefühlt. Eigentlich hatte ich mich ohnehin nie einsam gefühlt. Ich war mir immer selbst genug, manchmal sogar zu viel gewesen, aber hier, an der Kante nach unten, fühlte ich mich entwurzelt und verlassen und wund.

Ein Händeklatschen ließ mich herumfahren.

»Na?«

Die Gestalt lehnte an der Wand. Sie trug einen Morgenmantel mit Seerosenmotiv und reinigte sich das Ohr mit einem Wattestäbchen. Dann sah sie mich an, schnippte den Q-tip weg und wies auf den stählernen Tisch, der in der Mitte dessen stand, was ich erklommen hatte: ein Balkon, der den Blick über weites Land in überbelichteten Plastikfarben freigab.

Die Gestalt schlurfte zum Tisch, öffnete den Mantel und winkte mir. Ein Winseln wie ein getretener Köter. Schlüpfte mir einfach so raus.

»Na, komm.«

Ein Hermaphrodit. Das war das Freundlichste, was ich dachte, während sich mein Hirn scheinbar mit Eissplittern füllte. Brüste, schwer und teigig, ein verkümmerter, bläulich schimmernder Penis, ungepflegter Dreitagebart, Hornbrille. Der ganze Leib war nass, glitschig, von irgendeiner gallertartigen Paste überzogen, die leise schmatzte, wenn die Gestalt sich bewegte.

Er, sie, es lächelte, und ich sah nur Zahnfleisch und eine flinke, aber plumpe Zunge.

»Wie geht's der Familie?«

Meine Stimme war ein Hauch. »Ich habe keine Familie.«

»Doch.«

»Nein«, sagte ich.

»Setz dich.« Es klopfte auf die Tischplatte.

»Nein.«

Ihr Schrei schien meine Hoden zum Detonieren zu bringen. Ich fiel einfach um, rappelte mich aber zügig wieder auf.

»Bitte ...«

Ich stolperte zum Tisch, hievte mich hoch. Die Platte war kühl, glatt und sauber. Bei meinem Aufstieg war ein warmer, flatternder Wind gegangen, aber jetzt, auf der stillen Stahlplatte, spürte ich wieder, dass ich mich eingenässt hatte.

»Es ist schön, dass du gekommen bist. Ich bin Mutter.«

»Wessen Mutter?«

»Nur Mutter. Hier haben ...«

»... nicht viele Dinge Namen. Ich weiß«, erwiderte ich leise. Mit viel Glück, in Gottes Windschatten, hatte ich doch einen tennisballgroßen Tumor im Kopf. Ein pochendes Monster aggressiven Gewebes, das Bilder von Mannfraudingern in Seidenmänteln produzierte, mich mit ihnen reden ließ. Ich begann zu weinen.

»Möchtest du jetzt deinen Bruder sehen?«

»Ich habe keinen Bruder.«

»Er wartet.«

»Wo bin ich hier?«

»Das weißt du doch. Am Ort der Namenlosen. Im Paradies der früh Gegangenen. Im Land der Unerwünschten.«
»Ich will nicht hier sein. Ich gehöre hier nicht her.«
»Du bist hier auch nur zu Besuch«, sagte es und kratzte sich am Nabel, der sich rot und schrundig wölbte.
»Möchtest du nun deinen Bruder sehen?«

Sieben Wochen.
»HALT DIE FRESSE!«
Er ist nun die siebte Woche hier. Ich trug ihn den ganzen Weg zurück, stundenlang, während er zappelte und quiekte.
»DU SOLLST DIE FRESSE HALTEN!«
Meine Mutter hat es mir nie gesagt. Aber es hätte ohnehin nichts genützt. Das waren die Sechziger. Ein Baby, ohne Ehemann: nein. Meine Mutter ist vor vier Jahren gestorben, und jetzt, eigentlich das erste Mal, hätte ich doch ein paar Fragen an sie.

Er hat keinen Namen, und von mir bekommt er auch keinen, niemals!

Mein Bruder sitzt neben dem Sofa, krebsrot und unbehaart, und er schreit und schreit. Die Welt, aus der ich ihn holte, hat doch einen Namen, ganz sicher.

Abort.

Ich hab ihn zurückgeholt, an meinem Geburtstag. Ich musste ihn ein paar Tage im Kühlschrank lassen, damit er sich an die Temperaturen hier gewöhnt. So hat es mir der Hermaphrodit aufgetragen. Stirbt er, wird Giacomo oder ein anderer Hirte der Fleischweide mich besuchen.

Sieben Wochen. Die Konserven sind aufgebraucht. Er wurde in der vierzehnten Woche abgetrieben, und so lange darf ich das Haus nicht verlassen. Der Kühlschrank ist voll, aber ich werde ihn nicht öffnen. Nie mehr.

Ich hätte wirklich ein paar Fragen, Mutter.

Wahrscheinlich gegen elf

6:44 Uhr

Hauptwachtmeister Werner und sein Kollege Kahrmann hocken seit drei Stunden in ihrem Streifenwagen gegenüber dem Institut. Es gibt kaum eine bessere Stelle, um die Thermoskanne aufzuschrauben und dem Dienstschluss um sieben Uhr entgegenzusehen, dabei Filterkaffee zu trinken und übermüdeten Idioten zuzusehen, wie sie am teuersten Passbildautomaten der Stadt vorbeirauschen.

Den Institutsmitarbeitern, die meist ab sieben Uhr eintrudeln, scheint das Gerät allerdings nichts auszumachen. Werner kennt fast jeden von den Bildern des Starenkastens. Gute Haarschnitte; Kleidung, die selbst im körnigen Schwarz-Weiß rein und auf geschmeidige Weise teuer wirkt.

Kahrmann schüttelt den Kopf. »Die wissen doch, dass hier ein Blitzer steht! Wie kann man nur so blöd sein?«

»Die sind nicht blöd, die haben zu viel Geld«, knurrt Werner. »Sieh dir diese Schlitten an: SLK, Audi TT ... Die zahlen ihr Bußgeld und müssen nicht mal am Trinkgeld für die Fußpflege sparen. Und zur Fußpflege gehen die garantiert. Alle!«

»Joup. So wie die aufs Pedal treten.«

»Und sie sind nie so schnell, dass es für ein Fahrverbot reicht.«

Werner legt seine Brille auf das Armaturenbrett, um sich die Augen zu reiben.

»Joup. Aber irgendwann erwischt es einen. Dann hat er einen Briefbeschwerer für sechzigtausend Euro.« Kahrmann schüttet den Rest in der Isokanne zum Fenster hinaus. Er gähnt, und das ist ansteckender als das Ebolavirus. »Feierabend?«
»Ja.«

11:38 Uhr

»Eine Auswertung?« Professor Könens Gesicht war eine Maske grimmigen Unglaubens. »Völlig ausgeschlossen. Momentan stehen keine Auswertungen an.«

»Lesen Sie es bitte mal«, erwiderte Frank, wie üblich etwas leiser als des Professors Bariton; er hatte schnell gelernt, dass nur verminderte Lautstärke die Bereitschaft seines Chefs erhöhte, ihm zuzuhören. »Habe es aus der Datenbank«, fügte er hinzu.

»Wie kommen Sie dazu? Das ist Rechnerzeit, und es ist Ihre Arbeitszeit, die aus für mich mittlerweile kaum nachvollziehbaren Gründen sogar bezahlt wird, Simmermann.«

»Ich habe nichts getan, es kam einfach«, verteidigte sich Frank.

»So etwas gibt es hier nicht, junger Mann. Auswertung bedeutet vorherige Eingabe. Zumindest hier. Wie es bei Ihnen zu Hause ist, weiß ich nicht.«

Frank schwieg. Er tappte instinktiv an seine Brust, wo die Zigaretten waren, und nahm die Hände gleich wieder herunter. Der Prof würde ihm hier, im Tempel des Papiers, schon beim Anblick der Packung die Ohren nicht nur lang ziehen, er würde sie ihm vermutlich abreißen.

Sein Arbeitsplatz hieß »Institut für angewandte Wahrscheinlichkeitsrechnung und Marktforschung AG«. Ein mehrgeschossiger Vorkriegsbau, allerdings brillant verdrahtet. Im Keller befand sich das Archiv, »Papierkerker« genannt: geschlagene sieben Kilometer Bücherregale, deren Inhalt nach und nach digital verarbeitet wurde. Auf dem Dach des Institutes ein altes Großteleskop unter Plexiglas, dessen Korpus wie ein stählerner Finger in den Himmel zeigte, in den Etagen darunter wuselnde Professoren, Volontäre, Techniker. Über alldem wachte Könen, ein eisgrauer Zerberus in maßgeschneidertem Tweed, der die mit Kunstdrucken verkleisterten Gänge abschritt. Er war Ende sechzig, schien aber Eastwood-Gene zu haben: nichts mit zerstreuter Professor, stattdessen durchs Alter verhärtete, maskuline Schärfe.

Und es hätte so nett sein können: eine Sieben-Stunden-Stelle unter den Fittichen Professor Paulys beispielsweise. Massig Zeit, um zu lesen und flach zu atmen, bis es fünf war.

Nein, Frank war handverlesen. Könen hatte ihn persönlich erwählt, aber nicht aus Sympathie. Der Professor hatte vor, auf seine alten Tage noch mal einen »Assistenten einzuschleifen«, wie er es nannte.

Frank seufzte innerlich. Der Tag hatte schon vielversprechend begonnen: Kein sauberes Hemd, Kaffee über die Schonbezüge des alten Golf und über das Hemd ... und dann hatte ihn das Paparazzi-Ding erwischt, mit achtundsechzig in Zone 30. Der seelenlosen Maschine war es egal, ob er angebrüllt wurde, wenn er zu spät kam. Frank verdiente sein Geld auf die harte Tour, und draußen an der Straße war ein Monster, das es ihm aus der Hand fraß.

Frank hatte unter den Augen aller seinen Arbeitsplatz gestürmt, nass geschwitzt, um drei nach acht, und mit seiner anspruchsvollen Aufgabe, dem Abheften alter Auswertungen, begonnen. Und gegen elf hatte plötzlich der Laptop angeschlagen, mit einem Geräusch, das für Frank wie die Türklingel am Haus eines kleinen, lustigen Mannes geklungen hatte.

»Na schön, zeigen Sie her«, brummte Könen.

Frank drehte den mobilen Computer in sein Sichtfeld. Eine Pause trat ein.

»Die Faktoren«, sagte Könen dann, während er auf das Display glotzte.

Inakzeptabel.

Er hatte, und darauf war er stolz, die Datenbank selbst aufgebaut;

später waren Mitarbeiter hinzugekommen, und nun beschäftigte das Institut beinahe weltweit Leute, die via Internet den Rechner fütterten. Jeden Tag kamen Bücher, CD-ROMs, Listen mit Statistiken, Erhebungen, Befragungen herein. Notare, Experten und Anwälte taten nichts anderes, als all diese Wahrheiten zu durchleuchten. Sämtliche Daten waren verbrieft, Irrtümer und Falscheingaben gefiltert, alles doppelt abgeklopft und zertifiziert.

Völlig inakzeptabel.

Eine Frau im Kostüm trat neben Könen. »Ich hab die Herrschaften von Nintendo da. Herr Yamataka ...«

»Ja doch«, unterbrach Könen sie, ohne aufzublicken, »bringen Sie die Gruppe in Raum 7, und geben Sie ihnen was zu trinken. Stilles Mineralwasser. Das mögen sie. – Und dann hätte ich gern einen Kaffee. Oder besser einen Cognac.«

»Jetzt?« Ihr Gesicht entgleiste.

»Ja, verdammt noch eins! Ich hab hier ein Problem! Eins von der Sorte, die ich persönlich lösen muss. Wie üblich.«

Könen war ganz Alphatier; Frank hatte sich bis zu diesem Moment nicht vorstellen können, dass ein Blick aus dem Elfenbeinturm der Hierarchie einen Menschen förmlich aus dem Zimmer katapultieren konnte, aber er lernte ständig dazu.

»Die Daten stimmen nicht«, sagte Könen, »oder der Filter. Oder das ist ein Scherz. Allerdings der letzte desjenigen, der mir jetzt gerade die Zeit stiehlt. Finden Sie den Idioten, Simmermann. Oder sagen Sie es Lorenz. Das ist doch sicher einer Ihrer Krawallkumpels aus der Dateneingabe. Vermutlich dieser ...«, er fuchtelte verzagt mit der Hand herum, »Bursche mit diesem Ding in der Augenbraue. Dieser ...«

Frank schwieg.

»... Homosexuelle«, brummte Könen und schaute erneut auf den Bildschirm.

Die Meldung auf dem Display war zweizeilig und in schlichtem Times New Roman dargestellt.

Ereignisauswertung: heute, 30.06.2005,
Wahrscheinlichkeit 82%
23:15 Uhr MESZ ANKUNFT DER APOKALYPTISCHEN REITER

12:10 Uhr

»Es könnten die Finnen sein«, sagte Frank und erntete verständnislose Blicke.

Die Professoren des Instituts hatten sich sämtlich in Könens Büro eingefunden, und ihre Mienen waren nicht zu deuten: keine Ratlosigkeit, aber auch keine Belustigung.

»Da ist ein Fehler im System, Mann. Was für Finnen?«, fragte Professor Pauly.

»Das ist eine Band. Nennen sich ›Die Apokalyptischen Reiter‹, wenn man's übersetzt. Das Ganze klingt 'n bisschen wie Slipknot, nur ...«

Könens Hand drosch auf die Tischplatte, und Frank verstummte.

»Nein, meine Herren«, sagte jemand.

Die Stimme kam von der Tür, und alle drehten die Köpfe; dann sprach sie weiter, ernst und klar:

»Und ich sah, dass das Lamm das erste der sieben Siegel auftat, und ich hörte einer der vier Gestalten sagen wie mit Donnerstimme: Komm!«

Könen stieß verächtlich Atem aus. Lorenz.

Lorenz hatte keine Titel oder akademischen Grade – nur einen unbeugsamen Geist und ein Faible für locker geschnittene Jeans mit Bügelfalte, in deren Taschen jetzt seine Hände versenkt waren, während er im Türrahmen lehnte und dünn lächelte. Lorenz: Mit Anfang vierzig früh zerknittert war er der heimliche technische Kopf des Unternehmens. Ein harter Praktiker, der mit eisernen Stiefeln auf der Spielwiese der Theorien wachte. Diese kleine Ansprache passte nicht zu ihm, aber sie schien ihm Freude zu bereiten.

»Ziemlich pathetisch, oder? Schon die Faktoren gecheckt?«

12:35 Uhr

»Hier, Herr Professor«, sagte Frank, nachdem er aus dem Druckerraum zurückgekehrt war.

»Ja?« Könen schnippte mit den Fingern; es wurde Zeit, den Fehler zu finden und auszumerzen. Die Japaner mussten inzwischen Wasserbäuche haben.

Frank entfaltete den Nadelausdruck; gut achtzig Zentimeter beschriebenes Papier. »Also, die Faktoren: Altes Testament, Scan vom dritten Oktober 1982. Mondkonstellation, heute. Wirtschaftslage, Eurokurs, Anzahl aktiver Christen weltweit und national, der Todestag Hitlers, zudem ziemlich hohl ... Entschuldigung, *nicht nachvollziehbar* verknüpft mit den Daten der Startgeschwindigkeit des ersten Spaceshuttles ...«

Könen schloss leicht entnervt die Augen.

»... die Inschriften auf der Klagemauer, eine Liste von Lebensmittelzusätzen, Anzahl der Drogentoten weltweit, national und regional, die Hämoglobinwerte aller Päpste, soweit dokumentiert, Abgasemissionswerte, Anstieg von Lungenkrankheiten seit Kriegsende und zwischendurch 'ne Menge Zeug in Latein. Was ich, nebenbei, nicht beherrsche.«

»Was hier, nebenbei, niemanden verwundert«, sagte Pauly trübe lächelnd.

Die Rechner waren untereinander vernetzt und am Hauptcomputer angedockt; sie verhielten sich in der Regel still, aber gelegentlich spuckten sie Teilergebnisse oder Zwischenstände aus; klare Ergebnisse waren eher selten, denn nur der Hauptrechner lieferte die »Shots« genannten Endergebnisse. Und diese Ergebnisse hatten niemals eine Wahrscheinlichkeit von mehr als fünfundzwanzig Prozent geliefert, einerlei, wie vielfältig die Faktoren, die Grundlagen der Berechnung waren.

»Es wird an der Siebformel liegen«, knurrte Könen, »überprüfen Sie das. Ich muss jetzt rüber zu den Japanern.«

Die Wahrscheinlichkeitsanzeige blinkte kurz, änderte sich aber nicht. Trotzdem hatte dieses kurze Aufflackern etwas Beunruhigendes; es schrie geradezu: *Ich bin ein Fehler, aber ihr Arschlöcher findet mich nicht!*

»Haha«, machte Lorenz, der die ganze Zeit still, aber amüsiert wirkend auf der Schreibtischkante gesessen hatte.

»Das dürfte nichts besagen, meine Herren«, sagte Professor Könen und blickte dann in die Runde. »Gehen Sie bitte zurück an Ihre Arbeitsplätze. Ich nehme wohl an, wir alle haben heute genug zu tun, nicht wahr?«

»Na, so ab kurz nach elf nicht mehr«, erwiderte Lorenz, »wenn die Daten okay sind.«

Könen würdigte ihn keiner Antwort.

13:50 Uhr

»Es ist ein Rechenfehler«, sagte Pauly, reichte Frank aber trotzdem den Folianten.

»Ich will nur mal schauen. Hab Mittagspause. Reines Interesse.«

Interesse war kaum einer von Franks hervorstechenden Zügen, aber das Kellerarchiv war ruhig und kühl und weit genug von Könen entfernt. Die Luft hier unten war sauber, schmeckte jedoch seltsam gefiltert.

»Dein Interesse liegt in der Gier nach billigen kleinen Sensationen begründet, Junge. Lorenz macht Späßchen mit uns, aber das ist kaum verwunderlich. Niemand hat hier weniger zu tun als er.«

»Na ja, seine Hardware läuft ja auch ohne Sperenzchen. Er ist ziemlich fit bei den Rechenmonstern.«

»Möglich«, sagte Pauly, was wie *Das glaubst auch nur du, Kleiner* klang.

Das Buch wog so viel wie ein Gullydeckel, stellte Frank fest, als er es auf den kleinen Tisch in einer Nische des Archivs wuchtete.

»Oh, Heiland«, flüsterte er, als er es öffnete.

»Ja, mein Guter: Frakturschrift und schönes Altdeutsch. Viel Freude damit.«

Die Schrift verschwamm ihm vor den Augen, aber nach einigem vorsichtigen Blättern wurde es mit einem Mal sehr klar. Gestochen scharf, sozusagen.

Der Stich Dürers: »Die vier Apokalyptischen Reiter«. Vier zornige Kerle auf Pferden, bewaffnet und alles niederpreschend, eindrucksvoll in ihrer Rücksichtslosigkeit. Sie galoppierten in eine Traube altertümlich gekleideter Menschen, denen das Grauen buchstäblich in die Gesichter graviert worden war.

»Sie sind als Metapher auf alles Mögliche zu verstehen«, sagte Pauly, der nun von einer Wolke irgendeines Parfums oder Deodorants umgeben war. Vermutlich sprühte er sich mehrmals täglich ein, weil er wusste, dass Trinker stark ausdünsten. *Akademiker.*

»Und kann man sie aufhalten?«

Pauly lächelte. »Du meinst wie den Gerichtsvollzieher? Zahle, und er bleibt weg?«

»In etwa«, sagte Frank.

»Für solche Fragen wendest du dich wohl besser an einen Theologen.«

Frank vertiefte sich ganz in das Bild. Es wirkte auf ihn wie der Ausschnitt einer sehr, sehr alten Zeitung. *Headline im Bauernjournal: Bleiben Sie zu Hause, die Welt geht unter*, dachte er stumpf.

Schritte.

Lorenz erschien im Gang, sein Notebook unter dem Arm.

»Na? Da haben wir ja alle schön was zu lesen heute, meine Herren«, sagte er mit einem kurzen Seitenblick auf Frank.

»Sie nehmen das nicht wirklich ernst, oder?«, fragte dieser.

Lorenz fächelte demonstrativ etwas Luft zu sich. »Aber ja doch. Ich nehme das sehr ernst.«

»Sie verwenden Ihre Ernsthaftigkeit auf die falschen Themen, Kollege Lorenz«, sagte Pauly, »und es wird Ihrer Karriere kaum förderlich sein, den Professor zu provozieren.«

»Gegen Mitternacht werden Sie das sicher anders sehen, *Kollege* Pauly. Darauf werde ich trinken. Sie auch?«

Pauly platzte erwartungsgemäß der Kragen. »Glauben Sie wirklich, Sie können hier allen auf den Schlips treten und dabei ungeschoren davonkommen?«

Lorenz schaute Pauly einen Moment an und kicherte dann.

»Ungeschoren? Wundervoll. *Großartig.* Das ist das Problem mit euch. Ihr seid Lämmer, wie in der Bibel beschrieben. Ihr brecht alle Siegel, indem Ihr die Technik benutzt, um Ereignisse zu berechnen, die Ihr nicht ändern könnt, weil sie längst passiert sind. Ihr seid nichts als die Wiederkäuer der Fakten, und wenn sie Euch nicht in den Kram passen, ignoriert Ihr sie.«

Frank wünschte sich, unbemerkt in die Tischplatte einzusickern.

Pauly stand zitternd da; ein paar Laufmeter Schurwolle, die mit bröckelnder Selbstachtung gefüllt waren.

Lorenz knallte schwungvoll den Computer auf den Folianten und klappte ihn auf. Die Meldung hatte sich verändert.

Ereignisauswertung: heute, 30.06.2005,
Wahrscheinlichkeit 82,4 %
23:12 Uhr MESZ ANKUNFT DER APOKALYPTISCHEN REITER

»Genau, Freunde«, grinste Lorenz bösartig, »die Wahrscheinlichkeit ist gestiegen. Null Komma vier Prozent. Was mag es hochgetrieben haben? Der Dollarkurs? Das Wetter? Und wo wir gerade davon reden: Wann genau hat sich eine Berechnung bei uns je in zwanzig Minuten nach oben oder unten korrigiert? Wir hatten immer Zahlen, deren Richtigkeit sich Jahre später erwies, oder auch nicht, korrekt? Null Komma vier in einer Zeitspanne, die man braucht, um einmal nett zu bumsen und eine Zigarette zu rauchen. Finden Sie das nicht auch ein wenig seltsam? Und was ich noch seltsamer finde: Sie erscheinen jetzt auch drei Minuten früher.«

Lorenz' Gesicht war ganz hochgezogene Augenbrauen; in seinen Augen glomm eine Flamme, die Belustigung, Erkenntnis oder etwas völlig anderes sein konnte.

»Das geht wirklich zu weit!« Pauly stampfte mit dem Fuß auf, eine infantile Trotzgeste, derer er sich nicht bewusst zu sein schien.

»Eben. So muss man das sehen. Untermauern wir es, okay? Eine kleine Demonstration gefällig?«

Dann tat Lorenz etwas Unerhörtes: Er steckte sich eine an.
»Verschwinden Sie aus meinem Archiv!«, brüllte Pauly, ebenfalls ein unbewusster Klamottenabtaster, wie Frank bleiern beobachtete. *Ein Flachmann vermutlich, Innentasche.* Frank verlagerte sein Standbein, angespannt bis ins Mark. Hier lernte man echt was fürs Leben. Beispielsweise, dass kluge Köpfe nicht immer klar sein müssen, sei es von Alk oder seltsamen Theorien.
»Pauly, Ihnen wird nichts bleiben! Kein Archiv, keines Ihrer kleinen Geheimnisse. Wir sind alle Experten hier, oder? – Ach, die Demonstration. Achtung, bitte.«
Lorenz legte seine Zigarette behutsam auf den Rand des Tisches, drei Augenpaare saugten sich einige Momente an der glühenden Spitze fest.
Lorenz streckte sich bedächtig, trat einen Schritt vor und drosch Pauly seine Faust ins Gesicht.
Pauly stürzte wie gefällt, und eine feine Fontäne Blut aus seiner Nase strebte der niedrigen Decke entgegen.
»Scheiße, Mann!«, schrie Frank und drehte auf dem Absatz, um loszuspurten, aus dem Kellerarchiv, durch die Büros in die Lobby und auf den gigantischen Parkplatz. Ins Auto, weg. Schön, wenn man Pläne hatte.
Aber Lorenz griff fest zu und zerrte ihn zum Notebook.
»Tja, es kommt, wie's kommt, Junge. Schau her!«
Frank sah her.
Die Zahl stieg kurz, vielleicht eine Sekunde, auf 82,8 Prozent. Ein rasches Blinken, dann 82,6 Prozent.
»UND?«, schrie Lorenz.
»Zufall?«, hauchte Frank.
»Gegenprobe!«
Frank hatte nur vier Sekunden, um alles beisammenzuhaben. Lorenz griff in die Tasche und klappte ein mattiertes Messer auf. Es sah aus wie ein Werbegeschenk.
Kacke ... oh nein, kacke! Das war's.

Lorenz atmete scharf durch die Nase ein und stützte sich auf dem Tisch ab. Sein Gesicht war straff vor Konzentration.

Dann hieb er sich den Zeigefinger ab.

Er musste mit dem Daumen der anderen Hand von oben auf die Klinge drücken; er lief dabei rot an und schien nicht zu atmen.

Dann ein Geräusch, als knacke man eine Praline, und das Blut begann zu sprühen; ein eifriger, geräuschloser Fächer von Rot, der Computer, Tisch und Lorenz' Kinn besudelte. Seine Augen waren glasig, als er die Zahl im Auge behielt.

Nichts geschah.

Frank war aschfahl. »Mir ist schlecht«, sagte er.

»Mir geht's auch nicht gerade prächtig«, stieß Lorenz zwischen den Zähnen hervor. »Zumal mein Versuch nicht die geringste Auswirkung zeigt.«

Frank versuchte, einen klaren Kopf zu behalten. »Sie brauchen Hilfe!«

»Ja. Aber erst am Ende der Testreihe.« Lorenz hockte sich auf den Boden und hielt die verstümmelte Hand auf Kopfhöhe. »Weißt du, wie ich draufgekommen bin?«, fragte er.

»Nein.« Frank blieb auf Abstand. Er wusste, diesmal würde er es bis zum Parkplatz schaffen.

»Hab's in Google nachgeschlagen. Die vier Reiter werden gern als eine Metapher auf das Kommunikationszeitalter angesehen. Stell dir das vor: Diese verrotteten Buben aus dem Johannesevangelium sind die Boten der Apokalypse, weil wir UMTS-Lizenzen ersteigert haben. Oder wie?«

Er schüttelte den Kopf, und etwas von seinem Blut tropfte pitschend vom Kinn zu Boden. »Weißt du, wie sich das nennt?«

»Keine Ahnung«, sagte Frank, wobei er hoffte, dass er ruhig und vernünftig klang, »ich bin nur Assistent.«

Hinter ihnen regte sich Pauly.

»Es nennt sich Scheißdreck«, sagte Lorenz und stand auf.

Er ließ den Kopf kreisen, blickte kurz auf den Fingerstumpf und presste die bläulichen Lippen aufeinander.

»Ich werde es beweisen. Nicht etwa eingespeiste Faktoren führen zur Apokalypse: Wir sind es. Dieser ganze verzweigte Blödsinn, jetzt eingegebene Daten hier, nächstes Jahr Auswertung dort. Im Prinzip liegen wir doch dauernd daneben – aber auf was für einem Niveau! Larifari-Resultate auf allerhöchster Ebene, zertifiziert bis unter die Halskrause. Wenn Könens Wunderbude ausspuckt, dass 2067 die Erde untergeht, wird mit dem Kopf genickt und ein Scheck ausgestellt. Wenn aber in klaren, einfachen Worten zu lesen steht, dass wir heute Probleme kriegen, zieht der werte Professor sich in sein Büro zurück und wartet auf den Feierabend.«

Frank fühlte sich, als hätte man ihm eine Zielscheibe auf die Stirn gepinselt, und je heftiger Lorenz' Ausbrüche wurden, desto eindringlicher wurde diese Empfindung.

»Deswegen werde ich nun einige Testreihen laufen lassen. Später wird es vielleicht die Lorenz-Reihe genannt werden. Falls es dann noch jemanden interessiert.«

Ohne Frank weiter zu beachten, ging Lorenz hinüber zu Pauly, der wie ein gefällter Baum auf dem Boden lag. Als er sich hinhockte, stöhnte er leise, lächelte aber unablässig.

»Pauly«, flüsterte er, »wollen wir zusammen was erarbeiten? Dieses eine Mal?«

13:10 Uhr

Franks Ohren sausten, als er über den Parkplatz rannte, vorbei an Könens A4 und Paulys liebevoll restauriertem Buckel-Volvo. Franks alter Käfer wirkte wie ein Geschwür inmitten dieser Symbole des Erfolgs. Er griff den Türöffner, fühlte die Kühle des Metalls und fragte sich, was er hier tat. Weg von hier, klar. Zu Hause in der Kammer neben dem Bad wartete eine Kiste süßer Sekt; ekelhaftes Zeug im Prinzip, aber jetzt genau richtig. Er würde auch Pinselreiniger trinken, wenn das helfen würde, seinen Kopf leer zu brennen.

Lorenz' Finger ...
Frank hatte nie etwas Schrecklicheres gesehen als dieses käsige, zuckende Ding, das auf der sauberen Tischplatte lag, frisch amputiert, um wilde Thesen zu untermauern.

Lorenz hatte Frank einfach gehen lassen. *Warum?*
Während sich der Türgriff langsam in seiner Hand aufwärmte, gerieten Franks Gedanken in geordnete Bahnen. *Wenn Lorenz sich den Finger mit einem Gleichmut abhackte, den eigenen Finger, als würde er sich die Krawatte binden – was wäre der nächste konsequente Schritt?*

Frank sah auf seine Schuhspitzen, eine ganze Zeit lang. *Bist du ein Weichei? Oder unternimmst du was?*

Ihm wurde klar, und dieser Gedanke hatte etwas seltsam Glamouröses, dass er der eine Mann war, der vielleicht einzige in diesem ganzen Haufen emsiger Lemminge, der etwas bewirken konnte. Der etwas bewirken musste. Was, und das war ein klammer, irgendwie fremder Gedanke: *Was, wenn Lorenz recht hatte?*

»Ich muss einschreiten«, sagte er zu seinen Slippern, nur um zu hören, wie es klang. Es klang richtig. Ja. Mut war erforderlich, vielleicht mehr, als er aufbrachte, aber es nützte nichts.

»Okay.« Feste Stimme.

Frank öffnete den Kofferraum und begann zu wühlen. Als er fand, wonach er suchte, spurtete er zurück ins Institut. Und er fand die Fährte, die in irren Mustern auf die Wand gesprüht war.

13:39 Uhr

Könen blickte zum Fenster hinaus. Kumuluswolken. Beruhigend, wenn man nicht wusste, dass es sich um gestauten, besseren Nebel handelte.

Lorenz war ein Ärgernis. Wie hatte er sich nur darauf einlassen können, einen Nichtakademiker einzustellen? Es war die Pest: Punks in der

Telefonabteilung, Irre in der Buchhaltung und als Krönung ein Lorenz als Abteilungsleiter im technischen Support; kompetent, aber aufsässig; respektlos und dummerweise jenseits der Probezeit.

Befristete Verträge, schwor sich Könen, und nichts anderes. Das Patent erwerben und weg mit den Idioten. Wenn es einmal aus dem Ruder läuft ...

Der Teppich in Könens Büro war hinreichend dick, um Lorenz' Schritte zu dämpfen, also spuckte er geräuschvoll auf die Schreibtischplatte aus Walnussholz, um sich bemerkbar zu machen. Könen fuhr herum, eine Bewegung aggressiver Geschmeidigkeit, die er den Rollen des guten Drehstuhls verdankte.

»Was wollen Sie denn? Können Sie nicht anklopfen?« Dann erblickte er den Speichel auf der Platte.

»Sind Sie wahnsinnig?«

Lorenz sah aus wie ein Landschlachter; er triefte vor Blut, und sein Hemd hing ihm aus der Hose.

»Bedaure«, sagte Lorenz. »Klopfen ist schlecht momentan.«

»Hatten Sie einen Unfall? Mann!«

»Nicht so richtig, nein.«

»Was reden Sie da? Sie stehen unter Schock!« Könen erhob sich und stützte sich auf den Schreibtisch, kam aber nicht herum.

»Eigentlich war ich selten klarer als jetzt gerade«, sagte Lorenz, während er den burgunderfarbenen Teppich volltropfte, ansonsten aber die Haltung eines Mannes innehatte, der auf den Bus wartet.

»Es reicht mir jetzt mit Ihnen, Mann. Sie sind ein Quell des Ärgernisses für dieses Institut! Jeder hier ist dieser Auffassung!«

Lorenz griff in seine Hosentasche. Das Messer begann bereits zu verkrusten, und es war eine elende Fummelei, neunfingerig die Klinge ans Licht zu holen.

Die Klinge des Messers reflektierte keck das Licht des Deckenfluters. Lorenz klemmte das Messer kurz zwischen die Lippen und stellte umständlich seinen Laptop auf den Schreibtisch, wobei er einen Kugelschreiberhalter aus Bronze umstieß. Während dieser Vorgänge hätte Könen alles tun können. Jede Option von der Flucht über einen gepflegten verbalen Bombenteppich bis zum Telefonat mit den Sicherheitsleuten hätte zur Verfügung gestanden. Doch er wurde durch Lorenz' bizarren Anblick, der sich so gar nicht in des Professors Büro integrieren mochte, auf die Stelle genagelt.

»Zweitens: Es ist nicht schlimm, wenn Sie den Daten vertrauen. Aber dann seien Sie konsequent und trauen Sie allen Daten! Wissen Sie, heute Morgen landete eine Fliege auf meiner Wange, und ja, ich gebe zu, vorher war ich kurz vorm Eindösen. Ich schlug mir auf die Wange und erwischte den kleinen Scheißer.«

Könen hätte jetzt gern etwas über die Verschwendung von Arbeitszeit zum Besten gegeben. Er dünstete es förmlich aus, aber er schwieg, die Lippen aufeinandergepresst, die Situation abschätzend, mittlerweile ängstlich.

Lorenz' Grinsen war strahlend, und für Könen war es der schrecklichste Anblick, den er je gesehen hatte: dieses bleiche, blutbespritzte Gesicht, die wirren Haare und ein Ausdruck, als hätte Lorenz im Lotto gewonnen.

»Das Biest fiel tot auf den Tisch, und die Anzeige ging hoch. Nur kurz, nur ein bisschen. Aber sie ging hoch, Könen!«

Schweigen. Dann griff er erneut in die Tasche und holte einen weiteren Gegenstand ans Licht. Wenn es nicht über und über mit dieser grauen ... Schmiere überzogen gewesen wäre, Könen hätte es vielleicht als Flachmann angesehen. Aber in diesem Gebäude gab es so was nicht. Nein.

»Wissen Sie, Könen, Sie alter Räuber: Ich muss Sie über drei Dinge aufklären. Erstens ist Technik längst nicht so wichtig, wie Sie glauben. Bitter, dass diese Erkenntnis gerade von mir kommt, ich weiß. Freund Pauly, und das ist mal eine gute Nachricht«, sagte Lorenz und schwenkte den Flachmann, »trinkt nicht mehr.« Etwas von der glitschigen Masse sprenkelte Lorenz' Hemd, aber er bemerkte es nicht. »Er hat sich die Sache durch den Kopf gehen lassen. Eigentlich hat er sich das ganze Ding hier durch den Kopf gehen lassen. Um noch genauer zu werden: Ich habe ihm dabei geholfen. Es war nicht im klassischen Sinn schön, aber jetzt rührt er keinen Tropfen mehr an.«

Lorenz betrachtete das Messer, als wäre es etwas Essbares. »Uns fehlen noch ein paar läppische Prozente, und dann kippt der ganze Laden. Das würde ich, ehrlich gesagt, sehr gerne sehen.« Lorenz wies mit dem Kinn, das bereits zu verkrusten begann, auf das Display des Laptops.

Ereignisauswertung: heute, 30.06.2005,
Wahrscheinlichkeit 92 %
23:10 Uhr MESZ ANKUNFT DER APOKALYPTISCHEN REITER

Könen nickte dumpf. Wäre das Messer nicht gewesen, hätte er sich gefreut. Kündigung wegen totaler Unzurechnungsfähigkeit, fristlos, Papiere in einer Woche zur Abholung bereit.

Lorenz, das fahle Blutgespenst, breitete die Arme aus.

»Ach ja, drittens: Was Ihre kleine Bemerkung angeht, ich wäre ein Quell des Ärgernisses: Das sind Sie auch, Professor.«

»Ich ärgere niemanden«, blaffte Könen.

»Stimmt. Aber ein Quell«, lächelte Lorenz und trat einen Schritt vor, »ein Quell sind Sie auf jeden Fall.«

Könen wuchtete sich aus dem Stuhl.

Lorenz führte die Klinge so beherrscht wie ein Torero. »Sehen wir, was in Ihnen steckt!«

Ein Geräusch an der Tür.

»Da sind Sie«, sagte Frank.

Lorenz drehte sich langsam um. »Wolltest du nicht nach Hause?«

Frank sah Könen an, der totenfahl, aber auch leicht verärgert zu sein schien, dass ein Assistent ohne anzuklopfen eingetreten war. Der Mann hatte die Zeichen der Zeit noch immer nicht erkannt, verwechselte Autorität mit Unverwundbarkeit.

»Hab's mir anders überlegt. Es wird Zeit, Ihre Testreihe zu beenden, Lorenz.«

»Damit?« Lorenz wies auf den rostigen Radschlüssel in Franks Hand.

»Von mir aus. Wenn Sie es nicht anders wollen.«
Frank trat einen Schritt vor.
»Meinst du, du bist besser mit diesem Ding als ich mit meinem hier?«, fragte Lorenz und tippte sich nachdenklich mit der verkrusteten Messerspitze ans Kinn.
»Ich meine es ernst«, sagte Frank.
»Das kann ich nur hoffen. Ich verabscheue Inkonsequenz.«
Eine atemlose Sekunde lang passierte nichts. Dann sprintete Frank nach vorn.

17:04 Uhr

Frank wischte sich mit den Papiertüchern aus den Waschräumen für Führungskräfte ab. Sie waren, und das fand er wirklich amüsant, genauso rau wie die Lappen der normalen Toiletten im Tiefgeschoss. Er war besudelt bis an die Haarspitzen. Trotzdem fühlte er sich gut. Zum ersten Mal konnte er seinem Lebenslauf eine Großtat hinzufügen.
Frank ließ das achte triefende Papierknäuel ins Waschbecken fallen. Seine Schuhe waren glitschig vor Blut. Er war ein Held.
»Das hätte ich Ihnen nicht zugetraut.«
»Dachte ich mir«, erwiderte Frank.
»Sind ein guter Junge.«
»Ich hab getan, was getan werden musste.«
»Nicht ganz korrekt. Wir haben es getan, gleichzeitig«, erwiderte Lorenz. Er war gerade dabei, sich den Stumpf seines Fingers mit Könens Paisleykrawatte abzubinden.
Frank spähte aus dem Fenster; die aufziehenden Wolken waren kohlschwarz, wirbelnd, kündend. »Ein Sturm zieht auf«, sagte er.
»Das will ich meinen.«
Könen hatte nur popelige vier Prozent ausgespuckt, nachdem Lorenz seine Kehle mit einem knappen Streich durchtrennt hatte. Dann war Frank hinzugetreten. Ein einziger Schlag mit dem Stahlkreuz hatte

den Wert verdreifacht, ein weiterer beherzter Stich von Lorenz brachte weitere 0,5 Prozent.

Dann hatte Frank wahren Intellekt bewiesen: Eine Metapher für Kommunikation! Beide Ohren, die Augen, die Lippen. Es ging genau auf. Sie hielten Könens Büro bis halb sechs unter Verschluss. Frank hatte auf seiner Suche nach Lorenz noch halt im Papierkerker gemacht. Glauben war gut, Gewissheit war besser. Das Loch in Paulys Schädel war gezackt gewesen und dahinter lag nichts. Leere. Man hätte ein Teelicht hineinstellen können.

Jetzt hockten sie auf dem Dach und rauchten.

»Alles wird gut«, sagte Frank, »oder zumindest besser.«

»Wahrscheinlich«, entgegnete Lorenz.

Sein Gesicht war ein blasser Mond im beginnenden Dunkel, als er neben dem alten Teleskop in den Himmel schaute und nickte. Die Asche abzuschnicken schmerzte in der verkrusteten Hand, aber keine Pein dieser Welt konnte seiner seltsamen, dumpfen Vorfreude etwas anhaben.

0:02 Uhr

»Die üblichen Arschlöcher«, sagt Hauptwachtmeister Werner und schraubt das Gehäuse auf.

Der brennende Traffipax – wie der polizeiinterne Begriff für den Starenkasten lautet – ist gelöscht. Werner und sein Kollege haben das Feuer mit dem Bordlöscher ihres Dienstwagens in den Griff bekommen.

»Nimm den Film raus«, sagt Kahrmann. Er ist sauer. Es ist ziemlich genau Mitternacht, die Leiter steht nicht gut am Blitzer, und er hat Hunger, während er sich fragt, ob er immer noch oder bereits müde ist.

Der Rauch des Gehäuses, der noch immer hartnäckig aufsteigt, stinkt nach ...

»Scheiße«, sagt Werner und schnappt unten den Film auf.

Der Traffipax ist nicht digital, die Aufnahmen kommen eine Stunde später aus dem Hauslabor.

»Was ist das denn für eine Kacke?«, lacht Werner und vergräbt seine Zähne ins Schnitzelbrötchen, dann wird sein Blick starr, und er vergisst das Kauen.

Die Kamera hat ausgelöst; nach elf. Siebzig Mal?

Die Bilder sind natürlich schwarz-weiß, grobkörnig und haben keinerlei Ähnlichkeit mit einem Kupferstich.

Den Pferden steht Schaum vorm Maul, während sie galoppieren, wobei die Hufe scheinbar nicht den Asphalt berühren; die Reiter selbst sind ...

»Was ... ist das? Wer sind die? Was sind das für Gäule?«

»Keinen Schimmer«, ruft Kahrmann. Er steht an der Tischtennisplatte und wirkt mäßig interessiert, während er den kleinen weißen Ball gegen die Wand klicken lässt.

»Haben wir Schützenfest oder so was?« Kahrmann möchte hilfreich sein.

Das sind keine Kerle vom Schützenfest, erkennt Werner kalt.

Schützen tragen keine Panzer aus verrottetem Gewebe, und sie schwingen keine schartigen Klingen; sie sind auch nicht tot, kommt ihm sein Polizistenhirn zu Hilfe, denn was kann die Gestalt im Vordergrund anderes sein als tot und begraben ... und wieder ans Licht gezerrt, um mit 238 Stundenkilometern in einer Zone 30 geblitzt zu werden?

Er fühlt sich nicht gut, während er das Bild betrachtet, und als er kurz sein Schnitzel anblickt, fügt er als weiteren Punkt hinzu, dass es schwarz und madig geworden ist.

Er blättert die Fotos zügig durch, einen Geschmack wie von Metall im Mund, und ein bizarres Daumenkino entsteht.

Flapp ... flapp ...

Die Reiter scheinen zu schreien, die Waffen über dem Kopf erhoben, das Fleisch ihrer Arme flattert im Wind.

Flapp ...

Das Gras am Straßenrand wirkt mit jedem Blatt dunkler.
Flapp...
Der erste Reiter prescht aus dem Bild.
Flapp...
Der zweite Reiter, eine Vogelscheuche mit rostigem Brustpanzer, prescht aus dem Bild.
Flapp...
Er scheint zu schreien, und seine Zähne sind schwarz.
Flapp...
Der dritte Reiter ist ein nässendes, zorniges Ding, das seinen Gaul mit einem schartigen Säbel antreibt; die ...
Flapp...
... Augen des Pferdes sind wie Steine, grau und tot, und dann sieht man nur noch die hinteren Läufe ...
Der vierte Reiter.
Flapp... Flapp... Fl... Stopp.
Werners Magensäure brennt auf seiner Zunge.

Ein Leichnam in Sackleinen, vertrocknete Füße in rissigen Steigbügeln, ein fleischloses Lachen; diese galoppierende Verwesung scheint mit der Kamera zu kokettieren, während er aus dem Bild gleitet, und am *Schweif des Pferdes* ...
Also am Schweif...
»Kahrmann? Komm her! Jetzt!«
Keine Antwort.
»KAHRMANN?«
Am Schweif des Pferdes versucht sich ein nackter, besudelter Mann festzuhalten; der Asphalt hat seine Füße zu Brei zerschliffen, und seine Zunge baumelt an einer einzelnen Sehne in Höhe seines Kinns wie ein Stück ausgespuckter Leber. An einer Hand scheint irgendetwas zu fehlen, und er tut definitiv Buße.

Kahrmann antwortet noch immer nicht, und als im Präsidium das Licht ausgeht, kommt Werner ein Gedanke:
Es ist das erste Mal, dass er einen der Institutstypen zu Fuß sieht.

Unbekannter Teilnehmer

Becker betrachtete den Fernsehturm durch sein Fenster, während er zuhörte.

»Nein. Nichts zu machen«, sagte der Mann von der *CellSurprize*-Hotline, »erst müssen Sie schon bezahlen. Vorher schalten wir Ihnen gar nichts frei.«

»Aber ich muss meine Kunden erreichen können und die mich«, erwiderte Becker.

»Ja«, erwiderte der Callcentermann, »aber so sind die Geschäftsbedingungen, die habe ich nicht erfunden. Ihr derzeitiger Saldo ist zu hoch, eine Abbuchung hat zu keinem positiven Ergebnis geführt. Überweisen Sie, dann schalten wir Ihr Mobiltelefon wieder frei. Tun Sie es schnell. Heute noch!«

Becker hörte das Klackern einer Computertastatur, dann das leise Klicken einer geschäftigen Maus.

»Tun Sie es nicht, und zwar innerhalb kürzester Frist, kann es ausgesprochen unangenehm für Sie werden.«

In der Stimme des Callcentermenschen lag eine tiefe Entschiedenheit.

»Schönen Dank, Mann.«

Becker legte auf.

»Transparenz ist unsere Stärke, hm?«

Sie hatten ihm das Handy gesperrt.

Reichlich abrupt, wie er fand. Zweimal nicht bezahlt, schon landet man im Land jener, die mit der Tapete reden müssen. Beckers Existenz war untrennbar mit seinem Mobiltelefon verknüpft.

Der Sarazene wartete vermutlich auf ihn, Fisch wollte schon seit zwei Tagen was für fünfhundert, und er war nicht erreichbar und konnte auch nicht selbst telefonieren. Stattdessen erlebte er gerade die digitale Variante eines Begräbnisses bei lebendigem Leib, denn das Festnetztelefon war für seine Art Geschäft eher ungeeignet.

Die Leitungen des einzigen verbliebenen Festnetzbetreibers seit dem Börsencrash waren aus Kostengründen re-analogisiert worden und damit etwa so abhörsicher wie zwei Blechbüchsen mit einem Meter Schnur dazwischen.

CellSurprize war der gegenwärtig einzige Mobilfunkanbieter, der diese Bezeichnung verdiente. Sündteuer, aber zuverlässig.

Becker warf seine Zigarette in den halb vollen Kaffeebecher, griff sich sein kleines Lederetui und verstaute etwas Ware; viel war es nicht mehr.

Er musste langsam los, Nachschub besorgen. Becker verdrehte die Augen.

Er hasste den Sarazenen wegen seiner herablassenden Art, und der Gedanke an einen Besuch ließ ihn das Gesicht verziehen, aber Geschäft war Geschäft.

Becker war Kaufmann: Er offerierte synthetische Drogen. »Leichter zu verscheuern als Bockwurst, mehr Handelsspanne als Atomwaffen«, sagte der Sarazene gern. Er hatte recht, zumindest was den Punkt mit der Bockwurst anging.

Ravekids, Durchgedrehte und Punks zählten ebenso zu seinen Kunden wie Hausfrauen, Zeitungsausträger und die Pförtner der großen Unternehmen in dieser Stadt. Auch Sportler waren willige Konsumenten, seit japanische Drogendesigner mit genetisch veränderten Bakterien auf der Basis linksdrehender Joghurtkulturen eine Kleinstlebensform entwickelt hatten, die verräterische Drogenspuren im Blut in ein authentisches, aber sinnloses Enzym umwandeln konnten.

Doping war ein Sport im Sport geworden, eine Phantomdisziplin.

Becker erinnerte sich noch gut an einen prominenten Speerwerfer, der auf einer Wohltätigkeitsveranstaltung vor Tausenden überwiegend halbwüchsigen Zuschauern angetreten war. Seinen speziellen Treibstoff hatte er von Becker, und das hatte ihn mit Stolz erfüllt. Der Sportler war mit zitternden Muskeln und blutunterlaufenen Augen beim Wurf gestrauchelt und hatte über eine Distanz von fast vierhundert Metern den stellvertretenden Bürgermeister harpuniert. Obwohl diese Leistung – rein sportlich betrachtet – einen neuen Rekord markierte, war irgendwie ein bitterer Nachgeschmack geblieben. Das Bild des Vizebürgermeisters, wie er mit seinen fleischigen Fingern versuchte, die Aluminiumlanze aus seinem Wanst zu ziehen, während ihm Ströme von Blut in die Schuhe flossen, war am Ende sogar Titelbild im *Stern* gewesen.

Der Sarazene lebte in Gartenstadt, dem Nobelviertel, und schaffte es, mit Unsummen von Geld dort toleriert zu werden. Er bewohnte ein mehrstöckiges Gebäude, das er nach allen Regeln grotesken Geschmacks eingerichtet hatte; selbst auf der Veranda standen schlecht bemalte Keramikleoparden. Becker selbst bevorzugte die nicht ganz so edle Nordstadt, teils wegen des Mietspiegels, teils, um näher an seinen Kunden zu sein. Das war auch bitter nötig, denn viele Kunden waren mehrmals täglich zu beliefern, andere starben möglicherweise ohne Beckers Zuwendung.

Und jetzt hatte er kein funktionierendes Handy mehr.

»Kacke«, sagte er und nahm seine Jacke.

Becker besaß kein Auto.

Er knöpfte die Jacke im Gehen zu, denn es war kalt.

Er mochte den Winter so, wie Eisdielenbesitzer den Sommer mochten. Im Dezember verachtfachten sich seine Umsätze.

Sein fotografisches Gedächtnis spulte und spulte. Telefonzellen wurden in Zeiten wie diesen etwa so häufig frequentiert wie Kriegsgräber.

Post, klickte es.

An der Hauptpost hingen die hoffnungslosen Kandidaten herum. Wenige Gehminuten später, in denen er seinen gefrierenden Atem vor sich hertrieb, sah er die Ersten.

Oldschool-Junkies: aussterbende Dinosaurier mit einem Faible für aussterbende Drogen.

Die Heroinleute.

Er konnte die Telefonzellen bereits sehen und beschleunigte seine Schritte, während seine kalt gefrorene Hand in der Tasche fuhrwerkte. Kleingeld. Als er näher kam, sah er den Aufkleber an der Zellentür.

Nur für Telefonkarten. Kein Kleingeld erforderlich.

Er atmete kalten Nebel aus.

»Toll. Echt gut. Prima.«

Er betrat den riesigen, abgedunkelten Vorraum der Post. Synthetischer Limonenduft umwehte ihn augenblicklich. Er sah hinauf zur Decke, wo Wasserspeier aus Beton neben den Mosaikarbeiten irgendwelcher, vermutlich Schmiergeld zahlender Innenarchitekten arrangiert waren.

Hier bleiben also die Steuergelder, die ich nicht zahle, dachte er, und das besserte seine Laune ein wenig. Um an einen Schalter zu kommen, musste er verschiedene Schleusen durchlaufen, Umleitungen passieren und Wartezeiten in Kauf nehmen.

Becker beschloss, sich erst aufzuwärmen. Er wollte sich nicht noch mehr aufregen, zumindest nicht, bevor er sich nicht auf seine dafür erforderliche Betriebstemperatur gebracht hatte. Im ebenso diffus beleuchteten Eingangsbereich lehnte Becker sich an die Wand mit den Schließfächern.

Sein Atem wurde langsam unsichtbar, wenn er ausatmete. Sein Gehirn begann, wieder zu arbeiten. *Wie hatte das nur passieren können?*

Er ließ seinen Blick nochmals durch die Panzerglasscheibe nach draußen schweifen, wo ein Zugedröhnter soeben mit dem Rücken zu ihm langsam die Scheibe herunterrutschte, als Beckers Augen einen dunklen Fleck auf dem Boden einfingen.

Vor ihm, keine zwei Meter entfernt, lag ein Handy.
Das Telefon wirkte wie ein Fremdkörper auf dem auf Marmor getrimmten Kunststoffboden. Wie eine Kakerlake auf einer Buttercremetorte.
Becker trat näher.
Es war ein ZEF. Teuer.
Ein schnelles Einknicken der Beine, ein Handgriff wie ein Zaubertrick, und das Ding steckte in seiner Tasche. Sein Herz pochte, als er scheinbar lässig aus dem Raum spazierte.
»So kann es gehen, so kann es gehen«, sang er leise zu sich selbst.
Becker hatte keinen Blick mehr für den menschlichen Abfall vorm Gebäude oder für die Zellen.
Er platzte vor Neugier. Er hatte es nur kurz gesehen und konnte es jetzt lediglich in der Tasche seiner Lederjacke ertasten. Das Gerät war warm, sehr warm, und die Form schien typisch ZEF und doch irgendwie *anders* zu sein. Es fühlte sich fremd, aber hochwertig an.
Becker beschleunigte seine Schritte.
Er ging ins Herz der Stadt.

Wenig später erreichte er den *Kebab-Palazzo*: Schnellimbiss, Spielhölle und höchst inoffizielles Drogendepot in einem. Den namengebenden Döner gab es allerdings nur in einer winzigen Nische an der Außenfassade des Gebäudes. Ein Mitarbeiter war nicht zu sehen, nur der klobige, braun bratende Dönerspieß drehte sich träge. Der Palazzo selbst war ebenfalls keiner, sondern ein Schuhgeschäft, das vor Jahren geschlossen hatte und im verhängten Schaufenster noch immer ein Schild »Wir schließen« in bester Schauwerbegestalter-Schönschrift aufwies.
Hinter dieser Scheibe lag das Reich des Sarazenen.
Jetzt, nach Anbruch der Dunkelheit, zauberte der pseudoarabische Neonschriftzug einige Meter über ihm einen kranken blauen Teint auf sein Gesicht. Er trat durch den Perlenvorhang.
Der Anblick des Lokalinneren löste in Becker jedes Mal ein Gefühl von Fremdheit und kranker Exotik aus.

Der Laden war zwar einerseits völlig versifft, durch scheußliche Vorhänge im großzügigen Balkendesign der Siebziger verdunkelt und von GEMA-freier Sitarmusik beschallt, andererseits aber wirklich geräumig. An mehr als zwanzig kleinen Tischen saßen teetrinkende Kartenspieler, einsame, orientalisch aussehende Damen, fluchende und weinende Loser, grinsende Gewinner.

Direkt links neben der Tür spielten zwei schweigsame Männer irgendein Spiel mit schwarzen Holzwürfeln. Die verzierten Rasiermesser in Griffweite vor ihnen wirkten irgendwie romantisch, fand Becker.

Zigarettenrauch durchzog wie ein gesichtsloses Gespenst den Raum. Es herrschten Lichtverhältnisse wie in einem Aquarium, dessen Neonröhren defekt sind, und jeder war in seine ureigene Tätigkeit vertieft.

Spielen und verlieren. Schweigen, reden, gestikulieren und verzweifeln.

»Mr. Deal, du dumme Drecksau – willkommen im Palast der Winde«, sagte der Sarazene, als er Becker erblickte, und ließ zur Unterstreichung seiner Begrüßung einen bösartigen, fanfarengleichen Furz.

Beckers Blick quälte sich durch das verqualmte Lokal. Der Sarazene stand hinter dem Tresen, dessen Vorderseite eine arabische Schlachtenszene darstellte, die fast als Schnitzerei durchgegangen wäre.

Becker wusste allerdings, dass es Plastik war.

»Ja. Ich brauche was. Und kein Rohmaterial bitte. Ich müsste es direkt vermarkten. Und einen Kaffee.«

Der Sarazene lachte, aber es wirkte gekünstelt.

»Hatten wir nicht besprochen, dass du kurz anrufst, wenn du Zeug brauchst?«

»Ging nicht. Mein Handy ist defekt.«

Becker trat an den Tresen.

Der Sarazene lehnte sich vor. Becker konnte sein Parfum riechen. Es roch sehr teuer, und es war eine Menge. Es raubte ihm den Atem.

»Ob dein Telefon im Arsch ist oder in China ein Sack Reis platzt,

Becker: Du *rufst* mich an. Das ist hier keine Scheiß-Cafeteria. Ich habe auch meine Probleme mit Handys, aber ich löse sie. Ich muss arbeiten und Geld verdienen. Du auch, oder? Also ruf verdammt noch mal an.«

»Klar«, sagte Becker. »Kein Problem.«

Ihm wurde mal wieder klar, wie sehr er den Sarazenen verabscheute; diese feiste, ölige Figur in ihren imitierten Versace-Anzügen, mit diesem fleischigen Hals, der schwabbelte wie der eines Truthahns.

»Leyla! Kaffee!«, brüllte der Sarazene. Er zwinkerte Becker zu.

»Du trinkst jetzt den Kaffee, ich lasse das Zeug holen. Wie viel brauchst du?«

Becker überschlug seinen Bedarf. Sie rechneten nicht in Gramm, und sie nannten keine Namen.

»Tausend wäre okay. Kommission. Muss mich etwas verflüssigen.«

Der Sarazene drehte sich um und verschwand durch eine Tür hinter dem Tresen.

Becker suchte sich eine halbwegs ungestörte Ecke und hängte seine Jacke über den Stuhl. Leyla, eine etwa fünfzigjährige Errungenschaft des Sarazenen aus den späten Achtzigern, stellte den Kaffee ab; wortlos und ohne Untertasse, Milch oder Zucker. Leyla genoss ihr Gnadenbrot hier. Prostitution war tot.

Becker nickte ihr zu, aber jede Reflexion seiner Geste blieb aus. Er konnte das Elend ihrer Existenz riechen wie das Parfum des Sarazenen. Der Duft war sehr stark.

Irgendetwas polterte gedämpft an die Stuhllehne.

Das Handy. Über seinen kleinen Reibereien mit dem Sarazenen hatte er es völlig vergessen.

Er fasste in die Tasche und beförderte es ans Licht.

Ellipsenförmiger Korpus, nachtschwarz, keine Antenne. Aber irgendwie ... schlanker. Es lag komischerweise nicht gut in der Hand, obschon es den üblichen ergonomischen ZEF-Maßstäben durchaus entsprach. Es war eingeschaltet.

Volltreffer, dachte Becker. *Der Dummkopf hat es nicht nur verloren, er hat es* auch noch angelassen. Er huschte über die Tastatur, löste die Sperre und tippte sich in den Telefonspeicher.

Leer.

Becker stutzte. Das aktuelle Profil lautete:

Obfl.

Obfl? Er nippte an seinem Kaffee. Starkes Zeug, bitter und tiefschwarz.

Unter »Profil anpassen« stand:
Klingelton: Aus
Vibration: Aus
Benutzergruppe: Fleisch
Eigene Nummer senden: Benutzerdefiniert

Fleisch? Welcher Idiot hat dieses Handy konfiguriert? Und warum zur Hölle ist das Gerät so warm?

Er versuchte, den Akku abzuziehen, um die Geräte-Identität zu checken. Es ging nicht.

Sosehr er sich auch anstrengte, er konnte nicht einmal eine millimeterfeine Abgrenzung zwischen Batterie und Gehäuse ausmachen.

Der Akku war fest montiert; ein Teil des Geräts. Und die Solarzelle fehlte. Die Solareinheit war das Markenzeichen der 12.000er-Serie, so wie der Stern am Benz. Der ZEF-Slogan war so bekannt wie der verdammte grüne HIV-Bär von Bayer: *Shine a little light on me.* ZEF.

Abgefahren, dachte Becker.

Anstelle des Netzbetreiber-Logos war eine kurze Abfolge merkwürdiger Runen zu sehen. Die Zeichen sahen aus wie stilisierte Skarabäen oder anderes Krabbelzeug.

Sicher: Das ganze Gehabe mit Betreiberlogos und Bildmitteilungen war ihm geläufig, das war seit Jahren Volkssport. Aber diese Dinger blinkten nicht und wirkten auch nicht statisch.

Diese kleinen, putzigen Grafiken bewegten sich verstohlen. Wie ein Mann, dem vom langen Sitzen auf einem offiziellen Bankett das Bein eingeschlafen ist.

Hochinteressantes Gerät, alles in allem, fand Becker. *Bisschen unheimlich vielleicht.*

»Becker, komm hierhin!«

Der Sarazene war wieder hinter dem Tresen erschienen und schwenkte lässig eine kleine schwarze Plastiktüte, wie sie für organische Proben verwendet wurde. Becker löste kurz die goldene Flügelklammer und blickte hinein: eine Apothekenphiole veredeltes Kokain, mehrere Crack-Kompressoren in Mundspraydosen und vier DIN-A5-Bögen vorperforierter Trips mit Manga-Motiv.

»Danke. Wir rechnen morgen Mittag ab. Bringe das nur eben schnell unter die Leute.«

»Sicher, Mister *Superdeal*. Verkauf's den Nordstadtratten, kümmere dich um dein Telefon – und ruf verdammt noch mal an, wenn du was willst, okay? Ich bin Geschäftsmann.«

Und ich der Außendienst, du Arschwichser, dachte Becker. *Verkauf du erst mal was mit deiner dummen Fresse.*

»Immer sauber bleiben, Becker.«

Der Sarazene kniff ihm hart in die Wange, Becker nahm es mit ausdrucksloser Miene hin.

Als er zur Tür ging, sah er aus den Augenwinkeln, wie einer der Spieler mit den schwarzen Würfeln die Klinge seines Rasiermessers an die Wurzel seines Daumens legte und einen scharfen, kurzen Schnitt vornahm. Der Mann gab kein Geräusch von sich, aber sein Gesicht war schweißnass. *Verloren.*

Als Becker durch den Perlenvorhang ging, sah der Sarazene ihm nach. Er lächelte dabei.

Becker atmete die klirrende Abendluft, froh wieder auf der Straße zu sein. Er versuchte, Fischs Nummer in sein Fundstück einzutippen. Erneut registrierte er die unangenehme Form des Telefons.

Nichts geschah. Kein geschäftiger Verbindungsaufbau im Display, kein nüchternes »Eventuell eingehende Anrufe werden umgeleitet«.

Das plötzliche Ertönen der Melodie ließ ihn aufkreischen. Eine grauenerregende und schmerzhafte Tonabfolge durchreiste seine Muskulatur und sein Gehör. Becker krümmte sich zusammen, sein Herz pochte, und Angst umfing ihn, grundlos und allumfassend wie verseuchter Nebel.

Was um Gottes willen, was ...?

Es war das Mobiltelefon: Es klingelte.

Er riss mit schlotternder Hand das Telefon aus der Tasche. Das ZEF *kochte* fast.

Das Display blinkte irrlichternd, fiebrig und in wahnwitziger Geschwindigkeit.

Becker konnte seinen Blick nicht von den pulsierenden Worten abwenden: Unbekannter Teilnehmer.

Abheben?

Sein hirnloser Daumen zuckte im Reflex wie eine Million Mal zuvor – und nahm das Gespräch an. *Oh, Scheiße,* dachte er. Sein ebenso respektloser Arm führte das Handy an sein Ohr.

»Ja?«, sagte Becker.

Ein leises, konstantes Rauschen ertönte. Dann drangen die Worte klar, unverzerrt und ohne das geringste Nebengeräusch in sein Ohr.

»Ich will mein Telefon zurück«, sagte die Stimme.

»Wer ist da?«, erwiderte er.

»Ich *will* mein Telefon zurück«, sagte die Stimme erneut.

Es klang, als würde der Sprecher direkt hinter ihm stehen. Natürlich konnte das nicht sein, aber wenn, würde er sich nicht umdrehen. Dieses verrückte Dolby-Surround-Gefühl irritierte ihn. Er versuchte, auf die rote Hörertaste zu drücken. Weg damit!

Becker hatte Angst, oder – wie er sich taub eingestand – die Angst hatte ihn.

Er wusste nicht, woher die Angst kam, aber er erinnerte sich, wann er diese Sorte das letzte Mal gefühlt hatte: Als er acht Jahre alt oder so gewesen war, war er auf einem Jahrmarkt gewesen, mit der verdammt höchsten Achterbahn, die er jemals gesehen hatte. Er hatte einen Chip gekauft und war eingestiegen. Niemand hatte ihn beachtet, ein Umstand, den er heute – wo es nicht anders war – begrüßte, weil die Aufmerksamkeit anderer nicht gut war fürs Geschäft. Damals allerdings war es keineswegs gut gewesen, denn er war laut einer an der Kasse angebrachten Styroportafel eindeutig zu klein gewesen, um in dieser höllischen Achterbahn mitfahren zu dürfen.

Kinder erst ab zwölf Jahren, hatte da gestanden und: *Personen erst ab 1,60 Meter.*

Er hatte allein in der Fahrgastzelle gesessen (die damals nur Gondel genannt wurde), weil es elf Uhr morgens war und so ziemlich alle außer ihm in der Schule waren, und der stählerne Sicherheitsbügel hatte sich gesenkt. Zwischen seinem Bauch und dem Sicherheitsbügel hatte eine Lücke geklafft, groß genug, um einen Medizinball durchrollen zu lassen.

Ihm war heiß vor Panik geworden, als wenige Sekunden später die Gondel mit dem typischen apokalyptischen Lokomotivgeräusch ruckte und losfuhr. Die Auffahrt war steil, und er hatte sich an den glatten Bügel geklammert, während Tränen sein Gesicht herunterströmten, aber er hatte durchgehalten und sich erst im zweiten Looping in die Hose gemacht. Währenddessen hatte er eine vage Vorstellung davon gehabt, wie er durch den Bügel rutschen und vierzig Meter weiter unten in einen Stand für gebrannte Mandeln stürzen würde.

Ich werde sterben, hatte er gedacht, die Füße gegen das Bodenblech gestemmt, während das Adrenalin, die allererste Ladung seines Lebens, durch seinen (leider für diese Fahrt etwas zu schmächtigen) Körper raste. Ein paar Mal war er einfach im Sitz abgehoben, ein First-Class-Nahtod-Erlebnis, aber er hatte es überlebt. Er hatte danach nie wieder eine derartige Qualität der Angst gespürt.

Bis heute, während er schlotternd und telefonierend auf einer dunklen, leeren Straße stand und sich ohne nachvollziehbaren Grund ängstigte. Er wollte wirklich gern auflegen. Dummerweise wollte sein Daumen nichts dergleichen durchführen und verhielt sich, als wäre er an Beckers Hand nur zu Gast.

»Leg nicht auf. Es täte dir anschließend mit Sicherheit leid.«

Becker war allein durch den bestimmenden Ton der Stimme geneigt, ihr zu glauben. Die Normalität der Stimme, obschon ein kleines bisschen metallisch im Klang, half ihm etwas. Er erlangte etwas Kontrolle zurück.

»Wer sind Sie?«, fragte er unter Aufbietung aller Willenskraft. Die Stimme lachte leise. »Der Besitzer des Telefons. Du hast mein Telefon gestohlen. Das ist nicht nett. Das ist böse, böse, böse.« Die Stimme klang, als wäre sie keinen Widerspruch gewohnt, mit einem hirnlos fröhlichen Unterton. Der unbekannte Anrufer hatte Spaß. Was Becker aber weitaus mehr Kummer bereitete, war der Umstand, dass keine Atemgeräusche zwischen den Sätzen des unbekannten Anrufers zu hören waren. Entweder war im Inneren des Mobiltelefons ein kompliziertes Verschlüsselungsverfahren am Werk, das alles filterte, was nicht unmittelbar Sprache war. Oder ...

»Wenn Sie es zurückwollen, rufen Sie nicht mehr an. Mit dem Handy stimmt was nicht. Geben Sie mir Ihre Adresse, Mann. Ich schicke es Ihnen.«

»Das wird nicht gehen, mein Freund.«

Die Stimme lachte wieder leise.

»Das muss es aber. Denn ohne Finderlohn geht hier gar nichts. Ich will Ihr blödes Handy gar nicht. Es gefällt mir nicht die Bohne, wenn ich ehrlich bin. Dieses Drecksding bereitet mir Unbehagen. Hab's einfach gefunden. Ich schicke es per Nachnahme. Ach ja: Ich bin nicht Ihr Freund, Mann.«

Er war erstaunt über seine eigenen Worte.

Unbehagen?

Das Handy bereitete ihm Unbehagen? Im Fahrstuhl furzen zu müssen, bereitete ihm Unbehagen. Das verdammte Handy bereitete ihm eine Scheißpanik.

Und was zum Henker laberte er hier?

Becker hatte sich wieder etwas besser im Griff, jetzt, direkt an der Schwelle eines Deals. Er spürte, hier war was zu machen, Angst hin oder her, möglicherweise 'ne Menge Geld. Becker war sehr wohl in der Lage, Risiken und Chancen gegeneinander abzuwägen.

Der Kerl schien gefährlich zu sein, aber eine Kobra hinter Glas ist nun mal hinter Glas, gefährlich oder nicht.

»Es gibt kein Geld zu holen. Im Gegenteil«, sagte die Stimme, während Becker die für seinen Vortrag erforderliche Luft einsog.

»Gedankenleser, oder was?«, sagte Becker, aber er schaffte es nicht, seine erneut aufflammende Angst in Ironie zu ertränken.

»Gedanken, Wünsche, Ängste. Interessante Dinge, oder? Ich spiele auf der Klaviatur aller menschlichen Empfindungen, wenn man so will. Euer Geist ist nicht komplizierter aufgebaut als der Mechanismus einer Taschenuhr. Ticktack.«

Das blubbernde Kichern des Anrufers tropfte in Beckers Ohr.

Der Typ am anderen Ende war entweder ein professioneller Buhmann, der es gewohnt war, Leuten am Telefon die Hölle heißzumachen, oder er war der König der Bluffer, ein Psychologe für den Hausgebrauch quasi. In diesem Fall flog alles ziemlich schnell auf, wenn keine der vollmundig angekündigten Taten folgte. Er fragte sich, wie oft und vor allem in welchen sinistren Bereichen der Kerl schon damit Erfolg gehabt hatte.

Die Offensichtlichkeit, noch immer völlig allein auf der dunklen Straße zu sein, während Schneeflocken ihn umtanzten, gab Becker ein besseres Gefühl. Sein Kopf wurde klar. Letztendlich war er hier der Boss.

Niemand preschte die Straße herunter auf ihn zu, kein Auto näherte sich mit abgeblendeten Scheinwerfern, kein Schatten sprang hinter irgendeiner Ecke hervor. Becker glaubte nicht, dass der Besitzer der Stimme käme, würde er jetzt wie angewurzelt stehen bleiben und ihn ein bisschen provozieren.

Mit dem Gefühl der Kontrolle kam auch sein großes Maul zurück. »Wissen Sie was? Sie können mich mal. Gerade eben wollte ich Ihnen Ihr Handy für, sagen wir, fünfhundert Euro schicken. Das wäre gegangen, billig gewesen, und ich hätte es getan. Pure Freundlichkeit«, blaffte Becker, »aber jetzt werde ich das Ding behalten. Mal sehen, was man damit Tolles machen kann. Vielleicht werfe ich es auch weg.«

»Du wirst es weder wegwerfen, noch werde ich dich bezahlen«, sagte

die Stimme. »Wenn du es mir bringst, kommst du fast unbeschadet aus der Sache raus. Du weißt ja, ein bisschen Verlust ist immer. Wenn du aber beginnst, mit mir zu spielen, spiele ich mit dir. Ich spiele ganz gern mit Leuten wie dir, weil ihr so motiviert seid, zumindest am Anfang. Gut: Ihr seid langsam, ihr seid dumm. Trotzdem. Wenn ich es mir recht überlege ... hmmm ...«
Die Stimme brummte belustigt. Becker lauschte gespannt.
»Spielen wir. Ab jetzt.«

Becker lachte irre auf. Er spürte jetzt wieder dieses komische Gefühl in anschwellenden Wellen, so als würde er ohne Sicherungsbügel in der wildesten Achterbahn der Welt sitzen.
»Was ist los? Spielen? Mit mir? Genug gespielt! Mach's gut, Arschloch.«
Becker presste seinen zitternden Daumen auf die rote Taste des ZEF. Das Display zeigte wieder die Krabbeltiere. Becker entspannte sich fast augenblicklich. Aus den Augen, aus dem Sinn.

Wo kämen wir da hin, wenn jeder mit einer etwas, nun, dominanten Art in der Lage wäre, telefonisch den Leuten so auf den Sack zu gehen, dass sie alles rausrückten, was es rauszurücken gab? Dann würden die großen Versandhäuser säumige Omas, die vergessen hatten, ihre Stützstrümpfe oder den Fernseher ihres verwöhnten Enkels zu bezahlen, mit einem Anruf in den Selbstmord treiben, oder was?
»Mannomann.«
Becker schüttelte ungläubig lächelnd den Kopf. Er zitterte noch immer leicht, als wäre er knapp einem schweren Unglück entronnen, obwohl er natürlich wusste, dass dem nicht so war.

Diesmal kam die Stimme mit der Lautstärke eines startenden Düsenjets aus dem Telefon:
»VERSTECK DICH! ICH KOMME!«
Becker kreischte auf, und das Telefon fiel ihm aus der Hand. Das schwarze Handy drehte sich leicht auf dem verschneiten Asphalt, und der Kontrast erschien schmerzlicher denn je.

Die plötzlich aus dem Handy heraus berstende Stimme war so laut und unmenschlich gewesen, dass sich Becker fast eingepisst hätte.

»Scheiße. Scheiße. Scheiße.«

Er griff sich das Telefon mit spitzen Fingern. Es hatte seine ZEF-typische Form, den Geist eines Handys, in den Schnee geschmolzen. Becker drehte sich um. Niemand. Er spurtete los.

Nicht zu schnell, befahl er sich. Wir sind hier nicht auf der Flucht.

Warum nur hatte er solche Angst?

Er saß auf einem wahnwitzigen Karussell namens Kommt er oder kommt er nicht?, und es drehte sich ein bisschen zu schnell, um das jetzt gerade einzuschätzen. Er tendierte aber heftig zu: Er kommt.

Das Gefühl war zu stark.

Er kommt.

Becker beschloss, zügig zu Fisch zu gehen. Sollte dieser Clown bei Fisch auftauchen – und aus irgendeinem, ihm völlig schleierhaften Grund wusste er, dass der Anrufer das früher oder später tun würde –, würden Fischs Jungs den Typen sicher gern empfangen.

Wäre gut, Fisch beim Deal entgegenzukommen. Eine Hand wäscht die andere.

Noch besser wäre es, Fisch kurz anzurufen, aber er würde einen Teufel tun und noch mal das Handy benutzen.

Warum er so sicher war, dass der Besitzer der Stimme wirklich kam? Er fühlte es: Der unbekannte Anrufer hatte sich auf den Weg gemacht, und Becker spürte es, wie manche Leute an einem sonnigen Tag spüren, dass es Regen geben würde. Oder Sturm.

Als er das dunkel aufklaffende Viereck des Treppenhauseingangs passiert hatte, atmete er auf. Die finstere Essenz der Nordstadt bündelte sich mit dem Geruch von Pisse und Haschisch und der gewollten Finsternis von zerschlagenen Glühbirnen im Haus von Fisch.

Becker nahm mehrere Stufen auf einmal, der gedämpften, unmelodischen Hip-Hop-Musik entgegen, die Fisch üblicherweise durch seine kahle Fünfzimmerwohnung schallen ließ. Er kannte den Weg durchs

Dunkel. Am letzten Treppenabsatz blickte Becker ins Schwarz der zweiten Etage und stoppte ruckartig.

Ein wenig über ihm, einen Meter vielleicht, schwebten zwei glühende Pupillen, die ihn fixierten. Sie blinzelten nicht, aber sie wirkten wütend und seelenlos. ER hat mich, dachte er.

Wie hatte er sich einbilden können, einfach weglaufen zu können? Er bereute bitter, das Telefon noch in der Tasche zu haben, bitter, bitter. Die irreale Angst schwappte erneut über ihm zusammen. Er hatte den unbestimmten Gedanken, dass der Anrufer ihn jetzt *fressen* würde. Er war sicher, dass der Anrufer zwischen den Bissen lachen würde, während er sein Blut hören konnte, wie es die Treppen herunterfloss, bis in den dunklen, alten Keller, um dort zu gerinnen.

»Ich ... ich wollte nicht ...«, setzte Becker an.

»*Werr* is da?« Eine Stimme mit dem schleppenden Akzent eines Südländers. Sie klang nicht überrascht, nur routiniert und wachsam.

Einer der beiden glühenden Kreise senkte sich ab, und der Eindruck, Augen vor sich zu haben, verschwand.

»Ha«, sagte Becker. Ein scharfer Lichtstrahl traf sein Gesicht, schwenkte dann und erleuchtete das Treppenhaus.

Die beiden rauchenden Männer sahen Becker an. Sie trugen unförmige Parkas und Baseballkappen. Einer von ihnen, ein Riese mit werwolfartigem Backenbart, hielt die mächtigste MAG-LITE, die Becker jemals gesehen hatte. Die graue israelische Uzi hingegen, die der andere, nicht weniger hünenhafte Kerl in den Händen hielt, hatte Becker schon oft auf dem Couchtisch von Fisch liegen sehen. Fisch hatte ein Faible für Waffen und ein, wie er stets in scherzhaftem Diplomatenton sagte, »erhöhtes Sicherheitsbedürfnis«, welches von seinen Securityleuten im nachtschwarzen Treppenhaus vortrefflich befriedigt wurde.

Becker hätte gern gewartet, bis das schmerzhafte Schlagen seines Herzens zum unmerklichen Wummern, das die Normalität seiner Arbeit kennzeichnete, abgeklungen wäre, aber zu zögern war keine gute Idee. Nicht, wenn man unidentifiziert in Fischs stockfinsterem Haus auf dessen Leute traf, denen aller Wahrscheinlichkeit nach sterbenslangweilig war.

»Ich bin's, Becker. Er erwartet mich.«

Die Wache mit der MAG-LITE rotzte auf den Fußboden.

»Gehs du rrein.«

Beckers Vision seines langsamen Todes war augenblicklich wieder verblasst. Waren das Flashbacks? Er hatte das letzte Mal in den Neunzigern des toten Jahrtausends was eingeworfen, und damals auch nur eine gedrosselte LSD-Variante, die auf Kindergartenniveau funktionierte – wenn sie *überhaupt* funktionierte.

Meine Nerven, dachte er. Das war alles zu viel. Dieser beschissene Psycho und die Sache mit dem Telefon. Er fühlte sich ausgelaugt und leer, obwohl seit dem Beginn der Ereignisse mit seinem unheimlichen Fundstück vielleicht erst eine oder anderthalb Stunden vergangen waren. Er erkannte sich selbst nicht mehr; dieses willkürliche Aufwallen heißer Angst, das ihn mal packte, dann wieder fallen ließ wie ein psychotischer Pitbull, der sich nicht entschließen kann, ob er spielen oder töten will. Vielleicht war es auch das große, böse Vereinsamungssyndrom oder eine Midlife-Crisis – oder Dünnschiss *oder was weiß ich*.

Ein Flashback schien umso plausibler, je länger er darüber nachdachte. *Finger weg von Drogen, Kinder*, dachte er. *Da ist kein Segen drauf.*

Er klopfte an, und nach kurzem Gemurmel auf der anderen, der hellen Seite der Tür, wurde geöffnet. Das Mädchen, das ihm geöffnet hatte, sah ihn kaum an. Es drehte sich einfach um und verschwand um eine Ecke. Sicher wusste es, dass niemand, der nicht *korrekt* war, an den bulligen Kindergärtnern im Treppenhaus vorbeikam.

Die Wohnung war von aromatischem Dunst und Gelächter durchzogen. Fisch war der Partyman, die freigiebige Legende dieser Stadt und um Längen sympathischer als der Sarazene. Genussorientiert und oberflächlich, sicher, aber auf eine anrührende Art auch ein Freund. Sein Vater war Chef eines großen Warenhauses gewesen, bis ein Unfall mit einem exklusiven Benz-Prototypen den Geschäftsmann in direkten Kontakt mit der B1 gebracht und in circa einhundertzwei Kilo grobe Mettwurst verwandelt hatte. Seitdem war Fisch, gelinde gesagt, reich.

Becker ging durch den Flur der sternförmigen Altbauwohnung, vorbei an den Gras rauchenden Partypeople, die mit Sonnenbrillen auf den Schädeln an den Wänden lehnten und keine Notiz von ihm nahmen, vorbei an den Bob-Marley-Postern und den teuren, maurisch anmutenden Deckenflutern.

Ein Typ im Unterhemd, dessen Arme mit ziemlich guten Tätowierungen von kopulierenden Einhörnern und dem Löwen von Zion bedeckt waren, versperrte ihm den Weg ins Wohnzimmer. Er war vielleicht vierzig, auf eine hippe Dennis-Hopper-Art ausgezehrt und kaute eine Lauchstange. Bei Fisch kam kein Fleisch auf den Tisch. Die meisten Gäste hier legten auch wenig Wert darauf, wenn sie dafür durch Fischs Freigiebigkeit die spezielle Variante von Alice im Wunderland durchkreuzen konnten, die der Mix der frei ausliegenden Drogen nun mal herbeizauberte.

»Lass mal den Mann rein, Alter.«

Der Tätowierte bewegte sich langsam zur Seite. Gerade so weit, dass Becker durchschlüpfen konnte.

Fisch saß auf der Couch vor dem Fenster, und er saß verdammt tief. Hinter ihm war das gelb leuchtende »U« der alten Union-Brauerei durch die Scheibe zu sehen. Als Becker eintrat, schaute Fisch langsam nach oben, wobei seine Augen, die durch eine sauteure, orangefarbene Oakley-Sonnenbrille verdeckt wurden, nicht zu sehen waren.

»Abend, Mann. Der Kurier des Zaren ist da«, sagte Becker und schwenkte lächelnd den schwarzen Beutel.

Fisch grinste und machte eine einladende Handbewegung. »Wurde auch Zeit. Das Pack hier knallt alles schneller weg, als man's ranschaffen kann.«

Fisch sagte das wie immer gespielt wütend. Das übliche Ritual, mit dem er seine Großzügigkeit inszenierte, wobei ihm egal war, dass er nicht nur der einzige Schauspieler in seinem Stück, sondern auch so ziemlich der einzige Zuhörer war.

»Tja, du machst die besten Partys, hast die besten Bräute und den besten Ruf. Da darfst du dich nicht wundern.«

Ein junges Mädchen mit schreiend pinkfarbenen Haaren setzte sich dicht neben Fisch auf die durchgesessene Ledercouch. Sie navigierte ihre hagere Hand auf die Stelle von Fischs Jogginghose, wo sie seinen Oberschenkel vermutete, und sah ihn mit einstudiert kokettem, aber beduseltem Blick an. Becker fand, sie sah aus wie ein bekiffter Disney-Flamingo und musste lächeln.

Sie sah Becker an. »Du siehst scheiße aus.«

Beckers Lächeln dünnte an den Rändern etwas aus. *Dumme Nutte.* Aber Fisch schien sie zu mögen oder zumindest etwas zu empfinden, was dem nahekam, und Becker hielt den Mund.

»Der Onkel bringt gerade was, Süße«, sagte Fisch, und Becker bemerkte ein Glitzern in den Augen des Mädchens, das vielleicht vor langer Zeit Freude hatte ausdrücken können, jetzt aber nur noch auf stumpfe Art widerwärtig und gierig wirkte.

»Was haste denn mitgebracht, Mann?«, fragte Fisch.

»Was für fünfhundert, einmal quer durchs Sortiment. Büfettqualität.«

Wie auch im Gespräch mit dem Sarazenen wurde nichts Konkretes gesagt, keine Namen, keine Bezeichnungen. Aber Fisch war wenigstens nicht so begriffsstutzig, im Gegenteil: Er hatte sogar studiert, und Becker kannte ihn schon lange, was ebenfalls half. Mit dem Fisch Geschäfte zu machen, war, als würde man Geld am Automaten ziehen. Nicht mehr als eine Formalität.

»Guter Mann. Nimm dir was zu essen.«

»Keinen Hunger. Danke. Sag mal ...«, schlich Becker sich an, »deine Jungs da draußen scheinen ja heftige Typen zu sein.«

»Stimmt. Ehemalige Knackis. Sprechen fast null Deutsch, riechen ein bisschen, haben aber ein Herz aus Gold.«

»Weißt du, ich hab da nämlich ein winziges Problem mit einem Typen«, sagte Becker.

»Junkies? Bleib mir bloß mit dem Gesocks weg.« Fisch lachte meckernd.

»Weniger. Ich habe gerade oder besser vor ein paar Stunden was gefunden.«

Dann erzählte Becker seinem Lieblingskunden die Geschichte des Telefons und seines Besitzers. Seine Visionen verschwieg er ebenso wie die Angstattacken.

Falls Fisch Becker die Geschichte abkaufte, merkte man es ihm nicht an.

»Heftiges Ding. Scheint ja eine ganz komische Geschichte zu sein. Zeig mir mal das Telefon.«

Becker zögerte. Er, der Drogensüchtige nur an der Körperhaltung von cleanen Leuten unterscheiden konnte, erinnerte sich auch daran, die Glut zweier Zigaretten mit den Augen einer Bestie verwechselt zu haben.

Becker fasste in die Tasche und legte das Handy vorsichtig auf die Rauchglasplatte des Couchtisches. Aufgrund der dunklen Farbe des Glases war der Kontrast zum Telefon diesmal nicht so schreiend. Es *will harmlos aussehen*, dachte Becker und ärgerte sich sofort über den absurden Gedanken. Das Gerät konnte wohl wenig für seine Farbe, geschweige denn für die der Glasplatte. Trotzdem wirkte das Gerät noch immer dunkel und auf eine unangenehme Weise *dominant* auf ihn.

»Hammermäßig. Was ist das denn für ein Teil?«

Fisch schob verwundert seine Oakley auf die Glatze.

»Ein Scheißwasserkocher, der wie ein Handy aussehen möchte«, sagte Becker. »Und?«

»Sieht eigentlich ganz normal aus«, sagte Fisch.

»Ja. Jetzt schon.« *Es liegt da und spielt totes Serienmodell*, ging es durch Beckers Kopf. Tot?

Becker wollte nicht mehr, dass Fisch sich der Sache annahm. Wenn er es sich recht überlegte, hatte er das Telefon überhaupt nicht zur Sprache bringen wollen, aber der Teil seines Hirns, der für das Einschätzen echter Probleme zuständig war, befand sich offensichtlich in Bullerbü oder machte Ferien auf den Taka-Tuka-Inseln.

Er hatte jetzt das Gefühl, Fisch in eine Sache reinzuziehen, mit der weder er noch sein Kunde fertig wurde.

»Aber es ist verdammt noch mal nicht normal, Mensch.«

»Ich kenne mich mit den Dingern nicht so aus«, meinte dieser und nahm das Handy in die Hand. »Die Teile sehen doch sowieso alle gleich aus. Außerdem habe ich meinen eigenen Telefonisten.« Das stimmte, wusste Becker. Wenn er anrief, hörte er immer die Stimme eines identitätslosen Mannes, der seine Nachrichten entgegennahm. Aber Fisch konnte nicht so unbedarft sein, dass er nicht ein stinknormales Handy von einer Haunted-House-Version des teuersten ZEF unterscheiden konnte.

Becker verdrehte die Augen. »Schon mal diese kleinen Figuren in einem Display gesehen? Ich meine in *irgendeinem* Display? Und wie findest du, fühlt sich das Teil an?«

»Beschissen«, befand Fisch, während er mit zusammengekniffenen Augen die Krabbel-Icons im Display fixierte.

»Aber das ist kein Grund, von einem Höllengerät oder so was zu reden, schließlich ...«

Becker unterbrach ihn.

»Das hat mit Höllengerät nix zu tun. Davon habe ich nicht einen Ton gesagt, oder? Ich sage nur: Das Teil ist unheimlich. Du merkst ja wohl, dass kein Amateur an dem Ding rumgefummelt hat oder so. Die Gehäuseform ist schon immer so gewesen. Jede Wette.«

Er stellte fest, dass er allmählich die Fassung verlor, aber es war ihm egal.

»Und schau mal in das Menü von dem Ding. Wer immer das Gerät benutzt, ist völlig krank in der Birne.«

»Mal sehen«, sagte Fisch.

»Vor allem der Klingelton macht einen fertig«, sagte Becker, während er Fisch beim Blättern zusah. Er fragte sich, ob er sich jemals wieder besser fühlen würde.

»Ich bin zwar nicht der Superexperte, aber so blöd auch nicht. Hier. Soooo ...«

»Komm, ist egal. Ich pack das Ding weg. Ich muss sowieso wieder los. Gib's her.«

»Warte. Ice?!«

Ice, ein Koloss in Leder, erschien umgehend.

»Was ist das hier?« Fisch warf ihm das Handy zu, und er fing es mit einer knappen Bewegung auf.

»ZEF. Irgendeine neue Baureihe. Kenn ich nicht, ist aber sicher fett.«

»Präzisiere fett, Ice.«

»Schon die alte Serie hatte alles außer 'nem Blowjob drauf. Scheint 'ne Betaversion zu sein.«

»Und wie«, fragte Fisch, »könnte der Besitzer sein ZEF wiederfinden, falls er es verliert?«

Ice legte den Kopf schräg. »GPS. Was sonst? Ist doch Pillepalle. Der Sender klebt auf der Platine, der Empfänger ist beim Besitzer. Meistens in der Armbanduhr oder so. Schon seit zwei Jahren Standard.« Er sagte das, als würde er mit einem Kind sprechen.

»Schmeiß rüber.«

Fisch reichte Becker mit lässigem Lächeln das Telefon. »Da ist eine SMS angekommen.«

Becker spürte einen Kloß im Hals.

Fisch schaute ihn aufmerksam an. »Lies.«

Becker wollte die Mitteilung natürlich nicht lesen, aber Fischs Stimme hatte eine strenge und zugleich neugierige Färbung angenommen, und das reichte durchaus, um ihn zu überzeugen.

Becker drückte »Lesen«. Die Taste fühlte sich ekelhaft an.

Die Nachricht passte mühelos ins Display, kein Scrollen nötig.

Lobet die 12.000er-Serie.

Dein Freund ist ein verständiger Mann. Geh aus seinem Haus.
Opfere nur, was du vertreten kannst.
Wir treffen uns am Hafen.

Ich sehe dich.
Geh dahin, wo der Berg aus Stahl ist, dann spielen wir.
Denk an den Keller.

Absender:
Nicht anzeigbar

Sein Schädel summte, als hätte er Fieber.
»Was ist denn? Was steht da?«, fragte Fisch. »Du siehst aus wie ausgeschissen.«
»Er will, dass ich ihn treffe.«
»Hühnerpisse. Gib her das Ding.« Fisch entwand ihm das Telefon. Das war nicht schwierig, denn Beckers Hand war schlaff, und Fisch fand, sie fühlte sich heiß an.
»Was hast du vor?«
»Moment, Alter. Vertrau mir.«
Fisch tippte auf der Tastatur herum.
»WAS TUST DU DA?«, brüllte Becker.
Der ausgezehrte Mann mit den Tätowierungen streckte sofort seinen Kopf durch die Tür. Fisch winkte ab, ohne ihn anzusehen.
»Ich löse dein Problem. So. Das war's.« Fisch schien mit sich zufrieden und legte das Handy auf den Tisch. Er zündete sich eine Zigarette an und lächelte dem Flamingomädchen zu. *Bin ich der Größte, oder was?*
»Was hast du getan? Was zum Teufel hast du getan?«
»Hab dem Vogel 'ne Mitteilung geschickt. Einfach beantwortet. Wie das geht, war mir schon klar. Bin ja nicht total blöd. Hab geschrieben, er soll herkommen. Wir werden das klären. Bei großer Fresse lösen wir das Problem an Ort und Stelle.« Er grinste.
»Da war doch überhaupt keine Absendernummer!« Becker konnte es nicht fassen.
»Es ging trotzdem.«
Mr. Deal, der König der Verkäufer und Hoflieferant der Dortmunder Halbprominenz, fühlte sich krank. Vielleicht war das Gerät nicht nur

der Besitz eines Wahnsinnigen, sondern auch radioaktiv verstrahlt oder negativ aufgeladen ... Na, *das* ganz sicher, korrigierte er sich.

»Mach dir keinen Kopf, Alter. Meine Jungs regeln das; ganz auf nett.«

Fisch knallte ihm die Hand aufs Knie: *wieder Kumpels.*

Becker blickte seinem Freund und Premium-Kunden ins Gesicht und empfand eine irreale, hündische Dankbarkeit. Es klang so gut, so glaubwürdig! Ihm war, als bräuchte er im Moment nichts mehr als einen Freund. Einen Freund, dessen Angestellte so viel wogen wie ausgewachsene Hochlandgorillas, kombiniert mit demselben moralischen Anspruch wie diese Tiere. Hoch technisierte, sorglose Primaten: eine Hand am Sack, eine an der Waffe.

Er brauchte Fisch, er brauchte die Treppenhausjungs, hoffte aber, dass dieser es nicht allzu sehr merkte. Er schämte sich noch immer für seine Angst.

Das Handy gab einen kurzen Vibrationsstoß von sich. Es bewegte sich ein wenig über die Glasscheibe und erzeugte dabei ein bedrohliches, insektenartiges Summen.

Fisch war begeistert. »Da! Eine Nachricht. Es geht doch!«

»Was steht drin?«, fragte Becker. Ihm war nach Kotzen zumute. Er hatte das Gefühl, die Stadien einer schweren Grippe im Zeitraffer zu durchleben. Fisch war sein Freund, klar, aber er hatte nicht gesehen, was Becker gesehen, gefühlt und vor allem gehört hatte.

Fisch hielt ihm das grün leuchtende Display hin.

Ich bin da.
Danke für die Einladung.

»Das darf nicht ...«, setzte Becker an.

»Jetzt scheiß dir mal nicht in die Hose, okay?«

Das bekifft aussehende Girl neben ihm lachte auf eine kindische, selbstvergessene Art und ließ dabei ein chromblitzendes Piercing im Lippenbändchen sehen.

»Ist doch gut, wenn der Kerl da ist. Das wird witzig! Mal sehen, ob er die Fresse aufreißt. Ich glaube kaum.«

Fischs Gesicht, das gut auf das Cover von *Spex* oder *Face* gepasst hätte, wenn es – so wie jetzt – Entschlossenheit demonstrierte, lächelte Becker an.

Schüsse hallten durchs Treppenhaus. Das trockene, spartanische *Tac! Tac! Tac!* der Uzi. Es klang wie eine sehr laute Nähmaschine. Fisch sprang erstaunlich elegant auf die Füße.

Ich wusste doch, dass er sich selbst nichts einwirft, dachte Becker zusammenhanglos, während er reflexartig den Oberkörper nach vorn beugte und dabei den Aschenbecher mit Fischs Zigarette umwarf.

»Fuck! Bullen!«

Fisch sprintete zur Tür, stieß gegen Dennis Hopper, der bereits einen klobigen Revolver in der Hand hielt, und verschwand in den Flur. Der gepiercte Flamingo stand ungelenk auf und tapste hinterher. Sie erinnerte Becker an eine Ziege im Streichelzoo, die dem Mann mit dem Futter folgt.

Er bemerkte, dass die Musik jetzt aus war, aber er konnte sich nicht erinnern, wann er sie das letzte Mal gehört hatte.

»Na klar doch. Die Bullen. Ganz bestimmt«, flüsterte er ins leere Wohnzimmer. Die bellende Uzi im Treppenhaus verstummte, und obwohl das Geräusch der Schüsse schrecklich atonal und auf mörderische Art unbürokratisch und sparsam geklungen hatte, so als wäre nur ein *Tac!* nötig, um ein Problem endgültig zu lösen, empfand er den darauf folgenden abgehackten Schrei als viel schlimmer. Er klang nicht nach »Scheiße, meine Nase ist gebrochen!«, sondern eher nach »Hoppla! Wo kommt die Bananenschale her?«.

Der Schrei klang sehr endgültig.

Die Wohnungstür wurde aufgerissen. Becker hörte das Geklimper der herabbaumelnden Türketten.

»Wer sind Sie?«, fragte Fisch an der Wohnungstür laut, und das Echo bewies, dass er zumindest beinahe im dunklen Treppenhaus stehen musste und dass er jemanden sah. Seine Stimme klang verwundert. Becker war sich ziemlich sicher, dass es gute Gründe dafür gab.

Statt einer Antwort hörte er ein nasses, reißendes Geräusch und danach ein dumpfes Poltern.

Er hörte jemanden mit schwerer Zunge bewundernd »Abgefahren, Alter« sagen, dann panische Schreie und Radau. Becker konnte sich nicht bewegen. Das Getrampel vieler Füße, aber keine erneuten Schmerzensschreie. War das gut?

Das war so gut, wie es nur sein konnte, wenn man als Beute eines komplett Wahnsinnigen unbewaffnet in einer Wohnung saß, aus der es keinen Ausweg mehr gab.

Irgendetwas veränderte sich: Es war warm geworden. Und dunkler. Er blickte nach oben und sah, dass die Glühbirnen im Chrom-Kronleuchter an Intensität verloren. Das Licht ging langsam aus.

Becker dachte wieder an den Keller. Und die Ratten. Der Gedanke war schwerer abzuschütteln als Filzläuse.

Auch die Lavalampe auf dem Glastisch verdunkelte sich; sie verlor einfach ihr Licht, was durch die organischen Bewegungen des Wachses in der Lampe so aussah, als verrecke darin ein Lebewesen.

»Ich bin da«, hörte er die Stimme sagen.

Da, dachte Becker stumpf. *Er ist da.*

Die Stimme war sehr nah, das brachte Becker auf die Beine.

Die Panik war stärker denn je, aber jetzt, in diesem Moment, lähmte sie ihn nicht.

Er wollte nicht im Keller enden.

Becker ergriff das Handy, steckte es in die Tasche und rannte zum Fenster.

Kein Ausweg für Becker.

Er konnte nicht einfach zur Tür raus, und er konnte sich nicht in Luft auflösen oder unter den Teppich kriechen. Er hätte seine Seele dafür gegeben, unsichtbar zu sein. Er wählte den einzigen Weg und wusste, dass das wahrscheinlich sein Tod war – allerdings mit der Option auf den *sicheren* Tod, wenn er einfach zähneklappernd stehen blieb. Auf dem kalten Pflaster zu sterben, erschien ihm dagegen annehmbar.

Er riss das Fenster auf. Der eiskalte Wind schlug ihm ins Gesicht und raubte ihm den Atem, während die weißen Vorhänge sich aufbauschten und um ihn herumflappten. Schneeflocken wehten ins Zimmer und schmolzen augenblicklich.

Zweiter Stock: vielleicht neun oder zehn Meter.

Becker blickte hinunter. Die Straße füllte sich mit Leuten, die aus der Haustür stoben.

Er konnte unschwer das Mädchen mit der pinkfarbenen Betonfrisur ausmachen, das sich in den Schnee gehockt hatte. Es wirkte blass, aber ausgesprochen gelangweilt. *Junkies*. Als er seinen Fuß auf die äußere Fensterbank setzte, drehte er sich kurz um und sah in die Wohnung. Der Teil, den er vom Flur der Wohnung einsehen konnte, war fast dunkel. Die Deckenfluter glimmten nur noch träge. In den Zimmern war es drückend heiß geworden, aber die Atmosphäre der Gefahr, die das Wohnzimmer durchzog, war schlimmer.

Dann sah er den Schatten.

An der Wand des Flurs bemerkte er den Umriss einer Gestalt, der sich in einer verrückten, irgendwie falschen Perspektive durch die Wohnung schob. Es war zwar eine menschliche Kontur, aber die Form an sich stimmte ganz und gar nicht. Die Umrisse des Schattens waberten leicht, sie schienen verschoben und entstellt. Er konnte nicht beurteilen, ob das sterbende Licht für diese irren Verformungen verantwortlich war oder ob gleich eine wahrhaft entstellte Kreatur wie ein Bikinimädchen aus einer Torte in sein Sichtfeld springen würde.

Er sah jetzt den Schatten einer schmalen Hand ganz in der Nähe der Tür, sehr nah, mit langen Fingern, die sich auf schreckliche Art lässig bewegten, als würden sie sich darauf einstellen, Piano zu spielen oder Billard oder ...

Dann trat der Besitzer des Telefons, die Person hinter der Kurznachricht, das Ding zur Stimme, durch die Wohnzimmertür.

Becker wandte sich ruckartig ab.

»Kuckuck.«

Becker setzte einen Fuß auf die Fensterbank.

Er hörte ein leises, feuchtes Geräusch. Und dann ein Sausen, als würde ein Frisbee geworfen.

Becker sprang.

Er spürte, dass ihn irgendetwas knapp verfehlt hatte, ein flüchtiger Schatten an seinem Ohr, und fiel in die Tiefe. Der Wind riss an seiner Jacke, er bekam keine Luft, fühlte, wie es schien, endlose Minuten nichts mehr ... und dann schlug er auf.

Rasen. Ich lande auf dem Rasen, dachte er kurz vorm Aufprall. Dann ließ das Gewicht seines aufschlagenden Körpers seine Zähne vibrieren.

Um sich herum hörte er Rufe, die aber eher verblüfft als verängstigt klangen. Er fühlte sich entsetzlich entrückt und unvollständig, aber den üblichen Anhaltspunkten nach lebte er noch. Er bewegte langsam den Kopf. Das Grün des Rasens erschien ihm fremd und metallisch. Dumpfe Schmerzen jagten durch seinen Schädel, aber er konnte zusammenhängend denken. Sein Auge verklebte, als Blut aus der Stirnwunde durch sein Gesicht und auf den Lack des englischen Sportwagens lief, den er für eine Wiese gehalten hatte. Becker war durch das Stoffverdeck von Fischs Jaguar geknallt.

Herzlichen Glückwunsch, dachte er.

Seine Finger bewegten sich, fühlten kaltes Metall. Gut, das ging, gelähmt war er nicht. Er wischte mit der Hand übers Auge und registrierte, dass nicht viel Blut an seiner Hand klebte. Was ihm vorgekommen war wie ein riesiger Schwall aus einer lebensbedrohlichen Wunde, schien nur ein kleiner Riss zu sein. Dann fiel ihm der Grund seines Sprungs ein, und die Erleichterung verflog. Er riss seinen Oberkörper hoch und sah einen Moment lang alles um sich herum unscharf und verwaschen.

Raus aus dem Auto!

Als er ungelenk herauskroch, bemerkte er, dass er einen Schuh verloren hatte. Ihm war schwindelig und leicht übel, aber er fühlte sich nicht so schlecht wie vor dem Sprung. Die Jagd hatte begonnen, und er hatte gepunktet, und zwar auf eine Art, die ihn genauso gut hätte umbringen können.

Seine Socke durchweichte sofort im frischen Schnee.

Becker blickte sich um. Es war niemand mehr da, nur die Fußspuren geflohener Leute. Als er nach oben blickte, war das Fenster nur ein blindes Auge. Nichts zu sehen, lediglich die Vorhänge flatterten träge.

Er brauchte seinen verdammten Schuh. Er suchte mit zusammengekniffenen Augen den Boden ab und entdeckte ihn. Er lag einige Meter vor der Motorhaube; ein knöchelhoher weißer Nike-Sprinter, dessen Pumpmechanismus seltsam verformt aussah.

Becker hockte sich auf die Haube, streifte schnell den Schuh über, der *natürlich* im Arsch war, und versteifte sich plötzlich. Da lag noch etwas.

Ein neuer Kontrast, ein neues Fundstück.

Einige Meter vor ihm lag ein dunkler Klumpen, der unter sich eine schwarze Pfütze gebildet hatte, die den Schnee an dieser Stelle schmolz. Es war kaum noch als das zu erkennen, was es mal gewesen war, bevor es als Wurfgeschoss endete: das Ding, das an seinem Ohr vorbeigeflogen war. Ein in der Tat schrecklich deformiertes, geschändetes und triefendes Fundstück, sein zweites heute.

Aber die Oakley-Sonnenbrille war noch ganz.

Becker rappelte sich auf, ohne auf seinen schmerzenden Rücken zu achten. Er fühlte sich auf wunde Weise leer. Auf der Achterbahn des Grauens war er jetzt durch den doppelten Looping gerast und wieder unten angekommen. Schlimmer konnte es wohl nicht werden.

Er brauchte eine Waffe. Irgendwas mit genug Feuerkraft, um einen Panzer zu stoppen. Irgendetwas, das schlagkräftig genug war, Schatten brennen zu lassen. Becker hastete los. Seine Schritte hinterließen zwei völlig unterschiedliche Abdrücke im Schnee.

Der *Kebab-Palazzo* lag im Dunkel. Becker hatte es schon von Weitem gesehen, zuerst aber gedacht, er hätte sich in der Straße geirrt, weil der Anblick zu ungewöhnlich war. Als er näher kam, sah er, dass die Neonreklame erloschen war. Sie wirkte nicht einfach nur ausgeschaltet, sondern tot.

Die Tür stand einen Spalt offen. Becker brachte es nicht über sich, sie anzufassen. Er trat mit dem Fuß dagegen, was ein dumpfes Geräusch zur Folge hatte, aber aus dem Laden selbst kam kein Laut. Das Lokal war verlassen, ein einsamer Ort. Das strahlte der Laden jetzt aus: Die Aura eines dunklen Spukhauses, in dem es vor tausend Jahren einmal Döner gegeben hatte, Portion zwei Euro vierzig. Er versuchte, seine Gedanken zu ordnen.

Eine Waffe, verdammt.

Becker riss die Tür auf und trat durch den Perlenvorhang. Der Anblick ließ ihn scharf einatmen. Der große Raum wirkte bestürzend unwirtlich. Es war drückend heiß und von einer Menschenleere, die wirkte, als wären die Gäste nicht gegangen, sondern aus dem Lokal amputiert, herausgetrieben worden. Umgeworfene Stühle, auf dem Boden verstreute Karten, und wieder diese fast greifbare Atmosphäre der Gefahr. Es waren keine Details mehr zu erkennen. Zu viele Schatten. Einfach zu viele davon.

Alles hatte sich in Dunkelheit aufgelöst wie in Säure; der Raum erschien ihm verwinkelt und völlig fremd. Becker spürte den Stempel der Verzweiflung, den diese Präsenz von Graustufen auf seiner Seele hinterließ. Dieses Gebäude würde niemals wieder den toughen Stil des Palazzo atmen, weil es nun den Makel eines Kriegsschauplatzes aufwies.

Er drehte sich langsam um. Tiefer in das Lokalinnere vorzudringen, erschien ihm zu gefährlich.

Becker ging zurück auf die Straße. Seine Hoffnung hatte sich zu den Schatten im Lokal gesellt, also ließ er sie zurück. Er würde jetzt den Ort aufsuchen, der alles beendete. Endstation Sehnsucht sozusagen. Den Hafen.

Er ging langsam; ihm war klar, dass der Anrufer ihm nicht zwischen den dunklen Häusern auflauerte. *Warum sollte er? Beim Sarazenen war er nicht. Nicht mehr,* korrigierte er sich. *Diese Kreatur hatte ihn zum Hafen bestellt. Da, wo der Berg aus Stahl ist.*

Er wusste, wo das war. Becker ging einfach die Schienen entlang, vorbei an den alten Zügen mit den noch älteren Graffiti, immer weiter geradeaus. Wo sie endeten, begann der Hafen.

Seine Stirnwunde schmerzte. Er bückte sich und rieb etwas Schnee darauf. Dann betrachtete er seine Hand, die jetzt voller kalter rosafarbener Flüssigkeit war. Immer noch nicht übermäßig viel Blut, wie es schien.

Warum nur hatte er das Telefon nicht liegen lassen? Es hatte auf Fischs Tisch gelegen, und bei all den Dingen, die dann passiert waren, hätte er gar nicht daran denken *dürfen*. Aber er hatte es eingesackt, als ob es die natürlichste Sache der Welt gewesen wäre – als ob es *sein Handy* sei.

Er könnte nach Amerika verschwinden oder Japan.

Geld war nicht das Problem, er müsste es nur lockermachen – aber wenn er im Flugzeug saß, würde er spüren, dass, wo immer er auch landete, der Anrufer schon da war.

Er sah sich selbst die Treppen zur New Yorker *Grand Central Station* herabsteigen. Dann würde er registrieren, dass es dunkler und sehr viel wärmer wurde und nirgends irgendwer zu sehen war. Und *dann* würde er die Stimme hören. Oder ein Klingeln. Das Handy würde auch in Amerika funktionieren. Es war sicher mit Quad-Band ausgerüstet und somit technisch in der Lage, vier Frequenzen zu verarbeiten.

Vier?

Möglicherweise war es ein Zehn-Band-Gerät. Mit Frequenzen, die nicht in dieser Welt funktionierten, sondern an Orten, die er sich nicht vorstellen wollte. Orte, an denen keine Sonne brannte, Gegenden mit dunklen Felsen bis zum Horizont und merkwürdiger, hungriger Pflanzenwelt.

Jetzt wusste er, warum er noch immer das Telefon hatte: nicht, weil er so kopflos oder trotzig gewesen war, es immer wieder einzustecken, sondern weil er es haben *sollte*.

Die Option, es wegzuwerfen oder irgendwo abzulegen, hatte ihm nie zur Verfügung gestanden. Würde er es jetzt auf der Stelle in den Schnee legen, hätte er es wenige Schritte weiter wieder in der Tasche: ein heißes Objekt unbekannter Herkunft, das ihm nicht gehörte, oder? Oder? Er fand sich damit ab, Becker hatte eine unselige Patenschaft für ein Handy angenommen, so gefährlich wie eine stählerne Fußangel auf dem Kinderspielplatz und so hartnäckig wie ein Krebsgeschwür.

Der Mond, in dieser Nacht von leukämischer Blässe, warf ein unwirkliches Licht auf die Verladekräne und Seecontainer des Hafens, dem Becker sich nun näherte. Er hatte den zwanzigminütigen Fußmarsch die Gleise entlang in einer Art Trance zurückgelegt, unterbrochen von dem Wunsch, sich eine Zigarette anzustecken; er war jedoch jedes Mal davor zurückgeschreckt, in die Tasche zu greifen.

Der Berg aus Stahl. Er konnte ihn jetzt sehen. Ein Turm aus stählernem Schrott, fast dreißig Meter hoch und beschienen vom rötlichen Kunstlicht der vier Scheinwerfer, die um ihn platziert waren, ragte zwischen den flachen Gebäuden der Hafenmeisterei hervor. Kräne hatten ihn über die Jahre zu diesem stattlichen Hügel aufgehäuft, und der Rost dieser Jahre hatte das Monument verfestigt. Hunderttausende Teile von Waschmaschinen, Stanzabfällen, alten Trägern und monströsem Gussgrat. Das etwa acht Quadratkilometer große Gelände, im Prinzip eine kleine Stadt für sich, war halbherzig mit hüfthohen, alten Maschendrahtzäunen umgeben, und das Wachpersonal patrouillierte nur noch sporadisch. Es gab nicht viel zu stehlen, es ging nur ums Prinzip. Als er ein Kind gewesen war, wurden Becker und seine Freunde vom Gelände geworfen, wann immer sie es betraten. Der Hafen war ein Königreich gewesen, Spielplatz aller Spielplätze, ein bisschen gefährlich, sehr aufregend und schwer zu betreten. Irgendwer hatte sie immer ertappt, und wenn es nur ein wachsamer Kranführer gewesen war, der ihnen aus seinem Fahrerhäuschen zugebrüllt hatte, sie sollen verschwinden.

In diesem Moment wünschte er sich nichts mehr, als von einem Wachmann, der vielleicht rauchen würde und einen alten Schäferhund hatte, angehalten und freundlich, aber kurz angebunden, des Platzes verwiesen zu werden.

Niemand kam. Nicht in dieser Nacht. Und so marschierte Becker, der jetzt ein neues Handy hatte, mit dem er nicht telefonieren wollte, und einen alten Freund weniger, den er nicht hatte opfern wollen, auf den stählernen Berg zu.

Er stieg über ein Stück verrotteten Zaun, blieb mit der Jacke hängen und hörte, wie etwas riss.

Sein Kopf schmerzte jetzt wieder, und die Füße taten ihm weh. Der kaputte Sneaker war viel zu locker, sodass sich ständig sein Fuß darin verkrampfte, aber er wusste, es war nicht mehr weit.

Der stählerne Berg, der bestrahlt wurde wie der Schauplatz einer absurden, nächtlichen Open-Air-Veranstaltung, ragte vor ihm auf. Er war endlich angekommen.

Becker fasste in die Tasche. *Es ist Zeit*, dachte er, aber es kam ihm nicht wie sein eigener Gedanke vor.

Das Telefon war vollkommen kalt.

Becker stand da. Ein Mann Mitte dreißig, der jetzt bedeutend älter aussah, mit einem schmutzigen Gesicht, durch das Schweiß und Blut helle Bahnen gewaschen hatten. Jetzt konnten die Dinge ihren Lauf nehmen.

Er warf das Handy mit aller Kraft, einen Moment lang glaubte er fest, es würde in seiner Hand kleben bleiben. Aber das Telefon löste sich völlig mühelos aus seinem Handteller, beschrieb einen Bogen durch die Nachtluft und klatschte irgendwo im Dunkeln auf den Boden.

Jetzt erst bemerkte er die perfekte Stille dieses Ortes. Er hockte sich erschöpft auf einen alten Farbeimer, zog den kaputten Schuh aus und betrachtete den Berg aus Stahl. Seine Augen brannten, als hätte er zu lange in gechlortem Wasser getaucht.

Er griff in die Tasche. Das Telefon war da.

Becker nahm es wie betäubt und mit spitzen Fingern, holte aus und wollte es gerade erneut wegschleudern – wieder und wieder, wenn es sein musste –, als er die Stimme hörte.

»Sachte, sachte.«

Becker fuhr herum und sah am Fuße des stählernen Monuments einen massiven Schatten, der schwärzer als die anderen war.

Dieser Schatten, aus dessen Innerem die Stimme gekommen war, bewegte sich.

»Nett, dass du es einrichten konntest.« Der Klang der Stimme war angenehm und ruhig, und eine leichte Belustigung schwang mit.

Der Anrufer selbst allerdings war, wie sich herausstellte, etwas gewöhnungsbedürftig.

Beckers Augen weiteten sich, alles andere in ihm krampfte sich zusammen.

Der Besitzer des Telefons löste sich aus der Finsternis und trat auf ihn zu, wobei er die Schatten, aus denen auch er zu bestehen schien, in die Länge zog, bis sie buchstäblich zerrissen. Eine große, hagere Gestalt trat ins Licht.

Es war ein Mann, ganz offensichtlich.

Er trug einen extrem abgetragenen, bodenlangen schwarzen Ledermantel mit Pelzkragen, den er trotz der Kälte nicht aufgerichtet hatte.

Seine Haut war tiefschwarz wie eine Öllache, glatt und schimmernd, ohne erkennbare Poren oder Falten. Als wäre er lackiert worden. Die Haut schien, als wäre sie noch nie der Sonne ausgesetzt gewesen.

Seine Bewegungen waren locker, fast elegant, als er auf Becker zuging, der sich nun hektisch von seinem Eimer erhoben hatte. Kein Haar war auf dem Schädel oder den Wangen des Mannes zu sehen.

Dass dieser Mann sich so umgänglich und überhaupt nicht bestienhaft gab, tat dieser Wirkung keinen Abbruch.

Der schwarze Mann war real. Die Augen der Gestalt leuchteten bernsteinfarben (*wie Southern Comfort*, dachte Becker), und er lächelte unablässig. Ein Heer weißer Zähne blitzte auf, alle gleich groß, in nachtschwarzem Zahnfleisch eingebettet und sehr gepflegt. Unter dem Mantel war das Revers eines schwarzen Anzugs zu sehen, der in den

Siebzigern sehr teuer gewesen sein musste, jetzt aber leicht speckig glänzte, und aus den Ärmeln ragten diese Hände, die Becker schon als Schatten gesehen hatte.

Lange, tiefschwarze Finger, die sich bewegten, schnippten und zappelten und keine Ruhe fanden.

»Also: Danke für dein Erscheinen«, sagte der schwarze Mann und deutete eine kleine Verbeugung an, als wüsste er nicht, dass Becker niemals eine Wahl gehabt hätte.

Er schritt vollkommen entspannt die kleine, zugemüllte Lichtung am Fuß des Schrottberges ab und fixierte Becker dabei unablässig.

Becker konnte sich nur darauf konzentrieren zu atmen: ein und aus, ein und aus.

Der Mann grinste, wobei sich seine Gesichtshaut über den Wangen verzog, als würde man eine schwarze Wärmflasche zusammenknautschen.

»Weißt du«, sagte er, »nicht viele von euch erscheinen. Selbst wenn man sie bittet.«

Er machte eine wegwerfende Handbewegung, wobei er sich geschmeidig an einen mannshohen Stapel Gerümpel lehnte. Becker konnte sich nicht erinnern, um irgendetwas gebeten worden zu sein. Er erinnerte sich nur an die Angst.

»Jeder versucht doch im Prinzip, erfolgreich zu sein, oder? Ist es nicht so?«

»Ja«, flüsterte Becker mit einer Stimme, die ihm selbst fremd vorkam.

»Jaja. So ist es.« Die Gestalt nickte amüsiert.

»Hier zu erscheinen zeugt von einem erstaunlichen Willen zur Kooperation«, fuhr der schwarze Mann fort. »Viele wären weggelaufen und hätten sich versteckt. Ich hatte nicht den Eindruck, dass du ein Versteck gesucht hast. Dein Kampfgeist imponiert mir. Das mit dem Fenster hat mich wirklich beeindruckt. Du hast es dir wirklich verdient, ohne nennenswerte Bestrafung aus der Sache herauszukommen, finde ich ...«

Der Mann machte eine bedeutungsvolle Pause.

Bestrafung. Aus der Sache herauskommen? Becker hatte es gewusst: Bestrafung. Bestrafung. Er konnte seine Augen nicht von diesem obszönen schwarzen Ding abwenden, aus dessen Mund diese seltsam kultivierten Worte kamen.

Es war, als würde eine Tarantel italienische Arien singen, oder wie ein Blutegel, der Goethe rezitiert, oder ...

»Aber ich fürchte, die Entscheidung über gewisse Maßnahmen, unter welchen Umständen auch immer, obliegt nicht mir.«

Becker fühlte sein Herz in der Brust wummern. Er verstand nicht. Sein Blut rauschte durch seine Adern, alle Teile seines Gehirns arbeiteten, er konnte sich bewegen, reden, atmen.

Aber er verstand nicht. Er stellte die Masterfrage.

»Muss ich sterben?«

Becker gestand sich ein, nicht mehr Herr seiner Gefühle zu sein. Die Leere, die ihn wieder erfasst hatte, wartete darauf, von irgendetwas ausgefüllt zu werden. Hoffnung zum Beispiel.

»Natürlich nicht.«

Der schwarze Mann sagte das ohne Zögern, im Ton des wohlwollenden Hausarztes. Trotzdem klang es wie eine Lüge.

»Aber zuerst: mein Telefon.«

Die lange schwarze Hand öffnete sich. Für Becker sah es aus, als würde ein seltsamer Fächer entfaltet. Die Innenfläche der Hand war so schwarz wie der ganze Mann und wie das Labyrinth eines wahnsinnigen Architekten von tiefen, scheinbar planlosen Riefen und Narben durchzogen, die sich aber zu bewegen schienen. Es war, als würde schwarzes Gewürm auf seiner Handfläche erwachen. Die Finger hingegen zappelten jetzt nur noch ganz leicht, so kurz vor dem Ziel.

Becker griff in die Tasche seiner von Nässe und Schnee halb starren Lederjacke und legte das erkaltete Gerät in die Handfläche seines Besitzers. Er achtete darauf, nicht mit der Haut des schwarzen Mannes in Berührung zu kommen.

Sofort schloss sich die Hand, zuckte in die Tasche des abgewetzten Mantels, und das Handy war verschwunden.

»Danke sehr.«

Das einzementierte Lächeln des schwarzen Mannes wirkte nun entspannter.

Becker erkannte sein Leben als das, was es war: ein Spiel. Er war nichts als eine Flipperkugel, ein stählerner Ball, der in einer begrenzten Welt gegen die Wände geschleudert wurde, um irgendwann den Spieler aller Spieler zu treffen.

»Und nun?«

Das Verschwinden des Telefons löste ein seltsames Verlustgefühl in ihm aus. Merkwürdigerweise machte genau dieses Gefühl ihm klar, dass es niemals sein Telefon hätte sein können. Die rein illusorische Annahme, er könnte ein auf so perverse Weise *spezielles* Gerät besitzen, kam ihm jetzt lächerlich vor. Das schwarze Mobiltelefon des noch schwärzeren Mannes war das Atomzeitalter-Pendant zu Schneewittchens vergiftetem Apfel, und Becker hatte bei mehr als einer Gelegenheit davon gekostet.

»Und nun«, sagte die Gestalt, »da du das wichtigste Kriterium dieser Nacht erfüllen konntest, werde ich sehen, was ich für dich tun kann.«

Das Gesicht des unheimlichen Mannes strahlte so sehr, wie es bei pechschwarzer Haut möglich war.

»Wahrer Mut, so wie deiner, sollte strafmildernd wirken. Durchaus, durchaus. Tritt etwas beiseite.«

Becker wich zurück, als der schwarze Mann langsam die Arme ausbreitete.

Der Schwarze räusperte sich und zwinkerte Becker entschuldigend zu.

Offensichtlich hatte Becker den Vorgaben, welche auch immer das sein mochten, entsprechend reagiert. Ja, er war willig gewesen, vor allem im letzten Drittel. Dem letzten Drittel von nichts anderem als seiner Flucht, und die Verzweiflung war seiner Kooperation ziemlich zuträglich gewesen.

Er konnte das typische Quietschen von bewegtem Leder hören, als der Anrufer die Hände über den Kopf erhob, die bernsteinfarbenen Augen schloss und in einer unverständlichen Sprache, die mehr kehliges Einatmen als definierte Worte hervorbrachte, zu sprechen begann. Es hörte sich wie eine Art Gedicht an, das von einem sterbenden Asthmatiker vorgetragen wurde. Becker schaute gebannt zu, wie der schwarze Kerl seinen Oberkörper leicht nach vorn und hinten wiegte, während er schneller und schneller zu sprechen begann. Er bemerkte, dass sich irgendetwas veränderte.

Der Schneematsch begann im Umkreis von etwa fünf Metern zu schmelzen, verflüssigte sich, um dann zu verdampfen, die Atmosphäre lud sich mit irgendwas auf, in der Luft lag ein Druck, als befände Becker sich in großer Höhe. Ihm wurde übel, und er bemerkte, dass seine Nase leicht blutete. Becker kniete sich benommen auf den Boden und schloss die Augen. Augenblicklich wurde ihm schwindelig. Hinter seiner Stirn konnte er sein Blut rauschen hören, ein kupferner Geschmack füllte seinen Mund, als hätte er mit der Zunge die Pole einer Batterie berührt.

So sah er nicht, dass der Stahl des Berges sich lautlos deformierte, verrückte Formen annahm wie ein stählernes Kaleidoskop oder eine verrückte Jahrmarktsensation und ein dunkler Nebel den Anrufer zu umschließen begann, der jetzt selbst mehr schwarzer Rauch als fester Körper war. Hätte er es gesehen, wäre ihm klar geworden, dass er den schwarzen Mann bei einem Vorgang hätte beobachten können, den *dieser* als Anruf bezeichnete.

Becker kippte weg.

Eine kurze, flache Ohnmacht umfing ihn, deren grobkörnige Projektionsfläche ihm den abgetrennten und teilweise gehäuteten Schädel des Sarazenen zeigte, der mit schwarzen Würfeln im Mund am Fuße eines Tresens lag, der aus Holz hätte sein können, aber aus Plastik war. Becker fühlte unterbewusst die Kälte des gefrorenen Bodens, aber ihm war nicht wirklich unwohl, nur warm. So hatte er sich gefühlt, wenn er als Kind mit leichtem Fieber im Halbschlaf unter vier oder fünf Decken gelegen hatte: auf eigenartig angenehme und behütete Weise krank. Er lauschte von weit her den kehligen Worten, die weder Anfang noch Ende oder so etwas wie Melodie und Rhythmus aufwiesen. Er meinte sogar, eine weitere Stimme sprechen zu hören, aber sein gesunder Menschenverstand stornierte sofort jedes gehörte Wort dieser bestürzend fremdartigen, knurrenden Stimme.

Dann erwachte er abrupt, klamm und schneebedeckt.

Er fühlte die eigene Schwere auf dem Boden lasten und hatte das Gefühl, mit seiner Körperwärme das Erdreich zu schmelzen und im Boden einzusinken.

Wie lange zum Teufel war das jetzt? Was war das überhaupt?

»Ich habe mit meinem Herrn gesprochen.«

Becker öffnete die Augen. Die Umgebung war, sah man von der völligen Abwesenheit von Schnee ab, die gleiche geblieben. Aber der Schnee auf seinen Kleidern schmolz rasend schnell.

Becker richtete sich leicht auf, wobei er sich auf die Ellenbogen stützte, und sah den schwarzen Mann an.

»Ich bin nun bereit, dir deine Fragen zu beantworten, falls du welche hast. Dann kannst du deine Strafe empfangen. Die Art deiner Bestrafung ermächtigt mich, dir Rede und Antwort zu stehen. Das passiert nur sehr selten – also frage.«

Das klang nicht gut.

»Warum ich?«, fragte er und hörte zu seiner eigenen Überraschung so etwas wie Selbstbewusstsein in seiner Stimme. Becker registrierte, dass er sich sehr viel besser fühlte. Mehr als das: Er fühlte sich wunderbar erfrischt, seine Gedanken, klar und scharf, nahmen die Arbeit sofort auf. Das machte ihn augenblicklich stutzig. Die Tatsache, dass ihm Fragen beantwortet wurden, war kein gutes Zeichen.

»Warum du? Warum nicht? Wer sonst? Du hast das Telefon gefunden«, lächelte der Mann.

Becker sah den schwarzen Mann aus der Froschperspektive an: Dieser stand da, unbewegt und lächelnd. Ein Monster mit dem Gehabe eines viktorianischen Gentleman.

Reden war gut, fand Becker; *es gab ihm das Gefühl, an normalem*

Geschehen teilzunehmen und nicht an der Befragung eines schwarzen Monsters.

»Was wird jetzt? Was passiert mit mir? Wer bist du?«

Er dachte, wenn er den Kerl dazu bringen konnte, zu reden, weiterzureden, um dann noch mehr zu reden, hätte er selbst Zeit, nachzudenken, was zu tun war.

»Also gut«, sagte der schwarze Mann, »wenn du es wissen möchtest.«

Der Anrufer verschränkte die Arme.

»Ich denke, es schadet nichts.«

»Ja«, sagte Becker. »Wie heißen Sie?«

»Ich habe keinen Namen. Ich benötige auch keinen. Ich bin ein Suchender. Ein Sammler.«

»Das sagt mir gar nichts«, sagte Becker.

»Willst du es hören oder nicht?«

»Ja.«

»Dann unterbrich mich nicht. Eigentlich müsste ich es dir gar nicht erzählen. Aber ich bin sehr zuversichtlich, dass du es nicht weitererzählst.«

Becker gefiel der Unterton in der Stimme des schwarzen Mannes überhaupt nicht.

»Sie müssen es mir wirklich nicht erzählen, wenn Sie nicht wollen.«

Je weniger er wusste, umso besser für ihn. Obwohl auch sein Plan, den Mann reden zu lassen, um Zeit zu schinden, plausibel erschien. *Scheiße.* Sie konnten jetzt schlecht Seilchen springen, um die Nacht rumzukriegen, aber urplötzlich wollte Becker die Geschichte nicht mehr hören. Das Durcheinander in seinem Kopf erstaunte ihn.

Aber die Geschichte wollte erzählt werden, und der entschlossene Gesichtsausdruck des finsteren Mannes drückte aus, dass ihn jetzt nichts mehr davon abhalten würde und dass es ihm ein Vergnügen war.

So viel zu Fragen, auf die man eigentlich keine Antwort wollte.

»Früher war es schwieriger, zu sammeln«, begann er zu erzählen. »Die Menschen waren noch nicht so erpicht auf den Besitz anderer. Der Verkünder eurer Gebote war damals noch mehr oder weniger gegenwärtig, und seine Gesetze wurden meistens befolgt. Es ging nicht um Tand wie Mobiltelefone, wenn die Menschen etwas um jeden Preis besitzen wollten, sondern um Königshäuser oder Berge von Reichtümern – oder Frauen.«

Sein tiefschwarzes Gesicht produzierte ein anzügliches Augenzwinkern.

Beckers Hirn arbeitete schwer, aber nachlässig. Er kapierte nicht. *Königshäuser?*

»Wir Sammler waren viele. Wir durchwanderten die Täler Norwegens, die Wüsten Asiens, die Berge Südamerikas. Die Städte jedes Landes dieser Erde. Wo immer Menschen zu finden waren. Wir waren eine Armee von Sammlern, die einem Heer von Menschen gegenübertraten, die bereit waren, Dinge, die andere verloren hatten, für sich zu behalten.«

Becker hörte gebannt zu. Ihm wollten keine Fragen einfallen.

»Aber diese Dinge hatten immer ihren Preis«, lächelte der schwarze Mann, »und wir waren die Kassierer. Wir handelten im Auftrag unseres Herrn, und der wurde reicher und reicher und mächtiger und mächtiger.«

»Euer Herr?«

»Ja. Unser Herr.« Der Anrufer blickte Becker streng an, als er bemerkte, dass dieser nicht verstand.

»Euer Herr«, wiederholte Becker wenig geistreich.

»Ja.« Der offensichtliche Unwille des schwarzen Mannes, Namen zu nennen oder Erklärungen darüber abzugeben, irritierte Becker etwas; obwohl er selbst lieber umschrieb, als Namen zu nennen.

»Es ist nicht gut, hier den Namen auszusprechen. Du würdest ihn auch nicht verstehen.«

Becker fühlte eine hypnotische, ungesunde Neugier, wie es weiterging mit der unglaublichen Schilderung, aber vor allem war ihm natürlich klar: Je länger er redete, umso länger konnte er die Bestrafung hin-

auszögern. Er würde versuchen, bis Sonnenaufgang zu reden; irgendwo hatte er gelesen, dass man bei Begegnungen dieser Art immer bis Sonnenaufgang durchhalten sollte. War das in *Dracula* gewesen?
»Heißt das, Sie haben den ganzen Planeten bereist?«, fragte Becker stattdessen.
»Ich bin nur hier. Das ist mein Gebiet, und zwar schon lange.«
»Warum diese unheimlichen Visionen? Das war doch alles nicht real. Ich hatte ...«
»Jaja. Ein Instrument unserer Arbeit«, sagte der schwarze Mann. »Du hast Ratten gesehen und einen Keller. Die Wikinger und andere nordische Völker sahen riesige Wölfe, die Asiaten die unversöhnlichen Geister ihrer Ahnen, die Indianer den Wendigo oder unehrenhaft getötete Wiedergänger anderer Stämme. Unser kreativer Spielraum ist unbegrenzt. Was immer sich in den verschütteten Gewölben deines Unterbewusstseins befindet, wird geborgen und für unsere Zwecke aufbereitet.«

Die Antworten kamen zu schnell. Der schwarze Kerl schien diesen Vortrag schon oft gehalten zu haben. Er hatte ein zähes Gespräch erwartet, aber wenn das so weiterging, blieben in wenigen Minuten keine Geheimnisse mehr übrig.

Verdammt! Warum sagt er mir das alles so bereitwillig?

Aus demselben Grund, warum James Bond immer in die detaillierten Pläne von Dr. No oder Goldfinger oder sonst wem eingeweiht wird: Weil er anschließend sterben sollte. Zufällig habe ich gerade keine Laser verschießende Armbanduhr bei mir, die mich aus dieser Nummer hier rauspaukt – so ein Ärger. Wirklich dumm.

»Warum erzählen Sie mir das?«

»Weil mein jetziger Herr der Auffassung ist, Transparenz wäre wichtig.«

»Ihr jetziger Auftraggeber? Wer zum Kuckuck ist das?«

Der Mann im Mantel machte eine gebieterische Handbewegung.

»Ich bin noch nicht fertig.«

Becker beschloss, den Mund zu halten.

»Dann wandte unser Herr sich anderen Dingen zu. Kriegen, Seuchen, Massenmorden – alles, was ihr mit euren technologischen Talenten oder nachlässiger Hygiene entfesseln konntet. Die Ausbeute war natürlich um ein Millionenfaches höher als unsere Ergebnisse des Sammelns. Es war sozusagen der Jackpot. Wusstest du, dass deine Stadt hier«, der Sammler schwenkte seinen Arm im Halbkreis, »zwölfmal von der Pest heimgesucht wurde? Und die Kriege erst, *mon ami*. Die Menschheit verfiel in den üblichen Blutrausch, wie alle paar Tausend Jahre. *Happy Hour*. Du verstehst? Aber für uns war nichts mehr zu tun. Wir kehrten zurück in den Untergrund.

Und da blieben wir. Bis vor einigen Jahren.«

»Was war passiert?«

Was war der Welt passiert, dass Männer, die aussahen wie Brandleichen, die Nächte bevölkerten, um zu ... sammeln?

»Unser Herr schloss einen neuen Pakt. Eine neue Arbeit, die wieder die Fähigkeiten der Sammler erforderte. Der Auftrag war einfach. Kinderkram. Wir kehrten zurück nach oben.«

Becker erinnerte sich an die Profileinstellung des ZEF.

Obfl.

Er registrierte auch, dass der schwarze Mann jetzt knapper formulierte, und fürchtete, er wusste, woran das lag: Die Geschichte war bald zu Ende.

»Der neue Auftraggeber lässt uns freie Hand, und wir halten an den Traditionen fest.« Er lächelte und breitete seine Arme aus wie ein Showmaster.

»Warum hast du meinen Freund getötet? Er hatte nichts damit zu tun.«

»Er hatte sich mir in den Weg gestellt, und er hatte mich unklugerweise eingeladen. Niemand, der nicht gerade seine Strafe empfängt, sieht normalerweise mein Gesicht. Dein Freund war zu sorglos. Genau wie dieser ölige Fleischberg, der nichts Besseres zu tun hatte, als eine Waffe zu ziehen. Aber es gibt keine Spuren mehr. Es bleiben niemals welche zurück.«

Der Sarazene. Öliger Fleischberg passte nur auf den Sarazenen, und der desolate und vergewaltigte Zustand des Palazzo bestärkte ihn in der Annahme, dass der schwarze Mann, der Spur des Telefons folgend, dort gewesen war.

»Auch er hatte noch eine Rechnung mit meinem neuen Herrn offen, nur eigentlich nicht heute. Nun, er lag auf dem Weg, wie sich herausstellte, als ich deiner Fährte von Angstschweiß und Arroganz folgte«, sagte der Sammler. »Das hat man selten. Die Arbeit ist getan. Mein neuer Herr ist großzügig bei den Terminen und wie ich sie zu erfüllen habe. Ich hatte eine gute Nacht.«

»Wer ist dein Auftraggeber?«, fragte Becker erneut. Er stellte überrascht fest, dass er mit dem Aufflammen erneuter Angst begonnen hatte, den Mann im Ledermantel zu duzen.

Der Sammler sah Becker direkt in die Augen; in ihnen spiegelten sich die Stationen einer unfassbar langen Reise durch die Nächte dieser Stadt.

»Ein Konsortium mächtiger Männer, die Transparenz schätzen und keine Rechnung unbeglichen lassen. Sie sind die neuen Auftraggeber meines Herrn.«

Beckers Gedanken überschlugen sich. *Wer schickte eine derartige Kreatur los?*

Satanisten? Nein. Einige Kunden von ihm hielten sich für welche, und die waren auf rührende, comichafte Weise bizarr, aber ungefährlich. Eine Sekte, die sich entschlossen hatte, die Straßen zu säubern? Nein. Es war sicher nicht leicht zuzugeben, aber er wurde in dieser Stadt benötigt. Oder eine andere geheime Loge? Die Bullen? Der Einzelhandelsverband? *Die Zeugen Jehovas?*

Ein Konsortium mächtiger Männer, die Transparenz schätzen. Die Erwiderung des schwarzen Mannes, der mehr Dämon als Mensch war, hatte eine glitschige, kleine Assoziation in ihm geweckt, die irgendwie nicht einrasten wollte.

Wer zum Teufel ...?

Becker erinnerte sich auf einmal mit ganzer Wucht; der Slogan erschien vor seinem geistigen Auge, flimmerte, manifestierte sich. Er hatte ihn im Radio gehört, im Internet auf unzähligen Bannern gelesen, durch das Fernsehen eingeimpft bekommen.

Ein Werbeetat von vielen Millionen Euro hatte Wirkung gezeigt und sein Brandzeichen auf Beckers Hirn hinterlassen.

»Transparenz ist unsere Stärke!«
Ein Konsortium mächtiger Männer, die Transparenz schätzen.

CellSurprize.

Jetzt war ihm klar, woher dieses Telefon kam.

Er erinnerte sich, keine Solarzelle entdeckt zu haben, als er Kaffee trinkend am Tisch gesessen hatte. Wofür auch? Unter der Erde schien keine Sonne, und die oberirdische Nacht war schwarz, wenn die Sammler umherstreiften.

Sie schickten dämonische Außendienstler los, um säumige Klienten zur Räson zu bringen.

Sie beseitigten Störfaktoren, die zwischen ihnen und der Erfüllung des Auftrags lagen.

Wenn sie früher auch Sammler gewesen waren, jetzt waren sie Bestrafer.

»Die Moral bei Menschen wie dir ist schlecht«, sagte der schwarze Mann, als er bemerkt hatte, dass bei Becker der Groschen gefallen war.

»Bei Jugendlichen gehen wir anders vor. Einige Albträume, ein paar beängstigende Begegnungen nachts in der Straßenbahn. Das war es dann schon.«

Der schwarze Mann faltete seine Hände vor der Brust. Milde lag in seinem Blick.

Becker wollte sich die Ohren zuhalten, aber er konnte sich nicht bewegen.

»Moralische Menschen, gute Menschen quälen sich dann ein paar

Tage mit hätte ich bloß und wie konnte ich nur. Menschen wie du nehmen nur, ohne über Konsequenzen nachzudenken oder Regeln einzuhalten.«

Er hatte doch nur seine verdammte Handyrechnung zu spät bezahlt! Eigentlich hatte er sie bis jetzt noch gar nicht bezahlt.

»Was passiert jetzt mit mir?«

Der schwarze Mann kam einen Schritt näher und baute sich vor Becker auf. Seine bernsteinfarbenen Augen flackerten.

»Empfange deine Strafe.«

»Muss ich sterben?« Becker stellte nochmals bang seine Frage des Abends.

»Nein.« Die schwarze, feingliedrige Hand patschte auf Beckers Schulter. »Aber es wird auch nicht gut für dich. Mein Auftraggeber schätzt Verschwiegenheit – und er wünscht nicht, dass du nochmals seine Dienste in Anspruch nimmst.«

»Das werde ich nicht. Ich werde schweigen. Ganz sicher. Bestimmt!«

Er musste nicht sterben!

Jetzt würde er alles tun, was der schwarze Kerl von ihm verlangte. Die totale Kooperation.

Die Schrecken nahmen ein Ende, und er empfing nun seine Strafe, durfte aber leben! Er würde nicht sterben. Nicht hier, nicht in einem Keller, der von Ratten bewohnt wurde, die nach nassem Laub stanken, aber vor allem nicht *heute*! Was musste er tun?

Nackt tanzen? *Yes Sir, I can Boogie!*

»Sie wünschen nicht, dass du noch mal telefonierst.«

Der geschäftsmäßige Tonfall in der Stimme des Mannes machte Becker klar, dass es nichts mehr zu diskutieren gab. Ende der Veranstaltung.

Es war nach Mitternacht, er musste nicht sterben, alles war im Lot. Irgendwann würde auch das Aufflackern seiner Visionen seltener werden, hoffte er; wenn er Glück hatte, wäre es eines Tages, wie es immer gewesen war.

»Ich muss bald zurückkehren. Papierkram. Bist du bereit?«

Becker wurde klar, dass er nicht fliehen konnte oder musste. Er brauchte nicht zu betteln, das half sowieso nicht, aber er musste immerhin nicht sterben. Er brauchte tatsächlich nicht zu flüchten. Die perverse Turbulenz des Abends hatte ihn wahrhaftig vieles gelehrt. Der Bestrafer würde ihn immer wiederfinden. *CellSurprize* würde ihn im Dunkel der Nacht auf seine Fährte setzen und jagen lassen, bis sie quitt waren.

»Ich bin bereit.«

Der Dämon lächelte wieder.

»Guter Mann.«

Dann griff er ins Innere des Mantels und beförderte einen Gegenstand ans Licht. Sein Gesicht hatte einen bestürzend gierigen Ausdruck angenommen.

Becker wurde ohnmächtig.

Als der Bestrafer sein Werk nach den Regeln der Sammler vollendet hatte, richtete er sich auf.

Er ging zum stählernen Berg, suchte sich eine besonders dunkle Stelle am Fuße des Monuments, verschmolz mit dieser und verschwand.

Becker hörte das Klingeln und erhob sich von der Couch. Er hatte seit Tagen nichts gegessen, und so wurde ihm leicht schwindelig, als er sich aufrichtete.

Es klingelte erneut. Er taumelte zur Tür und schaffte es irgendwie, sie zu öffnen.

Der Postbote schaute ihm mit routinierter Freundlichkeit ins Gesicht. Dann sah er an Becker herab und erstarrte.

»Post. Ich lege es Ihnen hierhin.«

Becker nickte ihm zu. Er bückte sich und schaffte es, den Umschlag aufzuheben, ohne vornüberzukippen. Nach einigen Minuten war es ihm gelungen, das Kuvert zu zerfetzen.

CellSurprize
Mahnabteilung

Sehr geehrter Herr Becker,

wir bedauern, Ihren Mobilfunkvertrag auflösen zu müssen. Für die entstandenen, aus Ihrem Fehlverhalten resultierenden Unannehmlichkeiten entschuldigen wir uns, weisen aber darauf hin, dass diese im Einklang und unter Beachtung unserer allgemeinen Geschäftsbedingungen erfolgten (Abs. 62).
Auch werden wir Ihnen zeitlebens keinen neuen Dienstleistungsvertrag offerieren können.
Der Inhalt dieses Schreibens unterliegt der gesetzlichen Schweigepflicht nach § 573 neues BGB.

Mit freundlichen Grüßen
CellSurprize Management.
Dieses Schreiben ist computergefertigt und bedarf keiner Unterschrift.

CellSurprize – Transparenz ist unsere Stärke!
CellSurprice ist eine Tochter der
CellSurpriceLtd. USA 2000–2009c: Shine a light on me.

Becker hätte gern empört aufgeschrien, aber nur ein Röcheln und etwas Schorf kamen über seine trockenen Lippen.

Es juckte entsetzlich; vor allem da, wo der Bestrafer ihm die Zunge dicht unter der Wurzel herausgetrennt hatte.

Weil er ihm bis auf die Daumen auch sämtliche Finger genommen hatte, war Kratzen ein schwieriges Unterfangen, aber das wäre sowieso nicht gut gewesen.

Er hörte noch die Stimme durch die Ohnmacht, die wieder metallische Stimme, die durch den Nebel seiner Ohnmacht »Kratz bloß nicht daran herum« sagte.

Der Schwarze war ein talentierter Chirurg, es hatte kein bisschen wehgetan.

Nur das Gefühl des Verlusts, das wieder aufgeflammt war, als er durch die seltsam verzerrte Linse seiner Wahrnehmung gesehen hatte, wie der schwarze Mann seine Zunge und die Finger gegessen hatte, war unangenehm gewesen. Er hatte auf dem kalten Boden gelegen, seinen kaputten Schuh sehen können und den Dämon, wie er dastand und murmelnd seine Provision verzehrte. Dann war Becker endgültig weggetreten.

Er hätte jetzt gern was gegessen, irgendetwas Weiches wie Aprikosenhälften oder Ananas, aber das ging nicht. Nicht nur, weil er keine Zunge hatte und keinen Dosenöffner bedienen konnte. Die Konserven waren im Keller.

Der Gedanke an den dunklen, nach Schimmel und Putzmittel riechenden Verschlag am Ende der ins Dunkel führenden Treppe flößte ihm Angst ein. Nicht so viel wie noch vor einigen Tagen, aber genug, um lieber zu verhungern, als hinunterzusteigen.

Er würde es morgen noch mal in Erwägung ziehen.

Oder übermorgen.

Iyi geceler,
Mr. Lewis

Tausend Freunde, das ist wenig; ein Feind, das ist viel.
Türkisches Sprichwort

»Und Mr. 9 Millimeter hier ist der Hirte, der meinen schwarzen Hintern im Tal der Dunkelheit beschützt.«
Aus PULP FICTION

Ich betrachtete den Mann durch die warmen Schwaden, die von seinem Kaffee aufstiegen. Der Geruch von Tapetenkleister und Abtönfarbe hing in der Luft. Meine Schuhe schabten auf dem Linoleum, während die Finger die Kanten des Dokuments anhoben. Ich wollte endlich weitermachen. In drei Stunden kamen die Jungs.
»Da wäre nur noch die Kaution«, sagte Best und lächelte.
»Klar«, sagte ich, »wohin soll's gehen?«
»Bar, bitte.«
Meine Brauen hoben sich. Der Mann vor mir, mein neuer Vermieter, war offenbar trotz des Kaffees, den er uns geholt hatte, und trotz seines mitunter hysterischen Lächelns unverkennbar von altem Schrot und Korn. Für ein Schwätzchen über verbleibende Formalitäten wirkte er zu steif, und er saß, als wäre er an der Stuhllehne festgeleimt. Ich widerstand dem Drang, ein wenig südländische Mentalität aufblitzen zu lassen. »Ich muss rasch meinen Cousin anrufen«, sagte ich stattdessen. »Er hebt es ab.«

»Sicher doch«, sagte der Vermieter, als würde er mir einen Gefallen tun, »ich habe Zeit.«

Ich betreibe drei Internetcafés, alle in Vororten. Herne ist nicht der Nabel der Welt, ist mir absolut klar. Nicht mal so etwas Ähnliches. Aber die Geschäfte gehen. Diese Stadt ist in mancher Hinsicht hässlich, aber sie bleibt damit ein Ort wie jeder andere, weil die Menschen an jedem Ort die gleichen Bedürfnisse haben.

Das neue Ladenlokal hatte Orhan entdeckt, auf dem Weg zur Teestube. Mit seinen exakt achtzig nicht verwinkelten Quadratmetern war es optimal für meine Zwecke. Der Laden klemmte zwischen einer Drogerie und einem Geschäft, dessen Waren durch die Bank für einen Euro zu haben waren. Orhan hatte grinsend den Kopf geschüttelt; das Schaufenster nahm die gesamte Front ein, aber der Hinweis ZU VERMIETEN war auf eine handelsübliche Visitenkarte geschrieben und von innen in die unterste linke Ecke der Scheibe geklebt worden. Darunter eine Telefonnummer.

Ich rief am nächsten Tag an, ich hatte den Zeitpunkt sorgfältig gewählt. Nicht vor elf Uhr morgens, nicht später als nach eins. Zu früh konnte Langschläfer verärgern, zu spät brachte möglicherweise einen Mittagsschläfer auf.

»Guten Tag«, sagte ich. »Erdoğan Memertas. Ich rufe wegen des Ladenlokals in der Neustraße an.«

»Ja.« Die Stimme am anderen Ende klang wie Holz auf Sandpapier.

»Ist es noch zu vermieten?«

»Sie sind Türke?«

Ja, wollte ich sagen, bin ich. *Einer von denen, die in Herne die Wirtschaft am Laufen halten. Einer von den Typen, die Leute wie Sie gern duzen, wenn sie nach »Zaziki« auf dem Döner ersuchen, was nebenbei gesagt eine griechische Soße ist. Ich bin einer von denen, die sich mit den Einkünften unserer Geschäfte »Hochhäuser in Ankara hochziehen«. Einer aus der Familie derer, die mit ihren fetten Schlitten die Innenstadt zuparken. Ich bin aber auch einer von denen, die zusammenhalten. Ich bin Türke, und ich fechte keinen Krieg mit benachbarten Gartenzwergaufstellern aus, und der Zustand deiner Auffahrt ist mir gleichgül-*

tig. Ich bin Türke, ich arbeite viel, ich arbeite gern, ich trinke gern Tee und kümmere mich um meine Familie.

»Allerdings«, erwiderte ich nur.

»Meine Frau und ich fahren jedes Jahr nach Antalya«, sagte er, nun etwas lauter.

Bitte nicht, dachte ich. Zurück zum Thema.

»Wunderschöne Ecke. Wann wäre der Laden bezugsfertig? Falls er noch zu haben ist.«

»Es ist nur zu heiß. Vierzig Grad im Juni? Junge, Junge.«

»Ja. Ich weiß«, sagte ich. »Man muss sich dran gewöhnen.«

»Er kostet neunhundert«, sagte der Mann. »Kalt natürlich.«

»Natürlich.«

»Aber Sie wollen keine türkische Disco reinmachen, oder?«

Ich schloss die Augen. Eine knapp achtzig Quadratmeter große Diskothek mit Glasfront, einem Wasseranschluss und einer winzigen Toilette? Nein, ich plante nicht, einen Tanzsalon für extrovertierte Pygmäen mit künstlichem Darmausgang reinzumachen.

»Ein Internetcafé. Nur ein paar Plätze. Ruhig und gesittet.«

Eine Pause entstand. Ich hörte einen Hund im Hintergrund bellen. Gassizeit vermutlich.

»Sehr gut. Da fällt mir ein Stein vom Herzen. Der letzte Mieter war so laut. Ein Deutscher übrigens, nichts für ungut, ja? Wenn Sie wollen, können wir uns morgen am Geschäft treffen. So um vier. In Ordnung?«

Der schneidende Winterwind trieb die letzten Blätter durch die Fußgängerzone. Zu dieser Zeit vermisse ich meine Heimat am meisten; hier in Herne habe ich alles, was ich brauche, meine Sprache an jeder Ecke, Familie, Freunde. Aber dieser Wind hier sagt mir nichts. Er ist nur der sterbende Atem des Sommers, der eine siechende Hirnlosigkeit in sich trägt. Der Wind in meinem Heimatdorf ist anders. Ich bin sicher, er wäre fast übertrieben bunt, wenn man ihn sehen könnte.

Ich hörte ein Motorengeräusch nah bei mir, drehte mich um und lernte: Wenn du ein Ladenlokal in der City besitzt, darfst du offenbar bis vor die Tür fahren. Der Mann hinterm Lenker zog die Handbremse, als würde er einen Außenbordmotor steuern, rief etwas zu den Rücksitzen, und die Pfoten eines struppigen Dackels tauchten an der Seitenscheibe auf.

»Best«, sagte er. »Und Sie müssen Herr Mertas sein.«
»Memertas.«
Best schloss auf.
»Schön«, sagte ich nach einigen Minuten.

Herr Best hatte mich in Ruhe gelassen, ich hatte mich umgesehen, und etwas an seiner Schweigsamkeit hatte mir klargemacht, dass ich mich offenbar noch nicht genug umgesehen hatte. Also nahm ich jede Belanglosigkeit ins Visier: Kunststoffplatten auf dem Boden, Tapete von der Farbe alter Eierschalen, die Eisentür hinten in der Nische. Ich ergriff die Klinke. Sie war verschlossen. Dann inspizierte ich die Toilette; es sah so aus, als würden meine Beine ins Lokal ragen, wenn ich auf der Schüssel saß. Der einzige Heizkörper war kalt, begann aber beinahe unverzüglich zu gluckern, als ich am Thermostat drehte. Best schwieg mir noch zwei Minuten in den Rücken, dann war es genug. Ich drehte mich zu ihm um.

»Neunhundert, wie gesagt«, sagte er.
»Wann möchten Sie vermieten?«, fragte ich.
»Wann können Sie?«
»Ich bin flexibel. Meinetwegen ab sofort.«
»Ich hole mir einen Kaffee«, sagte er. »Sie auch einen?«
Ich nickte.

Er marschierte ins Nachbargeschäft gegenüber, ich konnte ihn durch die Scheiben beobachten. Sein stummes Gutsherrenauftreten in der Tchibo-Filiale machte mir klar, dass dieses Ladenlokal ebenso ihm gehören musste.

»Es muss allerdings noch einiges gemacht werden«, sagte ich, als er zurück war.

Er vollführte eine gönnerhafte Handbewegung.

»Natürlich. Sie können das hier gestalten, wie Sie wollen.«
Mich interessierte vielmehr, wofür ich hier eine Kaution bezahlen sollte. Und ein ganz gemeiner Teil von mir fragte sich, ob ein Herr Müller mit seiner Idee von einem Laden für Schwarzwälder Kuckucksuhren auch zur Kasse gebeten worden wäre.

Mein Handy klingelte. Orhan. Ich hörte das Kreischen einer Säge im Hintergrund.

»Ich war an der Bank. Sag dem Mann, die Kaution ist unterwegs. Strom ist da, oder? Ich komm in einer Stunde mit dem Parkett.«

»Okay«, seufzte ich, klappte mein Telefon zu und sagte: »Kaution kommt. Bar.«

Mein Vermieter legte den Kopf schräg, fixierte mich eine Sekunde lang und sagte dann: »Wir sind doch Ehrenmänner. Ich schreib Ihnen demnächst eine Quittung.«

Demnächst? Wundervoll.

»Ich habe da noch was«, sagte ich. »Die Tür nach hinten geht nicht auf. Geht die zum Hof?«

»Hier gibt's keinen Hof. Fehlplanung sozusagen. Direkt dahinter ist eine Mauer und dahinter die Auffahrt vom Parkhaus, das sie 92 errichtet haben. Habe sie zuschweißen lassen. Vielleicht machen Sie ein Plakat dran. Gibt doch so Sachen mit Palmen drauf.«

Ich nickte knapp. Spitzenidee. Oder einen röhrenden Hirsch?

Eine Woche später hatte ich fast keine Lust mehr; Orhan und ich wateten in Netzwerkkabeln, feinen Strippen und Sägespänen. Die Jungs von HERNECOM waren pünktlich gewesen, aber unser Schreiner bedeutend zu spät. Während die Techniker die Rechner vernetzten, sägte er noch für die Kabel Löcher in die Tische.

»Ich könnte ein Bier gebrauchen«, sagte er und fuhr mit dem Daumen über den Zollstock. Es klang wie die Rassel einer Klapperschlange. Sein Gesicht war ein triefender Ballon der Anstrengung, obwohl er nur mit einer Stichsäge hantiert hatte.

»Du kannst einen Tee haben«, erwiderte Orhan und stieg über einen Monitor, um zum Wasserhahn zu gelangen.

»Tolle Alternative. Rauchpause.«

»Nicht hier bitte«, sagte ich. »Draußen, ja?«

»Der Laden wird ja ein echtes Männerparadies«, sagte der Schreiner, klemmte sich seine Filterlose hinters Ohr und stapfte zur Eisentür.

»Vorne raus. Zugeschweißt.«

Er drehte sich zu mir um.

»Wie?«

»Zugeschweißt«, wiederholte ich, diesmal schärfer. War der Mann begriffsstutzig?

»Junge«, sagte er, und sein Grinsen ließ ihn noch pausbackiger aussehen, »dann bin ich der Schah von Persien.«

»Astrein, mein König. Trotzdem wird draußen geraucht.«

»Ist die Tür nur für Mitglieder, oder wie? Oder züchtet ihr Pflanzen, die da nicht hingehören?«

Der Mann fing an, mir gehörig auf die Nerven zu gehen. Ich wollte gerade etwas sagen, als ich Orhans Hand auf der Schulter spürte. Sicher, es waren noch vier Tische zu sägen, aber ich konnte mir einen anderen Spinner suchen, und in diesem Moment hatte ich große Lust dazu.

»*Rahat ol*«, sagte Orhan. *Bleib ruhig.*

»Was soll das?«, fragte ich. Ruhig.

»Die Tür ist nicht zugeschweißt«, sagte der Schreiner.

»Sicher ist sie«, sagte ich.

»Echt? Super. Dann zeig mir eine Schweißnaht. *Schweißpunkte*. Irgendwas. Oder ist das von außen gemacht worden? Wohl nicht, oder?«

Tatsächlich war nichts zu sehen: keine irisierenden Nähte geschmolzenen Metalls, keine Wülste. Das änderte wenig daran, dass ich mir weder gern Haschischanbau noch Schikane unterstellen ließ, schon gar nicht von einem Kerl, der in seinen Morgenkaffee offenbar nicht nur Zucker kippte.

»Zu ist sie jedenfalls«, sagte Orhan. Er rüttelte an der Klinke. Kein Millimeter Bewegung, kein Schaben. Die Tür war wie ein Teil der Wand.

»Na, vielleicht bauen wir ja Drogen durchs Schlüsselloch an«, sagte ich und sah dem Schreiner direkt in die Augen. »Wie lange brauchst du wohl noch für die vier Löcher? Stunde? Zwei?«

»Jetzt rauche ich erst mal«, sagte der Schreiner, stieg über die Monitore und trat beim Hinausgehen gegen eine Kabeltrommel.

»Herzchen«, murmelte Orhan, lächelte dann aber. »Komm. Draußen scharren die Kids schon mit den Hufen. Klingeltöne wollen heruntergeladen, Pornoseiten geblockt werden. Krempeln wir die Ärmel auf, Erdo.«

Der Laden konnte sich sehen lassen. Wir eröffneten samstags. Ich stützte mich auf den Tresen, ließ den Kopf kreisen und lauschte dem Klackern der Tastaturen, dem Zischen der Kaffeemaschine und dem gelegentlichen Klirren eingeworfener 50-Cent-Stücke. Orhans Idee, die Rechner mit Münzeinwurf auszustatten, hatte sich wie immer als vorausschauend und clever erwiesen. Es gab nicht mehr zu tun, als gelegentlich für völlig Unkundige den Explorer zu öffnen und Tassen wegzuräumen. Die Monitore waren gute TFTs, die Rechner zügig, die Stühle bequem und mit hohen Lehnen. Es lief.

Als es gegen neun ging, leerte sich das Internetcafé; meine Kunden waren selten älter als siebzehn, und irgendwann nach acht wurde stets an ihrer Kette gezogen. Orhan half mir beim Ausleeren der Hartgeldkästen an den Rechnern.

Um zehn löschten wir das Licht. Orhan schnappte sich die Geldkassette, die wir bei der Bank einwerfen wollten, und war schon an der Tür.

»Kommst du?«

Ich blickte gerade durchs Schaufenster, das wir etwa auf Schulterhöhe mit blauer Folie abgeklebt hatten; Schnee fiel in dicken Flocken, und meine Gedanken verkeilten sich in Bildern von zu Hause. Der Winter an sich ist schon wie der Anblick eines Leichenwagens in der Einfahrt. Der Winter in Herne ist wie ein Leichenwagen mit vier platten Reifen, der in deinem Garten steht. Noch sechs Monate, dann würden meine Füße wieder Sand spüren, und der Duft von ...

»Fuck«, raunte Orhan.
Da war noch Licht.
Ich drehte den Kopf.
»Wir haben den Server nicht ...«
Doch: Wir hatten den Server heruntergefahren. Ich hatte das getan. Ich hatte die Halogenstrahler ausgemacht, alle Sicherheitsmehrfachsteckdosen ausgeschaltet, selbst das große Leuchtbild der Quellen von Pamukkale ausgeknipst. Das Licht kam von woanders her. Es war ein feiner Kegel milchig gelber Helligkeit, der an Sommerlicht denken ließ; feiner Staub flirrte darin. Es kam aus dem Schlüsselloch der Eisentür in der Nische.

»Was geht?«, sagte Orhan und strich sich über die Koteletten.

»Das wird von irgendwoher umgelenkt«, sagte ich und kam mir ziemlich scharfsinnig vor. »Dahinter ist 'ne Mauer.«

»Quatsch.« Orhan ging zur Eisentür, dann in die Knie. »Da kommt Licht raus.«

»Vielleicht ist ein Loch in der Mauer.«

»Zufällig? Auf Höhe des Schlüssellochs? Geht's dir gut, Erdo? Alles im Lot?«

Er hatte recht. Hinter der Tür war Licht. Es sah nicht künstlich aus, nicht wie Taschenlampenlicht oder das Leuchten einer Baulampe.

»Wir checken das morgen«, sagte Orhan. »Die Kassette muss zur Bank und ich warte nicht bis Mitternacht, damit es noch gefährlicher wird. Komm.«

Der Schlüsseldienst war am Ende der Fußgängerzone, und wie bei Tabakläden, die ich nicht aufsuche, erschien es mir auch hier, als hätte es den Laden vorher nie gegeben. Man nimmt Geschäfte und Einrichtungen, deren Dienste einem absurd oder überflüssig erscheinen, einfach nicht richtig wahr, glaube ich. Der Mann hinterm Tresen konnte mir glaubhaft versichern, bereits seit dreißig Jahren am Platz zu sein.

»Ich müsste 'ne Tür geöffnet haben«, sagte ich.

Er sah mich kurz an, spannte einen Schlüssel in ein Gerät und sagte:

»Ist meistens so. Was für eine?«
»Eisentür.«
»Fabrikat?«
»Weiß ich nicht. Eine Eisentür eben.«

Er versprach, nach der Mittagspause reinzuschauen.

»Die ist alt wie Scheiße«, sagte der Schlüsselmeister, während seine Hand über das Türblatt strich.
»Fachausdruck, oder?«, sagte Orhan und lächelte. »Möchten Sie einen Kaffee?«
»Nee«, erwiderte der Schlüsselmeister, ohne sich umzudrehen. »Diese Teile werden gar nicht mehr gemacht. Das letzte Mal, als ich so eine sah, besichtigte ich einen Luftschutzbunker in Berlin.«
»Schwierig?«, fragte ich.
»Geht so«, antwortete er. »Ist wie bei einer Ritterrüstung. Wenn du wie ein Bekloppter auf den Helm eindrischst, passiert nix. Du musst dir die Schwachstelle suchen.«
»Die wo wäre?«

Ich betrachtete den Mann, wie er inmitten seines Werkzeugs in der Nische kniete und Tuchfühlung mit der Tür aufnahm. Er wirkte wie ein Feldherr, der mit kühler Ruhe einem Gegner gegenüberstand, während er über eine geeignete Strategie nachdachte.

»Bei Ritterrüstungen? Kniekehle.«
»Bei der Tür«, sagte Orhan.

Der Mann blickte auf und betrachtete Orhan, als wäre er ein Kind, das eine Frage an den Weihnachtsmann gestellt hatte.

»Schloss natürlich. Wenn ihr 'n Rammbock bräuchtet, hättet ihr mich wohl kaum gerufen.«

Dann öffnete er die Brusttasche seines dunkelblauen Overalls und entnahm ihr eine winzige Stablampe. Seine Stirn berührte die Klinke, als er ins Schloss spähte. Sein nächster Griff förderte einen feinen Stahlstab ans Licht. Er führte ihn unendlich sanft ins Schloss ein.

»Sackgasse«, murmelte er.

»Wie jetzt?«, sagte ich, immer ein Auge auf die Internetplätze, die sich jetzt nach Schulschluss allmählich füllten.

»Das Schloss ist dicht. Zu. Vermutlich von außen zugeschweißt.«

»Warten Sie«, sagte ich, »gestern Abend fiel da Licht durch.«

»Wenn das so ist, haben die Heinzelmännchen einen Kronleuchter im Schloss installiert.«

Zur Unterstreichung stocherte er ein paar Mal mit dem Stahlstift im Schloss, und stets war ein metallisches Tick! zu hören, wenn er auf die unsichtbare Barriere traf. »Alles klar?«

Ich fragte mich, warum er mich nicht einfach in meinem eigenen Laden einen Vollidioten nannte. Durchs Schloss war Licht gefallen. Ich hatte es gesehen, Orhan hatte es gesehen. Der beschränkte sich allerdings gerade darauf, die Kaffeemaschine mit einem Lappen abzuwischen und alles andere zu ignorieren.

»Was ist also zu tun?«

Der Schlüsselmann sah mich an und verzog den Mund zu einem schiefen Grinsen.

»Erstens: Flex raus, seitlich heraustrennen, Schloss aushebeln. Wäre schade um die Tür. Gutes Stück.«

»Zweitens?«

»Zulassen.«

Er nahm kein Geld für die Anfahrt, da er nur ein paar Hundert Meter hatte gehen müssen, und sagte stattdessen: »Gebt was für die Kaffeekasse.«

Orhan drehte sich um. »Wie? Ich hab Ihnen doch Kaffee angeboten.«

Ich warf Orhan einen scharfen Blick zu, und er drehte sich schulterzuckend um.

Wenn ich gewusst hätte, dass er noch an diesem Tag, in dieser Nacht sterben würde, wäre ich netter zu ihm gewesen. Ich hätte ihn in den Arm genommen. Aber solche Dinge ahnt man nie. Nie.

Die Rechner spielten kurz ihr kleines Gutenachtlied von Windows und wurden dann dunkel.

Orhan stieß wie üblich dazu. Er hatte bereits die anderen drei Cafés aufgesucht und die Tageseinnahmen dabei. Er war schon einer von den Guten, obwohl ich seinen Kleidungsgeschmack sonderbar fand. Mit Mitte dreißig trug er noch immer gewagte Shirts mit Drachen und absurden Ornamenten darauf, und seine Jeans, nun, seine Jeans waren schräg, aber okay. Die Cowboystiefel waren das Übelste. Sie machten ihn zu einem Klischee der Achtziger. Wir führten immerhin Geschäfte. Er war trotzdem mein Cousin, und er war ein guter Mann. Einer mit Ehre.

Das Licht im Laden brannte noch. Orhan kam auf mich zu, klatschte mir seine kalte Hand auf die Schulter und sagte: »Du bist doch der Größte. Ganz alter Hirnadel.«

»Ja, danke«, sagte ich. »Hast du was getrunken?«

»Lustig, Erdo. Wie hast du das hingekriegt?«

»Eiserner Wille, unfassbare Talente. Ich bin ein Siegertyp«, lächelte ich. »Worum geht's?«

»Jetzt sag mal«, beharrte er, »gegengetreten, oder was?«

»Was?«

Seine kalte Hand drehte meine Schulter ein wenig, und ich sah hinter mich.

Die Eisentür in der Nische stand einen Spalt offen.

Ich muss ein enorm blödes Gesicht gezogen haben, denn Orhan gackerte verhalten.

»Schon rausgeschaut?«, fragte er. »'n Blick riskiert?«

Statt zu antworten, ging ich zur Eisentür. Eine halbe Minute stand ich einfach nur da, starrte sie an, glotzte, versuchte zu fassen, wie das funktioniert hatte. Verkantet? Aufgesprungen? Durch den Frost, die Wärme der Heizkörper, Gott oder Allah? Hatte Herr Kaffeekasse etwas beschädigt, einen Grat oder Zylinder oder so was zerbrochen?

»Ja, komm«, grinste Orhan. »Showtime.«

Ich zog an der Klinke, und noch bevor die Tür aufschwang, roch ich den Duft von Kräutern.

»Was geht?«, fragte Orhan.

Wo mein Vermieter eine Mauer hingedichtet hatte, war tatsächlich ein kurzer Gang, von dessen Decke angelaufene Eisenlampen baumelten. Die Steinwände waren trocken, und es wirkte, als wären die entsprechenden Arbeiten erst gestern fertiggestellt worden.

»War wohl nichts mit Mauer«, sagte Orhan.

»Nein.«

Der Gang, vielleicht fünf Meter lang, führte zu einem Treppenabsatz. Die Stufen sahen aus wie frisch gefegt.

»Parkhaus. Hundertprozentig. Die haben beim Bau Scheiße fabriziert, und ohne die Eisentür könnten Hinz und Kunz runtermarschieren.«

»Glaub auch«, sagte ich. »Fehlkonstruktion. Unser Herr Vermieter hat Probleme.«

Aber warum sagte er nicht einfach, dass es hinter der Tür weiterging? Ein schlichtes »Bitte zulassen, führt ins Parkhaus« hätte gereicht. Manche Menschen waren mehr als sonderbar. Vielleicht dachte er auch, wir knackten nachts den Parkscheinautomaten. »Sie sind Türke?« Genau.

Wir hatten es nicht eilig, runterzugehen. Tagsüber hätten wir es uns vermutlich komplett geschenkt, aber jetzt war der Laden zu, und es schadete nicht, nach dem Rechten zu sehen. Wo man hinuntergehen kann, kann auch jemand raufkommen. Ich hatte keine Lust, dass sich irgendwelche Penner an der Eisentür zu schaffen machten, um zu sehen, wie es auf der anderen Seite weiterging.

Wir erwarteten alles: einen dieser Ticketautomaten, den Geruch nach Urin, Notausgang-Schilder … Stattdessen stießen wir auf eine weitere Tür und der Geruch nach Gewürzen nahm zu.

»Mach auf, Erdo.«

Ich öffnete die Tür.

Ich rieb mir über die Augen. Vier Internetcafés, vierzehn Stunden Schufterei täglich, das ganze künstliche Licht von den Monitoren, der wenige Schlaf, weil es immer was zu bedenken gab: Steuern, Einkäufe, technische Probleme. Irgendwann musste es doch so weit kommen. Mit sechsunddreißig ist der Lack ab, dachte ich. Du brichst zusammen, und es wird nicht schwarz, und peng! Du machst die Grätsche, wachst in der Notaufnahme auf, Tropf im Arm, Kabel auf der Brust. Und vorher siehst du irgendwelchen Unfug, vielleicht zwei Sekunden, bevor der Körper den Daumen an die Hauptsicherung legt. Ich wartete auf den Schmerz im Arm, das Sausen im Kopf, irgendwas – und ich schaute. Ich sah. Meine reibende Hand kam zur Ruhe, die Bilder blieben.

Keine Mauer. Keine Dunkelheit, die nach nassem Mörtel roch.

Sand, wohin man blickte; der Wind hatte etwas von Schmirgelpapier, und er wehte und wehte, brachte weitere Gerüche von Koriander, Kümmel und gebratenem Fleisch; er brachte auch das Tuch des großen, reich geschmückten Zeltes zum Flattern, das unter einem unfassbar sternerfüllten Firmament verankert war und von in den Sand gerammten Pechfackeln beschienen wurde.

Orhan schrie in den Wind, unartikuliert und selbstvergessen.

Die Zeltplane wurde zurückgeschlagen, und eine geduckte Gestalt kam hervor.

»Was wollt ihr?«, fragte sie in einem sonderbaren Türkisch, das klang, als würde man die Wortendungen abbeißen.

Orhan und ich spürten den Sand unter den Schuhen und standen da wie festgefroren.

Der Mann, der aus dem Zelt gekommen war, trug Teile einer Rüstung, die aus Leder zu sein schien; geflochtene Armstulpen, wie aus Knochen geschnitzt wirkende Beinschienen: Seine weite Hose hatte die Farbe geronnenen Blutes und steckte in starren Schaftstiefeln. Der Säbel an seiner Hüfte war so absurd gebogen, dass er als Waffe fast albern wirkte.

»Schickt euch der Jäger?«

»Wie? Jäger? Was geht?«, murmelte Orhan in den Wüstenwind. Ich schmeckte Sand auf den Lippen und kam mit nichts mehr nach. Denken, sprechen, irgendeine Bewegung: Ich hätte ebenso gut tot oder aus Plastik sein können.

»DU«, bellte der Mann in der Rüstung und wies auf Orhan. »Was ist das für ein Wappen? Rede!«

Orhan sah an sich herunter. Auf seinem Sweatshirt war Cartman abgebildet mit einer Axt im Rücken.

»Was?«, sagte er, und für mich klang es, als wäre Orhan Herr der Lage. Seine Stimme war beherrscht, fast beiläufig, und ich sah, dass er seine Daumen in den Gürtel gehakt hatte.

»Knie nieder, Schweinesohn.«

»Wen nennst du hier Schweinesohn, Schützenkönig?«, erwiderte Orhan, und ich lachte kurz irritiert auf.

Das Lächeln unter dem Schnurrbart des Mannes entblößte braune Zähne.

Er tanzt, dachte ich eine halbe Sekunde, *abgefahren. Er tanzt...*

Dann dachte ich: *Unwetter. Es blitzt. Schlecht.*

Der Blitz war aus der Hüfte des Mannes gekommen, hatte einen Hauch Kühle produziert und zeigte sich dann als das, was er war: eine Klinge, halbmondförmig, im Sternenlicht schimmernd und kein bisschen albern oder absurd.

Orhan schien zu nicken, eine müde Bewegung, tranig und tumb.

Dann rutschte sein Kopf vom Hals und fiel beinahe geräuschlos in den Sand. In der Zeitspanne, bevor ich zu kreischen begann – eine Sekunde, zehn Minuten? –, sah ich in Orhans Augen, die milchig wurden, während sein Blut im Sand versickerte. Seine Lippen bewegten sich, und ich bin sicher, er versuchte zu grinsen. Das misslang so schrecklich, dass ich auf die Knie ging und mich übergab. Ich schrie dabei.

»Zu dir«, sagte der Mann in der Rüstung und legte die Spitze seines Säbels an meine Wange. Ich kniete vor ihm und spuckte noch immer.

»Du scheinst klüger zu sein als der Hammel ohne Kopf. Wo sind eure Pferde?« Er schaute zu mir herunter. Ich weinte, hatte aber das Schreien im Griff.

»Du gebärdest dich wie ein Weib. Komm mit.«

Er griff mir ins Haar und zog mich grob hoch. Ich stolperte hinter ihm her, stürzte, rappelte mich auf. Er stieß mich ins Zelt.

»Knie nieder«, bellte er, aber angesichts des Mannes, der auf einem Berg bestickter Kissen im Zentrum des Zeltes saß, hätte ich das ohnehin getan. Sein Oberkörper glänzte im Schein der Öllampen. Man sah den Narben, die seinen Körper überzogen, an, dass sie niemals behandelt worden waren. Sein Leib wirkte wie eine dreidimensionale Karte eines Landes, das Schmerz hieß und dessen Grenzen sich oft erweitert hatten.

Ich kniete auf einem Teppich aus grober Wolle und versuchte, den Rest meines Mageninhaltes bei mir zu behalten.

»Woher kommst du?«

Ich blickte auf.

»Woher kommst du?«, wiederholte der Mann mit dem nackten Oberkörper, während ihm eine Wasserpfeife gereicht wurde. Seine Stimme klang kultiviert, und obwohl er nicht aussah, als müsste er üblicherweise zweimal fragen, hörte ich keine Ungeduld in seiner Stimme.

»Herne-Mitte«, erwiderte ich.

Er legte den fleischigen Kopf schräg und schob die Unterlippe vor, was ihm das Aussehen eines schmollenden Kindes verlieh. Wenn er nicht wusste, wovon ich sprach, verbarg er es gut.

»Steh auf«, sagte er leise.

Ich erhob mich. Meine Beine fühlten sich an, als wären sie mit öligen Kugellagern gefüllt.

»Ich werde dir einen Dienst erweisen, mein fremder Freund. Weil du Demut gezeigt hast. Die meisten meiner Gäste gebärden sich wie Hammel. Deswegen behandle ich sie wie Hammel.« Er nickte dem Mann, der Orhan enthauptet hatte, knapp zu, und dieser ging in eine düstere Ecke des Zeltes.

Er kehrte mit einem bestickten Leinensack zurück und riss, einem weiteren Nicken folgend, die Kordel aus dem Saum.

So geht das nicht, dachte ich mit bürokratischer Taubheit, als die Köpfe über den dicken Teppich kollerten, das kann er nicht machen.

Einige wirkten fast rosig, so als wären sie aus Marzipan, andere erinnerten an verdorbenen Kohl, denen ein kranker Puppendoktor Augen wie nasse Dotter eingesetzt hatte. Erstaunlich viele lächelten, zwei oder drei wirkten sonderbar ertappt, einer war so verrottet, dass es alles hätte sein können, aber am ehesten aussah, als wäre er ein aus Hundefutter modellierter Halloween-Kürbis.

»Erbrich dich nicht auf den Teppich des Ali al Karakurt, dem Verzehrer des Ostens. Sonst frisst du es wie ein Esel.« Die Stimme des Mannes in der Rüstung klang erwartungsfroh.

»Wurdest du in dieser ... Stadt geboren?«, fragte der Verzehrer des Ostens, ich sah dankbar auf. »Nein, Herr.«

»Du lernst zügig. Gut. Wo wurdest du geboren?«

»Kemalpaşa«, erwiderte ich, »nahe Izmir.«

»Es klingt osmanisch. Und du sprichst gut unsere Sprache«, stellte er fest.

»Ich bin Türke, Herr«, erwiderte ich. Heiße Ergebenheit, wenn auch nur dem Zweck dienend, mich am Leben zu erhalten, durchflutete mich. Erstaunlicherweise ist man dafür geboren: nicht zu dienen, aber zu kommunizieren. Den gleichen Level zu erkennen, vor allem aber einzusehen, wann es besser ist, sich schlicht unterzuordnen, bis die Stunde zum Ausgleich kommt. Wenn sie kommt.

»Ich könnte einen Mann wie dich gebrauchen. Bist du dem Jäger begegnet?«

»Nein. Bedaure, Herr. Und ich kann nicht mit euch gehen.« Meine Finger begannen zu zittern, aber ich musste dem sofort einen Riegel vorschieben. Der Gedanke daran, mit vielleicht ganzen Horden von Männern, die wie der Kerl in der Rüstung waren, durch eine fremde, irreale Wüste zu ziehen, machte mir Todesangst. Und was redete der Mann von einem Jäger? Was konnte man in einer unwirtlichen Wüste jagen?

Die Situation musste in den Griff zu kriegen sein. Es gab einen Ausweg. Immer.

Mein Rücken wurde zischend heiß. Ich kenne die Mechanismen. Heiße Ohren, gerötetes Gesicht, geweitete Pupillen: alles sichtbare Signale bei Menschen, die lügen oder denen etwas unangenehm ist. Ich habe ein Buch von Samy Molcho darüber gelesen. Aber dass der Rücken sich erhitzt und pfeift wie ein ... eine ...

Es war Schmerz.

Ich schrie gellend auf, wieder und wieder, versuchte mit den Händen an meine Schulterblätter zu kommen, wälzte mich.

»Widersprich nie wieder«, sagte der Mann in der Rüstung, der die Peitsche bereits wieder um seine Schulter wickelte.

Ein weiterer Mann trat ins Zelt. Er war fett wie ein Schwein, hatte kalte Knopfaugen und roch nach Rauch. Er trug Orhans Kopf, der nun, nachdem alle Reflexe aus ihm geströmt waren, leicht die Zähne bleckte. Der Fette warf das Haupt meines Cousins so beiläufig, als wäre dies seine einzige Aufgabe, bei der er es zu echter Meisterschaft gebracht hatte. Orhans Kopf landete zielgenau in der Ecke, aus der man den Sack geholt hatte. »Ich lasse den Rest für die Aasfresser«, verkündete er mit oboenhafter Stimme.

Ich senkte den Blick. Er trug Orhans blutbespritzte Cowboystiefel.

Die drei Männer lachten.

Lachen, dachte ich, und das war ein schneller, stromlinienförmiger Gedanke, *Lachen entspannt*.

Ich nutzte ihre Entspannung augenblicklich.

Ich kam auf die Füße, stieß den Fetten zur Seite, orientierte mich eine viertel Sekunde. Dann rannte ich aus dem Zelt, spürte den Sand unter den Füßen, der mich wie in einem bösen Traum abbremste, aber meine Muskeln arbeiteten tierhaft, pferdegleich.

Ich hechtete an Orhans Körper vorbei. Hunderte von schwarzen Skorpionen waren auf ihm, rasselnd wie ein organisches Kettenhemd, und sie stießen mit ihren Stacheln wieder und wieder zu. Ich heulte auf, wurde aber nicht langsamer, während ich erkannte, dass dieser Ort, vermutlich diese Welt, nicht nur ein Ort, sondern die Geburtsstätte des Todes war.

Die Tür ragte einfach aus dem Sand.

Jenseits des Eisens herrschte eine flirrende Unschärfe, in der weitere Optionen für noch mehr tödliche Orte zu liegen schienen. Ich stieß sie auf, schloss sie wie im Wahn, sprintete die Steinstufen hoch, immer mit dem Gefühl, gleich den Kopf zu verlieren. Ich war sicher, dass sich in wenigen Sekunden meine Perspektive ändern würde, wenn ich an meiner Brust, meiner Gürtelschnalle, meinen Knien vorbei und zu Boden stürzte. Ich würde mit erlöschendem Augenlicht die Stiefel meines Henkers sehen, die vielleicht starre schwarze Schäfte, möglicherweise aber auch braune Ziernähte und Metallbeschläge an den Spitzen hatten.

Aber die zweite Tür kam, flog auf.

Die Monitore waren stumm und schwarz. Mein Rücken – ich hatte das Gefühl, er müsste in Fetzen von mir hängen.

Die Schwärze der Bildschirme stülpte sich über mich, molk meinen Verstand. So viel Schwarz.

Erwachen ist nicht der richtige Begriff für das, was mit mir passierte: Es war eine schmerzhafte Wiedergeburt auf frisch gelegtem Parkett, mein Kopf pochte. Die Wintersonne schickte nebliges Licht in den Laden.

Als ich mich erhob, spürte ich, wie mein Hemd sich vom angetrockneten Blut löste. Es klang, als würde man einen Klettverschluss öffnen, und ich verwarf den Gedanken, einen Schwächeanfall gehabt zu haben. Lächerlich. Ich könnte alles abhaken und aus dem Schaufenster sehen, warten, bis Orhan kommt, der mich ablösen würde, dann zum Arzt, weil ich mir beim Hinfallen an der Türklinke den Rücken verletzt hatte. Ich würde lange warten. Extrem lange.

Vermutlich würde ich warten, bis mich irgendwann am späten Abend jemand aus dem Laden zog, um mir Fragen zu stellen.

**WEGEN TECHNISCHER ARBEITEN
BIS AUF WEITERES GESCHLOSSEN!**

Ich klebte das Schild an die Tür. Dann kochte ich Kaffee. Ich musste nachdenken.

Ich hatte die Wunde auf meinem Rücken gesehen, als ich mich auf der Toilette verrenkte: ein beinahe pfeilgrader feuerroter Riss, der an den Wundrändern bereits blau wurde. Es sah aus, als würde ich mir eine Entzündung einfangen, wie sie die Welt noch nicht gesehen hatte, zumindest nicht in den letzten paar Hundert Jahren. Die Schmerzen waren noch immer erstaunlich und mit keiner Qual zu vergleichen, und das zementierte die einzig wichtige Erkenntnis: Es war real. Alles. Hinter der Eisentür meines Ladens existierte eine weitere Welt. Eine antike Welt vielleicht, aber möglicherweise auch einfach eine andere, nie erlebte, unerhörte.

Und der Körper meines Cousins war dort: Skorpione hackten auf seinen Leib ein. An sich scheue Tiere, aber in dieser Welt schienen ihre kleinen gepanzerten Hirne nur an Zerstörung zu denken.

Mein Handy klingelte.

»Du hast zu«, sagte Onkel Memo.

»Ja«, sagte ich. Irgendwer hatte diese Information in die Teestube getragen. Neuigkeiten verbreiten sich unter meinen Leuten nicht wie das gutdeutsche Lauffeuer. Selbst trivialste Dinge verbreiteten sich wie ein in bester Absicht gelegter Flächenbrand.

Mein Onkel wollte helfen. Ich konnte ihm nicht sagen, dass mir nicht zu helfen war. Noch nicht.

»Welches technische Problem ist es?«

»Nicht direkt ein Technisches«, erwiderte ich. »Eher eins mit anderen Leuten.«

»Polizeisache? Oder Familienangelegenheit?«

»Familie«, sagte ich. Onkel Memo kam echt auf den Punkt, während ich unfreiwillig der Wahrheit entgegenrutschte, als stünde ich mit Socken auf einem zugefrorenen See.

»Was ist los?« Nun hatte ich seine ungeteilte Aufmerksamkeit.

»Nichts, Onkel. Nichts, bei dem du mir helfen kannst. Im Moment. Ich muss nachdenken. Ich melde mich wieder.«

»Na gut. Schön. Wenn was ist, sag es Orhan. Ist ein guter Junge, okay? Kannst dich auf ihn verlassen, wenn du was brauchst. Außer Geld, Erdoğan. Da fragst du mich.«

Ich schwieg. Durch den Hörer hörte ich das Lachen der anderen Männer in der Teestube, leise Musik, Gläserklirren. Und ich hörte

Onkel Memo atmen, ein beruhigendes Geräusch. Familie. Onkel Memo, ein drahtiger Endfünfziger, war das Oberhaupt unserer Familie. Ein Mann wie ein Löwe. Er war stets exquisit gekleidet, sein Wort galt, seine Liebe war grenzenlos und so unaufdringlich und beständig wie seine Garderobe.

»Waffen«, flüsterte ich.

Eine Pause entstand, aber ich hörte nicht, was ich erwartet hatte. Keine Spur scharfen Ausatmens, kein feines Glas, das abrupt auf seine Untertasse klirrte.

»Hat meine Schwester dich zu einem Idioten erzogen?«

Seine Stimme war noch immer völlig ruhig.

»Nein, Onkel. So einfach ist es nicht ...«

»Doch. Ist es. Ruf die Polizei, Junge. Wenn dich jemand bedroht, schalte die Grünen ein. So regeln wir das nicht. Du nimmst nicht mal einen Korkenzieher in die Hand. Klar?«

Die große Wahrheit. Es war Zeit. Ich hätte nicht gedacht, dass es so weit kommen würde. Nicht so schnell.

»Orhan«, sagte ich.

»Ja?«

Die Worte kamen geschmeidig über meine Lippen. Ich weiß nicht, warum.

»Er ist tot.«

Zu behaupten, Onkel Memo wäre zornig gewesen, trifft es nicht.

Er war der Krieg auf Beinen, destillierter Hass, der nur von einem Louis-Féraud-Anzug zusammengehalten wurde. Die beiden Männer in seiner Begleitung kannte ich nicht. Das war auch gut so, denn sie brachten großkalibrige Feuerwaffen in Sporttaschen mit, und ihre Lederblousons wiesen harte Beulen auf.

»Erzähl es mir noch mal«, sagte Onkel Memo.

Ich erzählte es ihm noch mal.

»Verstanden. Also kein Kokain, kein Alkohol, nichts? Kopf okay? Kein Schwindel, Übelkeit, irgendwas?«

Ich zog mein Hemd aus der Hose und machte meinen Rücken frei. Einer von Onkel Memos Freunden pfiff durch die Zähne. Der andere marschierte zur Eisentür, drückte die Klinke. Verschlossen.

»Sie öffnet sich nachts. Wenn Licht durchs Schlüsselloch fällt.« Onkel Memo sah mich an, eine Sekunde nur.

Wenn man Türke ist, verarscht man die Familie nicht. Man redet keine Scheiße, um den Kopf aus der Schlinge zu ziehen. Ein Türke sagt seiner Familie die Wahrheit, und wenn die Familie kann, sorgt sie dafür, dass die Schlinge gar nicht erst geknüpft wird.

Onkel Memo glaubte mir.

Er schaute auf seine Uhr. Halb zehn.

»Koch Kaffee«, sagte er und legte sein Jackett ab.

Wir verbrachten den Tag schweigend, und als gegen fünf die Sonne unterging, schwiegen wir noch immer. Nur das Zischen der Kaffeemaschine war zu hören, in der Luft hing der Geruch von Waffenöl und Ungeduld.

»Es tut mir so leid«, sagte ich irgendwann.

»Jetzt trauern wir nicht«, antwortete Onkel Memo. »Alles zu seiner Zeit.« Er nippte an seiner vierten Tasse Kaffee. »Hast du schon mal mit einer Pistole geschossen?« Bevor ich antworten konnte, machte er eine barsche Handbewegung. »Natürlich nicht.«

Die Dunkelheit erschien mir dickflüssig, während sie nach und nach meinen Laden füllte, um sich mit dem Zigarettenrauch von Onkel Memos stillen Freunden zu vermischen; meine Wunde schmerzte mehr als noch am Morgen, was ich nicht für möglich gehalten hätte, und während ich erneut meine Sitzposition änderte, fiel mir etwas auf: Mein Onkel berührte mich nicht. Zu den seltenen Anlässen, an denen ich ihn sah, tätschelte er mir eigentlich permanent Hand oder Schulter, kniff mir in die Wange oder umarmte mich. Jetzt stand der Tod seines Sohnes zwischen uns wie eine Wand, obwohl er keineswegs unhöflich war. Und das Flackern in seinen dunklen Augen beunruhigte mich.

Als der Lichtstrahl durchs Schlüsselloch fiel, hörte ich hinter mir, wie die Reißverschlüsse der Sporttaschen geöffnet wurden.

Die beiden Männer traten vor der zweiten Eisentür ihre Kippen aus. Dahinter lag die Wüste, hoffte ich. Wenn hinter dieser Tür, wenn wir sie öffnen würden, ein Parkhaus oder eine Ziegelmauer war, wüsste ich, was geschehen würde. Onkel Memo, der mir meinen ersten Wagen bezahlt hatte, mein Onkel Memo, von dem ich wusste, dass ihm ein Haus in Ankara gehörte, in dem andere Familienmitglieder mietfrei wohnten, er würde etwas sehr Dummes, vermutlich auch sehr Blutiges tun. Ich sah es in diesem Flackern. Er war seit Stunden gespannt wie eine Stahlfeder, während er auf meine Angst herabgeschaut hatte.

Er nickte knapp, legte die Hand auf die Klinke und öffnete leise die Tür.

Die Chroniken von Narnia, fiel mir ein, und es kam mir bescheuert vor: eine Tür, wo keine sein sollte, und die in eine Welt führte, die unserer so ähnlich und doch so fremd war. Und noch etwas fiel mir ein: der große, weise Löwe Aslan aus ebendiesen Büchern von C. S. Lewis: Aslan ist ein Wort, das im Türkischen und im Arabischen nur eine Bedeutung hatte: Löwe. Und das in Büchern, die eher von rein christlichen Motiven geprägt sind.

Ich fragte mich, wie Mister Lewis wohl darauf gekommen war.

Dann traten wir durch die Tür. Der Wind, die Wüste, der samtschwarze Himmel. Die Männer schrien nicht, aber Onkel Memo stöhnte kurz auf.

Das Zelt war fort, aber im Sand steckten noch die abgebrannten Stümpfe der Pechfackeln.

»Kalt«, sagte einer von Onkel Memos Männern, nachdem er die Asche an den Stielen betastet hatte.

Orhan war fast nicht mehr da.

Sein Leib war kaum noch mehr als eine nasse Mulde im Sand, in der Zähne klickten, als sich die verbliebenen Skorpione bewegten.

»Das soll mein Sohn sein?«, fragte Onkel Memo. »Das hier soll mein Sohn sein?«

Er hielt die Hand auf, als wolle er um ein Almosen bitten. Sofort lag eine ölig glänzende Pistole darin. Er schoss auf die Skorpione, und feine Panzersplitter stoben in alle Richtungen; erst als das Magazin leer war, kniete Onkel Memo im scharfen Pulverdampf nieder. Er zog seine Gebetskette hervor, und die beiden Männer wichen respektvoll einige Schritte zurück.

Als Onkel Memo sich wieder erhob, erschien sein Gesicht im Licht des Mondes steingrau. Er blickte lange in die Schwärze vor uns.

»Wir brauchen Pferde«, sagte er.

Wir sicherten die Türen mit den Sporttaschen.

Onkel Memo telefonierte; er sprach rasend schnell, und es klang zornig. Offenbar war er dabei, einige Gefallen einzufordern.

»Es werden keine frischen Tiere sein«, sagte er, nachdem er aufgelegt hatte.

Wir warteten zwei Stunden, und gegen Mitternacht stoppte ein Wagen mit einem Pferdetransporter vor dem Laden.

»Erdoğan«, sagte Onkel Memo, »behalte die Fußgängerzone im Auge. Geh bis nach dahinten.«

Einen weiteren Mann schickte er ein paar Hundert Meter die Einkaufsstraße hinunter, nachdem er ihn angewiesen hatte, seine Waffen in der Toilette meines Ladens zu deponieren. Eine Polizeikontrolle wäre jetzt auch ohne Schießeisen unangenehm genug.

Ich betrachtete die Szenerie, während ich die Atmosphäre der nächtlichen Einkaufsstraße in mich aufnahm. Die Mobilfunkgeschäfte ließen ihre bunten Reklamelichter brüllen, die Fassade von Karstadt war mit Krakenarmen aus gelben Glühlampengirlanden verziert, die verrammelten Weihnachtsmarktbuden wirkten wie kleine Trutzburgen. Zweihundert Meter weiter lag mein Laden im Dunkeln, und der hustende kleine Mann, der gerade eine graue Mähre aus dem Transporter und in mein Geschäft führte, war der

Botschafter des Abnormalen, das Einzug in meine Welt gehalten hatte.

Keine Polizei weit und breit.

Als Onkel Memo den Arm hob, wollte alles in mir die kalte Ruhe dieser Herner Nacht nicht verlassen.

Ich stand eine halbe Minute einfach nur so da, während mir der schneidende Winterwind in die Hosenbeine fuhr. Als Onkel Memo mir mit raschen Schritten entgegenkam, setzte ich mich in Bewegung.

Es war ein unglaublicher Anblick. Die Pferde standen zitternd in meinem Laden, schissen nervös auf den Boden und schnaubten. Das Geräusch von Hufen auf Parkett wurde von den Wänden zurückgeworfen, und der typische Geruch nach nassem Fell hing in der Luft. Der kleine Mann hustete erneut, während er einem der Gäule eine grobe Decke über den Rücken warf.

Onkel Memo gab ihm eine dünne Rolle Geldscheine.

Die Begleiter meines Onkels konnten ihre Heiterkeit nur schwer unterdrücken, aber mir war nicht nach Lachen zumute.

Das Schwierigste war, die Pferde die Treppe hinunterzuführen. Sie waren nicht beschlagen und zudem verängstigt. Wir mussten jedes Tier einzeln nach unten bringen, was uns vierzig Minuten kostete.

Der hustende Kerl hatte den Kleppern rissiges Zaumzeug angelegt, aber offenbar keine Sättel zur Verfügung gehabt. Ich fragte mich, wie ich überhaupt auf eines der Pferde steigen sollte, vom tatsächlichen Reiten ganz abgesehen. Zudem wirkten die Gäule, freundlich formuliert, klapperig.

Onkel Memo sah meinen Blick.

»Schlachtfleisch«, sagte er. »Die Nummer von Schockemöhles Gestüt hatte ich gerade nicht gespeichert.«

Einer der Männer lachte dreckig, und ich begann mich zu fragen, was mein Onkel mit diesen Typen am Hut hatte. Ich hatte in den letzten vierundzwanzig Stunden in der melkenden Umklammerung einer universellen Angst verbracht und war nervlich am Ende, aber trotz meiner neuesten Bekanntschaften – den Osmanen hinter der Tür, dem Tod und dem hustenden Mann, der sich als Abdecker erwiesen hatte – machte mir die hirnlose Freude von Onkel Memos Begleitern am meisten zu schaffen.

»Wir gehen zusammen«, sagte ich, was sich nicht so feige anhörte, wie ich befürchtet hatte.

»Wir gehen zusammen, und wir regeln das zusammen«, erwiderte Onkel Memo kalt.

Hinter mir schnaubten die Pferde, die sich hufscharrend im Gang im Weg standen.

Ich ging zuerst.

Die Pferde wollten durchgehen, waren aber so irritiert, plötzlich auf Sand zu stehen, dass ein scharfer Riss am Zügel sie zur Vernunft brachte.

Wir saßen auf. Es war leichter, als ich gedacht hatte. Onkel Memo schien schon mal geritten zu sein. Lässig tarierte er das Pferd aus, während seine Joop-Krawatte, die aus seiner Strickjacke geglitten war, im Nachtwind flatterte.

»Ostwärts!«, brüllte er und rammte die Hacken seiner Slipper in die bestürzend mageren Flanken seines Gauls.

Wir ritten zwanzig Minuten, bis wir etwas im Sand entdeckten. Onkel Memo saß nicht ab, er wies einfach mit dem Finger auf den Boden.

Ich verkrampfte meine Beine, als ich versuchte, mich auf dem Rücken meines Pferdes zu halten, während ich mich vorbeugte.

Der Leichnam vor uns im Sand glich einem Triptychon aus Fleisch: nachlässig dreigeteilt, zerfleddert wie eine Puppe, das Blut vom Sand aufgesogen. An einer einzelnen Sandale erkannte ich, dass es sich um einen Bewohner der Wüste, möglicherweise einen Mann aus der Gefolgschaft von diesem Karakurt, dem Verzehrer des Ostens, handelte. Der Rest war kaum als Mensch zu identifizieren. Irgendjemand oder irgendetwas hatte den Unglücklichen gepackt und zerrissen, eine Gegenwehr schien nicht stattgefunden zu haben. Auf den Teilen des Geschlachteten krabbelten Fliegen, fett und samtig schwarz.

»Was ist das?«

Einer der Männer meines Onkels stieg ab und zog seine Waffe. Er benutzte den Lauf der Pistole, um einen länglichen Brocken abgerissenen Fleisches anzuheben und auf die Seite zu kippen. Ich sah, dass er leicht die Augen zusammenkniff.

»Bisse«, sagte er. »Kleines Tier. Hat überall seine Zähne reingeschlagen.«

»Was für ein Vieh?«, fragte der andere der beiden Männer.

»Bin ich Zoologe? Hyäne, schätze ich.«

Ich musste an die Skorpione denken, die in wütender Emsigkeit auf Orhans toten Körper eingestochen hatten. Was für eine Fauna hielt diese Wüste bereit? Wenn schon so schlichte Gemüter wie Skorpione zu kleinen Todesmaschinen wurden, wie verhielten sich hier die Schlangen? Die Wölfe?

Die Chroniken dieses Narnia dürften kurz sein, dachte ich. Nicht mehr als ein blutiges Pergament, dessen Zeilen mittendrin abreißen.

Onkel Memo hob gebieterisch den Arm. Es war die gleiche Geste, die ich bei ihm beobachtet hatte, wenn man ihn beim Backgammon schlug, und die meistens VERDAMMT bedeutete. Seine Lippen waren nur ein fahler Strich. Dann bewegte er seinen Arm langsam zum Horizont: Fackelschein.

Onkel Memo schnalzte mit der Zunge.

Es war das Zelt, das ich kannte: blutrot und von der Größe eines kleinen Hauses, mit turmartigen Erhebungen aus Leinen, an jeder Ecke von einer Pechfackel beschienen, die rußend flackerte. Ich sah auch diesmal keine Pferde. Wie reisten diese Kerle?

Wir näherten uns lautlos, sah man vom heiseren Schnauben unserer Pferde ab. Sie gaben Geräusche von sich, die klangen, als würden wir den Rückweg zu Fuß bestreiten müssen.

Falls es einen Rückweg gab.

Wir stiegen in sicherer Entfernung ab. Die Pferde blieben einfach auf der Stelle stehen.

Onkel Memo zeigte auf unsere Schuhe. Sein Blick schien Funken zu sprühen, als er seine Slipper abstreifte. Ich tat es ihm nach, auch die anderen beiden banden ihre Stiefel auf. Ich beobachtete, dass im Schuhschaft des einen Mannes ein Dolch steckte, der elegant und scharf aussah. Er nahm ihn an sich, wobei er die Klinge wie ein geliebtes Kind betrachtete.

Dann schlichen wir auf Socken durch kalten Sand zum Zelt; dem flatternden Palast der Gewalt, wo Orhans verständnisloser, erloschener Blick in das leinene Dunkel eines Sacks starrte.

Onkel Memo machte sich keine großen Umstände, als er leicht geduckt das Zelt betrat.

»Guten Abend«, sagte mein Onkel Memo ganz ruhig in sorgfältigem Türkisch.

Dann schoss er dem Mann am Eingang ins Gesicht. Es war der fette Kerl, den ich schon kannte. Während der größte Teil seiner Mimik gegen die Zeltwand klatschte, kippte er mit gerunzelten, schmorenden Brauen nach vorn wie ein gefällter Baum.

Peitschenknallen. Einer von Onkel Memos Freunden zuckte kurz zusammen. Dann fuhr seine Hand langsam zu dem verbliebenen Knorpel seines Ohrs hoch. Er agierte nicht hektisch; offenbar war der Schmerz keine große Sache für ihn, und ich kapierte allmählich, warum Onkel Memo diese Kerle mitgenommen hatte.

Blut sprudelte seitlich seinen Kopf herab. Es war erschreckend, zu beobachten, wie sein Gesicht den Hoppla-was-für-ein-Schlamassel-Ausdruck verlor, um einer Maske der Wut Platz zu schaffen.

Der Peitschenschwinger hüpfte ins Licht der Öllampen im Zelt; er sah aus, als hätte er geschlafen.

»Endstelle, Arschloch«, sagte Onkel Memos Mann, zielte kurz und schoss ihm in den nackten Bauch.

Ich stand währenddessen einfach im Zelt, als würde ich auf den Bus warten. Jeder dieser Kerle, wenn er nicht gerade mit Sterben beschäftigt war, könnte mich töten.

»Waffe?«, fragte Onkel Memo, ich nickte hektisch.

Der andere von Onkel Memos Freunden lächelte, während er das Zelt im Auge behielt.

»Ist wie mit Mentholzigaretten«, sagte er, als mein Onkel mir eine eingefettete Faustfeuerwaffe zuwarf. »Will irgendwie keiner, wird aber jederzeit gern genommen, wenn mal Not am Mann ist.«

Onkel Memos Mann legte den Finger an das zerfranste Ohr und führte ihn zum Mund.

»Salz«, sagte er dann. »Die Penner tränken ihre Peitschen in Salz, damit es besonders wehtut.«

Er zuckte beinahe entschuldigend mit den Schultern.

»Willkommen«, sagte eine Stimme. Ich kannte sie.

Im Halbdunkel des hinteren Zeltes hockte der Verzehrer des Ostens auf seinem Berg seidener Kissen. Er breitete die Arme aus, ganz so, als seien wir seine Gäste und nicht die Boten der Gewalt, bereit, alle Grausamkeiten dieses Ortes mit technischer Genauigkeit zu übertrumpfen.

Onkel Memo verbeugte sich zu meiner Verblüffung leicht. Dann spazierte er so beiläufig durchs Zelt, als wäre er zu Hause in seinem Kräutergarten.

»Neue Krieger«, sagte der Mann auf den Kissen.

»Sie werden jetzt sterben. Das ist Ihnen klar, nicht wahr?« Mein Onkel sprach ruhig und langsam.

»Und weiter?«

»Und im Prinzip nichts weiter, mein Freund. Sie entscheiden nur, wie.«

»Ein Zeichen eures Respekts?« Der Mann auf den Kissen verzog sein Gesicht zu einem Ausdruck der Gönnerhaftigkeit.

»Ein Zeichen meiner Wissbegier. Allah ist groß. Ihm ist es egal, ob du gleich schmerzlos und schnell heimkehrst oder mit an die Stirn genagelten Geschlechtsorganen, weinend wie ein Weib.«

»Ich weinte nie«, gab der Mann zurück. »Nicht, als ich das Fleisch meines Sohnes aß, weil die Wüste uns alle Nahrung nahm, nicht, als meine Stadt im Sand versank. Nicht einmal, als ...«

Der Ausdruck der Gönnerhaftigkeit verschwand, als das Projektil seinen Fuß erreichte und ihn in einen Fächer sprühenden Fleisches verwandelte.

»Ich bin wegen meines Sohnes hier, Wüstenmann«, sagte Onkel Memo. »Wegen seines Hauptes.«

»Wegen aller Häupter«, fügte ich hinzu.

Karakurt, der Verzehrer des Ostens, starrte auf seinen Fuß, als würde er einen besonders faszinierenden Kartentrick beobachten. Der Weg vom Betrachten bis zum Begreifen scheint an jedem Ort dieser und anderer Welten gleich zäh zu beschreiten zu sein.

Dann entwich ihm ein Pfeifen, und Onkel Memo schien dies als Schmerzenslaut durchgehen zu lassen, während er nickte.

Der Verzehrer des Ostens berührte seinen Fuß nicht, ließ ihn aber auch nicht aus den Augen. Er hatte leicht zu zittern begonnen, und sein Arm zeigte das deutlich, als er in die Ecke mit den Säcken wies.

»Ihr dürft ihn euch nehmen. Die anderen Köpfe bleiben hier.«

»Falsch«, erwiderte Onkel Memo. »Alle.«

»Das geht nicht«, sagte der Mann auf den Kissen, dessen Stimme nun anzumerken war, dass er mit dem Schmerz rang.

Einer von Onkel Memos Männern marschierte so zügig zu ihm rüber, dass ohnehin nur zwei Sekunden geblieben wären, ihn zurückzuhalten. Vielleicht hätte Onkel Memo es getan, aber weder er noch ich hatten die Gelegenheit dazu.

»Alle«, sagte er und drosch seinen Stiefeldolch so herzlich in den Oberschenkel des Verletzten, als würde er einen Knobelbecher auf den Tresen seiner Stammkneipe knallen.

Jetzt schrie der Mann. Das Blut sprudelte aus der Wunde, als Onkel Memos Messerstecher die Klinge aus dem Fleisch zog und an einem der Kissen abwischte.

»Wie heißt die Gegend hier?«, fragte Onkel Memo.

»Dies ist die Wanderwüste von Osbar«, entgegnete der Verletzte. Auf seiner Oberlippe hatten sich Schweißperlen gebildet.

»Ich hab ihn«, kam es aus dem Teil des Zeltes, von dem ich wusste, dass dort die Säcke lagen.

Ich fragte mich erneut, was für Männer Onkel Memos Jungs waren. Sie töteten beinahe beiläufig und durchwühlten stinkende Säcke nach bekannten Gesichtern, als würde es sich um Wundertüten handeln.

»Wanderwüste?«

»Ja«, erwiderte der Verzehrer des Ostens, als spräche er über allgemein bekannte Tatsachen.

»Wer wandert hier?«

»Die Wüste selbst. Es müsste euch ins Auge gefallen sein. Schließlich seid ihr eben erst hierhergekommen.«

Ich erinnerte mich daran, keine Pferde gesehen zu haben, und an die Frage des Mannes, der Orhan auf dem Gewissen hatte. *Wo sind eure Pferde?*

Dann spürte ich es. Wir alle spürten es. Es war, als würde der Teppich unter einem weggezogen, verstohlen und sanft zwar, aber doch spürbar.

»Sie wandert weiter.«

Onkel Memo nickte.

»Wohin?«

»Vielleicht nach Abahr, vielleicht zur Oase des Jägers. Die Wüste ist ihr eigener Reiter und ihr eigenes Pferd, und ihr Fleisch wimmelt von Leben.«

Im Schein der Öllampen, die bestrumpften Füße auf dem Teppich eines Zeltes im wandernden Land der rollenden Köpfe, steckte Onkel Memo sich eine Zigarette an. Er sah aus wie ein Mann, der sich selbst einlotet, und nachdem er den Rauch des ersten Zuges ausgeblasen hatte, fragte er:

»Wer ist der Jäger?«

Als der Mann, dessen Blut seine Seidenkissen allmählich in schmatzende Klumpen verwandelte, antwortete, war seine Stimme ein Flüstern.

»Er ist halb Eisen, halb Fleisch, und eine Schlange mit Krallen ist sein Gefährte. Er tötet ohne Anlass, und wenn er uns aufsucht, verlangt er Köpfe. Und Haschisch. Er spricht mit ihnen. Er raucht und redet mit den Häuptern der Verzagten. Sie sind wie Freunde für ihn, und manches Mal nimmt er einen von uns. Er ist böse, niemand kann ihn töten. Meine Armee reitet auf dem Sand. Ich habe viertausend Mann, aber die Wüste treibt sie nicht mehr zu mir.«

»War's das jetzt?«, fragte der Mann mit dem Stiefeldolch und zog den Reißverschluss seines Lederblousons hoch.

Onkel Memo brachte ihn mit einer Handbewegung zum Schweigen.

Hinter mir trat der andere Kerl aus dem Mörderfundus meines Onkels gegen den toten Leib des Mannes, der ihm sein Ohr genommen hatte. »Salzpeitschenarschloch«, murmelte er.

Mir war speiübel. Offenbar waren wir hier fertig.

»Geh mit Allah«, sagte Onkel Memo, der Verzehrer des Ostens nickte.

Er ging mit Allah, und er ging ohne Hinterkopf.

»Fassen wir mal zusammen, nur so aus Scheiß«, sagte der neuerdings Einohrige, nachdem wir vor das Zelt getreten waren. »Unsere Pferde sind wiehernde Hackbraten, das tote Orakel im Zelt sagt, die Wüste wandert, wir haben keine Karte, und irgendwo hier lauert ein Kiffer, der mit abgetrennten Köpfen redet. Zwei Fragen: Wie kommen wir wieder nach Hause, und wen muss ich töten, damit das schnell passiert?«

»Wir warten«, sagte Onkel Memo. »Wenn die Wüste wandert, bringt sie uns entweder nach Hause, oder ...«

»Oder?«, fragte ich.

Onkel Memo antwortete nicht.

»Ich hab 'ne Oddset-Sache am Laufen«, knurrte der Mann, der den Sack mit Orhans Kopf über der Schulter trug. »Wir müssen was tun. Ich muss zurück.«

Ich besaß vier Internetcafés. Ich besaß Reste eines gesunden Geistes. Würden wir hierbleiben, könnte ich das alles zu den Akten legen.

»Wir warten«, sagte Onkel Memo erneut.

Es war schwer zu sagen, ob die Wüste wanderte. Nach einer Stunde, die ich damit verbrachte, den Horizont zu erkennen, war ich mir noch immer nicht im Klaren darüber. Wir hätten genauso gut verhungern können.

Irgendwann warf der Mann mit dem Dolch eine leere Tic-Tac-Packung in den Sand.

»Vorbei mit dem frischen Atem«, murmelte er.

Augenblicklich wühlte sich ein kleiner gepanzerter Leib ans Mondlicht und begann die Plastikpackung zu traktieren. Das scharfe Ticken des Stachels auf Kunststoff konnte einen Mann in den Wahnsinn treiben.

Dann fielen mir unsere Pferde ein. Sie mussten viel reizvoller als eine leere Plastikschachtel sein.

»Und sie bewegt sich doch«, sagte Onkel Memo mit einem seltsamen Anflug von Humor.

Er hatte recht: Eben noch lag die Schachtel einen Meter von uns weg – nun, vielleicht fünf Minuten später, hatte die Distanz sich verdoppelt. Mindestens.

Wir trieben ab.

Ein Rauschen lag plötzlich in der Luft. Es stoppte abrupt. Der Einohrige seufzte, und als ich mich zu ihm umdrehte, sah ich, was das Rauschen verursacht hatte.

Er hockte auf dem Stück Teppich vor dem Zelteingang, und zwischen seinen Lippen hing eine Marlboro. Die Glut zitterte. Die ganze Zigarette zitterte. Aus seiner Brust ragte der angelaufene Schaft einer Lanze; sie war genau zwischen den aufklaffenden Zähnen des Reißverschlusses eingedrungen und hatte offenbar seine Lunge perforiert. Sein Atem war nur noch ein heiseres Hauchen. Am Ende der Lanze war ein stählerner Ring, an dem ein dünnes Seil befestigt war, das straff gespannt im Dunkeln vor uns verschwand.

Onkel Memo schoss augenblicklich, und ich tat es ihm nach. Die Schüsse klangen seltsam trocken und künstlich, so als würde die Wüstenluft die Dynamik aus den Tönen saugen.

Das Lachen, das uns aus der Finsternis entgegenschlug, war hingegen glasklar.

»Sheytan«, flüsterte der andere Mann und brachte seine Waffe in Anschlag. Er war besonnener als wir und wartete auf ein klares Ziel. Trockenes, mechanisches Rasseln vor uns. Es klang wie eine Kettensäge. Die Lanze wurde aus der Brust des Einohrigen gerissen, und er sackte nach vorn. Die Zigarette löste sich aus seinen Lippen. Der Filter war blutig und aufgeschwemmt.

Wir hatten den Jäger gefunden. Der Jäger hatte uns gefunden.

»Ich ... versuche es«, sagte unser Mann und schoss einmal. Ich beobachtete ihn dabei; wie er ausatmete, als er den Abzug durchdrückte, das Leuchten in seinen Augen. Sein Schuss wurde von einem Aufkreischen quittiert, das nicht menschlich klang.

Dann zerriss ein apokalyptisches Dröhnen die Nacht; wir luden nach.

Der Jäger kam. Er trieb eine Wolke aus Sand vor sich her. *Halb Eisen, halb Fleisch.* Meine Hände zitterten, als ich wartete, bis die Bestie in Sicht kam, die zu verwesenden Schädeln sprach.

Onkel Memo jagte eine Kugel in die heranpreschende Sandwolke, und ein Knall ertönte.

Die Wolke kam zum Stillstand.

Ich spürte eine Bewegung an meinem Fuß. Ein Skorpion kroch über meine Socke, ich schüttelte ihn ab. Was für ein grandioser Einfall, die Schuhe abzustreifen.

Onkel Memo und sein Mann fürs Grobe rannten los. Ich folgte ihnen. In meinem Verstand knirschte es, und etwas in mir, ein nie benutzter, vielleicht edler Charakterzug zerbrach. In diesem Moment wollte ich nur noch töten.

Aber dieser Gedanke verpuffte, als wir die Stelle erreichten, an der es den Jäger erwischt hatte.

Seine Schulter schien gesplittert zu sein; man sah Knochen aus dem Leder seines Anzugs ragen.

Als er sprach, klang seine Stimme unbeherrscht und heiser.

»Du hast meinen Dackel erschossen«, sagte mein Vermieter.

Ich starrte auf Best herab.

Onkel Memo hatte den Reifen der Zündapp erwischt; an der Stelle, wo die Kugel eingeschlagen war, konnte man ein faustgroßes Loch im Stollenprofil ausmachen.

»Du Schwein«, sagte ich.

»Ich hab dir gesagt, du sollst die Finger von der Tür lassen.«

»Sie öffnete sich von selbst«, erwiderte ich. Dann rammte ich Best den Lauf meiner Pistole unter das Kinn.

»Mein Cousin ist tot«, sagte ich.

»Das hier«, erwiderte er, »ist meine Welt. Rechtlich gehört sie zum Grundstück.«

»Erschieß ihn«, sagte Onkel Memos Mann.

»Nein. Warum das alles?«

Best versuchte, seinen Körper zu verlagern, und schrie auf. Eine Minute lang sagte er nichts, dann lächelte er gequält.

»Immer Antalya ist auch nicht das Wahre, Herr Mertas.«

»Memertas«, sagte ich.

»Haben Sie nie auf Ihrem Grund und Boden, wie sagt man, *die Sau rausgelassen*? Als ich den Block kaufte, entdeckte ich eine Besenkammer in dem Lokal, in dem später die Tchibo-Filiale eröffnete. Ich habe Schlüssel für alle meine Läden. Der Hund schlüpfte durch. Er kam mit sandigen Pfoten zurück. Er war viel wilder als vorher.«

Ich dachte an die Bissspuren in der zerrissenen Leiche.

»Dieser Ort verändert einen«, flüsterte Best. »Er nimmt dir die Zügel.«

Onkel Memo trat gegen den Gepäckträger des Motorrads, und der Werkzeugkasten darauf kippte in den Sand. Skalpelle, ein Hammer, eine kleine Akkukreissäge: Alles war mit dunklem Blut verklebt. Die Harpune am Lenker war verbogen, aber ich konnte erkennen, dass er sie selbst angeschweißt haben musste.

»Ich spreche kein Türkisch«, fuhr er fort, »aber ist das ein Grund, sich nicht zu unterhalten, wenn einem danach ist? Ist nicht ein Gesicht wie das andere? Ich habe nie Zustimmung erwartet, aber ein offenes Ohr ist nicht zu viel verlangt. Nicht, wenn man wie ich der Herr dieser Wüste ist. Diese dummen Bauern in ihren Zelten, mit ihren Karawanen: In Herne mache ich 220 000 Euro im Jahr mit meinen Immobilien. Aber hier bin ich der Gott der Gläubigen. Du hast meinen Dackel getötet.«

Ich hätte ihn gern gefragt, wie es war, ein Gott zu sein: Ein berauschter Egomane, dem jedes menschliche Gesetz von der Fahne gegangen war, weil es sich so besser toben und morden ließ. Aber das spielte keine Rolle mehr. Stattdessen fragte ich ihn:

»Weiß Ihre Frau davon?«

Er lachte dreckig.

»Sie ist die Hure der Festung von Kalach. Die breitbeinige Herrscherin über tausend Krieger, denen die Wahl bleibt, ihren Schwanz zu benutzen oder ihn zu essen.« Er ließ den Kopf in den Sand sacken.

»Nur dienstags nicht. Häkelgruppe in Wattenscheid. Da ist sie eisern.«

»Ich denke mal, es reicht nun«, sagte Onkel Memo.

»Ich werde Ihrer Frau schöne Grüße bestellen«, sagte ich.

Onkel Memos Begleiter trat vor.

Er blickte versonnen auf seine Pistole, erachtete aber den Einsatz dieser Waffe als zu unambitioniert, wie leicht in seinem Gesicht zu lesen war.

Seine Hand fuhr zum Schaft seines Schuhs und holte seinen kleinen Liebling hervor.

Halb Eisen, halb Fleisch.

Onkel Memos Spezialist zog einen ganz klaren Trennstrich, was das betraf.

Und noch einen.

Und noch einen.

Es war kaum mit anzusehen.

Ich habe den Laden geschlossen, die Tür verschweißen und dann eine Wand davorziehen lassen.

Mein Kopf wird allmählich wieder klar. Die Bilder von Sand, Blut und starren Augen verblassen langsam. Drei Cafés reichen. Ich werde irgendwann wieder ganz der Alte sein. Orhans Kopf wurde in seine Heimat gebracht und unter einer Zypresse begraben. Er gilt offiziell als vermisst.

Onkel Memo kümmert sich um mich. Wir beten viel zusammen. Ja. Mein Leben wird wieder werden, wie es war.

Wir fanden den Weg aus der Wüste. Irgendwann war einfach die Tür da, und ich vermute, sie tauchte so willkürlich auf, wie sie sich auch eines Nachts in meinem Laden geöffnet hatte. Onkel Memos Mann brach vor ein paar Tagen bei Best ein; die Wohnung war völlig verwahrlost. Aber er fand, was er suchte.

Ich habe meinen Cousin verloren. Er war ein Mann von Ehre. Aber alles kommt wieder ins Lot, sobald ich aufhöre, von dieser Wüstenlandschaft mit ihren kleinen gepanzerten Mördern zu träumen. Wenn die Augen der Köpfe auf dem Teppich verschwinden, bin ich wieder voll da. Ich habe noch mal im Internet nachgesehen. C. S. Lewis, der Autor der *Chroniken von Narnia*, war offenbar ein kluger Mann, aber ich bin mir sicher, er verbarg etwas; etwas, worüber er nicht reden wollte. Ich fand Folgendes von ihm:

Über den Schmerz: »*Bei allen Erörterungen über die Hölle müssen wir uns ständig vor Augen halten, daß sie wahrhaft möglich ist – nicht für unsere Feinde, nicht für unsere Freunde (beide trüben den klaren Blick der Vernunft), nein: für uns selbst.*«

Ich trinke zu viel Kaffee, aber ich muss die Tchibo-Filiale im Auge behalten. Der letzte Mosaikstein der Vergeltung fehlt noch, aber wenn Bests bessere Hälfte durch die Klappe gekrabbelt kommt, satt und wund, werde ich es beenden. Heute ist Montag. Ich versuche es um Mitternacht. Gut, dass Onkel Memos Mann den Schlüssel fand.

Ich habe viele Fehler gemacht. Aber ich bin fast im Reinen mit allem.

Nun, nicht ganz.

Die Kaution kann ich wohl vergessen.

Schnickschnack

Das Licht ging aus, und der Vorhang surrte zurück. Veiculos Gesicht war eine blasse Maske der Begeisterung, sein Atem roch nach Erdnüssen und Bier. »Jahaha«, flüsterte er eine Idee zu laut. »Jepp, jepp«, erwiderte Fred und rammte seinem Nachbarn den Ellenbogen in die Rippen.
»Sei mal ruhig. Der Film fängt an.«
»Sei du doch ruhig, Arschgesicht«, kicherte Fred, dann fiel ihm etwas ein, und er fügte hinzu: »Arschgesicht, Arschgesicht, Arschgesicht.«
Jodie Foster, laufend. Ihr Gesicht von Anstrengung gerötet. Auf ihrem Sweatshirt steht FBI.
»CLARICE!«, kreischte Veiculo, und Fred schlug ihm mit der flachen Hand an den Hinterkopf, wobei der Schirm der umgedrehten Kappe das meiste abfing.
»Was denn? Starling ist heiß!«
»Weil sie joggt, oder was, Schwanznase?«
»Sie schwitzt so geil.«
»Hat dir einer ins Hirn geschissen?«, erkundigte sich Fred.
»Du bist doch breit.«
»Du doch auch.«
»Klar. Meinst du, ich hab Geld zu verschenken, Affenschädel?«
Veiculo und Fred waren in der Tat stoned wie die Nattern. Sie sahen die Welt wie durch den Briefschlitz einer Tür, auf der »lustig« stand.

Sie hatten sich nicht getraut, ins Cineplex zu gehen. Zu viele Menschen. Wenn man abgedichtet war, zählte jeder Bürger in Funnytown doppelt und dreifach, und speziell, wenn Veiculo dicht war, konnte ihn schon ein bunter Pullover am Leib eines Kindes zum Bersten bringen.

Die Lichtburg war ein altes Kino, ein bisschen außerhalb, und im Inneren roch es nach Staub und klammen Teppichen, aber schon der Stuck an der Decke war die Karte wert, wenn man darauf abfuhr. Und es war leer, denn sie brachten nur betagten Stoff, vorzugsweise Thriller oder Agentenkram der Sechziger und Siebziger. Die heutige Vorstellung aus den Frühneunzigern war schon ungewöhnlich.

Der Filmvorführer war auch der Kassierer und Snackverkäufer. So wie es um die Filmauswahl bestellt war, stellte sich auch das Sortiment der Süßigkeiten dar: Snickers, Mars, Caramac, dazu Pepsi aus angestaubten Flaschen. Man konnte die Füße auf den Sitz davor legen, wenn man einen erwischte, der nicht aufgeplatzt war, und die Eintrittskarten waren absurd billig.

Im Film betrat gerade Starling Crawfords Büro, als Veiculo und Fred einen Lichtspalt auf dem Gang ausmachten, die Köpfe drehten und feststellten, dass sie nicht mehr die einzigen Besucher waren.

Drei Scherenschnitte wanderten über die Leinwand. Die Saaltür fiel gedämpft zu, schwere Schritte stapften über den Teppich, dann passierten die Schatten die beiden Freunde und wurden zu Männern in schweren Ledermonturen. Veiculo wollte aufbegehren, aber etwas an dem massigen Einmarsch der Kerle hielt ihn davon ab.

»Supergut. Die Mafia ist da«, flüsterte Fred und nahm, einem Impuls folgend, die Füße von der Lehne. Er hasste sich augenblicklich dafür, fand es aber auch lustig.

»Luigi, lass es wie einen Unfall aussehen«, näselte Veiculo leise.

Die drei Männer nahmen Platz, der Größte von ihnen setzte sich in die vierte Reihe, die anderen beiden verteilten sich hinter ihm, als würden sie ihn nicht kennen. Sie bildeten ein Dreieck.

Frederic Chilton lächelt Clarice an, und es wirkt gekünstelt; dann führt er sie die Treppe des Baltimore State Hospital hinunter.

»Schwuchteln sind das jedenfalls nicht«, flüsterte Fred seinem Kumpel zu, dessen Spitzname sich an die Warnaufkleber überlanger Lkw anlehnte: Veiculo Longo. Gehobener, aber widerstandsfähiger Schulhofspott. Veiculo war ein ziemlich langes Elend.

»Japp. Für Taschenbillard hocken die ein bisschen weit auseinander«, bestätigte Veiculo und lachte kieksend; es war die Sorte Lachen, die unvermittelt kommt und schwer unter Kontrolle zu kriegen ist, wenn sie einmal vom Stapel läuft.

Ein Kopf in der Dunkelheit ruckte herum. Der Blick des Mannes war trotz der Dunkelheit nur als intensiv zu bezeichnen. Er sagte: Still. Still, Kinder.

»Näher. Näääher ...«, sagte Dr. Lecter und warf einen Blick auf Starlings Ausweis.

»Der läuft nächste Woche ab.«

Veiculo und Fred versteiften die Mienen, rammten sich dabei aber die Ellenbogen in die Seiten.

»Buh«, murmelte Veiculo. »Großes böses Tier.«

Die beiden Freunde wussten, was Haschisch bewirkte: Es machte einen zu Schaufelbaggern und Lachsäcken. Man fraß, wenn man nicht gerade wieherte. Ein Goldfisch konnte zum Wunderwal werden, eine Folge von Die Zwei zu einem Erlebnis, das einen dazu brachte, sich auf dem Teppich zu wälzen und um Gnade zu betteln.

Der Kopf ruckte wieder zurück.

Das Kichern kam.

Kohlrabi, dachte Fred, DDR, Vorhautverengung, Polizeigewahrsam, Krematorium, Hodenkrebs ...

Es half nichts.

Ich muss hier raus, dachte Fred noch, aber es war wie Niesen, wenn man etwas sagen will. Nicht aufzuhalten.

Hannibal Lecter sagt etwas über Hautcreme und L'air d ...

»RUHE!«

Der Mann hatte die Stimme eines Löwen, als er in das zügellose Gelächter der beiden brüllte, und auch der zweite Mann drehte sich um.

»Haltet die Fresse, ihr kleinen Pisser.«

Dessen Stimme war eher kultivierte Musik in der Finsternis; eine Anwaltsstimme. Durch ihre Ruhe schnitt sie allerdings tiefer. Fred und Veiculo klappten die Münder zu.

Einige Sekunden verstrichen.

»Brav«, schnurrte es aus dem Dunkel, dann quietschte Leder, und der Mann sah wieder auf die Leinwand.

Die beiden Freunde starrten ebenso nach vorn, bang und großäugig wie Käuzchen.

»Cla ...«, setzte Veiculo an, und Fred griff ihm ans Kinn. »Sei jetzt mal still. Ich habe keinen Bock auf Stress mit den Typen.«

»Das sind Wichser, Alter. Werd mal geschmeidig. Wenn die es leise haben wollen, können sie sich gern irgendwo einschließen. Ich hab hier Eintritt bezahlt«, Veiculos Stimme wurde immer schriller, »und keinen Nerv auf irgendwelche Harlekine mit einem Seismografen im Arsch.«

Fred ahnte, noch *bevor* er den massiven Schatten links von sich spürte, dass dieser Kinobesuch nicht mehr lange gut ging. Dann spürte er eine große, heiße Hand in seinem Nacken und ebenso heißen Atem an seinem Ohr.

»So, Freunde«, sagte die sanfte Stimme, »Schluss jetzt.«

Freds Kopf wurde gewaltsam nach links gedreht.

Die Augen des Mannes waren grün. Sie leuchteten wie eine alte Weinflasche, in die man einen Halogenstrahler gehängt hatte.

Unglaubliche Augen, dachte Fred. *Zum Verlieben irgendwie oder zum dran Kaputtgehen.*

Clarice Starling stemmt mit einem Wagenheber das Tor der Halle hoch.

Fred öffnete den Mund, um sich überraschen zu lassen, was er wohl sagen wollte.

»Wir ...«

»Pssst«, sagte der Mann. Fred spürte etwas Kaltes an seinem Kinn und sah, dass der Mann ein Kettchen ums Handgelenk trug, das ihn gestreift hatte und dann sanft ausschwingend zur Ruhe gekommen war. Ein Glücksbringer offenbar: Kleine Häuser, Menschen und Tiere baumelten daran, fein und von filigranem Silber. Und Blumen. Und drollige kleine Skulpturen. Kitschig.

»Nichts ihr. Meine Freunde und ich wollen gerne diesen Film sehen. Wir sind keine ausgeprägten Anhänger der DVD, also ist es wichtig, dass ihr nun den Mund zumacht, euch gerade hinsetzt und auf den Film konzentriert.«

»Entschuldigung«, setzte Fred an, »wir ...«

»Schnickschnack«, sagte der Fremde, und eine Sekunde lang glühten seine Augen so hell, dass Fred meinte, das Licht sogar aus den Nasenlöchern strömen zu sehen.

»Schnickschnack, Schnickschnack«, wiederholte der Mann, »wir üben das jetzt.«

Benjamin Raspails Kopf in einem Glas, aufgequollen und entstellt.

Der Kerl in der vorderen Reihe lachte, und es klang wie das Quieken eines Schweins. Die kalte Hand ließ Freds Genick los; der Mann erhob sich und schritt den Gang hinunter, der Dunkelheit und dem Schweinelachen entgegen.

Veiculo hockte wie gefroren in seinem Polster. Fred konnte nicht sagen, ob sein Kumpel überhaupt irgendetwas mitbekommen hatte. Doch dann flüsterte er: »War das eine Augenkrankheit? Was war das für eine Krankheit? Was für eine wohl? Wie holt man sich die?«

»Sei still. Bitte.« Freds Stimme war nur noch ein Hauchen.

»Hast du dieses Kettchen gesehen?«

Lederquietschen von vorn.

Schweinelachen.

Dr. Lecter ist auf einer Sackkarre verzurrt wie eine teure Standuhr.

»Haben Sie Ihrer Tochter die Brust gegeben, Senatorin?«

Fred sah an sich herunter und stellte fest, dass er Veiculos Hand umkrampft hielt. Er strengte sich an, das lustig zu finden oder wenigstens nicht schwul. Er versuchte, sich auf die feinen Staubpartikel zu konzentrieren, die im Licht des Projektors tanzten und wie ein kleines Universum über ihnen schwebten.

»Was ist das für eine Krankheit?«, schrie Veiculo. Er zerrte an den Sitzpolstern und warf den Kopf zurück. »Grüne Augen, was soll das sein? Grüne Augen!«

Der Umriss einer Hand aus der vierten Reihe zeichnete sich gegen die Leinwand ab, wie bei einem Schattenspiel für Kinder, sie sah aus wie ein Tintenfisch, der die Beine nach oben streckt, um zu tauchen oder zu sterben. Licht und Schatten zauberten die seltsamsten Illusionen ...

»Bitte«, flüsterte Fred, »Mann ...«

Fred sehnte das Saallicht herbei, das Normalität und damit das Ende dieses beängstigenden Sit-ins mit diesen Kerlen und ihren ampelgrünen Augen brachte, und das Ende von Veiculos Gekreische. Ärger, klar. Der Besitzer würde sie rausschmeißen. Schnuppe. Er würde dieses Kino nie wieder betreten.

Das Licht kam nicht, Lecter schmolz nicht.

Veiculo war in sich zusammengesackt, war kaum noch mehr als ein schlaffes Fragezeichen; er hatte sich die Kapuze bis fast zum Kinn gezogen und zitterte leicht.

Die Tintenfischhand sank nach unten. Fred hörte das Aufseufzen entlasteter Kinositze, als die drei Männer sich erhoben.

Klobige Schatten, links und rechts der Leinwand; und ein sehr massiver, unförmiger dunkler Körper, auf dessen Rücken ein Teil von Dr. Lecters Kinn geworfen wurde.

»Wissen Sie, was hier los ist?«, fragte Fred.

Du kriegst das hin, dachte Fred, *schön ruhig*.

»Ja«, sagte eine Stimme. »Selbstverständlich.« Sie klang, als würde man in einen Eimer mit Gelee treten; Worte, die sich zu fett anhörten, zu satt und nass.

»Ich hab ein bisschen die Nase voll«, würgte die Stimme hervor, die Fred nun der schrankartigen Gestalt zuordnete, die irgendwo gangabwärts an der Wand lehnte.

»Nase voll«, echote Fred und erntete leises Gelächter aus den Sitzrei-

hen. Die anderen beiden Männer standen nun im Projektorlicht, beinahe unkenntlich gemacht durch das noch immer starre Bild Lecters.
»Schnickschnack. Nase voll. Von euch. Ja. Schnickschnack.«
»Wir sind schon weg«, sagte Fred leise und startete einen Versuch, Veiculo hochzuwuchten.

Ein Geräusch, als würde jemand Rotz hochziehen, scharf und nass; es klang wie ein Befehl.

Einer der Männer löste sich aus dem Licht, und sobald er in den Schatten trat, glühten zwei grüne Punkte auf.

Was für eine Krankheit, dachte Fred, *genau. Was ist das wohl für eine Krankheit?*

Das Herannahen des Mannes mit dem Kettchen verkam in diesen Halbschatten zu einer seltsamen Zeitlupe; die leichte Steigung schien ihm Mühe zu bereiten, denn er lehnte sich weit vor, als er einen Fuß vor den anderen setzte.

Dann war er an Freds Seite und ließ sich schwer in den Klappsitz neben ihm sinken.

»Schau mal«, sagte der Mann mit seiner Anwaltsstimme, die vor Ruhe und Vernunft beinahe überlief.

Fred drehte den Kopf.

Der Mann hielt seinen Arm hoch und zog das starre Leder seines Ärmels zurück. »Das hier verheilt jetzt. Zum Glück.«

Auf der Haut nahe dem Ellenbogen war ein Eineuromünzen-großer, dunkler Fleck zu erkennen, und als der Mann einen abschätzenden Blick auf die Male warf, wurden diese in sanftes Grün getaucht.

»Schorf«, sagte er.

Fred nickte eifrig. Er war zu allem bereit, um aus dieser Sache rauszukommen. Er hockte in einsamer Dunkelheit, Veiculo verwuchs langsam mit der Bestuhlung, und nun rückten ihm diese grünäugigen Bastarde auf den Leib. Was für ein Dreck.

»Haben Sie sich wehgetan?«, fragte Fred, wobei er jedes Wort in Normalität zu tränken versuchte. Er fragte sich, ob Männer mit Augen wie Kirmeslampen Angst riechen konnten.

»Nein. Das war ein kleiner Scheißer von der Rasse der Bool-Ey-cecs, Junge. Man war der Auffassung, ich würde zumindest den Arm verlieren.«

»Ja«, sagte Fred. Es ging los. Der Typ redete Scheiße. Das war immer der Anfang.

Der Mann knibbelte ein wenig an dem Schorf herum; das Handkettchen klimperte. »Das sind feige Kreaturen. Sie jagen im Rudel. Und sie haben keine Gesichter.«

Fred blickte schnell zu Veiculo. Er schien zu schlafen. Unglaublich.

»Verstehe«, sagte Fred.

»Nichts verstehst du. Schnickschnack.«

»Okay.«

Der Mann beugte sich dicht an Freds Ohr. »Was wird das hier? Nickst du hier alles ab, was ich sage?«

Fred antwortete nicht.

»Ich meine«, fuhr der Mann fort, »ist es so, dass ihr beiden Spinner den ganzen Film über quatscht, und wenn man euch dann anspricht, labert ihr einem nach dem Maul? Ist das so? Seid ihr diese Sorte Idioten?« Die Augen des Mannes glühten zornig.

Fred öffnete den Mund, aber der Zeigefinger des Mannes schnellte hoch und tötete jeden Vorsatz, etwas zu sagen.

»Deppen wie du und dein narkotisierter Buddy hier hängen mir zum Hals raus. Ihr habt nie in den Schächten gefochten, niemals eine Wunde genäht. Ihr steht mittags auf, holt euch einen runter und werft euch irgendwas ein. Eure Sache. Holt euch gegenseitig einen runter, vermutlich. Eure Sache.«

Der Finger war nun sehr dicht vor Freds Nase.

»Aber eines, das sag ich euch, eines könnt ihr vergessen. Ahnst du, was das wohl sein kann?«

Fred nickte, ohne einen Schimmer zu haben, wovon der Mann sprach. Er spürte nur die aufsteigende Aggression in der Stimme des Kerls, eine heiße, unbeherrschte Wut, die die Augen des Mannes in Leder aufflammen ließen.

»Ihr könnt gepflegt vergessen, dass ihr beiden verkackten Oberflächenatmer mir und meinen Gefährten hier den Film versaut.«
»Wir werden still sein. Absolut. Es tut mir – uns! –, es tut uns sehr leid«, flüsterte Fred, wobei er versuchte, mit dem Oberkörper etwas auf Distanz zu gehen.
»Das werden wir sehen«, sagte der Mann.
Vom Gang ertönte erneut leises Gelächter.
»Hören Sie ...«, begann Fred. Er wusste noch immer nicht, was er sagen sollte, aber *Hören Sie* war gut als Anfang. Er zeigte dem Mann seine Handflächen dabei, sanfte, deeskalierende Gestik; neue Instinkte erwachten in ihm, während alles davon kündete, vor allem diese Augen, dass nichts in Ordnung war.
»Schnickschnack«, sagte der Mann.
Veiculo rutschte einfach aus dem Sessel, stieß mit dem Kopf gegen die Lehne, sackte zur Seite und verschwand im Fußraum. Der Mann beachtete ihn gar nicht.
»Wer sind Sie?«, fragte Fred leise. Seine Ambitionen auf ein Gespräch, das mit *Hören Sie* begann, hatten sich verflüchtigt.
»Du weißt es«, sagte der Mann.
Nein, dachte Fred. *Ich weiß nichts!*
»Ihr seid nicht wie wir«, sagte der Mann. »Ihr seid keine Kameraden, keine Beute, nicht mal richtige Feinde. Ihr seid nicht für fünfzig Cent besser als Bool-Ey-cec-Pack. Schaffen wir das also aus der Welt.«
»Was sind Bool-Ey-cecs?«
»Lenk nicht ab. Was wollt ihr sein? Beute empfehle ich euch, ehrlich gesagt. Wir müssen alle mal gehen, und es tut nicht sehr weh.«
»Keine Beute«, wimmerte Fred.
»Ach?«
»Wir wollen Kameraden sein, bitte. Kameraden.«
Schweinelachen vom Gang.
Der Mann sah ihn ernst an. Schweigen, einige Minuten lang.
»Er will Kameraden sein!« Er klatschte in die Hände, und sein Kettchen klimperte leise.

»Weißt du, was das bedeutet?«, fragte der Mann sanft. »Immer auf der Hut, selten Schlaf. Deine Sinne werden scharf sein, ja, aber manches Mal vielleicht nicht scharf genug. Die Bool-Ey-cecs sind überall. Und sie werden nicht mit dir reden. Sie sind nicht wie wir. Keine Ehre. Wenn du ein Kamerad wirst, werden sie auch dich jagen.«

»Wir werden schon ...«, begann Fred.

»Ich kann es ohnehin nur dir anbieten«, sagte der Mann.

Freds Lächeln gefror. »W-warum?«

»Dein Freund schafft es nicht. Er ist schwach. Sieh ihn dir an.«

Fred drehte den Kopf, aber von Veiculo war außer den Sohlen seiner siffigen Chucks nichts zu sehen.

»Er schläft.«

»Er schläft nicht«, entgegnete der Mann, wobei er sich versonnen über den kahl rasierten Schädel strich.

Die Bewegung kam schnell; der Mann glitt aus seinem Sessel und schlüpfte an Fred vorbei. Fred nahm eine Note aus Kompost und Benzin wahr, als der Kerl ihn streifte. Der Mann ergriff Veiculos Fuß. Eine Sekunde lang betrachtete er den kleinen Stern auf dem Leinenschuh, dann drehte er den Fuß mit einer einzigen, brachialen Bewegung herum. In der Stille des Kinos klang das Brechen des Knochens, als träte man auf einen Ast.

»Sie ... Sie haben ...«, stammelte Fred.

»Dein Freund hat es nicht vertragen«, erwiderte der Mann schlicht. »Die Tiefe unserer Anwesenheit. Die Schwere unseres Daseins. Drogen öffnen die Wahrnehmung, und was das betrifft, war dein Kumpel ein Scheunentor. Bist du jetzt bereit, unser Kamerad zu werden?«

Fred fasste sich ans Kinn und fühlte Nässe. Ihm war nach Losheulen.

»Ja. Ich bin euer Kamerad.«

»Noch nicht, Junge.«

Irgendwo sehr nah klickte es metallisch, und dann blitzte Stahl auf.

»Hören Sie ...« *Da war es wieder*, dachte Fred. Wenn er das hier überlebte, würde er diese Floskel nie mehr benutzen.

Der Mann streifte seinen Ärmel hoch und legte erneut die Wunde frei. Die Klingenspitze glitt sanft unter den Schorf, hob ihn an, hebelte ihn ab.

Scheiße, dachte Fred. Es war doch ein stinknormaler Dienstag gewesen, bis vor einer Stunde. Verdammte Drogen. Er hätte seinen Arm dafür gegeben, noch mal mit diesem Dienstag zu beginnen. Oder diesem Leben. Noch mal Brei und Apfelmus, noch mal vom Fahrrad fallen, noch mal Ferienlager und Backenzähne füllen lassen, noch mal, noch mal.

»Ein neuer Krieger im Kampf gegen die Bool-Ey-cecs. Ein neues Morgengrauen. Eine neue Weihe. Empfange sie, mein Junge. Nimm den Leib des Herren an. Schnickschnack.«

Fred weinte leise; der Stahl der Klinge, diese grünen Augen, der weiße Turnschuh, rechts von ihm, der mit einem Fuß gefüllt war, der nur noch an Sehnen hing; das war alles zu viel.

Ihm lief etwas Rotz aus der Nase, als er den Mund öffnete. Als er zubiss, übertönte euphorisches Schweinelachen das Kaugeräusch, und der Geschmack nach Schweiß und Fäulnis überdeckte den Verlust, als seine Selbstachtung für immer verschwand.

Der Kummer und die Angst wichen. Sie verblassten zu etwas, das nicht wichtiger schien als ein *Peanuts*-Comic in einer Sonntagsbeilage.

Fred glotzte auf die Leinwand.

Die Ränder. Unglaublich.

Fred schrie.

Die flimmernden Kanten der Projektion – ein irrsinniges Schauspiel! Alles war in diesem Flimmern, Wahnsinn, alles: die Schöpfung, Kinder, Wolken, kleine Tierchen, wunderschöne Länder, atemberaubende Blumen, vielleicht aus Afrika, möglicherweise aus einer anderen Galaxie.

»Sieh mich an, Bruder.«

Die Ohrfeige war nicht eben sanft, aber Fred spürte nur einen leichten Ruck. Er drehte den Kopf.

»Deswegen gehen wir ins Kino«, sagte sein neuer Bruder, »weil es einfach wundervoll ist. Der Film an sich ist ziemlich egal. Aber du musst aufpassen. Man kommt schwer davon los. Manche sind davor verhungert.«

»Ich fühle mich gut«, sagte Fred.

»Ich weiß«, antwortete der Mann, »aber es hält nicht lange an. Du benötigst eine vernünftige Weihe.«

»Eine vernünftige Weihe?«

»Schnickschnack.«

Fred erhob sich. Seine Beine fühlten sich schwer an. Als wäre er ein Roboter, dessen Schrauben an den Gelenken zu fest angezogen waren. Er stieß mit dem Fuß gegen etwas, sah herunter und betrachtete den schlaffen Körper, der halb unter dem Sitz lag wie eine weggeworfene Puppe.

Er spähte wieder zur Leinwand. Es war ohne Beispiel. Wie hatte ihm das je entgehen können?

»Wir nehmen den Notausgang«, sagte der Mann, und Fred sah, dass die anderen beiden bereits links von der Leinwand standen und mit den Füßen scharrten.

»Was ist damit?«, fragte Fred und wies auf die Gestalt am Boden.

»Jemand wird es wegräumen. Los jetzt.«

Der kleine Plastikkasten über der Stahltür leuchtete wunderschön grün. Ein Piktogramm, das einen laufenden Mann zeigte. Und einen Pfeil nach unten.

Fred sah es leicht unscharf, aber das störte ihn kaum. Auch der Geruch nach Kot und Benzin, der dem Rücken des großen Mannes vom Gang entströmte, kratzte ihn nicht.

Der dritte Mann, dessen Haut schweißnass war, stemmte den Bügel der Tür herunter, und sie traten in die Nachtluft.

Fred roch es sofort: Bool-Ey-cecs.

Er spürte keine Angst, aber zum ersten Mal, seit er die Hostie empfangen hatte, erinnerte er sich vage, was Angst *war*.

Der Mann mit dem Kettchen löste Freds Starre.
»Nimmst du sie wahr?«
»Ja«, sagte Fred, »ich rieche sie.«
»Schnickschnack. Und bald werden sie hier sein.«
Der Große schnippte mit den Fingern, und Fred erhaschte einen kurzen Blick auf dessen Hand. *Armer Bruder*, dachte er. Aber er spürte auch ein stärker werdendes, universelles Unbehagen. Es war eine scharfe Abneigung, beinahe Furcht. Gegen die nahenden Bool-Eycecs, die Oberfläche, diese sonderbar beißende, reine Luft ...
»Es lässt nach«, blubberte der Große, ohne sich umzudrehen. »Der Neue wird bald wegbrechen.«
Der Atem des Verschwitzten pfiff, als er antwortete: »Bringen wir ihn runter.«

Hinter dem Kino führte ein gepflasterter Weg zu den Parkplätzen. Von Flutlicht getränkt, bot das Gelände kaum dunkle Ecken, aber in einer davon stand ein völlig verfallener Passat-Kombi. Die Reifen waren sämtlich platt, und die Stoßstange war so absurd nach oben gebogen, als wollte der Wagen seine stählernen Lippen schürzen. Die Heckscheibe war eingeschlagen, aber die hintere Hutablage war mit einigen Zoll langen Nägeln bestückt. Vor der Fahrertür lag eine schwere Eisenstange, an der ein Stück ebenso massiv wirkende Kette befestigt war.
»Der wird uns nicht weit bringen.«
Freds Unbehagen war gewachsen. Hatte es sich anfangs träge zu seinen Füßen geschlängelt, war es vor einigen Minuten dazu übergegangen, sich seine Beine hinaufzuwinden.
Ich hatte einen Freund, dachte Fred. *Irgendwas mit V, und ich sollte mal wieder mit ihm sprechen.*
»Der bringt uns in eine völlig andere Welt.«
Der Große griff an die Unterseite des Wagens. Fred sah jetzt, dass er keinen Ledermantel, sondern eine Art Poncho aus Plastikfolie trug, der eine enge Kapuze besaß.

Er sucht den Schlüssel, dachte Fred.

Dann wuchtete der Große das Fahrzeug mit einer einzigen brachialen Kraftanstrengung hoch.

Unter dem Wagen war der Asphalt geborsten. Die Enden einer Bauleiter ragten aus einem Loch, das nur unwesentlich kleiner als der Kombi war.

Der Mann mit dem Armkettchen begann sofort, unter den Wagen zu krabbeln, dicht gefolgt vom Verschwitzten.

Unterdessen hatte der Große den Wagen mit der Schulter gehalten und die Eisenstange als Stütze eingesetzt.

Die Karosse knirschte bedenklich, und einen Moment meinte Fred, der Wagen würde herabkrachen.

»Komm.«

Der Verschwitzte winkte, schon halb auf der Leiter, und Fred kroch unter das Auto.

Sein Fuß erwischte eine Sprosse, und er begann hinabzusteigen.

Fred stutzte kurz, als das letzte bisschen von dem, was der Unterboden des Wagens vom Flutlichthimmel übrig ließ, dunkel wurde.

»Der Letzte macht die Tür zu«, sagte der Große. Ein feuchtes Grunzen, dann das Rasseln einer Kette.

Der Wagen krachte in seine Ausgangsposition zurück.

Sie stiegen hinab.

Dunkelheit, feuchte Luft, der Geruch nach Fäkalien.

Fred konnte gut sehen, aber er spürte auch, dass dieser Effekt im Schwinden begriffen war. Seit einer Minute, das war ihm klar, hatte sich der Effekt der Hostie so weit abgeschwächt, dass ihm das Konzept der Angst wieder bewusst wurde.

»Es ist nicht weit.« Die Stimme des Kettchenmannes wurde hohl von den Wänden zurückgeworfen.

»Ich kann nicht mehr.« Der Verschwitzte.

»Du bekommst deinen Schlaf, Bruder. Gleich.«

Abzweigungen, röhrenartig und mit Laub verstopft, Plastikkanister, die auf dunklen Wassern trieben, eine besudelte Matratze, vorbeiziehend wie ein Floß.

Freds Fähigkeiten nahmen stetig ab. Manche Eindrücke wurden flacher, während der Gestank zunahm, und mit ihm seltsame Gedankensplitter.

Vei ...

Fred vernahm das knackende Geräusch eines Kippschalters in der Dunkelheit. Ein Brummen in der Luft, dann ein Flackern. Eine Reihe Neonröhren nahm den Betrieb auf.

»Zu Hause«, würgte der Große hervor.

Zuflucht, dachte Fred, *das ist ihre Zuflucht*.

Ein Refugium unter den Straßen, so vollgestopft mit Zeug, dass jeder Hall gedämpft wurde und jedes Geräusch etwas Ersticktes hatte. Eichenschränke, ein Ofen. Zentnerweise Zeitungspapier, vergilbt und nass, Aktencontainer, eine Kleiderstange mit zerrissenen Smokings. Eine Toilettenschüssel war ohne jede Installation einfach in die Ecke gestellt worden. Fliegen surrten über dem Porzellan.

Der Große drehte sich um, und zum ersten Mal sah Fred sein Gesicht. Dieser Anblick blendete alle anderen Sehenswürdigkeiten der Behausung aus. Fred starrte, ging dabei einen Schritt zurück, starrte weiter.

Mettbrötchen, dachte er.

»Was ist?«, fragte der Große, und Fred überlegte, aus welchem Loch in diesem Klumpen die Stimme gekommen war.

»Alles okay«, flüsterte Fred. Er versuchte zu lächeln, wie er noch nie gelächelt hatte.

Dann kotzte er auf den steinernen Boden.

»Was ist?« Dieser Golem aus Fleisch, dieses gehäckselte Ding, klang nun wütend.

»Mir ist schlecht«, sagte Fred, ohne aufzusehen.

Der Verschwitzte wimmerte auf, streifte ein Paar klobiger Stiefel ab und ließ sich auf ein Feldbett fallen.

Der Kettchenmann trat neben Fred.

»Komm mit.«

»Wohin?«

»In die Kirche«, sagte der Mann. »Du willst doch ein richtiger Kamerad sein, oder?«

Und wenn nicht?

Der Mann schien seine Gedanken zu erraten.

»Die Alternative ist Versklavung, Junge. Und dafür bist du zu weit gekommen, findest du nicht? Der ganze Weg, nur um ein Spielzeug für den Hohepriester zu sein? Und glaub mir, die Zeit mit ihm kann sehr lang werden. Wirklich sehr, sehr lang.«

Der Große lachte. Der Klumpen verdorbenen Fleisches unter der Vinylkapuze zitterte dabei, und Freds leerer Magen revoltierte erneut.

Sie durchschritten eine stählerne Tür, die schräg in den Angeln hing. Das Licht in diesem Raum war diffus.

»Knie nieder«, sagte der Mann.

Fred kniete nieder, und während er dies tat, wurde auch dieser Raum erleuchtet.

Veiculo!

Genau!

Fred sah die Kirche der Männer mit den grünen Augen. Sie nahm fast den gesamten Raum ein.

Die Kathedrale war aus Holz.

Luftballons waren daraufgemalt, Blumen und Clowns. Und ein Schriftzug, die Buchstaben schillernd wie Seifenblasen.

Kinderzirkus Schnickschnack

»Wir haben sie wieder aufgebaut«, sagte der Mann. Seine Stimme war voller Ehrfurcht.

Ja, dachte Fred, und das war nicht alles. Sein Gedächtnis lieferte ihm nun einigen Stoff.

Veiculo liegt vielleicht tot und mit gebrochenen Knochen im Kino.

Die Typen hier haben ihm das angetan. Sie haben mir Schorf zu fressen gegeben.
»Bete«, sagte der Mann.
Freds Gedanken rasten.
»Ich bin müde«, sagte er dann. »Sehr müde.«
»Zuerst musst du von der Wahrheit kosten. Dann findest du Schlaf.«
Ein Poltern.
Fred drehte den Kopf. Der Mann hatte sich erhoben und zerrte einen milchigen Plastikkanister herbei. Dann urinierte er hinein, treffsicher und umstandslos.
»Hier«, sagte der Mann. »Das reicht für Tage.«
»Lass mich erst schlafen, eine Stunde nur. Ich kann nichts mehr bei mir behalten. Bitte.«
»Du bist nicht gegen die Bool-Ey-cecs geschützt, wenn du nicht trinkst. Sie würden dich abschlachten, ohne zu fragen, wenn sie dich sehen. Und denk an den Hohepriester.«
Verdammt.
»Schützt mich. Ich muss schlafen.«
»Schütz dich selbst oder stirb«, sagte der Mann und knallte Fred den Kanister vor die Füße.
Dann verneigte er sich vor dem bemalten Bauwagen, drehte sich um und ging zur Tür. »Du hast zehn Minuten. Danach schicke ich den Priester. Er mag es nicht, geweckt zu werden.«
Fred wartete eine Minute.
Veiculo, dachte er.
Ich brauche eine Waffe! Irgendwas.
Fred dachte an das Gesicht des Großen. Er glaubte nicht, dass eine Eisenstange ihm etwas nützen würde. *Eine Panzerfaust, ja.* Er erwartete nicht, eine zu finden, als er leise die Tür des Bauwagens öffnete.
Chaos. Papiere.
Polaroids, so verblasst, dass sie älter wirkten als jede Fotografie der Jahrhundertwende, waren auf dem Bretterboden verstreut. Kinder, geschminkt. Kinder auf Turnmatten. Lachende Männer.
Ein Pony.

Am hinteren Ende befand sich ein eingebautes Bett. Einige Puppen waren auf der Tagesdecke arrangiert.

In der Mitte der Decke – das Muster erinnerte Fred dumpf an die selbstklebenden Prilblumen der Siebziger – lag ein Stapel Pappdeckel. Die Bodenbretter knarrten leise, als Fred hinübertappte.
Zehn Minuten. Wie viel davon war um?
Akten. Es waren Akten. Bleichbraune Leitz-Ordner.
Freds Hände zitterten, als er in Minute vier den ersten öffnete. Schreibmaschinenschrift, erkannte er sofort. Alt.

```
Städtische Kliniken Dortmund

Sehr geehrter Proband,

wir möchten Sie bitten, sich am Donnerstag, den
21. September 1978 gegen 7.00 Uhr auf Station VI
einzufinden.
Sie dürfen zu diesem Zeitpunkt nicht unter dem
Einfluß von Alkohol oder anderen Rauschmitteln
stehen.
Anderenfalls müssen wir Sie von der Testreihe
ausschließen.
Für Leibwäsche und Hygieneartikel ist gesorgt.


Mit freundlichen Grüßen
Die Krankenhausleitung
```

Fred blätterte weiter.

```
ERKLÄRUNG ZUM HAFTUNGSAUSSCHLUSS
Hiermit erklärt Herr Josef Fell, geb.
19.12.1943, wohnhaft in Dortmund, daß er auf
sämtliche Risiken aus der Testreihe III/V/78
aufmerksam gemacht wurde.
Durch einmalige Zahlung von
DM 8.000
```

erklärt der Proband, daß er im unwahrscheinlichen Fall eintretender Nebenwirkungen (insbesondere jener, die dauerhaft gesundheitsschädlich sein können) das Krankenhaus und dessen Personal von jeglicher Haftungspflicht entbindet.

Das Dokument war schwungvoll unterzeichnet. Fast künstlerisch.
Frank blätterte weiter.
Minute sechs.
Das nächste Blatt war ein Zeitungsausschnitt.

KINDERZIRKUS SCHNICKSCHNACK VOR DEM AUS!
Montag, 17. Juli 1978

Der beliebte Kinderzirkus Schnickschnack ist offenbar gestorben. Die Stadt erklärte, daß dieses Projekt zur Integration erziehungsproblematischer Kinder und Jugendlicher nicht den gewünschten Erfolg brachte. Deswegen bestünde kein Anlaß, das Projekt weiterhin mit öffentlichen Geldern zu fördern.

Zeitweise waren bis zu vierzig Kinder und Jugendliche im Alter zwischen acht und sechzehn Jahren an diesem Projekt beteiligt.

Tragisch ist die Auflösung des Zirkus vor allem für jene Kinder, die bereits Fortschritte im Umgang mit anderen Menschen gemacht hatten. Das Projekt Schnickschnack, betreut von drei Sozialarbeitern, die speziell im Umgang mit kommunikativ schwachen Kinder geschult waren, wird nun wohl für immer die Zelte abbauen. Und damit stirbt nicht nur ein Zirkus, sondern auch der Traum seiner kleinen Clowns und Artisten.

Fred warf in Minute sieben den ersten Ordner zur Seite.
Der nächste Ordner enthielt die gleichen Dokumente des Krankenhauses. Der Zeitungsausschnitt fehlte allerdings.
Stattdessen der Durchschlag eines Schreibens.

INTERNER GEBRAUCH
Die Testpersonen 12, 107 und 2 klagen über starke Nebenwirkungen bei der versuchsweisen Medikation mit DEHOMYL C 4. Nummer 12 klagt über ständige Kopfschmerzen, kombiniert mit der Unfähigkeit, seine Aggressionen zu kontrollieren.
Bei 107 treten dermatologische Irritationen auf. Ich empfehle die konstante Verabreichung kortisonhaltiger Präparate.
Testperson 2 leidet unter Schlafstörungen. Medikamentös einstellen.

Darunter, handgeschrieben:

Alle (12, 107, 2) klagen über erhöhten Augeninnendruck und leichte Wahrnehmungsstörungen.

Minute acht.

Ein einzelner Tropfen Schweiß pitschte von Freds Stirn auf den dritten Ordner. Noch mehr Zeitungsausschnitte.

DAS ENDE VON DEHOMYL
4. Januar 1979

Wie die Entwicklungsabteilung von Metzler Pharma heute bekannt gab, wird es keine Einreichung zur Zulassung des Präparates Dehomyl geben, das nach ersten Ankündigungen der zuständigen Abteilung als vielversprechendes Medikament gegen verschiedene Krebsvarianten angepriesen worden war. Der Sprecher des Unternehmens erklärte, daß es aufgrund lizenzrechtlicher Überschneidungen nicht zur Marktreife gelangen könnte. Zudem sei es zu vereinzelten Fällen ernster Nebenwirkungen in Testreihen gekommen, die mit Primaten durchgeführt worden waren.

Der nächste Ausschnitt war das Titelblatt der *Hamburger Post*:

KANNIBALISMUS AUF DER KINDERSTATION

Fred überflog es. Er spürte ein Sausen in seinen Ohren. Minute neun.

Wer ist zu so etwas fähig?
Sechs Säuglinge wurden gestern morgen aus ...
Knochen in einer Abstellkammer ...
Der Daumennagel eines vier Monate alten ...
... im Kot, der auf der Treppe zum Tiefgeschoß lag.
... die Oberschwester gab an, nichts gemerkt zu haben ...

»Du hast das Evangelium gefunden«, sagte eine Stimme.

Fred drehte sich langsam um.

Der Verschwitzte war nackt, und seine Augen tauchten das Innere des Bauwagens in mildes Grün.

»Dies ist die Schrift unserer Götter. Sie haben uns nach ihrem Abbild erschaffen.«

»Ihr Typen ... seid krank«, flüsterte Fred.

»Die Götter waren es. Dann schufen sie uns, die Bool-Ey-cecs zu bekämpfen. Sie schufen uns, die Welt zu erneuern. Sie schufen uns, die Krieger.«

Sie wissen es nicht, dachte Fred. *Sie wissen nicht, dass sie ihre eigenen Götter sind.*

Der Mann mit dem Handkettchen trat ein.

»Trink jetzt, oder sei die Stute des Hohepriesters. Uns ist egal, durch welche Körperöffnung du deine Weihe empfängst.«

Freds Augen huschten durchs Halbdunkel. Ein Hammer, eine Axt? Nichts.

Das war's, Veiculo. Markus.

Ein Leben hier unten. Ab und zu nach oben, um sich in den Rändern irgendeines Kinofilms zu verlieren.

Fred schloss die Augen.
»Bool-Ey-cecs!«
Die Stimme des Großen. Er kam herein und füllte den Türrahmen. Alles an ihm zitterte.

Die Explosion hob den Bauwagen ein Stück an und riss sie von den Beinen.
Augenblicklich begann Rauch über den Boden zu wabern.
»Bool-Ey-cecs! Töte sie, Priester!«
»Ich kann nicht!«, schrie der Verschwitzte.
»Wir haben das Loch nicht richtig verschlossen. Verdammt. Bei den Göttern.«
Das Geräusch vieler schwerer Füße.
Fred rappelte sich hoch. Seine Ohren summten.
Der Große sprang aus der Tür. Kurz darauf war ein schreckliches Gurgeln zu hören, und etwas polterte zu Boden.
Dann quollen die Bool-Ey-cecs durch die Tür des Bauwagens.
Fred schrie.
Sie hatten keine Gesichter. Sie hatten keine Gesichter.
Drei, vier, sechs von ihnen.
»BOOL-EY-CEC! BOOL-EY-CEC!«
Der Priester wurde niedergeschlagen, der Kettchenmann aus der Tür gerissen.
Die Bool-Ey-cecs zerrten den Priester vor den Wagen.
»BOOL-EY-CEC! BOOL-EY-CEC!«
Erneute Schlachtrufe, dumpf und rau.
Fred rappelte sich hoch, aber sofort traf ihn etwas Hartes am Kinn.
Die Gestalt beugte sich über ihn, gesichtslos und massiv.
»BOOL-EY-CEC!«, grunzte sie.
Dann griff sie sich ans Kinn.
Die ausdruckslose Fläche verschwand. Dahinter: Schwärze.
»Ihr feigen Bastarde«, flüsterte Fred. Er hatte mit allem abgeschlossen.

»BOOL-EY-CEC«, wiederholte die schwarze Gestalt, dann: »Hmmmpff...«

Eine schwarze Hand griff ins Dunkel, wo der Kopf hätte sein sollen. Die Hand zerrte die dicke Stoffmaske herunter. Dann entfernte sie die Atemeinheit.

»POL-I-ZEI. So. Hast du das gehört, du Stück Scheiße? POLIZEI!« Der Helm polterte zu Boden. Fred starrte auf das hochgeklappte Visier.

Epilog

Veiculo kam auf Krücken herein.

»Hallo, Markus«, sagte Fred.

»Wie ist es denn so? War's schön peinlich? Wie viel THC haben sie in deinem Kadaver gefunden?«

Fred verzog das Gesicht. »Und in deinem?«

»Sie machen keinen Drogentest bei einem gebrochenen Fuß«, erwiderte Veiculo, »und nenn mich nicht Markus. Was soll das werden? Was ist das hier überhaupt für ein Scheißkrankenhaus? Hast du die Raucherecke schon gefunden?«

Die Sonne brach sich in der Scheibe und verwandelte diese für eine Sekunde in Silber. Dann zogen ein paar Wolken vor die Sonne, und Fred konnte das Gesicht seines Freundes wieder erkennen.

»Ich gewöhne es mir gerade ab.«

»Ist Koks nicht 'ne Idee zu teuer für einen, der nur X-Box spielt?«

»Leck mich.«

Veiculo war von den Putzfrauen gefunden worden; der älteren Dame, die seine Reihe von Müll befreien sollte, war sofort klar, was sie da Schönes vor sich hatte: einen Junkie erster Güte. Sie hatte ihn mit der Staubsaugerdüse angetickt, und Veiculo war hochgefahren.

»Er hat mir in die Augen schaut. Die ganze Zeit. Er schaute und schaute. Dann wurde er unfreundlich«, hatte die Frau zu Protokoll gegeben.

»Was hattest du der Tante noch gesagt?«

»Du saugst an der falschen Stelle. Hast du mal 'ne Aspirin?«

»Nee.«

»Klar. Die Schmerzen waren säuisch.«

»Lass uns eine qualmen gehen.«

Fred war aus den Schächten getragen worden, nachdem sie mit vorgehaltener Waffe einige Tests mit ihm gemacht hatten.

Die Einheit Proband bestand fast vollständig aus Polizisten, die um die fünfzig waren, und sie waren von Anfang an dabei. Fred konnte die Schreibmaschinenlettern kaum ansehen, als er später seine eigene Aussage vorgelegt bekam. Er würde nie mehr Maschinenschrift lesen, wenn er nicht musste.

Dann hatte man ihn ins Krankenhaus gebracht: Blut, Urin, Stuhl, Reflexe. Sie krempelten ihn um.

»Okay. Wie lange bleibst du noch?«

»Bin zur Beobachtung hier«, antwortete Fred, »und ich frage mich, was das eigentlich heißen soll. Der Einzige, der beobachtet, bin ich. Ich liege im Bett und starre die Wand an.«

Der Flur war menschenleer.

Fred spähte den Gang hinunter und erblickte einen höchst verdächtigen Tisch. Als sie näher kamen, bestätigte sich Freds Ahnung: Ein Aschenbecher stand darauf. An der Wand neben dem Fenster hing eine Leuchttafel.

NOTAUSGANG.

Fred steckte sich eine an und hielt dann die Schachtel Veiculo hin.

Der schüttelte den Kopf.

Fred zog versonnen an der Zigarette.

»So geht das nicht«, knurrte er und erhob sich.

Er streckte sich, die Zigarette mit den Zähnen haltend, und drosch gegen die Leuchttafel.

»Geht doch«, sagte er, nachdem das Grün erloschen war.

Hit the Road, Jack

Seit mein Bruder tot ist, fahre ich viel Auto. Es entspannt mich mehr als Schlafen oder Onanieren, was nicht heißt, dass ich diesen Beschäftigungen abgeneigt bin.

Ich besitze zwei Porsche, einen Cadillac, vier VW Golf, ein amerikanisches Wohnmobil und einen Traktor.

Ich bin die Autobahnen Deutschlands schneller und öfter abgefahren als irgendein anderer Mensch. Aber das liegt mittlerweile offenbar hinter mir.

Jetzt, da ich schwächer werde, ist es an der Zeit, meine Geschichte aufzuschreiben.

Als Erich starb, erbte ich ziemlich genau acht Millionen Euro. Er war Zahnarzt. Eigentlich war er bedeutend mehr als das. Ein echter Hansdampf, was Aktien anging. Dummerweise sah er sich auch als eine Art Großwildjäger, und bevor sie ihn schnappten, hüpfte er von der Aussichtsplattform des Dortmunder Fernsehturms.

Jedenfalls hat er eine Menge Kronen angepasst, bis es so weit war, und da Mam und Pappsi seit zwanzig Jahren tot sind, stand mein Name in Leuchtbuchstaben im Testament.

Es war sehr traurig. Meine Großmutter brach zusammen, ich war pleite, und über dreißig Termine für kostspielige Implantate mussten auf Kollegen meines Bruders umgelegt werden.

Armer Papa, arme Mama: Es hat sie tatsächlich drei Meter unter die Erde gezogen.

Dazu kommen wir noch.

Ich bin übrigens Jack, eigentlich Jakob. Grässlich, oder? Nichts gegen biblische Motive auf Wandteppichen oder Altären, aber ein Kind mit so einem Namen zu belasten, sollte verboten werden.

Auf »Jack« bin ich nicht selbst gekommen. Das war der Typ, der die Heckscheibenbeschriftung für den Carrera machte:

JACK

Alles klar? Bis auf den Traktor tragen nun alle meine Fahrzeuge diesen Schriftzug. So was von geil.

Was gibt's noch zu sagen? Ich hab kein Abi gemacht, ich war noch nie im Zoo oder im Kino, hatte noch nie Sex, außer, wie gesagt, Handarbeit. Zählt das?

Mein erster Wagen war der gelbe Carrera, dann kam der rote, dann der Rest.

Ich habe mit der Erdanziehungskraft wenig am Hut, und diesen Boden – egal welchen – betrete ich nicht mehr. Die Gravitation hat meinen Bruder getötet. Der Erdboden birgt die Hüllen meiner Familie, hält sie fest. Da setz ich keinen Fuß mehr drauf. Das Gummi meiner Reifen ist gut genug für dieses Biest.

Ich beginne meistens mit der A 31. Zum Wachwerden. Runter bis Emden, unterwegs Burger King, zurück.

Nachmittags A 2, Schleife, A 42, Onanieren auf der 45, Höhe Westhofen.

Da gibt es eine Tanke ohne Selbstbedienung. Der Typ kommt selbst raus und pumpt mir die Karre voll. Den Playboy reicht er mir durchs Fenster. Netter Kerl, obwohl ich finde, dass er auf einer Kirmes besser aufgehoben wäre. Hat 'ne komische Art. Manchmal denke ich, er will nicht, dass man reinkommt. Aber das würde ich ohnehin nie tun.

Mein Anwalt ist rund um die Uhr zu erreichen. Egal, was es ist: Er besorgt es, er organisiert es. Ich hab mir alle Zähne ziehen lassen, nachdem mein Bruder unter der Erde, dieser Schlampe, war. Jetzt trage ich eine Prothese. Die kann man einfach mit Mineralwasser und Tabs reinigen. Wenn ich Schmerzen bekomme, irgendwas, greife ich ins Handschuhfach. Ich hab noch Zeug von meinem Bruder, aber wenn du das einwirfst, fährst du besser im Schongang. Hölle! Letztes Jahr hab ich 'ne Grippe auf dem Rasthof Katzenfurt auskuriert. Ich hab alles im Griff.

Wenn der Carrera schlappmacht, kommen die Gelben Engel. Ich hab vier Handys im Wagen. Wenn der ADAC es nicht gewürfelt kriegt, ruf ich meinen Anwalt. Auch 'ne komische Nummer, der Kerl. Hat seinen Job verloren, nachdem sein Boss im eigenen Parkhaus geschlachtet wurde wie ein Osterlamm. Dann hat er sich berappelt, und seitdem ist er mein Mann.

Nur das mit den Nutten kriegt er nicht hin. Und seinen Spruch, das läge an meinem Aussehen, kauf ich ihm nicht ab. Geld ist Macht, richtig?

Letzte Nacht musste ich mir 'ne Apotheke mit Notdienst suchen. Sodbrennen. Kommt vielleicht von dem Fraß, den der einzige Türke raustut, der Döner an Haltebuchten liefert.

Deutschlands Straßen sind schon irre. Ihr glaubt es nicht, wenn ihr es nicht gesehen habt.

Nur Verrückte.

Vor einiger Zeit ist einer fast in seinem Auto verdurstet. Nur fast, dann ist ihm noch was eingefallen, aber das hat ihn vergiftet. Idiot. Na ja, eigentlich nicht so schlimm wie dieser Typ, dem ich neulich von Hamm bis nach Bielefeld an der Stoßstange klebte: Der Bursche hat es fertiggebracht, einen Hasen nach dem anderen zu überfahren, und das mit 'nem Auto, das so ziemlich allem ausweichen könnte. Ich konnte

die Marke nicht erkennen, das hat mich irgendwie ... runtergezogen. Sekunde. Erwähnte ich das?
Ich habe meinen Wagen seit acht Jahren nicht mehr verlassen.

Acht Silvester, acht Weihnachten, sechshundertundzwanzig Staus über zehn Kilometer (denn nur die zählen, Herrschaften), sechstausendzweihundertzweiundsechzig aus dem Fenster gegossene Fanta-Flaschen voller Pisse, viertausendfünfhundertzwölf Mal eine Fahrtwindbestattung meines Stuhlgangs in Aluschalen von Aral. Tendenz fallend, diese Schalensitze führen unweigerlich zu Verstopfung.

Überhaupt bin ich nicht der Fitteste, irgendwie. Das Trockenshampoo versaut nicht nur die Sitze, es führt zu Hautausschlägen von lepröser Qualität. Ich sehe schon aus wie dieses Bild von Bemrey Carolo, das im *Stern* abgebildet war. Was immer der sich eingefangen hatte, war die Godzillaversion eines Supertrippers. Die *Frankfurter Allgemeine* meint, dieser Siff befällt schon halb Dortmund, aber ich trau dem Blatt nicht. Die *Frankfurter* verursacht Pickel beim Abwischen, und das ist für mich alles andere als seriös.

Apropos: Gestern hat der Anwalt mir an den Wagen gekotzt. Wir mussten umladen, und da musste ich einen Moment an die Sonne. Wir machen das mit einer Rampe: Wir legen sie von der Fahrertür des einen zur Tür des anderen Wagens, wenn was so richtig kaputt ist. Ich krabbel dann rüber. Manchmal dauert das 'ne Stunde, aber diesmal war ich ganz froh.

Dann komm ich von dem Jungen weg, der mir den Carrera vollgestunken hat. Ich mein, jetzt mal ehrlich: Er wollte unbedingt mitfahren, und ich sagte ihm: »Okay, klaro, aber zieh Schuhe und Socken aus. Du bist auf der Schlampe rumgelaufen, also wasch dich.«

Tramper. Ich bin viel zu weich.

Hat er gemacht, aber da endete auch das Entgegenkommen. Am ersten Tag hat er mich nach Essen gefragt. Am zweiten Tag hat er mich angebettelt, am vierten hat er mir einige widerliche Dinge angeboten, um mal von meinem Burger zu beißen. Natürlich konnte ich ihn nicht rauslassen, zu gefährlich. Dieses Biest hätte ihn doch sofort gehabt, oder? Ich erklärte ihm alles. Dass die Gravitation die letzte böse Religion ist, weil sie die Menschen isst. Sie zieht sie zu sich heran, und sobald sie es geschafft hat, ist es nur noch eine Frage der Zeit. Er wurde frech, ich erwürgte ihn. Das war nicht gut, aber ich bin auch nicht die Wohlfahrt.

»Nie mehr Hunger«, sagte ich ihm, »und du darfst hierbleiben. Musst nicht in die Erde.« Er wusste es nicht zu schätzen, denn er schiss sich ein, als er starb. Schon mal versucht, sich einen runterzuholen, wenn eine blau angelaufene Vogelscheue neben einem sitzt und Kondenswasser ausschwitzt? Da brauchst du wirklich Fantasie.

Jedenfalls göbelte mir der Herr Advokat den roten Porsche voll, als er einen Blick auf meinen Beifahrer warf, aber ich war schon drin und schob ab.

Und vorgestern dann der Hammer:

Die Öllampe ging an! Und das im Sauerland. Ich krabbelte nach hinten und stellte fest, dass der Herr Anwalt den Koffer mit dem Geld nicht rübergeschafft hatte. Und die Handys fehlten.

Ich schaltete das Radio ein und musste weiterhin feststellen, dass der Anwalt nun für die Polizei arbeitete.

Ich verließ die Straße und durchfuhr einen kleinen Scheißort nach dem anderen. Dann fand ich das optimale Versteck.

Ein einzelner Parkplatz nahe einem riesigen Zaun, der mich völlig von der schmalen Straße abschirmte, die mich hergeführt hatte.

Und dann verkackte der Motor. Bei einem Porsche! Wer auch immer im Auftrag meines Ex-Anwalts mit der Wartung betraut war, ist jetzt Schnee von gestern.

Apropos Schnee: Mir ist unglaublich kalt.

Und ich habe Hunger. Die Erde draußen ist gefroren, aber ich weiß, dass sie lauert. Sie will mich ansaugen, gravitieren, in die Tiefe schlürfen und mit Moos überziehen.

Wenn ich ein Auto anhalten könnte, das wäre was. Dann müsste ich den Fahrer nur noch dazu bringen, das große Schild abzuknicken, das mir einen Großteil des Sonnenlichts nimmt, und daraus eine Rampe bauen.

Dieses Schild macht mich fertig. Aber ich fürchte, es lügt nicht, obwohl es sich wollüstig in die Erde gegraben hat.

PARKPLATZ DES VERGNÜGUNGSPARKS
NUR FÜR PERSONAL!
Kein Streudienst außerhalb der Saison (Mai–September)

Und ich hab keinen Schimmer, wie ich bei dem Aufkleber darunter onanieren soll:

DIE ERDE IST UNS NUR GELIEHEN.

Hallo, willkommen zu meinem Buch!
Komplett aus Holz, aber lustiger als eine Anrichte.

»Das wurde aber auch langsam Zeit!«
Jürgen von der Lippe

»Sträter schreibt wie ein junger (wenn auch alter, faltiger) Gott.«
Felix Lobrecht

»Torsten Sträters Geschichten haben schlicht alles, sie sind sprachlich virtuos, auf höchstem Niveau albern, völlig bescheuert und vor allem nie langweilig. Und sie werden grundsätzlich nicht stringent erzählt. Sträter ist und bleibt für mich der Godfather of hemmungslos Abschweifen.«
Oliver Welke

Torsten Sträter
Es ist nie zu spät, unpünktlich zu sein

Humor
Taschenbuch
Auch als E-Book erhältlich
www.ullstein.de

Der Mann mit der Strickmütze schlägt wieder zu

Mit seinem lakonischen Humor surft Torsten Sträter wieder durch den Irrsinn des Alltags. In seinen neuen Geschichten erfahren wir unter anderem, wie er bei »tv total« landete; wie man ohne Geld eine Fleischwurst ersetzt, die man in einem Heißhungeranfall aufgegessen hat; und was man Nutzloses von Oppa lernen kann. Torsten Sträter in Bestform. Oder, wie er selbst von sich sagt: »So lyrisch wie der Bofrost-Mann«. »Mit dem Kauf dieses Buches sind Sie humortechnisch auf der sicheren Seite. Sie gehen kein Risiko ein. Außer vielleicht, sich in die Hose zu machen vor Lachen.« Carolin Kebekus

Torsten Sträter
Als ich in meinem Alter war

Humor
Taschenbuch
Auch als E-Book erhältlich
www.ullstein.de

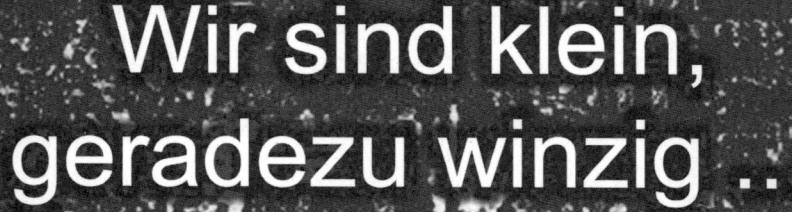

Wir sind klein, geradezu winzig ...

Doch wir waren Torsten Sträters erster Verlag.

Und wir haben noch viel mehr anzubieten.

Fantasy
Horror
Thriller
Science-Fiction

www.eldur-verlag.de